箋邊漫語

近现代学人手札研究

柳向春 著

故宫出版社

《笺边漫语》小引

新时期以来，近代人物及史事研究，涌现大量新成果。此类新成果之取得，既有赖于研究方法、理念之更新，亦拜文献建设进步之所赐。所谓文献建设，不仅指大量人物传记、史料笔记等结集出版，形成基本文献保障，方便读者利用，又包含以往深藏固闭之罕见史料逐步公开，如不少公私收藏之历代名人日记、书札等，陆续经影印或整理而问世。

前人所撰日记、书札等原始文献，均属私人记录，内容异于专门著述，其形制则多属稿抄本，纸墨字迹，因人而重，加以流传稀见，其收藏与利用，遂较一般古籍善本门槛更高。近人治史，重视综合利用史料，故日记、书札等多受关注。又日记与书札所含史料之价值，后者更胜于前者，已渐为学界所认同。盖日记之产生，本属撰者自记备检，故其观察记录，多含主观意愿，所述虽未必准确，却少造作，用以证史，较可据信。其制相沿既久，性质渐生变化，日记撰者走笔之时，已虑及后人阅读因素，故于内容取舍、行文措辞，不免暗具用心，因而其真实性遂有所削弱。与此对照，书札之产生及应用，多出于实际交流所需，亲朋通问，师友切磋，多缘事而作，据实而书，所涉时事，直接反映当时情景，纵有文饰，真伪可辨，因而对研究者更具知人论世之助。

古人书札流传后世者，大致可分为已刊、未刊两类。已刊之中，又分摹刻、辑刻等形式。名家手迹，传世珍秘，后人郑重，多采用影摹原迹方法，或入石，或上版，刻印为丛帖、书册以流传，兼具观赏与文献作用。清末以降，各类影印方法已取代传统摹刻技术，至今仍然沿用。前人书札单独辑刻成书者，宋人传本，可举范仲淹所撰《范文正公尺牍》，李祖尧编注孙觌《内简尺牍编注》为例。明清文人所撰书札，或分卷入集，或单刻流行，自已不胜枚举。自清初周亮工《赖古堂尺牍新钞》出，辑刻诸家尺牍于一编之风益盛，以致形成"集部总集类"中与诗文合集并列之"尺牍之属"。书札由摹刻成帖而至辑刻成书，可见社会对其艺术鉴赏与文献利用之需求逐渐变化。

今人对于前人未刊书札之传播与利用，一为据原件影印，二为加标点排印，或两种方法相结合。前者如《上海图书馆藏明代尺牍》(2002)、《颜光敏家藏尺牍》(2006)、《赵凤昌藏札》(2009)、《小莽苍苍斋藏清代学者书札》(2013)，图版清晰，用存原貌，所附释文，殊便对读。后者如《艺风堂友朋书札》(1981)、《汪康年师友书札》(1986–1989)、《冒广生友朋书札》(2009)等，其底稿或已非书札原件，而是经前人汇辑并誊抄之本，再经标点整理而付印。无论影印或排印，前人未刊书札之刊布，莫不深受读者和研究者欢迎。

前人未刊书札之刊布流行，为文献学者增加大宗新史料，也提出新研究课题。首先是稀见文献日出，令人欣喜之余，又深感目录调查任务紧迫。书札文献幸获保存，公私藏家珍护逾常，而存藏信息多不透明，书海茫茫，仍属可遇而不可求。国内大型图书馆收藏之文献，经历年整理，目录初备，可供检索，而书札文献因其类型特殊，整理尚属起步，或虽经整理，开放利用，仍存壁垒。图书馆以外相关资源，如文博系统之收藏情形仍不明确，令人无从问津。由此衍生之问题，是书札之调查与研究如何深入。窃思书札文献之目录调查，有其自身特点，如其形制或册页、或卷轴，其题名或统称、或略称，著录规则不同于普通古籍。具体至一部书札之稿(抄)本内，每通书札之撰写者与收读者、正文与附言（正启与副启）、信笺与封套、发收时间与地点等信息，细节繁复，均为著录者所应用心，同时也对书札收藏机构及研究者提出较高要求。至书札内容之研究难点，如原件之真伪，字迹之辨认，文辞之句读，称谓之分析，字号之查证，术语之解读，年月之判断等，在在具有挑战意味，非浅学者所能胜任。书札研究乃文献整理中专门之学，亟须培养具备综合素养之文献学者来承担。

柳君向春，生于西北，求学东南，笃好文献，持志弥坚。自其负笈复旦大学，即利用本校馆藏《流翰仰瞻》稿本，遍读清代朴学大师陈奂之师友书札，并据陈奂所撰《流翰仰瞻小传》及《师友渊源记》，查考相关文献四百余种，旁搜博采，剔抉幽隐，完成《陈奂交游研究》博士论文，多受好评。毕业后服务上海博物馆，复参加馆藏《冒广生友朋书札》整理，沉潜校订，多所历练。因慕前贤风流文采，近年研究兴趣，遂偏重于清末民初学人书札之笺释。柳君思勤笔健，佳作联翩，不数年间，遂集腋成裘，有此《笺边漫语》之集。集中文字，此前每当脱稿，皆蒙示读，赏奇析疑，多资启沃。兹再重阅，益钦其言之有故，持之以恒，潜心于他人所惮为之学而专研有得，足称难能。盖考订之学，最重实据，前贤书札，多失连贯，片言只语，偶然而存，不明本事，无从利用。柳君乃能心细若发，以意逆志，证之以本传、文集、日记、题跋等，广征博引，钩稽史料，参互证明，遂使戋戋书札短语，生发出关联史实，令人目不暇接，如亲前贤声欬。柳君以笺释书札之功，自辟治学门径，不诡不随，足征其志趣不凡，若仅以谙熟晚近人物史实、善于考订为其所长，犹浅之乎以测柳君焉。

甲午孟秋古婺吴格识于复旦大学光华楼

本书涉及的部分人物影像

翁方纲（1733-1818）

王念孙（1744-1832）

王引之（1766-1834）

金正喜（1786-1856）

陈奂（1786-1863）

冯桂芬（1809-1874）

莫友芝（1811-1871）

俞樾（1821-1907）

吴大澂（1835-1902）

缪荃孙（1844-1919）

叶昌炽（1849-1917）

李详（1858-1931）

郑孝胥（1860-1938）

孟森（1869-1937）

冒广生（1873-1959）

徐森玉（1881-1971）

傅斯年（1896–1950）

王欣夫（1901–1966）

赵万里（1905–1980）

罗福颐（1905–1981）

陈梦家（1911–1966）

目 录

高邮王氏父子与陈奂往来函件编次

高邮王氏父子为乾嘉小学重镇，所著《高邮王氏四种》为从事训诂、小学研究之必读。其生平亦邃为广大学者所周知，兹不复赘。陈奂字硕甫，号师竹，晚号南园老人，长洲籍诸生，为清代另一小学大师段玉裁之入室弟子。陈奂其人经术湛深，尤谙于《毛诗》，为清代著名《诗经》学家，所著《诗毛氏传疏》三十卷被誉为清代《毛诗》学集大成之作，历来为众多学者所重视。

现存高邮王氏父子与陈奂往来书函共计十五通，其中陈奂致王引之五通，王念孙致陈奂一通，王引之致陈奂九通。分别见于陈奂《三百堂文集》[1]、罗振玉辑《昭代经师手简续辑》[2]，王念孙《王石臞先生遗文》[3]及王引之《王文简公文集》[4]。

高邮王氏父子与陈奂相识于嘉庆二十三年陈奂初次入都之际，二氏相识相知之经过，在陈奂所作《师友渊源记》[5]中记载颇详：

王名念孙，字怀祖，一字石臞，高邮州人。乾隆乙未进士，直隶

---

1. 王大隆辑：《乙亥丛编》本，收陈奂致王引之函两通。
2. 罗振玉 1918 年刊本，收陈奂致王引之函四通，其中第四通已见《三百堂文集》。
3.《高邮王氏遗书》本，收王念孙致陈奂函一通。
4.《高邮王氏遗书》本，收王引之致陈奂函九通。
5. 上海图书馆藏汪氏郎亭清稿本。

巡永定河道，尚书文肃公安国子。公晚年始生先生，四岁即口授《尔雅》。稍长，从学于戴东原先生，故戴氏有段、王两家之学。嘉庆二十三年戊寅，奂入都谒先生，先生有骹软疾，从者扶而行，命无揖，且曰："吾不见客十七年矣[1]，段若膺先生殁后，天下遂无读书人矣。"送出及胡同口，曰："瘽病不能答拜，明日遣儿子引之答拜也。"前辈之接待后进如此。每论著书，必于所托者尊，或其书中经后人改篡，又复后人不能諟理，则奋志研虑，日定以课程。发前人之未发，味众人之不味，必底于有成而后止。书示《集韵》三则、《毛诗传》三则，端楷数千言。子引之、孙彦和、曾孙恩沛皆有题，为捊《四代手墨》，装成长卷。余又备载颠末，记不一记，附以余门诸弟子，若管庆祺，潘遵祁，弟希甫，子侄观保、贵生，马钊，弟铭，丁士涵，费宝锷，陈倬，杨岘，李善兰，汪毓沈，随后赞、跋各记渊源，卷长五六丈。庚申四月十三日，苏城陷，此卷遗弃钮家巷潘相国馆中。盖以深造自得者诲人也。年八十，奂书联云："代推小学有达人，天假大儒以长日"称先生寿。句当意，以为"吾且守藏箧中，而不与世俗富贵寿考作颂祷者同张县矣。"道光七年丁亥，再入都，犹及见先生。属校《管》、《荀》书，间有校语，则载记《杂志》中，前辈之不没人言又如此。撰《广雅疏证》十卷、《音》一卷、《读书杂志》十种八十二卷、《志余》二卷，寿八十有九。

此为嘉庆二十三年秋间事，时王念孙七十五岁，王引之五十三岁，陈奂三十三岁。

王氏父子与陈奂一晤之后，即引以为知己，自此往来不绝，交游持续四世，历久弥笃。同治二年，陈奂以七十八岁高龄在上海因病去世。上溯自嘉庆二十三年，二氏之交往已历时四十五年。

陈奂自嘉庆二十三年秋入都，至道光二年冬南归，在京四年。其间，

---

1. 据闵尔昌：《王石臞先生年谱》（复旦大学图书馆藏民国间刊本，下简称闵《谱》）"二十三年戊寅七十五岁"条注："不见客十七年系依硕甫撰先生《遗文叙》，前十七年先生方在永定河工次，不应谢客。十七年十字疑衍，当是先生罢官后不见客耳。"闵说可从。

陈奂与王念孙往来问学无虚日，二氏见必论学，娓娓不倦，乃至引之每“进谒必叮咛曰:老人好论书，论书眠不得也。慎毋久坐。”[1] 关于此四年间二氏之交往，现存文献皆语焉不详，其往来详情，亦不可尽考。唯现存王引之与陈奂函及陈奂回函各一通，可知为此间所作，说详见下文。

又据陈奂《师友渊源记》载，王念孙尝“书示《集韵》三则、《毛诗传》三则，端楷数千言。”《王石臞先生遗文编次序》亦曰:“既而，奂归南，先生每念不忘，精整端楷写示《毛传》、《集韵》各三则，几千百言，遂装成长卷，尊奉圭臬。”[2] 今查《王石臞先生遗文》卷四有《致陈硕甫书》，内容大体与上述二文所述同[3]，当即为是书。此书原件曾为陈奂精装成卷，至五六丈之长，各家题跋款识琳琅满目，洵足宝藏，惜已毁于咸丰庚申之乱，不复存于天壤间。此函刘盼遂《高邮王氏父子年谱》[4] 及舒怀《高邮王氏父子年谱新编》[5] 皆系于嘉庆二十四年。然据上引《王石臞先生遗文编次序》中陈奂所述 :“奂归南，先生每念不忘，精整端楷写示《毛传》、《集韵》各三则……”可知，其必为道光二年以后所作。或者即作于道光三年陈奂返乡伊始，亦未可知。日本山本正一所作《陈硕甫年谱》则“推测此信为六年春寄出，而据陈先生的《与王伯申书第二》(《文集》卷下[6])‘覆悉分韵二十一部’来看，寄信当为此年。”[7] 今考陈奂此函，中曰 :“新正奉惠书并赐老伯大人恭纪与宴诗六章，具征盛事，儒林共庆。书中又覆悉分韵廿一部之理与四家《诗》师传异同之事，备示详慎，敬受教益，感谢感谢。”可知陈奂所云“覆悉分韵二十一部”乃为王引之来函而言，与念孙

1.《师友渊源记》。

2.《三百堂文集》卷上。

3. 卷四《致陈硕甫书》:“垂问《毛诗故训传》,欲为厘正,是所托已尊。屡读大著条示,俱极精审,洵非鲁莽者可以从事。亦思兼治丁氏《集韵》，以考古人音读，汉魏后之音转、音变，足征用意之劳。余窃以为《集韵》当先治其纰缪处，如许九讹为许元之类，表而出之，则廓清之功已甚伟矣。奉到茧纸二幅，谨书《毛传》、丁《韵》鄙著六条，录呈左右，拜求教正……”

4. 下简称刘《谱》。《高邮王氏遗书》附。

5. 下简称舒《谱》。《高邮王氏父子学术初探》附，华中理工大学出版社，1997 年。

6. 即《三百堂文集》卷下《与王伯申书》辛卯。

7. 该《谱》“道光五年”条，下简称山本《年谱》。见《陈奂研究论集》，林庆彰，杨晋龙主编，台湾“中央研究院”文哲所出版，2000 年。

无关。再考念孙原函，云:“又蒙垂问古韵部分，即于段茂堂先生《音均表》十七部中，分出缉、叶、帖一部，合、盍、洽、狎、业、乏一部，质、栉、屑一部，祭、泰、怪、夬、队、废一部，共为廿一部。月、曷、末、黠、辖、薛则统于祭、泰部，去声之至、未、霁，入声之术、物、迄仍是脂、微、之入也。若冬韵则合于东、钟、江而不别出，此其崖略也。”仅为大概介绍其分韵之状况，亦并未详细剖明其间分合之缘由。

嘉庆二十四年，王引之《经传释词》刻成[1]。除夕，陈奂即收到王引之所赠之全部十卷，使“始知经传中有实义字而为助语者，有虚义字而为数训者，昔人未了，独先生一一详释之。”二十五年正月五日，引之又致书陈奂，订正陈奂“雍种”一则，并以《庄子》、《国语》为例，说明“匏”、“瓠”二字无甚分别。而回函中，陈奂再将自己两条研究心得录示引之，以求校正。[2]陈奂此函，王欣夫先生系年于二十四年，而据函中所言，陈奂已于上年除夕收得《释词》，且又已接至王引之新正五日所作之函，则陈奂此函，必作于二十四年之后无疑。再因《释词》二十四年方得刻成，则此函作于二十五年或可无疑。山本《年谱》系赠书事于道光三年，未知何据。然以《释词》刻毕之嘉庆二十四年，方为陈奂居京师之时，引之于此际赠书，当最为合情合理。山本《年谱》因将赠书之事误系于道光三年，与此相应，则王引之《与陈硕甫书》第一通亦为误系于三年。山本陈述系年缘由为:“按，王大隆注收到此书是己卯年（嘉庆二十四年）。然己卯先生（陈奂）在京师，常出入王家论学，无必要再书牍往来。故推测此事可能发生在先生南归后不久。姑系此年。”[3]此正可见山本之昧于当日情势。朝夕相处而仍有书函往还者，于古人交游中极为经见，不足以此为疑。

道光三年三月十三日，王念孙八十寿辰，陈奂“书联云：‘代推小学有达人，天假大儒以长日’称先生寿。句当意，以为‘吾且守藏箧中，而不

---

1. 阳海清：《文字音韵训诂知见书目》，湖北人民出版社，2002 年。
2.《三百堂文集》卷下《与王伯申书》己卯（此函当作于嘉庆二十五年，王欣夫先生系于二十四年误）、《高邮王氏遗文·王文简公文集》卷四《与陈硕甫书》第一。
3. 山本《年谱》“道光四年”条。

与世俗富贵寿考作颂祷者同张县矣。'" [1] 此正可见陈奂与王念孙心意相通，及彼此默契之情。道光五年，王念孙八十二岁，上距其乾隆三十年钦赐举人正值周甲，恩赐重赴鹿鸣筵宴，并赋纪恩诗六章以志铭感。[2] 次年正月，陈奂即收得引之书函及王念孙所作六章纪恩之诗。此函中，引之详尽申述"分韵廿一部之理与四家《诗》师传异同之事" [3] 而陈奂之回函则告知"读大著《经传释词》,抽绎微妙,嘉惠良多。乃本《释词》之例读《毛诗故训传例》,寻其词句，依训推类，亦藉得其条贯焉。" [4] 王欣夫先生系此为道光十一年，但据陈奂回函有"后学制陈奂谨再拜，伯申先生阁下。新正奉惠书并赐老伯大人恭纪与宴诗六章，具征盛事，儒林共庆……"云云，陈奂四年七月丧父，而念孙之纪恩诗则作于上年，故此函当为道光六年所作。[5] 又与此函左近，引之再致书与陈奂 [6]，书中于陈奂之说直陈异议，无丝毫之回护，此亦可见古人交游之不苟：

> 至"王事敦我"，"敦，厚也。"于经义尚未允协，故郑易之云，"敦，犹投擿也。"《笺》是而《传》非，似不必曲为之讳。尊说又言，三家诗多用本字，疑以己意读经，不必尽是师传本子不同，如司马迁以训诂字代经之比。案三家诗训诂字皆在注中，如"是艾是濩",《韩诗》"艾"作"刈"，云取也。"实命不犹",《韩诗》"寔"作"实"，云有也之属，是也。未尝取以代经。其正文字异仍是师传本子可知，故其字虽异而声则同，非若司马迁以训诂字代经，义同而声异也。

此函刘《谱》、舒《谱》、山本《年谱》皆系于道光五年，然其中言"家

1.《师友渊源记》。

2.据闵《谱》，本年王引之有与陈奂函，然不明其具体所指。另据本文之考订，则此年引之并无作书与陈奂。

3.《三百堂文集》卷下《与王伯申书》辛卯（此函当作于道光六年，王欣夫先生系于道光十一年误）。

4.《三百堂文集》卷下《与王伯申书》辛卯。

5.山本《年谱》同此。

6.《王文简公文集》卷四《与陈硕甫书》第二。

君重宴鹿鸣，辱承殷惓致贺，感谢靡涯。前稔大兄先生读书杭州山寺，此时已还归不……”正是接前引陈奂之回函而言，故此函之写作，亦当为距上函不远之道光六年。

九年春，引之致书陈奂[1]，述及念孙父子于陈奂“衍字二条”佩服之情，且表明已于《尔雅述闻》内引用。又就陈奂来函中所述《敝笱》、《九罭》二诗《传》中“大鱼”之训提出异议，以为陈奂据段玉裁之说径去“大”字，乃改《传》以从《笺》，为不可从。该函最后，引之告知即以所著《经义述闻·毛诗》三册寄呈又托付陈奂与黄丕烈家商借所藏宋本《荀子》，俾仿照刊刻行世。又据此函，可知引之于八年之冬[2]尝接陈奂手书一通，并曾作回复及附寄家刻《逸周书杂志》二册。之后，又曾托人转寄《经传释词》一部，然九年二月间陈奂再次作复时却仍未收得《逸周书杂志》、《经传释词》二书及引之之函件。关于这一事件之结果，可借《昭代经师手简续辑》所收陈奂致王引之书第二通获知，此函王大隆先生所辑《三百堂文集》未收，兹录全文如下：

陈奂致王引之函第二通

伯申先生经席：昨奉到去年九月望日复书，并蒙老伯大人惠教《逸周书杂志》一种，奂拜颂之下，感谢靡已。所转送大著《释词》一部，已交黄荛圃先生令孙矣。[3]来书因带信人道绕河南，复从浙江舍弟处转寄，是以淹迟半载。所云北宋钱佃《荀子》，去年接信后曾向黄处借录，黄氏所校钱佃本在世德堂本上，奂所过校钱本在谢刻本上。其宋（钱）本行款及世德本与谢刻本不同之处，皆未暇细校。今来书，行将《荀子》

1.《王文简公文集》卷四《与陈硕甫书》第三通。函中言“拙著《经义述闻》付梓未竟……”可知其当作于即将刻毕之时。十年，《述闻》行世，则此函作于此前不久可知。

2.据下引《昭代经师手简续辑·陈奂致王引之书》第二通，此函所作时间当在九月十五日，此云“去岁之冬”，当为虚指。

3.引之《与陈硕甫书》第三通云:“又有拙著《经传释词》一部转送江琴涛先生令孙”，江琴涛，即江声，其孙为陈奂业师江沅。而陈奂此函则云“已交黄荛圃先生令孙矣”，疑有误。

重刻一部，嘉惠来学，奂闻之不胜欣喜，即诣黄家借校，而荛翁令孙适又远出，只好竢借到重录，觅便寄呈。恐劳注念，先此布闻。二月中旬又有一信，校正《毛传》讹字十则，录呈乞教，幸为指示。翘企祷切。肃此具复，诚请著安，不尽依依。后学陈奂顿上。老世伯大人尊前恭请福安。并谢大校。

三月望日谨冲。

细绎此函，可知道光九年三月望日陈奂作书之时，尚未收得上述引之之函（第三通），而此函之目的，在于告知引之：一，所寄两种书籍已收讫；二，宋本《荀子》暂未借到；三，二月中旬曾有一函，内容为“讹字十则”。

陈奂去函引之后不久，陈奂已得见黄氏，将黄丕烈所校《荀子》过录并以自校一通寄予京师。引之回函赞曰：“尊校《荀子》按语确为精彩，与家君不谋而合者颇多，所谓德不孤也，佩服之至。”[1] 王念孙道光十年五月二十九日所作《读荀子杂志补遗叙》亦曰：“去年，陈硕甫文学以手录《宋钱佃校本异同》寄来都，余据以与卢本相校，已载入《荀子杂志》中矣。”[2] 陈奂之校录成果，曾为其弟子丁士涵汇钞为一卷，今可见于王欣夫先生《蛾术轩箧存善本书录》[3] 甲辰稿卷三“荀子校语一卷”条附录，念孙所采入《杂志》者十二条，已皆见其中。山本《年谱》以“信中谈到已全部收到先生手校本《荀子》的情况来看，其时间亦是此年”[4]，将王引之与陈奂书之第三、第五通及陈奂致引之第二通均系于道光五年。刘《谱》、舒《谱》系《与陈硕甫书》第三通于道光六年，《与陈硕甫书》第五通于道光七年，然王念孙《读

1.《王文简公文集》卷四《与陈硕甫书》第五。此函中有“兹先将已刻之二十卷（《经义述闻》）托令侄寄呈左右”之语，然陈奂之从侄陈兆熊已殁于道光六年之冬，或许此时陈奂别有一侄在京亦未可知，疑不能明。山本《年谱》正据此而定此函为道光五年兆熊未殁前所作，然亦嫌武断。又下引陈奂回函中言“腊月八日舍弟归里，接奉手教，并赐到大著《述闻》二十三卷。”亦不明所指。然此函作于道光九年则庶几无疑，据李庆《顾千里研究》（上海古籍出版社，1989 年。）道光八年“九月二十四日，千里寄书王引之，答其所询《荀子》版本事。”可知，正是根据顾千里所提供之版本线索，王引之乃嘱陈奂代为从事钞校。

2.《王石臞先生遗文》卷三。

3. 鲍正鹄、徐鹏标点整理，上海古籍出版社，2002 年。

4. 山本《年谱》“道光五年”条。

荀子杂志补遗叙》云："去年，陈硕甫文学以手录《宋钱佃校本异同》寄来都……"则陈奂代校《荀子》并寄校语至京一事当在道光九年可知。[1]王引之《与陈硕甫书》第三通、《昭代经师手简续辑·陈奂致王引之书》第二通及王引之《与陈硕甫书》第五通内容均紧密相关，其写作时间亦紧紧相连，故其皆作于此道光九年间由此可确知。

《昭代经师手简续辑》计收《陈奂致王引之书》四通，其中前三通未收于王大隆先生所辑《三百堂文集》,第二通已见上文所引。又据函中内容分析，其第一通[2]、第三通当即作于引之《与陈硕甫书》第五通收启之后,全文如下:

陈奂致王引之函第一通

谨启者，九月廿日接奉手教，知《荀子》六册业已照入。来谕先将《天文训》[3]一篇抄录寄都，奂札询汪姓从无一音回复，是以即从黄氏校宋本上倩人写出。后适在亲友家遇见汪姓，因约出城，即将《天文训》照原宋本细细对校。其《淮南》全书已钞出三本，据云需明春告蒇也。所钞《管子》[4]，实无妥便，迟迟未寄。邵鱼竹兄服阕来京，须十一月中到苏，可以托寄带呈无误。今以《天文训》二十叶奉达左右，其行款悉依原宋本钩清矣。大著《述闻》末后数卷倘已刻就，乞便赐下，以付装成，细意读之，幸甚幸甚。顺请伯申先生著安。

---

1. 闵《谱》亦系此于本年。
2. 山本《年谱》亦系此于本年。
3. 案:陈奂曾三校《淮南子》,据《三百堂文集》卷上所收道光四年《影宋抄本淮南鸿烈解跋》、道光十四年《校本淮南子跋》及上图藏道光十年陈奂《淮南鸿烈解跋》(清抄本)可知。函中所言陈奂校录之《淮南子》,当即指此清抄本而言。
4. 道光十四年，陈奂作《明刊本管子跋》，中云："北宋《管子》向藏黄荛翁家，旧阙自十三卷之十九卷，影钞补足。荛翁殁，其书尽归汪君阆源家。己丑九月，王怀祖先生属钞，乃向汪氏借录。奂对勘之余，作《辨误》一卷，与《杂志》复者削之，得六十余则，因自过录于明刻刘积本。明刻差误极多，乃知宋本之足贵。"可证此函所作时间。又可参江澄波《古刻名钞经眼录》所录陈奂《管子》跋："此北宋本《管子》，旧藏黄主政荛圃家，今为王大司空伯申向汪君阆源借录嘱校。因自校一过，又作考证一卷。时道光九年九月朔长洲陈奂记。"(第22-124页，江苏人民出版社，1997年。)

后学制陈奂谨再拜。

世伯老大人尊前叱请福安。

陈奂致王引之函第三通

伯申先生经席：腊月八日舍弟归里[1]，接奉手教，并赐到大著《述闻》二十三卷，自《易》、《书》、《诗》至四《礼》四《传》，每说一经必令人解颐。国朝经学之昌，至此可称全盛矣。《毛诗》三卷与鄙意合者颇多，因窃以自喜，而又得扩闻充识，感惠正不可言喻。《荀子》付梓人否？来教云奂手校之本已可照此重刊，原宋本如未钞写，则以中止为妙。奈奉谕稍迟，此书业托黄家钞写，奂将尊意与黄氏商量，其势已不能中止，只好多此一费矣。闻黄氏尚有校宋《管子》、《列子》、《淮南子》等书，若思重雕，亦当向伊借录，错误于前，补过于后何如？十一月十二日奂曾修一函，谅蒙照察。知廑远注，肃载布闻，谨谢大教，顺请崇安。

后学制陈奂谨再拜。

老伯大人尊前恭请福安，谢教。

陈奂抄录《淮南子·天文训》寄至都中王氏寓所之时，王引之方从事《太岁考》之写作，而《天文训》则于其考证极有帮助。故而，引之专意回函致谢云："拙著《太岁考》十二篇，赖有寄示之宋本《淮南子》又加一证，感荷奚如！"[2]并特别强调："兹先呈上《太岁考》下卷，祈改之。弟八叶九

1. 王引之在《与陈硕甫书》第五通中言："先将已刻之二十卷托令侄寄呈左右"，而此处则又言"舍弟"，山本《年谱》以为当指陈奂从侄陈兆熊而言，然兆熊已于道光六年殁于京师，故将此函系于道光五年。然据函末陈奂署"后学制陈奂"，而陈奂之父丧于道光四年七月，此时已出二十七月丧期。母丧于道光七年九月，时间与此吻合，故此函所述"舍弟"，当系别指，非如山本所认为之"舍侄"之误。

2.《王文简公文集》卷四《与陈硕甫书》第四。引之此函刘《谱》、舒《谱》系于六年冬，然据上文之考订，可知其误。山本《年谱》亦系此函于本年。

叶及辨《荀子注》'崒者崔嵬'及《采菽传》'平平，辩治也'二条，未知是否，统希教正。"[1]

道光九年年底将近，引之又有函致陈奂[2]，当为上文所引两函之回复。据此可知，引之已接到上述两函及宋本《管子》抄本、陈奂校语。此外，引之亦将所刊诸书之进度告知陈奂：《荀子杂志》刻完二卷，将于明年夏秋间刻毕。《述闻·通说》则已刻毕一卷。函中引之又提及曾于此前一月作书与陈奂，然该函现已无踪可稽。此第六函刘《谱》、舒《谱》系于道光八年十二月，然据函中所述"收到宋本《管子》抄本与尊校各条……"则此函作于本年底无疑。

《王文简公文集》卷四所收之《与陈硕甫书》第七，以函中述及《荀子杂志》八卷已刻成故，则据念孙《王石臞先生遗文·读荀子杂志补遗叙》及上文所考订，当作于道光十年[3]。刘《谱》、舒《谱》系此于九年。而以上文所述，九年底《荀子杂志》仅刻成二卷而已，与事实不符。又此时倩汪氏代钞之《淮南子》亦届蒇事，故引之托付陈奂一并代为雠校[4]。陈奂作为段玉裁弟子，说经一本其师，虽段氏有所歧误亦沿袭不置，且多方为之委曲回护。对此，引之亦直言奉劝，不稍假借：

段茂堂先生《诗经小学》考订精审，而所引他人之说间有不足存者，如王中丞汝璧之解"日居月诸"，穿凿支离而乃见采择，似择焉而不精

1.《王文简公文集》卷四《与陈硕甫书》第四。

2.《王文简公文集》卷四《与陈硕甫书》第六。山本《年谱》系此函于本年十月。

3. 山本《年谱》"道光十年"条："按刘盼遂的《王氏年谱》，此事记作道光九年。然据《荀子杂志》中的王念孙《叙》，其时间是为道光九年十二月二十九日，在这年内送书于先生，疑问很大。并且道光十年秋，王引之在《与陈硕甫书》第八通中，还向先生询问是否收到《荀子杂志》。如说此事发生在道光九年，实是很不合理。"

4. 据陈奂手跋："八卷《本经训》阙第九叶，十四卷《诠言训》阙第八叶、第九叶，十六卷《说山训》阙第二十叶、第十六叶，共计阙五叶。《诠言》、《说山》板心小号，又误改误倒，此系宋刻之误。《诠言》、《兵略》二篇每行下半多损坏不能辨，而全书字既小，印本又漫漶。今得荛翁手校本互勘，其字迹之隐约者即从黄校本校补，其字迹之全然磨灭者不复校补，恐失其真也。此刻北宋本旧藏扬州曹楝亭家，后藏苏州黄荛圃家，近藏苏州山塘汪阆源家。道光十年六月十一日，陈奂硕甫氏校毕记。"（上海图书馆藏陈奂校《淮南鸿烈》清抄本）

矣。想尊著内必不守此曲说也。

道光十年，王引之收到陈奂所寄之校本《淮南子》与苏州新刻之《仪礼管见》，乃即回复曰："兹于仲秋两奉手教，并奉到宋本《淮南子》、《仪礼管见》。"又言："《仪礼管见》及致胡主政书，已送交。"[1] 此事亦可藉道光十二年胡培翚与陈奂书为证："前岁奉到手示，并《仪礼管窥》一部。"[2] 又据引之此函，知陈奂亦有《管子》校本，其间考证皆详备精审，惜今已难觅踪迹。[3] 陈奂之《诗毛氏传疏》，据其自述："此疏之作，始于嘉庆壬申从学段氏若膺先生于苏郡白莲桥枝园，亲炙函丈，取益难数。"至此已届廿载，虽无定稿，然其中精义已屡与王氏父子商榷讨论，故此函中，引之勉励曰："大著《毛诗考证》不日成编，即当付梓以示来学。弟远道不及相助，谨以前此所存余款聊佐剞劂之费，敬祈哂存，万勿见却是幸。"此年，引之六十五岁，《经义述闻》全书刻成[4]，所主持校刻之《康熙字典》，亦届蒇事。

又据舒《谱》，道光十一年九月十一日，王引之有"复陈奂书，寄示《读书杂志》九种并《汉隶拾遗》一本。按：闵氏据江阴缪氏所藏王氏墨迹录入《谱》中。"今考闵《谱》原文，可知此函实为复侯官陈恭甫书，恭甫名寿祺，为引之进士同年，非与长洲陈奂陈硕甫书，此当系舒氏一时手误。

1.《王文简公文集》卷四《与陈硕甫书》第八。山本《年谱》亦系此于本年。

2.《汪胡尺牍·胡培翚致陈奂书》第四通，复旦大学藏光绪二十五年刻《灵鹣阁丛书》本。

3. 此点又可见陈奂《三百堂文集·明刊本管子跋》："奂对勘之余，作《辨误》一卷，与《杂志》复者削之，得六十余则。"又张文虎《西泠续记》（光绪十五年刻本）云："又示《管子补注》，云昔王怀祖观察念孙作《读书杂志》，嘱以宋板分校，因随笔记此，汇而成卷，凡《杂志》所已见者皆汰之矣。钩抉疑义，校订异同，精核处甚多。"而据江澄波《古刻名钞经眼录》（第122-124页）云，尝见陈奂《管子》自校本，全书眉间粘有"奂案"夹签甚多，乃是《管子考证》之原稿。

4.《经义述闻》于引之生前凡三刻，一刻于嘉庆二年，书凡四册，不分卷，只五经义。再刻于嘉庆二十二年，书凡十五卷，即江西卢宣旬刊本。三刻即道光七年十二月京师寿藤书屋刊本（见《述闻》卷末标识），书凡三十二卷。然据王寿昌等《伯申府君行状》："自庚戌入都侍大父，讨论经义，凡有所得即笔于篇，过庭所闻亦备载之。迄庚寅成书，凡三十二卷，名曰'经义述闻'。"（见《高邮王氏遗书·王氏六叶传状碑志集》卷四）则此刻当完成于十年。此说又可参陈鸿森《阮元与王引之书九通考释》，见于《龙宇纯先生七秩晋五寿庆论文集》，第485-514页，学生书局，2002年。

道光十二年正月二十四日寅时，一代鸿儒王念孙卒于京邸。十三年，引之奉父柩南归，并于是年冬安葬念孙于江苏六合县北乡东岳庙镇南。热丧之际，引之仍念念不忘挚友之著述，守灵间歇，即致书陈奂询问其《传疏》之进度："大著《毛诗考证》谅已成编，未知何日付梓？"[1] 殷殷关切之意，溢于言表，足征二氏相知之切，投分之深。

又逾年，十一月二十四日，引之亦辞世，年六十九，予谥文简。"其仲子彦和，字慕蘧，官芜湖道，筑专祠于仪征，属（陈奂）为之篆额。"[2] 此时，上距嘉庆二十三年二人相识，已十七年之久。

（本文发表于《白云论坛》第四卷，北京图书馆出版社，2007 年。）

1.《王文简公文集》卷四《与陈硕甫书》第九通。闵《谱》本年云"有与陈硕甫书"，所指当即此函。
2.《师友渊源记》。

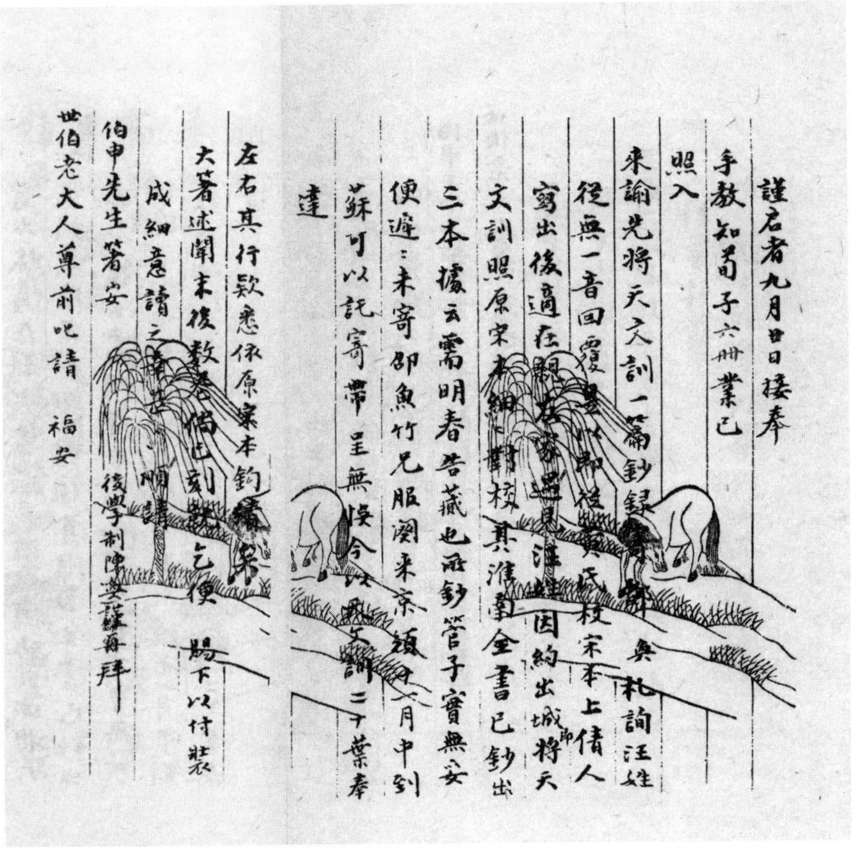
謹启者九月廿日接奉
手教知荀子六冊業已
照入
來諭先將天文訓一篇鈔録[illegible]奐札詢汪姓
從無一音回覆[illegible]即從[illegible]氏校宋本上倩人
寫出後適在[illegible]遇[illegible]淮[illegible]因約出城將天
文訓照原宋本細[illegible]校其淮南全書已鈔出
三本據云需明春告藏也所鈔管子實無妥
便遞之未寄卲魚竹兄服闋來京須十一月中到
蘇可以託寄帶呈無悮今以[illegible]文訓二十葉奉
達
左右其行欵悉依原宋本鈔[illegible]
大著述聞未後數[illegible]備[illegible]刻[illegible]乞便 賜下以付裝
成細意讀之[illegible]順請
伯申先生箸安
世伯老大人尊前叱請 福安
後學制陳奐[illegible]再拜

陈奂致王引之函第一通

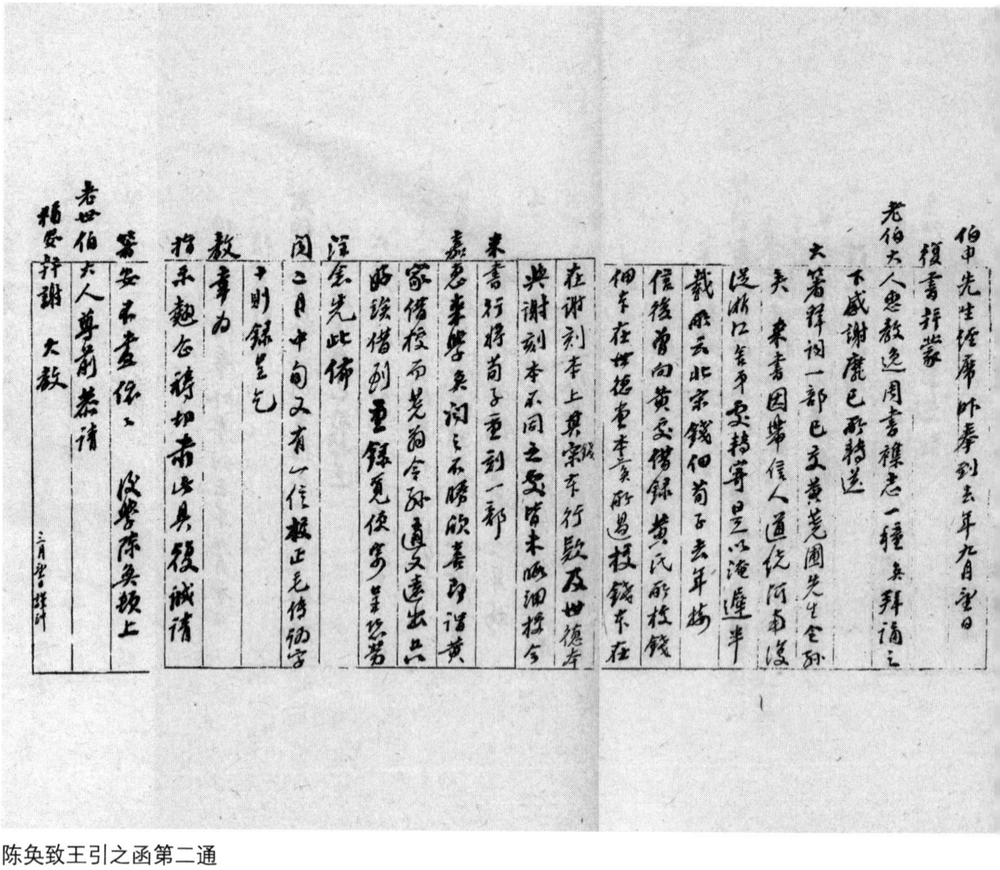
伯申先生侄席昨奉到去年九月望日
复书拜蒙
老伯大人惠教并周书禆志一种奂拜诵之
下感谢靡已所转送
大著释词一部已交黄荛圃先生令孙
矣来书因带信人道绕河南復
从浙江省中受转寄是以淹迟半
载所云北宋钱佃荀子去年接
信后曾向黄交借录黄氏所校钱
佃本在世德堂本奂所过校钱本在
在谢刻本上其宋钱本行款及世德本
与谢刻本不同之处皆未能细校今
来书行将荀子重刻一部
嘉惠来学奂闻之不胜欣喜即请黄
家借校而荛翁令孙遠出未
归借到重录觅便寄呈
注念先此佈
闻二月中旬又有一信极正毛传诂字
十则录呈乞
教章为
指示趋庭时切亦此具复祗请
崇安不尽依依 後学陈奂顿首
老世伯大人尊前恭请
福安并谢 大教
三月望日拜升

陈奂致王引之函第二通

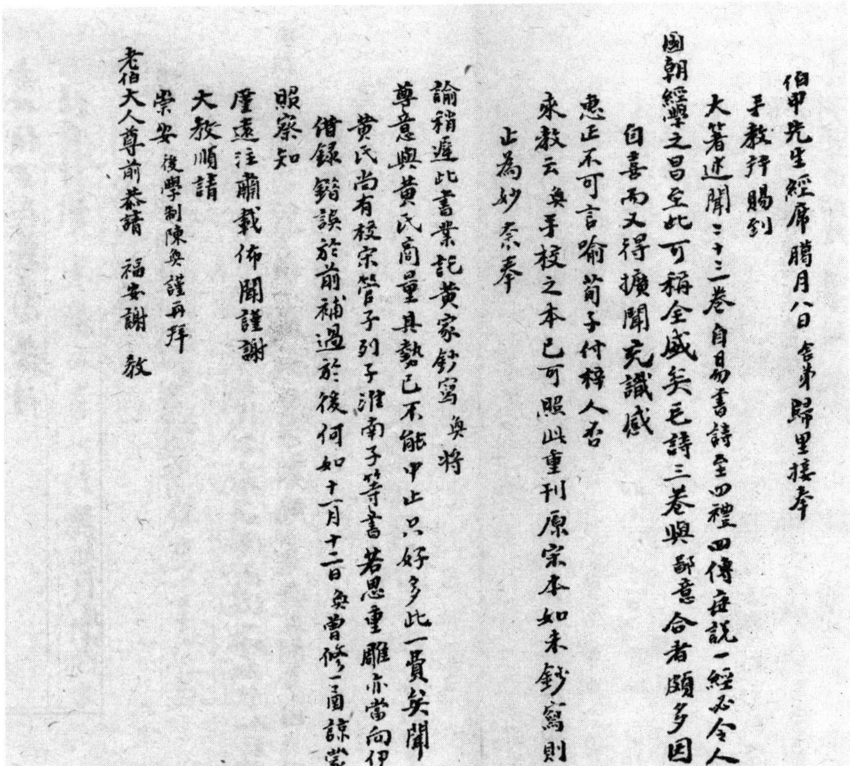
伯申先生經席 臘月八日 舍弟歸里接奉
手教拜賜到
大著述聞二十三卷 自易書詩至四禮四傳每說一經必令人解頤
國朝經學之昌至此可稱全盛矣 已詩三卷與 鄙意合者頗多 因竊以
自喜 而又得擴聞見 識感
惠正不可言喻 荀子付梓人否
來教云 奐手校之本已可照此重刊原宋本如未鈔寫則以中
止為妙 奈奉
諭稍遲 此書業託黃家鈔寫 奐將
尊意與黃氏商量 其勢已不能中止 只好多此一費矣 聞
黃氏尚有校宋管子列子淮南子等書 若思重雕 亦當向伊
借錄 鍇誤於前 補過於後 何如 十一月十二日 奐曾修一函 諒蒙
照察知
塵遠注 肅載佈闇 謹謝
大教 順請
崇安 後學制陳奐謹再拜
老伯大人尊前恭請 福安 謝 教

陈奂致王引之函第三通

陈奂致冯桂芬书笺释

一

在田家英小莽苍苍斋旧藏中，有一通陈奂致冯桂芬函[1]，全文如下：

陈奂致冯桂芬函

景亭年大兄大人执事：送别之后，奉致一书，续致张君洋饼、一书，当俱照入。驺从何时到宁？抑先到扬州？志局开工有日否？侧闻历来修志，扬人居多，今日杨人学问人品无出四子上者，四子分纂，不独总裁省力，且同辈亦省力。乃四子留其半，而半则无安砚之所，俾致乡隅，殊非爱士。可否能都转前旁击一声？都转若有私人，不妨增请。凡有益于己亦有益于人者，则言之；有损于己，且有益于人者，可言之。阁下好为益人之言，是以奂敢私言之。奂与杨季子亮、王句生翼凤，相慕卅年，始得遇见博山园。博学多闻，令人佩服。专函布闻，一切细底可面询季子耳。琐渎之愆，勿罪。感感。

即颂道安，统希朗察。

1. 中国历史博物馆编：《小莽苍苍斋藏清代学者法书选集》，第204通，释文见第368页，文物出版社，1995年。

愚弟陈奂顿首。

闻句生已有馆地。

据编者介绍，此函为七行笺，纵 22.4 厘米，横 12.3 厘米，共三页。其内容为道光三十年因纂修《两淮盐法志》事，陈奂撰书于主修冯桂芬，推荐杨亮、王翼凤两人。陈奂与冯桂芬一为长洲人，一为吴县人，都属于现在的苏州，再加上双方友朋的交集不小，因此两人大概早就相识了。但具体两人是如何过从？却因文献缺失，不得尽知。在陈奂的《流翰仰瞻小传》第九册中，存有陈奂所撰景亭的小传，云："冯编修桂芬，字景亭，吴人。道光二十年庚子榜眼，授职编修。"[1]但这只能表明两人曾有通讯往来，至于其具体函件，则除了这里所录一通之外，尚未发现其他。陈奂晚年，又曾撰作《师友渊源记》一篇，他自序其著作之旨为："今撰述《诗疏》，次序告成，凡《诗疏》中义有所采取者，必录其姓氏，而无切涉于己者勿录也。"[2]《师友渊源记》中，共涉及一百余人，其中并没有冯桂芬，这就说明，其实这两人的交谊主要是事务性或者应酬性的，而非学术性的。

函中所言，主要是关于修纂《两淮盐志》聘用人选的问题，但事实上，关于这次重修盐法志的资料甚少，据冯桂芬《显志堂稿》卷前的归安吴云序："岁庚戌，淮南改行票盐，余奉制府陆公檄赴扬州筹议新章，先生亦膺纂修盐法志之聘。"[3]而淮南票盐是从二月奉旨允行，至四月正式实施的。而在此期间，原任盐运使童濂恰好故去，则吴云去扬州商讨相关事宜，一定是在此期间的。故而，冯桂芬就任盐法志总纂一职，大概也就在这两个月之间了。又根据吴云这个说法，可知编纂盐法志一事确曾着手。但究竟有什么人参与编纂？有无成果？成果如何？现在却也不得而知。因不久之后的咸丰三年，太平军挥师东下，金陵、扬州先后失陷，如志书之类的物品，自然也就不问可知了。

1. 复旦大学藏王氏学礼斋抄本。
2. 民国二十三年董金榜刊《邃雅斋丛书》本。
3. 光绪二年冯氏校邠庐刻本。

二

先说函中言及的杨季子，即杨亮。陈奂《流翰仰瞻小传》第十二册记载：“杨处士亮，字季子，江都人。城陷不屈，饿死，孔幼安观察说。”又据光绪《增修甘泉县志》卷二十三《经籍》说[1]，他本名大承，字季子，道光间监生，游京师，从大兴徐松游，受西域舆地之学，著有《蒙古道里考》，又有《世泽堂诗文集》。太平军克扬州，著有《围城日记》，后绝食死。《世泽堂诗文集》不分卷，现存有清咸丰抄本，故宫博物院图书馆藏。但这个本子大概是个节抄本，内容很少，只有寥寥十几叶而已。而其他两种著作，估计早已经散佚无存了。杨亮为清初江南提督杨捷五世孙，世袭三等阿达哈哈番。故金雪舫《广陵近事诗》云：“文孙殉节炳千秋，记否平闽说故侯。劫后崇祠都不见，但看蝙蝠绕明楼。”[2] 自注云：“杨季子都尉为将军裔孙。咸丰癸丑殁于王事，似续无人，祠宇鞠为茂草矣。”杨亮与陈奂其实交情并不见得有多深，他们初识，就在陈奂写这封信的道光三十年前后，这一点，可由现存的杨亮致陈奂函中所述得知。

杨亮致陈奂函，今存三通，都是写于道光三十年间的很短的一段时间内，当时，陈奂在江宁，杨亮在扬州。其中两通都与上述陈奂致冯桂芬函相关，具录如下[3]：

杨亮致陈奂函第一通

十数年姓字相闻，欲望颜色不可得，不意博山一晤，遂成知己，幸也。十三日子坚来，得书，重以得奉周旋为念，感何可言。所致远林兄书，又即面付。尊著十四部，子坚先携一半至海州，如晤默深，致此意，

1. 徐成敷等修，陈浩恩等纂，光绪七年刻本。
2. 转引自董玉书：《芜城怀旧录》卷一，《芜城怀旧录扬州风土纪略》合订本，《扬州地方文献丛书》本，第 20 页，江苏古籍出版社，2002 年。
3. 见于《流翰仰瞻集》，陈奂辑，复旦大学图书馆藏手稿本。

想能不误耳。闻默翁又将来此，亮再促之，必能面致。前知已达石甫师前，未知后晤时，前信云何？务祈示我数行，并都转面述之言为望。

此颂，硕甫先生道安，不具。

亮顿首。

句生附候。

杨亮致陈奂函第二通

硕甫先生左右:子坚去后，又两致默翁书，始得回答。虽未能即来，总可不虚矣。来信求阅。惟昨得示,云有变局,不啻燕巢木上,未知何似，实念念。默翁今已在扬，海局已撤，其事大不妙，如何如何。弟等志事皆无着意。望老兄作书与冯太史，转恳于都转前，挽回此局。但云历来修盐志，扬人居多，今日扬人又无出四子上者。此四子分纂，不独总裁省力，且同辈亦省力也。都转若有私人，不妨加入。望老兄寄书来扬存下（前闻三月先到扬州），候其至时，相机为力。如太史先至金陵，即望先致此意，未审许此请否（孟侯）。远林兄处，已将来书相示矣。此颂道安，不具。

愚弟亮顿首。

函中说的博山，是指金陵的博山园。据汤贻汾的《博山园雅集图》中道光十七年九月十二日包世臣的跋文：

（道光）十五年冬……（陶澍）述职入都，上温询家世里居。公奏言：“臣家资江之滨，江心有石正方，曰‘印心石’。先臣筑屋其傍，曰‘印心石屋’，以课臣读。”上乃洒神翰为膀书大小各一轴，赐公摩诸崖，中外以为殊荣。公旋反金陵，士民佥谓，省城地脉自钟山入，西行历覆舟、鸡笼，展翅回互，起鼓楼岗，迤西渐南，再起再伏，而尽于博山。其峰体势员正如香炉以得名。清凉山镇其后，赤石矶抱其右，峨眉岭环其左，天印山当其前，实奇秀钟毓之区。且印心石，地灵也；赐额，天宠也。天印之名，斯若有待，宜于其地敬谨摹镌龙迹，便士民瞻仰，共知上为吾人，故嘉宠我公。又知我公所以膏泽吾人者，由先德之厚、庭训之严。请于公至再至三而后可。山巅旧有重屋三楹而无名，循级右转，有侧屋三楹曰余霞阁，欹颓久不治。邑绅沈琮理田、汪渡郥楼任事，通料算，遂鸠庀工林，于重屋前面天印创正堂三楹，供奉御书。葺余霞阁而新之，移重屋向与堂同，别辟山门，缭以周垣，间以廊榭，杂树花果为观美，又建深柳书堂于堂左，祀靖节先生……落成之日，士民请公名之，公曰："园以山成，山即园名，以示同之于众也。"十七年秋，江苏巡抚江夏陈公以监临乡试事至……公置酒余霞阁，召陈公暨诸君商度拓隙地，增精舍，以钟山、尊经两院首选之士肄习其中，而政暇亲加课校焉，诸君莫不赞叹希有者……[1]

道光二十六年丙午，侯云松的跋语中则说："博山园中印心石屋，陶文毅公供奉宸翰处也。落成后，绘图宴客，齐梅裘太守次坡公《烟江叠嶂图》韵，遂亦同作。当时议建惜阴书院，寻亦告成矣。"姚莹《博山园图记》一文中，对此也有记述：

江宁府城西石头山前小阜曰"博山"者，旧有四松庵，陶氏构阁读书其中，家惜抱先生题曰"余霞"，为之小记，嘉庆甲戌年事也……陶文毅公督两江军，爱其地，适有御书之赐，乃辟庵址而新之，于阁旁为惜阴书舍。爱公者，貌公镌石于壁，摩"印心石屋"御书四字而奉之，以文毅少日读书资江水中，一石如印，正当其舍。而此地前望天印山，恍如其旧居也。召侍僧让舟远来主之。复大辟书舍，筹经费，

1. 见于《博山园雅集图》，北京保利国际拍卖有限公司，2012年春季拍卖会"紫光霞蔚：古代书画夜场"3762号拍品。

延山长，课诸生，以永其业。[1]

这个博山园，是当时文化名流的聚集点，所以，杨、陈二人在此相识，也是合情合理的。

三

陈奂是在道光二十八年被当时的江苏巡抚陆建瀛敦聘，主持其家塾中的刊书事宜的。[2] 道光二十九年四月，陆建瀛升任两江总督，陈奂也就随着他一起来到了江宁，并继续主持陆氏家塾的书籍刊行一事，先后又校订了胡培翚的《仪礼正义》[3]、金鹗的《求古录礼说》[4]、江永的《韵书》三种以行世。而正是凭借着他在金陵节署寓居的便利，陈奂得以与南北往来的诸多学者名流建立起了深厚的友谊。杨亮之所以求援于陈奂，应该也不仅仅在于陈、冯二人相熟，而是因为陈氏为制府上宾，说项有力的缘故罢。函中说的子坚，据《流翰仰瞻小传》第九册所载："周大使贻朴，字子坚，湖南湘潭人。江苏海州盐场大使。"是前户部左侍郎周系英之三子，前两江总督陶澍之婿，魏源的挚友，杨亮曾在致陈奂的另一封信中说："子坚补缺在即，前日弟亦略言尊状。此人非今人，当亦不虚。"对子坚的评价极高。因为周氏是板浦盐场的盐大使，而魏源当时正在海州任职，所以信中会说"子坚先携一半至海州，如晤默深，致此意，想能不误耳。"远林则为陈奂弟子马钊，以军功授内阁中书。冯桂芬有《马中书传》，云："陆公督两江，行淮南票法，欲廉察商情而无其路。谓君通达正直，遂怂恿君运盐扬州，君赴之。"[5] 也就是说，这个时候，马钊正因江督陆建瀛之聘，在扬州任职。下文的"尊著"，

1.《东溟文外集》卷二，同治六年姚浚昌安福县署刻《中复堂全集》本。
2.详参拙著：《陈奂交游研究》相关章节，华东师范大学出版社，2010年。
3.详参拙文：《〈仪礼正义〉成书考》，见于《文献》，2005年第3期，第242-250页。
4.详参拙文:《金鹗〈求古录礼说〉刊刻源流述略》，见于《中国典籍与文化》，2005年第1期，第35-39页。
5.《显志堂稿》卷六，光绪二年冯氏校邠庐刻本。

是指陈奂以三十年之力才撰就的名作《诗毛氏传疏》，此书的刊行颇费周折[1]，而道光二十七年八月刊成后，又以销售问题，让陈奂很是头疼。杨亮这两封信中所说，就是陈奂拜托这些在苏北一带游宦的友人，想办法替他推销自己著作的事情。

函中又提到石甫，即桐城姚莹。陈奂《流翰仰瞻小传》第十一册中载："姚廉访莹，字石甫，安徽桐城人。嘉庆十三年戊辰榜下即用县，升任台湾道，以夷事罢。咸丰纪元，特授广西盐法道，寻升臬司。粤寇起，死事。"杨亮在这里称他为师，不知有何渊源？据广州陈晓平先生分析，道光十四年六月底，姚莹曾应江苏巡抚林则徐之招，参与批阅科考试卷。[2]而杨亮既然为廪生，则他一定曾膺科考高第。或许，当时杨亮就是姚莹所阅卷中所取的士子之一。如果此说成立，那杨亮称姚莹为师，倒也是合情合理的。道光二十九年己酉三月，姚莹应两江总督李星沅之邀至金陵，八月以后，即移寓博山园中，其《后湘诗集续集》卷七中有《移寓博山园与谦谷长老共数晨夕久之题其诗集》可证。而至少到该年冬季，姚莹依旧暂居此地，此卷中又有《博山园微雪》又可为佐证。也就是说，杨亮与陈奂结识，很有可能就是在道光二十九年的冬季，博山园姚莹的座中。而陈奂则不仅与姚莹是朋友，更在嘉庆年间在京游历访学时候，就与杨亮的老师徐松交好。所以，此时与杨亮相逢，自然是倾盖如故了。也正是因为如此，陈奂在其致冯桂芬信中说："奂与杨季子亮、王句生翼凤，相慕卅年。"这里提到王翼凤，显然属于连类而及。而从此上溯三十年，正是差不多嘉庆末年陈奂在京，与徐松等人交往之时。但那时的杨亮，是否已与徐松相识，还在未知。现在只知道，杨亮曾在道光二十年赴京，二十一年南返，之后则不曾再行北上了。[3]所以，这里三十年的说法，也就只是表达了两人互相渴慕已久的意思罢了。根据同治四年乙丑姚莹子浚昌刻其父《中复堂遗稿》完毕，所作

1. 详参拙文:《陈奂〈诗毛氏传疏〉之刊行与其交游》,见于《文献》,2006年第3期,第85-95页。
2. 详参施立业:《姚莹年谱》该年"六月二十三日"条，第134页，黄山书社2004年。
3. 杨亮撰:《送许海秋序》:"道光甲午冬，余客游京师……乙未秋试后，余遂辞燕台还广陵，车辙不复北矣。"见于《世泽堂诗文集》，故宫博物院图书馆藏咸丰抄本。

跋云："庚戌、辛亥之岁，先君既赴李文恭之招，未几，文恭引疾，遂为陆立夫制军所留。既而更张盐法，所言不用，辞归不许，强以九江验盐事……"结合杨亮致函陈奂的目的，那么这里信中提及姚莹以及相关情事，想来也是希望正为陆建瀛挽留的姚莹就修纂《两淮盐法志》的问题，给相关方面，尤其是两淮盐运使打打招呼吧！

都转，即都转盐运使。是都转盐运使司的长官，主要处理各地盐务事宜。该使司设置运盐使、同知等官职，掌控盐法政令。这里所指，显然是两淮盐运使。但道光末年的两淮盐运使一职任职情况比较复杂，据广州陈晓平先生考证："约道光二十九年年底或三十年年初，两淮盐运使童濂猝死，由扬州知府吴葆晋暂时护理。两江总督陆建瀛很快又命曾任过山东盐运使的江苏按察使联英署理。至三月二十九日得旨，授刘良驹为盐运使。刘良驹从京城到江苏上任，估计要四月下旬才能抵达。此后一直到咸丰三年三月，一直是刘良驹，中间有可能因出差或其他原因由张廷瑞暂署。"[1] 陈先生这段考证极为翔实，不过关于童濂病殁的时间，则可以由姚莹道光三十年十一月十六日所作《上陆制军辞南盐议叙书》中得知：

> 本年二月，童护运司甫定议上详而故。复蒙深鉴能办此事者，毅然以谢丞为总局，副之以范倅，而以魏牧至海州整理。又蒙圣主特命联臬司及刘运司二人随同宪台办理。联臬司精明独运，刘运司坚定不挠，是以明虑所及，诸人皆能遵奉力行。四月开局，不数月而成效已著。莹七月奉檄到扬，其时全局已定……[2]

姚莹的这段文字中，屡屡提及的刘运司就是上文所说的刘良驹，而杨亮所要陈奂转托冯桂芬予以关说的都转，应该也就是他。那么再结合陈晓平先生的考证，则陈奂这封信应该就是作于四月之后了。

《两淮盐法志》的编纂，起始于明代。入清以来，康雍乾嘉都曾重修，

1. 见于其豆瓣网文，又给笔者的电子邮件。
2.《中复堂遗稿》卷一，同治六年姚浚昌安福县署刻《中复堂全集》本。

而这次道光末年的重修之举，应该是发端于当时的盐运使童濂。童濂其人，不惟恪敬职守，精谨勤勉，主持编纂过《淮北票盐志略》等书。还风雅好古，发起修纂过《南北史补志》。据汪士铎《汪梅村先生集》卷七《南北史补志表后序》："往者，道光戊申己酉间，江夏童石塘濂太守权盐政，延仪征刘孟瞻文淇年丈暨杨君季子亮、吴君熙载廷飏、王君句生翼凤注《南北史》，设局邗城福因庵……"[1]这里提到的四个人，无疑就是杨亮致陈奂第二封信和陈奂致冯桂芬信中所说的四子。

又第一函中说"闻默翁又将来此"，第二函中说"默翁今已在扬，海局已撤，其事大不妙，如何如何。"结合《魏源年谱》道光三十年条："(二月)建瀛遂设总局于扬州，檄先生权淮北海州分司运判。"[2]可知，在淮南票盐改革过程中，曾经遭遇极大的反对[3]，以至于有传闻云海州分司也将撤销。在第二函中所说的冯太史，就是冯桂芬。冯氏为道光二十年庚子科李承霖榜进士第二人，授职编修，因此从古称为太史。将这封信与陈奂给过冯桂芬那封对勘，可知陈奂信的措辞和内容，基本上就来自于此。也就是说，这封信其实就是陈奂之所以给冯桂芬写信的原因。前面已经说过，陈奂作函的时间，大概是在四月之后，但结合当时的实际情形，应该也不会太晚，可能就在四月之内。那如此一来，杨亮给陈奂两函也就基本上可以确定为该年三月左右所作了。

另外需要提一下的是，当时的所谓四子中，留任的刘文淇是著名的经学家，同时还在主纂《重修仪征县志》，并受宝应朱彬之子士达的聘请，帮助刊刻朱彬的《礼记训纂》。而吴廷飏，他以后来的字让之而在后世享有盛誉，虽然不如之后那般大名鼎鼎，却也凭借其文史和艺术方面的修养，为当时人所瞩目。相较之下，杨亮和王翼凤两人的境况要差一些，但据陈奂的信中说，王氏当时也已经有了新的工作。所以，难怪只有杨亮最为着急了。

这封信发出去之后，有无回复？结局如何？都不可知晓。但我们根据

1. 光绪七年刻本。

2. 王家俭：《"中央研究院"近代史研究所专刊21》，第124-125页。

3. 这一点，可参倪玉平《试论陆建瀛淮南票盐改革》，见于《石家庄学院学报》，2008年第2期，第27-31页。

现在看到的这几封信，大致可以从中窥见旧时代底层文人学者的生活常态，了解其生活之艰辛和不易。而所能从事的职业，基本上都需要友人关说相关人员，才能获得。并不能有一个稳定的保障。

四

又据介绍，该笺纸上钤有“慧音室”朱文方印、“黄淬伯”白文方印。黄淬伯，江苏南通人。早年就读于清华大学国学研究院，受业于王国维、

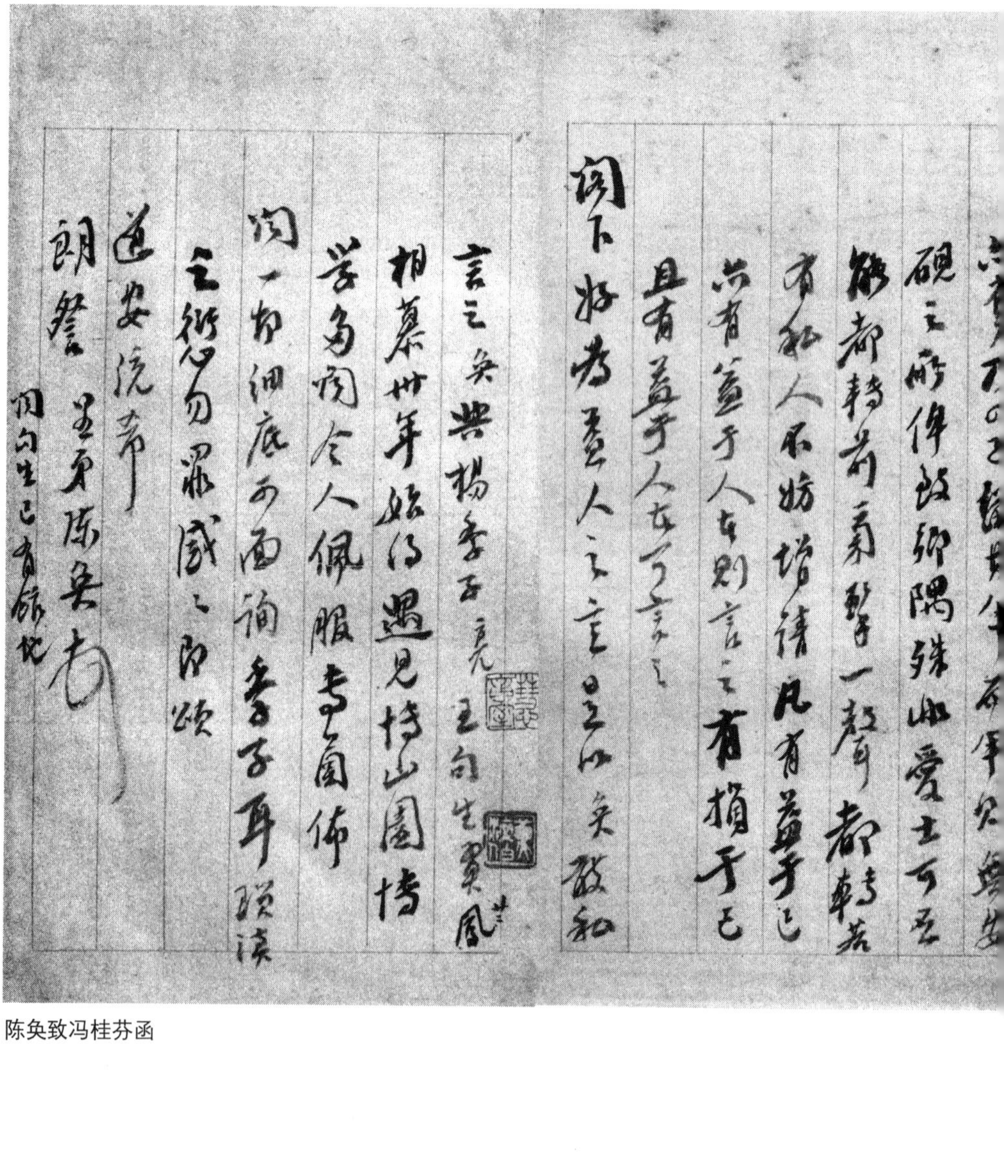

陈奂致冯桂芬函

梁启超等前贤。1949 年后，任教于南京大学中文系。黄先生一生致力于音韵学研究，所著《慧琳一切经音义反切考》深得业界许可。而他的其他研究，也都是建立在此基础上的。该笺纸上所钤“慧音室”印[1]，也是黄氏所有。但此函既经小莽苍苍斋收藏，则当在 1949 年后，即已由黄氏售出了。

（本文发表于《中国国家博物馆馆刊》，2014 年第 2 期。）

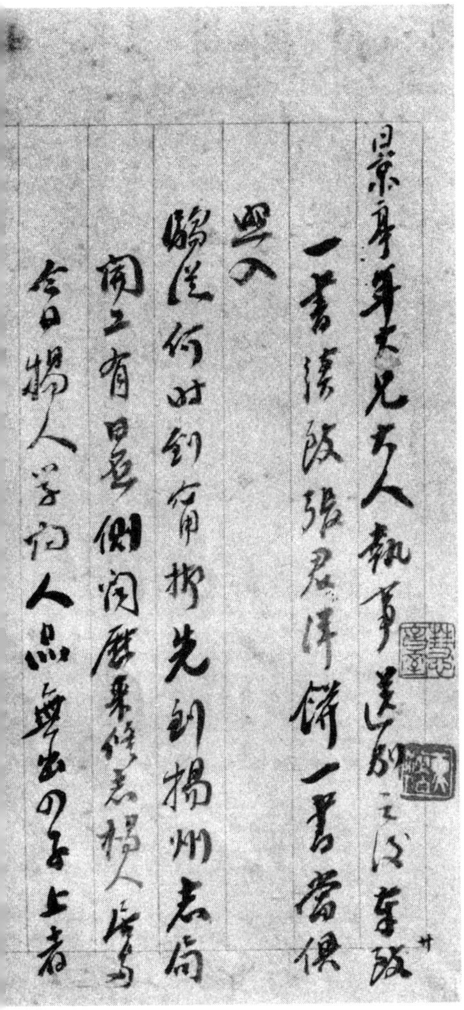
景鄭年大兄大人執事：送別之後奉教一書，讀竣張君傳錄一書，當俟興入。賜茳何時到甯，擬先到揚州志局閱之。有景側閱歷來修志揚人所為，今日揚人學問人品無出冯子上者

1. 据南通的严晓星兄见告，此印尚存黄氏家中。

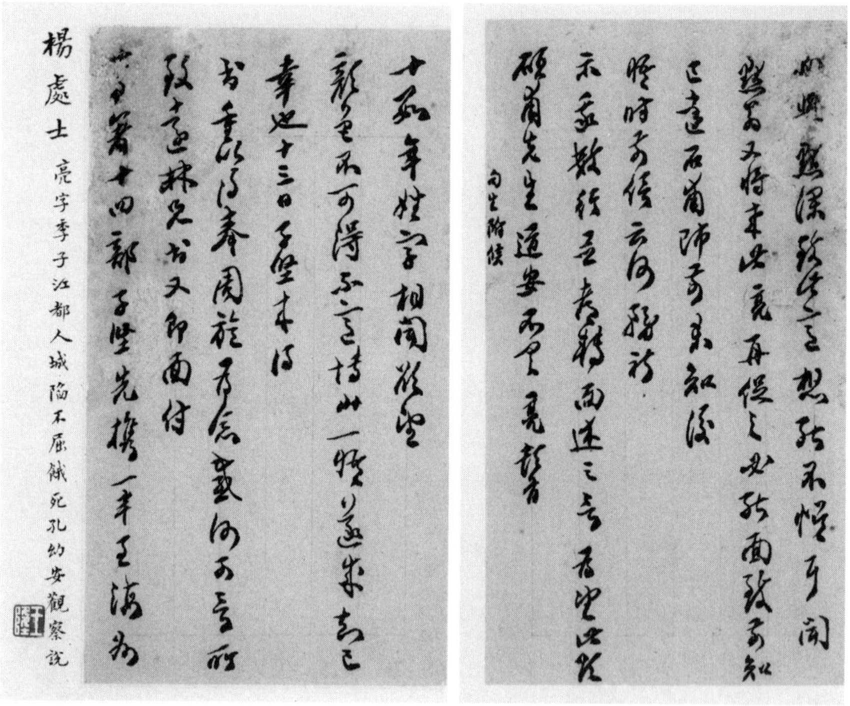

杨亮致陈奂函第一通

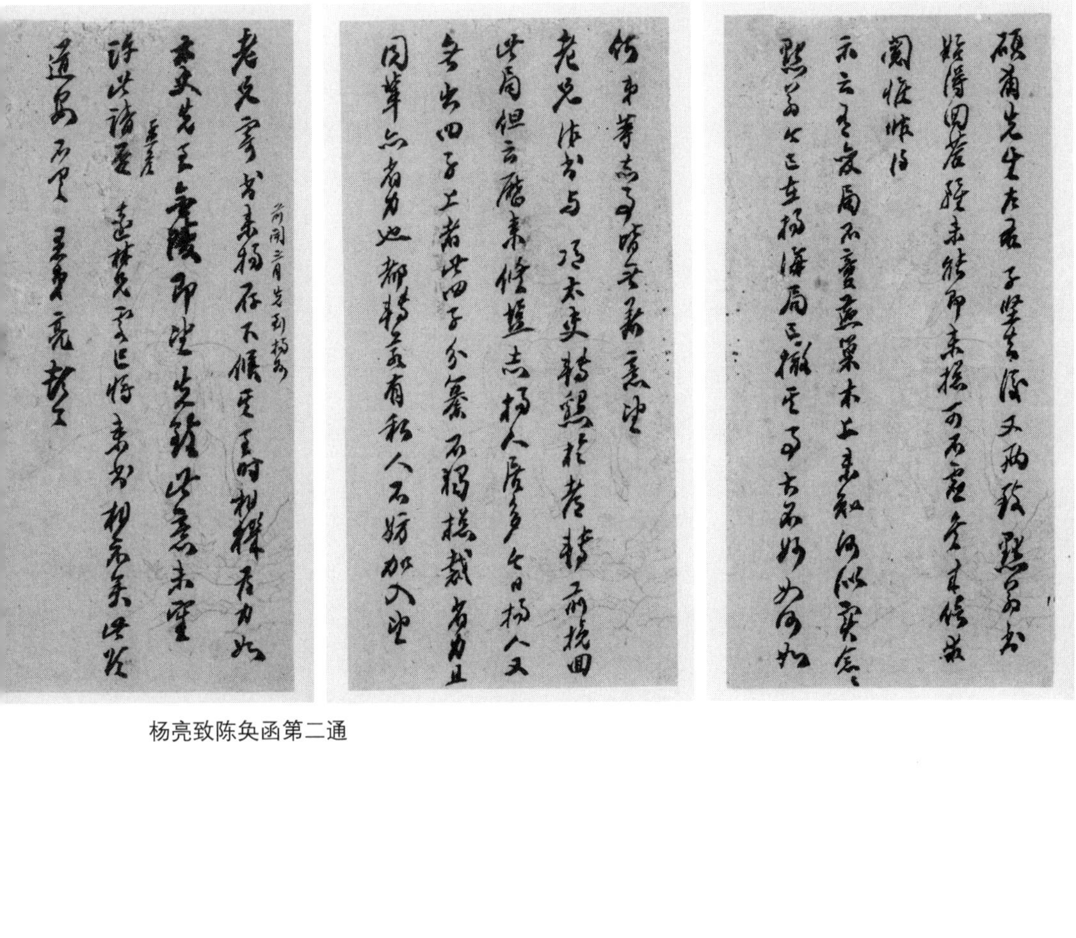

杨亮致陈奂函第二通

陈庆镛致陈奂书笺释

文前说明

第一，陈庆镛致陈奂书（四通），选自清代学者陈奂所辑之师弟亲友书信集《流翰仰瞻集》残本。原本系稿本，藏复旦大学图书馆，已经吴格先生整理。《流翰仰瞻集》原有十四册，现仅存四册[1]，陈氏书札中残缺及不能辨识之处，现分别用省略号及"□"字代替。

第二，书札涉及的陈庆镛及陈奂，均系清代中后期著名的学者。陈庆镛（1795–1858），字乾翔，号颂南，福建晋江人。道光十二年壬辰进士，选庶吉士，散馆授户部主事，迁员外郎，授御史。二十五年迁给事中，巡视东城，以事诖吏议，左迁光禄寺署正。二十六年，乞归。文宗即位，以大学士朱凤标荐，复授御史。咸丰三年，庆镛疏陈利害，命回籍治团练。七年，论功，以道员候选。八年，卒于泉州。著有《籀经堂文集》、《三家诗考》、《说文释》、《古籀考》等书。传见《清史稿》列传卷一百六十五，缪荃孙《续碑传集》卷十九，朱汝珍《词林辑略》卷六，徐世昌《清儒学案小传》卷十五。陈奂（1786–1863），字硕甫，号师竹，晚号南园老人，长洲藉诸生。曾先后问学于江沅、段玉裁、王念孙等著名学者。著有《诗毛氏传疏》三十卷、《毛诗说》

1. 详参拙著：《陈奂交游研究》第二章第二节《流翰仰瞻集》及《流翰仰瞻小传》，华东师范大学出版社，2010年。

一卷、《毛氏传义类》一卷、《毛诗九谷释义》一卷、《毛氏传笺类》一卷、《郑氏笺考征》一卷、《诗毛氏音》四卷、《公羊逸礼考征》一卷、《说文部目分韵》一卷、《宋本集韵校勘记》不分卷、《师友渊源记》一卷、《流翰仰瞻小传》一卷、《三百堂文集》二卷。传见《清史稿》列传卷二百六十九《儒林三》,《清史列传》卷六十九,《清儒学案》卷一百四十八《南园学案》,《苏州府志》卷八十九,陶湘《昭代名人尺牍续集小传》等。

第三,《流翰仰瞻集》原由陈奂于咸丰五年正月倩人装裱，现存之册，则系王欣夫先生收藏时重装。又《流翰仰瞻集》各家书札后附有小传，系王欣夫先生移录自陈奂之《流翰仰瞻小传》，今即依原本附录于后。

第四，兹据正文内容考订，以下四札中，前三通当作于咸丰元年，后一通当作于咸丰四年。

陈庆镛致陈奂函第一通（前缺）

……知己,何以教之。闻阁下荐举孝廉(一)……道增光,曷胜喜跃。驺从来京，想在夏……畅叙也。肃此，轫请

□□，□惟鉴照，弗宣。

宗愚弟庆镛顿首。

二月廿九日泐。

（一）案:据陈奂弟子管庆祺所作《征君陈先生年谱》[1]，咸丰元年，陈奂六十六岁，为“郡绅公举孝廉方正”，次年“奉部覆准以孝廉方正召试”。又杨岘《迟鸿轩集·陈先生述》:“先是咸丰辛亥,大吏举应孝廉方正科,辞不赴。”[2]

《清史稿》卷一百九《选举四》:“清代科目取士,垂为定制。其特诏举行者,曰博学鸿词科、经济特科、孝廉方正科。”[3]又同卷:“孝廉方正科，始于康熙

1. 下简称“管氏《年谱》”，赵诒琛、王大隆辑，《戊寅丛编》本。
2. 1913年吴兴刘氏嘉业堂刻本。
3. 中华书局，1977年。

六十一年。世宗登极，诏直省府州县卫各举孝廉方正，赐六品章服，备召用……其后历朝御极，皆恩诏荐举以为常……（乾隆元年）吏部议准府州县卫保举孝廉方正，应由地方绅士里党合辞公举，州、县官采访公评，详稽事实。所举或系生员，会学官考核，申送大吏，核实具题，给六品章服荣身。果有德行才识兼优者，督抚逾格保荐赴部，九卿翰詹科道公同验看，候旨擢用。滥举者罪之。五年，定考试例，除朴实拘谨、无他技能不能应试者，例予顶戴不送部外，其膺荐赴部者，验看后，试以时务策、笺、奏各一于太和殿门内。道光间，改于保和殿，如考试御史例。"

陈庆镛致陈奂函第二通

硕甫宗大兄阁下：月之廿四日奉到华函，备悉近在南京幕署（二），箸述日茂，诗书自娱，企慕企慕。《求古录》（三）经已驰书王裦佩先生处（四），催其即将原缺寄下（五），大约秋间或可以寄到。郝《尔雅》尚未得读（六），立翁近为胡农部刻《仪疏》（七），奖励士风，更属盛事，闻之私喜莫名。弟碌碌从公，无善可言，而从前旧业，仍一切束之高阁，愧恧何如。陆少君未知来京，住何处（八），俟即查之。许印林近来书（九），言于赣榆校刻桂未谷先生《说文》，开雕已有及半（十），其工费则友人杨墨林需也（十一）。但此书未［必］能成工（十二），其字数有数百万字，比段《说文》更为多也。肃此，即请箸安，伏惟为道珍重，不具。

宗愚弟庆镛顿首。

四月卅日。

（二）案："近在南京幕署"。据管氏《年谱》，道光二十八年，陈奂六十三岁，"冬，为友人江苏巡抚沔阳陆立夫建瀛校刻金鹗《求古录礼说》"。又《三百堂文集》[1]卷上《求古录礼说跋》："至道光庚戌（三十年）之春，沔阳陆公总

1. 王大隆辑：《乙亥丛编》本。

制两江，敷政优闲，爱慕其遗书，因得入辞怂恿，遂得授梓人，属任校雠，订十六卷。”管氏所述与陈奂自述不同，当以自述为准。又据《师友渊源记》[1]“浦照”条：“咸丰二年壬子秋，自金陵归里。”

陆建瀛（1792–1853），字立夫，湖北沔阳人。道光二年进士，改翰林院庶吉士。三年，散馆授编修。二十年三月，授直隶天津道。二十二年，迁按察使。二十三年升布政使。二十六年正月，擢云南巡抚，八月，兼署云贵总督，寻调江苏巡抚。二十七年，兼署两江总督。二十九年四月，授两江总督。三年，金陵陷太平军，建瀛死之。传见《清史稿》列传卷一百八十四、《清史列传》卷四十二、严辰《墨花吟馆感旧怀人集》、朱汝珍《词林辑略》卷六、陶湘《昭代名人尺牍续集小传》卷九、缪荃孙《续碑传集》卷二十五[2]、蔡冠洛《清代七百名人传》[3]等。

（三）案：即金鹗之《求古录礼说》。金鹗（1771–1819），字风荐，号诚斋，浙江临海人。嘉庆二十一年优贡，尝就学于诂经精舍。精研《三礼》，著有《求古录礼说》十五卷《补遗》二卷，《四书正义》八卷[4]。传见《清史稿》列传卷二百六十九、《清史列传》卷六十九、《民国台州府志》卷一百零五、陈奂《师友渊源记》、徐世昌《清儒学案小传》卷十三、闵尔昌《碑传集补》卷四十、支伟成《清代朴学大师列传》卷九等。

《求古录礼说》陆建瀛道光三十年《序》：“余刊栖霞郝氏懿行《尔雅义疏》为家塾课本，《义疏》中往往采临海金氏鹗之言，属陈君奂校雠《义疏》，因而向陈君得读金氏遗书……此真说《礼》家为必读书，而亦有益乎家塾之课者也。爰授梓人，以享学者。”[5]

（四）案：褱佩，即怀佩，陈寿祺高足捷南字，其生平事迹不详。与陈奂嘉庆十九年相识于段玉裁之枝园，时陈奂二十九岁。[6]《清史稿》列传卷

1.《邃雅斋丛书》本，1934年。

2. 王闿运撰：《陆建瀛传》、周寿昌撰：《两江总督陆公小传》。

3. 第三编《水利》。

4. 仅存《乡党正义》一卷，刊入《求古录礼说》。

5.《续修四库全书》第一一〇册收影印华东师范大学藏光绪二年孙熹刊本卷前附。

6. 山本正一著、李寅生译：《陈硕甫年谱》，下简称“山本《年谱》”，林庆彰、杨晋龙编：《陈奂研究论集》，台北“中央研究院”中国文哲研究所，2000年。

二百六十九《孙经世传》:“寿祺课士不一格,游其门者,若仙游王捷南之《诗》、《礼》、《春秋》、诸史,晋江杜彦士之小学,惠安陈金城之汉《易》,将乐梁文之性理,建安丁汝恭、德化赖其煐、建阳张际亮之诗古文辞,皆足名家。而经世学成蚤世,世以儒林推之。”

(五)案:据《师友渊源记》:“(奂)后寓居杭州,访诸浙闱与试者,始获见(金鹗)令嗣名城字子完,邑诸生。子完谨守先人稿,珍重倍至,编成《求古录礼说》十二卷,仍先人手定本也。末二卷金君与汪相国析难辨论,皆子完所辑存,而与泾川所抄本有不同,又无《乡党》一篇。子完持全稿至杭州,未几即殁,仅其遗孤半龄耳……余适大梁之行[1],闽人王褒佩捷南将书去录其副,而子完辑存之卷遂佚一卷。”

《滂喜斋丛书》第一函潘祖荫同治六年《求古录礼说补遗序》:“会稽赵撝叔至台州,求其遗书,获佚文七篇。撝叔入都,携以示余……”赵之谦跋:“长洲陈征君校刻《求古录》,列佚文篇目于后,且云有别本藏闽王氏。先是,之谦避乱居闽一年,询王氏藏本,云毁久矣。同治丙寅客台州,访金君后嗣,知君子城殁后,存者惟一孙,辛酉之变孙又死,遂无后。求遗书,无知者。黄岩王子庄棻,笃学士也,曾搜集乡前辈遗稿,问及君书,言尚有残本,遂假以归。纸为水渍,揭之犹见点画,悉心校录,复得佚文七篇。中‘日祭月祀辨’,又陈征君目录所未及。取校已刻诸篇,亦互有同异(刻本旁注间溷入正文)。子庄言君稿凡七八易,未知孰为定本,因依次写存之,别录七篇为‘补遗’。丁卯冬,集京师,言于潘伯寅侍郎,侍郎忻然为谋雕版,并题卷端……”

又附《补遗续》王颂蔚跋:“同里管君申季于滂喜斋所刊《求古录礼说补遗》外,续搜得佚文四篇,因致之伯寅侍郎,为并刊之。其‘齐必变食说’,不见于陈征君目录,检‘乡党正义’[2],于此句亦无说,盖著书谊取互见,故详此略彼也。吾乡孙大令憙于浙中有复刻《求古录》之举,未知采获有逸出于此者否?”

1.《陈硕甫年谱》系此事于道光二十三年。

2.即《求古录》之卷十六。

孙憙《求古录礼说十五卷乡党正义一卷补遗一卷序》:“临海金诚斋先生《求古录礼说》旧有刻本，版毁于火。黄岩王子庄孝廉以藏本见遗，书十六卷，并吾乡潘侍郎所刻《补遗》为十七卷，属王生士骏校定重梓，几八阅月而刻成。”[1]

（六）案:《尔雅郭注义疏》同治四年家刻本载咸丰六年胡珽跋:“郝兰皋先生《尔雅义疏》仪征阮文达刊入《皇清经解》，沔阳陆制府虑学者之未能家有是书也，复单刻之。惜其版旋遭兵燹，书未盛行。然两刻者，或谓皆据王怀祖（念孙）观察节本。或又谓阮刻《经解》，钱塘严厚民（杰）明经实总其成，是书盖厚民所节。传闻异辞，无由审也。”

同治五年跋:“先大父兰皋公《尔雅义疏》，仪征阮文达刊入《皇清经解》，沔阳陆制府又单刻于金陵。联荪等僻处山陬，俱未之见。或谓两刻本皆据高邮王念孙观察所节本，未为全书。迨河帅杨至堂先生得足本于钱塘严厚民(杰)明经嗣君鹤山许，始属仁和胡君心耘（珽）鸠合同志校刊于吴门。乃未几又为粤贼所毁……岁乙丑二月，联荪有事济南，晤阳湖汪叔明司马，欣然以所藏杨氏足本相授，且任校雠之役。联薇既刺涿州，谨节廉俸所入为剞劂之资，越月九而工始竣。”

由上文可知陆刻之《义疏》并非郝氏原本，且删节出于何人之手已当时已有争论。然据陈奂《尔雅义疏序》:“高邮王先生为先生通订全书，删削之甚，至数十字、数十句，不更增易其字句。越今廿有余载矣。戊申，在杭州汪守备铁樵士骧家重见王先生所手订之本。岁暮，归吴门，适应陆立夫制军召，委任校雠之役，遂与公子东渔影写原稿，细意对治，全书大旨悉依王先生定本。”[2]又《尔雅郝注刊误》罗振玉《序》:“尝取两本并几观之，见凡阮本所删之处，多有未安，知阮本所删必出当世硕儒之手，意非石渠先生不能如是之精密也。且疑所谓足本者乃初本，阮刻为定本，固无以证之。逮己未仲夏，由海东返国。明年，从贵阳陈松山黄门许得《义疏》写本，首尾朱墨烂然，凡句乙处用朱笔，又凡一语有未安、一字有讹脱，亦以朱笔订正。以书迹观之，皆出石渠先生手，间有一二为文简书。其尤未安处，则石渠先生加墨签，每条皆出‘念孙案’

1.《续修四库全书》第一一〇册，收影印华东师范大学藏光绪二年刊本。

2.《三百堂文集》卷上。

字，凡百十有三则。知删定果出石渠先生，非托名也。其所刊正，莫不精切，如严师之于弟子，于此可见古人友朋论学之忠实不欺。”[1]

（七）案：胡培翚（1782–1849），字竹村，一字载屏，绩溪人。嘉庆二十四年进士，授内阁中书，擢户部广东司主事。道光十一年去官，历主钟山、惜阴、云间、泾川诸书院，著有《仪礼正义》四十卷、《燕寝考》三卷、《禘祫问答》一卷、《研六室文钞》十卷《补遗》一卷等。传见《清史稿》列传二百六十九、《清史列传》卷六十九、陈奂《师友渊源记》、缪荃孙《续碑传集》卷七十三[2]、徐世昌《清儒学案小传》卷十、支伟成《清代朴学大师列传》第六、蔡冠洛《清代七百名人传》第四编等。《仪疏》即指其《仪礼正义》。《清史列传》卷六十九:“既为《仪礼正义》，上推周公、孔子、子夏垂教之恉，发明郑、贾得失，旁逮鸿儒经生之所议，张皇幽渺，阐扬圣绪，二千余岁绝学也。其旨见《与顺德罗惇衍书》曰：‘培翚撰《正义》，约有四例：一曰疏经以补注，二曰通疏以申注，三曰汇各家之说以附注，四曰采他书以订注，书凡四十卷……’”[3]

又同卷:“培翚覃精是书,凡四十余年。晚岁患风痹,犹力疾从事。尚有《士昏礼》、《乡饮酒礼》、《燕礼》、《大射仪》五篇，未卒业而殁。门人江宁杨大堉从学《礼》，为补成之。”金、郝、胡三书成书刊刻之详情，可另参拙作《金鹗〈求古录礼说〉刊刻源流述略》、《郝懿行〈尔雅义疏〉刊刻源流》与《胡培翚〈仪礼正义〉成书考》。

（八）案：陆钟汉（？ –1860），字东渔，建瀛长子，所著有《浴鹤书屋诗文集》。建瀛有四子，惟钟汉与陈奂多有交游，《流翰仰瞻集》中存钟汉致陈奂书四封。

《清史稿》列传一百八十四《陆建瀛传》附：“子钟汉，后官江苏知府。咸丰十年在军治粮饷，遇贼江阴，死之。赠太仆寺卿。”周寿昌《两江总督

1.《续修四库全书》第一八八册，收影印上海辞书出版社藏民国十七年东方学会石印《殷礼在斯堂丛书》本。

2. 汪士铎撰：《户部主事胡先生墓志铭》。

3. 中华书局，1987 年。

陆公小传》："江南未陷以前，总督陆公既被劾，严旨谴责藉产，夺其子钟汉郎中"，"予与公子钟汉同举甲辰乡试"。蔡冠洛《清代七百名人传》第三编《水利·陆建瀛传》："（咸丰三年）二月，藉其家，并革其子钟汉刑部员外郎职。"[1]其生平亦可参陈继聪《忠义纪闻录》卷二十三《陆太仆钟汉》。又文中尝言因建瀛于道光二十九年晋总督，而钟汉亦得以一品荫刑部员外郎，故钟汉进京当为因就郎职事。

（九）案：印林，许瀚（1797–1866）字。瀚又字符瀚，山东日照人。曾问学于王引之，系道咸间著名朴学家。著有《攀古小庐文》《许瀚日记》等。传见《清史列传》卷六十九（《清史稿》卷四百八十七同）、《山东通志》卷一百七十三、缪荃孙《续碑传集》卷七十九、徐世昌《清儒学案》卷九十二等及袁行云《许瀚年谱》。

（十）案：桂未谷先生《说文》，指桂馥《说文解字义证》。据袁行云《许瀚年谱》所引王献唐先生《抄本许印林遗书手记》："桂书成后未刊，转相传抄，互有同异。先生就杨墨林所藏桂氏原稿校印。原稿系从纸条黏册，时有脱错不完之处。先生独力校雠，四易寒暑，考证补改甚多，概不加按语。今查原稿，手迹厘然。稿存日照丁氏。"[2]另据《许瀚年谱》，许瀚校刊桂氏此书始于道光三十年，终于咸丰二年七、八月间[3]，则此处言"开工已有及半"，当正值咸丰元年间。

又庆镛《籀经堂类稿》卷一一有《说文义证序》可见《义证》书稿流传源流："己亥夏，从汉阳叶东卿假得写本誊录。壬寅冬，余门杨生子言又从余假钞，于是先生书都中藏者凡三部……前因许印林孝廉计偕携有先生原抄本来都，颇见庐山真面。杨廉访以增已于泲上开雕一册，寻以迁任，事不果行，叹惜久之。丙午夏，余将南旋，子言之兄墨林毅然肩刻是书。吾友张石洲壮其言，为寓书印林，将先生原书重加雠校。先生之书之得以传，其亦有待而

1. 周骏福编：《清代传记丛刊》，台湾明文书局，1986年。
2. 齐鲁书社，1983年。
3.《说文解字义证》原刊本封面题："道光三十年二月启工，咸丰二年五月讫工，日照后学许瀚校字"，但据许瀚致王筠书，其实际完工于七、八月间。

付钦。爰喜而书之，愿亟登梨枣以副世之急读先生书者。”[1]

（十一）案：墨林，山西灵石杨尚文字。道光二十五年王筠《与许瀚书》：“颂南来言，杨墨林欲刻《说文义证》，弟已极力怂恿之。”《许印林先生吉金考释》附道光二十六年张石洲《与许印林书》：“敝乡杨墨林尚文敬士好书，出于天性，弟从臾任刻此书，深为欣诺。”孔宪彝《桂未谷大令戴花骑象图跋》：“未谷先生所著《说文义证》二百余万言，山右杨墨林力任刊版，张石洲、许印林为之校雠，在袁江开雕。”[2]

（十二）案：由上文可知，《义证》曾经杨以增刻。然以增所刻，因人事[3]及杨氏调任[4]，成书仅一册。以是故，庆镛遂言墨林之刻亦未必成也。

陈庆镛致陈奂函第三通

硕甫仁兄大人阁下：比接来书，知尚在金陵节署。前所寄来《求古录》阙篇一本（十三），已收到，而陆少君尚未及晤也。全书如刻完，及竹邨《仪疏》，能分赐一部，即便中寄下，先睹为快也。闻近膺特科之荐，名实相应，公论自在人心，曷胜钦服之。尊著《毛诗》阐发西汉微言（十四），恭录进呈（十五），诚为艺林盛事。敝同乡有林孝廉昌彝，著《札说》百余卷（十六），在京雇人缮写，思亦欲呈进，但未悉能完否。阁下何时可以进京应试？寄下《求古录》题目细详，忆及王怀翁抄本，似亦无此原文。似写信再达之，即将原单再寄去也。肃复，即请箸安，伏惟为道珍重，不戬。

宗愚弟庆镛顿首。

六月廿日泐。

1.《续修四库全书》第 1522 册，收影印南图藏清咸丰刻本。

2. 上述引文均转引自袁行云《许瀚年谱》。

3. 许瀚及汪喜孙因是否删正《义证》付刻而互讼不已，说详参袁行云《许瀚年谱》“道光二十三年”条、王欣夫《蛾术轩善本书录》“《汪胡尺牍》二卷”条。

4. 升任陕西布政使，即缪荃孙《续碑传集》载龙启瑞撰《杨公神道碑》所云：“三擢至陕西布政使。”

（十三）案：赵之谦《求古录礼说补遗跋》："长洲陈征君校刻《求古录》，列佚文篇目于后。"[1] 又王颂蔚《求古录礼说补遗续跋》："其'齐必变食说'，不见于陈征君目录。"[2] 今考《求古录目》有"附缺"，陈奂注云："子完目录共二十卷，今以所遗及未誊清者三十三篇类叙于后，以俟采入。"

（十四）案：此指陈奂积二十八年[3] 之力而成之《诗毛诗传疏》三十卷，刊成于道光二十七年。又有光绪九年吴门陈氏校经山房刊本，光绪十四年又刊入《皇清经解续编》，民国二十四年商务印书馆又有排印本。目前较多见者为 1984 年中国书店据道光二十七年本影印本。

陈奂作《传疏》："凡制度文物，皆守西汉以前旧说，而与东汉人不苟同。"[4] 又陈奂《自序》曰："忆自髦饰闻修，趋承庭训，依奉慈规，私淑先师之绪，博访通人之语，攈取先秦之旧说，搴择末汉之异言。墨守之讥，亦所不辞，而鼠璞之譬，庶几免焉。"[5] 其宗旨可窥一斑。

（十五）案：此议未识系何人所倡，然未果，由潘祖荫、翁同龢光绪七年正月亦有是议可知[6]。

（十六）案：林昌彝（1803–1876），字惠常，又字蕙裳、惠昌，号芗溪，又号茶叟，侯官人。道光十九年举人，受学于陈寿祺，精三礼，著有《三礼通释》二百八十卷、《射鹰楼诗话》二十四卷、《衣讔山房诗集》八卷、《小石渠阁文集》六卷、《破夷志》[7] 四卷、《平夷十六策平贼论》二卷、《敦旧集》八十卷等。

1.《滂喜斋丛书》第一函。
2. 同上。
3. 嘉庆十七年至道光二十年。
4. 缪荃孙：《续碑传集》卷七十四，张星鉴撰《陈硕甫先生传》，上海书店，1988 年。
5.《续修四库全书》第七十册，收影印华东师范大学藏道光二十七年陈氏扫叶山庄本。
6. 光绪七年正月初九，潘祖荫、翁同龢联衔进《进呈已故孝廉方正江苏贡生陈奂所著〈诗毛氏传疏〉一书事由折》："陈奂于嘉庆、道光间，与段玉裁、江声、王念孙、王引之、江藩诸经学家相善，研精诗学，于毛亨训诂颇能阐发，积三十年之功乃成此书。自来为《诗》学者虽不少，而笃守毛氏专力研求无过之者，洵属有裨经义，请饬下翰詹衙门刷印，广为传播。"（中国第一历史档案馆，宫中奏档，军机录副，光绪七年：五八一六一文教，图书科举学校卫生卷。转引自谢俊美：《翁同龢传》，第 272 页，中华书局，2000 年。）又光绪七年正月初九《翁同龢日记》："是日，与伯寅联衔奏进陈奂《毛诗传疏》。奉旨发南书房阅看。次日递奏片，有明发一道。"（陈义杰整理，中华书局，1993 年。）
7. 又作《破逆志》。

传见《清史列传》卷七十三“林昌彝”条、徐世昌《清儒学案小传》卷十三《林先生昌彝》等。据徐《传》:“咸丰三年，自赍书诣礼部呈请进上。诏嘉其留心经术，征引详明，赐官教授，归部选用。”同《传》:“又有《军务备采》十六篇，王侍郎茂荫奏献其书，亦被旨采纳焉。”[1]

陈庆镛致陈奂函第四通

硕甫宗兄大人阁下：正月初四日过苏（十七），到贵寓相访，适台驾在无锡（十八），未获晤面，曷胜驰念。闻怀佩先生合家被难，唯伊令郎太守只身脱出（十九）。此信若确，属在知己，曷胜痛泪。《求古录》板存何处（二十）？弟尚未有此书，如有可觅，即留一部，交姚家巷兴化会馆敝通家候补布政司理问蔡生守□，即可寄到。匆匆草此，敬候箸安，伏贺年禧未一。

宗愚弟庆镛顿首。

正月初五日

（十七）案：《籀经堂类稿》[2]卷三载咸丰三年七月十六日所上《条陈闽省贼匪情形疏》附文宗旨：“九月十七日奉上谕，御史陈庆镛前经陈奏闽省情形，皆系是时急务，并非空言，着回籍办理团练各事宜，钦此。”卷中并附咸丰四年四月《闽浙总督代奏回籍片疏》:“据该御史于本年二月十九日行抵福州见臣，面陈上年九月十九日蒙恩召见，即于十月初一日就道。因通州戒严，水路阻塞，天津航海又无便舡，迟延一月之久，舍舟登陆，从保定绕道南行，至正月二十七日始到福建界浦城地方……”故此书当系咸丰四年初南行过苏时所作。

（十八）案：陈奂《祖孙合稿序》:“癸丑二月，粤匪跳梁，过□江下，江南政散民流，苏人大恐。余乃偕弟莘耕（煌）来避芙蓉山八字镇，假翼亭

1.《清代传记丛刊》本，周骏福编，台湾明文书局，1986 年。
2.南京图书馆藏清咸丰间刻本。

之□宅以居。”[1] 据此，则陈奂正月无锡之行，或系为筹备避迁之事。

（十九）案：《师友渊源记》：“抑又闻怀佩子诒燕守台州”，可知捷南之子名诒燕，并似曾出守台州。然查《民国台州府志》，未见此人。

（二十）案：《师友渊源记》：“咸丰三年癸丑二月十一日，粤贼洪秀全寇陷南京，陆以江督，为寇所杀，《求古录》与郝《尔雅》版庋督署，俱毁坏。”据《清通鉴》“咸丰三年”：“（二月初十）在黄家塘斩杀两江总督陆建瀛”，“（二十日）洪秀全自水西门进南京城，直入两江总督衙门，以为天王府，改南京为天京，正式建都于此。”[2] 多数书版当即毁于此时。

王欣夫书陈庆镛小传

> 陈侍御庆镛，字颂南，福建晋江人。道光十二年壬辰进士，官御史。上折参奏当路者，后即告假在籍。今上登极，特诏仍以御史用，现官江西道（二十一）。治《三礼》之学。（下钤“王隆”白文方印）

（二十一）案：陈庆镛于文宗即位后始补为江西道监察御史，《中国第一历史档案馆藏清代官员履历档案全编》[3] 第29册“第二折”：“现有江西道监察御史一缺，查有降调前任工科给事中，经户部侍郎朱凤标遵旨保举，钦奉谕旨，着饬令来京听候简用等因，钦此在案。嗣于道光三十年十一月十四日召见，奉旨着加恩以御史候补，钦此。今拟补江西道监察御史之陈庆镛一员，拟补江西道监察御史陈庆镛。”。又据《籀经堂类稿》卷二所载陈氏咸丰元年正月二十六日《请办闽省会匪疏》及九月十九日所上《请定狱谳以肃纪纲疏》等，皆署“江西道监察御史”，而二年四月廿六日所上《请截漕粮以赈民饥疏》等则已署“陕西道监察御史”，知陈庆镛在二年后，已转为陕西道御史。

（本文发表于《历史文献》第九辑，上海古籍出版社，2005年。）

1.《三百堂文集》卷上。
2.章开沅主编，岳麓书社，2000年。
3.第529页，华东师范大学出版社，1996年。

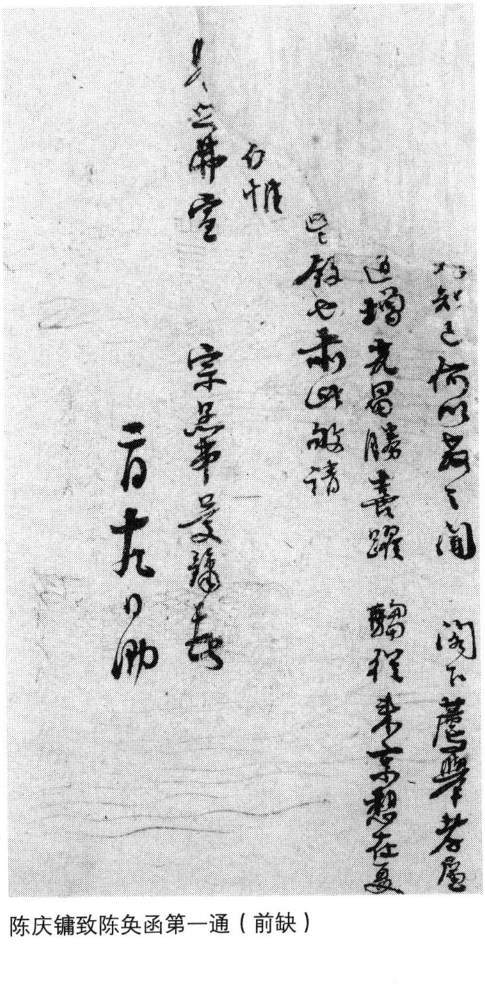

陈庆镛致陈奂函第一通（前缺）

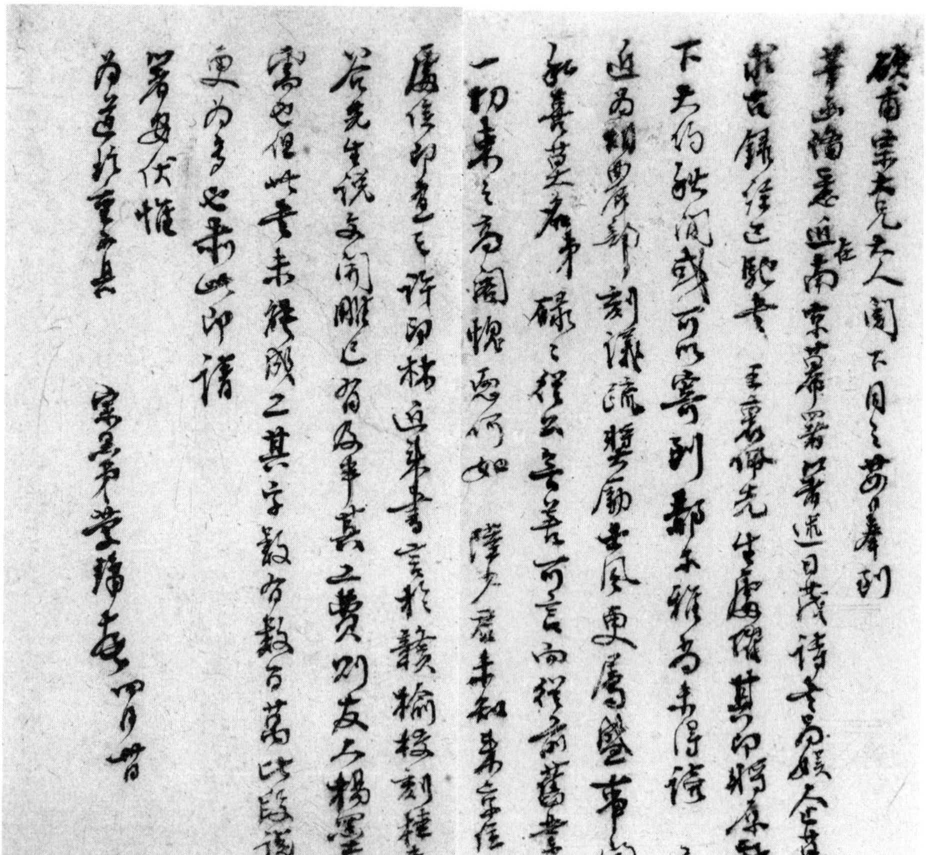

陈庆镛致陈奂函第二通

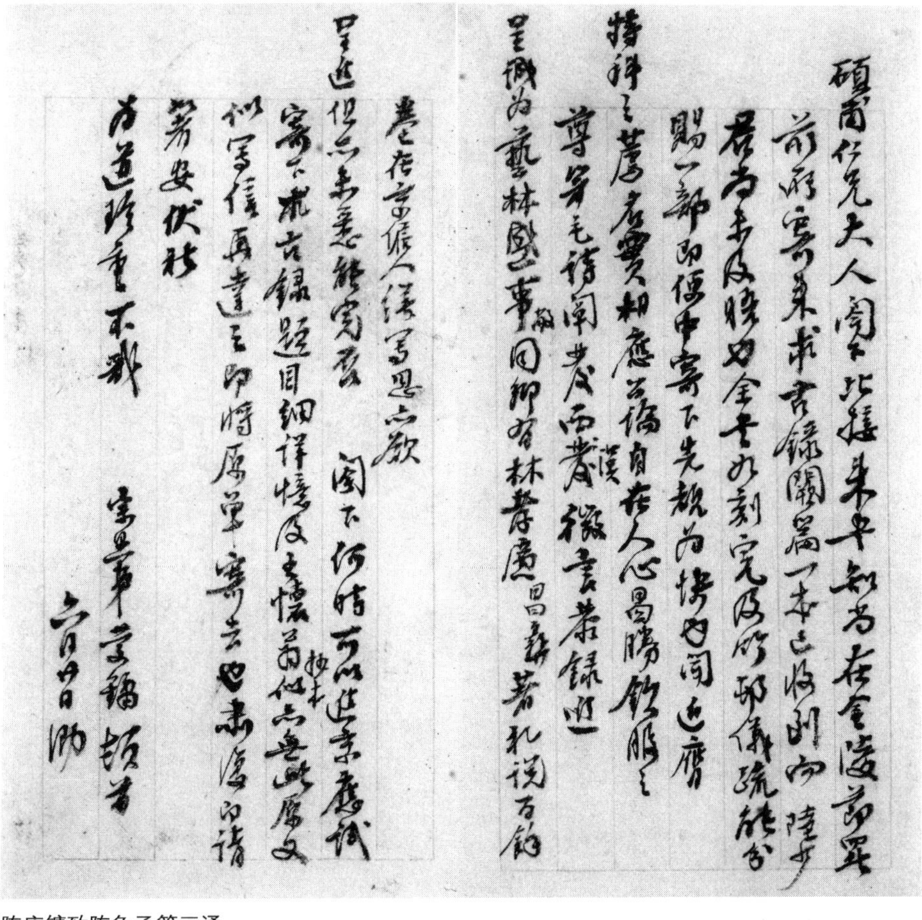

陈庆镛致陈奂函第三通

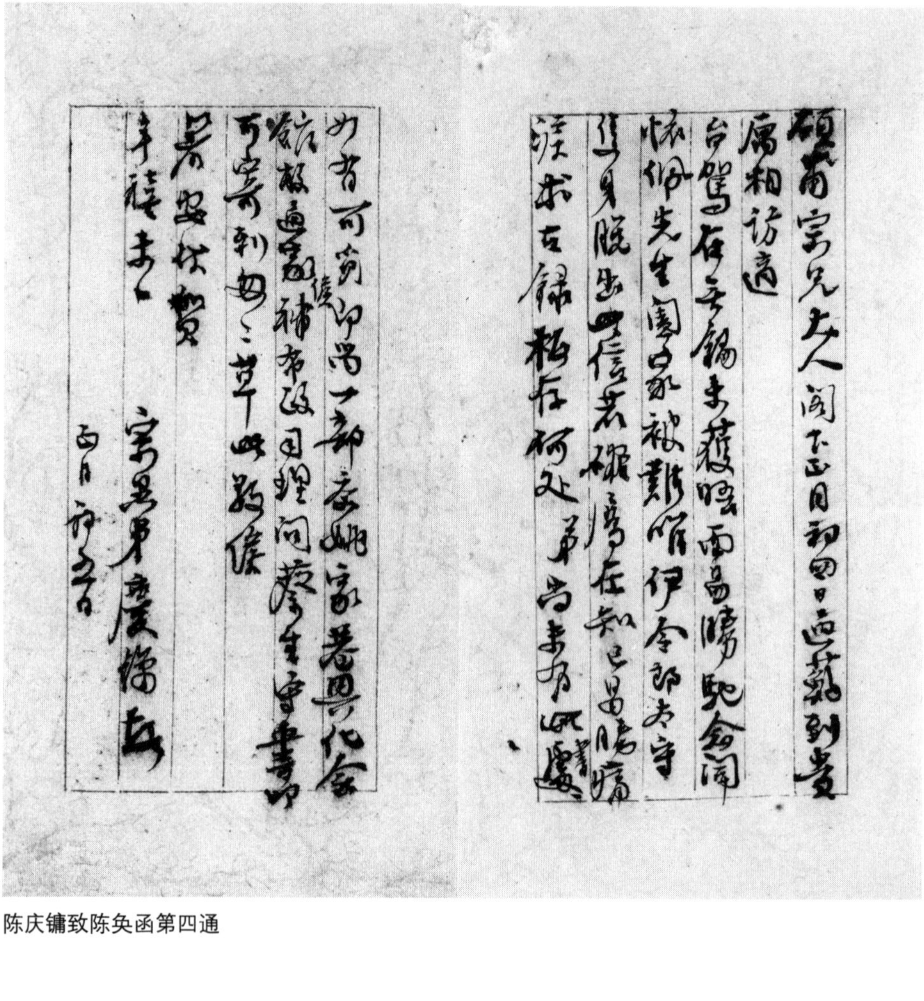

陈庆镛致陈奂函第四通

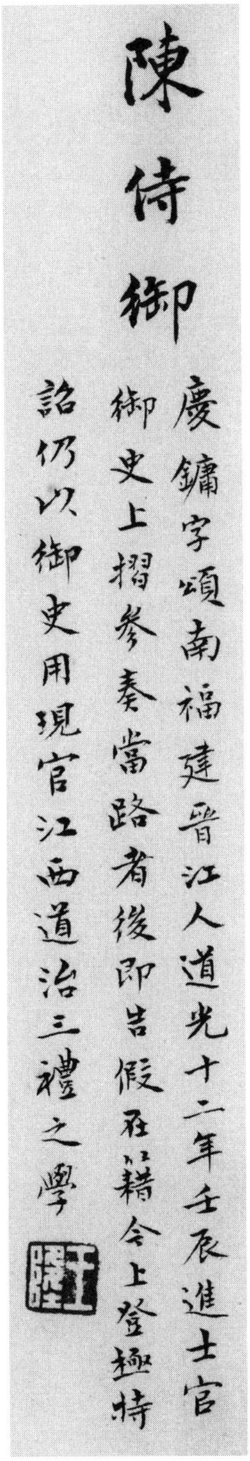
陳侍御

慶鏞字頌南福建晉江人道光十二年壬辰進士官御史上摺參奏當路者後即告假在籍今上登極特詔仍以御史用現官江西道治三禮之學

王欣夫书陈庆镛小传

德清戴望致归安杨岘函八通考实

客岁以内子待产，俚室端居，百无聊赖，乃以旧见德清戴望致归安杨岘函八通输入计算机以遣岁月。盖戴、杨二氏，籍本乡眷，谊属同门，多传师门故业，且以表彰先师为职志，函中言及者，无非当日学术、著作及胜流诸端，颇具兴味。颇拟考其本事，以彰其实。奈何兴居多冗，迁延无成。日者乃摒挡俗务，略以二氏与师门之渊源为纲，稍加考核，庶以为研习其人其事者之助。[1]

一　二氏生平及学术

戴望（1837–1873），字子高，诸生。本贯德清，至其曾祖始迁郡。四岁丧父，九岁师乌程程大可，为授读《周易》、《尚书》，正文字、明音读，奠定汉学基础。十四岁得祖藏颜习斋书，读后惊为未见，乃肆力广求颜氏遗书。后至苏州请业于长洲陈奂（1786–1863），得知声韵、训诂经师家法。复从长洲宋翔凤（1779–1860）受《公羊春秋》，研究西汉儒说，自此始专意治经。同治四年，两江总督曾国藩（字涤生，1811–1872）设书局于金陵，后数年，聘子高为编校，校勘周秦诸子。同治八年，成《颜氏学记》十卷，新会梁启超（1873–1929）尝评此书曰："学派的专史，清代有两名著，其

1. 按：此八函见于王迪诹、严宝善编辑：《清代名人信稿》，第 778–789 页，浙江古籍出版社，1987 年。文中函件标号依其原序，而以时间先后为之分别考核。

一为李穆堂之《陆子学谱》，貌象山之真；其二为戴子高之《颜氏学记》，表习斋之晦。可谓振裘挈领，心知其意者矣。”[1] 此外，子高尚著有《论语注》二十卷、《管子校正》二十四卷、《谪麟堂遗集》四卷补遗一卷等。

关于子高受业于硕甫之时间，历来多以为咸丰七年，如子高《谪麟堂遗集》卷一《清故孝廉方正陈先生行状》云：“望于咸丰七年秋，从先生受《毛诗》，遂执弟子礼。”[2] 同卷《颜氏学记序》亦云：“丁巳后，得从陈方正、宋大令二先生游，始治西汉儒说，由是以窥圣人之微言、七十子之大义。”均系此于咸丰七年。[3] 然吴县王大隆（字欣夫，1901–1966）辑子高《硕甫先生行状》初稿本[4] 则云：“望自幼即知先生，咸丰八年著雍敦牂之岁，始执贽列先生门，从问《毛诗》家法，故于诸弟子，行辈为最晚云。”系于八年。子高同门长洲管庆祺（字洵美，1808–1865 后）《征君陈先生年谱》[5]“咸丰九年”条子高案语则云：“是年七月，望始得从先生受学，以杨见山、李壬叔之书为介也。”系此为九年七月。新会陈垣（1880–1971）尝引子高与番禺陈澧（1810–1882）书以证成己说，然其文亦仅曰：“又据子高与陈东塾书言：‘望年二十余，曾执经于宋于庭、陈硕甫二先生之门。’”[6] 实亦不可据此判别其受业之年份。

子高之学，历来学者多言其从事今文之说[7]，似与陈硕甫所业异途，然而，

---

1. 出处不详，转引自“德清新闻网 · 人文荟萃”。
2.《谪麟堂遗集》四卷补遗一卷，宣统三年邓氏铅印《风雨楼丛书》本。
3. 再如俞寰澄撰《德清戴望传》亦云：“丁巳后从苏州陈奂请业，通知声音、训诂、经师家法。”（见于《浙江省通志馆馆刊》第二期，1945 年 5 月。）而陈垣则更以咸丰七年为是，并据此以推论子高之生年，参见陈垣《戴子高年岁及遗文》，见于《陈垣史源学杂文》，第 75–76 页，人民出版社，1980 年。
4. 赵诒琛、王大隆：《戊寅丛编》本，《陈硕甫年谱》附录，1938 年。
5. 赵诒琛、王大隆：《戊寅丛编》本，1938 年。
6. 陈垣：《戴子高年岁及遗文》。
7. 关于子高学术之整体状况，可参张永平撰：《戴望述略》一文。（见于《上海交通大学学报》（社科版），第 45–49 页，2002 年第 3 期。）而子高之尊奉公羊，则如子高《谪麟堂遗集》卷首刘师培撰《传》所云：“先生治学嫉视宋儒有若大敌，由西汉之微言上窥三代教学成法，殆师淑常州庄氏者欤？”又孔祥骅《略论戴望的〈论语〉学》：“戴望是 19 世纪中叶的今文经学人物，为常州公羊学后劲者。他承接刘逢禄、宋翔凤对孔子的认识，继续从事刘、宋开辟的《春秋》、《论语》的比较研究，本刘逢禄《述何》、宋翔凤《发微》说，以公羊义释《论语》。”（见于《管子学刊》，第 42–45 页，1999 年第 4 期。）

正如美国学者艾尔曼所述[1]，今文学之产生实与训诂、考据密不可分，故子高之从学硕甫，亦可作是解。

据子高好友同里施补华（字均甫，1835–1890）言："君学凡三变，始好为辞章；继读博野颜氏元之书，则求颜氏学；最后至苏州谒陈先生奂而请业焉，通知声音、训诂、经师家法。复从宋先生翔凤授《公羊春秋》，遂肇经覃思，嫥志治经，君之学几有成矣。"[2] 观此而知子高之学愈变愈纯，而渐趋于正，正若同砚友姚谌（字子展，1835–1865）之所言："若戴君子高，于学则所谓变而得其正者。子高幼时即穷力为文章，其立言大旨必通乎经而期适于用，已乃稍变为训故之学，已又治宋儒者言，已又习为习斋、恕谷之说，盖自始学以至于今数变异矣，而大恉期于有用。"[3] 子高之数变，之期于有用，乃至其用心于《公羊》，无不可见其忧心时事，一意图治之心，而此一用世之心，则一以坚实之实学为根底，荃不似后世公羊家之虚妄。而子高之学则亦因此而多有训诂学派之色彩，并终以此而为人所诟病。[4] 凡此诸端，皆见其问学陈硕甫之影响。

子高受业虽晚，然与乃师硕甫之感情则颇深，现存《遗稿》之中，即收有数首呈奉乃师之作：

1.《从理学到朴学》第一章《中华帝国晚期的学术话语革命》："从共时性结构考察，清代考据学研究体现为内容广泛的学术话语。随着历史的推移，考据学话语逐步渗透到一些较少仰赖实证考证的学术领域。尽管这一过程的详情还不清楚，不少环节仍为空白，但是考据学派显然引发了哲学变革，这种变革对晚清今文经学阐发的社会、政治学说产生了某些推进作用。"（赵刚译：《海外研究中国丛书》本，第 16 页，江苏人民出版社，1997 年。）"今文经学研究在触及 19 世纪的社会变革难题前，其学术宗旨与居于学术主流位置的实证研究基本一致，因而得到考据学者的认可。"（同上，第 21 页。）

2.《谪麟堂遗集》卷首，施补华撰《墓表》。

3. 姚谌：《景詹闇遗文・赠戴子高叙》，宣统三年归安陆氏刊本。

4. 孔祥骅：《略论戴望的〈论语〉学》："是书凡三易稿始成，戴望之意，仍欲遵西汉博士章句家法，而特墨守齐学一途。此其牵强附会，未能尽当于《论语》原旨，可不烦举证而知也。惟戴望既好颜李，又治公羊，以求微言大义为帜志，而又拘拘于汉儒之章句家法，则面貌虽殊，精神犹昔，终不脱汉学之牢笼矣。其主张贯经术政事文章于一，与魏龚之思想正同，惟既知汉学考据之病，而又恐不治考据则逃于空疏不学，故乃回翔于汉儒章句家法之下，特借《春秋》、《论语》以接径于政事，不悟训诂考据可言家法，政事义理不可言家法，政事义理贵能通今而实践，何能拘守家法？若政事义理而尊家法，则其极必近于宗教，西汉纬说以孔子为素王，一切皆以王者拟之，直视孔子为教主矣。"

丹穴有神鸟，自名为凤皇。趋步中韶濩，孤鸣含宫商。
朝飞冥海游，夕还息榑桑。神明运八极，岂以形骸妨。
何为失其所，燕雀同翱翔。岂不思明堂，欲集无朝阳。
梧桐已见伐，虞罗张高冈。羞为钦䲹群，卷羽隐文章。
遐哉西方思，彼美何可当。

鲸鱼拔山岳，环海无安流。倚剑望八荒，茫茫使人愁。
神龙忌涸泽，耻为罗网收。鸿鹄一再举，逍遥览神州。
太阳不东升，阴气袭岩幽。蝼蚁亦何辜，脯醢充君馐。
揽辔追羲和，将随旸谷游。鸾凤舞云门，高举何所忧。[1]

子高之从学硕甫，系缘归安杨岘（字见山，1819–1896）之介，而见山之评子高则曰："戴子子高手《梦隐图》示余……戴子读书好古，不苟合当世，世亦弃焉。……然戴子非无意时事者，每及当世之治乱，殷忧无已。"[2]

正与上文所引子高述怀诗可相印证。子高其人"门户之见持之甚力，论学有不合家法者，必反复辩难而后已，人故忌之。"[3] 又"好诋宋学，日与要人龃龉"[4]，甚而当面大诟曾国藩："曾涤生如此不通，亦配谈经？"[5] 涤生以桐城派传人自居，大力表彰所谓桐城义法，而子高则颇有慊于桐城方苞诸人："他（指子高）对于方望溪之诬恕谷，极为不平。"[6] 故而，子高之失意亦

1.《谪麟堂遗稿》补遗一《述怀兼呈陈征君奂宋大令翔凤两先生二首》。
2.《迟鸿轩文弃》卷一《梦隐图序》，清末至民国南浔刘氏嘉业堂《吴兴丛书》本。
3. 张星鉴：《仰萧楼文集·戴子高传》，光绪九年刊本。
4. 谭献：《复堂文续》卷四《亡友记》，光绪十五年刻鹄斋刊本。
5. 俞寰澄：《德清戴望传》。
6. 梁启超《中国近三百年学术史》第十章《实践实用主义》，第 157 页，天津古籍出版社，2003 年。子高之轻觑方苞，亦可见于所作《学正李先生塨》(《颜氏学记》卷四，光绪二十年李雒才重刻本。)，其文曰："桐城方侍郎苞与先生（指李塨）交至厚，尝使子道章从学先生，而方固信程朱，以习斋复圣门旧章为非。每相见，先生正论侃侃，方无辞而退。后先生没，方不俟其子孙之请，为作墓志，于先生德业一无所详，而唯载先生与昆绳及方论学同异，且谓先生因方言改其师法。又与人书，称浙学之坏始黄梨洲氏，北学之坏则始于习斋。故先生门人威县刘用可深非之，谓其构虚辞，诬及死友。今观先生遗书，知用可之言为然也。"

即在所难免，并以此而终致潦倒而殁，侘傺以死。正如所谓“穷极则呼天，痛极则呼父母”，子高奉呈乃师之述怀诗亦可作如是观。

子高之受业于硕甫，不仅得从硕甫以尽知汉学门径，且得获先后问业之诸同门之助，其往来切磋之乐，亦可想见。而子高之于同门亦时时在怀，莫稍或忘。若其《自江宁归杭州杂诗四十首》中，即有遥寄之作：

东南古学比晨星，一老灵光数管宁。（管洵美处士）

并起张（星鉴）丁（士涵泳之）潘（锡爵逑侯）诸子，寥寥天壤抱孤经。[1]

其中若管庆祺（洵美）、张星鉴、丁士涵，皆为南园弟子，而所颂“寥寥天壤抱孤经”一语，则不啻自陈硕甫而下之南园门派写照。

子高享年虽短，所成就者则颇多，若《颜氏学记》、若《论语注》、若《管子校正》等，皆用力深厚，足可傲视群伦。而其中之《管子校正》则与硕甫之教诲多有关联，如会稽李慈铭（1830–1894）所言曰:“得朱修伯书，以戴子高新刻《管子校正》二卷见视。其书本陈硕甫所校为据，称引宋本、元刻本、朱东光、《群书治要》、《艺文类聚》、《北堂书钞》、《太平御览》及王氏念孙、孙氏星衍、顾氏广圻、丁氏士涵、俞氏正燮、宋氏翔凤、王氏引之、洪氏颐煊、臧氏庸，近人张君文虎、俞君樾、日本人安井衡《纂诂》之说，间附己意，主于文从字顺，不失校书家法。”[2]

关于子高《校正》本于陈硕甫之说，同时校书于金陵书局之南汇张文虎（字啸山，1808–1885）亦持是论，其同治五年十二月五日之日记曰:“阅子高所著《管子校正》，多采王石臞父子及陈硕甫、顾千里、丁永之、俞荫甫，间附己意，颇有发明……”[3] 子高所执之陈硕甫校本，得自其友人仁和谭献

1.《谪麟堂遗集》补遗一。
2. 李慈铭著、由云龙辑：《越缦堂读书记》，第 625 页，上海书店出版社，2000 年。
3. 张文虎撰、陈大康整理：《张文虎日记》，第 73 页，上海书店出版社，2001 年。

（字仲修，1832–1901）处，据仲修《复堂日记》[1]:“书肆得陈硕父征君手校《管子》,盖就黄荛圃藏北宋本点勘。子高方治《管子》,以贻之。”[2]由此可知，支伟成所云：“（子高）以于庭治《管子》，复成《管子校正》二十四卷，精博过洪氏颐烜。”[3]实属无因。子高《管子校正》，历来之评价不同，如郭沫若之跋元和丁泳之（士涵）《管子案》中，即以为此书大有纰漏，谭仲修亦尝有类似观点：“用戴子高《管子校正》校《管子》至《侈靡篇》，讹脱多不可读。子高采诸家校语，往往臆决专辄，不敢从。”[4]然而，正是仲修本人，亦曾盛赞此书：“阅子高《管子正误》稿本，荦荦大者，犁然有当于心。”[5]结合仲修所云子高窃书之事，可知其所谓“臆决专辄”，或为意气之辞。故即如郭沫若所言，此书不若泳之《管子案》精审，然仅就其引用泳之之校语论[6]，亦可保存前贤精义不少，此亦子高《校正》意义之一端。

子高于受业之情，始终念念不忘。咸同之际，兵燹四起，生灵涂炭，值此离乱纷扰之时，子高于师门近况依旧萦绕在胸，此情此谊可见于其《投管处士庆祺兼怀征君先生》（自注：时先生避地无锡）：

柴门剥啄几经过，回首南园恨若何。
垂老先生犹在莽，陈诗弟子痛非莪。
间关百里行荒徼，向若孤帆目逝波。

1. 卷一，第 1 页，河北教育出版社，2001 年。仲修《日记》“同治五年正月十三日”条又曰：“戴子高窃予前年所得陈奂硕父传校《管子》走苏州。咄咄怪事！”与此所述不同，然子高此书得自仲修则无可议。又据《日记》卷四曰：“绍兴本《管子》黄荛圃所藏，陈硕甫征君传校于赵刻本内，予得之闽中，子高尝取入《校正》。子高殁，陈本仍归予。”可知硕甫校本之下落。
2. 又可参《张文虎日记》“同治五年十二月十一日”条：“戴子高以陈硕甫先生校宋本《管子》见示，乃赵用贤本也。”
3.《清代朴学大师列传》，第 138 页，岳麓书社，1998 年。
4.《复堂日记》卷三，第 7 页。本卷又有评曰：“子高《校正》成，便戢集为劳。然全收王氏《读书杂志》不加辩证，出己意者又不确凿。”
5.《复堂日记》卷一，第 2 页。
6.《蛾术轩箧存善本书录》辛壬稿卷一：“谷梁逸礼一卷”条：“士涵字泳之，元和人，同治庚午举人。为陈硕甫高弟，研精经、小学，著述多未刊散亡，祇戴子高《管子校正》采其说。”第 396–397 页，上海古籍出版社，2002 年。

差喜幼安留海上，藜床皂帽尚弦歌。[1]

回首数年前南园问业之景宛然在目，而时事变异，耄耋之师，亦犹奔离在外，念之不禁令人气短。

同治二年六月二十九日亥时，陈硕甫因患脾泄之疾，卒于上海龙华郁氏寓所，终年七十八岁。丧音至处，识与不识，皆为之沉痛不已，若李慈铭曰："吴中陈硕甫先生已于六月间捐馆，江南经术尽矣。"[2]正见当日学人扼腕之情。梁山已颓，孤木何依？李氏与人向少许可，而犹所言如此，则硕甫亲炙弟子之痛，不难想见。子高之撰成《陈先生行状》，即为伤痛之余之纪念，而其成文之起因及经过，即可见于本文所引之诸函中。

至同治十二年，一代才士子高殁于江宁金陵书局，年仅三十七岁。

杨岘，字见山，又字季仇，号季述、庸斋、藐翁、藐叟、迟鸿残叟、自立翁、紫戾翁[3]等。道光十五年补博士弟子，咸丰五年举人。历参曾国藩、李瀚章幕，同治八年于浙江主转漕事。后又历任松江、常州等地知府。有《迟鸿轩诗弃》四卷《文弃》二卷《诗读》一卷《文读》一卷《年谱》一卷、《迟鸿轩所见书画录》四卷等。见山一生以治《礼》名世，如武进费念慈(1855–1905)尝云[4]："杨丈(见山)近日常晤，其学宗臧眉卿、陈硕甫两先生，一本师说，于经深《周官礼》，尝为《义类》，积稿满箧，约百余万言。又通春秋历法，撰《中朔表》，皆失于兵火[5]。"而见山之习《礼》，即发轫于初次拜门时陈硕甫之言：

1.《谪麟堂遗集》补遗二。

2. 李慈铭：《越缦堂日记·孟学斋日记》第4册，第2435–2440页，甲集首集上，同治二年八月二十二日《复桂浩亭书》，广陵书社，2004年。

3. 刘继增：《藐叟年谱续》："十七年辛卯，七十三岁。自号紫戾翁，撰《紫戾翁传》，榜所居曰将闲送老之堂。"《北京图书馆藏珍本年谱丛刊》影印1913年吴兴嘉业堂刻本《藐叟年谱》附，北京图书馆出版社，1999年。

4. 顾廷龙校阅：《中华文史论丛增刊》本，《艺风堂友朋书札》费念慈函第十五通，第316页，上海古籍出版社，1980年。

5. 按：据郑文焯：《国朝著述未刊书目》："《春秋长历》，乌程汪曰桢谢城。其第一篇《中朔表》闻是杨见山太守岘撰，以下谢城卒成之。"光绪年间苏州书局刊本。

……时（道光二十七年）江苏长洲县陈硕甫先生奂寓汪氏振绮堂，余造焉。闻刻《毛诗传疏》，未及读，问曰："《葛覃》'归宁父母'，'宁'字上属乎，下属乎？"先生瞿然曰："若乃能及此！"为辨析《传》、《笺》异义数百言。请受业。先生曰："诸经注疏能背讽乎？"曰："粗记忆，背讽犹未也。"曰："可矣。业何经？"曰："辑《公羊颜氏记》"曰："《公羊》有宝应刘氏《通义》，何必再？《谷梁》善于经，取西汉以前古说为《谷梁氏》作疏，则大得。"既而曰："丹徒柳氏治《谷梁》，盍少待？《周礼》，典章制度之所出，无问径者。吾老矣，惧精力勿胜，若闻道早，试为之。"[1]

关于硕甫如何指示其治学方向，见山曾有多次记述，如其所作追忆乃师之《陈先生述》中曰：

时岘治《公羊学》，先生曰："《公羊》善于礼，不孰《三礼》，勿治，治亦勿善。"既而曰："治《周礼》尤难，职官舆地之烦，宫室衣服之杂，酒浆盍醢之细，无一虚字，不利逃虚者，无惑乎以为伪书矣。吾衰望洋，若有志乎？列空册题某某事，读书有触，登焉，条系而件附之，它日揉成全书，不刊之作也。"岘敬如教。[2]

直至光绪十七年，已成七十三老翁之见山依然再次将自己治学生涯之肇基，归因于"经学大师"，即陈硕甫，曰：

（紫戾翁，即见山）幼治诗古文，不中度，弃去。从经学大师游，治《春秋三传》皆有述，皆不竟其业。治《三礼》，以为《周礼》者，体大用博，不究极其名物与其制度，则不能以通。凡天地山川城郭宫室以迄车马衣服酒浆盍醢之繁重，分别义类，各为探索，条系而件附，积数十巨册，

1. 杨岘：《藐叟年谱》，1913 年吴兴嘉业堂刊本。
2. 杨岘：《迟鸿轩集》，1913 年吴兴嘉业堂刊本。

未皇董理。贫甚，出门乞食。粤贼作，家被烧残，儿子死难，稿尽失。当其时，翁年已四十余，心志颓丧，无复著书想。[1]

见山以《公羊》为贽问学，而硕甫则亦因势利导，教其由《春秋》而进于《周礼》，所谓因材施教，于此可见。此亦可藉硕甫之《师友渊源记》而知：

杨生岘，字见山，湖州归安人。身伟然修长，佐治有才能。长于《春秋》，余曰："学《春秋》者，从《公羊》以知例，治《谷梁》以明礼。谷梁氏文句极简，必得治礼数十年，用力既久，而后可发明其要义也。"杭州曹葛民籀作《春秋钻燧》，问序于余，余为言《谷梁》义十余条。余于庚戌岁成《公羊逸礼》一卷，乙卯八月以寄示见山，见山即于此科中式四十名举人。[2]

文中所言《公羊逸礼》一书，即《公羊逸礼考征》，迭遭兵火之余，现存者已非原貌。而其原作，亦仅为发端之作，俾示后学治学之门经而已，可补可议者元复不少。[3] 硕甫尝持之以授见山、陈倬二弟子，则其所望可知。而其弟子亦能不负师望，如见山即成《公羊礼征》四卷，乃系将其师未成

1.《迟鸿轩文续・紫庑翁传》，1913 年吴兴嘉业堂刊本。

2. 光绪十二年《函雅堂丛书》本。

3. 参胡玉缙《许庼经籍题跋》卷一"公羊逸礼考征书后"条："以诸侯库、雉、路为官之三门，雉为中门，则鲁雉门设两观，《礼运》云'出游于观雉'，当为大门。又以天子库门有台，诸侯库门无台，天子应、诸侯雉皆有台，则天子五门、诸侯三门，要皆有台，故《礼器》云'天子诸侯台门'。又以观即是台，则天子皋、雉两门，门各两观，诸侯雉门一观，观非即台。凡若斯类，亦有得有失。其云'礼未闻者'，如七十虽庶人，主字而礼之，当属时王之制，可据《续汉礼仪制》'仲秋之月，县道皆按户比民，年始七十，授之以王（各本误玉）杖，餔之以糜粥'，以证'七十礼之'之事。又如卜郊不吉，则为牲作玄衣纁裳，使有司玄端放之于南郊，此本《谷梁》僖三十一年《传》，而未引以为征，尤失之目睫。"胡玉缙撰、业师吴格先生整理：《续四库提要三种》，第 425-426 页，上海书店出版社，2002 年。

之书，董而扩之者也。[1]

硕甫既见见山《公羊逸礼》四卷之告终，则又复望其于《谷梁》有成。而《谷梁》一书，自道光八年丹徒柳兴恩（1795–1880）于赴省试途中，与仪征刘文淇、江都梅植之、泾包慎言、宝应刘宝楠、句容陈立相与为约，各治一经，加以疏证始，柳氏即致力于是书。顾虑于此，陈奂尝以“丹徒柳氏治《谷梁》，盍少待？”然兴恩之书本为中年撰著，遭乱散佚，晚理旧业，亦未克观成，硕甫于此则不能不再三措意[2]，见山之治《谷梁》亦即始于是时。[3]

未几，红羊之劫飙起西南，以风卷残云之势迅速蔓延于江南，而见山之所著所藏，亦同其师硕甫所作，遂不可问[4]，此年，见山四十四岁，方避乱于沪滨。而次年始，见山即历随诸大幕辗转南北，直至光绪十三年辞松江府任。其间，或倥偬荏苒，或政事丛杂，元亦无暇著述。而退职之后，

---

1. 见山《年谱》系此事于道光二十八年，云：“二十八年戊申，三十岁。草草竟《公羊颜氏记》四卷、《公羊礼征》四卷。《礼征》者，硕甫师未成之书，董而扩之者也。”有误。据《师友渊源记》知，陈奂此帙成于道光三十年，咸丰五年方寄示见山。然见山所云尝补作成《公羊礼征》四卷，则系无可置疑者。

2. 硕甫于《谷梁》一书，多所关念，如见山《迟鸿轩文弃·受经图序》中亦言：“踰年，从硕甫陈先生游，先生曰：‘《谷梁》沈蕴千余年，范注杨疏皆陋略不可据取而通焉。’”《藐叟年谱》同治十三年条：“陈先生尝谓《谷梁》范宁注陋略不可遵，传所以解经也。当依《诗毛诗传疏》例撇去范注，别为传作疏。取周秦西汉以前旧说，申明谷梁氏之指，汉以后说不必苟同。”《艺风堂友朋书札》费念慈函第二十九通：“见山丈言，闻诸硕甫先生，云柳书（柳宾叔之《谷梁》大事述）亦不精。”柳氏书既不精，则不惟陈奂有望于见山，即其友人，亦有以此相勖勉者，如胡培系致杨氏函云：“窃谓《谷梁》之学，至今日已绝无仅有，以先生之学，有师承且精神矍铄，□今毅然为之，足成不朽之盛业。若非先生为之，则此书竟成广陵散矣。”（见于《清代名人信稿》，第435-436页。）又柳氏《谷梁疏》至民国间有吴江张慰祖所作《谷梁大义述补阙》为之补足，《续修四库全书总目稿本》张寿林撰提要曰：“是编本柳书之意，以补其阙遗，体例一仍柳书之旧，逐条标举，而以补阙附之其下，且别题‘补曰’二字，以资识别。今考其书，拾遗补阙，大体多合经师家法……”第19册，第417页。

3.《迟鸿轩文续·李念孙传》：“（念孙）闻余客杭州，介钱松订交。余方发凡为《谷梁传疏证》，君赠联有：‘《谷梁》绝学在《春秋》’句。然《疏证》迄未竟，愧良友矣。”据《藐叟年谱》：“（咸丰）七年丁巳，三十九岁。……仍寓杭州。”知见山始治《谷梁传疏证》在七年。

4.《藐叟年谱》同治元年条：“十一月，叔兄送妻女出相见，述白墙衖屋破被毁，旧藏手校书籍并所著诸稿本尽化劫灰。”见山《迟鸿轩文续·胡培系传》：“余《周礼制度名物考》稿本，兵火焚失。”

年事已高，则亦无能著述，仅以诗文怡情[1]，遂此以终晚景。

二　子高致见山函考实

见山《迟鸿轩文弃》卷一《友说》尝云："友也者，与师俱贵，所以析疑敦善而规于谊者也。一物也，名之而勿详，咨之于友而涣然；一事也，试之而勿安，征之于友而坦然。藉设而无友，犹无烛而冥行，虽不失途，然而后矣。"可知其交友之趋向。此处征引子高致见山之八函，正可为见山此语作一佐证。

戴望致杨岘函第一通

季逑同门足下：清明后一日，奉到安庆正月十二日所发手书，时值浙贼逼闽，连日告警，未皇作答，稽迟至今。军务尚方兴未艾也，沧海横流，令人有无处容身之叹。承示先师身后情景，弥足慨念。吾兄谊笑陟岵，当年杜李不足多也。吴下同门于学半多浮慕，足称者洵美、禹三、泳之数人。洵美从师最久，其为行状必有可观，如吾兄已经索得，乞命从者录出一本见惠，是所企待。节相处人才云聚，专门朴学之士得若干人？亦望书其姓氏、爵里见遗，庶几人海相逢，不至交臂失之也。拙校《管子》，尚须改定，恨未能录副就正。如有大著，还祈赐读。凌子与兄去岁累累致书，未见其答，如兄处致沪上信，烦一询之。三月十九日，同门弟制子高顿首。

壬卡处致意。

昔岁十一月自闽托人从沪所寄之书已达否？

今按：见山自撰《藐叟年谱》云：同治元年壬戌，四十四岁，"八月，

1.《藐叟年谱》"光绪十二年"条："六十八岁。精神益衰，经史过眼辄忘，不敢著书。极难消遣，时取零星诗文稿董理之，或增或删或改。"

诣上海，得叔兄书，始知城破时先寡嫂、寡姊殉节，鸿熙被俘，静熙、能熙投水，水浅不得死，以头倒栽泥中死，仅存弱妻、次女，延息南浔难民局……十一月，叔兄送妻女出相见，述白墙衖屋被毁，旧藏手校书籍并所著诸稿本尽化劫灰。十二月，谒合肥李伯相，借轮舟载妻女赴曾营。”同治二年癸亥，四十五岁“曾文正公延接知名士甚伙，皆相往还，虽贫悴，然不寂寞。”则知自同治二年始，见山即入曾幕。

同年四月，子高与见山之业师陈硕甫从无锡八字桥镇避居于上海龙华郁氏，以众弟子之屡屡荐举[1]，拟赴湘乡曾国藩（1811–1872）安庆幕府之聘[2]。至六月客死于郁氏寓所，终年七十八。而此函言及见山曾告知子高硕甫身后情景，且杨见山此际仍居曾氏安庆幕府，知其必作于同治三年之三月十九日，时子高居闽，见山居安庆曾幕。又函中称曾涤生为节相，考咸丰十一年，曾氏奉旨督办四省军务，次年补协办大学士，故得有节相之称。而同治三年七月之后，涤生因克复金陵受封一等侯，则通称为侯相。此称节相，亦可为此函作于三年之证。又所言之“浙贼逼闽”，则恐为零星太平军之活动，以太平军李世贤、汪海洋等部大举入闽，已在该年下半岁。[3]

硕甫一生设帐讲学多年，弟子众多，而子高则向来睥睨当时，少所许可，即其同门，亦多难入其法眼，此云“吴下同门于学半多浮慕”，仅于洵美、禹三、

1. 硕甫奂弟子数人皆作幕于曾氏处，故于硕甫之行藏、学术多有言及于涤生者，参下注。而据硕甫《三百堂文集》卷下《复马芝荪》云：“曾相亦未见过，而拙著《诗疏》曾从令兄远林下询，去年将剩纸刷印十部，后刻四种亦既刷印。《集韵校勘序》作就，随即一并寄上，以就正于曾相可也。”（赵诒琛、王大隆：《戊寅丛编》本，1938年。）则知硕甫与曾国藩早有接触。

2.《迟鸿轩文弃》卷二《陈先生述》：“同治壬戌，岘自京到安徽，大学士曾公方剿寇开幕府，留岘侍左右。访闻先生避地上海，以告公，公瞿然曰：‘曩疑先生古人，今在邪？’亟请相见，一再致书，而先生病，不果来，未几卒。癸亥八月事也。”《曾国藩日记》“同治二年五月初三”条：“李善兰壬叔、杨岘见山来坐，携陈硕甫先生奂片一纸，知已由贼中逃出至沪，言将来皖，来年八十二岁，段茂堂之弟，东南之精于经学、小学者，岿然仅存矣。”（第186页，宗教文化出版社，1999年。）“五月初七日”条：“莫子偲来，将所得唐写本《说文·木部》重写一遍，将以刊刻，公诸同好。余与同至内银钱所，嘱为之精刻。其所为《校勘记》，将待陈硕甫先生来订定而后发刻。”（第188页）

3. 可参郭廷以《太平天国史事日志》同治三年至同治四年部分，第1043–1146页，商务印书馆，1947年再版。

泳之三人有所许可，可见其眼界之高[1]，洵美者，即元和管庆祺，据硕甫《师友渊源记》：

管生庆祺，字心梅，元和庠生。丁未岁，心梅年四十，犹恂恂执后进礼，手校陆氏《释文》，余曰："《释文》宋本当于《集韵》求之，今《尚书释文》经开宝中陈谔等删改之本，《集韵》则未经删改者。段先生《尚书撰异》可为入道门也。至于义即寓音，音可见义，其音之有变有转，不能全执古音而绳今音矣。"心梅以为然。乙卯九月，余病，自海门归，心梅与时医异，服其药得愈。子礼昌，秀才。于己未冬与余长孙女小吉定亲。[2]

又据硕甫《流翰仰瞻小传》云："管秀才。庆祺，字洵美，长洲人。藏书富，多校雠。"[3]可知庆祺又字洵美[4]，家多藏书，喜校雠，尝手校《经典释文》。

费禹三，则系吴县费宝锷，据硕甫弟子元和陈倬（1825–1881）之《申江怀旧诗》其五《费禹三秀才·序并诗》云：

禹三名宝锷，吴县廪膳生，与余同受知于历城毛伯雨先生式郇，入郡庠。复同受业于家征君硕甫师奂。专精经学，无间寒暑，手一编不辍。相见必谈经义，有龃龉处，禹三大声疾呼，申其辨乃已，旁观窃谓吾两人不合，而不知意气甚莫逆也。禹三尝谓先后郑解《周礼》，其说不同，贾疏斥先郑从后郑，以致仲师经谊不显于世，作《先郑周官解诂疏》以是正之。书未成而吾苏陷，禹三殉难，遗稿无存，可慨哉。

征君毛诗疏，成书三十年。仲师本治毛，君能衍其传。书与身俱殉，

---

1. 子高之心赏者，又可参前引《自江宁归杭州杂诗四十首》之一。
2. 曹允源、李根源纂:《民国吴县志》卷六十八下《列传七》，大略同此，苏州文新公司铅印本，1933年。
3. 复旦大学藏王氏学礼斋抄本。
4. 庆祺又有号曰"吉云"，参《蛾术轩箧存善本书录》癸卯稿卷一"经典释文三十卷十册"条附录跋文，第785–786页，又作"笈云"，参台湾"国家图书馆"古籍影像检索系统。

天独靳后贤。[1]

陈倬云禹三之用力多在《周礼》一书，所作《先郑周官解诂疏》，今虽不存，然其大指藉陈倬此序亦可知为表彰先郑经谊而作。陈倬与禹三同门有年，其所追忆禹三之学术生平自当确切不移，足为典要。正如陈倬诗中所言“仲师本治毛，君能衍其传。”禹三治学，亦肇端于《诗》，硕甫尝记之曰：

费生宝锷，字禹三，苏州府廪生。笃行好学士也。读段先生《说文》，以黄、绿、朱、墨色区别圈点，读余《诗疏》亦然。余有旧藏振绮本《三家诗考》，近借而读之，因教之曰：“近来学三家者，不下数十百家。盖三家者，两汉习鲁兼习齐，六朝以迄赵宋习韩。诸儒都从习尚，故所引与《毛诗》同文者，亦三家，不独异文也，一也；其所引成句者易晓，间有用三家异字，不全用成句者，六朝文章多有之。又有不用诗辞而用诗义，与毛不同义者，皆三家异字与异义也，二也；更有三家字义经后人改篡转写讹夺者，亦每每有之。亦习三家者亟当厘正也，学者不可不知此三者也。”书此以观其后效。[2]

不仅禹三勤学之貌可见，硕甫之言三家《诗》，亦赖此以传。禹三治《诗》之方法亦更可由此窥知，即以三家证《毛》，藉三家以考《毛》。惟其如此，硕甫《流翰仰瞻小传》得言：“费秀才。[宝]锷，字禹三，苏州府学生，治《毛诗》。”

至于禹三之死，硕甫咸丰十年校订《师友渊源记》时，于此亦有补记，所述较陈倬为详：

庚申四月十三日，苏州陷，其父远峰先生率禹三夫妇殉难。余于

1.《隐珠龛诗集·寄鲒集》，南京图书馆藏稿本。
2.《师友渊源记》。

七月寓居陡山，设立义局。陡山在锡邑北门外。县城为贼所据，贼以红布包头曰红头局，以白布包头曰白头局，请委员吴德辉弹压。吴与禹三相识，乃传述此事。

而时居危城之吴县蓼村遁客所记则更为详切：

费宝锷禹三旧馆包庆堂家。其徒岭梅言，城陷日，禹三眷属投井死。其弟宝铨，府庠廪生，亦殉难。禹三被贼掳，疮痍遍体，不数月死。[1]

可知宝锷当日之遭逢，亦可谓惨酷备至，良足慨叹。

泳之则丁士涵（1828–1894）字，据《民国吴县志》：

（泳之）同治庚午举人，官工部员外郎。幼受业于陈硕甫，以经学著名。同治甲子兵燹后，任采访节孝事。兴修王仁孝祠，办理长元学两旁先贤春秋祭祀十余年。积书数十万卷，闭门谢客，年六十余犹灯下著述不少衰。贵筑黄子寿方伯聘为学古堂山长，晋谒见拒，其高尚如此。著有《管子》、《释文》、《集韵》。[2]

泳之著作现在多已散佚，其学术成就今亦多难考知。然据“章钰《四当斋集》卷八《新阳汪先生墓表》云：‘咸同以来，陈培之部郎倬、丁泳之孝廉士涵与先师雷深之先生浚，均以通经学古，有吴下三之之誉。’”[3]则当亦颇得时人许可。

硕甫《师友渊源记》亦记泳之曰：

丁生士涵，字永（泳）之，元和庠生。其先人月波先生承父志，

1.《虎窟纪略》，见于《太平天国史料专辑》，第 12-54 页，《中华文史论丛增刊》本，上海古籍出版社，1979 年。
2.卷六十八下《列传七》。
3.《蛾术轩箧存善本书录》癸卯稿卷一“孟子音义二卷”条，第 800-801 页。

建庄建塾，塾规有训子弟先儒言一说，合余向所言者，为文记之。[1]先生喜名人墨宝，不惜重资必购得焉。而永之独嗜经籍，藏书亦富。熟读《周官经》，而于《考工记》一名一物时时走询。余教之先郑司农之说，谓内外朝五门制度最确。而时祭间祀，后郑说亦未尝不同。又习读《管子》，以为尹知章注属空谈，刘绩补注亦疏漏。积数岁校雠之力成《管子案》若干卷，余向有校语一卷，亦录以备解。城陷后，录副寄示，述叙要略若注若音若逸文，曩余手定之本悉遗弃无存也。永之又专嗜许氏《说文》，尝编作《义类》。又兼涉刘成国《释名》，余谓《释名》与《毛传》、《说文》多不合，然可以讨汉末说经家之沿流者此耳，永之韪余言。

至于泳之之学，仅《传》文所述，即博涉《周礼》、《管子》、《说文》、《释名》等，已非宿学所不能办，则其学问之颇有可观已不待多言。泳之之《周礼》学、《说文》学，现以文献缺失，已难知其奥义。然泳之之治《管子》、治《释名》，则颇足傲视一时。硕甫尝序泳之所校《管子》云：

管子犹在，六艺未具，先文奥质，难卒读。丁子泳之，用功深，为校雠焉，至书与六艺相表里，会通条例之。值世乱，未卒业，钞出旧校寄示在余。余喜其立言有不朽，述叙以质丁子。[2]

此篇序文作于同治元年，可知截至此时泳之之《管子》学尚未完成。而丁氏所作之《管子注》、《管子韵》、《管子案》，当皆在此后而成。泳之研读《管子》成果之价值，吴县潘景郑言之最详亦最为平实：

《管子案》残稿一册，存《形势篇》至《四称篇》，为乡前辈丁泳之先生手稿。先生名士涵，清元和庠生，为陈硕甫先生高弟。嗜经籍，

1. 参见《三百堂文集》卷下《济阳义塾记》。
2.《三百堂文集》卷上《丁泳之校雠管子序》。

> 藏书甚富，家素封，优游坟典，熟读《周官经》，而于《考工记》一名一物，考订周详。又习读《管子》，以为尹知章注属空谈，刘绩补注亦疏漏，遂遍摭义训，积十余年思力，成《管子注》、《管子韵》、《管子案》若干卷，硕甫先生为之手定。据自序云："经兵燹仅存《管子案》一书，然亦未得刊行。"戴子高先生撰《管子校正》，曾采其说，殊多精义，惜亦鳞爪，未覩全豹也……此《管子案》手稿一束，亦前后残缺，存不及半，幸序文犹在，略其梗概。深惜先生毕生精力，俱随流水，区区断简，虽未饱蟫鱼，余固掇拾装袭，殊惭梼昧，未能为之拾遗补阙，以垂名山耳。箧中尚有先生手校《释名疏证》,征引亦殊精当。他如《类篇》、《一切经音义》等，皆手编义类，便于检索，其功力可见一斑矣。装潢既竣，率志数语于后，以申景行之私。时乙亥九月五日，邑后学潘承弼谨跋。[1]

郭沫若之评价则可谓称许备至，以为泳之学力远高于同为治《管子》名家之子高：

> 《管子案》残稿，蒙景郑君假阅，确是可贵。稿曾经陈奂手定，稿中朱书即陈氏笔迹。子高亦曾过目，有案语数处。然《管子校正》中所采丁说与此稿不尽相符。有为稿本中所无者，盖采自《管子注》，惜彼书已毁，不可复见耳。稿中颇有胜义为戴所遗漏者，亦有丁误而戴亦同误者,足征戴之功力远不及丁。丁书残毁,殊可惜也。然残愈于毁，宜加倍珍护。一九五六年九月九日，郭沫若。[2]

郭氏此说是否符合事实暂且不论，然其中所表现之郭氏重视之意，则确切无疑[3]，泳之《管子》学之价值，则亦于此可见。又跋中所言此帙尝为

---

1. 潘景郑：《著砚楼读书记》"管子案稿本"条，第 311-312 页，辽宁教育出版社，2002 年。
2. 第 312 页。
3. 关于郭沫若对于硕甫及泳之校本之评价，又可参林申清：《郭沫若遗札及其管子集校》，《中华读书报》，1999 年 1 月 20 日。

子高所采者，则亦查有实据，子高手跋明万历十年赵用贤刻管韩合刻本《管子》二十四卷云[1]：

> 予昔于咸丰戊午校此书，首取孙、洪两先生谊证、王先生《杂志》录于其上，继取陈硕甫师、丁君泳之校语录之。[2]

可知子高确曾吸收泳之之成果，此亦可为泳之《管子》学造诣深厚之旁证。

综上所述，洵美、禹三、泳之皆学有专长，各有所胜，而子高即以此故，始于三人均有推崇之意。

函中又言“洵美从师最久”，今据前揭《师友渊源记》，知其问学硕甫始于咸丰七年（1857），此时若丁泳之、杨见山等皆已早入陈门问学，故子高此言，当系泛泛之谈而已。然洵美与硕甫不唯有师弟之谊，更存姻娅之亲，洵美子礼昌即以硕甫长女孙为偶者。故子高以撰写先师行状之责属诸洵美，奈何久候无成，故而屡屡于函中询及见山。今考洵美于师门亦眷恋弥切，所以久未成稿者，以其所作并非行状，而系硕甫之年谱。[3]此较行状而言，详纪生平，更可见洵美崇敬硕甫之情，断不可以迁延为责，而子高同治五年所成之行状，亦即以洵美此《年谱》为纲而成者。

又曾氏幕府中，才人辈出，如独山莫友芝（字子偲，1811–1871）曾言：“皖中海内豪隽，趋湘乡公如龙门。干济之才，朴学之士，诗文之雄，下及一技一艺之专精独到，殆什百计。”[4]而子高此函中问及于此，亦正因此故。子高表叔德清俞樾（1821–1907）《春在堂全书·袖中书》卷一《孙琴西观察书》其一中云：“子高何时移馆金陵？凌少南同年不可不见，如他往，先投书可也。缦云亦不可不见，见缦老，则彼中友可见与不必见者皆了然矣。”[5]

---

1. 上海图书馆藏本。
2. 今按：咸丰戊午为八年，此时子高是否已经求学于硕甫存疑，说见上文。然子高过录陈、丁二人校语，则并非定在此年，观其文意可知。
3. 赵诒琛、王大隆：《戊寅丛编》本，《征君陈先生年谱》。
4. 子偲致独山郑珍函，转引自张剑《莫友芝年谱长编》，第322-323页，中华书局，2008年。
5. 光绪末增订重刊本。

虽作于此后，然其中所言，恰可与子高函中之语对读。

函中提及之子与者，归安凌霞字。子与一名瑕，号尘遗、病鹤等。工诗，善写梅，娴书法，通小学。早年与子高、杨见山、施均甫、姚谌（子展）、陆心源（刚甫）等有“苕上七子”之目。后以家贫，走食海上。有《天隐堂文录》、《三高遗墨楼集》、《癖好堂收藏金石书目》等。

函中又言其校《管子》书，尚未写定，所言即指《管子校正》而言。而壬叔者，前文已及，即绍介子高问业于陈硕甫之海宁李善兰（1811–1882），亦系硕甫弟子。而子高落款云“制”，则其母之逝，当即在前此未久。

戴望致杨岘函第二通

季述足下：中秋前一日得六月廿八日自皖□。东南余孽渐就廓清，不胜欣幸。闻吾湖亦于七月二十七日克复。弟拟半载后亦欲归里，此间意味如鸡肋，不足居也。唯是一炬之后，先人遗宅片瓦无存，归后身无立锥，更不得不别游他省，以图生□，人生斯世，无一可为，安得故人如足下，身为禄隐，作一亲民之官，可以著书自遣，而弟相依以为府主，朝夕倾谈，得以就正，此则足生平之大愿矣。江右贼氛尚恶，弟之行匧中书悉寄福州友人处，臧先生遗著并拙著均在其内，不能抄录奉寄。相见非远，彼时出以见示，不过二三年迟我耳。陈师行状未具，身为弟子，能无窃叹？岂洵美故郑重而出之邪？不可解矣。啸山文学久耳其名，似是精于历算者。子偲孝廉所治何业？宗何家法？立行何如？祈以见告。足下如去皖后税驾何所？眷属能归里否？便中示悉，鹄望好音。

八月二十日，同门弟望顿首。

外金石搨本二种奉诒。又有始建国元年镜名，因此地无佳纸，异日当觅纸拓□。（卷尾钤“戴高之印”白文方印）

今按：同治三年二月下旬，清军分两路攻湖州，连克武康、德清、孝丰、安吉等地。六月二十七日，又克长兴。七月四日，江苏巡抚李鸿章亲赴长兴清军大营，督攻湖州。至七月廿七日，湖州克复。则此函即作于同治三年八月二十日，子高居闽，见山仍处安庆。子高函中云拟半载后归里，然据后引同治四年八月二十八日函，知子高之去闽，已在一年之后。此云“安得故人如足下，身为禄隐，作一亲民之官”，可知此时见山已得李鸿章之保荐为江苏候补县。所谓行箧之书寄存福州友人处者，疑所言即为仁和谭仲修，以仲修此时正坐幕福州，至次年方北归故里。

“臧先生遗著”者，即长兴臧寿恭之遗著《春秋古谊》。见山《迟鸿轩文弃》卷一《春秋古谊跋》云：“右眉卿臧先生遗著也。博采贾、服旧注，正杜预违失，七易稿始成书，依陆德明《释文》，经与传分，手自缮写十巨帙。道光丙午，先生归道山，无子，稿亦胠散，零星持易饧矣，呜呼，酷矣。时方吁请祠乡贤，例当以书进，遍搜访无获。最后先生老友朱沁泉广文持此视岘，有经无传，又初创稿，鲜有精深之旨，昭公二十三年以下并缺，众意未嗛。然吁请之意迫，姑授岘补辑为六卷，迄于哀公十四年五月庚申朔日食，与刘歆左氏日食三十七之说相足。卞雅堂光禄读定公十五年九月滕子来会葬一条亟赏得间，趣付梓，甚盛事也……”又据见山《藐叟年谱》“道光二十四年”条：“曩尝通书长兴臧眉卿先生寿恭问算学，至是沈醒斋介余亲受业。先生曰：‘礼七岁教子数学，然则算亦庸甚，今人以为绝学，谬矣。’时先生治《春秋左氏古谊》，命依刘歆《三统术》为《左氏中朔表》。”又《迟鸿轩文弃》卷一《受经图序》：“忆年廿四从眉卿臧先生游，先生精小学，擅畴人术，方辑《左传古义》，使依《汉志》三统术推隐公来二百四十年中朔，证杜氏《长历》之误，为《中朔表》十二篇，二年而竟。又使辑《公羊古义》，未卒业，先生捐馆，独学而无师，号于人则杂然喙之，槁护息于垤，儽乎不能自振。”眉卿之生平大要，则可见于《迟鸿轩文弃》卷二《臧先生述》：“臧先生长兴人，嘉庆丁卯科举于乡……于经喜《春秋左传》，为《春秋古谊》若干卷，摭周秦两汉旧说、贾服注正杜预氏之谬……遗书夫己氏攫去易饧，岘购求，靳不与……先生初讳曜，后讳寿恭，字眉卿，道光丙午八月某日卒，年五十有九。无子。”《春秋古谊》今有劳氏丹铅精舍抄本传世，名《春秋古义》六卷，据卷尾劳格手跋，此系录自乌程周学濂处。又有吴县潘氏《滂喜斋丛书》本，卷末存见山同治十二年三月跋云："（长兴令芗园李先生）姑命岘足成六卷……粤逆起，（付梓）仍不果，岘家亦丁于乱，插架之书尽付一炬。乱定后，复从同门子高戴君录副，俟当世采择焉。"可知子高此言眉卿遗著之缘由。

关于函中所询之张啸山，据《曾国藩日记》卷九："是年（同治二年）五月，李壬叔带来二人……一张文虎，江苏南汇人，精于算法，兼通经学、小学，为阮文达公所器赏。"啸山不惟为见山之友，更系硕甫旧交，故子高于其人日后交往亦密。又子偲者，独山莫友芝字。子偲系晚清知名金石学家、目录版本学家、书法家及诗人，所学不主一端，转益多师，立行严正，为时人所称，江西李士棻尝有句咏之曰："卅年流誉满词场，湖海交游尽老苍。学海世推黔帜志，荐章今许古循良。篆书突过当涂李，诗格兼摹双井黄。一时笑君赣胜我，陈编敝簏侈收藏。"[1]子偲之好尚可尽见之。时则以拣发江苏知县，居曾涤生幕。

同治三年甲子，见山四十六岁，"夏，曾文正公克江宁，李伯相克苏州，湘阴左文襄公克杭州、湖州，日月重光，普天同庆。余蒙保举以县令留江苏候补……与句容陈卓人立、南汇张啸山文虎同寓铁作坊。"据《张文虎日记》，铁作坊者，太平军伪慕王府，此时为书局所在[2]，而见山之迁居于此，则在该年之十月廿二日[3]。然则子高此函，当即仍系寄往安庆者。

始建国元年新莽镜，即始建国二年铭西王母博局镜，1956年秋由上海文管会收购入藏，现归中国国家博物馆收藏。此镜圆形，圆钮，七乳钉环绕钮均匀排列，间饰涡状文及篆书"宜子孙"三字铭，双轮弦线，外简化博局纹及四乳钉将中区划为四区，分别配置羽人骑兽、神人戏兽、独角兽与鸟、西王母与玉兔捣药图案。镜缘为篆体铭文一周："唯始建国二年新家

1.《天瘦阁诗半》卷四《赠莫子偲》，光绪十一年刻本，转引自张剑：《莫友芝年谱长编》，第327–328页。
2. 陈大康整理：《近现代名人日记丛刊》本，第3页，上海书店出版社，2001年。
3.《张文虎日记》，第8页。

尊，诏书数下多大恩，贾人事市，不躬啬田，更作辟雍治校官，五谷成熟天下安，有知之士得蒙恩，宜官秩，葆子孙。”直径15.8厘米，整体灰白色，字体、文饰较浅，此镜一裂三块，从铭文“新”字边缘穿线到“辟”字，另一条线从“下”字到独角兽处。可见于《中国青铜器全集》第16册《铜镜》图版59[1]。此镜之来源，可参如皋冒鹤亭《莽镜释文》所录独山莫子偲同治六年正月初九跋文[2]:“德清戴子高文学示始建国镜拓本，径莽尺七寸二分强，篆铭五十一字云……子高谓此镜祥符周星诒季况所藏。季况咸丰庚申岁就官福建同知，收于福州采铜局，失手坠碎为二，命工银镶合之。子高同治癸亥之福州，手拓此本……丁卯开岁九日。”又同书所录光绪二十二年七月初七瑞安孙仲容跋云：“诒让前廿年于亡友戴君子高许见此镜拓本，独山莫先生子偲为跋尾……子高物故，藏本不审归何人……光绪丙申七夕。”又据鹤亭女孙冒怀科云，1956年“托吴朴堂代出售，售去新莽始建国二年镜，得价2000元。”[3]《莽镜释文》中未见见山文字，则其是否最终获此拓本，史无明言，亦不可知。

始建国二年铜镜

1. 文物出版社，1998年。
2.《冒氏丛书别集》本，民国间刻本。
3. 见《冒广生友朋书札出版有感》，《文汇报》，2010年3月20日“夜光杯”版。

戴望致杨岘函第七通

季逑足下：中秋前日得六月廿八日自皖来书，随即作答，迄今度已达矣。吾湖收复，贼由徽州窜严之淳安、衢之开化以入江右，连陷贵溪、弋阳、铅山诸县，闽中严、邵两郡又复告警，幸浙中援兵继至，贼遂退出，杉关仅而无事，此九月初事也。江南军务想可告竣，吾兄去留若何？眷属能旋里否？壬叔近作何状？子与谋食何方？已得其确耗否？洵美为先师作行状，久未脱手，近有信息否？□有请者，季贶司马之兄素生（名灏孙），作令江北，虑邮程之多阻，有家书一通，敢乞吾兄为之探寄。又友人庄君中白，闻客乔中丞幕中，弟有一书，托为加封饬送是感。余详前椷，诸维吉祥不一一。九月初七日乙巳，弟制望顿首。

始建国二年镜铭，容俟迟日拓赠。望又白。

今按：此函亦作于同治三年。云“中秋前日得六月廿八日自皖来书，随即作答，迄今度已达矣”者，当即指八月二十日之函而言。素生，即祥符周星譼，同治元年作令凤阳。据其弟周星诒（字季贶，1833–1904）《癸巳人文质·先生妣陆夫人纪略》[1]：“子星譼，原名灏孙，道光癸卯举人，现官安徽候补直隶州知州。历署凤阳、舒城、霍邱县知县，颍、凤两府补盗同知，和州直隶州，军功赏戴花翎。”

中白，谭仲修《亡友传·庄棫传》：“庄棫字中白，江南丹徒人。”又言其“南北往来，欲有所成就，连蹇亡聊，兵间转徙，益困。徐沟乔勤恪公欲用之，荐改府同知，君不习为吏，谢之。”[2]乔中丞者，即勤恪公松年，以同治二年由江宁布政使迁皖抚，至五年改陕抚。中白于子高殁后，撰有《戴子高哀辞》以为纪念，中云：“丙寅中冬，余游省垣，有人叩门，颀然而长，鬑鬑有须，就而问之，则子高也……余识子高于今八年，丁卯、戊辰间，隔三日必相

1. 上海博物馆藏抄本。
2. 缪荃孙：《续碑传集》卷八十一，《清碑传合集》本，第 2975 页，上海书店出版社，1988 年。

见……”[1]可见二人交谊。

戴望致杨岘函第八通

见山同门足下：去冬曾奉寸槭（外亦有致壬赤函），转达白下，未识已经青睐否？侯相督师湖北，想足下亦必偕往，若何得意！望频年濩落，失意依人，坳堂杯水，芥无所容。今岁必当旋里，毕先世葬事。以后茫茫来日，生计如鸠，不审同学同志如足下者肯为我向大君子一说项否？祈与壬丈图之。近从福州陈氏见有硕师手校《淮南王书》，方在传写，并以附闻。此候，新春吉祥，不一一。弟制望觞启。

乙丑正月二十八日甲子，邵武旅舍作。

今按：此函撰作年代据落款即知为同治四年，时见山已至金陵。函中“侯相督师湖北”之说，如非笔误，便系讹传，以侯相必指曾涤生无疑，而考其行迹，确无督师湖北之事。函中又言“近从福州陈氏见有……”云云、“邵武旅舍作”云云，则其时子高尚居闽省可知，故函中又有“频年濩落，失意依人，坳堂杯水，芥无所容。今岁必当旋里……”之说。据陈琦《德清戴子高生平及其著作》：“（咸丰十一年，子高）乃以母命走依其至戚某官闽中者。”[2]至此时定意北归，子高客闽已届四年。子高挚友乌程施补华《泽雅堂文集》载：“（同治）三年，官军复湖州，（子高）归省先茔，招魂葬母。”[3]而据此函，则子高之归里并非三年之时。又所谓传写福州陈氏所藏硕甫《淮南子》校本者，恐非其实。仲修《复堂日记》卷七光绪十三年丁亥云：“往在闽中，得陈硕父征君手校宋本《淮南王书》，珍为鸿宝。二十年中，周季贶、戴子高、赵撝叔、潘凤洲、陶子珍、孙仲容皆传写一本……计是书在

1. 缪荃孙：《续碑传集》卷七十五，《清碑传合集》本，第2893页。
2. 见于《名家著述考》，第903页。国家图书馆出版社，2010年。按：陈氏此文多袭施均甫《戴子高墓表》。（见于《泽雅堂文集》卷六，光绪十九年陆心源刻本。）
3. 卷六《戴子高墓表》。

箧中廿六寒暑，当日与征君手校《管子》同时收得……”[1]则咸同之交，复堂即已收得此书，子高所录，并非直接源于带经堂。

戴望致杨岘函第三通

季述足下：七月之初去邵武，曾作一书，恐未能达左右也。邵武地僻而信稀，大江南北，消息阙如。入江右界，道听人言，始得一二。濡滞年余，致违足下与壬尗殷勤之顾，惭负多矣。返里之日，晤令兄抱翁先生，备悉近状。辟掌书记之任，唐宋名人皆尝为之，虽非宾法，庸何伤乎？杭州将有书局之举，弟见在托人留意，或可得一坐地。如不能就，则作北游。家乡丧乱之后，无可居也。俟九月中葬事粗毕，即仍客杭耳。天涯奔走，读书为难，所校《管子》欲改正一通，惜无暇日。足下旧著能补成一二否？尊处如有三代两汉金石文字，乞择其尤者，手摹赠我，近颇好此故也。闻赵撝尗刊成《续寰宇访碑录》二卷，见之否？洵美久不通信，先师行状岂尚未脱手邪？壬尗客何方？乞见示。肃此，即候著祺不一一。弟子高顿首。

八月二十八日。

今按：子高自咸丰末年入闽，即主祥符周季贶幕。函中所言之去邵武而走，当即辞去季贶之幕。至见山、壬叔此时于子高有何照拂，则已难详考。再据前引施补华《戴子高墓表》，知子高曾有返乡营葬之举，故有晤对见山令兄之机缘。“抱翁先生”者，据《藐叟年谱》“道光五年”条：“七岁，是年始与先叔兄抱山入塾读书。”《迟鸿轩文弃》卷二《叔兄述》：“先叔兄讳宝彝，字性甫，别号抱山，湖州府增广生，军功洊保至同知。同治十年发直隶待次，是年水灾，遍诣各县筹振，积劳病，十一月十五日卒，年五十有六。”则知为见山之仲兄。而又以同治四年正月子高仍处邵武周幕，则此函之作，当

1. 范旭仑、牟晓朋整理：《近世学人日记》本，第 172 页，河北教育出版社，2001 年。

为同治四年之八月二十八日。此时，子高当居于湖州，见山则居长沙，而子高仍以其居金陵也。又子高之返乡营葬，亦为同治四年事。

函中所言见山为掌书记者，则当指见山入湘幕为文字之职。据子高此言，则见山于此颇不乐为。至于子高之出处，则显已无意继续周幕，拟相机于杭州之书局谋职。然据《复堂日记》卷二同治六年丁卯："马中丞、吴学使奏开浙江书局，薛慰农、孙琴西两先生主之，高伯平丈、李莼客、张韵梅与予为总校，胡肖梅（凤锦）、汪洛雅（鸣皋）、陆春江（元鼎）、张子虞、张玉珊、沈蒙叔、王松溪、陈蓝洲为分校。"[1] 则其正式创立，已在数年之后，子高早已就职于金陵书局。

至于《续寰宇访碑录》二卷，则当是《补寰宇访碑录》五卷，同治三年刊本，或者子高所闻时尚仅刊成二卷。而据前引《曾国藩日记》卷九："是年（同治二年）五月，李壬叔带来二人……"则壬叔当于此时已去沪至曾幕中。且于次年金陵克复之后，随迁朝天宫飞霞阁。至同治七年，方以郭嵩焘之荐，入京掌同文馆总教习之职。

戴望致杨岘函第四通

季仇仁兄同门足下：得七月十日长沙所发手书，慰甚。湘中学术荒陋如此，岂皆中张朱之毒而致然与？昨见当涂夏炘所著《景紫堂全书》，集矢于东原、次仲诸先生，蚍蜉撼树，可恨复可笑也。推原此病之中人心，不能不首归罪于方苞、姚鼐、方植之诸人，此皆无知诬妄之徒所尸而祝之者也，望为之轩渠久矣。思著一书力辟其说，而恐詈我者多，是以未□。马芝生兄前于洵美同门处相见，云去岁寄《诗疏》二十部到江宁书局，见翁既往湘中，则此书或当壬叔经手也。亦未及详劬其故。芝生所居离望寓所绝远，故未得一往拜之也。胡子廉、石生均在杭州，子廉自为篆联云："志在独行传，手写三礼图。"望甚敬其为人。□吉

1.《复堂日记》卷二，第 37 页。

世兄颇时相见，家贫苦，为制举所累耳。近撰得先师行状一篇，惜道远无由邮寄。不日移局金陵，如遇啸山、壬叔诸公，当出眉卿先生《春秋古谊》与之谋付梓人，未知此酬此愿否耳。肃此，即颂□居万福。

十月初八日癸巳，子高谨陈。

复书递寄江宁聚宝门外报恩寺前制造炮局总办、钦加道衔安徽即选府正堂刘（官名佐禹）转交。

今按：据见山《藐叟年谱》，同治四年乙丑，四十七岁“李伯相权两江总督，余以属吏见。伯相曰：‘若非百里才，吾兄新授湖南巡抚，书来延若参幕府。湖南与贵州邻，议剿苗逆。若往矣，将来擢道府不难。’余唯唯。四月成行，五月抵长沙。”《张文虎日记》同治四年闰五月初七日：“杨见山以李宫保荐，将赴湖南李小泉抚署幕。”[1]《郘亭日记》同治四年闰五月十九日：“在筱岑所闻杨见山将明日登舟就湖南李中丞幕。”[2]次日五月二十日：“杨见山来话别，即行，赠以‘磨去楞角’一语。见山有学而甘贫守介，已留江苏知县而不愿出，东南人之矫矫者。”又《张文虎日记》同治五年十一月初十日记云戴子高来[3]，则子高之至金陵，当即在此时。而子偲《郘亭日记》同治五年十一月十四日所记，则更为详尽：“李壬叔新自浙还，偕戴子高望相访。子高，德清诸生，专攻小学，著《管子补注》若干卷，尚寓南门外舟中。旧在苏州制造局中，局移来此。”[4]又《张文虎日记》同治五年十一月廿二日：“与壬叔至南门外扫帚巷制炮局访戴子高。晤刘治卿观察佐高[5]，其居停主也，江西庐陵人，颇爽快。”[6]同治六年八月十九日：“戴子高进局，与刘叔俯同居。”[7]则知子高以十一月初由苏州至金陵，始仍馆于制炮局[8]，至六年八月，转入

1.《张文虎日记》，第 43 页。
2. 转引自张剑：《莫友芝年谱长编》，第 364 页。
3.《张文虎日记》，第 69 页。
4. 转引自张剑：《莫友芝年谱长编》，第 421 页。
5. 按：“佐高”当作“佐禹”。
6.《张文虎日记》，第 71 页。
7. 第 101 页。
8. 按：子高之入苏州制炮局，当于同治四五年之交出俞曲园之荐，参见梁颖编：《尺素风雅·明清彩笺图录》所录俞樾函，第 744-745 页，山东美术出版社，2010 年。

金陵书局。故子高作函之际，见山居于长沙抚幕，子高则寓居苏州。

当涂夏氏之《景紫堂全书》十六种八十二卷，有同治元年王光甲等汇印本，子高所见者，当即为此。子高推尊徽州戴东原氏，以为一时无两，绝不容人诋諆[1]，故夏氏既于东原之《原善》、《孟子字义疏证》攻驳不已，自为子高所深恶痛绝。马芝生者，长洲马铭字。据陈硕甫《师友渊源记》："（马钊）弟铭芝生，优廪，亦从学。与远林（马钊）同在军营。以军功，远林授内阁中书，芝生得六品衔，俱戴蓝翎。"则知其亦子高、见山之同门。又所谓《诗疏》者，即陈硕甫之《诗毛氏传疏》一书。硕甫一生致力《毛诗》之学，辗转近卅年，方撰就此书，勉力付梓。而其营销，则多方商请友朋、弟子为之作法。此函所云者，正即此事。至于子高函中所言硕甫行状，有缪荃孙编《续碑传集》卷七十四所载《孝廉方正陈先生行状》[2]及《谪麟堂集·硕甫先生行状》两种，二者不唯文字有别，即详略亦多不同，然其撰作皆署同治五年三月，故当系前后稿本流传不同之故。[3]子高又云："先生殁后，弟子管庆祺为述《年谱》一卷，命望斠定，因得举其荦荦大者，并昔侍座所闻，次为《行状》。"[4]则前函所屡屡求见之洵美之文，子高终得获见。又上海图书馆藏有《函雅堂丛书》本《师友渊源记》之刊刻底本[5]，卷末存子高跋云："同治四年乙丑腊月初旬，从管洵美假读此书略校一过。弟子戴望谨记。"则子高之得见洵美所撰《年谱》，或即与此同时。

又子廉未知是否绩溪胡培系别字？培系字子继，有《仪礼宫室提纲》、《大戴礼记笺证》等。见山《胡培系传》有云："公沉潜于《三礼》者也。"[6]胡澍，

1. 参见《复堂日记》有关部分，如同治二年六月初九日："迩日与子高辩，东原虽博大，不得为第一流。而子高顾笃信其《原善》、《孟子字义疏证》，附和前哲，推为集大成之贤，其与升朱子为十哲之见相去几何？"（第214页）十月朔又云："中白、子高皆奉戴震为圭臬者……"（第216页）

2.《清碑传合集》本，上海书店出版社，1988年。

3.《丛编》编者王大隆跋亦云："今从陈氏得行状初稿，与《谪麟堂集》所载颇异。"则《硕甫先生行状》原系初稿。

4. 见《孝廉方正陈先生行状》。而《硕甫先生行状》则云："先生既没，弟子管庆祺谱其生平行事，命望参考定。因得取其荦荦大者，考诸先生遗事，益以所闻，列为《行状》一通。"

5. 参见陈先行等编纂：《中国古籍稿钞校本图录》，第599-601页，上海书店出版社，2000年。

6. 缪荃孙：《续碑传集》卷七十五，《清碑传合集》本，第2893-2894页；又见于见山《迟鸿轩文续》。

字荄甫，一字甘伯，号石生，绩溪人。生平可见胡培系《户部郎中胡君荄甫事状》[1]。二人与子高、见山皆交往甚密。

戴望致杨岘函第五通

季述足下：前接手书，未及裁答者，以小疾缠绵，至今未愈故也。侯相于十一月初四日启行，秣陵人士去思深矣。书局仍旧，犹是相侯余资也。弟作客日久，外多朋友，回顾家乡，翻不足恋，即无老兄谆谆致语，亦不肯去钟山山色来睹西湖湖光也。子继、均甫想时见，见烦致意。弟大约明正归里扫墓，或可与诸君子一叙也。此候，近好不具。弟望顿首。

十一月二十三日力疾作。

刘、张、唐三公均属致意。

今按：据《张文虎日记》同治七年十一月初四日："阴，寒。出水西门送湘乡公上船，文武以下至当地绅士填衢溢巷，车马不通，匆促开行。自厓而返。咸以尹文端四督江南为祝，未知无穷之愿，天果从人乎否？"[2]则知此函作于同治七年。又据《藐叟年谱》，同治七年戊辰，五十岁，"筱荃师移浙江巡抚，余偕行……旧雨如绩溪胡子继培系、仁和曹柳桥籀、会稽赵撝叔之谦、同郡戴子高望、施均甫补华、陆存斋心源皆获重逢，亦甚乐。"与此函对勘，知子高与见山之晤，当在函前。而作函之时，子高居金陵，见山居杭州。金陵书局最初为涤生昆弟倡议且自出薪余而设者，此时以涤生北上剿捻，故书局是否尚可如法运营，见山以挚友之故，颇为牵心，其来函中当有言及子高行止之语，故子高此函作答云"书局仍旧，犹是相侯余资"，且以仍寓金陵为告。函末之刘、张、唐三公，则系见山旧友、子高书局同僚仪征刘毓崧、南汇张文虎及海昌唐仁寿。

1. 缪荃孙：《续碑传集》卷七十九，《清碑传合集》本，第 2952-2953 页。
2.《张文虎日记》，第 161-162 页。

戴望致杨岘函第六通

季逑老兄足下：前有一书，由官□递上，不识已收到否？弟末疾缠绵，客中略少同乡而兼相知者，会我故人，不啻饥渴之于怀抱也。丹徒柳宾叔先生，为《谷梁》之学，阮文达曾为作序，今年七十四矣。灵光岿然，携所著书来金陵，全书（长编共八册）博鄙不纯，唯时月日例八卷实有心得，亦当老经师之一也。老年不复能董理，吾兄岂有意于此乎？

此请，旅安。

弟望顿首，十二月朔。

子继一书乞转致。卓人先生十四远行能定否？致意。

今按：函中言及丹徒柳宾叔年已七十四，今据《张文虎日记》同治七年九月十五日："丹徒柳冰叔（舆）[兴]宗来拜，年七十四矣，耳目聪明，步履甚健。盖本阮文达门下，与刘孟涂齐名。初事《毛诗》，后为《穀梁》之学。以壬辰举人为教谕，选句容，为署事者所挤，遇考试不得与，颇怅怅也。"[1] 南海桂文灿《经学博采录》卷四尝述宾叔之著作云："文灿少时闻镇江有柳宾叔氏者，专为《谷梁春秋》之学，著《谷梁大义述》一书，大类凡七，第一述日月例，第二述礼，第三述异文，第四述古训，第五述师说，第六述经师，第七述长编。从陈兰甫先生处得柳氏邮寄先刻之本，读之纤毫毕具，巨细无遗，于此经大义叹观止矣。道光庚戌游京师，南归至扬州，先生以省墓将返金陵，命文灿访柳氏于其里。时柳氏尚在扬州，未之晤也。比咸丰壬子，文灿再游京师，而柳氏特枉驾来，欣仰德容，精神静穆，言辞谦逊，宜其所成者大也。壬子之夏，柳氏南归。至癸丑春，而镇江被陷，其所著书，藏之名山不可知也，灰飞烟没亦不可知也。阮文达序其书有'亟望礼堂写定，授之梓人，补《学海》之缺文，与海内学者共之'之语，异

1.《张文虎日记》，第 154 页。

日倘得其全帙，续刊于《皇清经解》一千四百余卷之后，不甚幸欤。柳氏名兴恩，道光十二年举人，候选儒学教职也。”[1]可知柳氏此书之大概，而桂氏之愿，后亦得偿。光绪十四年，南菁书院刻《皇清经解续编》，即收入此书。子高于宾叔，着意已久，如《郘亭日记》同治五年十二月初八日："戴子高、李壬叔过谈。子高言……丹徒柳宾叔兴（宗）[恩]专精《穀梁春秋》及《孟氏易》，家扬州，其《穀梁》学非钟子勤诸君想能望见也。"[2]再据俞樾《春在堂全书·袖中书》卷一《谭仲修孝廉书》其一："子高言柳先生《穀梁》老师，灵光岿然。《穀梁》与《公羊》同出，不无疏密、大小之殊，断非左氏不传《春秋》者比。柳氏书果能不让孔、刘否？"而之所以以宾叔之况告知见山者，以见山尝治《穀梁》也。综上所述，知此函即作于同治七年，见山此时在杭，而子高仍居金陵。

子高与见山之往还，自不仅此八函所能该，然据此八函，二人同门之情，已可概见。之后不数年，子高即以病归道山。《复堂日记》卷三癸酉年："凌子与自扬州驰书，告子高病危。旅魂孤子，偃蹇愁穷，果不容白发老书生邪！第二书来，竟以二月二十六日丑殁于飞霞阁，哀哉，将与施均父经纪其丧。"[3]陈琦《德清戴子高生平及其著作》亦云："同治十二年二月，先生卒于金陵书局，年才三十七。其年七月，海昌唐端夫仁寿经纪其丧，护其柩归湖州。十月，归安丁宝书兆庆、乌程施均甫补华卜葬先生于仁王山之东麓。"[4]而据俞樾《春在堂尺牍》[5]卷四《与张啸山唐端甫》："二月下旬，自沪还苏，得手书，即寄复一函，未知收到否？及到杭州，晤施均父孝廉，知子高已作古人，不胜伤悼。伏思子高溺苦于学，具有师法，秀而不实，未见其止。仆与子高，有中外之戚，又其学术，素所倾倒，曾不能先为设法，招归乡井。又不获执手一诀，凭棺一恸，九原有知，惭愧逝者。昨从苏寓又寄到惠书，知其身后诸事由公等料量妥协，笃于风义，今之古人，感作

1. 王欣夫、赵诒琛：《辛巳丛编》，1941 年。按：兴恩，原名光宗。
2. 转引自张剑：《莫友芝年谱长编》，第 423 页。
3.《复堂日记》卷三，第 58 页。
4. 见于《名家著述考》，第 903 页，国家图书馆出版社，2010 年。
5. 上海益新书局石印本，1919 年。

无已。又均父言，凌君子与自维扬趋赴，并托人护送其柩南来，此事果真，则大妙矣。俟其丧归，当与均父商量，卜地安葬，立石表墓，并将其行谊写送吴兴志局，以尽后死者之事。均父言子高于六极竟已得其五，止缺恶之一极。仆亦言子高于五伦竟缺其四，止得朋友之一伦。合此两言，其坎坷一生可以概见。又子高实是有家而无家，数年未尝言及家事，闻临终以家事见托，不知其说云何？如有遗言，幸寄知一二，不欲负其将死之哀鸣也。”今按，“六极”者，据《书·洪范》：“六极：一曰凶短折，二曰疾，三曰忧，四曰贫，五曰恶，六曰弱。”孔颖达疏：“六极，谓穷极恶事有六。”“五伦”，则指君臣、父子、兄弟、夫妇、朋友五种伦理关系。六极无恶，五伦仅友，则子高之一生，亦可谓坎坷至极。然子高虽生年未久，成就则夥，尤宜亟亟表彰发扬者，则其尊师爱友之情。而所以不避荒陋之质，勉力撰作此文者，亦欲藉此以羞世之背师卖友者耳。

（本文发表于《2014年中文古籍整理与版本目录学国际学术研讨会论文集》，广西师范大学出版社，2015年。）

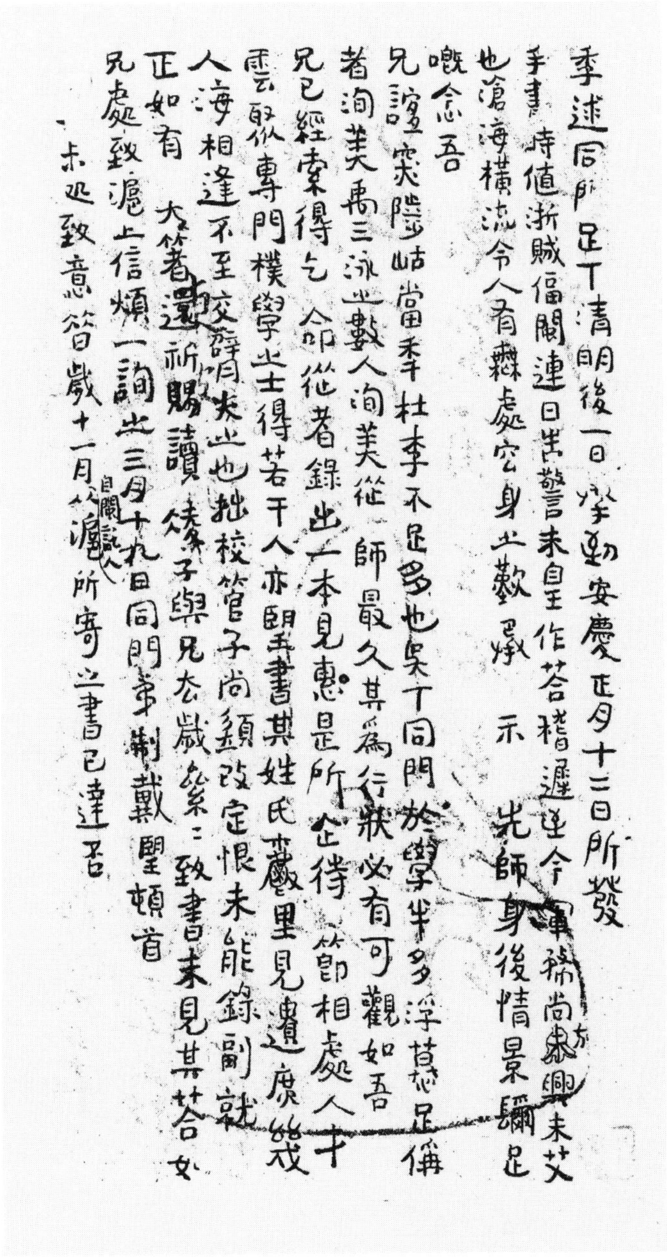

季述同户足下清明後一日拜勤安慶正月十二日所發
手書時值浙賊偪閩連日告警未自主作答稽遲迄今軍務方興未艾
也滄海橫流令人有靡處容身之歎承示先師身後情景彌足
嘅念吾
兄謹寀陟岵當季杜李不足多也吳下同門於學半多浮甚足偁
者洵美禹三泳之數人洵美從師最久其爲行狀必有可觀如吾
兄已經索得乞命從者錄出一本見惠是所企待節相處人十
雲取似專門樸學之士得若干人亦即手書其姓氏蔵里見遺庶幾成
人海相逢不至交臂失之也拙校管子尚須改定恨未能錄副就
正如有大箸還祈賜讀俵子與兄去歲寄二致書未見其答如
兄處致滬上信頻一詢之三月十九日同門弟制戴望頓首
未退致意昝歲十一月自閩試人滬所寄之書已達否

戴望致杨岘函第一通

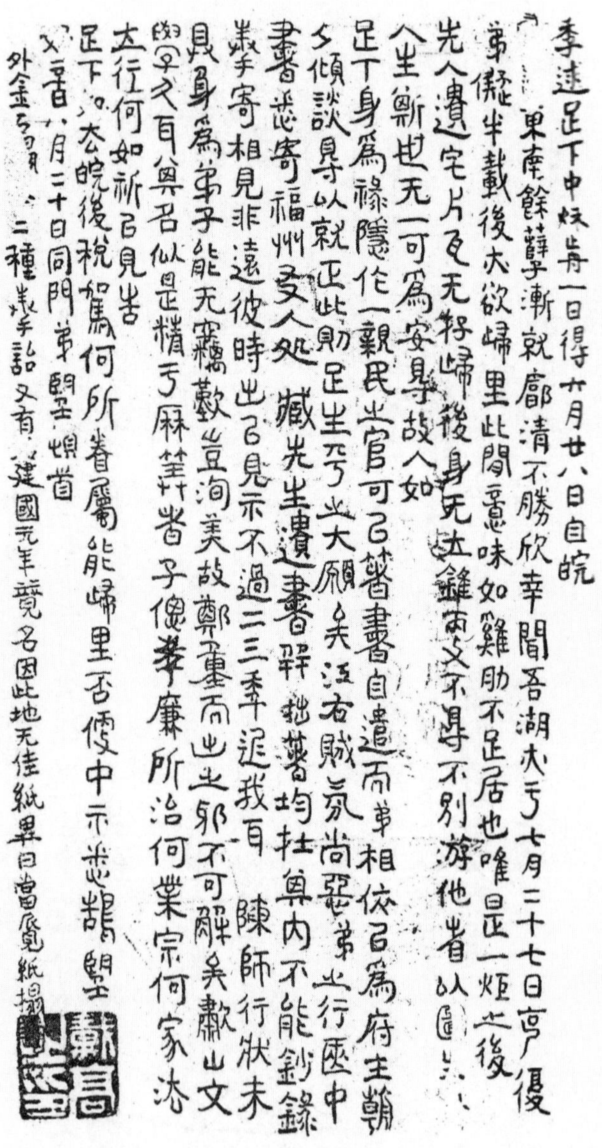
季逑足下：中秋前一日得六月廿八日自皖
東南餘孽漸就廓清，不勝欣幸。聞吾湖亦于七月二十七日克復。
弟擬半載後亦欲歸里，此間意味如雞肋，不足居也。唯足下一炬之後
先人遺宅片瓦無存，歸後身無立錐，亦不得不別游他省以圖之。
人生斯世無一可為安身，故人如
足下身為祿隱，作一親民之官，可以著書自遣，而弟相依以為府主，朝
夕傾談，身與以就正，此則足生平之大願矣。江右賊氛尚惡，弟之行篋中
書悉寄福州友人處。藏先生遺書幷拙著均在其內，不能鈔錄
兼寄。相見非遠，彼時出以見示，不過二三年遲我耳。陳師行狀未
見，身為弟子能無慚歟？豈徇美故鄭重而出之耶？不可解矣。戴山文
學文百與吾似是精于麻笄者，子偲孝廉所治何業？宗何家法？
太行何如？祈以見告。
足下去皖後，稅駕何所？眷屬能歸里否？便中示悉。翹望
文吉。八月二十日同門弟望頓首
外金石□□二種，兼乞詒文育。建國元年竟名，因此地無佳紙，異日當覓紙搨

戴望致杨岘函第二通

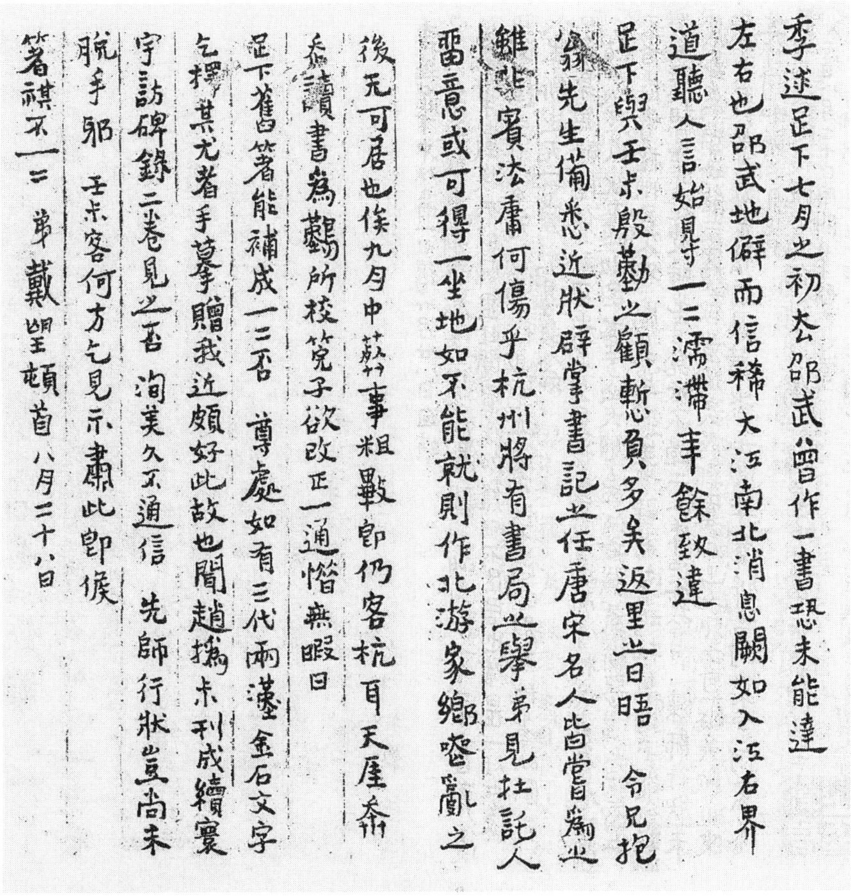
季述足下七月之初去邵武曾作一書恐未能達
左右也邵武地僻而信稀大江南北消息闕如入江右界
道聽人言始得一二濡滯丰餘致達
足下與壬叔殷勤之顧慚愧負多矣返里之日晤　令兄抱
翁先生備悉近狀辟掌書記之任唐宋名人皆嘗爲之
雖非賓從庸何傷乎杭州將有書局之舉弟見杜託人
留意或可得一坐地如不能就則作北游家鄉喪亂之
後無可居也僕九月中葬事粗畢即仍客杭百天厓齋
齋讀書爲鸛所校筦子欲改正一通惜無暇日
足下舊著能補成一二否　尊處如有三代兩漢金石文字
乞搨其尤著手摹贈我近頗好此故也聞趙撝叔刊成續寰
宇訪碑錄二卷見之否　洵美久不通信　先師行狀豈尚未
脫手邪　壬叔客何方乞見示肅此即候
著祺不一一　弟戴望頓首　八月二十八日

戴望致杨岘函第三通

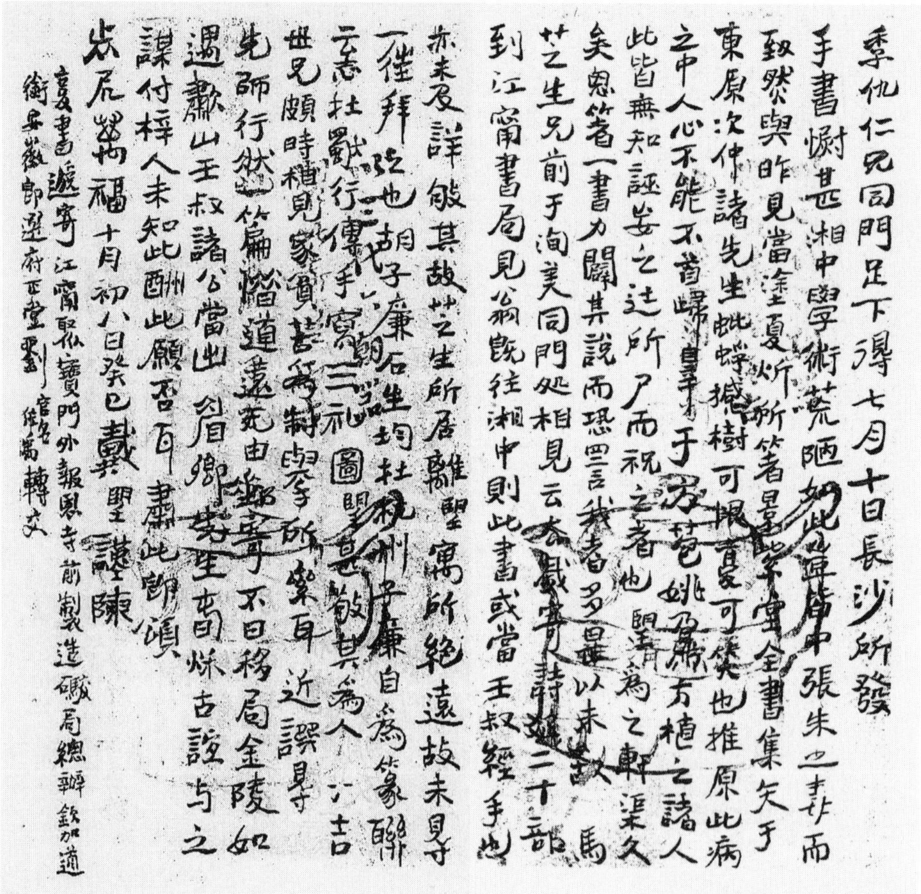
季仇仁兄同門足下得七月十日長沙所發
手書懶甚湘中學術荒陋如此[illegible]中張朱之書而
致然與昨見當塗夏炘所箸景紫堂全書集矢于
東原次仲諸先生蚍蜉撼樹可[illegible]可笑也推原此病
之中人心不能不首歸罪于方苞姚鼐方植之諸人
此皆無知誣妄之徒所尸而祝之者也望嘗為之輯渠久
矣恩箸一書力闢其說而恐[illegible]我者多[illegible]以未敢
芝生兄前于洵美同門處相見云[illegible]寄詩[illegible]二十部
到江甯書局見翁既往湘中則此書或當壬叔經手也
亦未及詳敘其故芝生所居離望寓所絕遠故未易
一往拜也胡子廉石生均杜杭州子廉自為篆聯
云志杜獻行傳三禮圖[illegible]甚敬其為人六吉
世兄頗時相見家貧甚[illegible]學所業耳近譔易
先師行狀一篇幽道遠莫由寄不日移局金陵如
遇鄦山壬叔諸公當出眉卿先生古[illegible]与之
謀付梓人未知此[illegible]此願否耳肅此即頌
[illegible]居萬福 十月初八日癸巳 戴望謹陳
[illegible]書遞寄江甯聚寶門外報恩寺前製造礮局總辦欽加道
銜安徽即選府正堂劉 [illegible] 轉交

戴望致杨岘函第四通

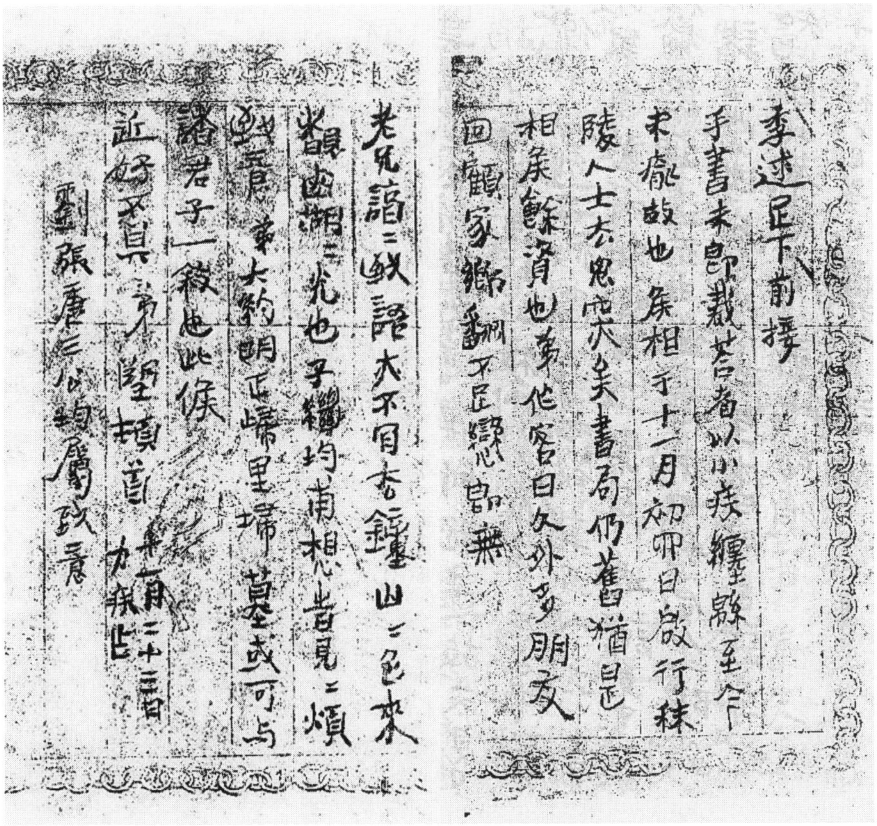

季述足下前接
手書未即裁答者以小疾纏綿至今
未愈故也侯相于十二月初四日啟行秣
陵人士去思甚深美書局仍舊猶是
相侯餘資也弟作客日久外少朋友
回顧家鄉翻翻不足戀戀留無
老兄諸諸欲語大不同者鍾山山色來
眼幽湖湖光也子纓均甫想當見見煩
致意弟大約明正歸里歸墓或可與
諸君子一敘也此候
近好不具 弟望頓首 十二月二十三日 力疾作
劉張唐三公均屬致意

戴望致杨岘函第五通

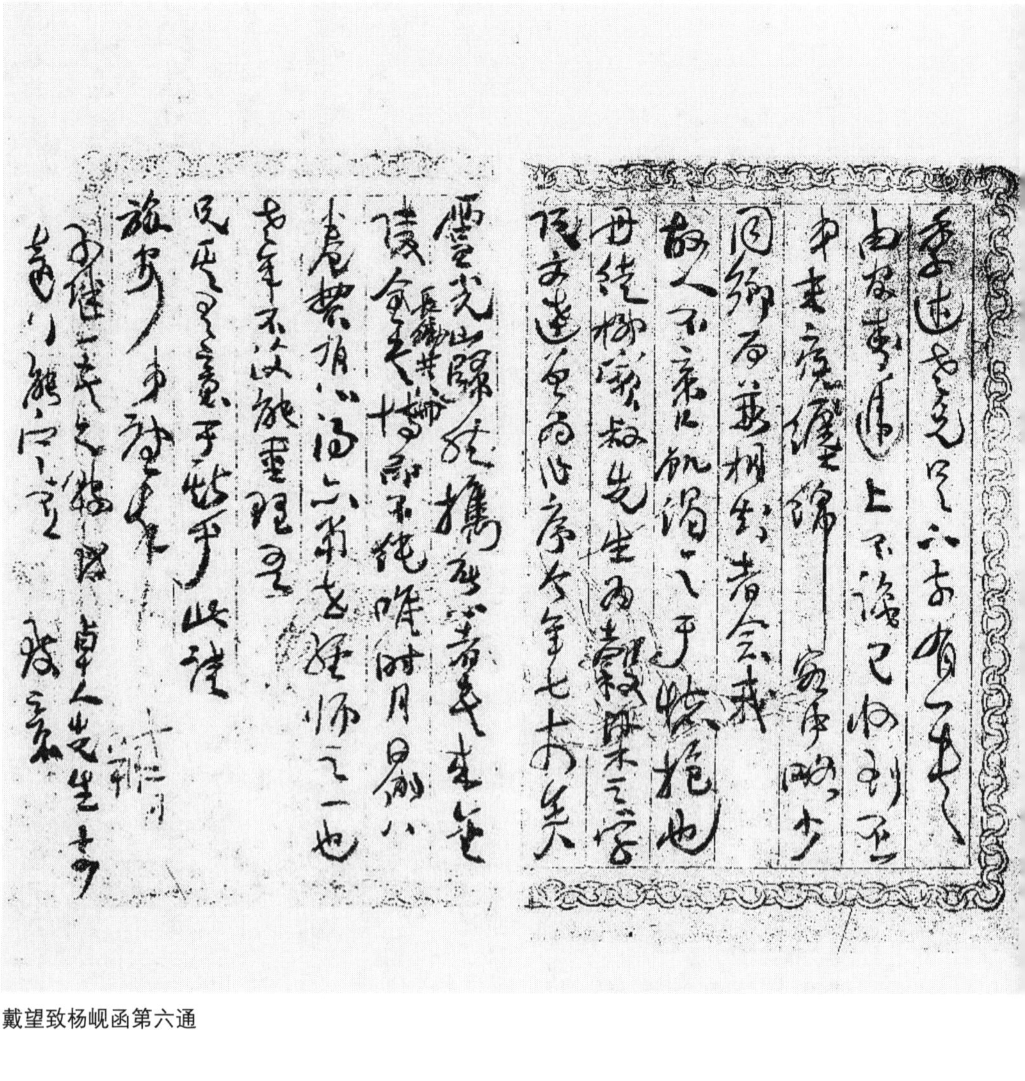

戴望致杨岘函第六通

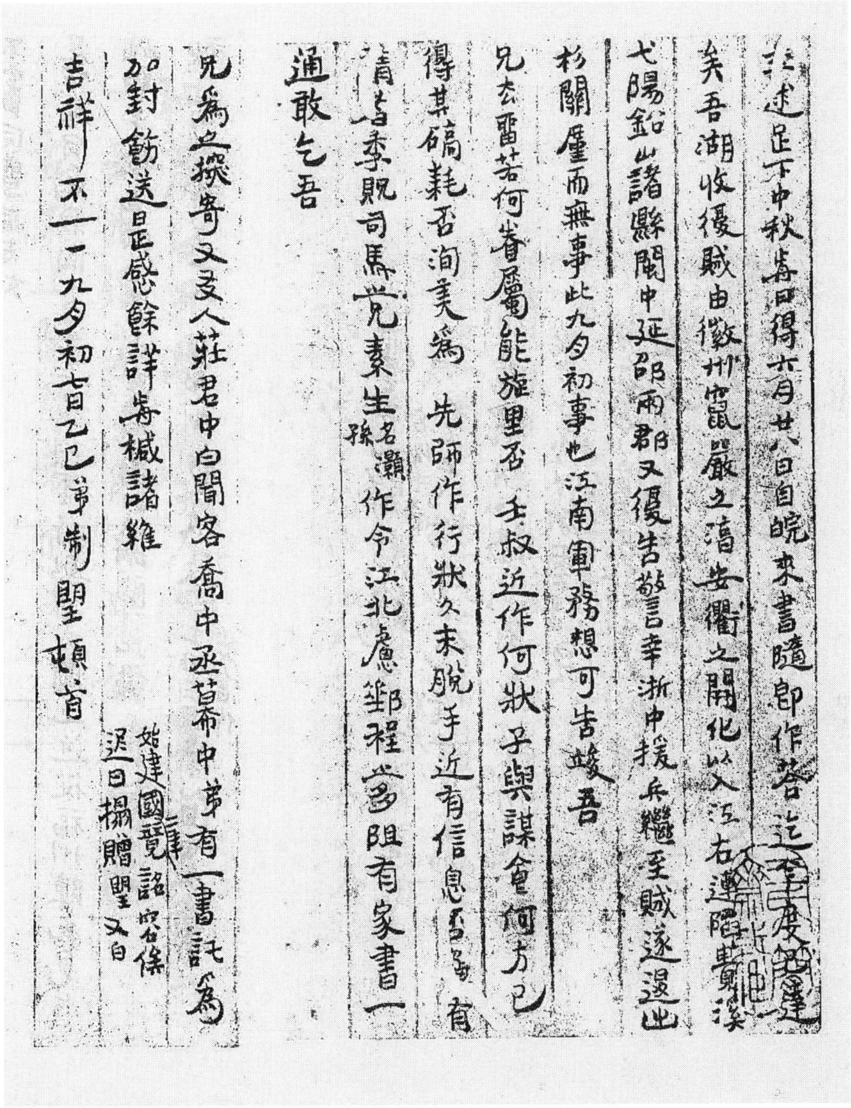
計述足下中秋寄回得六月廿八日自皖來書隨即作答達
矣吾湖收復賊由徽州竄嚴之淳安衢之開化以入江右遂陷貴溪
弋陽鉛山諸縣閩中延邵兩郡又復告警幸浙中援兵繼至賊遂退出
杉關僅而無事此九月初事也江南軍務想可告竣吾
兄去留若何眷屬能旋里否 壬叔近作何狀子與謀食何方已
得其確耗否洵美爲 先師作行狀久未脫手近有信息否 有
清卿季覞司馬覺素生名灝孫 作令江北虞鄉程多阻有家書一
通敢乞吾
兄爲之探寄又友人莊君中白閶客喬中丞幕中弟有一書託爲
加封飭送足感餘詳寄棫諸維 姚建國覺詒字係 遲日搨贈望又白
吉祥不一 九月初旬乙巳弟制望頓首

戴望致杨岘函第七通

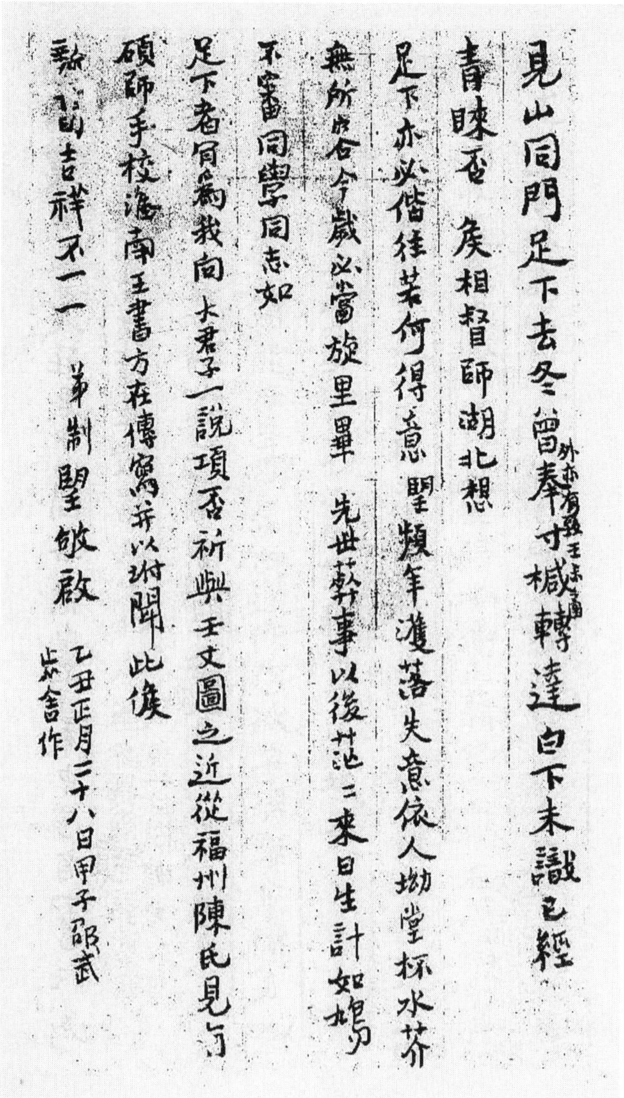
見山同門足下去冬曾奉（外亦有致王子高函）寸椷轉達白下未識已經
青睞否 侯相督師湖北想
足下亦必偕往若何得意 望頻年濩落失意依人坳堂杯水芥
無所成合今歲必當旋里畢 先世葬事以後卅泛乞來日生計如鳩
不審同學同志如
足下者同為我向 大君子一說頃吾祈與王文圖之近從福州陳氏見有
碩師手校海南王書方在傳寫并以附聞此候
新禧吉祥不一一 弟制 望頓啟
乙丑正月二十八日甲子邵武旅舍作

戴望致杨岘函第八通

张剑先生《莫友芝年谱长编》补遗三则

张剑先生《莫友芝年谱长编》[1]（下简称《子偲年谱》）洋洋洒洒百余万字，将传主莫友芝（子偲）及其父、子的生平展示无余，相关的文献搜罗殆尽，且以未刊的《郘亭日记》及数百通信札全数排比纂定，列入书中，其中的意义和价值，已有时贤多人为之表彰，自不待谫陋如我者置喙。今所以敢斗胆略为补遗者，只是因缘际会，刚巧看到了点张先生未曾寓目或者不曾引用的资料而已，并不能以此而认定该书用力之未深也。

自来文史学界所谓补遗者，其材料来源无非三端，一则是来自于新发现之文献，一则是来自于虽已面世而流布相对不是很广的文献资料，再则是来自于获取较为方便的已经今人整理出版的文献资料。对于原作者搜集文献不全的批评，一般来说，只能是就后二者而论。但即便是后二者，也可能存在原作者有意不取的情形。所以，补遗只是他人从自己的角度来对原作者作品拾遗补缺而已，并不能就此得出原作者眼见不广的结论。

这里即拟从以上三方面各举一例，对《子偲年谱》略事补缀，但正如前面所言，后两者只是从我个人的角度来看，可以加入《年谱》中的内容，或者并不合张先生所著《年谱》的取舍标准。因此，这种补遗，从某种程度上来说，只是借题发挥，是将某些与子偲有关的信息连缀起来而已。

---

1. 中华书局，2008 年。

一　以新发现子偲致吴大澂函补遗

子偲致吴大澂（清卿）手书两通，共计三纸。这两通函件，向来深扃固钥而不轻以示人，所以外间从无得见。张先生大作未及采择，也是很正常的事情。先释文如下：

莫友芝致吴大澂函第一通

清卿仁兄大人侍史：别来忽岁晚，遥惟起居胜常，著述称意为庆。友芝还白门，本拟十一月中毕彝儿昏礼，即趋吴门度岁。而姻家以前期促迫，乃改定来春三月内，始有成议。计三冬弛旷，岂容更越三春？惟辞去局馆，庶得遂我私□。同事匝岁，诸赖切磋，索居闭门，我怀何极。承赐书有钟山之兴，洞庭、岳阳之畅观，企予望之，定增得几回开口笑也。金陵四史，《两汉书》已开印，《史记》、《三国志》尚待明春。吾辈欲买，但先寄书直于洪琴西，两月必得，以局中亦无印成多本也。

呵冻肃复，即颂昭察不具。

愚弟莫友芝顿首。

十二月九日烛下。

附书价单一纸。尊示欲得两部四史，莼斋欲还度岁，如托之，可先得《两汉》也。梁碑获其一，而未到者二，详均初简中。

莫友芝致吴大澂函第二通

昨闻台从欲于今日午间到院，请先过局，有要言相商，然后同去可也。手肃，即颂清卿大兄大人著安。

弟友芝顿首。

鹄候即到，切切。

吴大澂字清卿，生平可见于顾廷龙先生早年所撰《吴愙斋先生年谱》[1]（下简称《愙斋年谱》）。以这两封信与《愙斋年谱》、《子偲年谱》对勘，则清卿与子偲交往的大概，基本上可以勾勒出来。

同治七年会试，清卿中蔡以常榜第三名会魁，殿试洪钧榜二甲第五名，朝考入选，钦点翰林院庶吉士。至“八月，告假回苏。丁雨生中丞日昌邀入书局，襄办校刻事宜。与总办莫子偲先生友芝朝夕讨论金石文字。”[2]虽然子偲与清卿于同治六年三月二十一日，就在吴云之子承潞座上相识[3]，但从这时起，才应该是两人往来较多的开始。

同治八年六月二十八日，“（清卿）至书局，晤莫子偲丈及泖生、碧湄，同观唐《说文》墨迹卷。偲老以萧景、萧闳两阙拓本见贻。”[4]据《子偲年谱》，同治七年七月二十七日，子偲在栖霞山访得萧景石柱。八月十四日，又在张库村访得萧宏石柱。此时赠予清卿的，就是这两座六朝石阙的拓本。

再据《愙斋日记》，同治八年“七月初七日，莫偲翁来，在韵初处同观泰山二十九字石刻。”[5]这次会面，子偲也有记载，其《宋元旧本书经眼录》卷一“《汉书》宋鹭洲书院大字残本”条云：“己巳七月七日，观于沈均初树镛舍人案头。虽残帙，亦可贵。”[6]两者所言恰可互补。

现在来看看第一封信的内容，首先说到子偲之子彝孙的婚事，这可参同治八年十月十一日《郘亭日记》：“申刻，抵金陵。彝儿昏期，以姻家嫌太促，酌改于明正十六日矣。”[7]接着又说到了辞馆一事，这也可与同年十二月初十《郘亭日记》对读：“作书致丁中丞，辞明年书局总校之馆。九月行时，本约腊月还苏度岁。至十一月下旬，苏中友人书至，言有昌言于抚厅事，谓中丞两奏之家事，是区区造言于金陵，且有笔墨于制军，故不从其架空

1. 顾廷龙编撰：《哈佛学报》第十种，哈佛燕京学社，1935年。
2.《愙斋年谱》，第26页。
3. 见《子偲年谱》，第432页。
4.《愙斋年谱》，第26页。
5. 第28页。
6. 莫友芝撰、邱丽玟点校：《中国历代书目题跋丛书》第三辑本，第29页，上海古籍出版社，2009年。
7. 转引自《子偲年谱》，第502页。

之说，可怪也。其架空两奏，我实未见，特道听纷纷，莫能解止，而欲造言强洗可得乎？逊辞辞馆，君子之绝交，不得出恶声也。”[1] 致丁日昌书则云：“承面谕，以金陵无事，当至吴门度岁。友芝本拟于本年完小儿昏礼后即买舟南出，趋听指□。奈姻家以前期太促，酌改明春，又远道往还，更费旬月。友芝既旷三冬之功，入春岂容更旷？窃计局中诸事，有在局诸人分任，俱已条理井然，滥竽其间，了无裨益，自应恳辞局务……”[2] 由此几种文献对读，可以确知上引子偲此函是作于同治八年十二月初九日金陵寓所。

子偲之决定辞馆，虽然现在不能明了其确切时间，但必然在本年的十一月底至十二月初之间，由苏州友人告知其丁氏对之产生误会而生发。而这里所录之信竟然作于致丁函的前一天，一则可见当时子偲决心之坚，另一方面，也可以看出子偲对于清卿的信任。自此，子偲近两年的江苏书局校书生涯也就结束了。遗憾的是，《子偲年谱》在子偲于同治七年二月初四入局之时[3]，并未点出此书局就是江苏书局，而之前也并未言明此馆为何人何时所订。今据《子偲年谱》前后所列文献，则可知子偲出为江苏书局总纂，为丁氏所聘。具体的邀聘时间虽然不能考知，但在同治六年十月中旬之际，可确知已经有受聘意向。[4]

信中又提到金陵书局刊印四史的进展一事，则可参同治八年九月十四日曾国藩致子偲书，其云：“接洪琴西函，金陵书局今岁止能刷印前后《汉书》，其《史记》、《三国志》、《文选》明岁乃能蒇事。”[5] 事实上，《三国志》是在同治九年的正月印出的，《史记》则是在同治九年仲春印行的。至于《文选》李善注，则在同治八年的九月其实已经基本完工了。[6]

第二封信，实际上就是个便条，因为内容较笼统，所以无法确定其具体

1. 转引自《子偲年谱》，第 504 页。
2. 第 504 页。
3. 第 459 页。
4. 同治六年十月十七日子偲致祥芝信云：“丁方伯留检勘所藏书，为编目录。且议开一书局，留为约定章程。”转引自《子偲年谱》，第 448 页。
5. 转引自《子偲年谱》，第 500 页。
6. 按：关于这几种书的刊印时间，均参苏晓君：《从国图馆藏看金陵书局所刻书》，见于《中国典籍与文化》2010 年第 1 期，第 83-91 页。

日期。但可以肯定的是，这信是作于苏州，吴、莫两人都在书局之时，即同治八年六月底至九月底这三个月之间。具体地说，就是在六月二十八日清卿入局之后，到九月二十五日，子偲离开苏州之前。顺便可以一说的是，《子偲年谱》在本年九月之末有“秋，在苏州书肆得见宋湖北提举茶盐司小字本《汉书》一百卷”条[1]。据前所说，可知如果此书为子偲于苏州所见，则当系于九月二十五日之前，而非其后。但其实子偲是否是在苏州得见此书，并不清楚，他在《宋元旧本书经眼录》中只是说这年秋这书从“吴门市出”而已。[2]

在此之后，子偲与清卿还曾有缘相会。据《愙斋年谱》，同治九年二月，“（清卿）先生赴鄂谒师门两湖总督李鸿章，留之幕府。”“三月中旬，莫友芝辞诂经书院将归，至鄂谒李鸿章，得与先生晤聚。”又引三月十九日清卿致沈树镛函云：“偲老来此作小勾留，昨以一联相赠：‘其文有金石者贵，于山见嵩华之高’。偲老辞诂经书院而不就，即日将浩然东下。”[3]这次会面的具体时间，又可以《郘亭日记》来为补充，其同治九年三月十八日云：“答……于营务处，始晤吴清卿。知清卿来此若干日矣，互往还，皆不直……”[4]而数日之后，两人便就此作别，子偲返回金陵，而清卿则随同李鸿章前往关中。次年，子偲便与世长辞了。

二　利用已刊的《两罍轩尺牍》补遗

《两罍轩尺牍》十二卷，为光绪十年刊本，其中所收均为归安吴云（平斋）写给友人的书信。其卷三中有致子偲一函，《子偲年谱》未曾选录，今具录如下：

客腊奉手毕，承示听松石岿然独存，弟亦访确，诚如尊谕。弟前岁

1.《子偲年谱》，第 501 页。
2.《宋元旧本书经眼录》，第 29 页。
3.《愙斋年谱》，第 30 页。
4. 转引自《子偲年谱》，第 510 页。

亲到惠山，兵乱以后，旧游之地，风景全非，亟欲觅听松踪迹，询访无有知者。后问茶肆中人，得此兵毁、舁迁两说，所谓道路之言也。嗣晤王补帆廉访、俞荫甫太史，佥云此石实在。本拟重作一跋，今读大著，叙说甚善，谨当并梓，以志匡益。惟原版册尾空处止余今尺二寸五分，高六寸五六分，能将尊跋缩写数行，则移宽就窄，不必另添版刻，更为合式，幸即书成寄下为盼。李伯明碑兄樵本既为鼠碎，自须重摹。倘台从春间不能到苏，弟必将此碑拓本寄上，决不失诺。旧藏泰山廿九字，实为南宋精拓本，去年与让之钩摹入石，拟置焦山，特将墨拓寄呈法鉴。唐写《说文》残字，春间必可装池完好，缘刘匠病已渐愈，春暖即赶紧动手，大约暮春之初可以奉缴。足下闻之，必称快事也。怀宁邓完白卒年，包慎伯称其六十三岁，见包氏《安吴四种·邓山人传》。而方彦闻屡［履］籛著《完白山人墓表》(见《万善花室稿》)则云卒年六十七岁。慎伯与山人交甚密，服膺推重又甚至，不应为山人传将其生年舛误。按方氏《墓表》云“卒年六十有七，有子曰尚玺，能世其学。”似又确凿无疑。究竟孰是孰非？索解不得。兄如知之，望即示悉。如亦未详，望转询山人嗣君守之文学，缘弟藏有山人篆书《弟子职》全篇，书于暨阳书院，时在嘉庆九年，逾年归道山。此生平杰笔，装成十六幅，友人借刻，索作跋尾，应为纠正也。

按：此函未署年月，但幸而子偲的回信及日记现在具存，其中所言与此函一一对应，可据以索解此函的内容。同治六年正月十六日《郘亭日记》记云：“平斋五日信至，且以所摹刻泰山廿九字来。颇去真迹不远，孙、阮诸摹本皆不及也。”[1] 据此可知平斋此函作于同治六年正月初五，而子偲则于十一天后收到，故其廿八日回函中说：“元日奉到惠书并泰山廿九字精刻新拓”[2] 云云，

1. 转引自《子偲年谱》，第 428 页。
2. 见《子偲年谱》，第 429 页。又此函张先生据《郘亭日记》系于廿七日，但因函末署作廿八日，故张先生解释云：“信为二十七日写，而署二十八日，概［盖］此日始欲发也。”但这一解释颇为牵强。而这种情况即在本书中也并非孤例，如同治五年十一月十日条（第 421 页）即是如此，但此处张先生的解释就较为合理，其云：“吴云信《日记》署为十日书，信则署十一日，

只是言其大概而已。正如前面已经提到过的，张先生这一巨著资料搜罗极为详备，这里所引及的这封信，其前因后果，都在《子偲年谱》中得到了详尽的描述，如此信当为同治五年十一月十一日子偲来函[1]的回复，而这一阶段吴、莫两人的交往状况，也即可以通过这些记载得以恢复。

当然，《子偲年谱》的记载，在我看来，还是稍有遗憾，即未曾深入探讨平斋函中所请之“今读大著，叙说甚善，谨当并梓，以志匡益。惟原版册尾空处止余今尺二寸五分，高六寸五六分，能将尊跋缩写数行，则移宽就窄，不必另添版刻，更为合式，幸即书成寄下为盼。”据子偲回函中说《听松》跋如命别写过，尔时偶然兴到，固不必定可存也。”可知子偲已确如平斋所请，重新改作跋文，并予以写寄。子偲所作原跋，今可见于《宋元旧本书经眼录》附录之《金石笔识》中，不仅原刻本并不难得，现今又有影印本[2]及两种整理本[3]问世，较为容易查找。但这一改写之跋究竟面目如何？平斋是否将其补刻？张先生却并没有仔细追究。今按，这一唐石刻“听松”石床的钩摹图样，可见于平斋咸丰六年所刻《二百兰亭斋金石记》第四册中，子偲原跋所驳正的“其云兵乱火毁，或舁运金陵，则传闻异词”等说，并不见于其中。再加上文中所说的“兵乱”等语词，可见当时子偲所见者，是战乱之后平斋重刻之本，并非咸丰六年之本。今查中国国家图书馆、上海图书馆等藏中均有《惠山听松石床题字》，为平斋二百兰亭斋同治五年刻本，则子偲当时所见为此本的初刻本无疑，只是不知道现在流传的本子是子偲所见的初刻本，抑或是已经刻入子偲后跋的修订本？

又有可稍微论述者，《两罍轩尺牍》卷三中，还有平斋致当时在上海道应敏斋幕府的戴丙荣一函，也与子偲有关，其云：

奉手示，具悉。子偲信已面交，渠尚有耽搁。所云官书一节，弟

此乃十一日始成书，故有一日之差。”

1. 见《子偲年谱》，第 421 页。

2. 如广陵书社、国家图书馆出版社 2000 年曾分别影印。

3. 除上海古籍出版社本之外，又有张剑先生整理的 2008 年中华书局本。

与同志友早经议及，当道皆以迂阔目之。今得李宫保提倡，必可以就。然昨日子偲来，适首府汪黼卿在座，云曾与三首县商及此事，都以无处存储为虑。弟暗中以言歆动之，恐非西平势力，此等事未必即能成也。子偲论书，极以蝯老为野狐禅。平心言之，蝯老学博而见广，在今日应推独步。惟年望俱高，不免有英雄欺人之处，此訾议所由起也。蝯老尝谓子偲曰，自书契以来，从未有尊书这一派。当面调侃，未免恶作剧，令人难受。子偲亦今之学者也，原不必以书律重。书虽小道，然非有数十年苦功加以读书养气，又多见古人名迹，未足与语也。韩子曰：用功深者收名也远。六书亦一端也……

据同治五年八月二十九日《郘亭日记》："……遂访吴平斋云廉访，直黼卿先在，共谈久之……"[1]与信对读，则知这封信是作于次日。函中所说的官书问题，《子偲年谱》中已经多有论及，但其中提到的子偲与何子贞的冲突，却是难得的珍贵记录。子贞即道州何绍基，在其身前，即因书法享有大名。子偲对于何子贞书法的评价，在《子偲年谱》中也有记录，即同治四年闰五月为丁日昌题何子贞书《絜园记》中所云："子贞太史以颜筋楷则，擅当世法矣……"[2]这个评价应该说还是比较公允的，但信中所载的两人相互间的贬词，则恐怕更能反映当时两人对于对方的真实观感，故尤其有助于知人论世，故而，张先生未将此一信件摘录入《子偲年谱》中，实在有点遗憾。

三　以已整理出版之《蛾术轩箧存善本书录》补遗

王欣夫先生在其《蛾术轩箧存善本书录》中，曾记录了一部子偲在《唐写本说文解字木部笺异》刊行之后对此书的校补本[3]，今子偲原本虽然不可

---

1. 转引自《子偲年谱》，第 413 页。
2. 第 366 页。
3. "庚辛稿"卷一，第 53-57 页，上海古籍出版社，2002 年。

寻踪迹，但王先生曾收得一册过录本[1]，子偲的手校内容尽在。后来，王先生又将这些校补的内容录入所撰《蛾术轩箧存善本书录》之中。这些校补的条目，虽然并未标明年月，无法一一对应写入《子偲年谱》中，但对了解子偲的学术作风，却是极佳的证据。[2]《子偲年谱》没有将这些内容加入，不能不说是稍有遗憾。

又据《曾国藩日记》云："莫子偲来，将所得唐写本《说文·木部》重写一遍，将以刊刻，公诸同好。余与同至内银钱所，嘱为之精刻。其所为《校勘记》，将待陈硕甫先生来订定而后发刻。"[3]可知子偲《唐写本说文木部字笺异》的刊刻，大概也曾得到曾国藩的资助。而这种资助不仅仅是经济方面的，也有学术方面的，如云聘请苏州老儒陈奂来帮子偲进行校订就是显著之例。据曾国藩同治二年五月初三日记：

> 李善兰壬叔、杨岘见山来坐，携陈硕甫先生奂片一纸，知已由贼中逃出至沪，言将来皖，来年八十二岁[4]，段茂堂之弟，东南之精于经学、小学者，岿然仅存矣。[5]

惜天不作美，这年六月底，陈奂卒于上海龙华郁氏寓所，没能远赴安庆大营中。不过，子偲的《唐写本说文解字木部笺异》还是如期刊行，其同治二年刊本、三年重刊本中皆可见"归安杨岘勘过"、"南汇张文虎覆校"字样[6]，而杨岘是陈奂弟子，当时居于曾国藩之幕府，张文虎是陈奂的老友，当时则受聘曾氏，为其校勘书籍。遗憾的是，《子偲年谱》没有对校勘人的

1. 按：承复旦大学图书馆古籍部主任眭骏博士见告，此本今藏复旦大学图书馆，佚名过录子偲校补于刻本之上。
2. 关于子偲之用心，正如王先生所云："窃意郘亭之亟付剞劂，所以餉学者之快读。而再加校补，正可见学问之无穷。"
3. "同治二年五月初七日"条，第 188 页，宗教文化出版社，1999 年。按：此条《子偲年谱》中已引用。
4. 按：陈奂此年七十八岁，来年当为七十九岁，曾国藩所言误。
5.《曾国藩日记》，第 186 页，宗教文化出版社，1999 年。
6. 参见雷梦水：《古书经眼录》"《唐写本说文解字木部笺异》"条，第 28 页，齐鲁书社，1984 年。

这一变化特别点明。另外，如上所述，据雷梦水先生所述，此书有同治二年刊本与三年重刊本的分别，其区别在于："书中第一页第五行，'盖同文宗时人书矣'，重刊本作'盖在穆宗后人书矣'。第三十二页第七行'归安杨岘勘过'、第八行'南汇张文虎覆校'，重刊本则移于是页第三、第四两行中。"[1]但《子偲年谱》却似乎并未注意到这一区别，仅在同治三年四月条中说明，《唐写本说文解字木部笺异》于此时刊成。

正如前文所述，我的这些所谓的补遗，除了第一则为张先生所欲读而不能得，故而无法利用之外，其他两条则不免索垢吹瘢之嫌疑。但也如前文所言，这只是我个人对于这些与子偲有关材料的一点看法，以为可以将其附录于《子偲年谱》的相关部分，以便有不同研读需求的读者方便利用而已，并不见得就能与张先生著文的用意与材料的取舍标准相合。所以，这样的补遗，只能说是借张先生的大作来说明我个人对于与子偲的相关文献的一点理解而已。

（本文发表于《中国典籍与文化论丛》第十四辑，凤凰出版社，2012年。）

1. 参见雷梦水：《古书经眼录》"《唐写本说文解字木部笺异》"条，第28页，齐鲁书社，1984年。

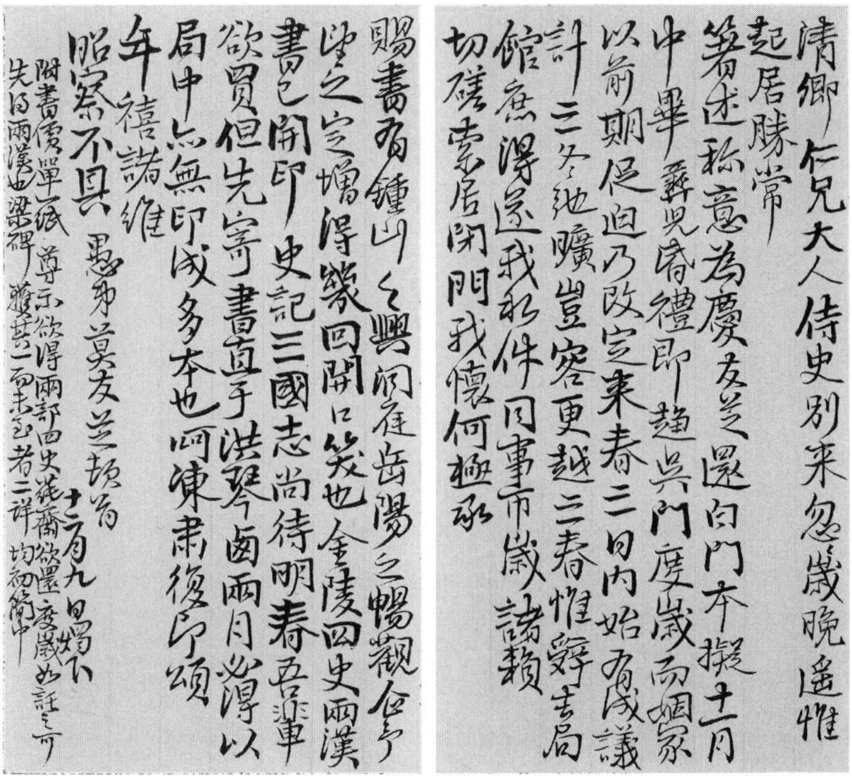
清卿仁兄大人侍史別來忽歲晚遥惟
起居勝常
著述稱意為慶友芝還白門本擬十月
中畢葬兒婦禮即趨吳門度歲而姻家
以前期促迫乃改定來春三日内始有成議
計三冬弛曠豈容更越二春惟辭去局
館庶得遂我私件因事市歲諸賴
切磋索居閉門我懷何極承
賜書有鍾山之興洞庭岳陽之暢觀令弟
望之宦塲得籤回閑之笑也金陵四史兩漢
書已開印史記三國志尚待明春五書畢
欲買但先寄書直于洪琴西兩月必得以
局中亦無印成多本也肅此陳復即頌
年禧諸維
昭察不具　愚弟莫友芝頓首
十二月九日燈下
附書價單一紙　尊示欲得兩部四史莼齋欲還度歲如許之可
先得兩漢也梁碑一種共二面未至者二詳均初簡中

莫友芝致吴大澂函第一通

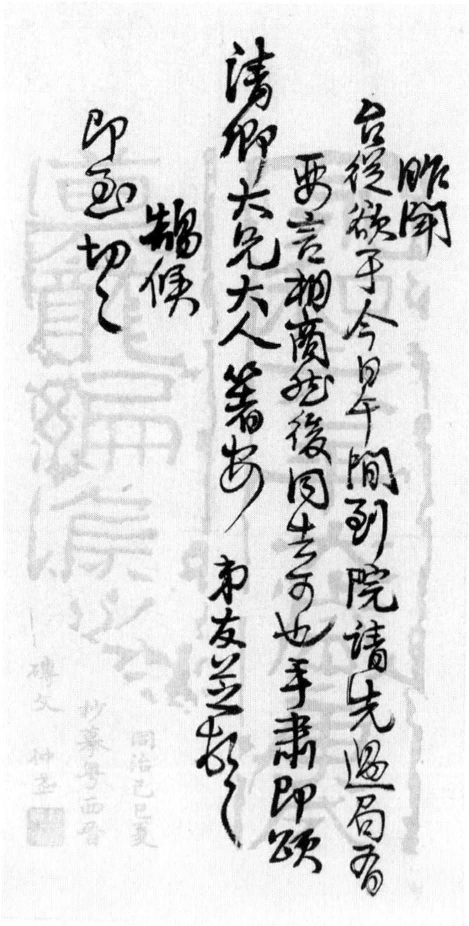

莫友芝致吴大澂函第二通

俞曲园致缪筱珊手札六通考实[1]

江阴缪荃孙（1844–1919），字炎之，又字筱珊（或作小山），晚号艺风老人。光绪二年进士，散馆授编修。至光绪二十年辞官返乡，历主江阴南菁书院、泺源书院、南京钟山书院、常州龙城书院等讲席。光绪二十七年任江楚编译局总纂。次年，以筹办新式学堂，赴东洋考察学务。光绪三十三年，受聘创办江南图书馆（今南京图书馆），任总办。宣统元年，组建京师图书馆（今中国国家图书馆），任正监督。民国三年，出任清史馆总纂。晚年寓沪，为友人助刊丛书多种。著述亦富，有《艺风堂藏书记》、《艺风堂金石文字目》、《艺风堂文集》、《艺风老人日记》等。又刊有《云自在龛丛书》、《国朝常州词录》、《续碑传集》[2]、《藕香零拾》、《辽文存》等。民国八年于上海辞世。筱珊以名翰林而游幕、讲学，大名早著，如其同年戴鸿慈于致其函中，曾有"负海内经师之望，广吴中学派之传"[3]语，虽系私评，然筱珊之人望，亦可藉知。既享盛名之后，筱珊交游益广，知交半天下，多系一时胜流，今藉存世之《艺风堂友朋书札》，可窥大概。然筱珊当日友

1. 本文写作之际，承中国国家图书馆《文献》杂志编辑部编审张燕婴博士惠示其未刊大作《俞曲园年谱》，且与南开大学文学院副教授杨洪升博士同于此文初稿多所教正，特此致意，并谢二兄高谊。

2. 按：据杨洪升兄见告，此书缪氏刊至三十余卷，以卷帙繁重，无力接续，乃由两江总督端方以之归江楚编译局续刊。

3. 顾廷龙校阅：《中华文史论丛》增刊本，《艺风堂友朋书札》戴鸿慈函，第82页，上海古籍出版社，1980年。

朋往还之笔墨，实远过于此书所收，溢出此中者，亦恒有见[1]，其生平所往还之人，固多未见于此书中者，德清俞樾，即其著者。

俞樾（1821–1907），字荫甫，自号曲园居士，浙江德清人。道光三十年进士，散馆授编修。咸丰五年河南学政任上，被劾罢官。退而居家治学，以经学为尚，旁及子史、戏曲、诗词、小说、书法等，有《春在堂全书》四百九十六卷行世。曲园归里之后，历主苏州云间书院、紫阳书院、杭州诂经精舍、归安龙湖书院、上海求志书院等，海内外慕名问学之士络绎不绝，弟子中尤知名者，如定海黄以周、义乌朱一新、余杭章炳麟、吴兴崔适等，时有“门秀三千”之目，允为一时儒宗。

筱珊与曲园，年辈悬绝，相差二十三岁。往者虽以筱珊《艺风老人日记》及《俞先生行状》所载，知二人早结忘年之交，于曲园晚年往还尤密。然《日记》、《行状》之寥寥数言，多语焉不详，彼此交谊之具体经过，仍付阙如。今幸得曲园致筱珊手翰六通，藉知二氏相知相交之大概，足见前辈风尚，故乃忘其菲薄，聊为考核，姑以略表敬意云尔。

筱珊于曲园逝后次年，曾以曲园遗属之请，为撰行状，中尝追述一己之情云：“荃孙于光绪丁丑初见先生于曲园，奉手受教。先生因与先君子丁酉同谱，诲之尤切。后每过苏，必侍谈数次。先生成书，必先遗之。荃孙有所撰述，亦必邮呈训诲。去年九月，犹侍谈三时之久，窥见先生精神强固，言语贯串，私心自喜，以为可继伏生之长寿，为后进之导师。别后，又两奉手书，而孰意竟不及再见，呜呼，悲矣！”[2]可知两人相识于光绪三年丁丑，且直至曲园辞世前夕，尚多函牍往来。而所云逝前侍谈及别后奉书之事，则又可见于此处所录之函，文字互勘，于二人交游之状，固可详明矣。

兹承杨洪升兄见示缪筱珊致俞荫甫函释文一通云：

---

1. 如现存尚有归安陆心源致筱珊函两通等，详参拙文：《归安陆存斋致江阴缪筱珊函两通考释》，《版本目录学研究》第二辑，第 590–599 页，国家图书馆出版社，2010 年。该文见本书。

2. 缪荃孙：《续碑传集》卷七十五“儒学五”，《清碑传合集》本，第 2898–2899 页，上海书店出版社，1988 年。

荫甫年伯大人钧座：客岁吴门系棹，马帐抠衣，仰承训迪，殷殷不以寻常后辈见待，谈经讲义，茅塞顿开，举十余年来读古人书而未得其径，并读《春在丛书》而未窥其涘者，心领神会。目击道存，几几乎如王粲之遇中郎，和仲之见六一也。奉辞后倏忽半载，料皋比早返圣湖，道体康娱，凡百增胜。迩来诂经诸弟子谅又蒸蒸日上，六桥花柳，尽在春风，远望经帷，曷胜忻羡。侄于岁除夕方抵成都，西抹东涂，坐荒朴学。幸游子言旋，庭闱健饭，晨羞夕膳，且赋闲居。约计开到梅花，重蹈宣南鸿雪，彼时道经江浙，或可再谒讲堂。此间尊经师席尚复虚悬，将来所主非人，诚恐汉学源流，淄渑淆杂，万仞门墙，未能东受，犍为文学，吴会英才，相去真不可以道里计矣。专此，敬候起居，诸维垂察不宣。

年愚侄缪荃孙谨启。[1]

据《艺风老人年谱》(下简称《年谱》)光绪三年条:"八月乞假回籍扫墓，仍由鄂中水道返成都。"[2]光绪四年条："在成都，五月出省……十月仍由重庆水道至武昌，自此不复入蜀，思之黯然。附轮至镇江、扬州，售书甚多，美不胜收。十一月从东大道入都，途中瞻望泰山，未能往游也。十二月到京，仍寓永兴寺。"[3]则此函当系筱珊光绪三年初见曲园，返回成都后，于次年春间所作，为两人文字往复之初始。至函中所言返京时"道经江浙，或可再谒讲堂"一事，则以文献阙如，未知是否遂愿？惟此后十年，曲园与筱珊则以南北暌隔，似少机缘面晤，以未见相关文字，未敢遽言。而今存之记录，则始自光绪十四年。

1. 此函见于《俞曲园手札·曲园所留信札》下册，第 231-232 页，上海图书馆编，2011 年。
2. 缪荃孙：《清代民国藏书家年谱》第六册，第 124 页，北京图书馆出版社，2004 年。
3.《艺风老人年谱》，第 124-125 页。

俞曲园致缪筱珊函第一通

筱珊仁兄馆丈世大人阁下:昨承惠顾,畅谈为快。前奉太夫人之讣,未及稍伸束刍之意,甚歉然。今闻大葬有期,敬呈番佛二尊,聊助执绋,伏乞鉴存。

手此,敬颂礼安。再走谈不壹。

世愚弟俞樾顿首。

二十日。

今按:筱珊《日记》始于光绪十四年三月朔,故其早年经历,线索甚罕,多所难详。而其间与曲园往来之状,今亦多不可知。惟据筱珊《艺风老人日记》(下简称《日记》),光绪十四年戊子三月十八日:“校《春在堂文集》,选入《经世文》。”[1] 则筱珊于曲园虽罕觏面,然颇留意于其文。

又据筱珊《年谱》,咸丰五年,艺风十二岁,其生母弃世,“先患疟,后转痢,遂以不起。”[2] 次年,其继母薛恭人来归。则曲园此函中所言之太夫人,必为筱珊之嗣母薛夫人可知。至光绪十四年,筱珊继母薛恭人弃世。据《年谱》,该年正月“向患嗽疾,自冬至今不愈,荃孙稍痊而恭人陡加喘逆,遂不起,时二十七日也。”[3] 至八月,“先继母薛恭人及(艺风原配)庄宜人两柩由海道回里门,暂停宗祠。”[4] 此函言及“太夫人之讣”,故当作于光绪十四年。再据《艺风老人日记》光绪十四年十月十九日:“拜俞荫甫年丈。”[5] 与此函对勘,则此函当即作于次日,即该年之十月二十日。又筱珊十月二十日《日记》有:“晚入城,俞荫甫年丈招饮,屺怀、子馥、建霞、叔来、季文同席。”[6] 则筱珊收得曲园赠佛之后,必曾登门道谢,故曲园又有延

1.《艺风老人日记》,第 9 页,北京大学出版社,1986 年。

2.《艺风老人年谱》,第 104-105 页。

3.第 131 页。

4.第 134 页。

5.《艺风老人日记》,第 75 页。

6.第 76 页。

客招饮之举。

另函中之称谓云“馆丈”者，则可参清阮葵生《茶余客话》所载：“翰林前辈称后辈曰‘馆丈’。必四科以前之前辈，或有师生之谊者则可，否则无是称。近见翰林一经散馆授职，与新庶常作札，辄曰‘馆丈’，丑甚。”[1]可知曲园所以云云者，以筱珊于己为翰林后辈耳。[2]又筱珊之父焕章（字仲英）于道光十七年丁酉举贤书，而此年曲园则于杭州应省试，中副榜十二名，与仲英谊属同年，故称筱珊为世大人。

俞曲园致缪筱珊函第二通

筱珊仁兄世大人阁下：连日阴雨，弟明日即有杭州之行，未及趋候为歉。附去《自述诗》一本，自道平生，只算预分行述耳。一甎。

手此，敬颂台安。

世愚弟俞樾顿首。

初九日。

今按：据筱珊《日记》，光绪十五年己丑八月三十日，筱珊抵苏州。次日，即九月初一日：“出拜俞荫甫樾年丈。”[3]而苏州自九月三日始，即阴雨连绵，直至十日方晴。又该年五月，曲园之《曲园自述诗》一百九十九首七言诗寿梓面世。综上所述，可知曲园此函即作于光绪十五年九月初九。又曲园光绪二十九年复有《曲园自述诗补》一卷，今行世之《春在堂全书》中，或有附录者。[4]

---

1. 卷二，第 1 页 A。光绪十四年铅印本。
2. 按：曲园为道光三十年进士，筱珊为光绪二年进士，二者相差十二科。
3.《艺风老人日记》，第 173 页。
4. 如上海图书馆藏本即收此，并收曲园临终诗，其为曲园逝后增补，自不待言。

俞曲园致缪筱珊函第三通

筱珊仁兄世大人阁下：昨承赐新刻各书，皆精绝，奉持把玩，欣喜无量。兹附上拙著《茶香室三钞》一部，未知去年曾以呈教否？实则琐琐，不足登大雅之堂也。所刻《经说》十六卷，记已奉览矣。

手肃，布请开安。

世愚弟俞樾顿首。

二月廿七日。

今按：据函中曲园所言，此函当作于《茶香室三钞》、《茶香室经说》付梓之后。今考光绪六年，曲园《茶香室丛钞》、《续钞》、《三钞》凡八十卷次第成书，《茶香室经说》十六卷亦于是年厘定。至光绪十四年年初，《茶香室三钞》二十九卷刻竟。同年，《茶香室经说》亦刻成。故此函之作，必在是年之后。今考筱珊行程，光绪十四年之后至于光绪三十二年曲园辞世之年，二月而寓居苏州者，仅光绪十六年一年。筱珊《日记》光绪十六年庚寅二月二十日有："拜客，晤……俞荫老……"[1] 可知筱珊此次苏州之行，确曾与曲园往还酬答。虽此函中所云云者，《日记》并未记录，然此函作于该年二月廿七日，庶几可以确证。函中又有云"未知去年曾以呈教否"语，所谓"去年"者，所言或即写作上函之光绪十五年九月上旬。

俞曲园致缪筱珊函第四通

筱珊仁兄馆丈世大人阁下：极拟走谈，阴雨未果。弟今年重游泮水，戏取当日院试题再作一篇，刻《重游试草》，分贻知好，以为笑噱，谨以一卷呈览。又拙著《杂文》第五编八卷，文虽卑下，然近时名公颇有见于鄙文者。又《经课续编》第四卷，皆说经之作，近时所吐弃者。

1.《艺风老人日记》，第 232 页。

然"有妇人焉解"一首，自谓极确。并以呈教。从者留吴下尚有几日？天色晴和，再当走候。先此，敬问起居。

世愚弟期俞樾顿首。

今按：光绪二十二年丙申，曲园七十六岁。时距道光十六年丙申曲园入庠，恰逢甲子一周。回思往事，赋诗感兴，曾有诗云："一出黉门首屡回，今年泮水又重来。刻成试草教人看，六十年前老秀才。"[1] 乃将当年院试之题重作一篇付梓，是为《重游泮水试草》。函云"今年重游泮水"，则必作于是年。又细绎函文，知作函之时，筱珊亦旅吴中。今考诸筱珊《年谱》、《日记》，知其居苏州之日为十一月二十二日至二十九日，则是函必作于前后。据《日记》十一月二十六日载："谒俞荫甫年丈长谈。"[2] 则曲园所谓"拟走谈"者，当为回拜。今考《日记》所记前后天气，其十一月二十九日云："雨竟日……申刻抵无锡。"[3] 则筱珊离开苏州之时已是阴雨可知，故以情理度之，此函当即作于光绪二十二年十一月二十九日。[4] 而筱珊既已去苏赴宁，故此函辗转近一月，方始送达。据筱珊十二月二十二日《日记》："接……俞荫甫年丈信，寄《文编》并《试草》。"[5]

《杂文》五编，即《春在堂杂文》五编。时以曲园年高大德，人皆以得其文字为荣，故求文者日众，其集故亦随之每有增益。《杂文》五编中，卷一有《彭杨二公祠记》、《盛氏留园义庄记》等，卷四有《广东巡抚刘公神道碑》、《三等男爵长江水师提督黄武靖公神道碑》等，卷五有《曾惠敏公墓志铭》、《广东巡抚刘公墓志铭》等，卷六有《彭刚直公奏议序》、《彭刚直公诗集序》等，所记类皆一时名流，故曲园又有"近时名公颇有见于鄙文者"之言。

《经课续编》第四卷"有妇人焉解"者[6]，语出《论语·泰伯》："舜有臣

---

1. 见于《曲园自述诗补》，光绪间刻本，第 4 页 B。按：此系《曲园自述诗》中句，本年所赋者为《余于道光丙申年入县学至今光绪丙申六十年矣追念前尘怃然有作》七古，见于《春在堂诗编》卷十五，光绪二十五年刻本，第 23 页 A-24 页 A。
2.《艺风老人日记》，第 911 页。
3. 第 912 页。
4. 按：此点承杨洪升兄指正，今从其说。
5.《艺风老人日记》，第 918 页。
6. 按：《经解续编》未见，此条承张燕婴博士代检，特此致谢。

五人而天下治。武王曰：'予有乱臣十人。'孔子曰：'才难，不其然乎？唐、虞之际，于斯为盛。有妇人焉，九人而已。三分天下有其二，以服事殷。周之德，其可谓至德也已矣。'"曲园以为古注"妇人"为"文母"即"文王之后太姒也"非是。"妇人"当指《史记·秦本纪》所谓"郦山之女，为胥轩妻"者也。此说又见曲园《小浮梅闲话》中"论骊山老母实有其人"条[1]，可见并非晚年新说。

又函尾曲园所以署名云"期"者，未知何故？今考光绪二十年夏，曲园长孙妇彭见贞（彭玉麟孙女）病逝。彭氏奉侍翁姑惟谨惟孝，殁年仅二十九龄，曲园为之痛悼不已，为赋《哭孙妇彭氏》七绝四章[2]。则其所以期服者，或出此乎？[3]然期服至此已满一年，此时当已释服，或以关爱之甚而又有所延续乎？疑不能明。

俞曲园致缪筱珊函第五通

筱珊仁兄世大人阁下：去年承惠顾敝寓，老病未克倒屣，良用歉然。比闻清望日隆，虽以七品归田，仍是中兴霖雨，佩甚羡甚。弟病状如前，杜门不出，既不敢谈经济，并不敢谈学术，病中惟以吟咏自娱，每年可得诗一卷，今年自正月至六月，已得半卷，附呈请正。所谓虽多奚为者，不足通人一噱也。闻新刻有《中吴纪闻》，求赐一册。又闻尊处有抄本《今古奇观》，能寄借一看否？老不著书，惟以闲书消日也。

手肃布泐，敬请著安。病笔草草，并希亮恕。

馆世愚弟俞樾顿首。

八月廿五日。

1.《曲园杂纂》第三十八，光绪间刻本，第5页A-6页A。

2.见曲园《春在堂诗编》卷十五，光绪间刻本，第11页A-12页A。

3.据南京师范大学王锷教授见告："祖、长孙互服齐衰不杖期"。《大清会典》卷五十四"礼部"："曰齐衰不杖期者，祖为适孙……"文渊阁《四库全书》本。

今按：筱珊自光绪二十年甲午去职，即南返定居。然其初时与曲园交往，似非密迩。驯至光绪末年，二人之往还则渐较亲密，此可按诸《日记》者。《日记》自光绪十七年之后，即绝罕曲园之相关记录[1]，直至光绪三十二年丙午九月三日，始有："接俞荫丈信。"[2] 而此信，正即此处所录之函。又数日之后，即九月九日《日记》载："发俞荫甫年丈信，寄文集及《中吴纪闻》。"[3] 正可与函中求书之举对勘。

函言"去年承惠顾敝寓"者，实为曲园误记，光绪三十一年筱珊并无苏州之行。今考筱珊《日记》光绪三十年十一月二十三日有："辰刻到苏州……再拜俞年伯……"[4] 又《年谱》亦有："十一月……午帅到苏，又调湖南，偕刘聚卿观察赴苏送之。"[5] 知筱珊之登门拜访，乃系三十年十一月之事。又云"以七品归田"者，以筱珊辞官时，仍系翰林院编修，正为七品。据筱珊《艺风堂文漫存·辛壬稿》卷一《题竹垞图》之三："著书翻是还家乐，我亦归田七品官。"[6] 自注云："甲午归来，刻'以七品官归田'小印，慕先生也。"则曲园此处云云者，正以投筱珊所好也。

"今年自正月至六月已得半卷"者，当即《春在堂诗编·丙午编》。本年入春以来，曲园以老迈衰病，平居仅以赋诗自遣，迨后整理成编，即名《丙午编》，此当系曲园晚年最后文字之一。

又《中吴纪闻》一书，此时虽已付梓，然恐并非定本，据筱珊《年谱》宣统元年条："为家蘅甫刻《中吴纪闻》并撰札记。"[7] 则此书刊行蒇事，乃在数年之后。然《日记》光绪三十一年八月十六日即有："发……苏州陈中

---

1. 光绪十六年十月二十日，筱珊之父见背，次年八月扶柩回里。光绪十八年正月四日，"葬二亲于本邑谢园镇。"(《年谱》，第 139 页。) 又据光绪十七年辛卯二月二十日《日记》："接俞荫甫年丈信并挽联。"(第 338 页) 而此后筱珊《日记》即绝少有关曲园之记载。此或可证筱珊与曲园之交游，最初当全系其父之影响。
2.《艺风老人日记》，第 1897 页。
3. 第 1899 页。
4. 第 1714 页。
5.《艺风老人年谱》，第 152 页。
6. 民国刻本。
7.《艺风老人年谱》，第 163 页。

丞信，并《中吴纪闻》两本。”[1] 苏州陈中丞者，为贵阳陈夔龙。曲园曾有诗题云：“女婿许子原自松江移守苏州三载有余矣。今年陈筱石中丞来抚三吴，其妹婿也，依例回避，遂拜赣州之命……”[2] 则知陈氏与曲园本有葭莩之亲，则其致函筱珊索此书者，或即得讯于陈氏。而此时筱珊赠予者，则或系样本而已。曲园函中又索借抄本《今古奇观》一书，今以文献阙如，未知筱珊如何回复？然据筱珊光绪三十三年丁未四月十八日《日记》：“拜……俞梯青……俞世兄还《警世通言》来。”[3] 则当日曲园所请，或者未曾落实，筱珊乃以《警世通言》为代，上诸曲园，以供消日。

俞曲园致缪筱珊函第六通

筱珊世仁兄馆丈惠鉴：九月十七日曾由局布复一笺，未知得尘青睐否？顷承赐渎各书，无不精美，足征嘉惠盛心，表尊美意，钦佩无量。弟龙钟日甚，然每日饭后尚使人舁至外斋小坐半日，如得暇惠然肯来，当可一图良晤也。拙刻《全书》已无存者，今检呈数种，聊以报复，并请鉴正。

手肃，敬请台安。

馆世愚弟俞樾顿首。

今按：核诸俞函所云，九月十七日曲园曾有回函予筱珊，惜今未见。函又云“如得暇惠然肯来，当可一图良晤也”，则作函时，筱珊当旅吴中。今考《日记》光绪三十二年丙午九月二十九日：“送《丛书》及《藕香零拾》、《续碑传集》、《对雨楼》四种呈俞曲园年丈，谒曲园并采青编修……曲园送文、诗集来。”[4] 则曲园此函当即作于此日，几无疑义。筱珊返宁之后，仍将

1.《艺风老人日记》，第 1893 页。
2.《春在堂诗编》二十三卷“丙午编”。
3.《艺风老人日记》，第 1958-1959 页。
4. 第 1905 页。

所刻之书陆续寄吴，送呈曲园鉴赏，如《日记》十月十八日："上苏州俞梯青信，送《迩言》与曲园先生。"[1] 又十一月二日："俞梯青编修来，赠以《金石目》一部。拜梯青。"[2] 梯青者，曲园文孙陛云，时与曲园同居苏州。筱珊与曲园，交谊可谓有始有终，至丙午十一月九日，筱珊仍"发俞曲园年丈信。"[3] 而曲园亦于十一月二十三日回复，据筱珊《日记》云："接禄保信、俞荫甫信。"[4] 再一月整，至十二月二十三日，曲园即撒手人寰，享寿八十有六。

《春在堂全书》翻印多次，不断增补，常见者，即有光绪三年、五年、七年、九年、十五年、二十三年、二十五年及光绪末之汇印本，而以最后之汇印本最为全帙。[5] 所以屡屡翻印者，正见曲园文字当日为人推崇之盛况，此亦曲园函中言其已无《全书》之故所在。

曲园故后未几，筱珊即收得噩耗，《日记》光绪三十三年丁未正月十日："发俞梯青信，寄挽联。"[6] 筱珊此时，声名渐隆，亦称一时耆宿，故至二月十三日："俞梯青寄曲园丈事略来。"[7] 而所以寄事略者，乃以曲园行状为请耳，此皆可见诸《日记》所载，丁未三月十七日："撰俞曲园先生行状。"[8] 次日，"以曲园先生行状求李审言编初稿。"二十四日，"李审言送俞曲园行状来。"[9] 不唯如此，民国肇兴，清史馆立，以筱珊为总纂，"儒林"一传，正由筱珊主笔。据民国四年乙卯（1915）四月廿二日筱珊《日记》："撰俞樾、孙诒让两传。"[10] 则曲园身后之名，筱珊出力甚多，此亦可见筱珊不负死友之状。

（本文发表于《版本目录学研究》第二辑，国家图书馆出版社，2011 年。）

1.《艺风老人日记》，第 1911 页。
2. 第 1914 页。
3. 第 1916 页。
4. 第 1920 页。
5. 参谢超凡：《游心与呈艺：晚清文化视域下的俞樾及其文学著述》附录三"《春在堂全书》流传情况"，第 333-337 页，人民出版社，2009 年。
6.《艺风老人日记》，第 1933 页。
7. 第 1941 页。
8. 第 1951 页。
9. 第 1953 页。
10. 第 2839 页。

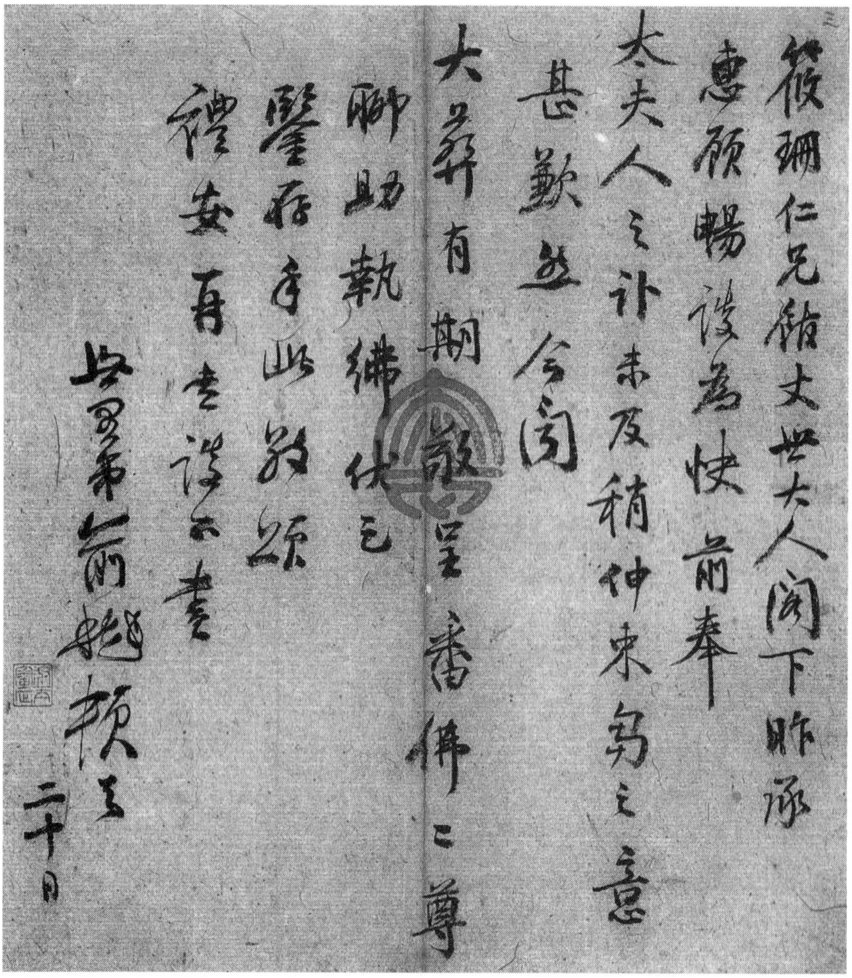
筱珊仁兄館丈世大人閣下昨承
惠顧暢談為快俞奉
太夫人之訃未及稍伸束芻之意
甚歉茲令閱
大葬有期敬呈番佛二尊
聊助執紼伏乞
鑒存手此敬頌
禮安再者請示素
世愚弟俞樾頓首
二十日

俞曲园致缪筱珊函第一通

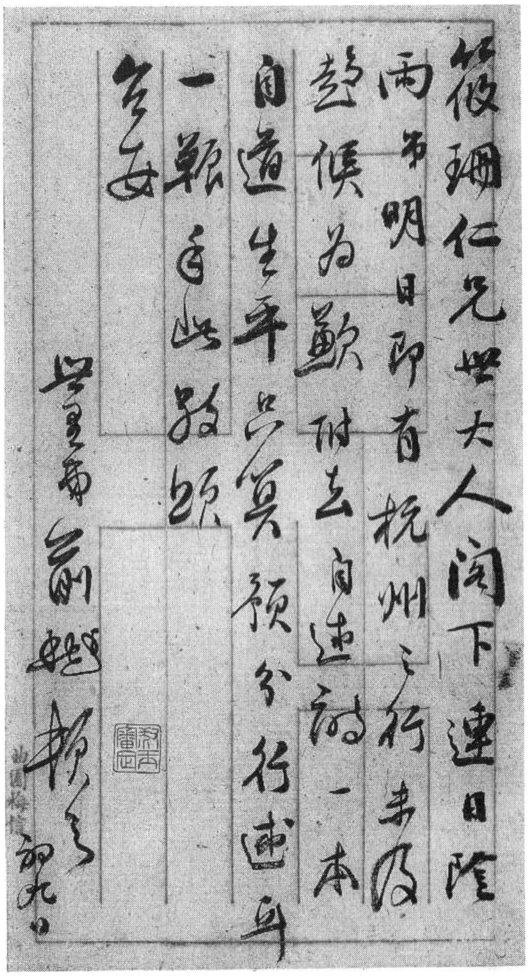
筱珊仁兄世大人阁下：连日阴雨，弟明日即有杭州之行，未及趋候为歉。附去《自述诗》一本，自道生平，只冀愿分行述耳。一粲。手此敬颂台安。世愚弟俞樾顿首。初九日

俞曲园致缪筱珊函第二通

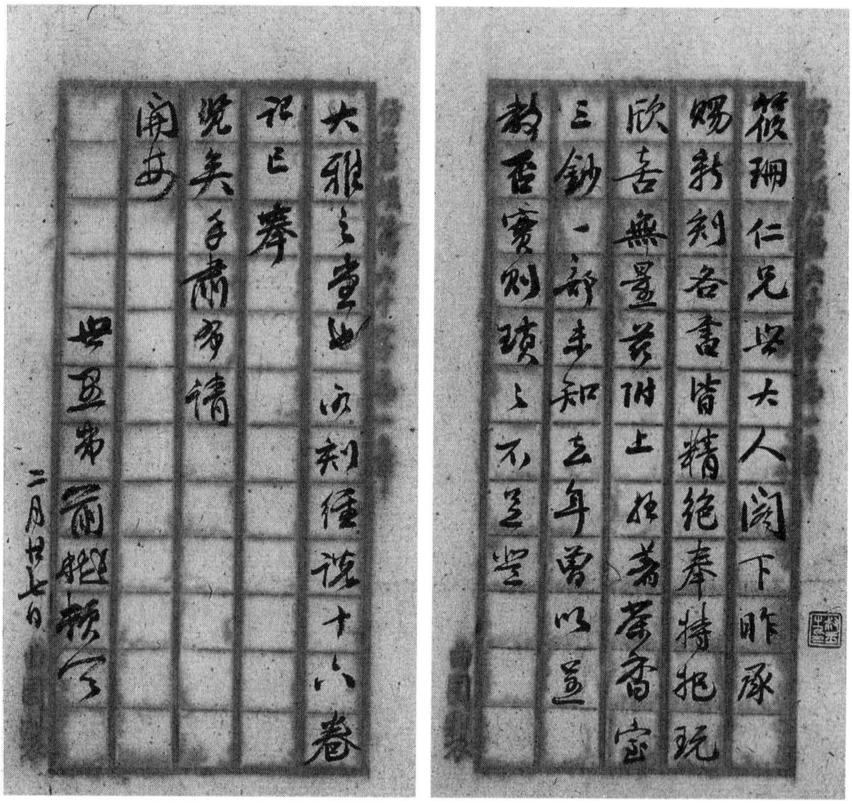
筱珊仁兄世大人阁下：昨承
赐新刻各书，皆精绝，奉持把玩，
欣喜无量。兹附上拙著茶香室
三钞一部，未知去年曾以呈
教否？实则琐琐，不足登
大雅之堂也。所刻经说十六卷
祈已奉
览矣。手肃，布请
阁安。
世愚弟俞樾顿首
二月廿七日

俞曲园致缪筱珊函第三通

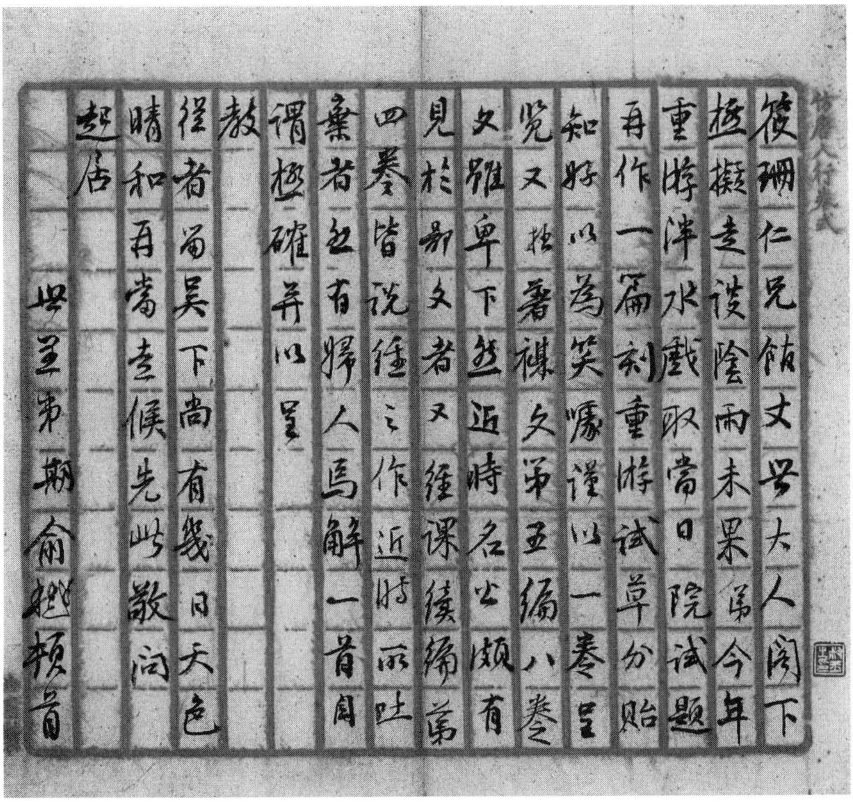
筱珊仁兄館丈安大人閣下
極擬走謁陰雨未果弟今年
重游泮水戲取當日院試題
再作一篇刻重游試草分貽
知好以為笑噱謹以一卷呈
覽又拙著襍文第五編八卷
文雖卑下然近時名公頗有
見於别文者又經課續編第
四卷皆說經之作近時所吐
棄者然有歸人焉解一首周
謂極確并以呈
教
從者留吳下尚有幾日天色
晴和再當走候先此敬問
起居
安並 弟期俞樾頓首

俞曲园致缪筱珊函第四通

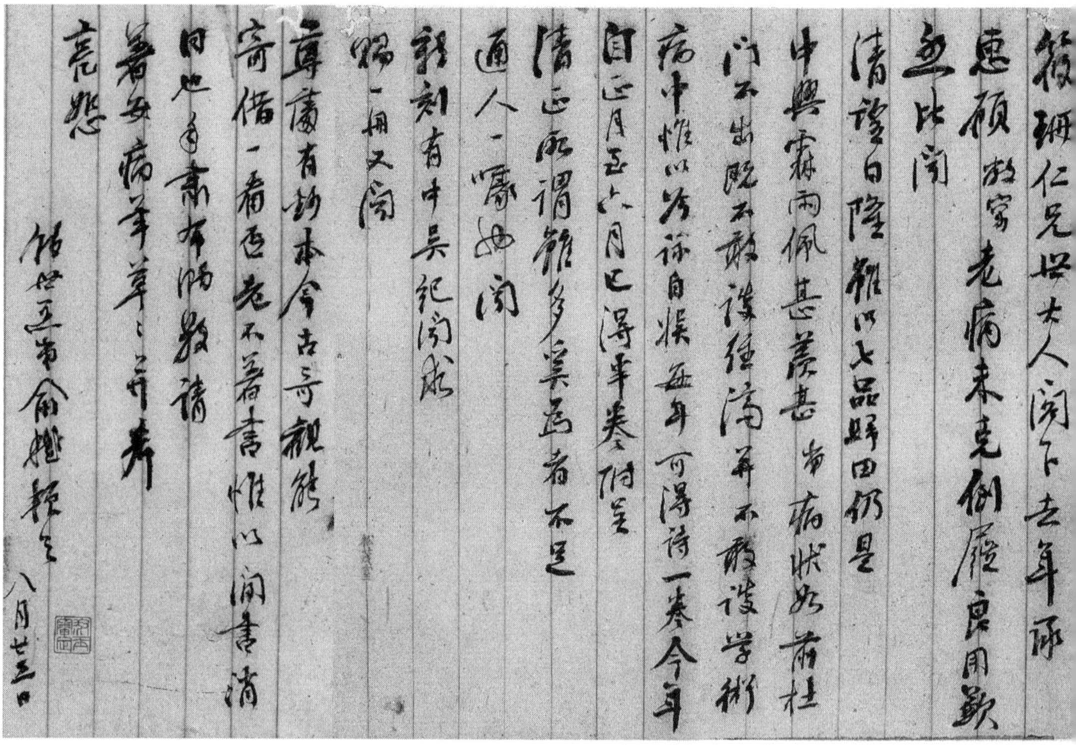

俞曲园致缪筱珊函第五通

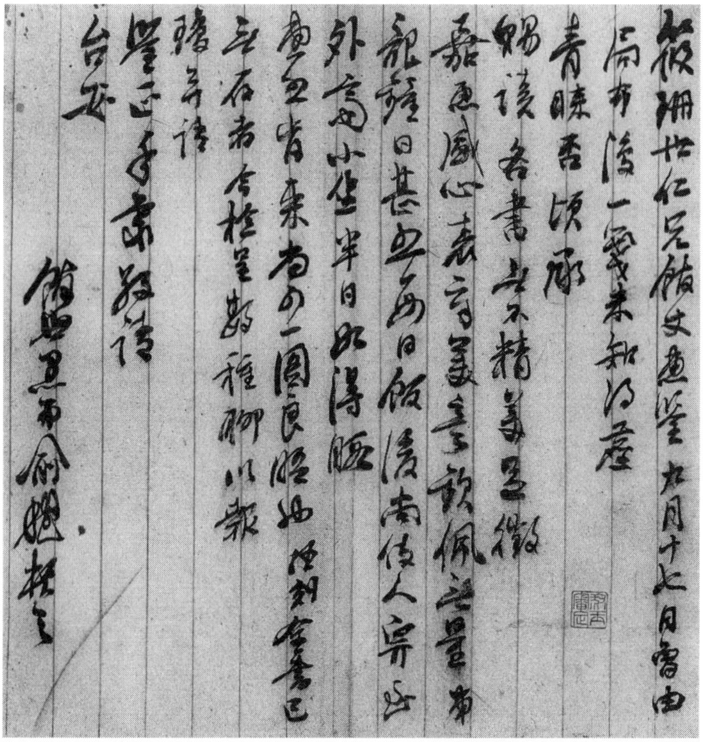
筱珊世仁兄館丈惠鑒：九月十七日曾由
局中發一箋，未知得[illegible]
青睞否？頃承
賜讀各書，無不精美，足徵
盛意，感泐。袁詩箋至，欽佩無量。弟
龍鍾日甚，每日飯後命使人舁出
外，高臥小坐半日，以得睡
[illegible]肯來[illegible]有一圓良照也。陸刻全書已
[illegible]合桂呈數種，聊以報
瓊[illegible]請
鑒正，手肅敬請
台安
館愚弟俞樾頓首

俞曲园致缪筱珊函第六通

如皋冒鹤亭江阴缪小山两先生往还纪实

如皋冒广生先生（1873–1959），字鹤亭、鹤汀[1]，号疚斋、疚翁、小三吾亭长，别署瓯隐、钝宧，室名小三吾亭，光绪甲午科（二十年）乡试，中一百三十六名举人。曾任刑部、农工商部郎中，民国政府财政部顾问、广东省通志馆修纂及上海市文物保管委员会特约顾问等职，又历任广州勷勤、中山大学、上海太炎文学院诸讲席。著有《周易京氏义》、《冒巢民年谱》、《管子集校长编》、《小三吾亭诗文词》等，辑刻有《如皋冒氏丛书》、《永嘉诗人祠堂丛刻》、《楚州丛书》等。钱仲联先生曾称云："疚斋先生，身历晚清、民国以迄新中国建立。一代学人，传伯外祖周畇叔、外祖周季贶两先生之法乳[2]，读其皇皇巨著《管子校笺》、《后山诗注补笺》而可以知之；一代诗词名家，才华盖世，风格高华，今之朱竹垞、陈迦陵也，读其《小三吾亭诗集》、《词集》而可以知之；又复熟谙掌故，如数家珍，交游之广暨海内

1. 按：顾廷龙主编《清代朱卷集成》所收冒氏履历云："号鹤亭，一号同生，光绪乙亥三月十五日生"。第195册，第375页。台北成文出版社，1992年。

2. 按：周星誉（1826–1884），初名誉芬，字畇叔，一作叔云，周星诒兄，鹤亭伯外祖，祥符籍浙江山阴人。道光三十年进士，由御史官广东盐运使。工诗善文，有《鸥堂剩稿》、《东鸥草堂词》、《鸥堂日记》等传世。冒鹤亭幼年曾从其居处，最为属爱。鹤亭之知词章之学，即源畇叔之濡染。周星诒（1833–1904），字季贶，号千秋，号窳櫎。畇叔弟，鹤亭外祖。官福建建宁府知府。好近体诗，多真挚语。著有《窳櫎诗质》、《瑞瓜堂诗钞》、《勉憙词》、《三国志考证校记》等。喜藏书，精于目录之学，藏书处有瑞瓜堂、传忠堂、书钞阁等，编有《书钞阁题跋》、《传忠堂书目》四卷等。又有《窳櫎日记钞》三卷存世。鹤亭之文献、掌故之学，多出外祖之教。

外杖履所及，有如东坡所云‘身行万里半天下’者……”[1] 可窥鹤亭生平一斑。鹤亭先生于1959年旧历七月初七捐馆沪上，春秋八十有七，艺林莫不惜之，亲朋友好乃取古谥法“勤学好问曰文”、“好古不殆曰敏”之义，私谥“文敏”，闻者皆谓有当。鹤亭生平屡掌财柄，然所得皆用之艺文，赀橐未充，一本寒素清白本色。殁后，遗属乃遵前命，将箧存书画文献举以献诸国家，现均安藏上海博物馆内。今值先生辞世五十周年之际，即以其中江阴缪荃孙来函八通，略为诠解，庶以窥鹤亭交游之一斑，亦以表纪念之意云尔。

鹤亭早年身世孤苦，虽出身诗书世家，然以父祖早卒，偏多飘零流离，恒仆仆于南北道路，以求安居。然福祸相倚，鹤亭得多识各地名流时贤，亦以此故。冒氏系出蒙元皇裔，才人名士，多有所出，而尤以明末之冒襄[2]，即号“明末四公子”之一之冒辟疆，最为知名。鹤亭则适与此十二世堂伯叔祖生于同辰，遂以辟疆再世自诩，为人行事，莫不以辟疆为准的，年仅廿龄，即为其撰就《冒巢民先生年谱》，可见其钦服之情。故其广交朋好，自居名士，莫不拟诸辟疆。而时人于鹤亭心境，亦多暗解，若梁启超《冒巢民先生年谱跋》云：“丙申春夏间居上海，始见冒君鹤亭。问姓字，审邑居，辄忆其先德巢民先生言论行事，而口摹之，而目营之，而心追之。”又云：“鹤亭之文，史家之文也。鹤亭之志，殆（辟疆）先生之志也。”[3] 范当世《冒鹤亭以江建霞所赠辟疆先生菊吟倡和诗卷属题即用辟疆韵题二首》自注亦云：“鹤亭汲汲焉惟不朽是务，颇自傅会于辟疆复生，不独时事同也。”[4] 可见鹤亭心事，已多为友朋心领神会。鹤亭早岁，便喜结交，每至一地，皆得胜友如云，少长并具。所以如此者，一则以鹤亭年少多才，诗词文章同臻上流，文史掌故，皆为擅长；二则以鹤亭不惟系出名门，外氏五周昆仲，亦属磊落英才，其中外祖周星诒季贶先生更以当世耆宿，岿然独存，俨然学界泰斗，人人瞻望，欲得一亲謦咳。职是之故，当世之人，莫不欲以鹤亭为友，

1.《冒鹤亭先生年谱序》，第2页，学林出版社，1998年。

2. 冒襄（1611-1693），字辟疆，号巢民，又号朴庵、朴巢，私谥潜孝先生，如皋人。鹤亭族祖。

3. 冒广生，《冒巢民征君年谱》卷前，民国十二年刊本。

4. 马亚中、陈国安校点：《范伯子诗文集·范伯子诗集》卷十六，《中国近代文学丛书》，第337页，上海古籍出版社，2003年。

鹤亭之友，莫非一时胜流，而鹤亭所欲以结交者，亦莫非一时英杰。鹤亭《小三吾亭诗》卷一《杂书八章答洪小江先生》云："束发掉鞅驰文场，结交十九皆老苍。"《小三吾亭甲集·诰授奉政大夫胡阶平年伯六十寿序》亦云："冒子年二十，结交半天下……"[1]可见鹤亭交游之大概。

今考光绪二十三年十一月初六日，缪荃孙之表兄金武祥致鹤亭函云："缪小山居江阴西乡之申港，与明代之缪文贞居东乡不通谱，其流派不同。前询并及之。小山明岁遥领常州经古讲席，惟修脯甚廉。今秋弟在金陵，即住伊钟山书院内，颇有江山文酒之乐。"[2]又云："再，筱珊现辑《碑传续录》，已得数百篇。因思眗老不可无传[3]，趁此可以汇入。不佞爰就阁下所为行述撰成一传，寄奉左右，请窳翁酌定掷下[4]，以便定稿，勿迟为盼。"可知鹤亭于小山早有瞩目，且又有文字因缘在焉，惜南北暌隔，未能早得结交。

至光绪二十七年，鹤亭纳赀为刑部郎中，签分刑部陕西司行走，派陕西司主稿，管新疆股。光绪二十九年，改商部郎中。至光绪三十二年秋，商部改农工商部，鹤亭留任。其与小山（缪荃孙）之交往，即始于此际。

缪荃孙（1844–1919），字炎之，又字筱珊、小山，晚号艺风。江苏江阴人。清光绪二年进士。曾入张之洞幕，助编《书目答问》。后任翰林院编修、江楚编译书局主任等职。历主南菁、泺源、钟山等书院讲席。曾赴日本考察学务，创办江南图书馆及京师图书馆。精于金石碑帖、版本目录之学。辛亥革命后，为清史馆总纂赵尔巽聘撰《清史稿》列传等。晚年寓沪，为友人助刊丛书多种。著述亦富，刊有《云自在龛丛书》、《国朝常州词录》、《续碑传集》、《艺风堂文集》、《藕香零拾》、《清学部图书馆善本书目》、《辽文存》等。宣统元年五月，小山为学部奏派为京师图书馆正监督。次年九月，入都筹建京师图书馆，乃赁居西城太仆寺街，自此至宣统三年末，即长居京师。小山于鹤亭，年长近三十岁，为鹤亭之尊长无疑，且久享大名，不惟著作等身，

1. 光绪末年刻本。
2. 上海博物馆藏原函。
3. 按：眗老，即周眗叔。
4. 按：窳翁，即周季贶。

又以创办南北两京图书馆而为学界所重，隐然祭酒。小山此际公事私务交结，每每门庭若市，高朋满座，颇有应接不暇之势。而鹤亭于小山虽则久存往还之意，然或以时事未谐，虽同寓京师，亦竟久而未修情好。

据《艺风老人日记》（以下简称《日记》），直至宣统二年十月十四日，小山始有拜冒鹤亭之记载，之后复两月无闻，至十二月朔及十二月五日，乃又有拜会鹤亭之记录[1]，可知小山与鹤亭此际往来并不频繁。而两人之相识，当亦即在此年十月之时。据《艺风老人年谱》（以下简称《艺风年谱》）宣统二年庚戌年六十七岁条："十月，禄保以江南高等学堂预科毕业，奖拔贡，捐主事，分部学习，掣农工商部，派庶务司行走。"[2]禄保系小山长子，生于光绪十三年小山四十四岁之时，中年得子，宝爱可知。之后虽又产有三子，然次子佛保已殇于光绪三十二年，三子僧保此时年仅十八，尚未得自立，四子恺保则更少二岁。[3]而此际小山已为六十七岁之老翁，英雄垂暮，尚且念挂子孙，况小山于此甫届成立之长子乎？颇疑缪、冒之初识，乃系小山为托付爱子，故而折节下交于此声名藉甚且又身膺重务之后生小辈。现存小山与鹤亭之函，即作于此时。

缪荃孙致冒广生函第一通（1911年1月2日）

鹤亭仁兄大人阁下：往还未晤，歉仄已极。《洗桐图》竢南皮回即题。小儿禄保分农工商部，今日衙门送信，云文书已到。明日令其来谒，乞赐见之。一切均祈照拂是幸。

此上，敬请著安。

弟缪荃孙顿首。

---

1. 缪荃孙著、李一华等编：《艺风老人日记》，第2327页、第2341页、第2342页，北京大学出版社，1986年。

2. 民国二十五年刻本。

3. 子亦于宣统三年病殁，年仅十六岁。

缪荃孙致冒广生函第二通（1911年1月22日）

钝宧道兄赐鉴：《洗桐图》敬缴，诗字均劣，诒诮方家。奉到大集，钦佩无已。吴兔床《愚谷文集》，弟遍求不获见，尊藏如有，乞假一阅。拙稿呈政。

此上，敬请著安。

弟缪荃孙谨顿。

以上两函，内容相接，写作当在近期。宣统庚戌年（二年）十二月二日《日记》云："禄保分发工商部。"[1] 与第一函对勘可知，此函即作于是日。以鹤亭时方任职农工商部郎中，掌商务司印，故令禄保前往晋谒。而小山亦即以弱子出处之故，颇着意于与鹤亭之往还。再据《日记》十二月十九日云："禄保分庶务司。"[2] 则禄保之得分庶务司行走，或者即与鹤亭之照拂有关。又十二月二十一日小山《日记》记云："题冒钝宧《洗桐图》"[3]，次日又云："还《洗桐图》与鹤亭，又送文集一部、《四谱》一册。"[4] 再据《艺风年谱》宣统二年庚戌年六十七岁条："十二月，赴南皮会葬张文襄公，与梁星海、端仲刚（端绪）同行，到者二十余人。"参诸《日记》[5]，知此次南皮之行为十二月十三日出发，十四日到，十五日"文襄公未刻发引，申刻安葬，酉刻送葬、行礼毕。"十七日返回京师。则第二函可定作于十二月二十二日。

函中所谓《洗桐图》者，即《陈其年洗桐图》，系光绪三十三年冬鹤亭于京师厂肆购得者。鹤亭《小三吾亭诗》卷三《得陈其年洗桐图辄题四绝句》自注云："图作于康熙庚申，在《填词图》后二年。"又所辑《云郎小史》云：

1.《艺风老人日记》，第2342页。

2. 第2346页。

3. 第2347页。

4. 第2347页。

5. 第2345页。

检讨（其年）举鸿博日，有《填词图》，释大汕画。官翰林日，有《洗桐图》，周道画。《填词图》闻在项城袁氏，叶兰台师有摹本，余亦见之。此外，尚有宜兴万氏石刻本。《洗桐图》今藏余家，陈奕禧隶书，引首有冯溥、张烈、李澄中、博尔都、梁清标、王泽宏、王又旦、林尧英、叶封、林鳞焻、徐喈凤、李基和、翁方纲、张埙、蒋士铨、潘奕隽、王延年、李英诸题。（又有署"弟燮"者，未知何人？其印章，一为"臣燮"，一为"侍从史官"。）余携此卷谒检讨墓时，出示宜兴同人蒋香谷诸君，咸有题诗，并邀检讨之侄曾孙德顺、侄元孙应轸、应斗、侄云孙明署观款于卷后。[1]

《洗桐图》之大概，观此文可知其要矣。《艺风堂文漫存·辛壬稿》卷一收《题陈检讨〈洗桐图〉为冒钝宧题》七绝四首，其四云："水绘名园今尚存，琳琅宝墨重清门。可怜遗翰无寻处，我亦东林后代孙。"[2]自注："先文贞公遗集刻于《常州先哲遗书》，曾辑《拾遗》一卷……"此所言"先文贞公"者，即明末缪昌期（1562–1626），字当时，一字又元，号西溪，江阴人。万历四十一年进士，改庶吉士。梃击事起，尝怒斥权臣。后授检讨，以刘文炳之劾，移疾归。天启元年回朝，迁左赞善，进谕德。杨涟劾魏忠贤疏，时传为昌期代草，魏党深嫉之。天启六年，令缇骑逮问。逾月，复入之李实疏中，下诏狱。昌期慷慨对簿，词气不挠，竟坐赃三千，五毒备至。四月晦，毙于狱。性刚烈，不媚权贵，与杨涟、左光斗友善。福王时，追谥"文贞"。《明史》有传。著有《周易九鼎》、《周易会通》、《四书九鼎》、《丙辰涉录》、《已未涉录》、《从野堂存稿》、《从野堂诗文全集》等。今据前揭小山表兄金武祥函可知，小山与缪文贞并非同宗，故其与所谓"东林后代孙"毫无相干。然小山所以言此者，鄙意以为与其云欲攀附高门，毋庸云欲示好于鹤亭。冒鹤亭《题沈友卿井梧怀旧图》中尝云："我亦东林复社

1. 张次溪：《清代燕都梨园史料续编》，第965页，中国戏剧出版社，1988年。
2. 民国刻本。

孙，过江谁念旧清门。”[1] 而所藏赵之谦氏为其外祖季贶所篆之“东林复社后人”印章一枚[2]，尤为鹤亭宝爱不置，长随身侧。冒辟疆系复社巨擘，于明末之复社运动多皆身与其中，故一意以辟疆后身自居之鹤亭，于东林、复社之感情自非浅显，此情此感必为当日同人所周知，故方欲交好与鹤亭之小山，乃故作此语，言下之意，自不难揣测。

函中所言之“奉到大集”者，当并非之后收入《冒氏丛书》中之《小三吾亭文甲集》一卷、《小三吾亭诗集》十六卷及《小三吾亭词》四卷附一卷[3]，缘此数种，皆系陆续付梓，定本已入民国。即以最早定型之《小三吾亭文甲集》而言，其全文刊行亦已在宣统三年。今考光绪二十六年鹤亭致金武祥函云：“《外家纪闻》已付梓人，并刻近年所为散文二十余篇，年内可竟。”[4] 则此时所呈奉小山者，或即指此而言。又所言《愚谷文集》，当作《愚谷文存》，计十四卷，系海宁藏书家瓶花斋主人吴骞之集，为嘉庆十二年其子廷旸所刻。后又有《愚谷文存续集》二卷，嘉庆十九年所刻。小山此云欲假借者，未知鹤亭是否有以应之？而下文所言之“拙稿呈政”者，已据前揭《日记》，知为小山之文集及《四谱》。《艺风堂文集》七卷外篇一卷为光绪庚子（二十六年）所刻、辛丑（二十七年）印行，《艺风堂文续集》八卷外集一卷，为宣统庚戌（二年）付刻、民国癸丑（二年）印行，而《艺风堂文漫存》十二卷，所收系民国辛亥至丁巳年所作诗文，则其与此函所言者无关可知。[5] 故此时小山所赠鹤亭者，定系《艺风堂文集》七卷外篇一卷无疑。而所谓《四谱》者，则据杨洪升《缪荃孙研究》一书研究所得，“是谱（《孔北海年谱》）与《魏文靖公年谱》、《韩翰林诗谱略》、《补辑李忠毅

1. 钱仲联编著：《近代诗钞》，第 1600 页，江苏古籍出版社，2001 年。
2. 朱文扁方印，边款为“撝叔为季贶司马作”，现藏上海博物馆。承上海博物馆青铜部孙慰祖研究员见告，此印当篆于赵氏四十岁后数年内。
3. 此所云与上海图书馆编《中国丛书综录》第一册《总目》著录者不同。第 460 页，上海古籍出版社，1986 年。此据冒怀苏编著：《冒鹤亭先生著作目录》，《冒鹤亭先生年谱》附录一，第 611 页，学林出版社，1998 年。
4. 冒怀苏编著：《冒鹤亭先生年谱》“光绪二十六年”条，第 109 页。
5.《艺风堂文漫存·癸甲稿》卷二“陶庐续忆序”：“余于庚子刻《文集》八卷，庚戌刻《文续》八卷。今犹子九畴请两年一刻，以免散佚，余又从之，刻《辛壬稿》三卷……”

年谱》合刻于光绪二十八年,各一卷。各谱首行题‘缪荃孙编’、‘烟画东堂’,牌记题‘南陵徐氏刻’。半叶十行,行二十一字,上下黑口,左右双边,双鱼尾。《拾遗》著录《烟画东堂四谱》(一名《艺风堂汇刻四家年谱》)四十卷',版本题‘江阴缪氏家刻本’与‘南陵徐氏刻本’。考《艺风老人年谱》光绪二十九年载:‘是年刻孔北海、魏文靖、韩致尧、李忠毅四谱。’又据《艺风老人日记》所载,各谱编刻均出自缪氏。所谓‘江阴缪氏家刻本’与‘南陵徐氏刻本’实为一本。”[1] 此所云《拾遗》者,系指王绍曾主编《清史稿艺文志拾遗》[2] 而言,而《拾遗》此说又为《中国丛书广录》所袭[3],今得杨文之考辨,旧误可为一清。

小山与鹤亭结交之后,交游日密,即以其宣统辛亥年(三年)《日记》观之,已有六月九日:“罗叔蕴、冒鹤亭、蒋履曾(宜兴人)来。”[4] 六月十九日:“拜冒鹤亭。”[5] 闰六月八日:“王季樵招饮福州馆,俞君口、朱子良、冒鹤亭、李梅庵、石长信同席。”[6] 闰六月十八日:“晚应吴仲饴之招,徐花农、汪穰卿、蒋稚鹤、冒鹤亭、蒋伯斧、季和、孙师郑同席。”[7] 闰六月二十五日:“送双图与冒鹤亭题,还《尧山堂》、印纸。”[8] 七月一日:“冒鹤亭送双图归,即请石遗题。鹤亭并借《遂初堂集》《离六堂集》。”[9] 七月五日:“还《遂初堂集》、《离六堂诗》,冒鹤亭借《北齐书》来。”[10] 其中后三条尤堪注意。

今存小山致鹤亭函有:

---

1. 杨洪升:《著述考》,《缪荃孙研究》第三章,孔北海年谱一卷条,《文史哲研究丛刊》本,第77页,上海古籍出版社,2008年。
2. 王绍曾主编:《清史稿艺文志拾遗》,第330页,中华书局,2000年。
3. 阳海清编撰、陈彰璜参编:《中国丛书广录》第6110、6111条,第457页,湖北人民出版社,1999年。
4. 《艺风老人日记》,第2393页。
5. 第2397页。
6. 第2401页。
7. 第2404页。
8. 第2406页。
9. 第2408页。
10. 第2408-2409页。

缪荃孙致冒广生函第三通（1911 年 8 月 19 日）

鹤庭仁兄世大人阁下：画帧求赐题。允假《遂初》、《离六》，《遂初诗文》乞捡交奴子捧回。费神，再谢。

此上，敬请吟安。

弟缪荃孙顿首。

缪荃孙致冒广生函第四通（1911 年 8 月 24 日）

顷奉手书，并承赠先集，谢谢。两图挥翰，费神之至。上幅尽有余纸，此地未免逼仄，然已足为两图增重矣。书二种，读讫即赵。

此复，鹤庭道兄。

荃孙顿首。

据上引《日记》，则第三函当作于辛亥闰六月二十五日。至七月初一，小山收得鹤亭题就两图之后，乃作第四函以致谢。今按：函中所谓先集者，不明所指，然其可必为《如皋冒氏丛书》中刊于光绪末年中者。而所谓两图，则可据《日记》光绪乙巳年（三十一年）十二月五日所载："陈白石送《蕉窗品画图》来。取《蕉窗品画》、《垂虹感旧》两图交潢匠。"[1] 再参辛亥年七月初一《日记》有云："冒鹤亭送双图归，即请石遗题。"[2] 今观《陈石遗集·石遗室诗集》卷五，辛亥年有《为筱珊先生题蕉窗读画图》七绝一首，云："绿天乌几滑如油，无数云山足卧游。信有人间特健药，不知何处白人头。"[3] 正与相符。而《冒鹤亭先生年谱》（下简称《鹤亭年谱》）"一九一二年条"则云："在天津。先生晤缪筱珊，相谈甚欢。应缪筱珊之请，作《题缪小山垂

1.《艺风老人日记》，第 1822 页。

2. 第 2408 页。

3. 陈衍撰、陈步编：《陈石遗集 · 石遗室诗集》卷五，第 190 页，福建人民出版社，2001 年。

虹感旧图》。此图为吊蒋鹿潭作，图者不详。"[1]想为后人著作时之误植及漏记。又此函所言之"书二种"，亦以《日记》所载可知，即系明末清初潘耒《遂初堂集》与释大汕《离六堂诗》。

农工商部自庚戌后半年以来，司员迅速膨胀，远过所需，故自辛亥三月末溥伦继任尚书，即行裁减人员[2]，而正当此部员交疑之时[3]，小山却于三月出京，以铁琴铜剑楼献书事南返，直至五月方归。而无论现存小山致鹤亭之函件，抑或小山《日记》中，并未曾有小山就此事求援于鹤亭之记录。此或可见上年鹤亭推毂之有力，亦可彰显二氏相知之深厚。

此后未几，清廷云亡，曼殊一朝二百余年之江山从此易帜。当此天翻地覆之际，小山优游书香之生涯亦为告终，其《日记》辛亥年八月廿一日："闻武昌失守之信，心胆俱堕。"[4]八月廿二日："赴会贤堂请客，劳玉初、吴仲怡、王季樵、章式之、孙师郑均到，酒半，得金陵乱党起事之信，大家失色。荃孙全家在南，尤为难受。溯幼年遭难，迄今正六十年又逢此厄，不知伊于胡底。"[5]至九月，小山于图书馆馆务稍事交代之后，便尔告假返南，至廿八日抵沪寓。未久，清帝退位，民国肇建，小山自此即避地申江，居于虹口谦吉东里联珠楼内，以遗民自居，直至终老。本年《日记》卷末，小山循例概述一年大况云："……武昌乱，蔓及天下。金陵于十月失陷，全家窜至上海已及四月，余亦乞假来。现闻上已逊位，清国遂亡，自此以后，偷息人间，与已死何异？"[6]其《艺风年谱》宣统三年条亦云："十二月二十七日，皇帝逊位于民国，南北合同，国破家亡，生不如死。"均可窥见小山此际之心曲。而民国元年所作《读史六首》之一，则更体现小山于民国之观感："……攘臂莠民团白甲，伤心妖谶改黄天。眼前多少苍生泪，化作长河灌百川。"

1.《冒鹤亭先生年谱》，第178页。

2.按：清末商部及农工商部之演变详情，可参王奎：《清末商部研究》，人民出版社，2008年。

3.《大公报》1911年4月7日《农工商部人员将大更动》："农工商部大臣伦贝子……拟将部内不谙实业之各员大加甄别，另选著名专门者奏保任用，以翼得力……部员闻知此耗，无不异常惶恐。"转引自《清末商部研究》，第139-140页。

4.《艺风老人日记》，第2419页。

5.第2419-2420页。

6.第2449页。

而或许即因时事不靖，乱局纷扰，小山与鹤亭自此之后数年，音问绝少。

据《鹤亭年谱》，辛亥“十二月廿五日，逊位诏下，次日先生弃官，奉母周太夫人避地天津。”[1] 次年三月，剪发以期出都，时作《虞美人·出都同柳屏过周丽娟》，中云：“昵人教说东京梦。说也心先痛。一场平地起风波。无数恩牛怨李奈君何？”[2] 或可略见鹤亭于清室依恋之情。然至十一月，鹤亭即再入春明，受聘为北京政府财政部顾问。次月，则以项城长子原农工商部右丞袁云台之荐，出掌浙江省瓯海关监督兼温州交涉员。鹤亭之出，全以家贫奉母之故，其意曾函告海内同人，如叶昌炽《缘督庐日记》癸丑（民国二年）三月廿九日记云：“又为如皋冒鹤亭孝廉广生转示《隆裕皇太后挽词》五言排律一首，《出都重有感》四首、《谒墓》一首，皆七律。冒君为黄叔雍之婿，今在瓯海关司榷，非其志也。夙未谋面，远道贻诗，以梅村自况，有云‘误尽平生负尽恩，半文不值复何言’，又云‘总为巢由母尚存’，语虽未工，其志亦可悲矣。”[3] 素未谋面之叶氏，鹤亭尚且寄诗言志，则友好出其上如小山者，则更宜收获鹤亭之诗，而其被迫出山之意，由此亦得显然可见。[4] 鹤亭之无奈，恰若其《出都重有感》之二中所云：“饿死亦知俄顷事，一身容易一家难。”[5]

民国元年岁末，南返之鹤亭即寓居沪上。或者与小山不乏文酒之会，然今以文献难征，仅见之记载即癸丑（民国二年）正月初七小山《日记》所云：“拜……冒鹤亭广生。”[6] 此当正系鹤亭转赴温州任所前夕。自此而后，鹤亭、小山二氏相见日渐稀少，今仅知者，即甲寅（民国三年）二月二日

1.《冒鹤亭先生年谱》，第 176 页。

2.《小三吾亭词选》，见于冒怀辛整理：《冒鹤亭词曲论文集》，第 917 页，上海古籍出版社，1992 年。

3. 叶昌炽：《缘督庐日记》第十一册，第 7120 页，江苏古籍出版社，2002 年。叶昌炽（1849–1917），字颂鲁，号鞠裳，又作鞠裳，江苏苏州长洲县人。光绪十五年进士，官至甘肃提学使。有《辛臼簃诗隐》、《奇觚庼诗集》、《奇觚庼文集》、《缘督庐日记》等传世。

4. 又若鹤亭民国四年春夏间尝寄函与兴化李详云：“江海栖身，尠无好怀，所以不即填沟壑者，徒以有老母在，平生师友风义相期已矣。夙心终焉自弃，非恃惠子知我，亦何敢一伸吐耶。”（上海博物馆藏原函）皆可见鹤亭心曲。

5. 转引自《鹤亭年谱》，第 179 页。

6.《艺风老人日记》，第 2563 页。

小山《日记》所记："冒广生送《冒氏丛书》来。"[1]《鹤亭年谱》曾记客岁之秋，鹤亭尝有归乡之举，想为返里度岁，故而次年开春乃有沪上之行，以转道温州故也。

鹤亭任职温州以来，即以扬扢风雅、宏奖士类为己任，修祠堂，刻丛书，建诗社，雅非一班风尘俗吏所得比拟。而小山此际，亦以生计所迫，收书售书之余，先后代南林张氏、刘氏等编刊丛书多种[2]，影响所及，竟成一时风气。[3]小山之师南皮张之洞曾云："刻书者，传贤哲之精蕴，启后学之困蒙，亦利济之先务，积善之雅谈也。""其书终古不废，则刻书之人终古不泯。"[4]小山、鹤亭，诚有以也。而正以此举，缪、冒二氏乃复交往密迩。小山《日记》乙卯（民国四年，1915）五月十一日："接冒广生信，寄《林霁亭集》。"[5]五月十六日："发冒鹤亭信，寄《谢康乐集》。"[6]六月二十二日："瓯海寄还《阮嗣宗集》，有信。"[7]六月二十六日："忽闻晦若辞世之信[8]，惊悚欲绝，史馆失此人如何能成？发吴絅斋信、冒鹤亭信。"[9]七月二十二日："接冒鹤亭信，寄《谢康乐集》逸文。"[10]八月一日："冒鹤亭寄《永嘉集》来。"[11]八月十三日："发

1.《艺风老人日记》，第2696页。

2.如《适园丛书》十二辑七十四种附四种、《择是居丛书》十九种、《嘉业堂丛书》五十七种附五种，另有《吴兴丛书》多种等，详参杨洪升：《编刻书研究》，《缪荃孙研究》第九章，第344-352页，上海古籍出版社，2008年。

3.民国十二年癸亥四月江都秦更年尝跋小山所校潘氏滂喜斋刻《竹汀先生日记钞》二卷云："同光以来谈目录版本者，必以艺风缪先生为之职志……读所校勘各书，校订精审，皆臻至善，沾丐后学，宁有涯涘。而沪上富人之解藏书刻书，亦皆先生有以倡之，得不谓书林之德星欤！"见于郭立暄、陈先行、侯怡敏整理：《上海图书馆善本题跋选辑·史部（续三）》，《历史文献》第五辑，第68-69页，上海科学技术文献出版社，2001年。

4.钱锺书主编：《别录·劝刻书说》，《书目答问》附一，《中国近代学术名著》本，第263页，三联书店，1998年。

5.《艺风老人日记》，第2844页。

6.第2845页。

7.第2855页。

8.按：晦若，于式枚字，详见后。

9.《艺风老人日记》，第2856页。

10.第2863页。

11.第2866页。

冒鹤亭信。”[1]八月十六日：“寄书与鹤亭。”[2]此数条者，核诸今存小山致鹤亭之函，所言皆与刻书有关。兹依时序一一附后，再略作解说。

缪荃孙致冒广生函第五通（1915年6月28日）

鹤亭仁兄世大人阁下：顷由李审言递到手书，并承赐新刻《林霁山集》，备见抚绥商民之外，尤能提倡风雅，啾啾百鸟中，得见青凤皇矣，钦佩奚似。弟跧伏海上，穷困不堪。次珊同年以《清史》见招，去岁入都一行，为之定门类、分功课，担任“明遗臣”、“儒林”、“文苑”、“孝友”、“遗逸”、“土司”五传。乞回沪自办，次珊允之，即于十月出都。而“儒林”及“明遗臣”两传，业已交卷。次珊又以列传嘱，定专传、附传，三品上无事迹者删，三品下有事迹者增。与晦若同定，前六朝已毕。人虽不在馆，无一日不办事也。年逾七十，行动需人，全家入都无此力，只身入都又太苦，次珊亦谅我矣。《康乐集》不见佳，向无好本，由局寄阅，仍盼掷还。作注亦非易事。兄前记国朝掌故，付刊否？弟亦记不少，然可采入史者无多，笔记与史传体裁自别也。兄嘉惠士林，可否创一文社（不立名目，不延阅卷，不定章程，不定额数），月课子弟之秀者，少与奖资（惟恐新党又要提出充学堂经费），必有益处。深恐此道遂致阒寂，兄以为何如？

手笺，敬请文安。

弟荃孙顿首。

按《鹤亭年谱》“一九一五年”条：“是间，先生公暇从宋诗中读林霁山书放翁诗‘来孙却见九州同，家祭如何告乃翁？’”[3]先生“读之涕下，遂发愿觅其全集刻之。”再以上引《日记》对勘，知小山收得鹤亭寄赠之《林

1.《艺风老人日记》，第2870页。
2.第2870页。
3.《冒鹤亭先生年谱》，第192页。

霁亭集》为五月十一日，而此函则作于五月十六日。函中首云“由李审言递到手书”可参同年三四月间鹤亭致李详函：“审言先生大鉴……近取康乐、永嘉诸诗，仿东坡和陶例悉和之，容即写寄。又欲校注谢集，重刻以行，不能不觅旧本校勘。小山藏有明刻本，兹有寄其一书及《霁山集》一部，不知其系否仍住虹口，敬求晤时代致，并代催其速寄，功德无量……附缪函一件，书两册。”[1] 又七月初三鹤亭致李详函云：“审言先生大鉴：顷得艺风老人复械，并来《谢康乐集》，知前托之函已承转致，费神，心感。”[2] 观此，知鹤亭、小山已久违音问，且得再修前好者，尚待他人为之中介，可见其疏阔。而再续前缘之因，则以保存流布文献之故，亦可见两公此时职志所在。函言“次珊同年以《清史》见招……”云云者，《日记》甲寅六月廿五日记云:“吴子修来，代致史馆聘书。”[3] 再《艺风年谱》末附子禄保、僧保补识云：“洎清史馆开，膺总纂之聘。乙卯夏到京师[4]，开馆之始，会议一切编辑事宜，多经折衷，高年不便客居，回沪遥领，手订全书凡例一卷。因儒林、文苑、循吏、孝友、隐逸五传国史旧稿原出府君手辑，仍归增订。后以循吏一传分归他手。越两年，四传脱稿，又创辑明遗臣传、土司传，则国史所未具者也。继复于甲辰[5]、戊午两次到京，会商史事。时馆中分纂积稿已多，府君力主列传应先拟订目录，划分时代，择人主任编排，归卷加以修正，乃有头绪。自认康熙一朝，脱稿者十之六七，未克毕事。其后馆中修正传稿，

1. 上海博物馆藏原函。又李详（1858-1931），字审言，中年后号愧生、窳翁。江苏扬州兴化县人。历任安徽存古学堂史学教员、江楚编译编书局帮办、江苏通志局分纂等。辛亥后居上海，受贵池刘世珩之邀馆其家，并协助校刻书籍多种。晚年以蔡元培之聘，为教育部大学院特约著述员，任东南大学教授。以骈文知名于当世，有《二研堂骈文》传世。其著作以笺注为多，有《选学拾渖》、《文心雕龙补注》、《颜氏家训补注》、《杜诗证选》等，又有《窳记》（后改名《愧生丛录》）、《药裹慵谈》等札记掌故之作。现已结集为《李审言文集》。残存日记若干，则尚未公布。

2. 上海博物馆藏原函。

3.《艺风老人日记》，第2742页。

4. 按：乙卯当作甲寅，参小山第五函。又据《日记》，知小山于甲寅九月十七日到京，十月十三日出京，十七日抵沪寓。

5. 按：甲辰当系丙辰之误。据《日记》，小山于丙辰四月五日入都，五月四日出京，七日申刻回沪寓。

悉依此例，而府君已不及从事矣。”[1]

函云：“兄前记国朝掌故，付刊否？弟亦记不少，然可采入史者无多，笔记与史传体裁自别也。”据小山《艺风堂文漫存·辛壬稿》卷一《题竹垞图》自注云：“余熟悉国朝三百年掌故，史馆实录、大臣传、起居注全录谕旨，无事实，后人何所据依？只以我笔记当《壬辰杂编》耳。”可见其自信。而鹤亭自述其学云：“十年以来颇留意掌故之学，官京师时搜罗近二百年人诗文专集，多至二千余家，颇思条理其遗文逸事，为后世有郦道原[2]、裴松之其人作清史注料，颜其书曰《草间记》，仅成四卷，头白有期，完书无日，奈何奈何。安得解人如执事者，十数人相与发箧陈书，理而董之耶。”[3]又据李详本年冬至后二日回复鹤亭之函：“艺风自京师回，前往谒之，抱病未出，但闻积余、聚卿转述艺老之语。顷者史馆分任纪传，长编未立，考异未成，便欲命笔。所有类，见合并，附出各例，挈领提纲，尚未有属。艺老虽任儒林、文苑，闻亦有人稍立异同，思预其事，大约孟坚、承祚、伯起之谤将见今日，不止如宋金华、王义乌仓卒致病也。阁下久官京师，熟于掌故，弟亦略识二百数十年遗闻轶事，异日书出，吾辈姑为纠缪，附吴缜之后，不必以嗛欧公为词，览者当自得之。”[4]而李详与张江裁书中言：“鹤亭在前朝已为人伦领袖，子部杂家之学与石遗等，信缪艺风、沈乙庵[5]后一人……”[6]正可见冒、缪函中所述，一本公论，绝非大言。

小山又建言鹤亭创办文社，以提携后进。按《鹤亭年谱》“一九一五年”条：“春夏间，永嘉诗人祠堂既建成，先生邀集僚友于此结社，有符笑拈、陈墨

1. 小山居史馆之大概，又可参《艺风年谱》附夏孙桐《缪艺风先生行状》。
2. 按：鹤亭原文如此。
3. 见冒鹤亭本年十一月六日致李详函，上海博物馆藏原函。
4. 上海博物馆藏原函。
5. 按：沈乙庵，即沈曾植（1850–1922），字子培，号乙庵，晚号寐叟，别号小长芦社人，晚称巽斋老人、东轩居士，又自号逊斋居士、睡翁、东轩支离叟等。浙江嘉兴人。光绪六年进士。先后任刑部贵州司主事、总理各国事务衙门章京，外调江西广信知府、安徽提学使等。辛亥革命后，侨寓上海，以遗老终。工诗词，为同光体浙派代表。博洽多闻，负一时盛誉。著有《蒙古源流笺证》、《元秘史笺注》、《汉律辑补》、《海日楼诗集》、《海日楼文集》、《海日楼札丛》、《海日楼题跋》、《菌阁琐谈》、《辛丑札丛》等。生平可参许全胜《沈曾植年谱长编》。
6. 见于李稚甫编校:《李审言文集·学制斋书札》卷上，第1073页，江苏古籍出版社，1989年。

农、陈子万、吕文起、徐班侯、洪楝园等人。”[1] 未知与小山此函有无关联?

缪荃孙致冒广生函第六通(1915年8月6日)

鹤庭仁兄世大人阁下:两奉手书,并寄还《谢康乐集》,仰承引诸书校证,竟成善本,谢谢。弟得者汪士贤刻《廿一家》本,因《康乐集》世罕传,遂编入书目,以撑门面。今日竟如愿矣。内《鲍明远》(毛据宋校)、《嵇中散》、《谢宣城》、《昭明集》,均以旧本校过。在京止得不全本,见即补之,尚短《司马长卿》、《阮嗣宗》两册。兄还书之日,友人适送十余种求售,拆二册,酬以三元,居然全矣。即付装订,免碎纸之病,亦甚为书幸也。雁宕之游,实所欣羡,为筹旅费,更属可感。但病躯孱弱,未易践诺。乞饬小胥先疏自关至山若干路,自入山至出山若干日,可游者若干地,先当卧游,可乎?《林霁山集》佳甚。《蒲江词》等三种未到,乞查。乙盦多病,蒽石、积余、审言常晤。旧雨中晦若又逝矣,可叹。

此请,吟安百益。

弟缪荃孙顿首。

六月廿六日。

不必谈雁荡,闻永嘉山水亦复佳胜。

此函作于本年六月二十六日。函云“汪士贤刻《廿一家》本”,即明万历天启间新安汪氏所刻《汉魏六朝二十一名家集》。考《艺风藏书记》、《续记》、《再续记》,中仅著录《康乐集》一部,系“万历癸未焦竑校本,有竑自序。”[2] 然据小山此函所言,则此本正系汪氏刻本。《艺风藏书记》中所收汪士贤《廿一家》本尚有《陆士衡集》、《陆士龙集》、《谢宣城集》、《陶贞白集》、《江文通集》数种。至函中提及之鲍明远集,《艺风藏书再续记》中收一传抄明

1.《艺风老人日记》,第191页。
2.《艺风藏书记》卷六,《中国历代书目题跋丛书》本,第128页,上海古籍出版社,2007年。

活字本[1]；《嵇中散集》,《艺风藏书记》卷六、《艺风藏书续记》分别收明程荣刊本及过录明吴匏庵抄校本各一种[2]；《昭明集》一种，则并非《廿一家》本中所收，且其三种《藏书记》中并此目亦无。又下文所言之《司马长卿》、《阮嗣宗》两集，亦未见于三种《藏书记》中，则知小山之藏书，绝非其三种《藏书记》所能穷尽者。再据函中所言，则鹤亭尝邀小山作雁荡之游。然小山以年老体衰，终未成行。虽然，二氏情好之深，于此可见一斑。

据《鹤亭年谱》“一九一五年”条：“先生复与当地乡绅及文化界人士，一起搜集乡邦文献，艰难之极，唯先生孜孜不倦搜集整理，先后辑成《永嘉诗人祠堂丛刻》，计有十三种之多，并出资梓版刊行。此丛书中收有唐代高僧永嘉玄觉，宋代学者永嘉王开祖，南宋诗人永嘉徐照、徐玑、赵师秀、乐清翁卷、永嘉薛师石、卢祖皋、平阳林景熙，元代文学家乐清李孝光、瑞安高明（即高则成），清代学者黄绍箕、黄绍第等永嘉先哲学术论文集、诗词文集。”[3]又上引鹤亭本年十一月六日致李详同函又云：“弟自手建永嘉诗人祠堂后，欲为《祠堂丛刻》，置之祠中。此时已付梓者为《永嘉集》（藏本，唐僧元觉撰）、《霁山集》（知不足斋本，宋林景熙撰）、《五峰集》（旧抄本，元李孝先撰。林、李两集弟均有增辑附卷后）、《柔克斋集》（弟新辑本，元高明撰）。以上四种，明春均可出书。此外《四灵》等集均拟付梓。”小山此函中言及之《蒲江词》等三种，亦即《祠堂丛刻》所收者。

尤有可言者，小山函中致叹之“旧雨中晦若又逝”者，即广西贺县于式枚。晦若时居清史馆总阅之职，据前录第五函，于氏与小山曾同定列传体例。而尤能彰显晦若之才干者，可参仁和吴士鉴致小山之函中所述。[4]《艺风堂友朋书札》计收吴士鉴来函四十二通，除最末两诗笺外，多系论说《清

1.《艺风藏书再续记》,《中国历代书目题跋丛书》本，第519页。

2.《中国历代书目题跋丛书》本，第127页、第393页。

3.《艺风老人日记》，第189-190页。

4.按：吴士鉴（1868-1933），字絅斋、炯斋、进思，号公察，一号含嘉，别署式溪居士，斋名九钟精舍、含嘉室。浙江钱塘（今杭州）人，庆坻子。光绪十八年一甲二名进士，历任翰林院侍读、江西学政、资政院议员、清史馆纂修等。以评骘金石、考订碑板、精研史籍而名重一时。编著有《含嘉室日记》、《补晋书经籍志》、《晋书斠注》、《九钟精舍金石跋尾》、《含嘉室诗文集》、《清宫词》、《商周彝器例》等。生平大概可见其自撰《含嘉室自订年谱》。

史稿》编撰事宜者，其中尤以以下三通为攸关艺风此函者，第十四通："晦老在沪，与长者论史，宗旨必能相合。"[1] 第十五通："如晤晦老，乞以此函示之。海上惟二公真能修史者，若但有高论者，必无结果。"[2] 第十六通："晦老遽以微疾殁于舟次，闻之惊怛万分。此公于史事大有关系，同馆中再求如此博闻强记者实难其选。当即告之次老，亦悼惜不已，同人拟在萧寺追悼之。"[3] 可知晦若之殁，不仅为小山损一良友，即就《清史稿》之编纂而言，亦为不幸之至，于公于私，皆堪痛心。加以晦若与鹤亭，亦属旧交[4]，故而小山乃举此噩耗以相见告。

缪荃孙致冒广生函第七通（1915年9月21日）

鹤庭仁兄大人执事：连奉两书，承寄《谢集》佚文、《永嘉语录》，至为感谢。辰维节届中秋，天高气爽，昼了公事，夜接词人，处山水之乡，有唱酬之乐，下风引领，歆羡奚如。弟今年七十有二矣，客居沪上，气候不宜，六月一病，至今未愈。虽日日读书办传，并未稍息，而神气萧索，肌肉瘦损，迥殊昔时。京师之行暂缓，候炯斋到沪商议。弟之身体，编纂尚可，奔走则不可，亦年老人之通例。金陵久不能归，欧战未已，筹安不安，征敛重迭，盗贼四起，苍苍者天，乱未有艾。新刻两种呈教，《文集》、《文续集》似已寄呈，内有与朱（家宝）一书，兄抽阅之。弟生平立身，总在谨慎一边，仕宦不达，不肯趋附之故。五十归田，止乞祠禄。忽被江春霖诬参，气不可遏（云以五千金代朱家宝行贿张人骏事），禀督抚请派员查办，又以上谕不问，不必再生枝节沮之。迨弟入都，江又还里。兄推重江，可否代询此底何从来（大约常州人，入革党者），何不考实而遽毁人名誉？承询事实，只此一事

1. 顾廷龙校阅：《艺风堂友朋书札》，《中华文史论丛增刊》本，第452页，上海古籍出版社，1981年。
2. 第454页。
3. 第455页。
4. 据《鹤亭年谱》一九三二年条（第319页），鹤亭此年游粤时尝作《感逝》十二首，晦若即其一。

横梗胸中耳。审言回里一大作,并未传读,相距亦太远。近刻又有几何?《儒志编》、《克斋词》、《蒲江集》并未到,乞补寄。

手笺,敬请吟安,诸希朗照百一。

弟荃孙顿首。

李莼客列一传于“文苑”,以陶子缜附之,似乎公道。其子力争要“儒林”,问经学有著作否?钞来日记数十段,皆掇拾陈言,万不能谓之经学。莼客曾自言经学少功夫。只可不管。所上折子(全钞来),亦不如朱蓉生、屠梅君,“文苑”尚不愧也。兄以为何如?

前揭《日记》后四条所言者,即与此函相关,两相对观,知此函作于本年八月十三日。小山此际虽以年迈体弱,然神明未衰,每日读书办传之余,且于时事亦皆挂怀,所以随后得入筹安彀中者,正出此因。而所言“被江春霖诬参”者,恐亦与小山此一热衷有关。据《艺风堂文续集·外集》中《与皖抚朱中丞书》:

……不意江御史纠公与荃孙牵连,而及骇人听闻。首云荃孙在督署兼办图书馆,荃孙自光绪甲午与徐掌院不合,乞假归田,闭户著书,不涉外事。丙申受钟山之聘,六年书院,六年学堂,近年改图书馆监督,从未在督署办事,江御史何所见而云然,一不解也。江苏省绅士在省办事,当道例相往来,从未干以私事,通省所知,督院号簿可查。关说之事,不但荃孙不肯为,即大府亦不肯听。此等机密事,非朝夕相见者能进言乎?江御史何所见而云然,二不解也。我公一面不相识,一字不通问,亦与涂人无异,关说重事,五千巨款,委之涂人,有是理乎?三疏连上,恰似得有实据者,江御史何所见而云然?三不解也。[1]

1. 宣统二年刻,民国二年印本。

江氏参案，为晚清轰动一时之事，徐珂《清稗类钞·谏诤类》江春霖劾奕劻条尝记其始末云：

> 光、宣间，凡军机处及海陆军、财政、外交诸重任，均以亲贵掌之。诸王贝勒皆少年寡学，遍树党援，排斥异己，沟通阉寺，广行贿赂。宣统初，闽县江侍御春霖特疏纠参奕劻，疏中所谓江苏巡抚宝棻、陕西巡抚恩寿、山东巡抚孙宝琦为其亲家；山西布政使志森为其侄婿；浙江盐运使衡吉为其邸内旧人；直隶总督陈夔龙为其干女婿；安徽巡抚朱家宝之子朱纶为其子载振之干儿，悉实事也。疏上，都下喧传，争为春霖危，谓恐蹈赵御史启霖覆辙，缘赵亦以劾庆而削职者，故群彦啧啧称二霖也。果奉旨命其明白回奏。及覆奏，乃历数诸故实，谓："人言籍籍，事非传疑，本可按图以索也。"末更谓："臣非不知赵启霖劾奕劻罢官，仗马一鸣，三品料去，只以枢垣重地，汲引私人，恐或贻误大局，激于忠悃，冒死直陈。"旋仍奉旨切责，命回原衙门行走。御史陈田、赵炳麟、胡思敬等先后吁请收回成命，均不省。于是全台大愤，由御史忠廉领衔，联署者五十八人，公上"言路无所遵循，请明降谕旨"一折。自有御史台以来，固未有众情一致、争尚风节如斯之甚者。春霖既被放，即奉母返闽，绘《梅阳归隐图》以见志。[1]

"台谏三霖"条则云："当庆王奕劻柄国时，举朝莫敢撄其锋，时台谏中有矫矫不阿之三霖焉。三霖者，湘赵启霖、闽江春霖、桂赵炳麟是也。启霖首揭其奸，革职；春霖继之，回原衙门，未久，皆归矣。惟炳麟未忤巨奸，幸而得保。"[2]可见江氏之风骨。然按小山之文所述，则江氏奏议中辞联小山者，恐确属江氏误信流言，故小山数年之后仍气不可遏、横梗胸中，为之愤愤不平。而据《鹤亭年谱》，宣统元年夏，江春霖曾为鹤亭题林琴南所作《奇女割股图》。二年正月，即有江氏参事。江春霖为斥还翰林，乃愤

1. 徐珂编撰：《清稗类钞·谏诤类》，第1524页，中华书局，1984年。
2. 第1524页。

而归里。临别之际，鹤亭尝作文以壮其行色，此即小山函中所言“兄推重江”之意。鹤亭之文云：

> 宣统二年正月十三日，军机大臣、协办大学士南海戴公薨于位。故事，凡万寿前后三日不得递，应行回避章奏。于是，戴公之丧秘不敢上闻三日矣。言者谓直隶总督陈夔龙将得军机大臣，安徽巡抚朱家宝将得直隶总督，其事甚诡秘，亦拟议之而已。而御史江君杏村乃疏参庆亲王奕劻老奸窃位、多引匪人，指陈夔龙为其干女婿，朱家宝之子朱纶为其子载振之干儿……朝廷方主宽大，不欲牵连穷治，又虑君之言或出于诬蔑，则使君举干女婿、干儿之据。君虽明白回奏，卒以意在沽名罢君官。先是，君参江西巡抚冯汝骙声名狼藉，命朱家宝查复不实，则参家宝；命张人骏查复又不实，则又参人骏。及汝骙、家宝交部议处，君又参部臣所拟罪名显有避就，请将前后章疏明诏宣示，饬部平议。朝廷虽知君戆直，然亦倦于听矣……君素敢言，与贵阳陈松山给谏有红杏青松之目，又与湘潭赵芷深侍御称“二霖”（江名春霖，赵名启霖）……吾与君交为日虽浅，独于君之行意不能嘿而已，而吾友林畏庐方为君作《梅阳归养图》，因书图后以示后之君子。[1]

函中又言“新刻两种呈教”者，所指当即《艺风堂文漫存》中之《辛壬稿》与《癸甲稿》两种。此二稿向来著录者皆仅含混其词云民国刻本，今读此函，可助判别其刊行时间。“审言回里一大作”者，则即李详之《学制斋骈文》，系本年七月下旬由审言弟子金陵蒋国榜活字印行者，卷前尚存小山之序文。至函中所言之其他各书，则皆为鹤亭莅任后所刊刻，多收入《祠堂丛刻》中者。

至于李莼客之当列于文苑传中[2]，则并非小山个人之私见，若吴士鉴致

1.《小三吾亭乙集·送江杏村侍御归梅阳叙》，上海博物馆藏稿本。

2.按：李慈铭（1830–1894），初名模，字式侯，后改今名。字爱伯，号莼客，会稽人。早年以诸生纳赀为郎，至光绪六年方举进士第。后补山西道监察御史。所著除《越缦堂日记》外，又有《越缦堂诗文集》传世。

小山函中即言："越缦于经、小学未有著述，似难列于'儒林'。曾忆癸巳秋闱，此老监试，侄与闲谈，叩以生平著作，自言于经、小学毫无心得，即有一二说经之文，亦蹈袭前人，不足自立。故葵园刻《续经解》时来征所著，婉言谢之。此老自言如是，可见得失甘苦，非亲历者不知之。今陶仲彝欲争入'儒林'，直是不知越缦也。若列入'文苑'，尚可为同光后劲，厕之'儒林'，黯然无色矣。"[1]事实上，艺风与越缦早年同居京师，诗酒往还，颇得其乐，此于越缦、艺风日记中皆可考见者。二氏之交情，至越缦死而不衰，如《艺风堂日记》甲午（光绪二十年，1894）十二月二十九日云："闻越缦先生病殁京邸。今年封疆大吏如……吾辈如……均谢世，今越缦又继之，大有老成凋谢之感。"[2]辛亥（宣统三年）七月十七日："读莼客日记，知其壮年搜讨之勤、著作之雅，谭复堂且不逮[3]，何况余目。丙子缔交，前后几二十年，而不能知其旧日功夫如此之密。今所传仅诗十卷、骈文数十篇，实不足尽莼客也。"[4]此言"谭复堂且不逮"者，盖以二人不仅交游甚至，且同以日记为著述尔，若《清史稿》列传二七三《文苑三》谭传云："（复堂）读书日有程课，凡所论著，隐栝于所为日记。文导源汉魏，诗优柔善入，恻然动人。又工词，与慈铭友善，相唱和。"[5]可见小山坚持入越缦于文苑者，全本至公，非私心有所不惬也。函又言越缦子欲力争越缦入儒林，今考小山《日记》言及越缦子者仅两处，一为壬子四月二日，云："李□□来。孝埊，莼客之子也。"[6]一为甲寅十二月二十二日，云："李莼客之子孝埊。"[7]后者当即因越缦身后令名之事耳。至乙卯十月二十九日，《日记》记云："撰

1.《艺风堂友朋书札》吴士鉴函第十四通，第452页。
2.《艺风堂日记》，第699页。
3. 按：谭献（1832-1901），原名仪、廷献，字仲仪，改字仲修，号复堂。浙江仁和（今杭州）人。同治六年（1867）举人，先后知含山、歙县等县。工诗、词、文、赋，以词见长。生平好聚书、刻书，藏书数万卷，亦精于鉴别校勘，尤以藏前人词曲为富。著《复堂类稿》等，辑《复堂词录》、《箧中词》等，刊《半厂丛书》，又有《复堂日记》留存。
4.《艺风堂日记》，第2412页。
5. 按：谭传即附李氏传而行，见于《清史稿》卷四百八十六，第13441页，中华书局，1977年。
6.《艺风老人日记》，第2476页。
7. 第2789页。

吴敏树、李慈铭传。”[1] 自此，此事尘埃落定。又所以以陶子珍附越缦者，以其为越缦高弟耳。今《清史稿》中，李慈铭即居《文苑三》中，而以谭献、陶子珍附矣。

缪荃孙致冒广生函第八通（1916年6月15日）

鹤亭仁兄大人阁下：久不通信，大局决裂至此，夫复奚言。瓯江寄迹，尚安隐如旧否？弟入春稍健，三月之杪入都，到馆交卷，并候旧雨。花事已过，崇效寺之黄牡丹、公园之千株芍药，最为可观。印臣刻书而窘，抱存购书而窘，并至成讼，极风雅事而杀风景矣。留京月余，朋友均行，弟亦遂回沪江。带上友人刻书两种，小本则弟刻也。

手笺草草，敬请吟安百益。

弟缪荃孙顿首。

按《日记》丙辰五月十五日：“与冒鹤庭信，寄《明史例案》、《董后传状》、小丛书，托吴世兄带。”[2] 与此函所言对勘，正相符合，则此函即作于是日。函中所言之“友人刻书两种”，据《日记》亦知，中《明史例案》系南林刘承干于乙卯所刊，或者即系小山所代刊者；而《董后传状》则不详其版本，所以以此书致送鹤亭，因坊间向有传言云董后实即辟疆姬人董小宛，故鹤亭于此必为关切。而至民国二十年末，鹤亭确亦撰《影梅庵忆语跋》以澄清事实，惜小山此际已一瞑不视，无缘一读矣。又所言自刻之小本，《日记》则作小丛书，想为本年所刻之《烟画东堂小品》诸本。上文已言，小山于丙辰四月五日入都，五月四日出京，七日申刻回沪寓。其四月九日《日记》云：“到崇效寺，牡丹极盛。”[3] 四月二十日记云：“受之又约游公园，到武英

1.《艺风老人日记》，第2890页。
2. 第2958-2959页。
3. 第2949页。

殿看古物陈列所，又到社稷坛看芍药，虽非荆棘铜驼，然亦伤心触目矣。”[1]正可与此函对读。函中又言“印臣刻书而窘”，印臣者，即仁和吴昌绶，字伯宛，据《卷庵书跋》“吴伯宛先生遗墨”条：“伯宛先生任陇海路局秘书时，屡于燕叙中接谈，而未得请益之机会，其时收入尚丰，因喜购故籍及金石精本，整理刊印，不惜重资。性又豪迈，用度仍苦不足。民国六七年间，将嫁女蕊园，检出所藏明刊及旧抄善本四十种，定价京钞一千元出售，以充嫁资。余请张君庾楼为介，如值购之。是为余搜罗善本之发轫。其时京钞甫停兑，市价八折。实费现币八百元也。某年再入京，影刊《宋元词集》已告成,初印若干部,无资续印……”[2]可见吴氏境况一斑。而所谓“抱存购书而窘，并至成讼”，则未明所云何事？袁抱存嗜好极多，藏书仅为其一，其所以窘者，未必因购书而致。此言尝因此致讼，则前所未闻者，或者即指其豪夺贵筑黄彭年遗书事[3]，亦未可知。

小山与鹤亭之往来函件,所仅见者即此八通,然二氏往还显然远出于此,即以小山《日记》所记，鹤亭曾致小山函件多通，未尝面世，如鹤亭收得小山所致第八函后，即曾回函并赠书致意，可见于《日记》五月二十三日：“接……冒鹤亭信并《永嘉诗人传》。”[4]如此之类，未知是否留存天壤间？

小山《日记》言及鹤亭，至己未四月六日而止：“吟诗赠冒鹤亭。”[5]此诗亦未知尚存与否？数月之后，即民国八年十一月初一，小山以胃溃疡发作辞世，得年七十有六。

小山、鹤亭二人之交往，当远出现今所知，即若小山《日记》所记，亦非详备，如据《郑孝胥日记》辛亥正月初四日：“夜，与伯平同赴刘聚卿之约于西堂子胡同，观大小忽雷及唐雷威、雷霄二琴。座客约二十人，晤

1.《艺风老人日记》，第 2951 页。
2. 叶景葵撰、顾廷龙编:《卷庵书跋》,《叶景葵杂著》本，第 155 页，上海古籍出版社，1986 年。
3. 可参柳向春：《袁克文藏书概略》，见于《藏书家》第十三辑，齐鲁书社，2007 年。
4.《艺风老人日记》，第 2961 页。
5. 第 3274 页。

缪小山、陈士可、冒鹤亭、方地山等。”[1] 而小山《日记》则言：“赴聚卿挑菜会之招，见大小忽雷、马香兰熏炉。同人忽晤赵子衡世丈，又见汪穰卿、郑苏堪、王式通（书衡）、林纾。”[2] 再如本月十六日，小山《日记》云：“冒鹤生又招饮，郑苏龛、胡思敬同席。”[3] 而《郑孝胥日记》则云：“夜赴冒广生之约于广和居，晤胡漱唐思敬、温毅夫、赵尧生。”[4] 二人所记互有详略，正可对勘。而即此亦可知小山、鹤亭两人之往还，当非仅仅《日记》中所言者。此文夷考小山致鹤亭留存至今之八函，以小山《日记》及其他文献为佐证，借以彰明二氏往还事实，从中可见清末民初士人关注之焦点及世变后出处间之抉择。鹤亭与小山，以小山公子入农工商部而结交，以辑刻书籍而深化。可见无论时事丕变，传承文化始终为维系传统士人之纽带。若此二人者，出处本既不同，年岁差异复悬绝，然其相交相知几近十载，其间虽有它故，然二人之于传统文化及文献之汲汲用心，则无疑为其交游往还之基础。考核传统学者文人之交谊，执此一端以求，庶几无误。而疏解、研求鹤亭、小山二人书函之用意，亦即借此为例，以证此说。

小山、鹤亭生前皆享盛名，后世研究者亦不乏其人。然以文献难征，且陆续尚有所见，故此项研究尚且方兴未艾。兹以整理冒氏友朋书札之便，谨出小山所致鹤亭书札，略施疏解，一以助有心人详考，且以见传统学者之用心所在。

小文初稿草及过半，突婴文件损害之祸，悒郁良久。幸得友兄万年春先生大力，助为挽回其半，特此一申谢悃。而将及完稿，再罹此祸，虽经重草，已不复当时故色，怅惘何之！

（本文发表于台湾《“国家图书馆”馆刊》，2009 年第 2 期。）

---

1. 劳祖德点校：《郑孝胥日记》，第 1307 页，中华书局，1993 年。
2.《艺风老人日记》，第 2352 页。
3. 第 2355 页。
4. 第 1308 页。

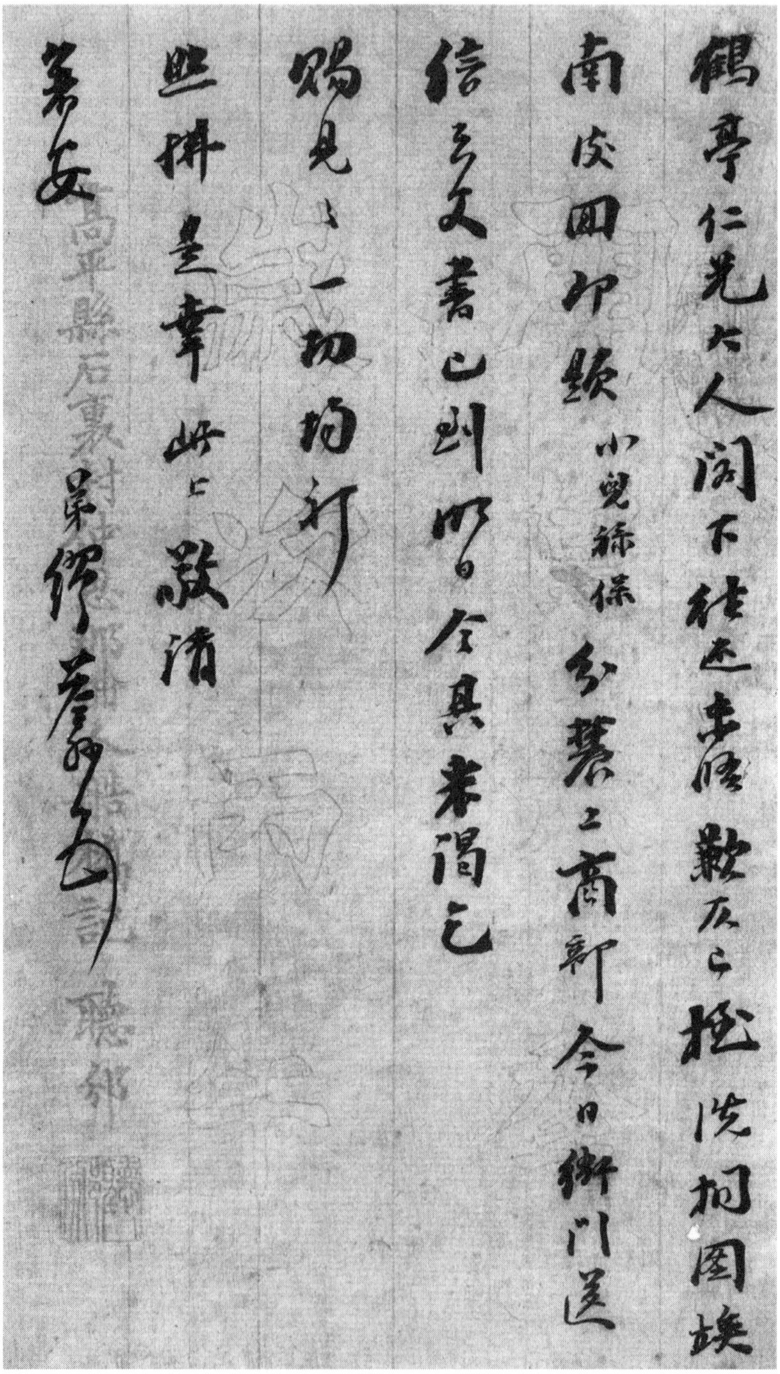

缪荃孙致冒广生函第一通

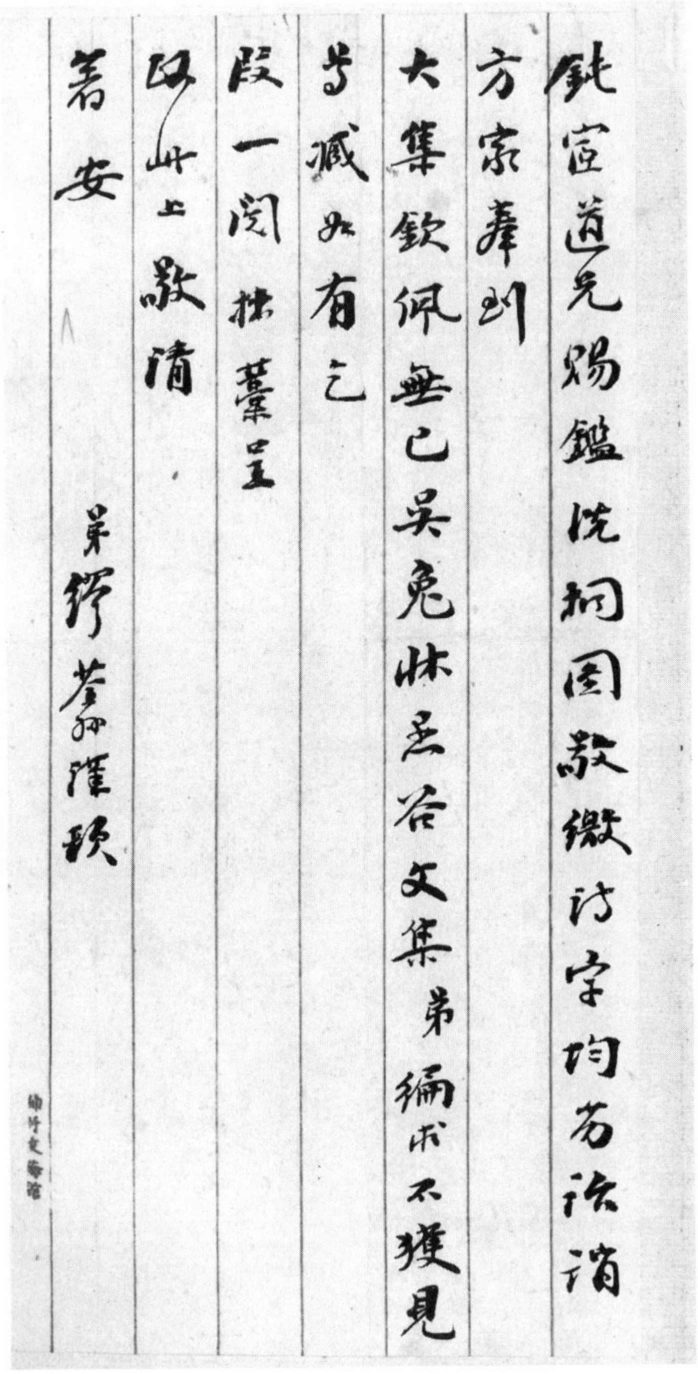
鈍宧道兄賜鑒：洗桐圖款識詩字均爲訪請
方家奉到。
大集欽佩無已。吳兔牀愚谷文集弟徧求不獲，見
尊藏如有之，
假一閱。拙稿呈
政，此上敬請
著安
弟繆荃孫謹頓

缪荃孙致冒广生函第二通

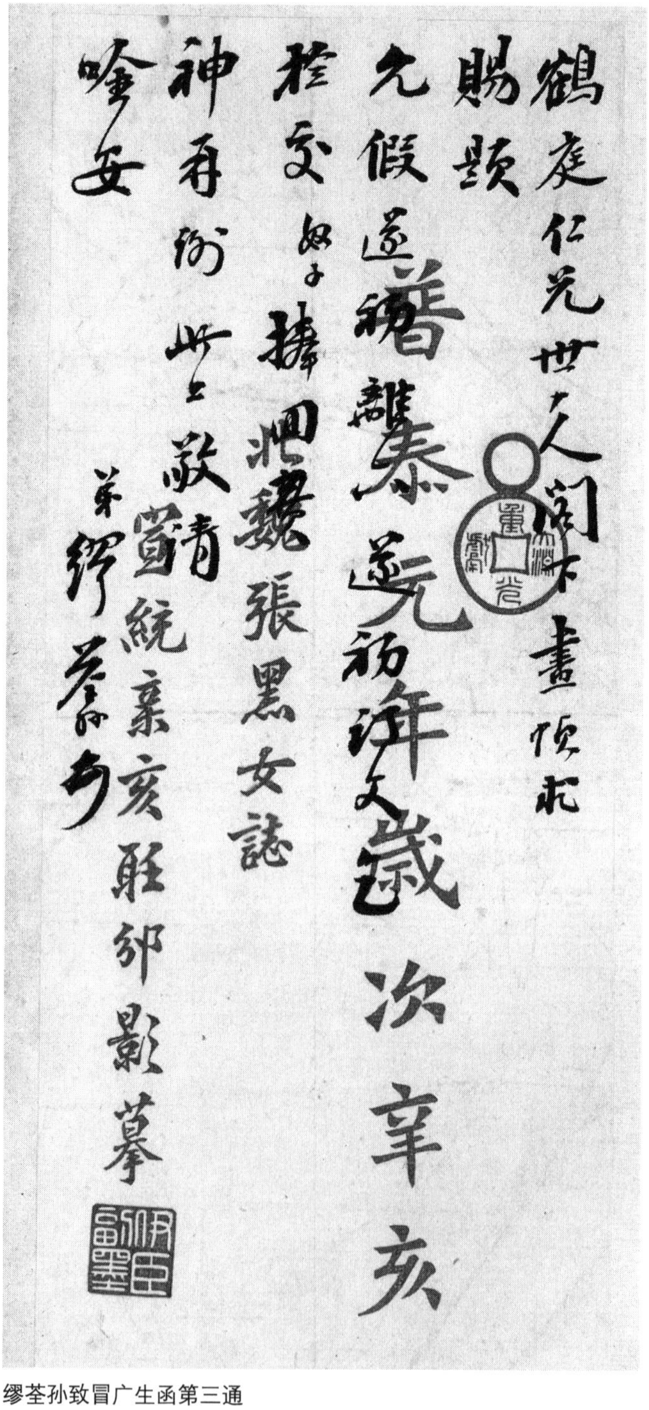

缪荃孙致冒广生函第三通

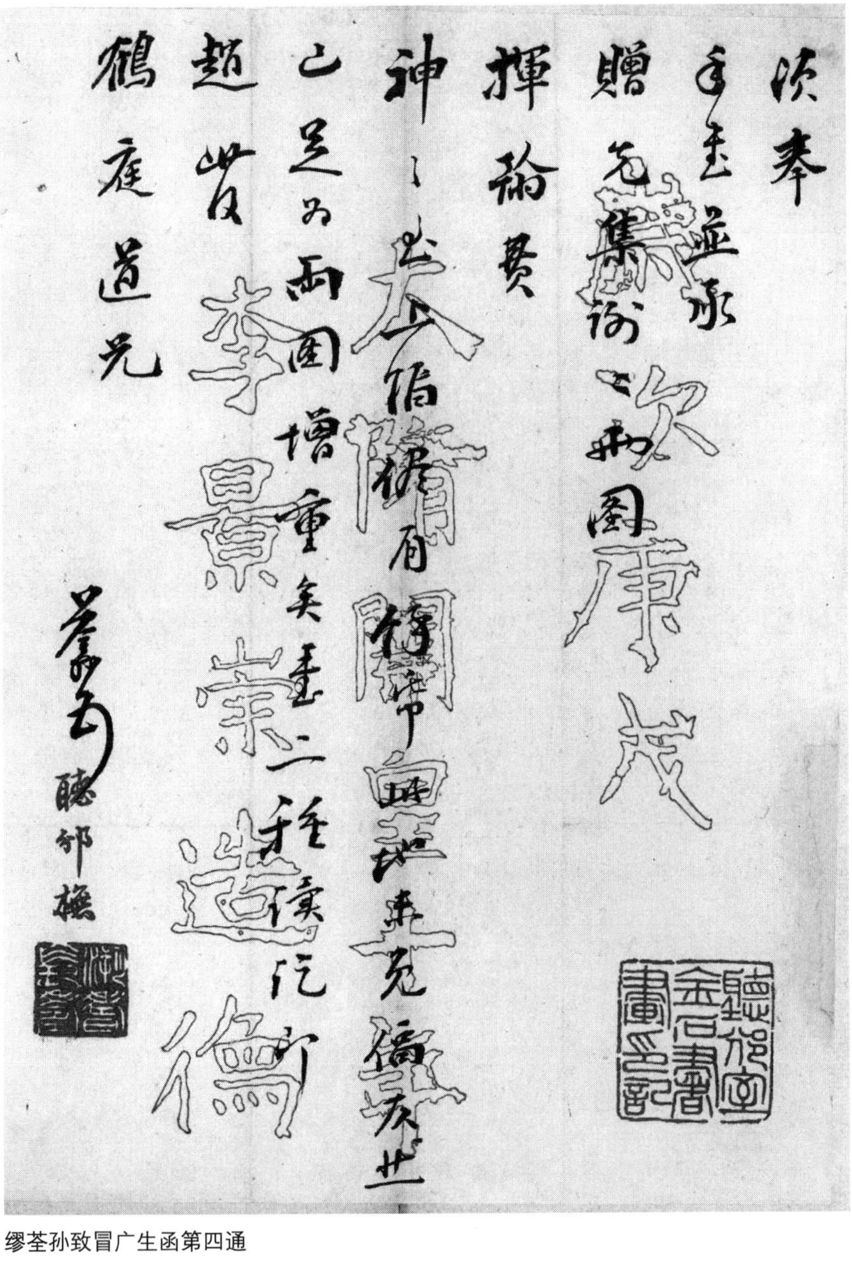

缪荃孙致冒广生函第四通

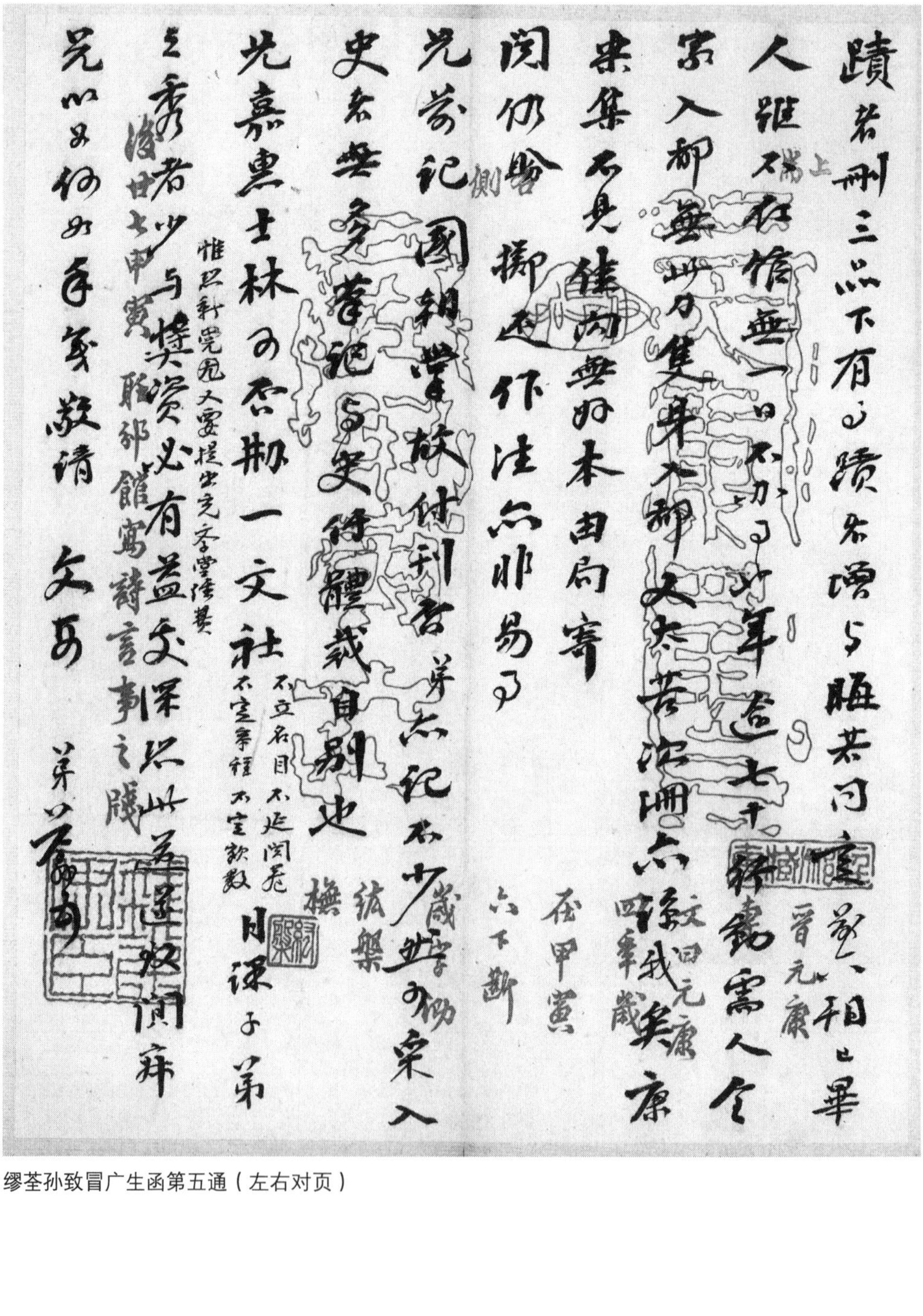

缪荃孙致冒广生函第五通（左右对页）

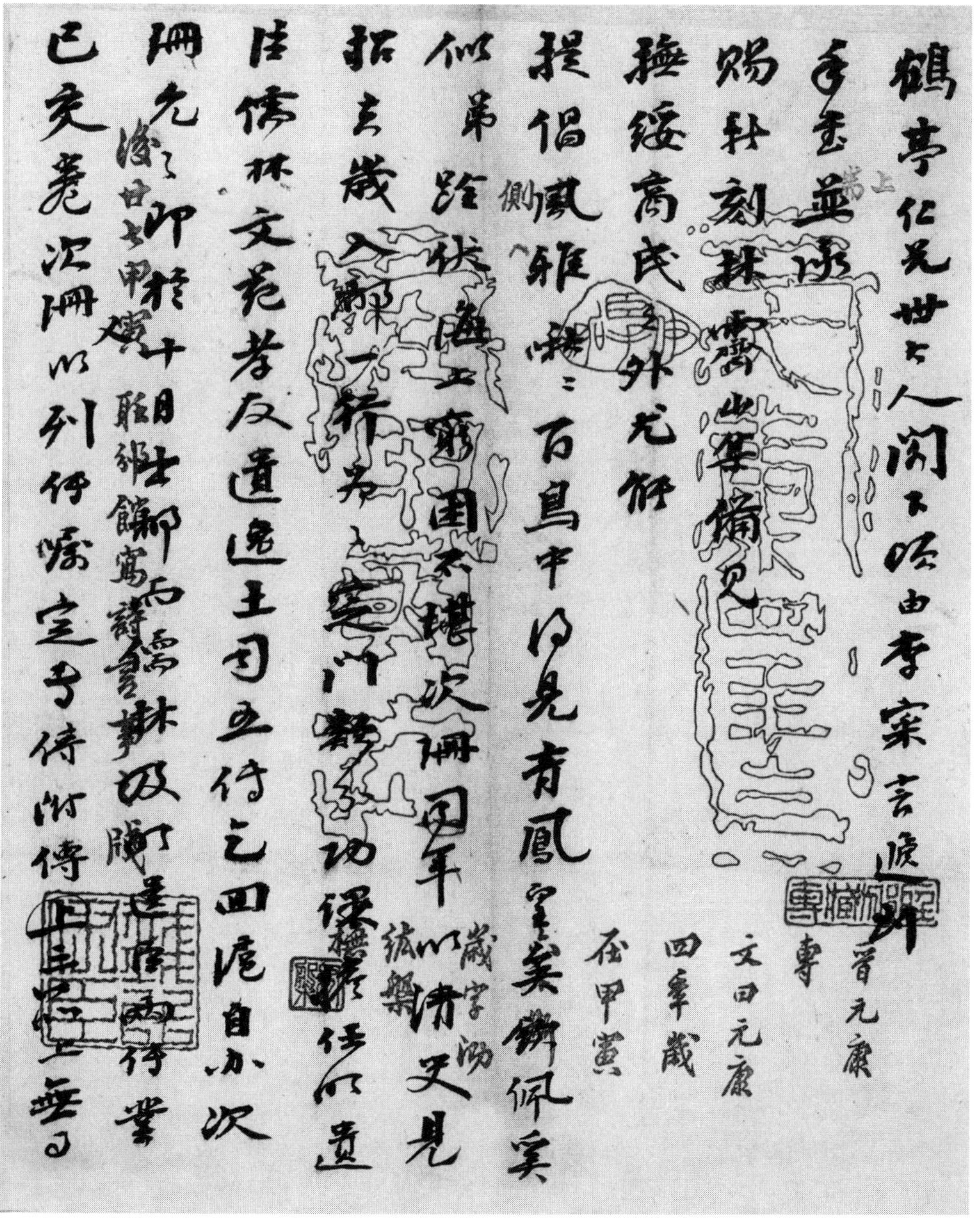

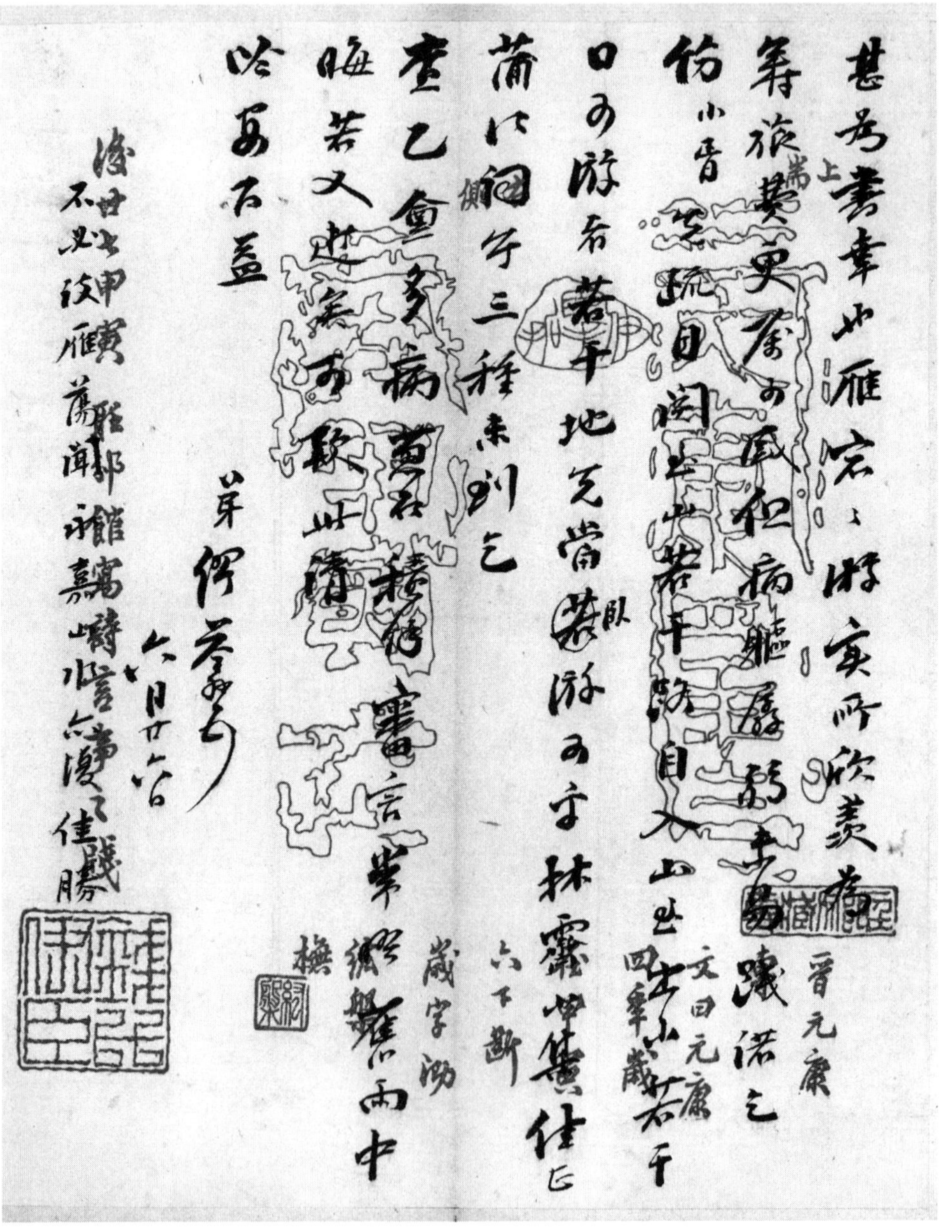

缪荃孙致冒广生函第六通（左右对页）

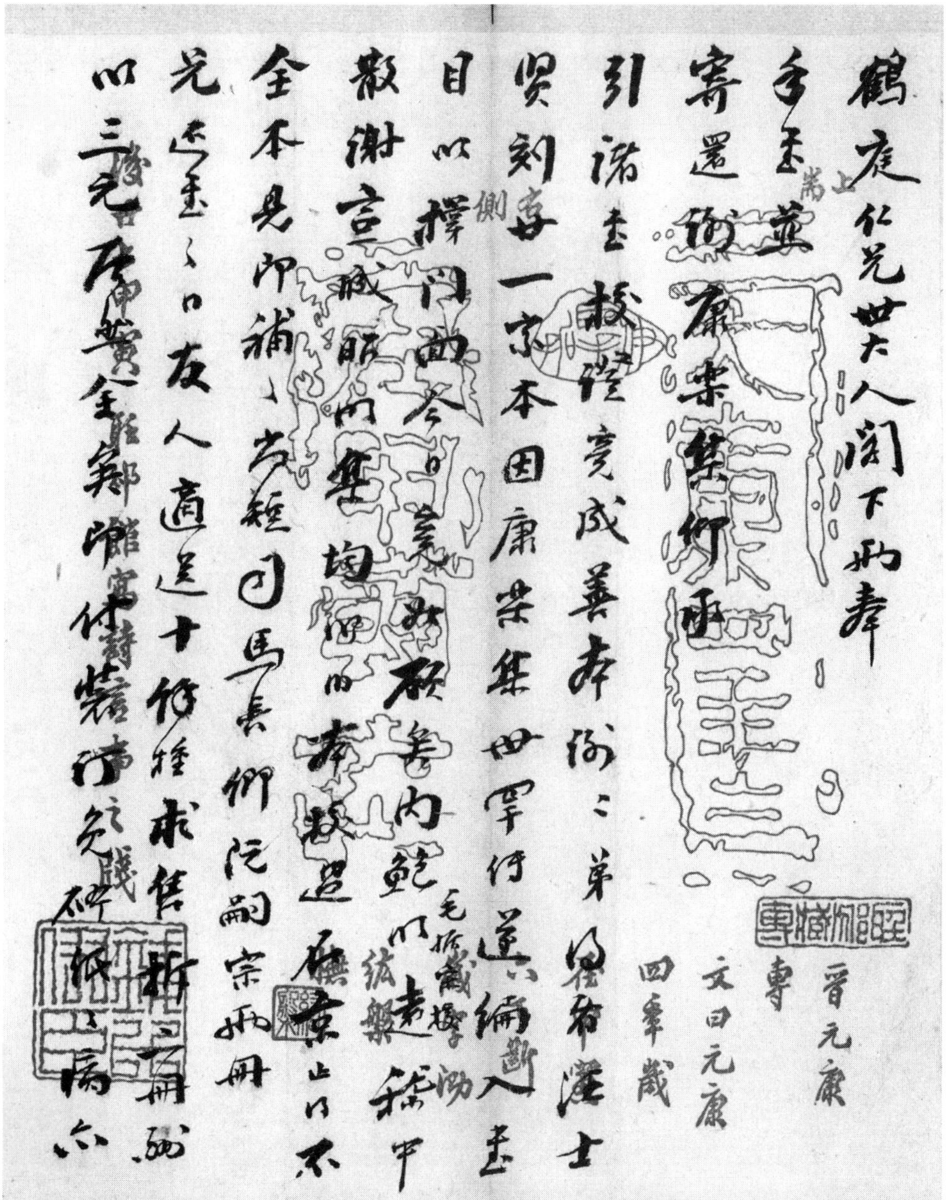

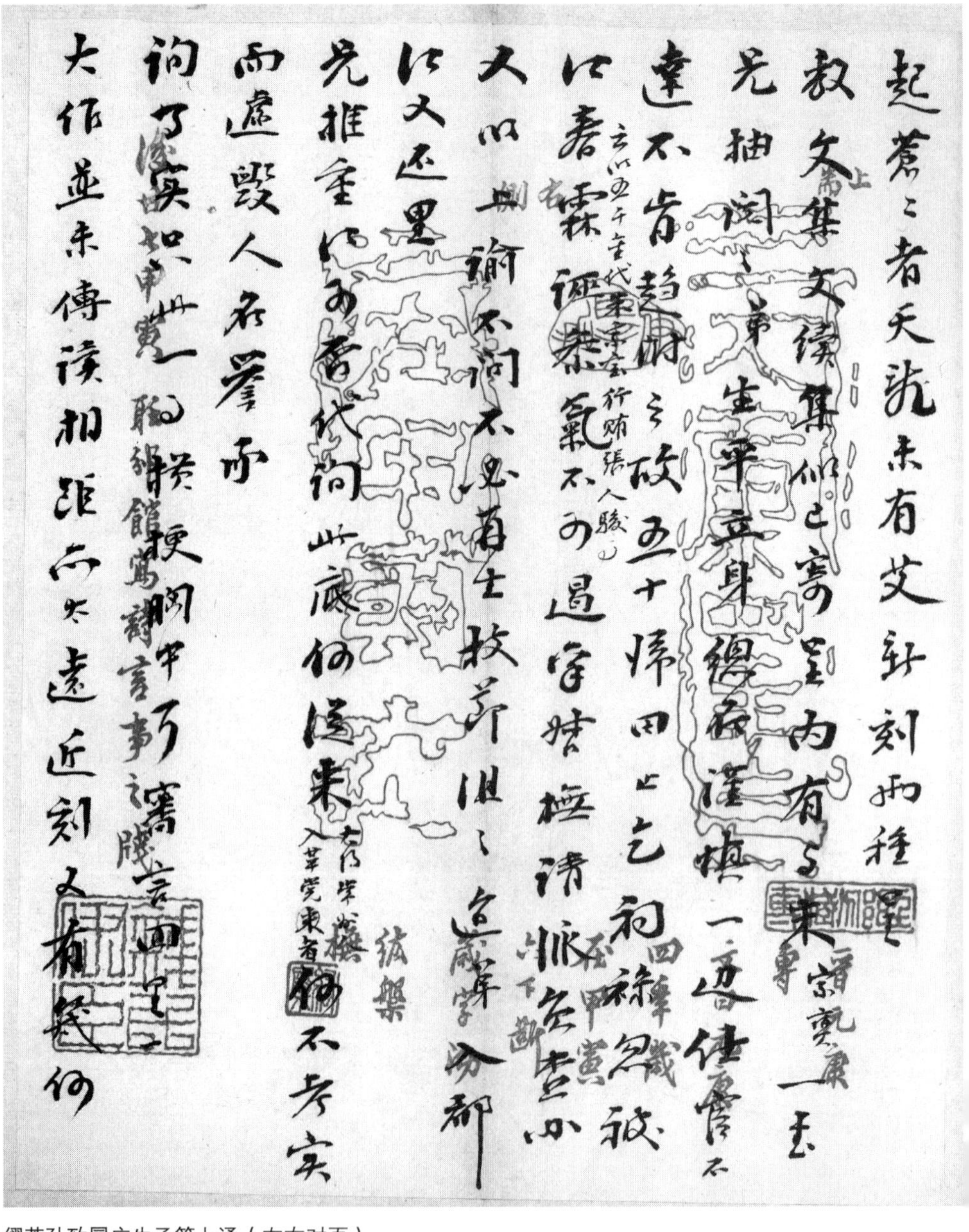

缪荃孙致冒广生函第七通（左右对页）

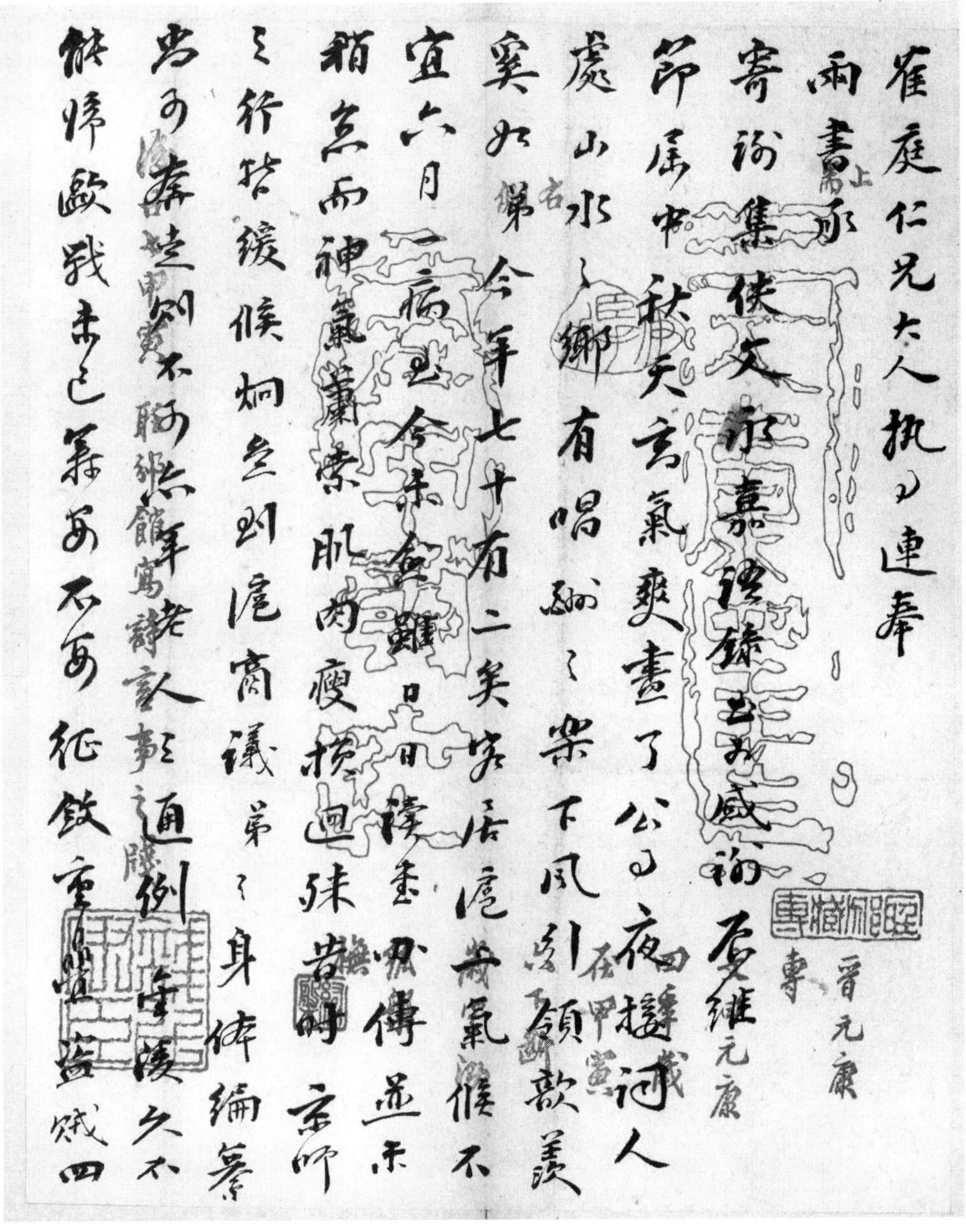
雀庭仁兄大人執事：連奉
兩書，并上
寄詩集、佚文、承嘉惠錄，並感謝
節届中秋，天高氣爽，晝了公事，夜讀詩人
處山水之鄉，有唱酬之樂，下風引領，欽羨
奚如。弟今年七十有二矣，家居屋氣候不
宜，六月一病，至今未全愈，雖日讀書，不能傳述，未
稍愈而神氣蕭索，肌肉瘦損，迥殊昔時。京師
之行，皆緩候，炯然以庵商議，弟之身係編纂
史事，奉違則不能，然年老，人事通例，年淺，久不
能歸，歟哉。未知籌安不安，征欽，重是盜賊四

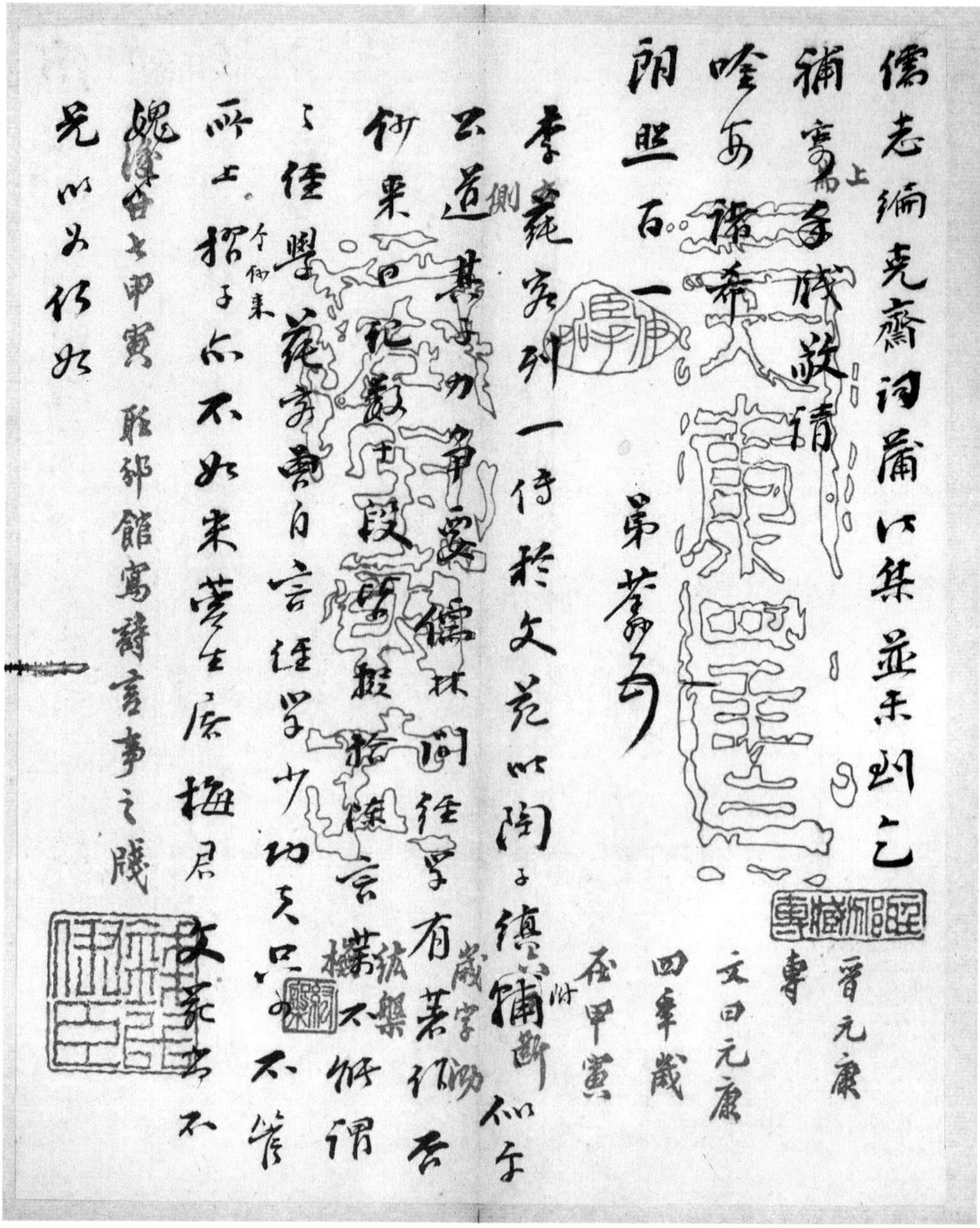

缪荃孙致冒广生函第八通

归安陆存斋致江阴缪筱珊函两通考释

近日偶见陆心源致缪荃孙函两通，皆未收于《艺风堂友朋书札》[1]，兹谨整理刊布如下，以飨同好。又于其中若干情事，略为疏通，以为芹献。荒伧无识，谫陋自多，尚祈诸先进哂正为荷。

陆心源致缪荃孙函第一通

小山尊兄大人阁下：十月中旬由屺怀兄转递一函并碑帖一包，谅已早呈记室。比维礼祉咸宜，古欢日楙，敬颂敬颂。兹寄奉《魏书地形志考证》三册，因此书旁行斜上，抄录不易，酌加抄赀，计值十一元。现有以校宋《新唐书》售者，系过录顾千里校北宋本，其底本则汲古刻也，实价卅元。又敝藏影元抄《名臣事略》，原值三十元，可以让出，未知尊处要否？《高丽好大王碑》蒙允代觅一纸，此碑期于必得，伏祈代购一纸。又承示碑目，有尖圜者尊处皆有重分，可以割爱，乞大驾于到京时捡寄，该值俟示即赵。东省碑版益拓益远，除小铁山全套及匡喆《刻经颂》、郑文公全套、济宁州汉魏六朝、曲阜汉魏六朝外，其余山东远地各碑，如莘县二韩之类，均望留意代觅为祷。

手肃奉恳，即请大安。

1.《中华文史论丛》增刊，上海古籍出版社，1981 年。其中录有存斋致筱珊函三通，详见后。

通家弟陆心源顿首。

十二月初七。

陆心源致缪荃孙函第二通

筱珊尊兄大人阁下：京华遥隔，驰系倍深。小儿抵里，奉到惠书，雒诵再三，莫名欣慰。敬稔箸祺多豫，台候胜常，适符意祝。弟杜门却扫，无谷可述，前次承寄各石刻，该价三十余金，与代抄《名臣事略》、《魏书地形志集释》等书抄资恰足相抵，无庸惠寄。续蒙代访山东各碑，拓工若干，俟奉到后遵示寄缴。小儿在京，诸承随事提撕，不胜铭感。

手肃布复，敬请撰安。惟希惠照，不宣。

弟陆心源顿首。

今按，此两函内容大抵相接，所述皆为二氏互托搜集文献之事。第一通中所言包罗较广，第二通可视为第一通中所述各相关事宜之结果。今以第一通为主，略加诠解，则第二通所言之事自可明晰，不待赘言矣。又行文间及《艺风堂友朋书札》中所收费念慈、陆心源致缪荃孙函数通，未见前修今贤为之诠注，乃一并略述其相关事实如下。

第一函中所言之“屺怀兄”，系武进费念慈（1855–1905）。费氏字屺怀，号西蠡，光绪十五年进士，官编修。有《归牧集》一卷。函中所述“转递一函并碑帖一包”者，可参《艺风堂友朋书札》费念慈函第一百零六通[1]，其中言：“存老有信一函、碑一包附呈，惟鉴入。”所述正系此事。该函末署“十一月四日”，再结合该函中前言“弟浙闱所得士”云云者，据《大清德宗景皇帝实录》卷二百九十八：“（光绪十七年六月甲辰日）以通政使司副使李瑞遇为浙江乡试正考官，翰林院编修费念慈为副考官。”[2] 该函中又云：“鞠常赴台湾，尚须入粤，与缉庭偕去也。”今考“鞠常”者，即长洲叶昌

1.《艺风堂友朋书札》，第 373 页。

2. 伪满洲国国务院发行，日本大藏出版株式会印行，1936 年。

炽（1849–1917），字颂鲁，号鞠裳。光绪十五年进士，官至甘肃提学使。有《辛臼簃诗隐》、《奇觚庼诗集》、《奇觚庼文集》、《缘督庐日记》等传世。光绪十七年（1891）尝赴台湾。[1]故知陆氏此函当作于光绪十七年十二月初七，费函当作于光绪十七年十一月初四。

函中又言，“寄奉《魏书地形志考证》三册，因此书旁行斜上，抄录不易，酌加抄赀，计值十一元。”《艺风堂友朋书札》陆心源函第二通有云：“温铁华《魏书地形志》原稿却在弟处，惟旁行斜上，甚不易钞，或将来阁下南旋，再行奉上。”[2]又陆氏尝作《魏书地形志集释跋》，云：“《魏书地形志集释》三卷，题乌程温曰鉴铁华著。案曰鉴字霁华，号铁华。乌程监生，从杨凤苞、邢典学。好蓄书，并嗜金石文字。收书《地形志》，承《两汉书》遗法，兼载古迹，非若后代史志专载沿革。曰鉴博考《水经注》、两《汉志》、《晋志》、《宋志》、《隋志》、《元和郡县志》、《太平寰宇志》、《九域志》，为之注释，用力颇勤。惟杜氏《通典·州郡门》考订甚详，足与《魏书》相证明，温氏失收，似近于陋。其书初名‘考异’，改名‘考证’，后乃定今名。此本旁行斜上，犹其手稿也。缪小山太史拟欲梓行，曾录副寄之。”[3]可知温氏此书用力趋向之所在，而缪筱珊当日所以抄录者，亦意在流布，后虽未果，然前贤珍重学术之心，亦得有以见之。再据陆氏同乡后辈张钧衡刊行此书时所跋云：“铁华此书，据浔镇汪志，本名‘校异’，多附录一卷，有道光辛卯梁章钜序、张鉴序，丙申丁宸跋。刊本今已不可得见。朱兰坡序亦云‘校异’，陆存斋跋以为‘集释’。今收得拾香草堂原稿本，乃名‘校录’……”[4]则温氏此书题名亦复未定，而今日所见者，则即名《魏书地形志校录》。[5]

1.《缘督庐日记》辛卯十一月初六：“平明抵台北之基隆口，即雇小舟登岸。”（第四册，第1949页，江苏古籍出版社，2002年。）十二月初十：“坐小火船至沪尾登科摩沙船……薄暮展轮。”十一日：“辰刻抵厦门。”（第1962页）

2.第605–606页。

3.《二十五史补编》第四册影印《适园丛书》第一集本，第4640页，中华书局，1955年。又见于陆心源《仪顾堂续跋》卷五，清末《潜园总集》本。

4.同上。

5.又有《读魏书地形志随笔》（管廷芬《花近楼丛书》补遗，稿本。）与此书之关系不详，未见。《校录》之版本还有张钧衡：《适园丛书》第一集本，1914年；《二十五史补编》本，二十五史刊行委员会辑，民国二十五年至二十六年上海开明书店排印本，1955年中华书局据原版重印本等。

函中有“现有以校宋《新唐书》售者，系过录顾千里校北宋本，其底本则汲古刻也，实价卅元。”此校宋本今未知存佚，然筱珊当日并未购藏此书。今据《艺风老人日记》己丑十二月八日：“樾生取汪斋宋刻《唐书》，建安魏仲立刻本。十行，行十九字，精妙无匹，惜短五十卷，又钞配十四卷，索百元。”[1]又云：“《唐书》字画清挺，与莲生藏《后汉书》、自藏《隋书》一律，惟少小耳。似闽翻官本。牌子云：‘建安魏仲立斋刊行贤士大夫幸详察之’十六字。”庚寅二月二十六日，“购《新唐书》。”[2]闰二月四日：“辰刻，至绿葭滨过樾生，自苏州来，询知《新唐书》已购到，并云英宗以上讳缺笔维谨，英宗以下不缺，是北宋本。”[3]则筱珊前此已购藏宋本《新唐书》一部，且初自以为所藏即北宋本，故于存斋所谓校北宋本自不甚着意。再筱珊数年后所著之《艺风藏书记》卷四“新唐书二百二十五卷”条云：“是南宋闽本，惟英宗以上讳缺维谨，英宗以下不避，从北宋本出也。”[4]则缪氏已知此帙实为南宋本。今按筱珊所藏此本为汲古阁旧装，系汪氏艺芸书舍散出者。又至1917年，此书转售与嘉业堂。据刘承干《求恕斋日记》丁巳年（1917）六月二十日：“午后。缪筱珊来，长谈而去。伊于四月间托醉愚来说，备述近况渐艰，欲以所藏宋元椠本十余种让售予余，去岁曾与余面谈。此项书籍本与袁抱存有成约，计值二万元，让售与余特改为一万八千元，今则让至一万五千元。余托人将书单估价，约值六七千元。嗣又托孟坡来谈，余初还价一万元，书则较去岁所谈时亦少数种矣。其书为：宋精椠监本《纂图重言重意互注点校尚书》、宋淳熙刊本《窦氏联珠集》（此系士礼居藏书，见《百宋一廛赋注》）、宋嘉定精刊本《帝学》（宋范祖禹著）、宋椠残本《东坡先生后集》、宋精椠本《唐书》、宋嘉定十五年刊《两汉诏令》、宋麻沙十行本《新编音点性理群书句解前集》、宋麻沙十三行本《新刊音点性理群书句解后集》、宋开庆椠本《西山真文忠公读书记》、宋椠十行本（内影写四册）

1.《艺风老人日记》，第207页，北京大学出版社，1986年。
2.第234页。
3.第236页。
4.光绪二十七年刻本。

《自警编》、宋嘉定壬申重修本《范文正公文集别集年谱》、宋椠本《隋书详节》、钱叔宝手抄本《华阳国志》、爱日精庐抄本《说文解字补义》（元包希鲁著）、钱允治手抄本《庶斋老学丛谈》、旧抄本《松陵集》。其洋已于今日付清。”[1]此书后见录于刘氏《嘉业堂藏书志》[2]，其大概情形可据查。上世纪三十年代以来，嘉业堂藏书陆续星散，此书则转售于南京之中央图书馆，今存诸台湾“国家图书馆”。[3]

函中又曰：“又敝藏影元抄《名臣事略》，原值三十元，可以让出，未知尊处要否？”今按：《皕宋楼藏书志》卷二十七有“国朝名臣事略三十卷”条[4]，系影写元刊本。有道光十五年李兆洛及道光二十三年沈炳垣跋，知其曾先后藏于常熟张芙川小琅嬛仙馆与上海郁泰峰宜稼堂。《艺风藏书记》卷四“国朝名臣事略十五卷”条所记即为是书，则知此书当即由此函之介转入艺风堂中。而《艺风老人日记》己丑十二月二十六日有云：“检影元抄本《名臣事略》，交志名钞脱叶。”[5]可知缪氏前此尚有一影元抄本。此本亦可见于《艺风藏书记》卷四中，云：“旧写本。亦有‘元统乙亥余志安刊于勤有堂’一行，而每半页十行，每行二十一字，与前书不同，疑非影写。收藏有‘武林汪泰玄家藏典籍’朱文方印、‘孙辅元读书’白文方印、‘汪襄’白文方印、‘检亭’朱文长方印、‘卢橘山房’朱文长印。荃孙校讹并摹脱叶补足。”

函中又言：“高丽《好大王碑》蒙允代觅一纸，此碑期于必得，伏祈代购一纸。”此碑为存斋心系久之之物，如《艺风堂友朋书札》陆心源函第三通：

小翁尊兄大人阁下：顷拜手示，并张轴、董册敬悉。兹奉协同庆

---

1. 上海图书馆藏稿本，转引自王茜《嘉业堂藏书聚散考》，吴格教授指导，复旦大学 2005 年博士论文。
2. 卷二“史部”，第 194-197 页，吴格先生整理，复旦大学出版社，1997 年。今按：此条目为吴昌绶所撰。此书又见录于傅增湘《藏园群书经眼录》卷三“史部一”，第 217 页，中华书局，1983 年。
3. 参见《（台湾）“国家图书馆”善本书志初稿（史部）》，第 68-69 页，台湾“国家图书馆”编，1997 年。
4. 光绪八年刻本。
5. 《艺风老人日记》，第 213 页。

票壹百两，乞察收。其五十两祈付画价，五十两留作碑价。凡东省碑已有者，另单开呈。余容午后走谈。

手肃奉布，只请大安不一。

小弟陆心源顿首。

敝藏重出书之可去者，当遵谕留存申甫，亦偶然耳。小册三十金已交孙佩翁带去矣。《好大王碑》伏祈代留一纸，万万。[1]

《艺风老人日记》辛卯三月十日："陆存斋来辞行，留五十金为拓碑之费。"[2]可知此函所作日期。高丽王碑位于今辽宁集安市区东北五公里处，系414年高句丽第二十代长寿王为纪念第十九代王而建。十九代王名谈德，号永乐太王，谥广开土境平安好太王，故此碑俗称"永乐太王碑"或"广开土王碑"。为一方柱形角砾凝灰岩稍加修琢而成，无碑额。高6.3米，宽1.35至2米不等。东南为正面，碑文环刻，共44行，满行41字，计1775字。除去裂隙、剥落损失者，目前尚存1509字左右。碑文先述高句丽建国神话，称第一代国王邹牟王系"出自北夫余天帝之子。母河伯女郎，剖卵降世。"复称颂永乐太王攻掠六十四城及一千四百多村庄之业绩，最后记三百三十户"国烟"及"看烟"，即守墓奴之摊派情况。为研究高句丽史之重要资料。碑文书体为隶书，但极少波磔，方严凝重，匀称工致，拙朴遒劲，素为书法家所推崇。[3]该碑于光绪三年首次为世人所知晓，拓本较罕，故存斋于此汲汲为念。今《仪顾堂续跋》卷十六收有陆心源《高句丽广开土好大王谈德纪勋碑跋》一篇，对比《后汉书·东夷传》、《三国志》注中所引《魏略》、《魏书》、《隋书》、《文献通考》、《东国通鉴》等书，考订邹牟（东明）建国传说。又引《三国史记》高句丽谈德谥号广开土王，以为此碑当题名"高句丽广开土好大王谈德纪勋碑"。借此以知筱珊终不负所望，为存斋购得此碑拓本。而今本《艺风堂

1.《艺风堂友朋书札》，第606页。
2.《艺风老人日记》，第344页。
3.此碑详情及目前研究状况可参王健群：《好太王碑研究》，吉林人民出版社，1984年；耿铁华：《好太王碑一千五百八十年祭》，中国社会科学出版社，2003年。

金石文字目》中，并未录载此碑，然据杨守敬《高句丽广开土好太王谈德碑跋》:“余初托友人于京师购得一通，模糊殊甚，滕有日本人释文，约略可读。旋借缪筱珊同年藏本校之，亦复如是。”[1]可知筱珊亦曾藏弆此碑。

函中又云：“东省碑版益拓益远，除小铁山全套及匡喆《刻经颂》、郑文公全套、济宁州汉魏六朝、曲阜汉魏六朝外，其余山东远地各碑，如莘县二韩之类，均望留意代觅为祷。”据缪筱珊《艺风堂金石文字目自序》云：“辛卯，山东张勤果中丞曜延主泺源讲席，门人尹竹年副贡彭寿为觅泰安黄士林，尽拓泰安、肥城、汶上、东阿、济宁、兰山、沂水、蒙阴十余县。”[2]此即所谓“东省碑版益拓益远”。再考《艺风堂金石文字目》卷二著录有“匡喆刻经颂”，云：“正书。额正书。大像（按：当作‘象’）元年岁大渊献八月庚申朔十□月□子。在山东邹县小铁山。”又有“小铁山佛经摩崖”条，云：“正书。在山东邹县”。同卷又著录有“中书令郑文公碑”，云：“正书。额正书。永平四年岁在辛卯。在山东掖县云峰山。”又有“中书令郑文公上碑”，内容同上条。今按铁山摩崖刻石，位于山东省邹县城北铁山南坡一大幅花岗岩石坪之上。刻石南北长 66.2 米，东西宽 16.2 米，面积 1085 平方米。内容可分为经文、石颂、颂文和题名四部分。经文系摩崖刻经主要部分，南北排列 17 行，行 59 字，最多者 60 字，最少者仅 6 字。共 944 字，现可辨认者 795 字。经文排列整齐，行距均匀，界格清晰。字大如斗，字径一般在 45 至 65 厘米之间。刻经内容为释氏《大集经·穿菩提品》。《大集经》全称《大方等大集经》。铁山经文系该经卷八“海慧菩提品”第五之部分。字体以隶为主，篆楷意味浓厚。石颂径 90 厘米，系颂文标目。颂文刻于佛经右侧，共 12 行，行 43 至 52 字，字径 22 厘米左右，隶书为主，共 614 字，现可辨认 476 字。系骈体文，对仗工整华丽，文采斐然，记述铁山刻经时代背景、经主家世、刻经年月及铁山摩崖之位置与周围地理环境：“瑕丘□南，大岗山南□之阳。前观邾峄峨峨……却瞻岱巘巍巍……兼复左顾昌岩，

1.《高丽好太王碑》双钩本附，宣统元年版。
2. 光绪三十二年刻本。

右临车驿……”[1] 并特别赞美刻经书法艺术之精妙:“清跨羲、诞,妙越英、繇,如龙蟠雾，似凤腾霄……”[2] 经主匡喆，系汉丞相匡衡之苗裔，其家为当时邹县之名门望族。刻经时间为“皇周大象元年岁大渊献八月庚申朔十七丙子”，即公元 579 年。“大象”为北周静帝宇文阐年号。是年静帝敕令禁止排佛，允许官民信奉佛教，长达四年之“周武废佛”时代宣告结束，铁山刻经即此次佛教复兴产物。题名位于刻经下部，原共 10 行，行 9 字或 3 字不等，共 66 字，字径 40 厘米，字行间有阴刻界格。现仅存 6 行 44 字，内容记载经主及佛经书写者姓名。其中第 6 行刻有“东岭僧安道壹署经”词句,当系安道壹为铁山刻经之题名。题名书风较经文略显瘦硬,结体严谨,冷隽绝俗，颇富山林野壑之气。铁山书法早经世人重视，如杨守敬《匡喆刻经颂》云：“相其格度，当与泰山石经峪《金刚经》、焦山《瘗鹤铭》相颉颃,云峰山郑氏诸碑尚觉不及,自非古德命世之英,安能有此绝诣哉！”[3] 康有为亦盛赞包括铁山在内之四山摩崖“通隶楷，备方圆，高浑简穆，为擘窠之极轨也。”[4]“《郑文公》全套”所指乃郑道昭所作诸碑,其中以《郑文公碑》即《魏兖州刺史郑羲碑》为著，系北魏宣武帝永平四年（511），郑道昭为纪念其父所刻。此碑始刻于今山东平度县天柱山巅，碑身高约 3 米，宽 1 米余。后以掖县南方云峰山石质较佳，乃为重刻。故前刻称为上碑，字体较小，且已剥蚀，仅存不足千字；后刻称为下碑，碑身高约 3 米，宽 3 米有余。字体较上碑略大，文字完好，几无泐损。碑文 50 行，行 23 至 29 字不等，共 1300 余字。碑后有宋人秦岘等于宋政和三年（1113）之观后题款 4 行 23 字。二碑碑额皆正书 2 行 7 字“荥阳郑文公之碑”,碑首题“魏故兖州刺史南阳文公郑君之碑”。然此碑全无署名，沉埋多年，直至清阮元亲临摹拓，且考订为郑道昭所作方始为世人瞩目。《郑文公碑》笔画或方或圆，或以侧得妍，或以正取势，混合刚劲姿媚于一身，堪称不朽。结体宽博，

1. 参见王钧、阿涛编:《四山摩崖刻经》释文,第 3 页,知识出版社,1990 年。又可参包备五编著:《齐鲁碑刻》，第 133 页，齐鲁书社，1996 年。
2. 第 133 页。
3.《匡喆刻经颂序》，光绪三十三年刻本。
4.《广艺舟双楫注》卷四“余论第十九”，崔尔平校注，第 148 页，上海书画出版社，2006 年。

气魄雄伟。清包世臣尝评云："北碑体多旁出，郑文公字独真正，而篆势、分韵、草情毕具。其中布白本《乙瑛》，措画本《石鼓》，与草同源，故自署曰'草篆'。不言分者，体近易见也。"[1] 又云："此碑字逾千言，其空白之处，乃以摩崖石坳，让字均行，并非剥损，真文苑奇珍也。"为魏碑书体中重要代表作品。《金石录》、《潜研堂金石文跋尾》、《山左金石志》、《平津馆读碑记》、《八琼室金石补正》等书中均有著录。[2] 至于济宁汉代碑刻，保留至今者有三十余种之多（未计萧王庄汉墓），为全国汉碑存量之最。其具体分布为：曲阜汉魏碑馆二十种左右，济宁市博物馆十种，邹城二种，嘉祥武氏祠三种，宋山一种，汶上、微山各一种，另有萧王庄任城王墓内存千块以上石刻。有"中国汉碑半济宁"之称，实则所占份额亦在全国总量半数以上。除此之外，史上有载而今已不存之汉碑又有四十余种。除汉碑、刻、画像石外，济宁又有魏之张猛龙碑、贾使君碑（现藏曲阜及汉碑馆）及四大魏碑体系之一——四山摩崖石刻，以及相当数量之散刻、题记等，蔚为大观。曲阜为圣壤所在，古物留存，自非他处可拟[3]，所藏西汉刻石共六种，分别为北陛石、五凤刻石、祝其卿坟坛刻石、上谷府卿坟坛刻石、王陵塞石、安汉里画像石刻字。另十八种东汉碑刻中，有乙瑛碑、礼器碑、孔宙碑、史晨碑等蜚声海内外之精品。又有石纹如竹叶之竹叶碑，以及孔彪墓碑、熹平残碑等，因其各具特色而闻名于世。曲阜魏碑仅四块，分别为鲁孔子庙碑、贾使君碑、张猛龙碑、李促璇修孔子庙碑。其中张猛龙碑，向有"魏碑第一"之誉。而函中所云"莘县二韩"者，位于今莘县董杜乡政府驻地东侧韩氏陵地。系指唐朝左散骑常侍韩国昌及其子魏博节度使韩群雄神道碑。两碑东西并峙，坐北向南。碑体与碑冠为整石雕出，通高6.5米，宽2.1米，厚0.74米。碑树龟趺之上，其座及护栏均为石雕。碑前有人物雕像等，南端有石门柱两根。属省级重点文物。

筱珊与存斋，初仅闻名，后以存斋通函示好而建交，此可见于筱珊所

---

1. 祝嘉编：《艺舟双楫广艺舟双楫疏证》，第32-33页，巴蜀书社，1989年。
2. 参见杨殿珣编：《石刻题跋索引》，第32-33页，商务印书馆，1990年影印1940年第1版。
3. 参见《人民日报海外版》，2001年1月11日第7版。

撰《二品顶戴记名简放道员前广东高濂兵备道陆公神道碑铭》："我在京师，因友通邮。我归江南，遣子从游。"[1]则二氏之往还，系经友人中介。而结合存斋致筱珊此处所引两函及《艺风堂友朋书札》、《艺风老人日记》所载，知二氏往来函札往往经由费屺怀中转，如光绪十五年十月十八日："发陆存斋湖州信，托屺怀转交。"[2]则"因友通邮"之友人或即屺怀，亦未可知。又今所见存斋与筱珊往还最初之记录为光绪十四年。是年三月十四日，筱珊"接陆存斋湖州信，赠皕宋楼《丛书》初二集及《尔雅》单疏。"[3]而此年五六月间，陆氏所刊《唐文拾遗》卷前序后所列襄助参订姓氏中，筱珊亦赫然在焉，位居存斋堂弟陆学源笃斋之次、校订名氏之末。据此可知，筱珊之名系版片刻毕所补入者[4]，则三月十四日之通函，当为二氏交游之始。再据《艺风老人日记》光绪十五年己丑七月十一日："存斋湖州信，寄石墨五十三种……申刻，陆纯伯树藩自湖州至，存斋长子也。持存斋函，以元刻大字《白虎通》、《范文正集》、明刻《范氏遗书》、宋拓《圣教序》为贽受业，急延入院小住。夜谈良久。"[5]此即筱珊"我归江南，遣子从游"所指。

存斋与筱珊之往还多关乎金石之学，据《艺风堂金石文字目自序》："同治甲子，荃孙得欧赵书，始为金石之学。"而存斋从事于此则稍晚，据光绪五年八月《金石学录补序》："余于金石之学未尝问津……"[6]光绪十二年书末识语又云："光绪五年之夏，余端居无事，辑《金石学录补》二卷，以补李金澜氏之缺。自汉至今凡得一百七十人。今复搜采群书，证以闻见，又得一百六十余人，重加编次，定为四卷。"则其金石之癖乃始于光绪五年之际。虽其初始早晚有别，而嗜好之深则无异，二氏往来酬答，几皆与此相关。如《艺风老人日记》光绪十五年己丑十二月十七日："发陆存斋信，寄钞资

1.《碑传集补》卷十八，又见《碑传集三编》卷十八，《清碑传合集》本，第3300-3301页、第4170-4171页，上海书店出版社，1988年。
2.《艺风老人日记》，第191页。
3.第8页。
4.按：若非此故，则笃斋以主者存斋之昆仲行，理当名列最末。
5.《艺风老人日记》，第151页。
6.光绪十二年陆氏家刻本。

及锡山碑。发屺怀信。”[1] 再如，光绪十七年辛卯八月二十七日：“理山东碑，开陆存斋帐。”[2] 九月二十日：“发陆存斋湖州信，寄山东石刻并用帐。”[3] 后引两条，即与本文所释两函相关。

如前所述，《艺风堂友朋书札》中收有存斋致筱珊函三通，亦皆记录二人探研学术、托访金石之事。其第二通云：“示及直隶打碑，极为欣羡。北岳房山，敝藏所缺，祈代留一分……”[4] 据《艺风堂金石文字目自序》：“又得打碑人故城李云从善于搜访，约潘文勤师祖荫、王莾卿户部颂蔚、梁杭叔礼部于渭、叶鞠裳编修昌炽，纠资往拓顺天易州、宣化、定州、真定碑刻，大半前人所未见，即辽刻得一百六十种，其他可知。”今衡诸当日情势，叶氏光绪十五年举进士，十六年散馆成编修。而该年底，潘氏即卒。则直隶访碑一事，必在光绪十六年间，亦即此函所作之年。其第三通之写作时日，已如前文所述，可据《艺风老人日记》光绪辛卯三月十日所述，知必在此左近。其第一通云：“朝廷湔雪之恩，朗公知己之感，洵为千载一时……亦当于入都引见后，就部丐疾，策款段出国门耳……七月初三。”[5] 据《大清德宗景皇帝实录》卷二百九十五：“（光绪十七年三月）庚辰，山东巡抚张曜奏，开复原衔前广东高廉道陆心源捐助山东赈银一万两，请开复原官。得旨，陆心源着开复原官，交吏部带领引见。”而存斋进京陛见，则为次年四月乙卯日。故此函之作，当在光绪十七年。

存斋、筱珊之交游详情，今多无从考究，然其大概，无非探究学术、商讨著述。其间存斋于筱珊亦多所赠予，如《艺风老人日记》光绪己丑九月十七日：“读……陆存斋湖州信，并寄《十万卷楼丛书》。”[6] 今按，《十万卷楼丛书》，初集于光绪五年汇辑，计收书正编十一种附编六种。二集于光绪八年汇辑，计收书二十种。三集于光绪十八年汇辑，计收书十五种。三集共收书五十二种，此次存斋所赠之《十万卷楼丛书》，则当系前二集之

1.《艺风老人日记》，第 210 页。
2. 第 391 页。
3. 第 397 页。
4.《艺风堂友朋书札》，第 605-606 页。
5. 第 605 页。
6.《艺风老人日记》，第 180 页。

三十二种。筱珊于存斋屡屡厚贶之回报，则当为以自身学界之影响瞖助存斋得享清誉，以洗刷前此存斋居官之际贪劣之丑名，故筱珊列名《唐文拾遗》及《宋史翼》校订，即缘此因。而作于光绪三十二年丙午五月朔之《宋史翼序》中[1]，筱珊更褒存斋云：“吾友陆存斋先生，学问淹通，史才独擅……”。至光绪二十年十一月辛巳日，存斋病卒，年六十一。十余年后，筱珊以存斋子请为作《二品顶戴记名简放道员前广东高濂兵备道陆公神道碑铭》，中云：“嗟夫，士大夫达而在上，则出其经济为国家拯灾救患，措斯世于隆平。即不然，亦以培植乡里之后进，刊播古人之著述，有益于前贤，有造于末学，出处虽殊，事功则一，若公者，可谓兼之矣。”亦见筱珊于存斋身后令名多所成全之意。

（本文发表于《版本目录学研究》第二辑，国家图书馆出版社，2011 年。）

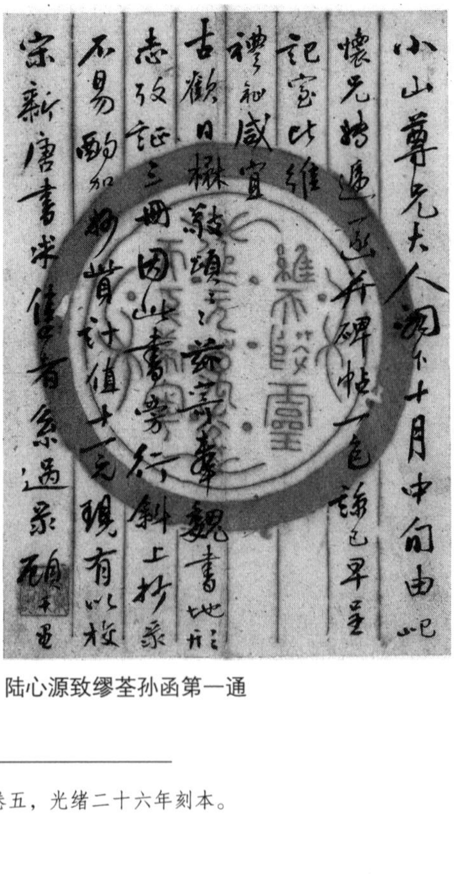

陆心源致缪荃孙函第一通

1.《艺风堂文续集》卷五，光绪二十六年刻本。

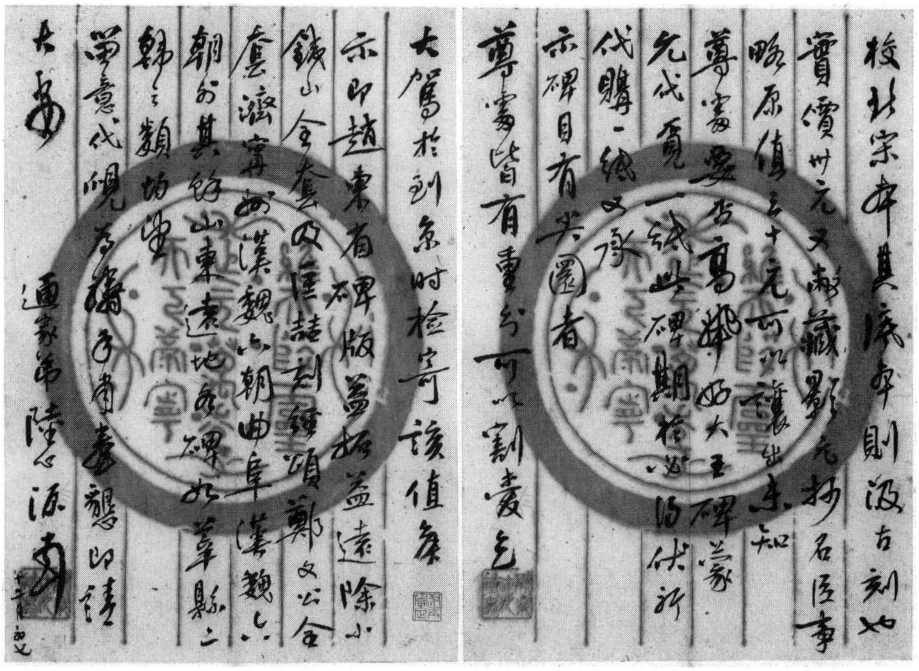

陆心源致缪荃孙函第一通（续前）

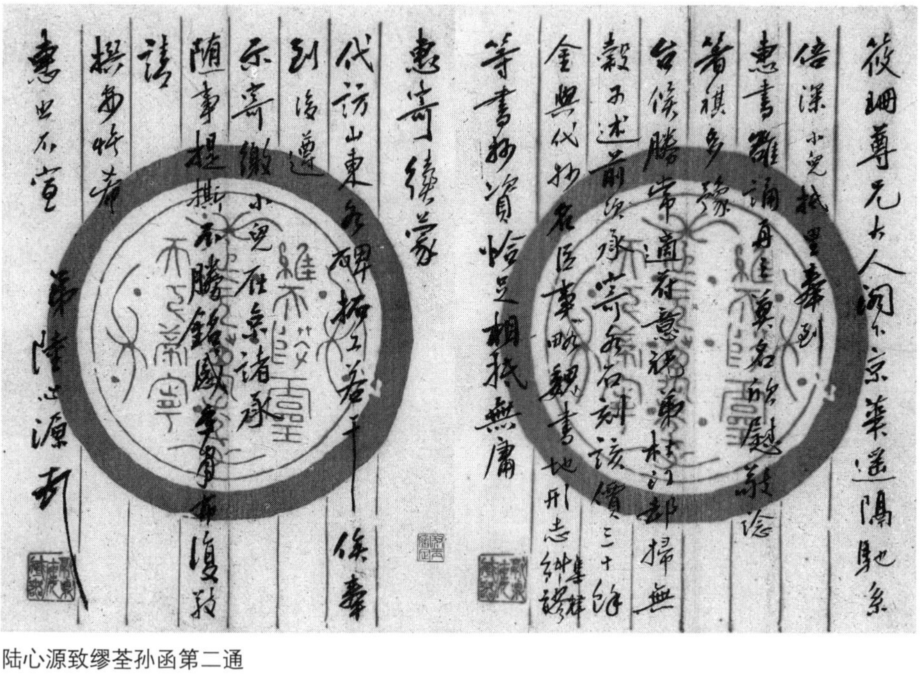

陆心源致缪荃孙函第二通

孟森先生致冒广生先生函一通考释

一，孟森先生致冒广生先生函一通，两纸，选自上海博物馆藏冒氏所辑师友函札。

二，冒广生（1873–1959）[1]，字鹤亭、鹤汀，号疚斋、疚翁、小三吾亭长，别署瓯隐、钝宧，室名小三吾亭，光绪二十年举人，江苏如皋人。精校雠、词曲之学。曾任刑部、农工商部郎中，民国政府财政部顾问、《广东通志》总纂及上海市文物保管委员会特别顾问等职。著有《周易京氏义》、《冒巢民年谱》、《管子集校长编》、《小三吾亭诗文词》等，辑刻有《如皋冒氏丛书》、《永嘉诗人祠堂丛刻》、《楚州丛书》等。

三，孟森（1869–1937）[2]，字莼孙，别号心史，廪生，江苏武进人。1901 年东渡日本学习法律，归国后，曾入郑孝胥幕。1908 年，任职《东方杂志》。民国初年，为共和党干事，膺众议员之选。1914 年，袁世凯解散国会，遂潜心学术，历任南北两京高校。所著有《心史丛刊》、《明清史论著丛刊》数种。

四，孟心史先生自 1908 年入《东方杂志》，所居多在沪上。而同时，鹤亭先生方任职京师。1912 年岁末，鹤亭先生南归，并于上海度岁。二氏之初识，或当即在此际。1914 年 1 月 10 日，国会解散，心史先生乃转以

1. 生平可参冒怀苏：《冒鹤亭先生年谱》，学林出版社，1998 年。
2. 生平可参张惟骧：《清代毗陵名人小传稿》卷十，第 32–36 页，常州旅沪同乡会刊行，1934 年。

捋撦故实为职志，始从事文史考据之学。故此函之作，必在此后。而《董小宛考》，原载《小说月报》第六卷九期、十期（1915年9月号、10月号），则此函又当作于之前。

孟森先生致冒广生先生函

鹤亭先生有道：久不奉教，渴念无已。顷得一旧钞奕谱，名曰《仙机存要》（一），版系刻棋谱式，版心刻篆书“得全堂”三字。记得全堂是水绘园中堂名（二），陈迦陵所忆，盖与小三吾同见于词（三），又其《嵩少先生墓志》亦称先生有《得全堂诗文集》（四），然则此本殆君家故物耶？始得之厂肆，未知得全堂为何人，因友人陆伟士好聚棋谱（五），举以赠之。今偶读《迦陵词》乃知与公家不无缘法。倘能证明得全堂有他种围棋关系乎？近有妄人作《红楼梦索隐》（六），纯以《板桥杂记》串合金陵十二钗（七），以董小宛与清世祖为宝黛（八），真异想天开，荒谬已极，亦当有以驳正之否？董殁于庚寅，年二十七，世祖时年十二（九），正摄政薨逝之年。豫王已前卒，刘三秀非豫王所娶（十），皆彰彰可考也。

偶有所罄，辄贡一言，幸赐复。

孟森上。

十二日。

（一）案：《仙机存要》，不详，疑为明季棋谱《仙机武库》[1]或《万汇仙机》[2]之节录本。

（二）案：冒襄辑《同人集》[3]卷三有陈瑚《得全堂夜燕记》、《得全堂夜

1. 明陆玄宇辑，有明崇祯二年西陵碧云书屋刻本。
2. 明潞王朱常涝撰，有明崇祯间潞藩刻本。
3.《四库全书存目丛书》第385册，收康熙冒氏水绘庵刻本影印本，齐鲁书社，1997年。

燕后记》，李清《得全堂夜燕记跋》等，他卷亦多有于冒氏得全堂宴饮高会之记载。又据 1931 年鹤亭先生《题得全堂》诗自注[1]知，“得全堂”原名“全昌堂”，“为本五世祖文瑞公府君堂名。万历间，汝九（第十世族祖，为巢民之祖）太守乞董宗伯重书，宗伯以堂名三字，须有一仄声间之，乃易今名。”“宗伯书匾额，后入他姓，背刻‘烟云舒卷’四字，李复堂书，款称屡老先生，不知何人。余既赎屋归，复从他家购获此匾。”1942 年秋，鹤亭先生《甲申冬夜读族祖无誉手书诗稿》自注[2]云：“厅事旧题‘得全堂’匾，为董香光书者，已为日寇取去。”

（三）案：迦陵（1625–1682），即清初阳羡陈维崧号。陈氏字其年，清初阳羡词派代表之一。擅诗文、骈文、词，著有《陈迦陵文集》、《湖海楼诗集》、《迦陵词》、《陈检讨四六》等。

小三吾，据清冒襄辑《同人集》卷一陈维崧《小三吾倡和诗序》：“小三吾，亭名也。亭在鹤峙上，仿元次山结而小之也。”[3]元结《次山集》卷六《浯溪铭》：“浯溪在湘水之南，北汇于湘，爱其胜异，遂家溪畔。溪世无名称者也，为自爱之故，命曰‘浯溪’。”[4]卷十二《痦亭铭》：“浯溪之口有异石焉，高六十余丈，周回四十余步，西面在江口，东望峿台，北临大渊，南枕浯溪……厌不厌也，厌犹爱也，命曰‘痦亭’，旌独有也。”《峿台铭》：“浯溪北上二十余丈得怪石焉，周行三百余步……今取兹石，将为峿台，盖非愁怨，乃所好也。”

冒襄《同人集》卷六有陈维崧《戊戌冬日过雉皋访冒巢民老伯宴集得全堂同人沓出歌童演剧即席限韵四首》。

《迦陵词》卷一《寄东皋冒巢民先生并一二旧游》：“如皋忆，最忆小三吾（水绘园中亭名），隔水红墙春冉冉，拍波绿箬雨苏苏，隐几一愁无。”“如

1. 见于冒广生：《小三吾亭诗》卷十八，上海博物馆藏稿本。
2.《小三吾亭诗》卷二十。
3. 又见于陈维崧：《陈迦陵文集》卷一，《四部丛刊》初编本，台湾商务印书馆，1965 年。
4.《景印文渊阁四库全书》，第 1071 册，台湾商务印书馆，1983 年。

皋忆，记坐得全堂，几缕椒鸡闲说饼，半罂花露静焚香，弦索夜柢柢。”[1]

（四）案 :《陈迦陵文集》卷五《中宪大夫嵩少冒公墓志铭》:“先后著述有《得全堂文集》若干卷,《得全堂诗集》若干卷。”

（五）案 : 陆尔奎（1862–1935），字浦生，号炜士，武进县学附生，光绪辛卯举人。历充北洋学堂、南洋公学教习。与无锡吴稚晖友善，讲维新之学最早。龚心湛任广东广州府知府，延主中学堂校务，融会新旧，管教有方，诸生翕服。大府两次派赴东瀛考察，归办两广游学预备科于广州，挑选高材生入学，岭南人士宗仰备至。旋与当事不合，两广总督岑春煊延至幕中，代陈培养民德一疏，海内称颂。光绪之季，随岑氏至沪，商务印书馆延纂法政书籍。尔奎以为欲求文化普及，亟应创编辞书，吾国所固有者为单字，在新学固然无关，于旧学亦不完备，应于单字以下由两字以至数字，凡成为正当通用之名词者均一律采辑成帙，为各种专门词典之权舆。于是内则搜罗诸子百家，外则采集各种科学，集国内专家数十于一堂，考订讨论，去非存是，十余年而成《辞源》四百万言，尔奎始终主持其事，于是我国文风为之丕变。积劳之后，两目遂盲，不复论学。夙有胃病，旋亦获愈。淡泊明志，自奉极俭，生平嗜饮，虽至老神明不衰。民国二十四年，无疾而终，年七十四。[2]

（六）案:《红楼梦索隐》[3]，王梦阮、沈瓶庐合著，最初发表于 1914 年《中华小说界》第六期、第七期，1916 年上海中华书局铅印。其中心观点为“清世祖与董鄂妃故事”说。该书认为,《红楼梦》中之贾宝玉即隐顺治皇帝，主要根据即 : 世祖在位十八年,《红楼梦》后四十回中贾宝玉十九岁

1.《续修四库全书》收康熙二十八年陈宗石患立堂刻本影印本，第 1724 册，上海古籍出版社，1996–2003 年。

2. 参见张惟骧 :《清代毗陵名人小传稿》卷九“陆尔奎”条，第 43–44 页。

3. 北京大学出版社，1989 年。

出家；世祖为满族兴起后之第七代，而宝玉出家前云“一子成佛，七祖升天”，又中式第七名举人；世祖谥章，宝玉谥文妙；世祖不重江山重美人，宝玉亦儿女情深等。而林黛玉则隐明末秦淮名妓董小琬，根据为小琬名白，故黛玉名黛，粉白黛绿之意也；小琬书其名常去玉旁，专书宛，故黛玉命名特去宛旁，专名玉，平分各半之意也；小琬、黛玉皆苏州人等。以上是“关合”处，又有“分写”处：小琬事迹多，非黛玉一人所能写，故又以秦可卿、薛宝钗、薛宝琴、晴雯、袭人、妙玉六人分写之。有“分写”，又有“合写”：薛宝钗隐董小琬，又隐陈圆圆、刘三秀；史湘云则同时隐顾眉楼、孔四贞等五人。胡适认为：“他们并不曾做《红楼梦》的考证，其实只做了许多《红楼梦》的附会。”[1]

（七）案:《板桥杂记》,清余怀撰。余怀（1617－？），字澹心，一字无怀，号曼翁，又号曼持老人。福建莆田人，侨居南京。晚年退隐吴门，漫游支硎、灵岩之间，征歌选曲。著有《味外斋文稿》、《研山堂集》、《秋雪词》、《板桥杂记》、《东山谈苑》、《砚林》等。夏仁虎“板桥杂记三卷”条提要云:“（此书）上卷记雅游，中卷记丽品，下卷记佚事……盖述明季秦淮曲中事。明之末造，名士集于南都。澹心以闽峤才人，来游国学，遂家金陵。文酒之燕，丝竹之场，皆所亲历。春灯燕子，转盼兴亡，回溯曩游，作为此记，其有易代之感欤。”[2]而心史先生函中所云：“以《板桥杂记》串合金陵十二钗”者，当即指以此书中卷《丽品》以比附十二金钗云，详见下。

（八）案：《红楼梦索隐》[3]以为《红楼梦》系为清世祖与董鄂妃而作并兼及当时诸名王奇女。

王氏云《红楼梦》“其书大抵为纪事之作，非言情之作。”[4]认为“是书

1.《中国章回小说考证·红楼梦考证（改定本）》，第129页，安徽教育出版社，1999年。
2.《续修四库全书总目提要（稿本）》第9册，第521页，齐鲁书社，1996年。
3.参见王梦阮：《红楼梦索隐提要》，见于《红楼梦索隐》卷前，第5-32页。
4.《红楼梦索隐提要》，第5页。

成于悼红轩中，曹雪芹先生增删五次，此书中所明言者。雪芹为世家子，其成书在乾嘉时代（原注：书中明言南巡四次，是指高宗时事。在嘉庆时所作可知）。于明季清初诸女子，事隔百有余年，断难亲闻亲见。意者此书但经雪芹修改，当初创造，另自有人……揣其成书，亦当在康熙中叶。必及见圣祖一朝之盛，乃云兰桂齐芳。当顺康之时，入关未久，天下文网尚不甚密，是书原本，当不免有直率疏漏处。至乾隆朝，事多忌讳，档案类多修改（原注：闻内阁尚有未经改之档案，光绪中人犹见之）。《红楼》一书，内庭索阅，将为禁本。雪芹先生势不得已，乃为一再修订，俾愈隐而愈不失其真。”[1] 又云：“盖尝闻之京师故老云：是书全为清世祖与董鄂妃而作，兼及当时诸名王奇女也。”[2] 王梦阮又查证若干有关世祖出家五台为“情僧”之传说暨董小宛之若干传说，得出：“秦淮名妓董小宛……侍如皋辟疆冒公子襄九年，雅相爱重。适大兵下江南，辟疆举室避兵于浙之盐官。小宛艳名夙炽，为豫王所闻，意在必得。辟疆几频于危，小宛知不免，乃以计全辟疆使归，身随王北行。后经世祖纳之宫中，宠之专房。废后立后时，意本在妃，皇太后以妃出身贱，持不可。诸王亦尼之，遂不得为后。封贵妃，颁恩赦，旷典也。妃不得志，乃怏怏死。世祖痛妃切，至落发为僧，去之五台不返。诚千古未有之奇事，史不敢书，此《红楼梦》一书所由作也。”[3]“全书为演情僧之事，故专专注意铺叙宝玉、黛玉二人。二人者，以宝玉况情僧，以黛玉况妃子也。”[4]“宝玉命名，非云自宝，言能宝爱此玉而已。玉指黛玉，即暗指小宛。”[5]“黛之为言代也，言以此人代小宛。”[6]“以宝玉演情僧，故时有与世祖关合处……如世祖临宇十八年，宝玉便十九岁出家；世祖自肇祖以来为第七代，宝玉便言‘一祖成佛，七祖升天’；又恰中第七名举人；世祖谥章，宝玉便谥文妙。‘文章’两字，可暗射也，不然和尚何必有谥，举人

1.《红楼梦索隐提要》，第 8-9 页。
2. 第 9 页。
3. 第 10 页。
4. 第 15 页。
5. 第 15 页。
6. 第 15 页。

亦安得赐谥？”[1]“宝玉与北静王，若即若离，是一是二。当开国时，西南尚扰，惟北方大定，故曰北静。宝玉独见重于北，是指开国时局势而言。”[2]“且小宛苏人，黛玉亦苏人。小宛在如皋，黛玉亦在扬州。小宛来自盐官，黛玉来自巡盐御史之署……小宛入宫，年已二十有七；黛玉入京，年只十三余，恰得小宛之半。老少相形，抑亦谑矣”[3]等。

对于王梦阮之索隐，除孟心史之驳斥外，胡适之先生又从四个方面指出王梦阮索隐之弊，胡先生认为[4]：第一，第十六回明说二三十年前的“太祖皇帝”南巡时的几次接驾，赵嬷嬷年长，故“亲眼看见”。我们如何能指定前者为康熙时的南巡而后者为乾隆时的南巡呢？第二，康熙帝二次南巡在二十八年，到四十二年曹寅才做了两淮巡盐御史。《索隐》说康熙帝二次南巡驻跸曹寅盐院署，是错的。第三，《索隐》说康熙帝二次南巡时，“曹雪芹以童年召对”；又说雪芹成书在嘉庆时。嘉庆元年，上距康熙二十八年，已隔百零七年了。曹雪芹成书时，他可不是一百二三十岁了吗？第四，《索隐》说《红楼梦》成书在乾嘉时代，又说是在嘉庆时所作，这一说最谬。《红楼梦》在乾隆时已风行，有当时版本可证。况且袁枚在《随园诗话》里曾提起曹雪芹的《红楼梦》；袁枚死于嘉庆二年，《诗话》之作更早得多，如何能提到嘉庆时所作的《红楼梦》呢？

（九）案：心史先生此言有误，据先生《心史丛刊》三集《董小宛考》：“顺治八年辛卯正月二日，小宛死。是年小宛为二十八岁，巢民为四十一岁，而清太祖则犹十四岁之童年。盖小宛之年长以倍，谓有入宫邀宠之理乎？当是时，江南军事久平，亦无由再有乱离掠夺之事。”[5]

1.《红楼梦索隐提要》，第 15 页。
2. 第 17 页。
3. 第 18 页。
4.《中国章回小说考证・红楼梦考证》，第 132 页。
5. 第 174 页，辽宁教育出版社，1998 年。

（十）案：刘三秀事见清墅西逸叟《过墟志感》[1]。心史先生尝指摘其为不经，云："世传小宛为清豫王多铎兵间携之入宫。多铎下江南，乙酉五月破南都，六月即入浙，十月班师还京。小宛之事巢民，事迹固多在是年之后，即世言孀妇刘三秀事，传者明谓其入宫，亦绝非豫王所掠致。豫王以二年十月还京，即不再南下，六年遽卒。三秀事据《过墟志》亦至李成栋叛后，随李家属送南京。乡曲流言，固多不足信也。"[2]

（本文发表于《上海文博论丛》，2006年第3期。）

1.《笔记小说大观》五编本，第4003-4029页，台湾新兴书局，1980年。
2.《心史丛刊·董小宛考》，第170页。

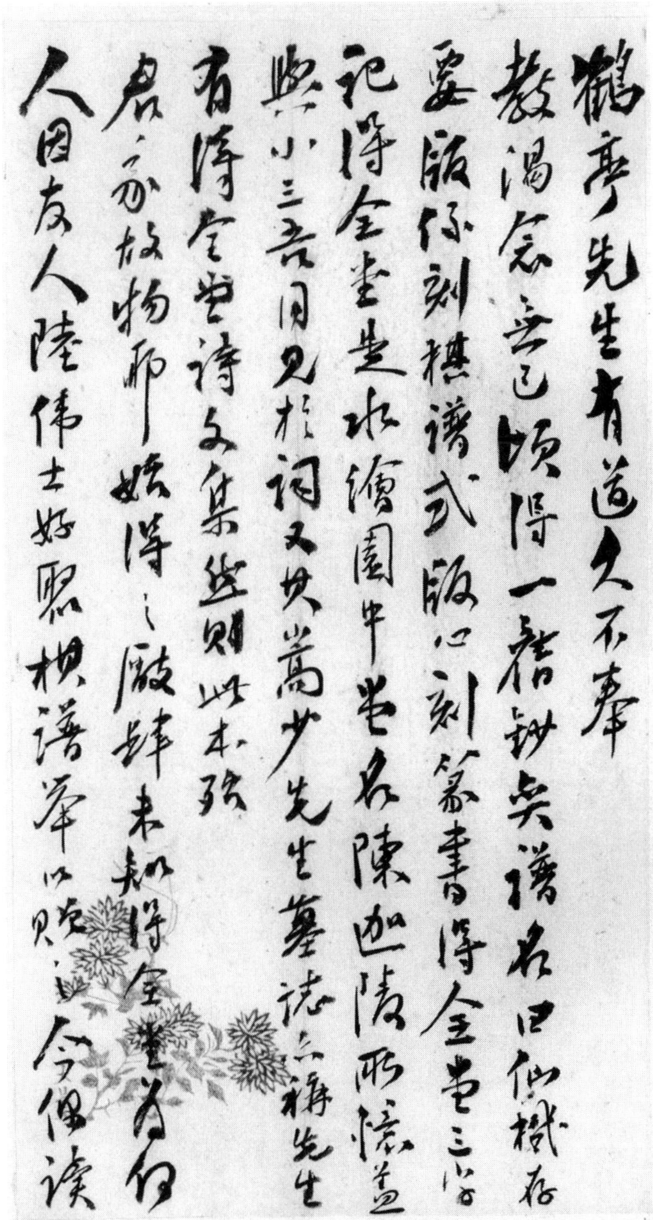
鶴亭先生有道久不奉
教渴念無已頃得一舊鈔吳譜名曰仰槭存
稿版係刻棋譜式版心刻篆書得全堂三字
記得全堂是水繪園中堂名陳迦陵所懷蓋
與小三吾同見於詞又其嵩少先生墓誌亦稱先生
有得全堂詩文集然則此本殆
君家故物耶姪得之廠肆未知得全堂有
人因友人陸偉士好默棋譜舉以貽之今偶讀

孟森先生致冒广生先生函

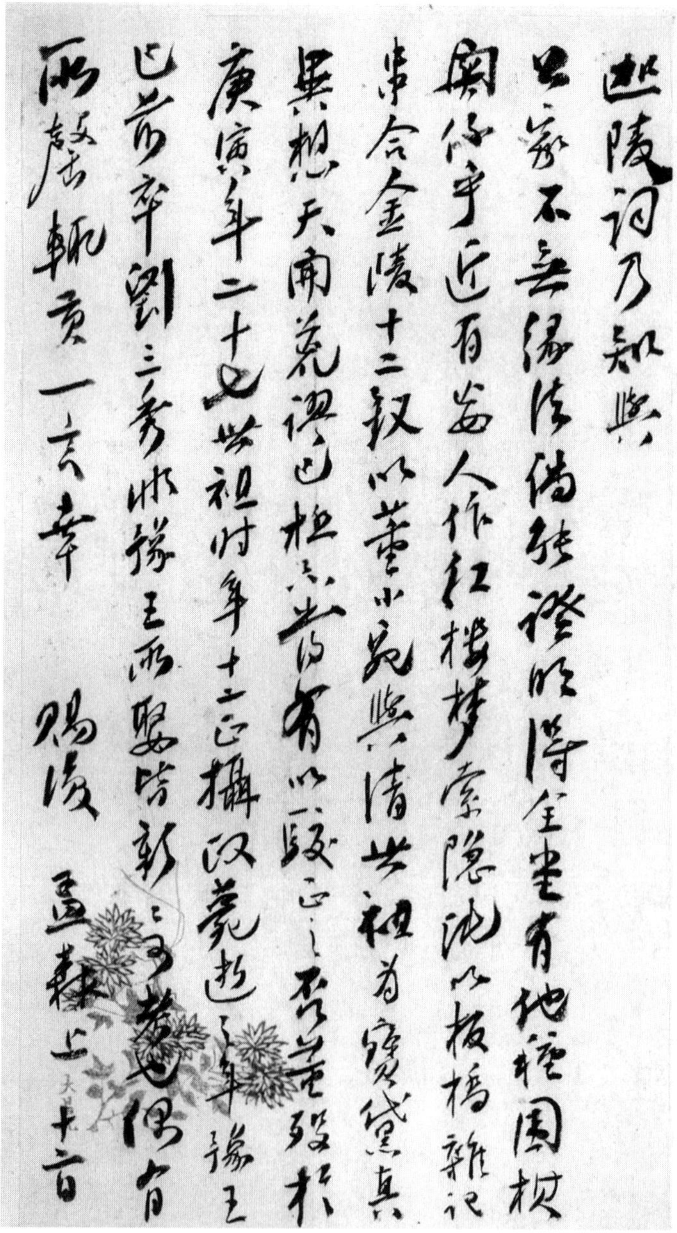

孟森先生致冒广生先生函（续前）

附：冒广生与孟森交游简述

孟森（1869–1937）[1]，字莼荪，号心史，晚号阳湖孑遗，江苏武进人。廪生，光绪二十七年东渡日本，入东京法政大学习法律三年。归国后有志于政界，尝至广西龙州参郑孝胥幕，成《广西边事旁记》。光绪三十四年，入主《东方杂志》，倡宪政甚力。宣统元年，膺江苏省咨议局议员之选，曾发起请愿速开国会运动。民国肇建，历任国会议员、众议院宪法起草委员。民国三年，以国会解散，遂弃政从学，潜心致力于史。十八年，任中央大学历史系副教授。两年后，北上就北京大学史学系教授，直至去世。民国二年，心史先生即发表《朱三太子事述》一文，考证翔实，引起社会各界之重视；其后续有《奏销案》、《朱方旦案》、《科场案》、《董小宛考》等文，于史上之隐晦难断诸公案，条分缕析，剖析明畅，皆成一家之言。民国五年，商务印书馆为汇印成《心史丛刊》。十九年，又刊行《清朝前纪》，开学界研究清早期历史之先声。至二十三年，《明元清系通纪》问世，续出至十六册。二十五年，《八旗制度考实》出版，阐明清朝根本制度演变。心史居北平期间，于清代野史传说颇所究意，所撰诸文，虽亦间有可商之处，然皆能发前人所未发。而于北大讲授清史及明史之讲义，即目下坊间通行之《明代史》、《清代史》，悉能运用新史料，建立新观念，开创新方向，诱奖后学

1. 生平可参《明清史论著集刊正续编》卷前王钟翰所撰“前言”，第 1–14 页，河北教育出版社，2000 年。

治史之途径，至今仍为治史者之案头必备参考。

鹤亭与心史交游之详情，今已不可尽考，所幸现存心史致鹤亭函一通[1]，为两人交往之第一手资料。之外，又有心史所作诸文，可供采择，则二氏交游之概貌，亦得可见。今约略言之，二氏之交涉，肇源于心史先生对于鹤亭所刊顾春[2]《太清集》及所咏《太清遗事诗》之批评。而之后，心史曾专函奉致鹤亭，代其澄清世人于冒氏先人厚诬之词[3]。心史此举，或者有和解致歉之意在焉，然二氏似乎始终未尝达成谅解。故心史生前，鹤亭与之行踪甚疏，而鹤亭现存诗文、日记中亦略无一言言及心史，荃似与之素不相识。

心史于鹤亭之批评皆可见于所作《丁香花》一文，文曰："冒鹤亭《太清遗事诗》有云：'太平湖畔太平街，南谷春深葬夜来。人是倾城姓倾国，丁香花发一低徊。'是诗首句言其生时之邸；第二句言其死后之葬地；三句上半言其貌，下半取再顾倾人国之意，关合其姓；四句乃掀然大波为人间一宗公案。此余之所以有此篇之作，冀为昔人白其含射，以留名士美人之真相者也。"[4]又云："冒氏校刻《太清集》，在宣统元年己酉，嗣是而后乃有丁香花公案之传言，或者即冒氏据太平湖之地名，牵合龚集而造为此言。今乃藉藉人口，遂不知其所自起欤？抑冒氏自称为得闻太清遗事于周先生，此游谈亦为周先生所口授？从前说，则造因直始自冒氏。从后说，则如余前段所述，当时自有一多口之由来，未可知也。"[5]观此数言，知心史于鹤亭所云颇不以为然，故走笔为文，亦多责难之词，不稍为之留情。而鹤亭乃诗家本色，所作诗文或作狡狯、谰言，好造奇语大言以傲世，皆系文人故

1. 原稿两纸，现藏上海博物馆，其内容可见于前文《孟森先生致冒广生先生函一通笺释》。据该函，心史先生尝得冒氏先人得全堂遗物，并云："近有妄人作《红楼梦索隐》，纯以《板桥杂记》串合金陵十二钗，以董小宛与清世祖为宝黛，真异想天开，荒谬已极，亦当有以驳正之否。"而心史《董小宛考》，当即作于此函发出之后。

2. 顾春（1799-1876），贝勒奕绘侧室，字子春，号太清，以奕绘自号太素道人，世恒称之曰"太清春"，又常自署"西林太清春"。

3. 即鹤亭远族祖冒辟疆姬人董小宛非顺治帝后董鄂妃之事，详见下文。

4.《心史丛刊》三集《丁香花》，第 193 页，辽宁教育出版社，1998 年。

5. 第 197 页。

伎，只逞一时笔快，并不曾细核史实。诗人、学者本自二途，心史以此发难，无怪乎鹤亭中心有慊。[1]而鹤亭文孙怀苏乃云《心史丛刊》引用此诗，并作注脚加以评述，以为鹤亭此诗增重，当系一时不察所致。[2]

《太清集》为《天游阁诗集》与《东海渔歌》之合称，《天游阁诗集》为诗集，而《东海渔歌》乃系词集，今世所传者，仅《天游阁诗集》一种，《东海渔歌》则付阙如。鹤亭先生曾于宣统元年刊行太清春之《天游阁诗集》，据其所作《弁言》云："今年春，黄陂陈士可参事毅得此册于厂肆，凡诗五卷，阙第四卷。词四卷，阙第二卷。"[3]据此，则冒氏系据陈毅所获之本付梓。陈氏所获本存词三卷，即《东海渔歌》亦重见于世，虽尚阙一卷，太清倚声之作，得此亦足窥豹。然冒氏刊本册尾仅载况周颐《蒌寝楼笔记》一则，转录太清词四首，且况氏笔记仍以未见《东海渔歌》为憾。故而，当时颇有以此质疑鹤亭先生者，如郭则麓即以为："太清诗，罕见者。士可所刊本，诗亦不尽工，岂好事者附会为之欤？"[4]心史先生则怀疑："抑此本实即况本，故并无《渔歌》，所谓陈士可所得乃麏言耶？皆可疑也。"

1935 年 3 月，《心史丛刊》重印前，心史先生又为此文补记云："按冒君于报章见此稿即来访，云：'《天游阁集》后所引况氏笔记，实系旧笔。既得《东海渔歌》后，付梓时忘未删除。又《渔歌》所阙第二卷，近又得之，补印入集，版存西泠印社'云云。至太清事迹，冒君谓'无以难我'，然终信其旧闻为不误，并非由己始倡此言。'丁香花'诗以'缟衣人'三字，指

1. 鹤亭先生此说，系出一时戏言，故所作《孽海花闲话（中）》中，于此说之过于离奇之处予以纠正，其云："宣统初，作者（按：指曾朴）作此书（按：指《孽海花》）时，邓秋枚借余所评太清《天游阁集》，于神州国光社出版，内载余因见《太素集》'上元侍宴诗'自注有邸西为太平湖，邸东为太平街语，赋诗云……不意作者拾掇人书，唐突至此，我当堕拔舌地狱矣。"而下文所云："太清无被禁事，惟太素身后，不容于姑及其嫡子，自太平街邸携载钊、载初两子，叔文、以文两女出居养马营则有之。"则亦为承袭心史先生之言（见《丁香花》），《古今》第 44 期，第 1 页，1944 年。）鹤亭虽出此懊悔之言，然正如启功先生所云："曾书流传，冒书不显，谓蜚语之腾，至今未烬，而夫人（按：指顾春）之不幸，至今未已，亦无不可。"张璋编校：《顾太清、奕绘诗词合集》卷前启功《顾太清集序》，上海古籍出版社，1998 年。

2.《冒鹤亭先生年谱》，第 143 页。

3. 转引自《丁香花》，第 203 页。

4. 卞孝萱、姚松校点：《十朝诗乘》"太清"条，第 568 页，福建人民出版社，2000 年。

为定公眷属，冒君谓用诗语为解，会意甚正当，故无可非难。至‘长安俊物’一语，当时本关合定公诗，语甚含蓄，经仆揭出，遂尔透露，言次若有微愠也。”[1]鹤亭先生此行，虽为澄清疑虑，然其辞实不足解惑。且言语之际，亦可见二人之交游并未恢复，此亦雅人之憾。[2]

然心史于鹤亭其人并无成见可言，此据前揭心史致鹤亭之函即可想见。心史于冒氏先人受诬之辨正，用力至切，专为作《董小宛考》[3]以为反正，颇具廓清之功。[4]而以冒襄后世自居之鹤亭，自亦乐见心史此文，并以文中所言为据，以广视听。1902 年 12 月，鹤亭先生作《影梅庵忆语跋》，其中有关董小宛之事，即全依孟心史说，可见鹤亭于心史之考证，颇为许可。然鹤亭此文，几近六百言，并无一字提及心史，浑似所见皆自己出，则两人此时芥蒂未消，显然可见。鹤亭行文中不嫌剿袭，全用心史成言而不云，亦当肇源于此。

虽然，二氏于董小宛与董鄂妃本系两人之说所成共识，一时轰然众口，数十年来几无异议。而两人观点之相承，亦为并世人所共知，如高阳《董小宛入清宫始末诗证》云:“旧传清世祖伤宠妃董鄂氏之薨，出家于五台山。而董鄂氏者，实即如皋冒辟疆姬人董小宛。孟心史先生殊不谓然，专文考证，斥为诬妄。冒广生鹤亭，辟疆族裔，更从而力赞，故益无敢复持异议者，

1.《丁香花》，第 203-204 页。

2.太清著作之版本情况，可参张璋先生 :《顾太清、奕绘诗词合集 · 前言》。

3.见于《心史丛刊》三集，第 157-182 页。

4.关于董鄂妃即董小宛之谰言产生之始末，可参张润普《清宫闱三事辨》所记，其云 :“冒鹤亭言上项讹传，缘盛伯熙一日约黄仲弢、王廉生、沈子培、易实甫小宴，谈及顺治出家，系为董后亡故悼念弃位。遂谓董后必有如小宛，始值得为之敝屣帝位。易实甫因以《顺治出家》与《影梅庵忆语》合印一册，世遂传为信史。子培尝戏谓鹤亭 : 阎王如审此案，彼可与鹤亭出庭证明实甫造谣之罪。鹤亭曾跋《影梅庵忆语》，谓小宛墓明明在如皋故居，尚有小宛侍婢附葬，何有入宫之事? 况《忆语》当时曾遍征同人题咏，如姬人被帝夺去，清初文网甚密，焉敢行之歌咏，流布世间，以触帝怒!”(张伯驹编著 :《春游社琐谈 · 素月楼联语》合订本《春游社琐谈》卷四，第 176 页，北京出版社，1998 年。) 而鹤亭自述此事之缘起云 :“龙阳易顺鼎以《皇后行状》(按 : 指董鄂妃) 及《忆语》合刊，其始犹含沙之蜮耳，其继粤人罗惇曧、闽人陈衍则公然笔之于书矣。其所据者梅村之诗……”《小三吾亭文丙集·影梅庵忆语跋》，上海博物馆藏稿本。

五十年来，几成定论。”[1] 此正见冒、孟二氏当日持论所成影响，亦可知心史先生所论，当日必深得鹤亭先生心许。

心史先生一生为学为文，皆以实事求是为准，是是非非，绝无妥协苟且之处，尝论其治学之旨云：“吾曹于清一代，原无所加甚其爱憎，特传疑传信为操觚者之责，不欲随波逐流，辄于谈清故者有所辩证。偶举一事，不惮罗列旧说，稍稍详其原委，非敢务博贪多，冀折中少得真相耳。”[2] 又云：“凡作小说。劈空结撰可也，倒乱史事，殊伤道德。即或比附史事，加以色泽，或并穿插其间，世间亦自有此一体。然不应将无作有，以流言掩实事。止可以其事本属离奇，而用文笔加甚之，不得节外生枝，纯用指鹿为马方法，对历史上肆无忌惮，毁记载之信用。事关公德，不可不辨也。”[3] 故而心史之于鹤亭，既无阿好，又无苟从，一以实证为去取。无论其辨鹤亭所云龚自珍与顾春之流言，抑或其辨董小宛入宫之不经，皆可由此观之。此亦见老辈学人风尚之一端耳。

（本文发表于《中国典籍与文化》，2006 年第 4 期。）

1. 见于《高阳说诗》，第 160 页，辽宁教育出版社，1998 年。
2.《心史丛刊序》。
3.《董小宛考》，第 157 页。

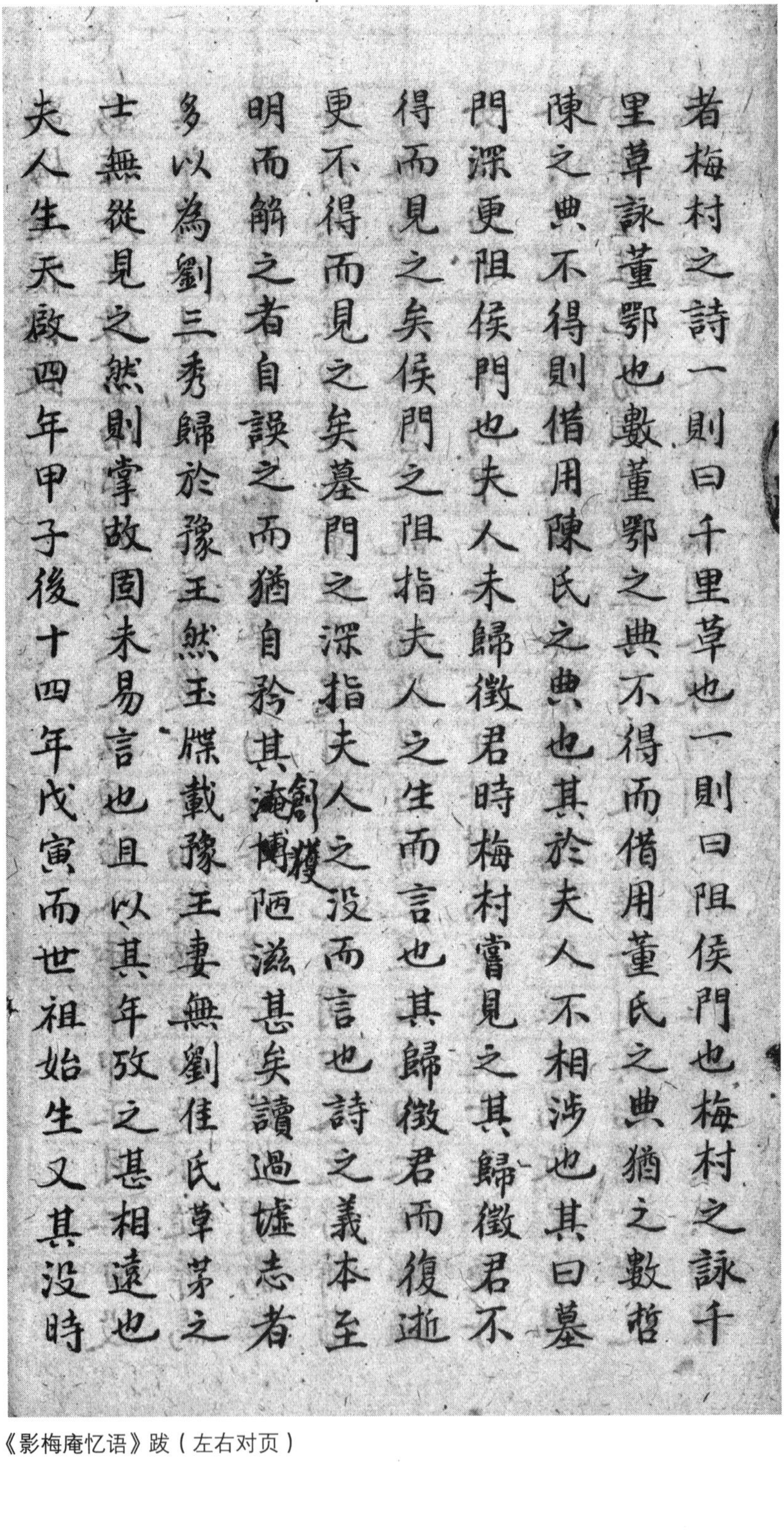
者梅村之詩一則曰千里草也一則曰阻侯門也梅村之詠千里草詠董鄂也數董鄂之典不得而借用董氏之典猶之數哲陳之典不得則借用陳氏之典也其於夫人不相涉也其曰墓門深更阻侯門也夫人未歸徵君時梅村嘗見之其歸徵君不得而見之矣侯門之阻指夫人之生而言也其歸徵君而復逝更不得而見之矣墓門之深指夫人之沒而言也詩之義本至明而解之者自誤之而猶自矜其淹博陋滋甚矣讀過墟志者多以為劉三秀歸於豫王然玉牒載豫王妻無劉佳氏草茅之士無從見之然則掌故固未易言也且以其年攷之甚相遠也夫人生天啟四年甲子後十四年戊寅而世祖始生又其沒時

《影梅庵忆语》跋（左右对页）

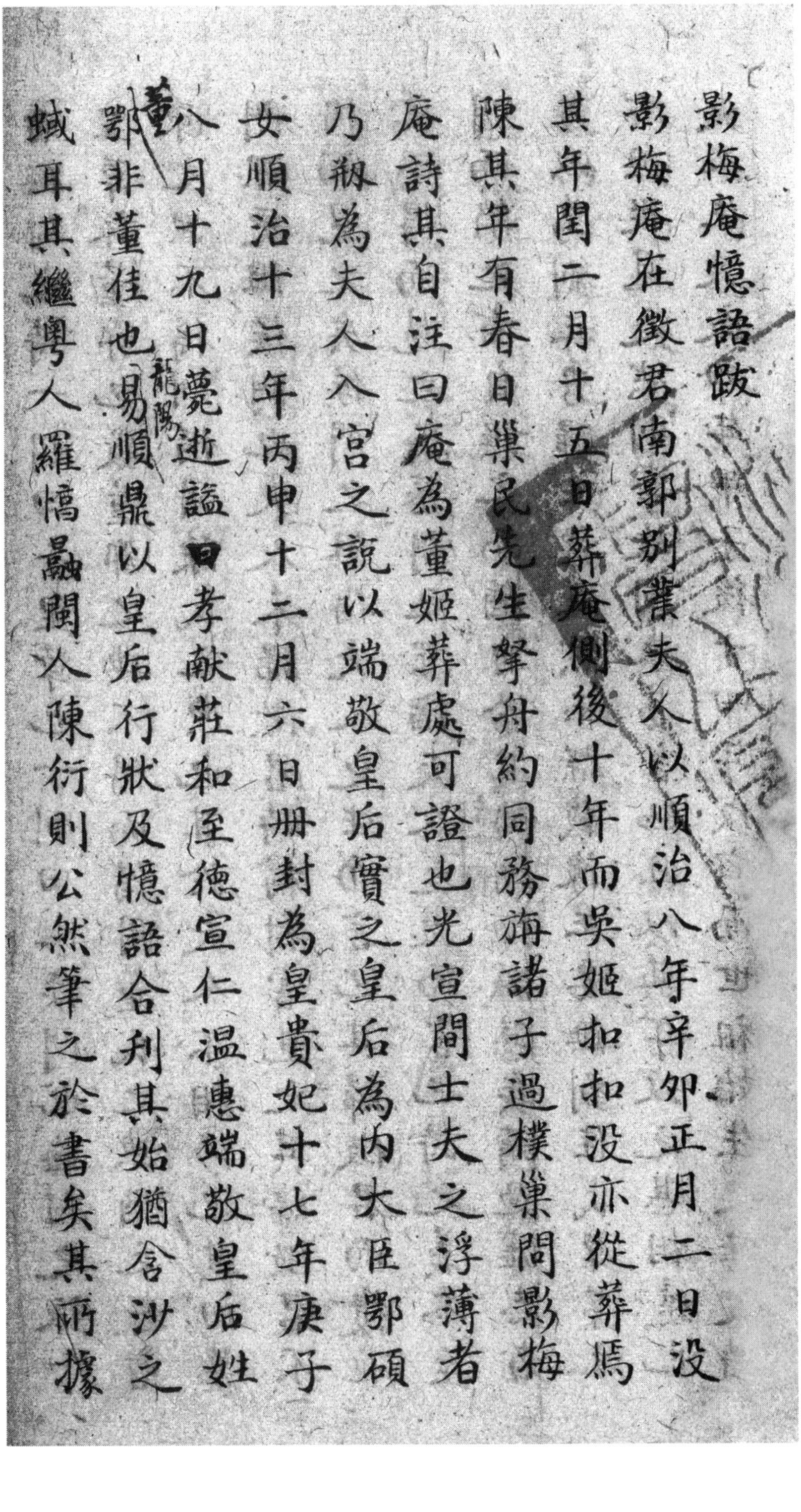

影梅庵憶語跋

影梅庵在徵君南郭别業夫人以順治八年辛卯正月二日没其年閏二月十五日葬庵側後十年而吳姬扣扣没亦從葬焉陳其年有春日巢民先生拏舟約同務旃諸子過樸巢問影梅庵詩其自注曰庵為董姬葬處可證也光宣間士夫之浮薄者乃刱為夫人入宮之說以端敬皇后實之皇后為内大臣鄂碩女順治十三年丙申十二月六日册封為皇貴妃十七年庚子八月十九日薨逝謚曰孝獻莊和至德宣仁溫惠端敬皇后姓董鄂非董佳也易順鼎（龍陽）以皇后行狀及憶語合刊其始猶含沙之蜮耳其繼粵人羅惇曧閩人陳衍則公然筆之於書矣其所據

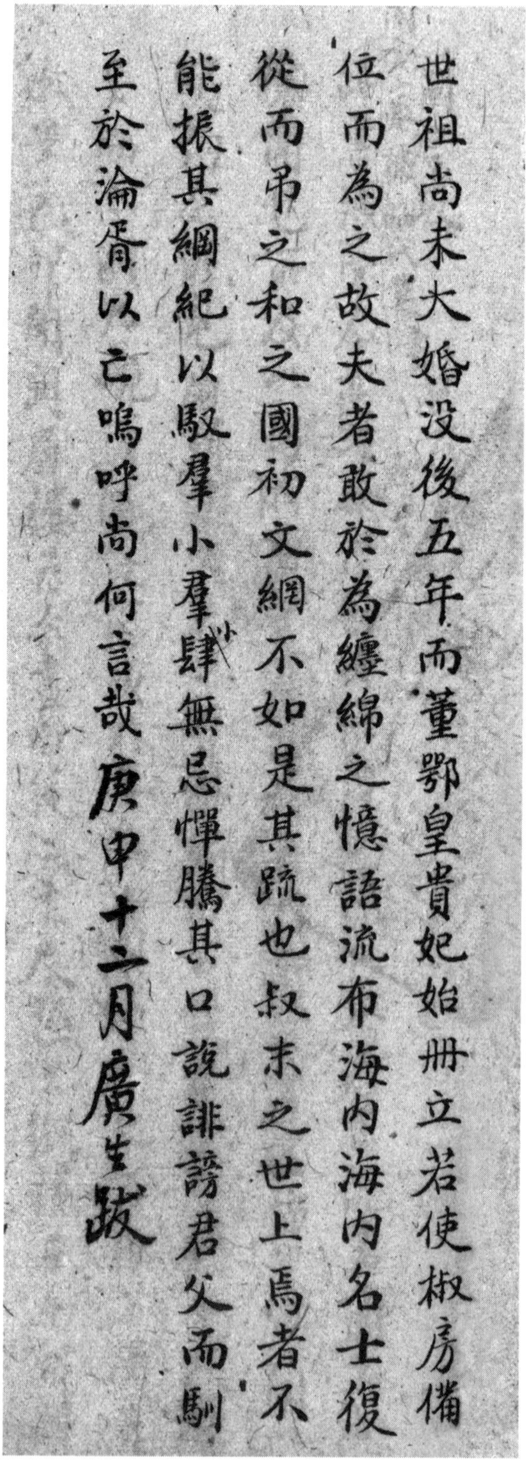

世祖尚未大婚没後五年而董鄂皇貴妃始冊立若使椒房備
位而為之故夫者敢於為纏綿之憶語流布海內海內名士復
從而弔之和之國初文網不如是其疏也叔末之世上焉者不
能振其綱紀以馭羣小羣小肆無忌憚騰其口說誹謗君父而馴
至於淪胥以亡嗚呼尚何言哉庚申十二月廣生跋

《影梅庵忆语》跋（续前）

兴化李审言与长洲叶鞠裳二先生交游略记[1]

李详（1859–1931），字审言，中年后又字愧生，江苏扬州兴化县人，清末民初文学家，扬州学派后期代表人物，以骈文知名于当世。其著作以笺注为多，有《选学拾渖》、《文心雕龙补注》、《颜氏家训补注》、《杜诗证选》等，又有《窳记》（后改名《愧生丛录》）、《药裹慵谈》等札记掌故之作。辛亥后居上海，受贵池刘世珩之邀馆其家，并协助校刻书籍。叶昌炽（1849–1917），字颂鲁，号鞠裳，又作鞠裳，江苏苏州长洲县人。光绪十五年进士，官至甘肃提学使。有《辛臼簃诗隐》、《奇觚庼诗集》、《奇觚庼文集》、《缘督庐日记》等传世。审言与鞠裳二氏，皆以学术文章名重一时，今藉拙文《兴化李审言先生年谱稿》初稿草就之机，拈出其间关涉二氏往来之文字，以见其交游始末，并窥老辈风流于一斑。此篇所采，几皆初次文献，然二先生往还之事实，已自可见，故不复费辞疏解矣。

民国二年癸丑（1913）审言五十五岁，鞠裳六十五岁

三月十四日，以南陵徐积余乃昌之介，结识长洲叶鞠裳昌炽。

《叶昌炽日记》："兴化李君审言名详，孰精选学。旧在蒯礼卿前辈处课读，今为聚卿延教其子弟。午后介积余同来，衣冠甚古，望而知为朴学。出所

---

1. 东北师范大学副教授王立民博士提供《叶昌炽日记》中有关李审言之信息，特此致谢。

著《愧生丛录》一册为贽，‘愧生’其自号也。又赠七言古诗一首，起二句云：‘雁宕龙湫古未辟，伐木登山奇始获。’又云：‘体仿杂事南宋诗，碑广韩陵北朝石。’颇能推见著书之意，但愧不敢当耳。”[1]

三月十六日，繭裳作七古一首次审言赠诗原韵：

兴化李审言明经（详），江以北学者也。介积余观察过访，投诗为贽，即次原韵奉答。

蚕凫高高五丁辟，谁举百钧惟贲获。

挚虞流别论文章，诗到张为图主客。

其言粗可导谟觞，未必溯源自碣石。

抱经昔闻卢绍弓，今来海上逢李翁。

论诗家有文选学，一字不苟崇贤同。

胶言旁证在祧列，萧楼作者何匆匆。

惟君著书日仰屋，津逮百家到泸渎。

新诗赠我只余事，不数马工与枚速。

服膺不觉汗且僵，握手相看鬓已秃。

海市一廛非首阳，广陵自有履道坊。

肇经老人全盛日，海内河岳星辰望。

雷塘弟子广著录，鹤寿况有名山藏。

人才不共市朝变，君是题襟后来彦。

郑堂容甫有典型，淮海英灵喜重见。

赏音昔已遇桓谭，传业今更得刘炫。（君旧为蒯礼卿前辈客，今馆刘葱石参议玉海堂，为课其子弟。）

玉海堂客皆羊求，巾车欲驾怅阻修。

人间何世且莫问，大者窃国小窃钩。

1.《叶昌炽日记》第十一册，第7113页，江苏古籍出版社，2002年。

不如共享千金帚，一扫茫茫万古愁。[1]

附原作：

雁宕龙湫古未辟，伐木登山奇始获。
叶君爱奇善著书，凿险缒幽如谢客。
体仿杂事南宋诗，碑广韩陵北朝石。
善言物始推檀弓，岿然不朽惟此翁。
随珠郢璧翫掌握，蛮陬夷落趋来同。
金闺通籍廿余载，牛腰稇束归匆匆。
洞庭烟水涵林屋，投老栖身依木渎。
童乌不秀与玄稀，灵鹣蚤世流尘速。
借观纷见一鸱投，传钞几费千兔秃。
摹印悬门似濮阳，怀见争叩睦亲坊。
晁陈欧赵无此业，东马严徐非所望。
桓谭书敌猗顿富，征室寿永名山藏。
宇宙崩腾市朝变，汉季交州集群彦。
缪徐说君不去口，肯为先游期一见。
闻声相思业有年，识面后时轻自炫。
徐君慷慨为我求，驱车驱车抨蹇修。
诗篇聊塍爵里刺，文采惜乏珊瑚钩。
三士谈道殊不恶，且与湔祓平生愁。

1. 第 7114-7116 页。又鞠裳致审言函中所附诗与此略异（画线标示），此当系初稿。函中所附者曰："李审言先生介积余观察过访并贶佳章敬次原韵奉答：六艺扃键世莫辟，孰窥其藩过责获。文章流别溯挚虞，诗到张为图主客。其言粗可示谟觞，未必导源自碣石。抱经昔闻卢绍弓，今来海上逢李翁。论诗家有文选学，一字不苟崇贤同。胶言旁证在祧列，萧楼作者何匆匆。惟君著书日仰屋，津逮百家到沪渎。新诗赠我只余事，不数马工与枚速。服膺不觉汗且僵，握手相看鬓已秃。海市一廛非首阳，广陵自有履道坊。擘经老人全盛日，海内河岳星辰望。雷塘弟子广著录，鹤寿况有名山藏。人才不共市朝变，君是题襟后来彦。郑堂容甫有典型，淮海英灵今再见。赏音昔幸遇桓谭，传业今更得刘炫。玉海堂客皆羊求，巾车欲驾怅阻修。人间何世且莫问，大者窃国小窃钩。何如共享千金帚，一埽茫茫万古愁。长洲叶昌炽未是草。"诗柬前钤"叶氏"、"可怜无益费精神"朱文长方印，后钤"双云阁"朱文方印。

三月十八日，藕裳以所作七古托徐积余转交审言。

《叶昌炽日记》:“晨以一函致积余借书，附古诗一首托转交李翁。适逢其同舍治丧，执绋在途，至晚始有复书来。送至《梁书四》一册、《陈书》二册、《隋书》三册（《地理志》一本，又首尾二本）。拙稿两种前已赠之，言为李审言取去。”[1]

五月初六，徐积余招饮。

《艺风老人日记》:“积余招饮，菊裳、瘦唐、菊生、审言、聚卿、梅庵、苏龛、伯严同席。”[2]

《叶昌炽日记》:“积余招同兴楼。今日适为先妣忌辰，本拟函辞，但辞必改期，非所以恤主人也。座中有葱石，屡约而未能一见。奴子病足，携杖独往。主人为特设素肴，亦未举箸，清谈啜茗而已。同坐九人，艺风、审言之外，陈伯严同年三立、胡瘦唐侍御思敬、李梅庵观察瑞清，皆初识荆。郑苏龛、张藕生则旧雨也。”[3]

五月初八，藕裳收得审言函。

五月初十，藕裳作函与审言。

《叶昌炽日记》:“审言索观崔忻井阑诗，午后手录一通并作函付邮。”[4]

叶昌炽致李详函第二通

审言先生执事:昨奉惠函，敬悉。前蒙赠诗，怀袖讽诵，辄置左右。适葱石兄以拓本见贶，遂用原韵赋谢一首（非和章也），率尔之作，未

1.《叶昌炽日记》第十一册，第 7117 页。
2.《艺风老人日记》第七册，第 2600 页。
3.《叶昌炽日记》第十一册，第 7139 页。
4. 第 7141 页。

敢写上，既承索观，就正有道，并祈转呈忩公为荷。弟喜收乡先哲遗书，《思适斋笔记》尚悬梦寐中，校庵书亦未见，但知其《怀旧》、《卬须》两集及注梅村诗耳。尊藏手稿闻之神往，倘蒙携来沪上假录一副，感何如之。

手此布复，敬颂吟安。

弟昌炽顿首。

初十。[1]

又附《刘葱石参议赠唐崔忻井阑拓本赋谢一首用李审言先生诗韵》：

敦煌石室喜新辟，上掕裴岑与侯获。
阙特勤汗和林碑，远自龙庭归典客。
刘侯示我崔忻铭，又见黄金山下石。
轩然使笔如使弓，善射突过猿臂翁。
雕盘仿佛鹤铭势，字小难与摩崖同。
沙沈浪淘过千载，鲵渊岁月何匆匆。
封泰山铭大于屋，银简梭龙秩祀渎。
想见开元全胜时，持节宣劳四牡速。
岂若栘中汉使书，海上看羊节毛秃。
博陵崔等卢范阳，宰相世系鸣珂坊。
元宗初政有姚宋，万里凿空非博望。
但宣国威绥东裔，毋不宾如丽王藏。
此井虽眢阑未变，海东石交剩二产。
其一好太王巨碑，欧赵平生皆未见。
可怜珍此珣□琪，碧眼贾胡不知炫。
吁嗟乎！

1. 上海博物馆藏原件。

豕蛇荐食先流求，藩篱一撤谁能修。

骎骎狧糠渐及米，犹窥九鼎争射钩。

摩挲片石三叹息，白山东望风云愁。

缘裂呈稿。

五月十一日，审言托徐积余转交鞠裳已所撰《海上流人征事启》。

《叶昌炽日记》："今日为黄荛翁百五十岁生辰……积余又为李审言袖交《海上流人录征事启》骈文，胎息甚古，然欲仿《永嘉流人录》之例为海上寄公人作小传，近于标榜声气，不敢与闻也。"[1]

五月十四日，鞠裳作七古一首，讽谏审言。

《叶昌炽日记》："作七言古诗一首。三迭前韵赠审言。闻撰《海上流人录》，正在征求事实，此汝南月旦评也。以俟后贤，不亦可乎！并以讽之。"[2]

蒯侯燕谈过王辟，一编胸中有野获。（蒯礼卿前辈熟于咸同以来朝野掌故，君客秦淮，馆其家最久，尝述礼卿自言胸中有一部《野获编》。）

山阳邻笛有同悲，况是郑公老宾客。

避地相逢玉海堂，题名还忆钟山石。

一字何如五石弓，传经世无漫仲翁。

喜君媚学老未倦，嗜好与我酸咸同。

六家异流源则一，为君更仆难匆匆。

秦南仓畔枕江屋，家有颜井与孔渎。

雕龙一注虽未成，（君为礼卿注《文心雕龙》未就）倚马万言不期速。

故书岂仅刊别淮，新说相从受元禿。

长沙瑞安如孙阳，天骥腾跃飞龙坊。（君受知于瑞安黄漱兰、长沙王益吾两学使。）

1.《叶昌炽日记》第十一册，第7142-7143页。

2.第7145-7146页。

我如凡马噤不动，敢同袭美抗鲁望。
神州陆沈风雅息，干莫出匣终然藏。
梅子熟时晴雨变，海上酒楼集群彦。
春佣饼师皆吾徒，同是流人镇常见。
但当避俗如避雠，剑气珠光莫轻炫。
洛下即非何伯求，刊章安必无牢修。
侧身天地叹靡所，如鸟避缴鱼惊钩。
鸡鸣风雨苦相忆，得见争如未见愁。

五月十六日，徐积余招海上流寓诸君子同集，座客有刘聚卿、陈三立、缪筱珊、李审言、叶鞠裳、临川李梅庵瑞清、新昌胡瘦唐思敬、郑苏堪、张菊生。

《叶昌炽日记》："徐积余观察招海上流寓诸君子同集，酒罢放歌，四迭前韵。"[1]

建安文轸徐（积余）刘（葱石）辟，折柬新亭辞不获。
举杯且复中圣人，滥宇曷尝容俗客。
稗海以外谈九州，大户当前饮一石。
晬然长者陈仲弓（陈伯严同年三立），吾乡缪翁（筱珊）与李翁（审言）。
侍御（胡瘦君侍御思敬）章疏挂人口，觥觥直节临川同。（李梅庵观察瑞清）
苏盦郑君（孝胥）吾旧雨，别二十载何匆匆。
螺浮后人（张菊生参议元济）书满屋，家有涉园在盐渎。
同是黍离麦秀悲，今日河山嗟太速。
道旁观者惊酒狂，踊棓如窥跋眇秃。

1.《叶昌炽日记》第十一册，第 7147–7148 页。

威凤一鸣在朝阳，青骢回首宣南坊。
爰居避风鸿渐野，国门一出还北望。
嘉遯岂必在岩壑，渺焉一粟沧海藏。
白龙鱼服须臾变，憔悴承明旧时彦。
黄冠皁帽共行吟，曲突徙薪有先见。
江湖从此寄公多，楼阁方惊化人炫。
悠悠苍天我何求，谷音月社皆前修。
驱车驱车且归去，管弦十里珠帘钩。
松江晚潮正呜咽，荡尽今愁与古愁。

十月二十八日，鞠裳收得审言来函一通。

《叶昌炽日记》："得李审言明经书，言吴枚庵自定诗稿已携在行箧，可寄示，欲易五十元。"[1]

十一月初三，鞠裳发审言函。

叶昌炽致李详函第三通

审言先生执事：展奉惠书，披函申纸，如亲言笑之晏晏。文旌锦旋之日，正下走小极之时，自夏徂秋，屡濒于危。今虽幸获首邱，精膂销竭，键户不出，携杖而后起。旧业尽废，无可告慰。承示吴枚庵先生手稿，稿在行箧，倘蒙寄读，感何如之！如有同好，自当如尊属转达，但吴下士大夫好古者近亦寥寥耳。聚翁近刊何书？双雷阁中有新得否？积余观察想常过从，乞致念忱。

专肃布复，敬颂著安不一。

弟昌炽顿首。

十一月朔。[2]

1.《叶昌炽日记》第十一册，第 7210 页。

2.上海博物馆藏原件。

又附一纸

再，枚庵集如邮便不妥，后马路景行里内北头李宏兴祥记纱缎庄敝处亦有一庄附庸在内，庄友顾绶若君可以转托寄苏。但数椽之屋，庄号林立，必须问明面交顾君为妥。顾如不在，尚有一潘姓者，亦可付之。

再请吟祉。缘裻又启。

十一月初九，鞠裳收得审言来函一通。

《叶昌炽日记》:“得李审言书。寄至吴枚庵诗写本，似手稿，有删改处。眉端间有诸家评语，题曰：‘与稽斋丛稿’。原本三十卷，今佚存二十卷，诗词全，自二十一卷以下皆缺，计阙《杂文》四卷、《雨窗怀旧录》四卷、《诗臆》一卷、《楚游纪程》、《宋游记程》合一卷。尚有附录三种，曰《楚游赠言》、曰《借书图题词》、曰《捻须索句图题词》，亦佚。据审翁自跋，同治乙丑其太翁客于吾郡，在阊门外冷摊得此集。未知海内尚有完本否？”[1]

十一月十三日，鞠裳寄审言函。

叶昌炽致李详函第四通

审言先生有道：昨奉瑶章并吴诗四册，费神，心感之至！枚庵嘉道间吾郡藏书家，亦为诗人。所辑《印须》、《怀旧》两集各二十卷，又注梅村诗，弟皆有藏本，惟未见此集。寒灯披诵，欢悦无量！所佚《怀旧录》，疑即《怀旧集》之题词，未知海内尚有完本否？吾家茗老《吹网录》《鸥陂渔话》两种，旧在郡城尤鼎孚中翰宅印售，未知其归张孝廉，如觅得即奉寄。觉师诗三十年在校郊先生处得之甚易，自先师归道山，其后人不振，久不见印行，市上亦未必可问津矣。

1.《叶昌炽日记》第十一册，第 7216-7217 页。

手此复上，敬颂著安不一。

弟昌炽顿首。

十一日灯下。[1]

十一月二十日，鞠裳收得审言来函一通。

《叶昌炽日记》：“得李审言函，言积余移居外虹口兆丰路二十三号，与雪澄寓庐近矣。聚卿诣崇陵负土。讹言节庵以身殉，此耗果真，柳堂先生为不孤矣。董授经同年以所藏书至海上待价，宋刊《吴郡志》以艺风作缘以八百元售与南浔一富翁，非翰怡即张石铭也。又言《皇明典礼》世无传本，靖难以后五百余年未见天日，新从友人处得见，前有建文三年御制序，共九十叶，皮纸精印。”[2]

十一月二十五日，鞠裳又得审言函。并馈松泉白玫瑰酒两瓶、笋干二斤、白糖三斤，报鞠裳枇杷之贶也。

十一月二十七日，鞠裳复审言函，请以三十元为寿，以吴集归叶。

叶昌炽致李详函第五通

审言先生侍史：昨奉惠简，敬承一一。吴伊仲集诚为吾乡瑰宝，但自国变以后，异学蜂起，抱残守阙者甚少，贫士虽好而无力。弟又杜门养闲，不通一客，置案头匝月，竟无觅主之处。但先生度岁需资，既承垂诿，自当尽力。弟家食既久，同在困阸，请以叁十元为先生寿，（否则此戋戋者，有无尚可相通，况为友为古人乎！决不敢托词也。）其书暂留敝笥，璧与祊田仍随时可各归其主。书在先生处，犹在吾郡也。弟平生不敢作妄语，敬率臆直陈，候示遵行。

1. 上海博物馆藏原件。
2.《叶昌炽日记》第十一册，第 7227-7228 页。

手此，敬颂著安。

弟昌炽顿首。

廿七。[1]

十一月二十九日，叶鞠裳收得审言来函一通。

《叶昌炽日记》[2]:“得李审言快信一函。吴集允三十元见归，请益拙稿两部。‘永远杜卖’、‘找绝’等词甚不雅驯，李君为失言矣。”

十二月初一，叶鞠裳托寄审言函一通。

《叶昌炽日记》:“闻仲侯午车赴沪，即送去一缄。附复审言函，由沪庄付书价三十元、《藏书纪事诗》竹纸一部，告以《语石》已售罄，未续印。”[3]

叶昌炽致李详函第七通

审言先生有道：奉今日快信，诸承雅谊，先哲来学，皆所感仰，敬佩无似。翊晨适有舍甥赴沪庄之便，业已属其照付而立之数。早车旁午即到，无须快信也。但岁暮庄友尤忙，仆辈又未可信，务请先生屈驾到敝庄晤顾绶若君面取。承示带一盖印收条，极感！顾君贸易中人，非此恐其踌躇也。拙稿敬遵嘱带上《藏书纪事诗》一部，亦在顾君处。《语石》非有出纳之吝，秋间早已售罄，容后再图报命。屡承以题词见嘱，一切惟命，但俚言不足为枚庵重耳。

天寒匆促，不及缕缕，敬颂著安。

弟昌炽顿首。

十一月晦灯下。

1. 上海博物馆藏原件。
2.《叶昌炽日记》第十一册，第 7232-7233 页。
3. 第 7233-7234 页。

能赐一收示尤感。交敝庄转递甚妥。聚翁想已南旋，幸为致意。[1]

十二月初六，鞠裳收得审言函，知书价已付讫。

民国四年乙卯（1915）审言五十七岁，鞠裳六十七岁

五月十七日，鞠裳收得审言一函、骈文旧稿一卷，求作序。

《叶昌炽日记》："得李审言一函、骈文旧稿一卷，求作序。云先有谭仲修、冯梦华两序，今子培、艺风亦允赠言矣。然则需鄙人一纸为诸公作舆台乎？又赠诗两绝为羔雁，颇不俗。录于后：吴閶匹练亘云天，处逸通人继宋廛。昨过春明坊畔宅，轻装早泛夜航船（顾访沪寓未值故云）。喜无长柄问胡卢，老惜雕虫付白须。欲乞范阳张壮武，高名先为序三都。（常怪张茂先物望在士安右，又善文章，何不序《三都》？此疑窦也。）"[2]

五月二十日，叶鞠裳寄审言一函，言展期当作文序以报命。

叶昌炽致李详函第一通

审言先生执事：风雨如晦，驰思正切。忽奉惠简，并知纡驾枉顾寓庐，有失倒屣，抱歉良深。伏读大著，渊懿典雅，卓然名家。赐诗隶事深稳，情韵不匮，与致乙庵两绝各极其妙，但承推奖逾分，匪所敢承耳。属撰序言，自愧伧荒，得随谭、冯诸贤之后，良以附骥为幸！惟羸躯自海上病归，归而益病。自交黄梅以后，困于暑湿，神思昏怠，不操觚翰者已久。可否稍展其期，贱恙稍闲即当报命。邮票二十分仍奉缴，苏沪函牍特有往还，过费清神，转所不安，先生可移为别用也。

匆匆布复，敬颂著安。

---

1. 上海博物馆藏原件。
2.《叶昌炽日记》第十二册，第 7559-7560 页。

弟昌炽顿首。

五月十九。[1]

七月十二日，鞠裳作成审言骈文稿序。

《叶昌炽日记》：“作李审言骈文稿序一首，先有谭仲修、冯梦华两序，难乎为继。六七日前即创腹稿，因病而辍，今日始力疾续成之。”[2]

七月十四日，叶鞠裳改定审言骈文序，自缮清稿一通，并于次日寄出。

《叶昌炽日记》七月十五日：“寄李审言书、骈文序一首、原稿二册，双挂号……”[3]

七月十八日，鞠裳得审言书，谢撰序。

七月二十八日，鞠裳得审言寄骈文两部，并于次日作复感谢。

《叶昌炽日记》：“午前欲寄云间信，正在缮函而海上邮筒迭至。阁笔披览，一为李审言寄骈文两部，其弟子江宁蒋苏庵以活字排印，又益蓺风、子培两序，无函。”[4]

叶昌炽致李详函第八通

审言先生侍史：前奉还云，敬承一一。顷又承颁到大集两部，发函申纸，如获珠船，珍之荷之。拙序荒陋，只可付诸酱瓿，辱先生不弃，俾与诸贤并列，何愧如之！乙庵先生作闳雅简质，义深元渊，足以俯视一切，尤所心折。蒋君阅年尚少，美才好学，亦可喜也。

---

1. 上海博物馆藏原件。
2.《叶昌炽日记》第十二册，第 7581 页。
3. 第 7582 页。
4. 第 7589 页。

手此复谢，敬颂著安。

弟昌炽顿首。

七月廿八。[1]

民国五年丙辰（1916）审言五十八岁，鞠裳六十八岁

十月二十四日，审言赠叶鞠裳《丙辰怀人诗》铅印本一册。

十一月十四日，鞠裳得审言书并旧抄本两册。

《叶昌炽日记》："又得李审言书。附到旧钞样本两种各二册，一为宋林之奇《尚书全解》，云是毛钞。余所见汲古本多矣，似不如此，但纸墨尚古耳。一为吴农祥《流铅集》，方文辀选定之本，欲售翰怡，求为介绍。吴集索百元，林书又增六十，此当问醉愚，鄙人雅不愿居间。"[2]

叶昌炽致李详函第六通

审言仁兄先生著席：展诵惠简，并两书敬悉。弟衰病多畏，到此即与翰怡约，一切作缘事，无论雅郑，皆不与闻。但先生所命何敢却？瑶华在案，适为所见，即遵属转呈，俟其平章既定，再行奉闻。益庵不在此，当转告醉愚，此后如有商榷，或径告醉愚更属直捷。贱疡尚未愈，沉疴之后，惫至不堪，恕不宣悉。

手此，复颂著安。

弟昌炽顿首。

十一月望[3]

---

1. 上海博物馆藏原件。
2.《叶昌炽日记》第十二册，第 7885 页。
3. 上海博物馆藏原件。

十一月十六日，鞠裳发致审言函。

十一月二十一日，鞠裳阅审言《怀人诗》，有感泣下。

《叶昌炽日记》："李审言赠《怀人诗》一册，皆寄怀海上知交之作。不遗下走，并及亡儿，阅之怃然欲涕。"[1]

民国六年丁巳（1917）审言五十九岁，鞠裳六十九岁

九月二十二日，叶鞠裳卒，年六十九。

（本文发表于《版本目录学研究》第一辑，国家图书馆出版社，2009年。）

1.《叶昌炽日记》第十二册，第7892页。

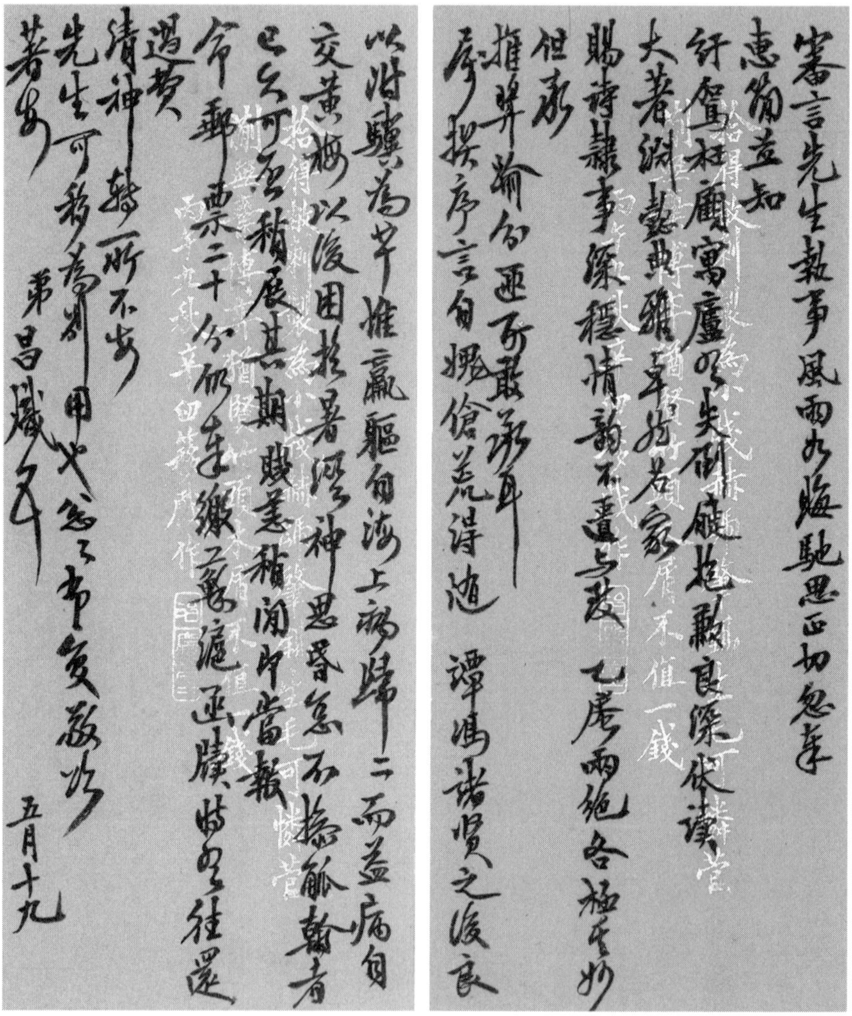

叶昌炽致李详函第一通

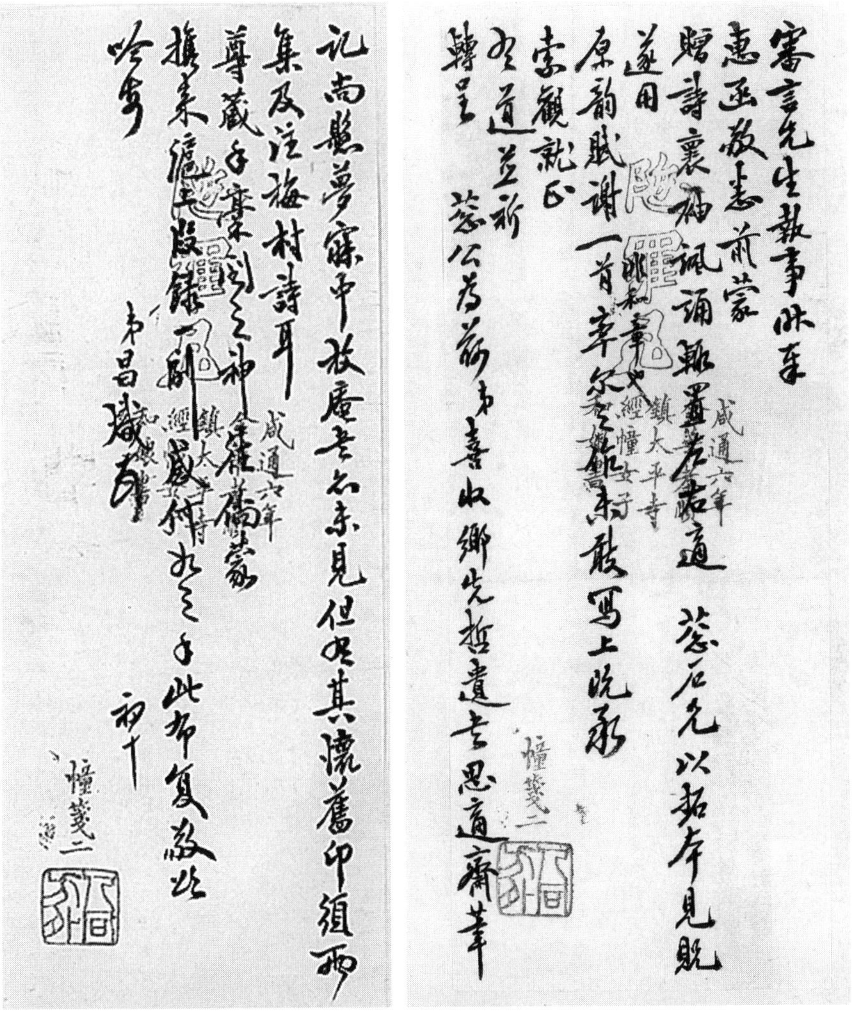

審言先生執事昨奉
惠函敬悉前蒙
贈詩褒拂諷誦難罄虔忱適　蕤石兄以拓本見貺
遂用
原韵賦謝一首率爾寫上既承
審觀就正
又道並祈
轉呈　蕤公為荷弟喜收鄉先哲遺書思適齋集
記尚懸夢寐中數屆書名未見但見其懷舊印組兩
集及注梅村詩耳
尊藏千案刻之神仙篇蒙
携來續長段錄何如之乎此布復敬頌
吟安
弟昌熾頓首　初十

叶昌炽致李详函第二通

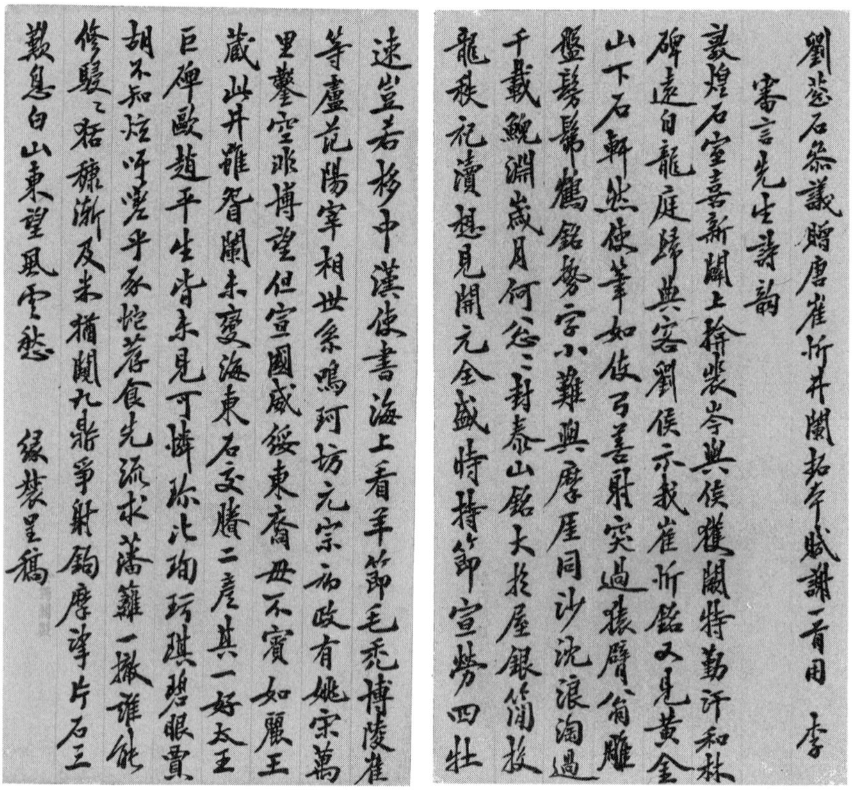
劉芝石參議贈唐崔圻井闌拓本賦謝一首用 李
審言先生詩韻
敦煌石室嘉新闢上揚裴岑與侯獲闕特勤汗和林
碑遠自龍庭歸與客劉侯亦我崔圻銘又見黃金
山下石軒然使筆如使弓善射突過張僻翁雕
盤髮鬅鬙鸞銘參字小難與摩崖同沙沉浪淘過
千載魏淵歲月何悠悠封泰山銘大於屋銀箔拔
龍秋祀瀆趣見開元全盛時持節宣勞四牡
遠豈若秘中漢使書海上看手節毛禿博陵崔
等盧范陽宰相世系鳴珂坊元宗而政有姚宋萬
里鑿空非博望但宣國威綏東裔毋不賓如麗王
藏此井雖習闌未變海東石交勝二虔其一好太王
巨碑歐趙平生皆未見可憐琢汎珣玗琪碧眼賈
胡不知炫呼嗟乎豕蛇薦食先流求藩籬一撤誰能
修騣騣稀漸及米猶聞九鼎爭射鉤摩挲片石三
歎息白山東望風雲愁　緣督呈稿

叶昌炽致李详函第二通附诗

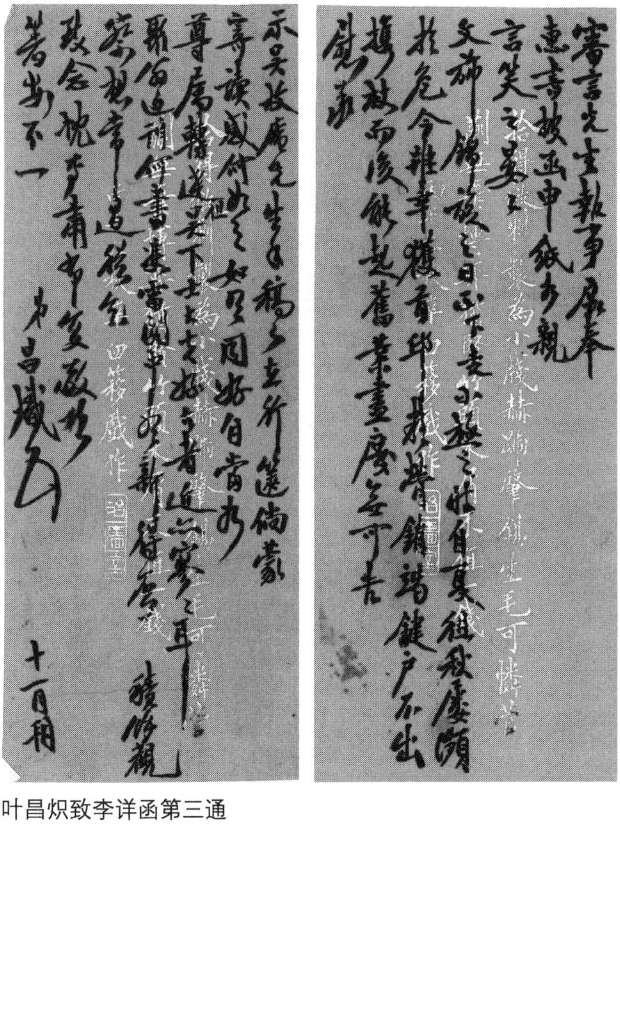

叶昌炽致李详函第三通

（第三通附一纸）

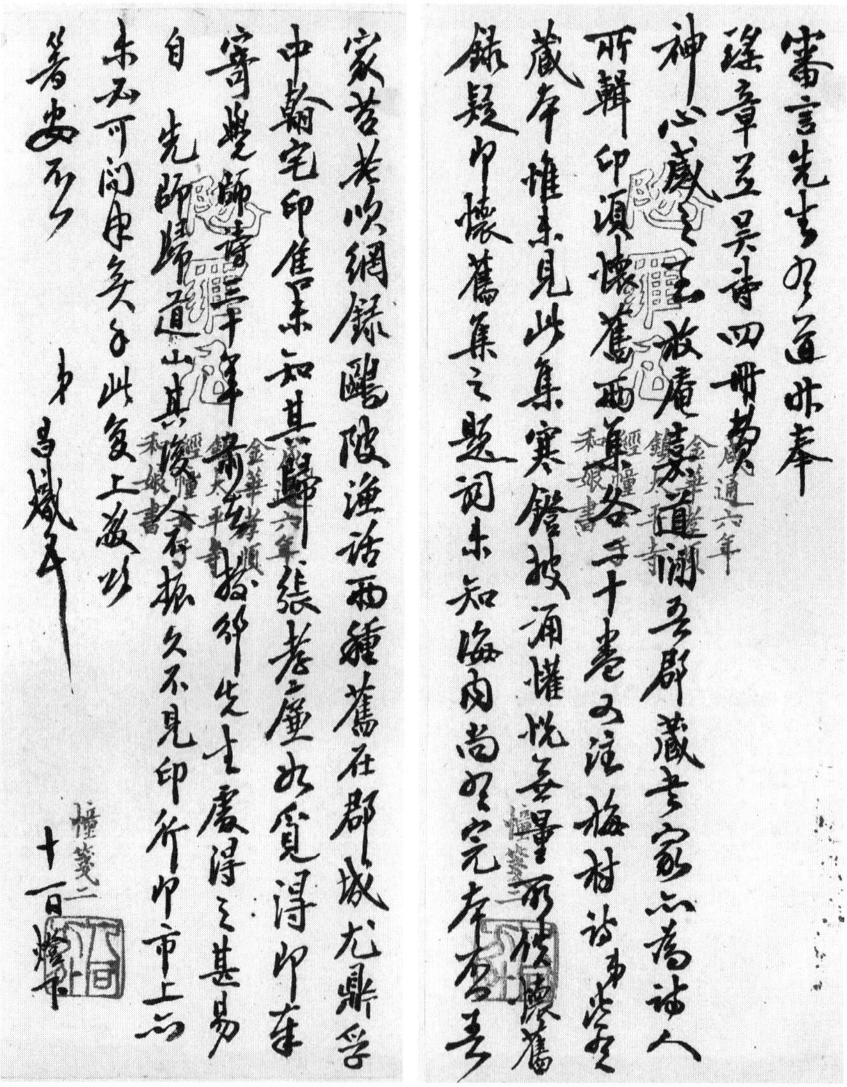
審言先生閣下：道昨奉
諭章並吳詩四冊拜領
神心感之。至故庵黃道潤吾郡藏書家，亦為詩人
所難印，須懷舊兩集各若干卷，又注梅村詩，亦嘗見
藏本。惟未見此集，寒齋被涌權[illegible]無事，所作懷舊
錄，疑即懷舊集之題詞。未知海內尚有完本否。
家若芝吹網錄、鷗陂漁話兩種，舊在郡城尤鼎孚
中翰宅印售，未知其歸。張若虛如覓得，即奉
寄。曼師遺書二十年前亦擬付先生處，得之甚易。
自先師歸道山，其後人存板久不見印行，即市上亦
未可問津矣。手此，復上，敬頌
著安。不一。 弟昌熾頓首 十一日

叶昌炽致李详函第四通

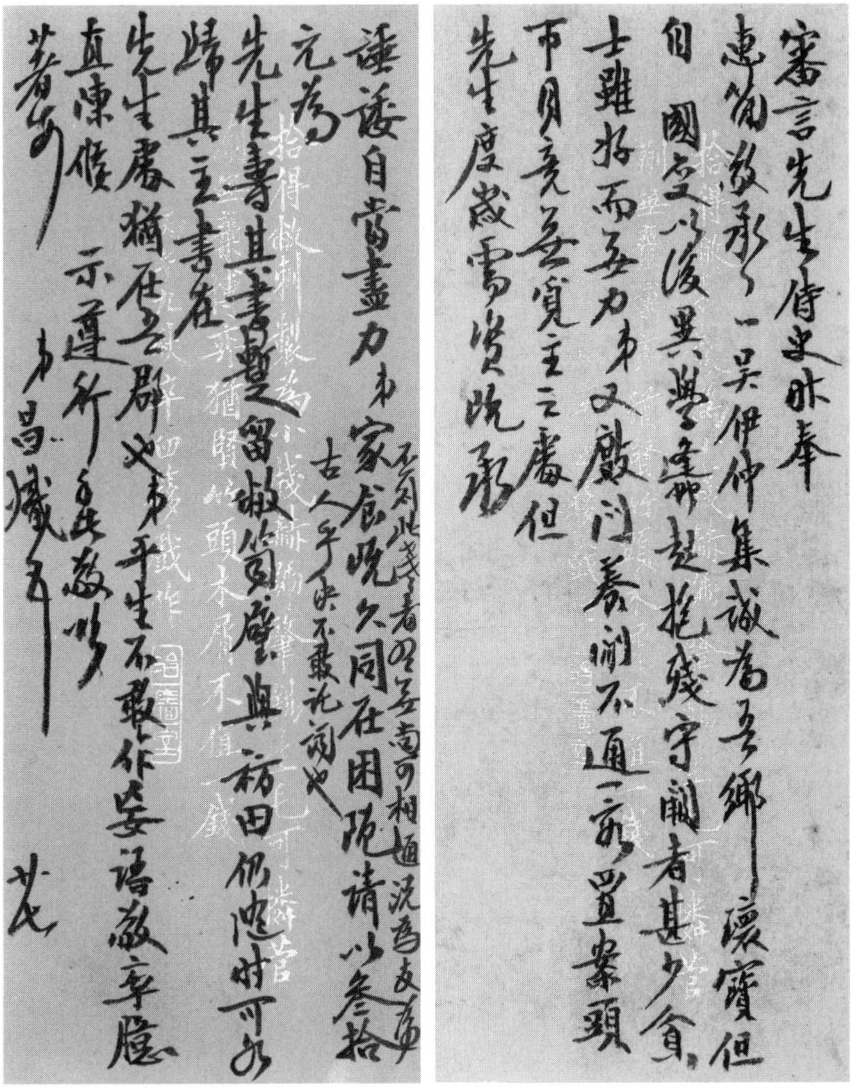
審言先生侍史：昨奉
惠書，敬承一一。吳伊仲集誠爲吾鄉瓌寶，但
自國變以後，異學蠭起，抱殘守闕者甚少，貪
士雖好而無力，亦又殷門，養潮不通一氣，置案頭
下，問竟無覓主之處，但
先生度歲需資，既承
謹誨，自當盡力，亦家食既久，同在困阨，請以叁拾 [illegible]
元爲 [illegible]
先生壽其書，其書暫留敝篋，與前田仍照時可也
歸其主，書在
先生處猶在吾郡也，亦平生不敢作妄語，敬辛臆
直陳，惟示遵行，並敂吟
著安 弟昌熾頓首 廿九

叶昌炽致李详函第五通

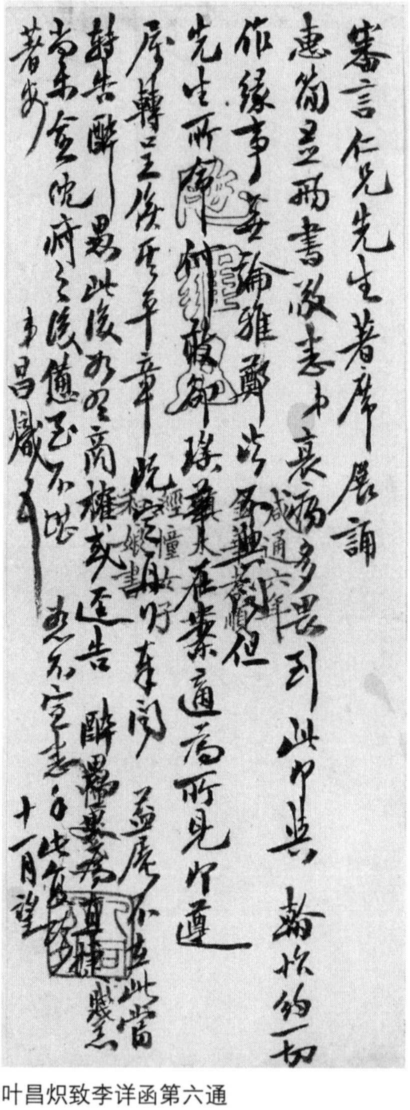

叶昌炽致李详函第六通

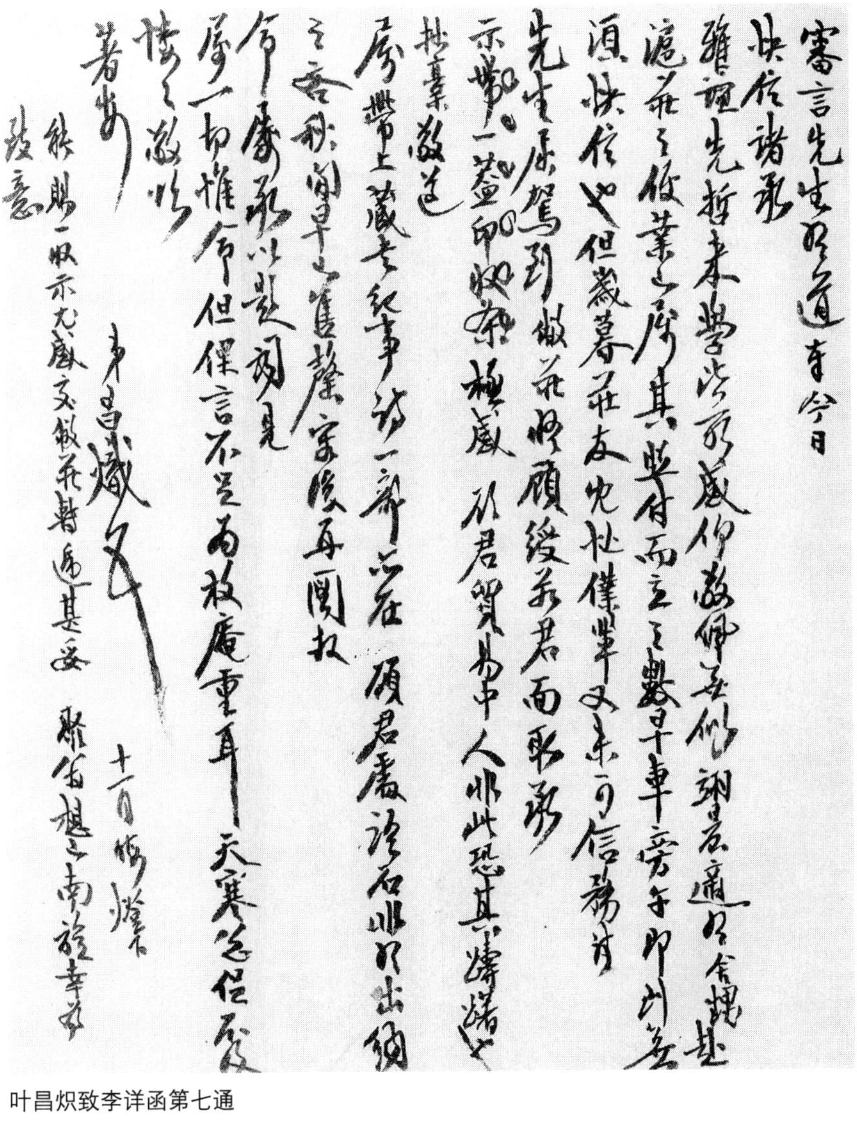

叶昌炽致李详函第七通

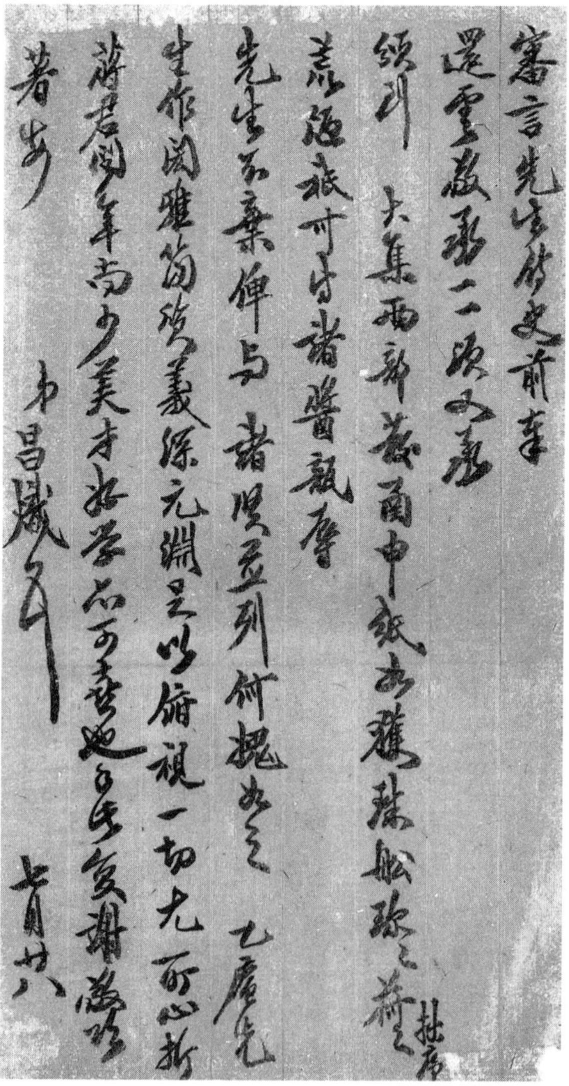

叶昌炽致李详函第八通

郑孝胥致李详函笺注

李详（1858－1931），字审言，又作慎言，中年号后百药生，字窳生，又更为愧生，自署齳叟。扬州兴化人。明中极殿大学士文定公春芳八世孙。父增字升华，少事货殖，以经营不善破家，遂于道光二十九年迁盐城西鄙秦南仓镇居。固业田，而督审言读甚严。娶赵氏，生子二，审言为次也。

审言生平，尤笃嗜于《文选》，进而又喜“四刘之学”，即《汉书艺文志》、《世说新语》、《文心雕龙》、《史通》，皆有所发明。于乾嘉先辈，则极称汪容甫中《述学》，拳拳服膺，每效其体。而又于仪征阮伯元元之《揅经堂集》、嘉定钱晓征大昕之《潜研堂集》膜拜肫然，故榜“二研”以名其堂。审言论文，不主桐城，每恨其末流疏于考证；论诗又薄西江，皆与时流异趣，而以所事为“子部杂家之学”自许许人。尤以骈文名世，如皋冒鹤亭广生尝谓：“方今骈文，北王南李”。王者，为汾阳王书衡式通。而审言则以雕藻，书衡则以秀润。一时论俪体者，又以审言为第一，元和孙益庵德谦次之。然两家取径实有不同，审言以为骈文全须隶事，不可拾他人唾余；益庵则以秀润有逸气为上，以为“文章之妙，不在事事征实”。由此亦知审言骈文之精隶事而乏韵致。特审言之笔札，则词笔疏俊而气调岸异，繁采既销而古艳自生，正乃萧散似魏晋人作。审言于学，不自限于文章一途，所撰论学之文及考证文字，亦自渊雅精醇，为时流所推重，承其乡先辈之遗规，而有志张大之，洵为扬州学派之后劲。一生著作宏富，有《愧生丛录》四卷《续录》一卷、《颜氏家训补注》一卷、《世说新语笺释》一卷、《药裹慵谈》六卷[1]、《选学拾沈》一卷、《杜诗证选》一卷、《韩诗证选》一卷、《汪容甫文笺》一卷、《文心雕龙补注》一卷、《学制斋骈文》二卷、《学制斋文集》四卷、《学制斋诗集》四卷、《哀江南赋集注》一卷、《清代学术概论举正》一卷、《江南通志存稿》二卷、《兴化县志存稿》二卷等。又有手书日记近百卷，惜其太半已毁于"文革"期间，而劫余之《甲辰日记》与《后百药生日记》等二十余册，则尚未行世，难窥其详。审言手稿十七种，建国之初即捐诸国家，现存中国国家图书馆中。[2]生平友朋函札数册，现藏于上海博物馆。其中郑孝胥致李详函计二十八通，兹谨选取十六通，先行刊布，并略事疏解，以为一脔之尝。

郑孝胥（1860–1938），近代诗人，书法家。字苏堪，一字太夷，号海藏。福建闽侯人。清光绪八年举人。由内阁中书改官同知。光绪十七年，东渡日本，任使馆秘书。次年，升日筑领事，调神户大阪总领事。二十年归国。历官总理各国事务衙门章京、京汉铁路南段总办、督办广西边务。宣统三年，诏起为湖南布政使，未就。清亡后，以遗老自居，筑楼沪上，题海藏楼，日与遗老辈相唱和。又任职商务印书馆董事会。晚年追随溥仪，任伪满洲国首任国务总理。罢职后，郁郁以终，年七十九。

郑孝胥致李详函卷首审言手书题词

散原、海藏诗名冠东南，其体裁清峻，士流多奉为职志。余先后得友两君，间有倡和。陈定交在壬寅，郑在癸丑。[3]

按：散原，陈三立号。三立（1853–1937），字伯严，江西义宁（今修水）人，同光体赣派代表人物。

---

1. 按：审言子稚甫：《二研堂全集叙录》云："斯书专论当代掌故，初名《脞语》，又曰《拭觚》、《窳记》，后易今名。"《李审言文集》附录，第 1457 页，江苏古籍出版社，1989 年。
2. 按：其内容则多已收入江苏古籍出版社之排印本《李审言文集》。
3. 按：此批友朋书札皆经审言简单粘附于纸，再以纸捻装订成册，每册前或有审言之识语，略述与作函者之交游。

汪辟疆《近代诗派与地域》[1]中曾论及近代诗家，以为以地域系者，约可分为六派，即：湖湘派、闽赣派、河北派、江左派、岭南派、西蜀派。其中闽赣派“瓣香元祐，夺帜湖湘，同光命体，俨居正宗。”而“此派诗家，流衍于同光之际，亦隐分二派：其一派生涩奥衍，自《急就章》、《鼓吹词》、《铙歌十八曲》以下逮韩愈、孟郊、樊宗师、卢仝、李贺、梅尧臣、黄庭坚、谢翱、杨维桢、王履、倪元璐、黄道周之伦，语必惊人，字忌习见，近代郑子尹《巢经巢集》为弁冕，莫子偲羽翼之。至义宁陈散原则集此派之大成者也。其一派清苍幽峭，自《十九首》、苏、李、陶、谢、王、孟、韦、柳以下逮刘眘虚、贾岛、姚合、陈师道、陈与义、陈傅良、赵师秀、徐照、徐玑、翁卷、严羽，元之范椁、揭傒斯，明之锺惺、谭元春、阮大铖之伦，洗练熔铸、体会深微，出以精思健笔，语不必惊人，字不避习见，及积句成篇，又皆无前人已言之意、已写之景，且皆为人人意中所欲出。近代陈太初《简学斋诗》为弁冕，魏默深羽翼之。至闽县郑海藏则集此派大成者也。”《论诗绝句十一首》之二：“义宁句法高天下，简澹神清郑海藏。宇内文章公等在，扶舆元气此堂堂。”[2]自注云：“近时诗派以散原、海藏为大宗，散原句法尤高，海内外无与抗手矣。”钱仲联《梦苕庵诗话》：“近代为宋者，散原、海藏为二大宗。”[3]又云：“迩来风气多趋于散原、海藏二派，二家自有卓绝千古处。散原之诗巉险，其失也琐碎；海藏之诗精洁，其失也窘束。”[4]而审言亦曾论近代诗人云：“锻章炼句，语必超奇，则学伯严；议论闳深，洞胸达腋，务尽其致，则学苏堪。”[5]又尝评散原云：“陈君诗宗西江，标举兴象，孳甲新意，妙罄言诠，而不坠入南宋诚斋、后村一派，在当今为药庸腐清隽上剂也。游谈所誉，造作为程，宗仰陈君者，固不易其辞也。”[6]

审言与散原之相识，此云壬寅，即光绪二十八年，而《药裹慵谈》卷六“陈

1. 见于《汪辟疆说近代诗》，第 1-48 页，上海古籍出版社，2001 年。
2. 第 288 页。
3. 见于张寅彭主编：《民国诗话丛编》第六册，第 227 页，上海书店出版社，2002 年。
4. 见于《梦苕庵诗话》，第 209 页。
5.《药裹慵谈》卷六“近代诗人四家”条，第 103-104 页，江苏古籍出版社，2000 年。
6.《药裹慵谈》卷六“陈散原评樊易两君”条，第 113 页。

散原评樊易两君”条则云：“陈伯严吏部，余癸卯以后旧识也。余亡友泰州袁君衎，往自天津回，矜言于余，方今能为诗古文者，义宁陈君是也。余因此识陈君，迭有酬答，见于散原诗中。”[1]癸卯则光绪二十九年，二说歧异，然当以后者为是。[2]

郑孝胥致李详函第一通

拜读癸卯大作，骨坚味厚，非胥所及，并世得此，感慨何如！奉上拙集，迟日趋候，敬上审言先生左右。

孝胥再拜。

二月二日。

按：此函作于1913年。《郑孝胥日记》（下简称《日记》，癸丑年二月初二，1913年3月9日。）：“有李审言名详者与大七书，索余诗，且示癸卯旧作《读海藏楼诗》七律一首。”[3]“大七”，苏堪长子郑垂小字，尝任伪满洲国国务院秘书官。函中所言审言“癸卯旧作”，系指《读郑苏龛孝胥[4]海藏楼诗蒯礼卿观察所赠》，见于审言《学制斋诗钞》卷一，诗云：“署门陶句储胸臆，闽县诗人典午官。极宇天飞辞党籍，凉飙秋至徇齐纨。思深味在酸咸外，宦拙名将芥蒂看。曾是平生娱独坐，早从隐曜识龙蟠。”[5]自注云：“余于甲午冬月有事江宁，坐肩舆中，瞥见某所门联，集陶句为之，颇讶此居人定自不俗。后访诸知友，苏龛居也，时方以同知从宦江南。今读其诗，余要为先识矣。”

又函中云“奉上拙集”。今考《海藏楼诗集》计有光绪二十八年之一卷本，光绪三十三年之不分卷本，民国三年之八卷本，民国十一年之九卷本，

1.《药裹慵谈》，第113页。
2.二氏相识之详情，可参拙撰：《兴化李审言先生年谱稿》。
3.劳祖德整理，第三册，第1456页，中华书局，1993年。
4.按：“孝胥”，原误作“存胥”。
5.《李审言文集》下册，第1185页。

民国十三年之十卷本，民国二十六年之十三卷本等，故苏堪此次赠与审言者，当为光绪三十三年之不分卷本。再据苏堪次日《日记》(癸丑年二月初三，1913 年 3 月 10 日):“以诗遗李审言。”[1] 则此函虽作于二月初二，然其发出及赠书，则已在次日。

审言受赠之后，即有回赠之作，云：“一世风流魏晋人（蒯礼翁昔言苏堪如魏晋人，与王幼霞并举），诛茅穿径自藏身。山河已改将焉托，皮骨犹存莫论贫。东阁吏羞承相藓，南宗诗并考功存（苏翁诗与伯严屹为二宗，如禅家之有能、秀）。李邕求识行能遂，浩荡闲鸥想见驯。”[2] 此亦可见于《日记》(癸丑年二月初五，1913 年 3 月 12 日)：“李审言复寄一诗。”[3]

汪辟疆《光宣诗坛点将录》列审言为“地暗星锦豹子杨林”[4],评云:“李审言能为汪容甫文，早年不以诗名。晚侨申江，馆刘葱石家，始与郑夜起、沈寐叟、陈散原过从，诗乃益工。然审言本精选学及杜韩，益以博览，即为同光体，言皆有物，迥异乎妙手空空者矣。”又自注云：“按近人学宋，多藉一二空灵字面可彼可此者，填委成篇，为世诟病。杨圣遗、秦右衡、李审言诸家，皆一生手不释卷，博闻殚见。诗虽稍异，特出之以示准则。”虽于审言过从诸贤之时间稍有不审[5]，然其评语则可确见审言作诗之风味。苏堪函中所云之“骨坚味厚”，亦即此意。

郑孝胥致李详函第二通

审言先生左右：连日读《丛录》甚快，前日诣高斋却未得快谈，因见辍课，不便久溷，缘此归后欲作诗，亦觉蓄意未足。顷得手简催诗，切望何日早课毕后，枉过畅论，在此早饭，庶得稍尽梗概，何如？敬颂著祉。

孝胥谨启。

1.《郑孝胥日记》第三册，第 1457 页。
2.《学制斋诗钞》卷三《苏堪见惠海藏楼诗副以一书盛称余癸卯旧作赋此奉简》，第 1255 页。
3.《郑孝胥日记》第三册，第 1457 页。
4. 见于《汪辟疆说近代诗》，第 79-80 页。
5. 审言与诸人结交之详情，可参拙撰《兴化李审言先生年谱稿》。

二月十二日。

能先示何时枉临尤幸!

按:此函作于1913年。《日记》(癸丑年二月初七,1913年3月14日):“往访李审言,遗余新作文数首及所著《愧生丛录》。”[1]又《日记》(癸丑年二月十二,1913年3月19日):“李审言来简,催余作诗。复书请何日来此更谈一次,方能命笔。”[2]函中所言之诗,系审言以亡妻赵孺人事略请苏堪题咏者,即此后苏堪所作之《李审言室赵孺人诗》,可参下文第三通、第八通。

又函中言“辍课”、“早课毕后”,则以审言此时方坐馆贵池刘聚卿世珩楚园,授其一子一侄读[3]。而据《日记》(癸丑年二月十五,1913年3月22日):“李审言来谈。”[4]则正系应此函之邀而来。

据江苏古籍出版社2000年该书整理本之“出版帮助”,《丛录》之版本情况为:“全稿陆续写定,光绪戊申年曾于金陵刊行二卷,即家刻二卷本;部分条目曾刊登于《国粹学报》;后续有增订,李详晚年订为《愧生丛录》四卷《续录》一卷,《续录》部分在民国二十五年由苏州章氏国学讲习会刊登于《制言》杂志,并印成单行本。李详哲嗣李稚甫教授据清稿编订为六卷,收入《李审言文集》中。兹据《李审言文集》本重新排印,以应学界之需。”则审言赠苏堪之《愧生丛录》,当为光绪戊申年之家刊本。

郑孝胥致李详函第三通

谈诗之作自然深远。想亟欲得拙作,胸中郁郁数日,恨笔力不足。

1.《郑孝胥日记》第三册,第1457页。
2.第1457页。
3.《李审言文集》下册《学制斋文钞》卷二《记与沈子培先生定交事》:“癸丑二月,余就刘聚卿馆于上海戈登路。”(第967页)《学制斋诗钞》卷四《丙辰五月奉怀沪上诸友绝句》之十四,所咏即刘聚卿,自注曰:“余馆君家之年,所营楚园,风景清夷,僻近村落,胜流遗老,日相过从。”(第1312页)又审言坐馆之常态,可参《李详致刘世珩》,见于彭长卿编:《名家书简百通》,第222-228页,学林出版社,1994年。
4.《郑孝胥日记》第三册,第1458页。

今写出奉上审言先生左右。

孝胥顿首。

二月二十日。

按:此函作于1913年。"谈诗之作"所指当为审言之《酬苏翁》,诗云:"巨刃摩空语盘硬,自喜晚交闽县郑。坐旁抚掌一解颜,雅意相倾出天性。东南之宝大渠央,覈才窃挹源流正。繁声尽射戛清商,飞箭横穿落余劲。藏山藏海两娱嬉,偶付时人非嘲评。箧中篇律有真赏,漫郎物色今司柄。散原濠堂一处囚,发瞽披聋失余病。可怜无补岁蹉跎,白发浸淫霜满镜。此事当仁犹不让,微雨疏窗和高咏。相从且就樱花开,觞酌其间子为政。"[1]据《日记》(癸丑年二月十九,1913年3月26日):"李审言又遗七古一首。"[2]所指当系此诗。

又函中所谓"拙作",据次日《日记》云:"作《李审言室赵孺人诗》。"[3]诗见下文第八通。关于苏堪作此诗之缘由,亦可见于《日记》及上文第二通函。《日记》癸丑年二月初八,1913年3月15日):"读李审言所著《赵孺人事述》,其辞甚哀。"[4]又前引二月十二日《日记》云:"李审言来简,催余作诗。"审言所作《先妻赵孺人事述》,可见于《学制斋文钞》卷三[5],兹不赘。

郑孝胥致李详函第四通

五律有中唐意味,五六尤胜。许枉过能在三点以前否?因仆每日于三点后赴商务印书馆,惟礼拜日则不去可也。肺病宜加摄卫。复上审言先生左右。

孝胥顿首。

三月十六日。

1.《学制斋诗钞》卷三,第1258页。
2.《郑孝胥日记》第三册,第1458页。
3.第1458页。
4.第1457页。
5.《李审言文集》下册,第989-995页。

按：此函或当作于 1913 年，时李郑两氏相从甚密，晤对甚频。函中所言五律则当指审言之《肺病数日不出效海藏体》，诗云："一径杂风愈，闭门春草深。鸟飞云意尽，地僻足音沈。未觉妨吾适，时能致独吟。日衰频对镜，已分二毛侵。"[1]

云"每日于三点后赴商务印书馆"者，以宣统元年闰二月二十五日（1909 年 4 月 15 日）商务印书馆股东年会，苏堪、张元济、高凤池、印有模、高梦旦、鲍咸恩、夏瑞芳七人以得票多数当选董事。[2]

"肺病"者，则以审言自幼即为肺病所扰，若《许姨母灵表》尝记其幼年情状云："余时患咯血，日夜咳逆，倚息不得卧，盛夏着袷衣，风过如通中，寝成劳瘵。"[3] 又咏《肺病》诗云："将衰肺病如良友，赖尔相依伴独吟。恶石若难消美疢，客游终未倦初心。还乡鬓变霜窥镜，行药阶虚月上襟。略有杜陵妻子累，可怜此病亦侵寻。"[4]

郑孝胥致李详函第五通

断发尝奉上谕，乃宣统三年十月十七日也。今举世皆祝发，岂必拘吴越旧俗哉！纸件已书其半，容写毕并奉上审言先生。

孝胥顿首。

四月初七日。

按：《日记》（辛亥十月十九，1911 年 12 月 9 日）："内阁奉十七日上谕：'资政院奏，恳请降旨，即行剪发，以昭大同。凡我臣民均准其自由剪发，钦此。'盖用御宝，各部大臣署名。"[5] 其下又云："四点钟剪发，小乙亦同时

1.《学制斋诗钞》卷三，第 1260 页。

2. 按：详参张树年主编：《张元济年谱》，第 80 页，商务印书馆，1991 年；《郑孝胥日记》第三册，第 1185-1186 页。

3.《学制斋文钞》卷三，第 1008 页。

4.《学制斋诗钞》卷一，第 1190 页。

5.《郑孝胥日记》第三册，第 1368 页。

剪讫。”而据函中语，则此函当作于二人初识未久时，故亦系于 1913 年。

郑孝胥致李详函第六通

惠《罗昭谏集》极可喜，谢谢。属书诸纸写毕，当携奉，尚欲小谈而别。复上审言先生。

孝胥顿首。

五月廿一日。

按：《日记》（癸丑年五月廿一，1913 年 6 月 25 日）：“李审言遗《罗昭谏集》二册，乃常熟新刻也。”据《书目答问》范希曾补正，[1] 该书有常熟俞氏南郭草堂刻本八卷，系常熟俞钟颖所刻，则审言所赠者，当即此本。[2]

又据函中所言，则审言、苏堪当有一人近日暂有离沪别趋之举，然苏堪实未曾出行，而据审言《癸丑八月杪镇江寓楼晚眺》诗，则知其本年确曾返乡，而归来已在八月初。[3]

郑孝胥致李详函第七通

春阴简李审言。癸丑二月廿六日。

审言与我年相若，我观其书颇惊愕。

清言簃人味甚正[4]，读书得间趣尤博。

乾嘉学者各有就，一语举要遗糟粕。

1. 张之洞编撰、范希曾补正：《书目答问二种》卷四“集部”，《中国近代学术名著》本，第 207 页，三联书店，1998 年。

2.《郑孝胥日记》第三册，第 1472 页。

3.《学制斋诗钞》卷三，第 1268 页，诗云：“鼓角严城咽暮秋，南来独自凭江楼。”可知为审言自家南行至沪途中所作。

4. 今本“簃”作“移”。

前辈著书正如此[1]，后生或识伏案乐。
近来文士绝嚣张，雅俗未分妄自襮。
范围名义溃欲尽，乱耳使人意绪恶。
速持羯鼓为解秽，弦外余音不寂寞。
论诗君勿谬见推，此事散原真杰作。
我今心折在四灵，才力自知甘守弱。
篱间垂柳黄可念，澹宕樱桃花已着[2]。
春阴竟日能见过，无益有涯待商略。

按:此诗又见今本《海藏楼诗集》卷八[3]，题《春阴简李审言》，附录一重收，题为《雨中简李审言》。《日记》(癸丑年二月廿六日，1913年4月2日):“作诗与李审言。”[4]

郑孝胥致李详函第八通

李审言室赵孺人诗
黔娄未为穷，固穷在其妻。贫贱有难言，言之伤肝脾。
为子事丘嫂，为子奉阿婴。子有析居叔，迎养抚其儿。
子有未嫁妹，教诲迨于归。子独厉节操，家法众所仪。
子独治诗书，名声人所师。子居秦南仓，一乡谁与齐。
子冠兴化学，一县谁能希。方子初应试，宵中缀敝绨。
及子出适馆，客中寄新衣。子穷而好施，贷钱与子挥。
子贫而善病，质田为子医。命贵且问相，戏言子岂嗤。
夜冷不甘寝，知言子诚痴。子疾身欲代，子愁颜愈嬉。

1. 今本“著”作“着”，“正”作“政”。
2. 今本“宕”作“荡”。
3. 黄坤、杨晓波校点:《中国近代文学丛书》本，上海古籍出版社，2003年。下同。
4.《郑孝胥日记》第三册，第1459页。

彼实一好妇，食贫色以衰。彼实一健妇，持门体以羸。
忍涕行不顾，归来子何为？妄意晚相报，迂哉子奚追？
幸子有文字，自书自伤怀。文字身后名，生前事事乖。
岂若不识字，白头伴荆钗。彼嫠不恤纬，又兴宗周哀。
何如歠糟糠？何如炊扊扅？

按：此诗又见今本《海藏楼诗集》卷八[1]。其详情又可参上文第三通函。

郑孝胥致李详函第九通

文襄诗已付雪澄，乃由赵竹君转交，请向雪老索之。仆以文襄历任与朝官交际，唯竹君知之最悉，尝约竹君征所记忆，纪为轶事附于诗后，则读者以意逆志，可以尽得。半年以来，竟未果行，天凉后仍当促成其事耳。复请审言先生著安。

孝胥顿首。

六月廿六日。

按：《日记》（甲寅年十一月初六，1914年12月22日）："竹君约午饭，携审言所注南皮诗使转交王雪澄。因谈南皮外任以后竹君所知轶事最详，他日余当执笔就竹君记之，附于诗后，则读其诗者可悉得其意矣。"再以函中所言有"半年以来，竟未果行，天凉后仍当促成其事耳。"[2]则此函当作于1915年。然竹君及苏堪皆未闻有此作传世，当仍迁延未蒇事耳。

文襄、南皮，皆指张之洞，张氏（1837–1909）字香涛，号孝达，又字香岩，号壶公，南皮（今河北南皮）人。同治三年进士，授翰林院编修。历任浙江乡试副考官、湖北学政、四川乡试考官、四川学政等职。光绪五年授左春坊中允，与满洲宝廷、丰润张佩纶、瑞安黄体芳并称"翰林四谏"。光绪

1.《海藏楼诗集》，第241页。
2.《郑孝胥日记》第三册，第1544页。

七年任山西巡抚，凡三年。光绪十年调任两广总督，凡六年。光绪十五年冬，调任湖广总督，凡十八年（其间曾调署两江总督一年零四个月）。光绪末年官至体仁阁大学士。卒谥文襄。工书，笔意开展。著有《广雅堂诗集》。

《药裹慵谈》卷三“张文襄轶事”云：“余好访文襄轶事”[1]，则审言之注张之洞诗，适为其好访轶事之一端耳。又卷二“李爱伯张文襄诗”条云：“文襄诗不多作，俱典赡遒美，意与词副，事与人配，虽托体不高，究不愧为一代作手。”[2]正见审言标举南皮之因。

审言注南皮诗，又尝求助于南皮弟子江阴缪荃孙，其详情可见于《艺风堂友朋书札》“李详”第六通：“详近日思注南皮《广雅堂诗集》，注其出典不难，所难者当世人物事实及其用意所在。昔任渊注山谷、后山，陈直斋许其不独注事而兼注意，用功为深。方今南皮高弟兼汉宋之学者惟有先生，南皮与诸人往来及其用意，先生得共诸君同游，必闻其故。别以石印《广雅堂诗集》一部用挂号寄上，敬求先生围炉之暇，随意批点，异日注成，悉载先生之说，不敢窃也。务乞俯允，并请依《广雅碎金》添补脱字。”[3]又可参民国二年二月初五（1913年3月12日）《缪艺风先生书札》致李详第十三函：“《广雅诗》人名均写出，知者大半，得暇即注。”[4]

王赓《今传是楼诗话》云：“广雅诗中年以后之作多有本事，荦荦大者，故老能详，余《诗话》中前已及之。大抵文人寄慨，每托诸咏史咏物，广雅诗亦多此例。”[5]又据《诗话》：“越一载，（严范孙）哲嗣慈约以君所注《广雅堂诗》手稿印成见贻……”[6]则注南皮诗者非止一家。而审言之南皮诗注本则迄未闻有传，或已佚。

函中所言之竹君，为武进赵凤昌（1856–1938）字。竹君年少尝入钱庄学徒，后纳赀捐杂职，分广州候补。至光绪十年，充两广总督署文巡捕，

1.《药裹慵谈》第81–82页。
2.第33页。
3.《艺风堂友朋书札》，第783页，上海古籍出版社，1981年。
4.《学土》卷二，第171页，广东高等教育出版社，1996年。
5.《民国诗话丛编》第三册，五二三“广雅诗本事”条，第496页。
6.五三九“范老赠答诗及身后事”条，第507页。

迭升文案，转两湖总督署总文案，备受时任两湖之张之洞赏识，视为心膂。据刘禺生《世载堂杂忆》“徐致祥奏参张之洞”条：“张之洞在鄂，要事皆秘商竹君，忌之者乃为‘两湖总督张之洞，一品夫人赵凤昌’语，书之墙壁，刊之报章，童谣里谈，传遍朝野。”[1]可窥见张倚竹君之重。光绪十九年，竹君以此参案革职回乡。南京临时政府成立，任汉冶萍公司董事长，旋辞职，与张謇、章炳麟等组统一党，任基金监。逮临时政府北迁，即辞基金监职，遂息影海上，优游晚岁。

雪老，即四川华阳王秉恩（1845–1928），字雪澂，又字雪尘、雪岑、息存等，号茶龛。尝为张之洞所聘，任广雅书局提调。精校勘目录学，与缪荃孙交往甚密，书札往来间多涉刻书、藏书之事。辛亥革命后，闲居上海。晚年多以古书、字画、金石换米度日。平生喜谈论金石、校勘之学，推崇遵义郑珍、莫友芝二氏。工书法，隶承汉魏，行似晋人。著有《养云馆诗存》，又与罗文彬合撰《平黔纪略》。

郑孝胥致李详函第十通

明日午后须出，请勿枉驾，日内当走谈耳。复候审言先生著安。

孝胥顿首。

九月四日。

按：此函疑作于1913年。《日记》本月初五条，载有“大生股东会，使大七往听。”[2]初十日[3]，载有“过李审言、徐积余。”然未敢必也。

1.《清代史料笔记》本，第64–65页，中华书局，1997年。

2.《郑孝胥日记》第三册，第1485页。

3.第1486页。

郑孝胥致李详函第十一通

奉答审言先生：

诗笺入手方端午，逆凯天作喜不胜。

寄语先生养腰脚，残年犹欲见中兴。

孝胥录上。

五月初八日。

按:此函当作于1916年。《日记》(丙辰年五月初八,1916年6月8日):“作一诗答李审言。”[1] 此诗今本《海藏楼诗集》未收。又《学制斋诗钞》卷四《丙辰五月奉怀沪上诸友绝句》之三:“海藏楼下镇徘徊，独看樱花逐梦来。并作清言谁得似，空成相忆一停杯。”[2] 自注云:“闽县郑苏堪孝胥。去年访君未遇，值樱花盛开，徘徊海藏楼下，历一炊许，赋诗寄君，有‘一树浓姿独看来’之喻。”而函中所录此诗当即为审言怀人诗之答诗。又审言诗注所云去年“赋诗寄君”者,即《访苏翁未值独赏樱花而返》两首[3],其一云:“雨过微风杨柳丝,悄无人语立阶墀。樱花未是先摇落,重见樊南独看时。”自注:“义山诗:‘一树浓姿独看来’;又云:‘不先摇落应为有’。”其二云:“载酒何曾作蜀游,海棠如雨映清流。蒿庵苦为花争出,漫道瀛洲胜益州。”自注云:“苏堪前邀诸人赏花，冯先生谓即蜀中海棠，人多未信之。”此事亦载于《日记》(乙卯年四月初三，1915年5月16日):“李审言、冯梦华皆来。又有一人章姓一山，在商务印书馆编辑所，疑是章梫。”[4]

1.《郑孝胥日记》第三册，第1613页。
2.《李审言文集》下册，第1308页。
3.《学制斋诗钞》卷三，第1287-1288页。
4.《郑孝胥日记》第三册，第1561页。

郑孝胥致李详函第十二通

审言先生左右：前奉南京手书，见唁。昨又读二诗，感怆无已。尊恙已愈否？久雨初晴，日内当走视。即新愈亦无遽出为望。耑谢，敬请著安。

孝胥顿首。

三月朔日。

附呈郑胜传一纸。[1]

按：函中所言审言手书及二诗，今已不能详，要之皆为吊唁苏堪三子郑胜之丧。郑胜，字克己，小字小乙，时《日记》(戊午年三月朔，1918年4月11日)有云:"李审言来。"[2]则此函当系劝阻审言登门视丧者。又函中言："日内当走视"，《日记》(戊午年三月初六，1918年4月16日)："过李审言。"[3]再《日记》(戊午年正月十三，1918年2月23日):"作胜传。"[4]正是此函附呈之郑胜传文。

又郑胜殁时之详情，《日记》载之甚备。戊午年正月初三(1918年2月13日)："六点钟起，下楼巡行，忽失声哭，未止，而许四持纸条入，小乙于六点二十五分气绝。即至医院，登楼，小七突出，抱持而哭，号叫良久。视小乙，仰卧，身犹温暖。院中收敛处甚狭，乃令小七驰归，仍以榻来，移回家中。大七亦至，有顷，四丁以榻至，抱尸卧于榻上，称'病重，舆归。'余附电车返，入南阳路，望榻甫入门，置南楼下东屋，家人绕哭，小七出购棺。夜八点，入殓。殓时，余为亡者代作永诀之语，遍辞亲人。小乙平日最爱才晓、九六兄妹等诸儿，皆跳哭甚哀。胜之死也，余实驱之临敌，彼遂陷阵，力战不反顾而死。"[5]

---

1. 按：原函附此传文，今以文长不录。
2.《郑孝胥日记》第三册，第1723页。
3. 第1723页。
4. 第1713页。
5. 第1711-1712页。

《日记》(戊午年二月初四,1918 年 3 月 16 日):“小乙出殡于集义丙舍,为书木主曰:‘清学者郑胜克己之神主。嗣男镇恶奉祀。’……又题木主之复版曰:‘得其神志,失其躯命。哀哉吾子,积恨万仞。吾欲问天,天岂有知?吾欲语世,世非我时。天忽有知,世无穷期。虽死不忘,从我于斯。’”[1]

郑孝胥致李详函第十三通

领到蒋氏丛书,谢谢。联纸容书就奉缴。陈仁先寓北四川路横滨桥北吟桂路第一家,容晤时代索朱强父稿。下利初愈,幸加珍卫。复请审言先生著安。

孝胥顿首。

五月十九日。

按:所谓“蒋氏丛书”,当即民国三至五年上元蒋氏慎修书屋排印本《金陵丛书》。而此处所指,当系该丛书之第一集。

《日记》(丁巳年四月廿一,1917 年 6 月 10 日)又有:“李审言来,持南京蒋氏卷子一,代求题词。”[2]《日记》(丁巳年五月初四,1917 年 6 月 22 日):“为李审言题蒋氏遗训卷子。”[3] 所题即今本《海藏楼诗集》卷九《题金陵蒋氏遗训卷》,云:“蒋生素好礼,诸老所激赏。金陵吾旧居,交游殊不广。闻君守遗训,德业久培养。曾侯善八分,精楷时无两。烂然书盈卷,相重非标榜。审言致俪语,淳雅冠吾党。二公吾所信,词组岂虚奖。笃行且尊师,世风从扰攘。”[4]

此函所作年份不详,或亦即 1917 年。蒋氏系江宁蒋国榜,1915 年从审言问学,则此函至早不过 1915 年。又据《日记》(丁巳年六月廿九,

1.《郑孝胥日记》第三册,第 1718 页。
2. 第 1667 页。
3. 第 1669 页。
4.《海藏楼诗集》,第 280 页。

1917 年 8 月 16 日)[1]:“李审言来，为蒋国榜求书，送《金陵丛书》第二集一部。”则可旁证此次所送者为丛书第一集。

陈仁先(1877–1949)，湖北蕲水(今浠水)人，名曾寿，号苍虬，亦作沧虬，另有耐寂、复志、焦庵等称。室名陈庄、苍虬阁、旧月簃、石如意斋等。少肄业武昌两湖书院，师从梁鼎芬。光绪二十九年进士，任刑部主事。一度东游日本。曾为张之洞幕客，于新政多所襄赞。辛亥革命后，卜居杭州西湖。后移居上海，以卖画自给。1917 年张勋复辟，授学部侍郎。1925 年赴天津，追随溥仪，为婉容师傅。后任伪满执政秘书，近侍处长，内廷局长等职。1937 年为清陵庙事务触怒日人而被罢官，迁居北京，晚岁南归。抗日战争胜利后，移沪病卒。陈氏为嘉道间诗人陈沆之曾孙，作诗渊源家学，颇著声誉，与江西义宁陈三立、福建闽侯陈衍并称“海内三陈”。仁先与审言当系结识于海藏楼中者，《学制斋诗钞》卷三《赠蕲水陈仁先曾寿》云:“荥阳座上闻家世，漫鼓清徽试一听”可证。[2]

强父，嘉兴朱克柔字，生卒年不详，诸生。光绪年间，尝为上海《萃报》主笔，后入张之洞幕。有《朱强甫集》。

郑孝胥致李详函第十四通

示悉《伏敌堂诗集》，其续稿初见一卷，复见周君所得，则续稿四卷乃为全书。陶君惠润二百元已收到，发春稍和即当书报。敬上审言先生左右。

孝胥顿首。辱幅明日携奉。

腊八前一夕。

按:此函作于 1920 年。《日记》(庚申年十一月廿八，1921 年 1 月 6 日):“周梅泉来，谓余曰:‘吾已得江弢叔诗集矣!吾行四马路，小书摊主

1.《郑孝胥日记》第三册，第 1680 页。
2.《李审言文集》下册，第 1299 页。

者忽谓我曰：君欲看苏州人诗乎？吾取视之，即《伏敔堂诗》也。大惊异，以小洋六角得之。'余检其续集，拔可示余者乃初印本，只一卷。此本凡四卷，后有绩溪胡澍跋及其弟澄诗。知弢叔殁于温州，有遗腹子一。余方选其诗未毕，弢叔有灵，乃以其续集三卷献余案头耶？其魂犹欲不朽，其可哀矣！拔可谓余，闻弢叔诗集板在温州，又以叔伊所选弢叔诗七十七首钞稿示余，余所选甚严，而与叔伊不同，当更细阅之。"[1] 苏堪又有《题伏敔堂诗集》云："孤雁叫空虫咽秋，哀情天与岂人谋。堪嗟此士为虫雁，换得诗名万古愁。"[2] 蕲县陈仁先《书江弢叔诗后》颇能道出苏堪于江氏诗歌之态度，诗云："苏堪苦说江弢叔，能表幽潜意自长。教外师传空倚着，卷中天地太悲凉。仲车狷介有深性，无己赓愁稀扛行。成就若为前世定，独行此士信堂堂。"[3] 函中所云"陶君惠润二百元已收到"事，则可见《日记》(庚申年十一月初九，1920 年 12 月 18 日)："道逢李审言，以所撰《盐城陶君鸿庆墓志稿》示余。"[4]

今本《海藏楼诗集》卷九《陈叔通属题江弢叔墨迹》："拔可梅泉皆善诗，闻我说诗必称善。近日独推伏敔堂，笔力精深语能浅。诗境尤难在逼真，落落江君去人远。拔可初示缺后卷，未知所终意不满。梅泉诣市立得之，异哉江君神所遣。叔通复示江笔迹，逸气票姚纷照眼。诗中颇自矜其书，忽来此卷手中展。斯人冥冥想颠倒，即觅知音苦难缓。名心未死深可哀，文字沈埋谁解返？"[5] 又周梅泉题陈叔通所藏江弢叔手书诗卷云："诗文遭乱例穷蹇，善作苦语凄心脾。中兴开山几巨手，巢经秋蟪胥伦魁。伏敔幽潜晚始出，异军突起张偏师。并时熊盛亦健者，敛手藉湜推昌黎。"[6]

又据《今传是楼诗话》："友人寄示《伏敔堂诗录》，乃长洲江湜弢叔遗著，

1.《郑孝胥日记》第四册，第 1854 页。苏堪关注《伏敔堂诗》，其缘起可见于《日记》(庚申年十一月十八，1920 年 12 月 27 日)："拔可托选江湜弢叔诗，曰《伏敔堂》。其诗清折有力，颇能动人，恨意境稍狭。自命甚高，与李小湖论诗不合，彭咏莪极赏之。"(第 1852 页)又苏堪所见江氏诗集又有："于子经处得《伏敔堂诗》四册，续四卷皆全，有潘伯循印。"(《日记》壬戌年六月二十，1922 年 8 月 12 日，第 1918 页。)

2.《海藏楼诗集》附录一"佚诗"，第 479 页。

3. 见于钱仲联主编：《近代诗钞》，第 1905 页，江苏古籍出版社，2001 年。

4.《郑孝胥日记》第四册，第 1851 页。

5.《海藏楼诗集》，第 304 页。

6. 转引自王赓：《今传是楼诗话》一六四"周梅泉诗近海藏"条，第 319 页。

有清咸同中之能做宋派诗者，时论以伏敔堂与郑子尹之《巢经堂集》、金亚匏之《秋蟪吟馆》并称。盖能于举世不为之日自开户牖，戛戛独造，亦云难矣。”[1] 又云:“弢叔处境至困，悉见于诗，其能以曲达之笔，状难写之情，而又无寻常怨懑悻悻之意，尤难。”[2] 然一时又有不尽以弢叔所作为然者，如仁和谭献尝云：“选江弢叔诗三数十篇。终是村里迓鼓，可以动人，不登宾筵者也。”[3]

郑孝胥致李详函第十五通

审言先生左右:弟方杜门绝俗，实不能作寿诗，外人以卖字者相处，应之又不啻自登广告也。望兄亦仿道士之例，改请他人为幸。堂额已书就，日内当携奉。敬请著安。

孝胥顿首。

八月十四日。

按：1918年，审言六十寿，沪上诸友如江阴缪筱珊荃孙、嘉兴沈子培曾植等多贺以诗文,故审言亦求苏堪作诗为贺。所谓“堂额”者,《日记》(戊午年六月廿八日，1918年8月4日):“李审言来，又求书‘二研堂’匾，自云慕潜研堂、揅经室，故曰‘二研’，求余跋之。”[4]

郑孝胥致李详函第十六通

从亡世久忘名字，齳叟何为讯海藏。闻道师儒人益重，怪公记忆力犹强。凋零士类思嵇阮，断续歌声犯羽商。收拾残年劬野史，未妨

1. 三四二“江湜《伏敔堂诗录》与郑珍、金和并称”条，第398-399页。
2. 三四四“江弢叔能曲达幽愤之情”条，第399页。
3. 见于范旭仑、牟晓朋整理:《复堂日记》同治八年十月十四日条，第242页，河北教育出版社，2001年。
4.《郑孝胥日记》第三册，第1739页。

老笔带风霜。审言先生哂政。

孝胥。

三月二日。

按：此函当作于1929年。此诗《海藏楼诗集》未收。《日记》(己巳年三月初二，1929年4月11日)："李审言寄七古一首，索和前诗，即和前律寄之。"[1] 又据本年十六日(1929年3月26日)《日记》："得李审言寄诗。"[2]

(本文发表于《上海博物馆馆刊》第十一期，上海书画出版社，2008年。)

1.《郑孝胥日记》第四册，第2230页。

2.第2228页。

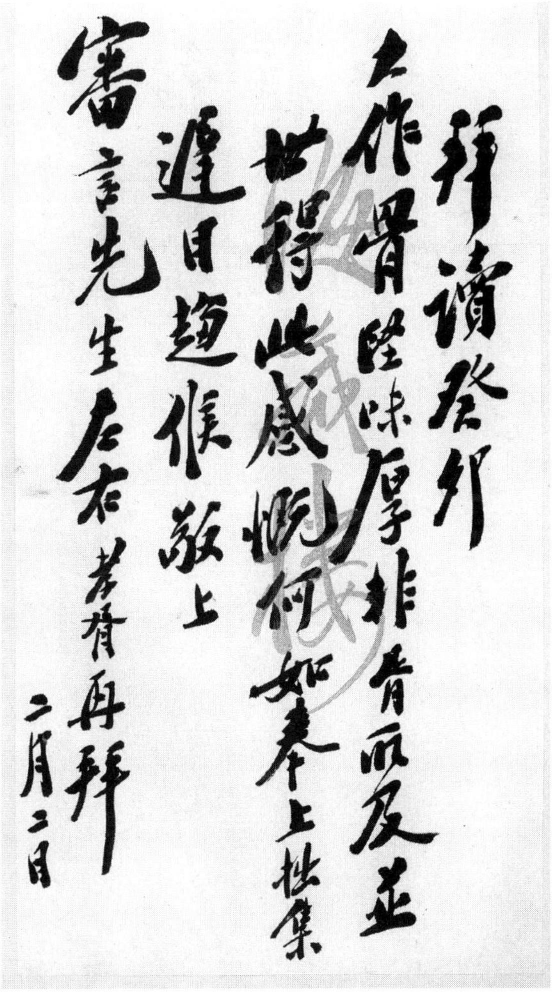

郑孝胥致李详函第一通

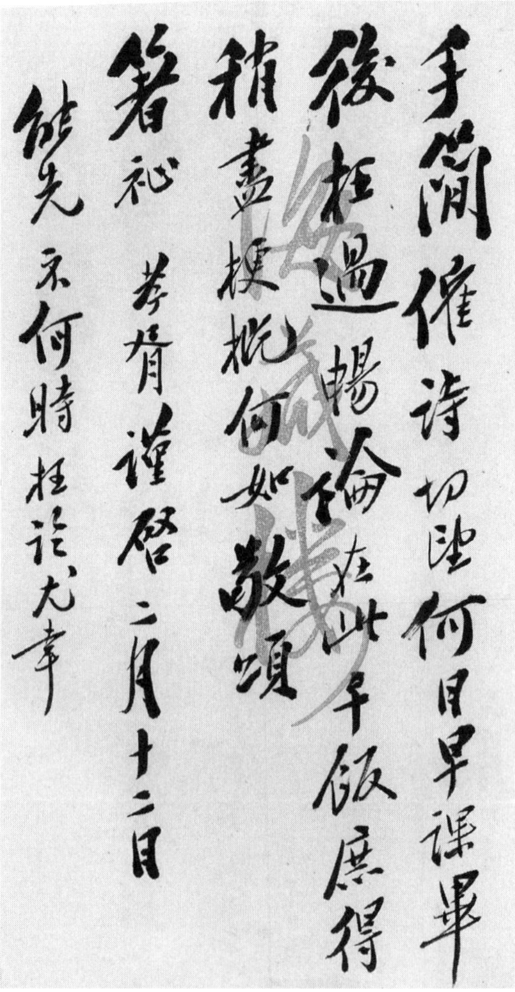
手簡催詩切望何日早課畢
後枉過揚論在此午飯庶得
稍盡棲棍何如敬頌
箸祉 孝胥謹啓 二月十二日
能先示何時枉訪尤幸

郑孝胥致李详函第二通（左右对页）

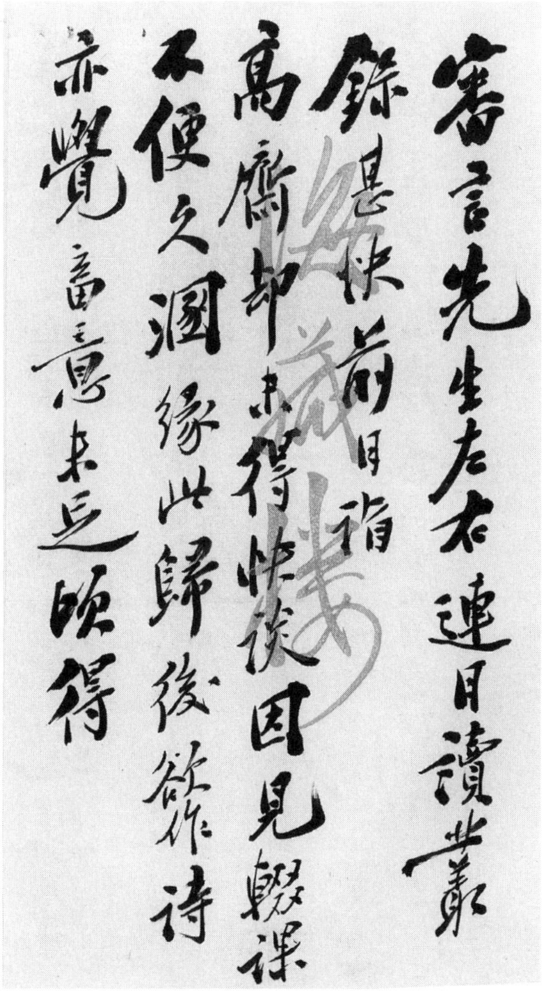

審言先生左右 連日讀叢錄甚快 前日詣高齋却未得快談 因見綴課不便久溷 緣此歸後欲作詩亦覺高意未逗 頃得

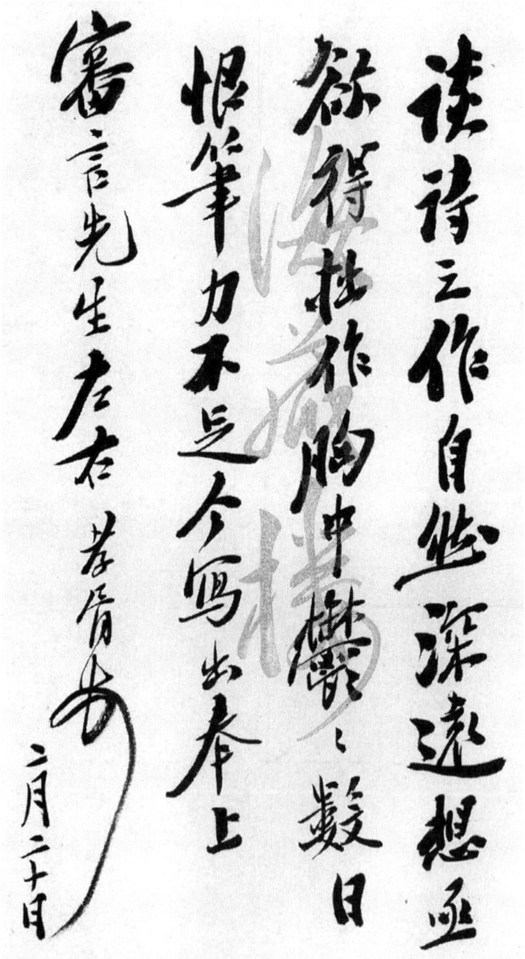

讀詩之作自然深遠想亟
欲得壯作胸中鬱鬱數日
恨筆力不足以寫出奉上
審言先生左右 孝胥
二月二十日

郑孝胥致李详函第三通

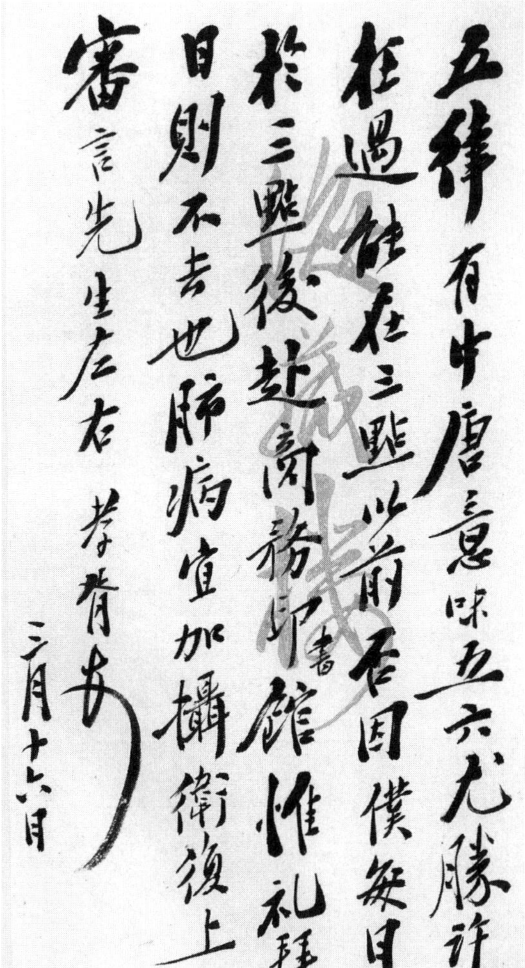
五律有中唐意味，五六尤勝。許往過，能在三點以前否，因僕每日於三點後赴商務印書館，惟禮拜日則不去也。肺病宜加攝衛。復上審言先生左右 孝胥
三月十六日

郑孝胥致李详函第四通

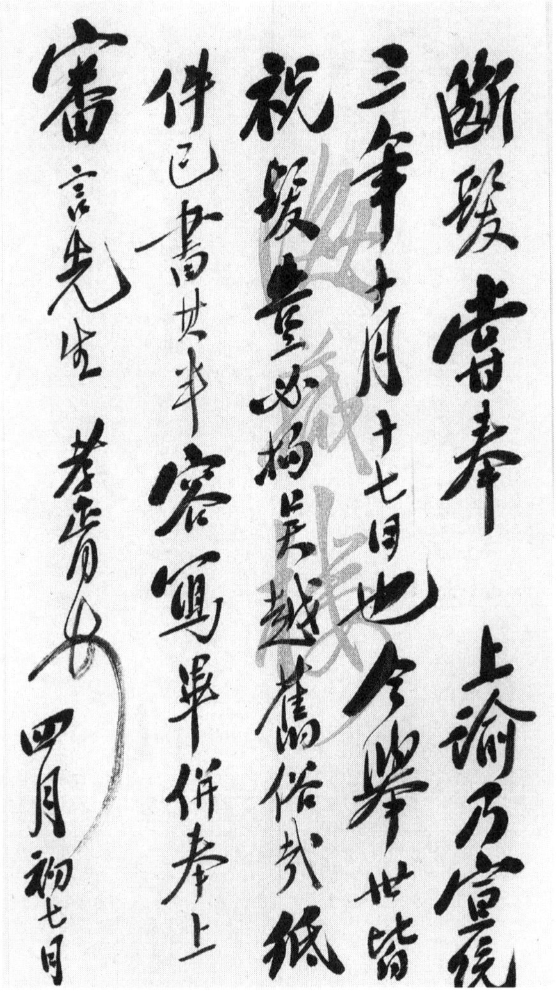
斷髮寄奉　上諭乃宣統
三年十月十七日也今舉世皆
祝髮豈必拘吳越舊俗哉紙
件已書廿本容寫畢併奉上
審言先生　孝胥頓首　四月初七日

郑孝胥致李详函第五通

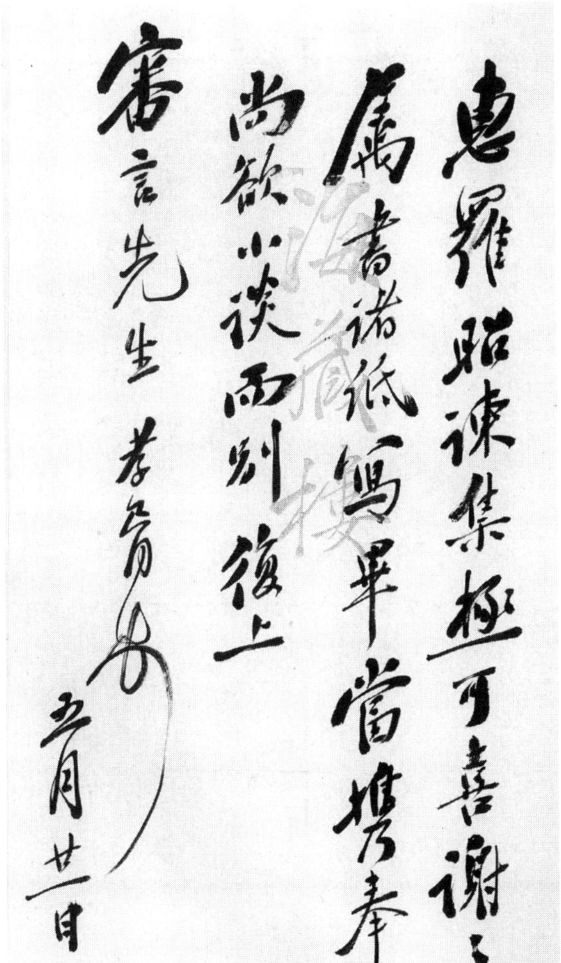

惠羅貽課集極可喜謝謝
屬書諸紙寫畢當携奉
尚欲小談而别復上
審言先生 孝胥 五月廿一日

郑孝胥致李详函第六通

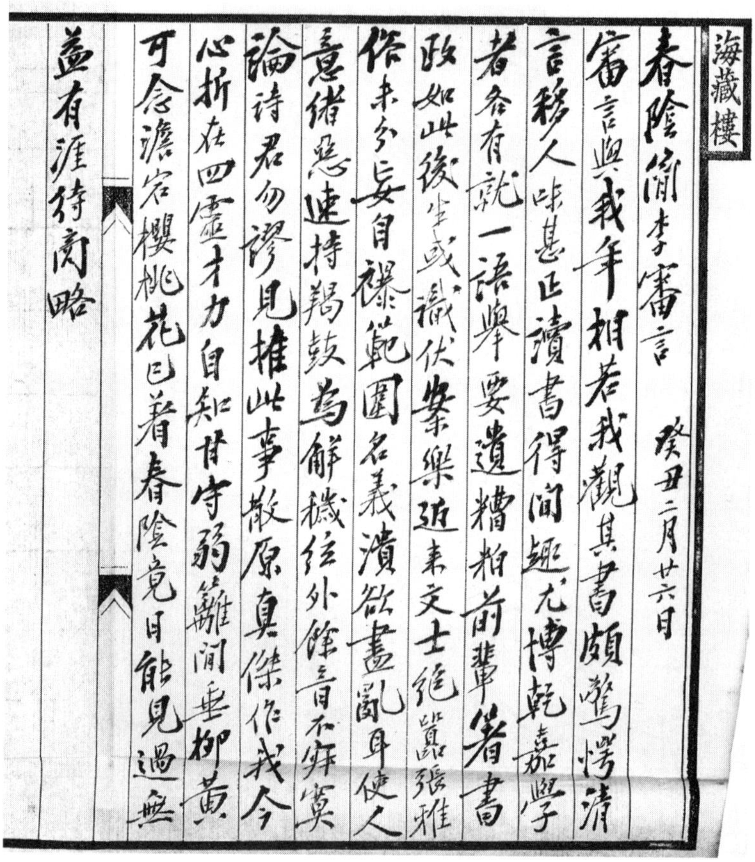
海藏樓
春陰簃李審言　癸丑二月廿六日
審言與我年相若我觀其書頗驚愕清
言移人味甚正讀書得閒趣尤博乾嘉學
者各有就一語舉要遺糟粕前輩著書
政如此後生或識伏案樂近來文士絕鄙張雅
作未分妄自隳範圍名義潰欲盡亂耳使人
意緒悲速持羯鼓為解穢絃外餘音不寂寞
論詩君勿謬見推此事散原真傑作我今
心折在四靈才力自知甘守弱籬間垂柳黃
可念澹宕櫻桃花已着春陰竟日能見過無
益有涯待商略

郑孝胥致李详函第七通

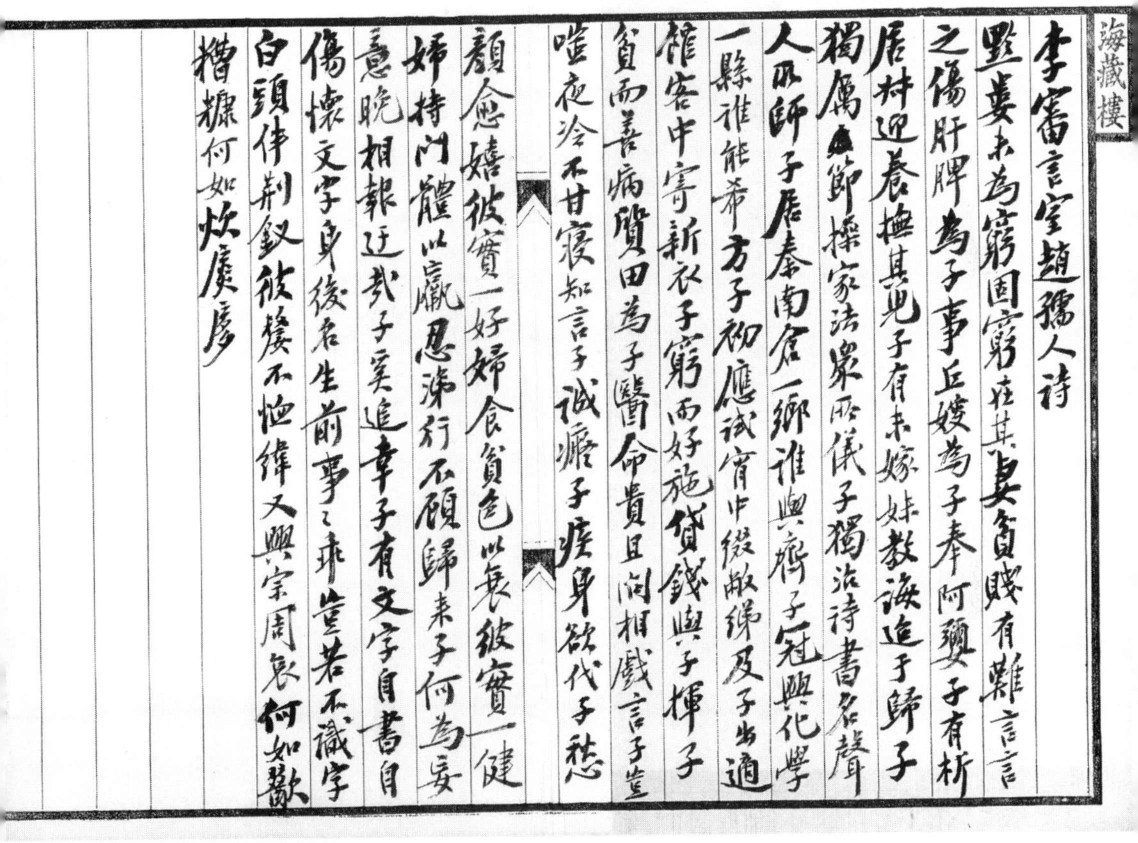
海藏樓
李審言室趙孺人詩
黔婁未為窮，固窮在其妻。貧賤有難言，言
之傷肝脾。為子事丘嫂，為子奉阿婆。子有析
居村，迎養撫其兒。子有未嫁妹，教誨迨于歸。子
獨偶無節，操家法衆所儀。子獨治詩書，名聲
人所師。子居泰南倉，一鄉誰與儕。子冠興化學，
一縣誰能希。方子初應試，宵中綴敝緥。及子出適
館，客中寄新衣。子窮而好施，貸錢與子揮。子
貧而善病，質田為子醫。命貴且閑，相戲言子豈
嗟。夜冷不甘寢，知言子識癖。子疾身欲代，子愁
顏愈嬉。彼賢一好婦，食貧色以衰。彼賢一健
婦，持門體以羸。恩深行不顧，歸來子何為。妄
意晚相報，迂哉子奚追。幸子有文字，自書自
傷懷。文字身後名，生前事事非。豈若不識字，
白頭偕荊釵。彼嫠不恤緯，又興宗周哀。何如歟
糟糠，何如炊扊扅。

郑孝胥致李详函第八通

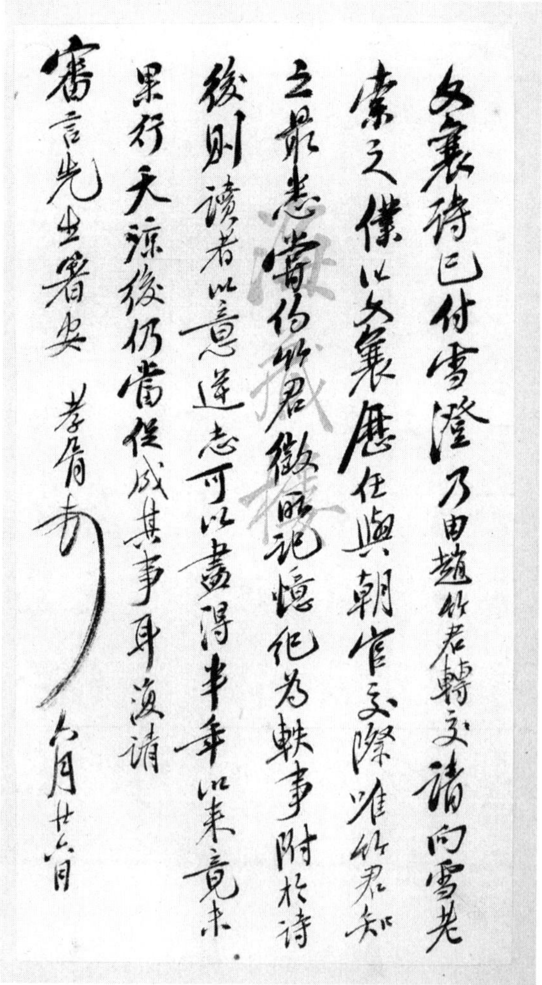
文襄詩已付雪澄乃由趙竹君轉交請向雪老
索之儀以文襄歷任與朝官交際唯竹君知
之最悉嘗倩竹君徵所記憶作為軼事附於詩
後則讀者以意逆志可以盡得半年以來竟未
果行天涼後仍當促成其事耳復請
審言先生著安 孝胥頓首 六月廿六日

郑孝胥致李详函第九通

郑孝胥致李详函第十通

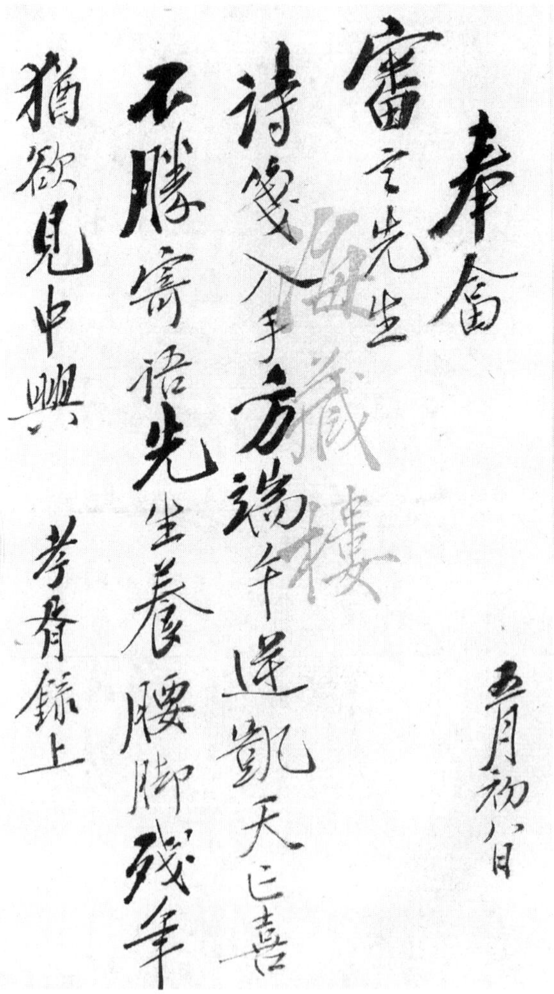
奉答
審言先生
詩箋入手方端午遲凱天已喜
不勝寄語先生養腰腳殘年
猶欲見中興
孝胥録上
五月初八日

郑孝胥致李详函第十一通

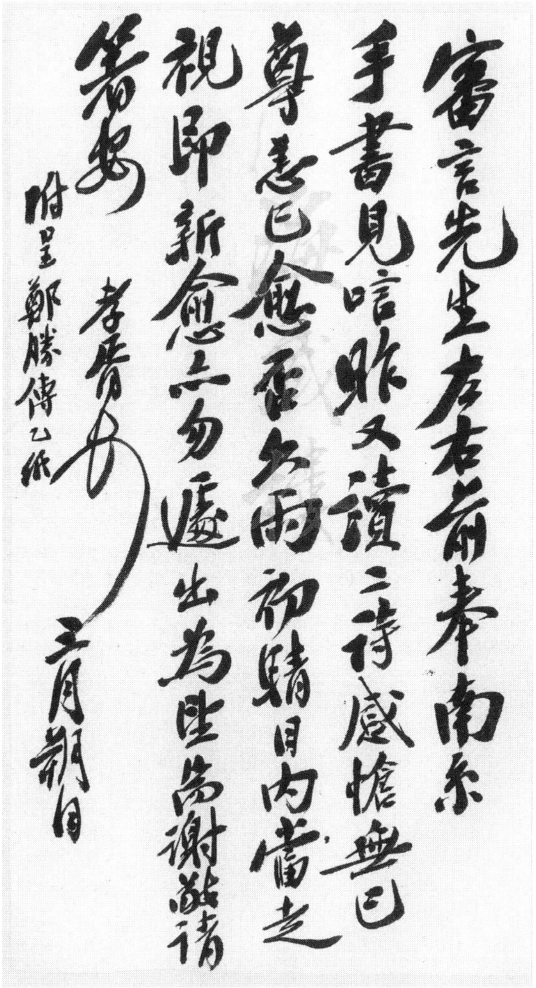

審言先生左右：前奉南來手書，見唁賦，又讀二詩，感愴無已。尊恙已愈否？久雨初晴，月內當走視。即新愈亦勿遽出為望。為謝，並請箸安。孝胥頓首 二月朔日

附呈鄭勝傳乙紙

郑孝胥致李详函第十二通

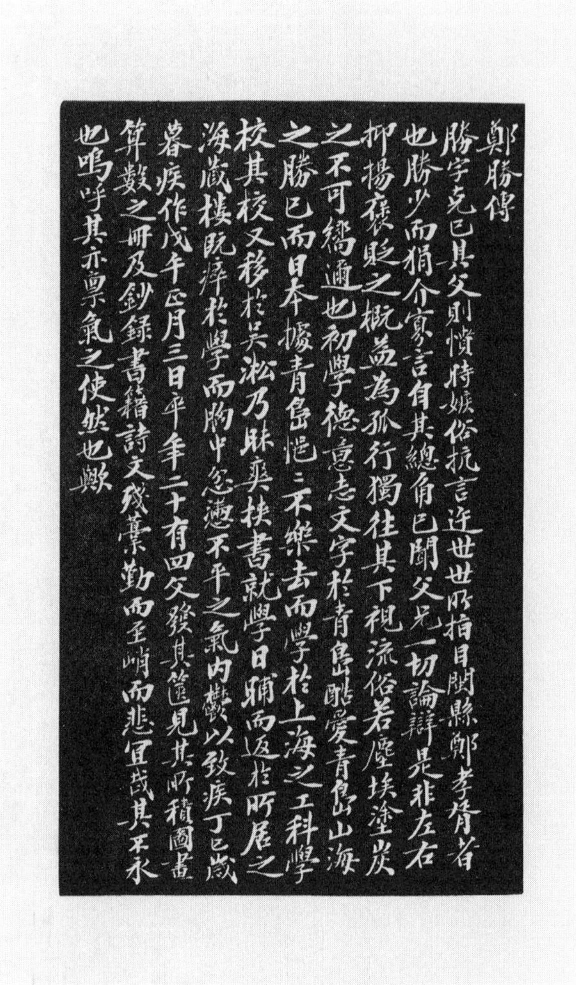

鄭勝傳

勝字克巳，其父則憤時嫉俗抗言迕世世所指目閩縣鄭孝胥者也。勝少而狷介寡言，自其總角已聞父兄一切論辯是非左右抑揚褒貶之概，蓋為孤行獨往，其下視流俗若塵埃塗炭之不可嚮邇也。初學德意志文字於青島，酷愛青島山海之勝，已而日本據青島，悒悒不樂，去而學於上海之工科學校，其校又移於吳淞，乃肄業挾書就學，日晡而返於所居之海藏樓。既瘁於學，而胸中忿懣不平之氣內鬱以致疾。丁巳歲暮疾作，戊午正月三日卒，年二十有四。父發其篋，見其所積圖畫算數之冊及鈔錄書籍詩文殘稿，勤而至峭，而悲宜哉其不永也。嗚呼，其亦稟氣之使然也歟。

郑孝胥致李详函第十二通附郑胜传

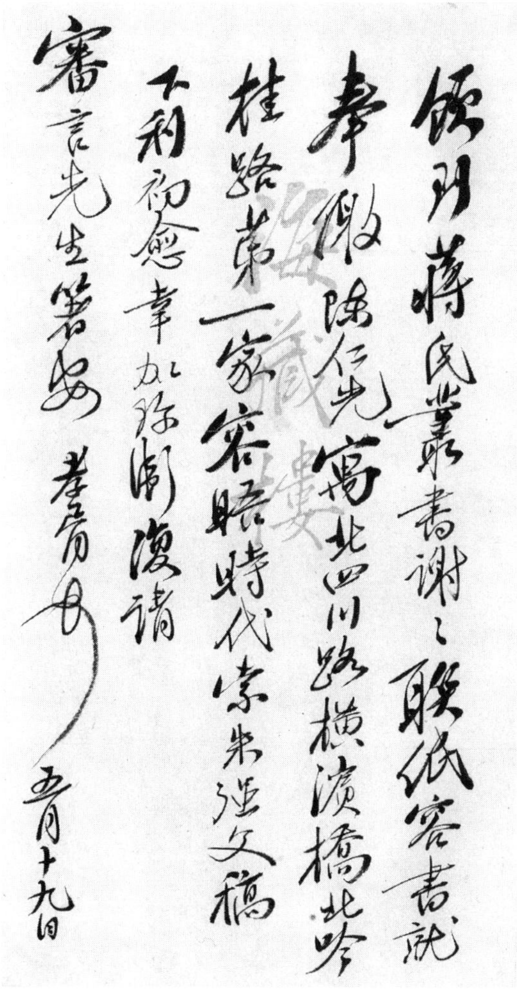
頃得蔣氏叢書，謝謝。聯紙容書就
奉繳。陳仁先寓北四川路橫濱橋北吟
桂路第一家，容暇時代索朱強文稿。
不利初愈，幸加珍衛。復請
審言先生著安。孝胥
五月十九日

郑孝胥致李详函第十三通

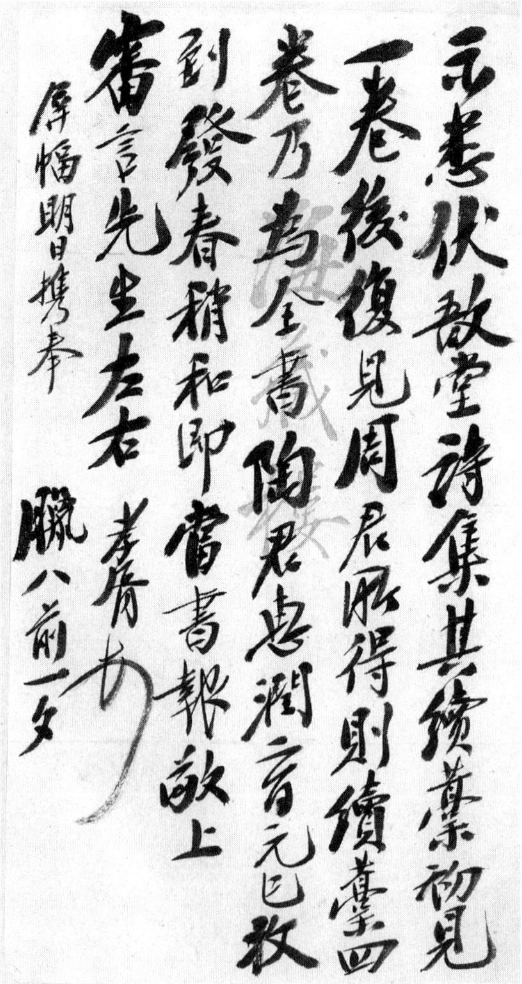

示悉。伏敬堂詩集其續集初見一卷，後復見周君所得，則續集四卷，乃爲全書。陶君忠潤言已收到，發春稍和即當書報。敬上

審言先生左右

孝胥 臘八前一夕

屏幅明日携奉

郑孝胥致李详函第十四通

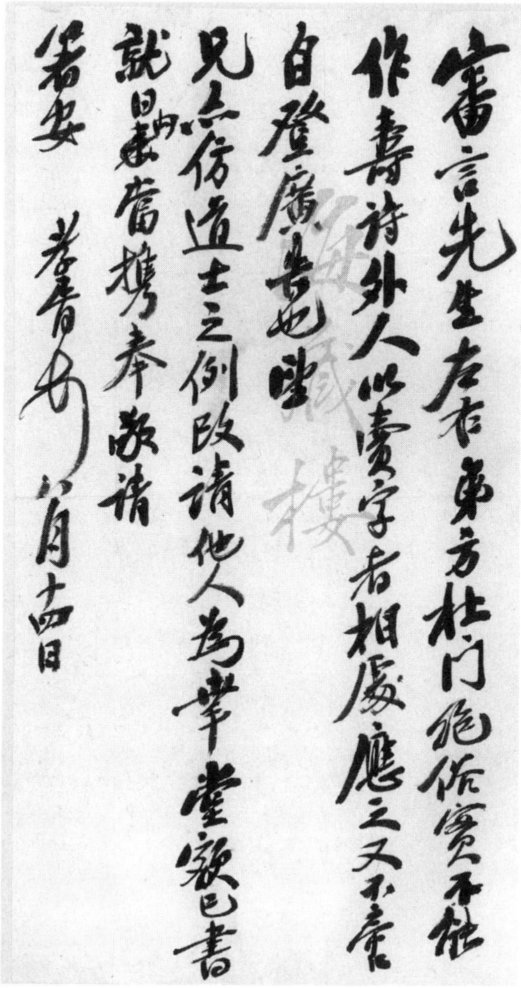

審言先生左右：弟方杜門絕俗，實不能作壽詩。外人以賣字者相屬，應之又不肯自登廣告也。嘗見亦仿道士之例，改請他人為掌籤，已書就，日內當攜奉。敬請箸安。孝胥頓首 八月十四日

郑孝胥致李详函第十五通

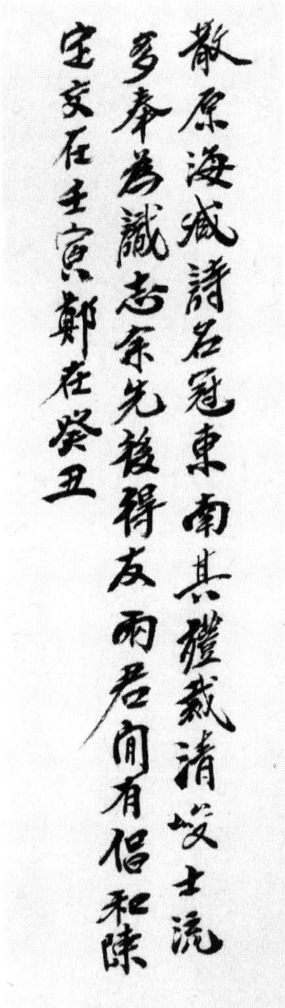

郑孝胥致李详函卷首
审言手书题词

李详致冒广生函三通笺释

上海博物馆收藏有冒广生、李详师友手札各一批，兹选取李详致冒广生函三通加以整理笺释如下。文后附冒广生致李详函一通，系正文第三通之复函。

李详致冒广生函第一通

李详叩头谨上鹤亭先生左右：伏承令问有年许矣。祥符外孙（一），叔庸佳婿（二），巢民佚老之苗裔（三），甲午解额中有此俊人，非榜花乃秋实也（四）。瓯关监督，之官婿乡，不异宋人丐禄（五），后世当传为故实矣。昨晤乙盦（六），缀赠尊刊《二黄先生诗》（七）。仲弢诗既不备（八），又将仲弢自署“蓼绥阁”改去（九），殊未惬鄙心。且讹字溢目，知是未经复校之本。如“玉兰台”，“台”当作“堂”；“安周造寺功德碑”似是“沮渠安周”（须考）（十）；“白雪夫子”，“子”当作“于”；“边蜂”，“蜂”当作“烽”；“辛忠敬”，“敬”当作“敏”。仲弢诗文，详曾为陈善余编定一本（十一），诗较多几首，文亦甚佳。此本应存张黄楼处，何不向张求之，再加搜葺，与叔庸诗文共为一集，可以传后，足下其勉为之（十二）。琴西太仆所刊永嘉诸人集（十三），如叶水心、薛浪语、陈止斋等；漱兰先生曾刊水心《习学记言》（十四）；孙仲容《遗书》（十五），向亦假读数种，以公之力可以购赠，特无豚蹄盂酒之祝（十六），而致蟹堁污邪之望（十七），度公必掩口胡庐而笑耳。为诗一首，书之别纸，伏乞抨教不宣。

详叩头叩头。

九月十八日。

沈子培先生赠冒君鹤亭新刊《二黄先生诗》感赋一首即寄冒君[1]兴化李详录稿谨上鹤亭先生政之。

永嘉二黄擅瓯海，恰似客儿与阿连。[2]

池塘春草有神助，梦中得句夸人前（十八）。

区区不盈卌番纸，玉凋兰萃随风烟。[3]

馒庵通书在庚子，先师穗帐期犹悬。（详以《漱兰先生诔》寄叔庸京师，转寄示仲弢。[4]）

鲜庵解荐绵竹颂，鄂渚未泛沧浪船。（壬寅仲冬，仲弢约余赴鄂，余以有馆辞之。[5]）

蓼绥遗文落吾手，点勘颇亦穷丹铅。（陈善余受旨陶斋编定仲弢《蓼绥阁遗集》，属余校勘，拜商搜葺之法，余以《于湖题襟集》[6]、《函雅堂集》、

---

1. 此诗收入李稚甫编校：《李审言文集·学制斋诗钞》卷四（下简称《诗钞》），名为《题冒鹤亭广生新刊二黄先生诗即以寄冒》，第1322页，江苏古籍出版社，1989年。冒怀苏：《冒鹤亭先生年谱》（下简称《年谱》）系此于1920年夏，并言“此后两年间，先生多与李审言往还唱酬。”第219页，学林出版社，1998年。然据此函内容考之，则此说有误。据《年谱》，冒氏1912年12月以袁克定之荐，任温州海关监督兼温州交涉员，至1917年11月即离职。故李详与冒氏往来之函，必在是数年之间。而辑刻《永嘉诗人祠堂丛刻》之举，始于1915年，故此数函，必在1915至1917年之间而作。
2.《诗钞》“似”作“是”。
3.《诗钞》“凋”作“洞”。
4.《诗钞》此句作“余昔以《漱兰先生诔》寄缦庵转示仲弢”。李氏原函可参《李审言文集·学制斋骈文》卷一《与黄叔颂太史书》，第785页，又“漱兰先生诔”可参《学制斋骈文》卷二《黄漱兰先生诔》，第862-863页。又《学制斋诗钞》卷一有《游南菁书院敬怀黄漱兰先生》，亦为李详追念乃师之作，第1173页。
5.《诗钞》此句作“壬寅仲弢约余赴鄂，余以有馆辞之”。
6. 清袁昶编《于湖题襟集·思旧集》收录绍箕《题沈梅岑大令仙蝶图即以留别》、《题李文石太守明湖秋泛图》、《王凤阳丈以吏事巡县联舟泛淮阻风罗家口即次其龙兴寺燕集韵》；“文二”收录绍箕《与重黎书》三通。《丛书集成新编》本第55册，台湾新文丰出版公司，1985年。

《樊山诗集》[1]皆有仲弢诗告之。[2])

特勒夫子波福字,改后粗觉心安便。[3](原稿"阙特勤",经某改"勤"为"勒"。《题李石明湖秋泛图》"白雪夫子"乃"夫于"之讹。"福"为古"副"字,考见颜籒《匡谬正俗》。某改"福"为"福",知其不妥也,又改为"幅"。"小波","波"应作"坡",余俱改正。[4])

后世谁知子建定,今人但识横山编(十九)。

本非长物轻割弃,夺簟宁计王恭钱(二十)。[5]

张(黄楼)陈藏本在何处,冥契神理嗟绵绵。[6]

冒君或蒙国士遇[7],何不最录亲雕镌。[8]

广搜博采都一集,鱼兔既得忘蹄荃(廿一)。

他时二黄齐二陆(廿二),吾衰庶及观其全。

(一)案:鹤亭先生外祖周星诒(1833–1904),字季贶,别号笑己翁、窳櫎,堂名书钞阁、瑞瓜堂,河南祥符人,长居山阴。曾官福建建宁府。精校雠目录之学,有《传忠堂藏书目》四卷。工诗词,有《窳櫎诗质》、《瑞瓜堂诗钞》、《劝憙词》等。又有《窳櫎日记钞》三卷传世。

(二)案:鹤亭先生外舅黄绍第(1855–1914),字叔颂、叔庸,号缦庵,浙江瑞安人。光绪十六年进士,授翰林院编修,官至武昌盐法道,辛亥后

---

1. 陈宇俊、涂晓马校点:《樊樊山诗集》卷十四《紫泥酬唱集》收录绍箕《今年正月八日直金危危戏效俗例设祭并纪以诗用去年可庄赠子培诗韵》七首,第345–346页,上海古籍出版社,2004年。

2.《诗钞》此句作"陈善余受陶斋旨,编定仲弢《蓼绥阁遗集》,属余校勘,并商搜葺之法,余以《于湖题襟集》、《函雅堂集》、《樊山诗集》内皆有仲弢诗告之。"

3.《诗钞》"改"作"正"。

4.《诗钞》此句作"原稿阙'特勤',经某君改'勤'为'勒'。《题李文石明湖秋泛图》,'白雪夫子'乃'夫于'之讹。又文中'福'字,本之'福'从衣,是古'副'字,见颜籒《匡谬正俗》。其改"福"为"福",知其不妥也,又改为"幅"。"小波"应作"坡",余俱改正"。

5.《诗钞》"簟"作"笔"。

6.《诗钞》"嗟"作"犹"。

7.《诗钞》"或"作"盛","遇"作"誉"。

8.《诗钞》"最"作"聚","亲"作"穷"。

辞官里居。有《瑞安百咏》一卷、《五代史补注》等，后鹤亭先生辑其所作与从兄绍箕诗文合刊为《二黄先生集》。

（三）案:巢民,冒襄号。冒襄（1611–1693）,字辟疆,又号朴庵、朴巢,私谥潜孝先生，江苏如皋人。明崇祯十五年副榜，用台州推官，不就。家有水绘园，四方名士毕集，风流文采映照一时，为明末四公子之一。十岁能赋诗，善书,师事董其昌,擘窠大字特妙。间作山水花卉，书卷之气盎然。有《水绘园集》传世。据冒怀苏《年谱》前所附《谱前冒氏世系表略》，冒氏得姓之始为元代之致中，至明末冒襄为第十二世，至冒广生则为二十世。故辟疆于鹤亭则为远族祖行。

（四）案:鹤亭先生举光绪甲午江南乡试第一三六名。又《寿康宝鉴·福善案》:"明冒起宗,自幼虔诵《感应篇》。戊午入闱,昏迷如梦,觉神助成篇,得领乡荐。会试下第归,发愿将《感应篇》增注。因念好色损德尤甚,故于'见他色美'一条，备列报应。而佐之写者，南昌罗宪岳也。辛酉，罗君即入泮。迄戊辰新正，罗梦仙流三人，一老翁苍颜黄服，二少年披紫衣左右侍。老翁出一册左顾曰：'尔读之'，左立者朗诵良久。罗窃听之，则冒君所注'见他色美'二句全注也。读毕，老翁曰：'该中'。旋顾右立者曰'尔咏一诗'，即咏曰'贪将折桂广寒宫，须信三千色是空。看破世间迷眼相。榜花一到满城红。'罗醒，作书详述梦中事，寄起宗子，曰：'尊公应捷南宫矣。但榜花二字难解。'此榜发,冒果高捷。后冒于陈宗九斋头,见类书中有'榜花'二字，注云'唐礼部发榜，姓僻者号榜花。'而冒姓实应之。

（五）案:所谓"宋人丐禄",所指当为如《宋史》卷一百七十《职官十》"宫观"所述："宋制，设祠禄之官，以佚老优贤。先时员数绝少，熙宁以后乃增置焉。在京宫观，旧制以宰相、执政充使，或丞、郎、学士以上充副使，两省或五品以上为判官，内侍官或诸司使、副（政和改武臣官制，以使为大夫，以副使为郎）为都监，又有提举、提点、主管。其戚里、近属及前宰执留京师者，多除宫观，以示优礼。时朝廷方经理时政，患疲老不任事者废职，欲悉罢之，乃使任宫观，以食其禄……大抵祠馆之设，均为佚老优贤，而有内外之别。京祠以前宰相、见任使相充使，次充提举；余则为提点，为主管，皆随官之高下，处以外祠。选人为监岳庙，非自陈而朝廷特差者，如黜降之例。”李详《诗钞》卷一《寄黄仲弢学士绍箕湖北》：“汉殿传闻近太清，侍臣晓露浥金茎。丐祠宫观叨恩泽，浪迹江湖识姓名……”所用亦为是典。

（六）案:乙盦,沈曾植别号。曾植（1850–1922）,浙江嘉兴人。字子培，号巽斋，晚号寐叟。光绪六年进士，历任刑部主事、员外郎、郎中、江西广信、南昌知府、总理衙门章京、安徽提学使，署布政使。光绪二十一年，与康有为等开强学会于京师，主张维新。曾受湖广总督张之洞聘主讲两湖书院。清亡后为遗老，寓居上海。学识渊博，早年通汉宋儒学、文字音韵，中年治刑律，治辽金元史、西北南洋地理，并研究佛学。又究心经世之学，提倡学习西欧。余事为诗，为郑孝胥、陈衍等人推为“同光体之魁杰”。工书法，由帖入碑，结体险峻，用笔生辣，生拙高古，奇趣横生。著有《蒙古源流笺证》、《元秘史笺注》、《汉律辑补》、《海日楼诗集》、《海日楼文集》、《海日楼札丛》、《海日楼题跋》、《菌阁琐谈》、《辛丑札丛》等。

（七）案：《永嘉诗人祠堂丛刻》本，1915 年如皋冒氏刊本。

（八）案：仲弢，瑞安黄绍箕字。绍箕（1854–1908），号鲜庵，体芳子，绍第从兄，浙江瑞安人。光绪六年（1880）进士，授编修，历任四川乡试副考官、武英殿纂修。曾赴日本考察教育，又为上海强学会发起人之一。戊戌时，任京师大学堂总办。有《汉书艺文志辑略》、《中国教育史》，又有《鲜庵遗稿》、《蔘绥阁诗抄》一卷、《潞舸词》一卷等，已刊入《二黄先生集》。

（九）案：汉扬雄《方言》卷二：“蔘，索含反。绥，羞绎，纷母。言既广又大也。荆扬之间凡言广大者谓之桓概，东瓯之间谓之蔘绥（东瓯亦越地，今临海永宁是也）。"

（十）案：据《敦煌石室真迹录》[1] 附录，则当作北凉《沮渠安周造佛寺功德刻石》。马子云、施安昌《碑帖鉴定》著录为《沮渠安周造像》，并云："隶书二十二字，行四十七字，'承平三年岁次大梁月吕无射量功典造□集星纪'。光绪年间新疆出土，出土后并未传拓即为德国人得之，藏于德国柏林博物馆。光绪三十一年端方到德国时，手拓一全张，又半张。此拓本谓为海内孤本，今存中国历史博物馆。予所见到是此拓本之照片。此造像拓本以后为李钦所得，李氏名其斋为'北凉碑馆'。闻人云，此造像在二次世界大战中已毁。"[2]

（十一）案：陈善余，庆年字。庆年（1862 或 1863–1929），号困学主人、石城乡人，晚号横山、横山乡人，室名横山草堂、学存斋、传经堂、传经楼、望益轩、古香擘经室，江苏镇江人。光绪十四年优贡。历任江楚编译局主办、江南通志局总纂，湖南高等学堂监督、湖北译书局总纂等职。生平著述颇丰，有《春秋兵史》、《中法战纪》、《五代史略》、《辽史讲义》、《元代疆域图》、《陶隐居年谱》、《沈梦溪年谱》、《润故述》、《知亡录》、《两淮盐法志》、《列国政要》、《汉律逸文疏证》等，又有日记传世，惜未知流落何方。

关于李详编辑《蔘绥阁集》之始末，可参其本人之自述，其云：

> 黄仲弢绍箕，没于湖北提学，遗稿散佚。端匋斋督两江日，携仲弢残稿，付江楚编译官书局坐办陈庆年续访诗文，延友编定。畀以二千元，不足则以官局经费济之。余局员也，名为帮总纂，应隶总纂修缪艺风先生教下，陈为坐办，公然以僚属视余。即长洲朱先生孔彰，亦在威胁之下。陈既任续访，无计搜葺，延友又无相当之人，且须分其润金，谓余可以虚礼诱也。一日闯入余室，问曰："仲弢遗著，有可

1. 王仁俊辑录，宣统元年国粹堂石印本。
2. 马子云、施安昌著：《碑帖鉴定》，第 127 页，广西师范大学出版社，1993 年。

访否？”余曰：“袁爽秋《于湖题襟集》有仲弢诗文，《樊云门诗集》附有仲弢诗，孙仲容《墨子间诂》记有仲弢跋，诸书余皆有之。”陈称善，即持余稿，属余编入。其《题李文石大明湖图》，已列前稿，钞者误将“白雪夫于”写作“夫子”，余为改定。又改“阙特勒”为“阙特勤”。“福本”之“福”即古“副”字，考见《匡谬正俗》，而前稿作“勤”为“勒”，改“福”为“福”，余乃正色告之，始定。仲弢妇弟张黄楼观察致书与陈，询黄集定否，陈复书言延友访辑，尚需多金，乞加筹数百元，不足由某自任云云（此在匋斋移直督后语）。誊写书记吴某，余时周其乏，知黄集为余搜录，窃其书稿视余，似有不平意，余乃知陈乾没如此之巨。后晤黄楼上海，仲弢集卒未刻，而不知有此一重公案。“蔘绥”训大，东瓯人语，义见《方言》。[1]

黄绍箕之遗文，据民国时期关瑞梧女士云：“右《蔘绥阁诗钞》、《潞河词》精抄本各一册，不署撰者姓名……《蔘绥阁诗》共卅二首，词共十首，后又有七古一首，多应酬、题跋随情遣兴之作。按《词林辑略》卷九谓，绍箕有《鲜庵遗稿》，其书余未见，有刻本否亦不可知，更不知此二册中诗词是否在《遗稿》中也。”[2] 又魏建猷《书〈蔘绥阁诗钞潞舸词跋〉后》记述黄氏遗稿云：

黄先生殁后数年，如皋冒广生鹤亭搜罗遗诗，名之曰“鲜庵遗稿”，以与其弟《缦庵遗稿》合刻，总称之曰《二黄先生集》，以殿《永嘉诗人祠堂丛刻》。而篇目寥寥，不足以厌读者。于是瑞安杨则刚（嘉）氏又集纂鲜庵诗二十首，缦庵诗七首，为《二黄先生诗葺》，刻入《墨香簃丛编》。近年重修《永嘉诗人祠堂丛刻》旧版，黄群氏又增刻《二黄先生集补遗》，所录鲜庵诗凡三十六首，盖摘录黄厚卿（鲜庵先生子）家藏《蔘绥阁诗钞》未刻诗十七首，合杨则刚所辑十九首而成。综上

1.《药裹慵谈》卷六“黄仲弢《蔘绥阁集》编辑始末”条，第 714-715 页。
2.《燕京大学图书馆学报》第 12 期，1931 年 7 月 30 日。

所述，可知鲜庵诗传世之本，有刻本三，抄本（或是稿本）一，其实则仅有刻本二抄本一而已。盖黄群《补遗》，乃集《墨香簃丛编》本与黄厚卿家藏抄本而成故也。杨氏所辑二十首，皆出旧家收藏，零篇残简，未有传录，故与馆本无甚关系，冒刻本与馆本颇多出入……黄厚卿家藏本……与馆本亦不尽同……可知家藏本与馆本，名虽同而实亦异也。[1]

（十二）案：张黄楼，名彬，文襄犹子，黄绍箕内弟，尝官道员，有《忏园诗存》。又李详所编之仲弢遗文，今亦不知下落。

（十三）案：琴西，孙衣言号。衣言（1814—1894），字绍闻，晚号遁叟，别署逊学老人。道光三十年进士，官至太仆寺卿。尝创建玉海楼，藏书达九万余卷。又辑印刊刻《瓯海轶闻》、《永嘉集内外编》、《永嘉丛书》等巨帙行世。

"永嘉诸人集"，乃指清同治、光绪年间瑞安孙氏诒善祠塾刊《永嘉丛书》本而言，其中所收集部之子目为：1《刘给谏文集》五卷，（宋）刘安上撰，同治十二年刊；2《刘左史文集》四卷，（宋）刘安节撰，同治十二年刊；3《横塘集》二十卷，（宋）许景衡撰，光绪元年刊；4《艮斋先生薛常州浪语集》三十五卷，（宋）薛季宣撰；5《竹轩杂著》六卷，（宋）林季仲撰，光绪二年刊；6《止斋先生文集》五十二卷附录一卷，（宋）陈傅良撰，光绪四年刊；7《水心文集》二十九卷补遗一卷，（宋）叶适撰，光绪八年刊；8《水心先生别集》十六卷，（宋）叶适撰；9《蒙川先生遗稿》四卷补遗一卷，（宋）刘黻撰；10《谷艾园文稿》四卷，（清）谷诚撰；11《孙太史稿》二卷，（清）孙希旦撰。

（十四）案：漱兰，黄体芳字。体芳（1832—1899），浙江瑞安人。同治二年进士，选庶吉士，散馆授编修。累迁内阁学士、兵部左侍郎。与张

1.《燕京大学图书馆学报》第 43 期，1933 年 1 月 15 日。

之洞等人并称“翰林四谏”，曾弹劾李鸿章。后主讲于金陵文正书院。晚年参加强学会，主变法图存。漱兰为李详入学受知师，二氏交游可参《药裹慵谈》卷六“黄漱兰先生”条。[1]

俞天舒编《黄体芳集》附录《黄体芳先生年谱》“光绪十年”条：“五月，据孙衣言校定本，于江阴学署刊刻叶适《习学记言序目》，并于翌年撰《习学记言序目叙》。按：据民国十七年黄群《敬乡楼丛书·习学记言序目叙》称，刻本初仅印行数十部，未久书版即毁，故江阴学署《习学记言序目》刻本流传绝少，为善本。”[2]又黄体芳《习学记言序目叙》：“吾师孙太仆先生最服膺于乡先正水心叶公。体芳昔在左右，或语及经济文章，必为言水心。《水心文集》、《别集》，先生既先后刻之。其《习学记言》五十卷，亦颇已散失。而先生及体芳处，各有缮本，则以此事属之于体芳。比体芳视学江苏，欲刊是书，谋得他本，校之舛谬尤甚。乃求观先生藏本，具皆先生所自校，毛发差失，无不辨者，于是体芳皆循读一过，以光绪十年五月付刊，十二月刊成，窃附己意，以告世之读是书者。”

（十五）案：孙仲容，孙诒让字。诒让（1848–1908），晚清经学家、文字学家。字仲容，号籀庼。浙江瑞安人。同治年举人，官刑部主事。自幼勤奋好学，曾随其父孙衣言宦游京师江淮等地。十三岁著《广韵姓氏刊误》，十八岁著《白虎通校补》。1886 年于瑞安组织“兴儒会”。1901 年撰成《周礼政要》四十篇，主张变法更政。晚年致力于地方教育，创办瑞安计学馆、瑞安方言馆，并于温州开办瑞平化学学堂。1905 年被推为温处学务分处总理，主持兴办各级各类学校达三百余所。次年就任学部咨议官、浙江学务议绅及浙江省教育总会会长。任内选送优异出洋留学，提倡女学，兴办实业。于校训古籍、诠释古文字及考订名物制度等方面，皆有卓越成就。生平著作甚富，有《周礼正义》、《墨子间诂》、《契文举例》、《名原》、《古览拾遗》、《古籀余论》、《尚书骈枝》、《札迻》、《籀庼述林》及《温州经籍志》等。

1.《李审言文集》，第 729–730 页。

2.《温州文献丛书》，第 402–403 页，上海社会科学院出版社，2004 年。

（十六）案：元王祯《农书·农桑通诀·锄治篇》：“其北方村落之间，多结为锄社，以十家为率，先锄一家之田，本家供其饮食，其余次之，旬日之间，各家田皆锄治。自相率领，乐事趋功，无有偷惰。间有病患之家，共力助之。故田无荒秽，岁皆丰熟。秋成之后，豚蹄盂酒，递相犒劳。名为锄社，甚可效也。”

（十七）案：汉刘向《说苑》卷六《复恩》：“楚、魏会于晋阳，将以伐齐，齐王患之。使人召淳于髡曰：‘楚、魏谋欲伐齐，愿先生与寡人共忧之。’淳于髡大笑而不应。王复问之，又复大笑而不应。三问而不应，王怫然作色曰：‘先生以寡人国为戏乎？’淳于髡对曰：‘臣不敢以王国为戏也，臣笑臣邻之祠田也，以奁饭与一鲋鱼，其祝曰：下田洿邪，得谷百车；蟹堁者宜禾。臣笑其所以祠者少而所求者多。’王曰：‘善。’赐之千金，革车百乘，立为上卿。”

（十八）案：“客儿与阿连”，分别为南朝诗人谢灵运及其族弟惠连之小名。南朝梁钟嵘《诗品》卷中“宋法曹参军谢惠连”条云：“小谢才思富捷，恨其兰玉夙凋，故长辔未骋。《秋怀》、《捣衣》之作，虽复灵运锐思，亦何以加焉。又工为绮丽歌谣，风人第一。《谢氏家录》云：康乐每对惠连，辄得佳语。后在永嘉西堂，思诗竟日不就。寤寐间忽见惠连，即成‘池塘生春草’。故尝云：‘此语有神助，非吾语也。’”

（十九）案：子建，魏曹植字，所作《与杨祖德书》曰：“世人著述，不能无病。仆常好人讥弹其文；有不善者，应时改定。昔丁敬礼尝作小文，使仆润饰之，仆自以才不能过若人，辞不为也。敬礼云：‘卿何所疑难乎！文之佳丽，吾自得之。后世谁相知定吾文者邪？’吾常叹此达言，以为美谈。”横山，则为陈庆年，云此，以揭庆年攘窃之举。

（二十）案：南朝宋刘义庆《世说新语·德行第一》：“王恭从会稽还，

王大看之。见其坐六尺簟，因语恭：‘卿东来，故应有此物，可以一领及我。’恭无言。大去后，既举所坐者送之。既无余席，便坐荐上。后大闻之，甚惊，曰：‘吾本谓卿多，故求耳。’对曰：‘丈人不悉恭，恭作人无长物。’”

（廿一）案：《庄子·外物》：“荃者所以在鱼，得鱼而忘荃；蹄者所以在兔，得兔而忘蹄；言者所以在意，得意而忘言。吾安得夫忘言之人而与之言哉！”

（廿二）案：二陆即陆机、陆云兄弟。陆机（261–303），字士衡，吴郡华亭人。祖逊，吴丞相；父抗，吴大司马。吴亡后，闭门读书十年，著《辨亡论》。西晋武帝太康末，与弟云俱入洛，张华尝谓之曰：“人之为文，常恨才少，而子更患其多。”当时有“二陆入洛，三张减价”之谣。累迁太子洗马。成都王起兵讨长沙王，以机为河北大都督。兵败，为宦者孟玖所诬杀。临刑叹曰：“华亭鹤唳，岂可复闻乎？”士卒均为之流涕。陆机以赋著名，有《文赋》，论其文学之见解，亦为古文评之重要文献。诗亦佳，《诗品》称其诗：“源出陈思，才高词赡，举体华美。气少于公干，文劣于仲宣，尚规矩，不贵绮错，有伤直致之奇。然其咀嚼英华，厌饫膏泽，文章之渊泉也。张公叹其大才，信矣。”陆云（262–303），字士龙，六岁能为文，有“闻一知十”之称。后为成都王颖表为清河内史，转大将军右司马。机兵败被杀，云亦被收。云少与兄机齐名，虽文章不及机，而持论过之，号曰“二陆”。《诗品》列其诗为中品，有《陆士龙集》十卷，今传于世。

李详致冒广生函第二通

鹤亭先生侍右：昨奉复书，辱承奖饰，古之以诗文名家者，皆学余于诗文之外。今人仅从诗文中求诗文，不觉每下愈况。且当世所称大人，皆以不学无害作谢宣（一），明面骄人。禄利之途既绝，莘莘学子相率为痴符（二）、《阳五伴侣》之炫（三）。孟子不云乎：“上无礼，下无学，贼民兴，丧无日矣。”[1]详在光绪丙午年已忧及此。比时居亭主人蒯礼翁犹逐于时好（四），以画草、旁行导其诸子。昔时两门人皆能倍诵《三都》、《二京》、杜韩集中长篇（五），今则置于无何有之乡矣。因君学人之说，聊纵言之，详则不敢当此称，然秉烛之明，未尝不以此自责也。所示诗篇何其愤悒乃尔。监税无预民事，板舆奉母固拙者之为政也（六），请少广之。甄录瓯人之诗，重以祠祀，寻常俗吏，岂知辨此（七）！人生世上鲜得百年，李志、曹蜍大半沦于狐貉之口（八），所不没者名耳，愿足下终勉之。允赠《永嘉丛书》，尚未收到。详向以书丐自名，将著公姓氏矣。梁茝林《浪迹续谈》极言孙雨人学博《永嘉闻见录》之善，不知有刻本否（九）？乱后当亦毁板，请访于藏书家刻之，以备温州故实。先师漱兰先生曾刻叶氏《习学记言》，同请物色一部见惠。乙盦日与樊山打诗钟（十），艺风已赴京师（十一），聚卿在沪未出（十二）。详所著书仅刻《愧生丛录》二卷，另寄请教。余如《文集》写有定本，绌于刻资，尚未付刊。《容甫文笺》、《韩杜诗证选》、《颜氏家训补注》、《读世说小笺》、《拭觚》、《兴化图经》均在理董中。感荷垂注，谨以奉闻。

李详叩头谨上，鹤亭先生左右。

十月初八日晚。

（一）案:谢宣，即谢朓（464–499），南朝齐人。字玄晖，陈郡阳夏（今河南太康）人。高祖据为谢安之兄，父纬，官散骑侍郎。母为宋文帝之女长城公主。谢朓家世既贵，少又好学，为南齐藩王所重。初为太尉豫章王萧嶷行参军，迁随王萧子隆东中郎府，转王俭卫军东阁祭酒，后为随王镇西功曹，转文学。永明九年（491），随王为荆州刺史，朓亦随之荆州，“以文才尤被赏爱”。后调还建康，任新安王中军记室，兼尚书殿中郎，又为骠骑咨议，领记室，掌霸府文笔，又掌中书诏诰。建武二年（495）出为宣城

1.《孟子·离娄上》。

太守，后迁尚书吏部郎。东昏侯永元元年（499），始安王萧遥光谋夺帝位，朓以不协其谋，反遭诬陷，下狱而死。朓少年即以文学知名，曾参与竟陵王萧子良西邸之文学活动，为“竟陵八友”之一，有《谢宣城集》传世。

（二）案：北齐颜之推《颜氏家训·文章》：“吾见世人，至无才思，自谓清华，流布丑拙，亦以众矣，江南号为詅痴符。近在并州，有一士族，好为可笑诗赋，挑撇邢、魏诸公，众共嘲弄，虚相赞说，便击牛酾酒，招延声誉。其妻，明鉴妇人也，泣而谏之。此人叹曰：‘才华不为妻子所容，何况行路！’至死不觉。自见之谓明，此诚难也。”南宋胡仔《苕溪渔隐丛话后集》三九：“宋子京云：‘江左有文拙而好刻石者，谓之詅嗤符。’”元陶宗仪《说郛》三六《翻古丛编》曰：“胡氏《渔隐丛话》作‘詅嗤符’，宋景文书作‘嗤詅符’，要以颜氏‘詅痴’为正，大抵论其文藻骩骳，矜伐自鬻，质之《集韵》：‘詅，力正反。’注：‘卖也。’岂非痴自炫鬻之意！”明王圻《稗史汇编》一一三：“予案：宋景文《题三泉龙洞诗》，刊落因漕为刻石，以石本寄公，公答书有云：‘江左有文拙而好刊石，谓詅嗤符，非此乎？’予穷其原，乃出于颜之推《家训》云云。”明杨慎《杨升庵文集》七一：“和凝为文，以多为富，有集百卷，自镂版以行，识者多非之曰：‘此颜之推所谓詅痴符也。’”

（三）案：东魏阳俊之“位兼通直常侍，聘陈副，尚书郎。当文襄时，多作六言歌辞，淫荡而拙，世俗流传，名为《阳五伴侣》。写而卖之，在市不绝。俊之尝过市，取而改之，言其字误。卖书者曰：‘阳五，古之贤人，作此《伴侣》，君何所知，轻敢议论！’俊之大喜。”[1]

（四）案：蒯礼翁，即蒯光典（1857–1910），字礼卿，一字履卿，世为合肥人。光绪九年进士，散馆授检讨。尝主贵州乡试，又充会典馆图绘

1. 李延寿撰：《北史》卷四十七《阳尼传》附录，第1728页，中华书局，1987年。

总纂官，后又游欧洲，充留学生监督。李详与蒯氏相交八载，更尝坐馆其家达五年之久。蒯氏身后，李详为作数篇文字以表彰其生平治学、宦途及为人大要，分别为《学制斋文钞》卷二《蒯礼卿观察金粟斋遗集书后》[1]、《蒯君别传》[2]，卷三《清翰林院检讨蒯光典行状》[3]，《药裹慵谈》卷三“蒯礼卿”条[4]。蒯氏之生平另可参吴涑《蒯公分巡淮阳海道事略》、陈三立《清故四品京堂蒯公神道碑铭》、程先甲《先师蒯礼卿先生行状》、金天翮《蒯光典吴汝纶李宗棠传》等。[5]

（五）案:李详《学制斋文钞》卷二《蒯君别传》尝述其教授蒯氏二子云:“（余）令其读《文选》诸赋及杜诗、韩文、《文心雕龙》、《史通》等书，皆根柢之学，非旦夕可就。余垂老得贤主人，不惮口指手画，多方解说，两生虽幼小，已解鼓舞领受，若左思《三都》，扬雄《解嘲》，班固《宾戏》，杜之《北征》，韩之《南山》、《月蚀》，皆朗朗上口。直春秋月下，余命两生倍诵，于抑扬抗坠之际，余又助之以缓其节。《南山》、《北征》，盖黄鲁直所矜赏；宋人某以能诵《月蚀》，见赏荆公。昔人津津乐道，以为美谈。两生俱能称述所以，亦可为难矣。”

《三都》，即晋左思所作之《三都赋》。左思，字太冲，临淄人。博学能文，貌寝口讷。官秘书郎。出身寒微，不好交游。曾构思十年，成《三都赋》，分为《蜀都赋》、《吴都赋》、《魏都赋》三篇，叙述三国时蜀都益州、吴都建业、魏都邺三地之形势、物产等情况。文辞工丽，一时竞相传写。洛阳纸为之贵。左思之诗，亦笔力充沛，质朴刚健，很少雕凿，富有积极浪漫主义精神，其成就超过当时其他诗人。所作《咏怀》八首，托古讽今，名为咏史，实为咏怀。

《两京》，即东汉张衡所作之《二京赋》。张衡（78–139），字平子，南阳西鄂人（今河南省南阳市石桥镇夏村）。十七岁时游学三辅，后至洛阳就

1.《李审言文集》，第 970–972 页。
2. 第 952–956 页。
3. 第 1002–1005 页。
4. 第 650–651 页。
5. 钱仲联主编：《广清碑传集》卷十七，第 1179–1191 页，苏州大学出版社，1999 年。

学于太学，遂通《五经》，贯六艺。衡淡于功名，屡为公府征召，皆辞不就。永元十二年（100），始任南阳主簿。后被征入朝，拜郎中。尝两任太史令，又曾任侍中、河间相等职。《隋书·经籍志》有《张衡集》十四卷，久佚。明人张溥编有《张河间集》,收入《汉魏六朝百三家集》。《二京赋》包括《西京赋》、《东京赋》两篇，系指汉之西京长安与东京洛阳。《后汉书·张衡传》云:“时天下承平日久，自王侯以下，莫不逾侈。衡乃拟班固《两都》，作《二京赋》，因以讽谏。精思傅会，十年乃成。”

（六）案:板舆，古代一种用人抬行之代步工具，多为老人乘坐。《汉书·王莽传下》:“朝见挈茵舆行”，颜师古注引晋晋灼曰:“岂今之板舆而铺茵乎？”晋潘岳《闲居赋》:“太夫人乃御板舆，升轻轩，远览王畿，近周家园。”后因以代指官吏在任迎养父母之词。唐岑参《酬成少尹骆谷行见呈》:“荣禄上及亲，之官随板舆。”元萨都剌《题刘山长雪夜板舆图》:“板舆行乐处，鹤发尽鬖鬖。人子谁无母，刘家独有男。”清黄宗羲《工部郎中姜公夫人钱氏祔葬墓志铭》:“令子京兆希辙，孝爱之德闻于天下，板舆所至，燕喜相从。”

（七）案:“甄录瓯人之诗，重以祠祀”，所指即冒氏所刻《永嘉诗人祠堂丛刻》。据《冒鹤亭先生年谱》“一九一五年”条:“先生复与当地乡绅及文化界人士，一起搜集乡邦文献，艰难之极，唯先生孜孜不倦搜集整理，先后辑成《永嘉诗人祠堂丛刻》，计有十三种之多，并出资梓版刊行。此丛书中收有唐代高僧永嘉玄觉，宋代学者永嘉王开祖，南宋诗人永嘉徐照、徐玑、赵师秀、乐清翁卷、永嘉薛师石、卢祖皋、平阳林景熙，元代文学家乐清李孝光、瑞安高明（即高则成），清代学者黄绍箕、黄绍第等永嘉先哲学术论文集、诗词文集。”[1]

（八）案:南朝刘宋刘义庆《世说新语·品鉴第九》:“庾道季云:‘廉颇、

1.《冒鹤亭先生年谱》，第189-190页。

蔺相如虽千载上死人，懔懔恒如有生气；曹蜍、李志虽见在，厌厌如九泉下人。人皆如此，便可结绳而治，但恐狐狸貒貉啖尽。'”徐震锷《世说新语校笺》：“蜍，曹茂之小字也。《曹氏谱》曰：‘茂之字永世，彭城人也。祖韶，镇东将军司马。父曼，少府卿。茂之仕至尚书郎。'”[1]“《晋百官名》：‘志字温祖，江夏钟武人。'《李氏谱》曰：‘志祖重，散骑常侍。父慕，纯阳令。志仕至员外常侍、南康相。'”“言人皆如曹、李质鲁淳悫，则天下无奸民，可结绳致治。然才智无闻，功迹俱灭，身尽于狐狸，无擅世之名也。”

（九）案：清梁章钜《浪迹续谈》卷二“永嘉闻见录”条：“余在武林，行箧本无多书，温州道阻且长，更未便于携带，计惟于到日从事一瓻而已。而孙雨人学博语余曰：‘此间文献销沉，除府县志外，直是无书可借。’余为惘然。学博为诒穀先生志祖喆嗣，能世其家学，著作裒然，司铎永嘉垂二十年，余久耳其名，一见遂如旧相识。晤谈之次日，即出所著《永嘉闻见录》两卷相示，则积十余年之力，捃摭坠简，辨章旧闻与夫山川之显晦，祠廨之兴废，旁及方言物产，靡不广记而备言之。余粗为披寻一过，已如获异宝。学博今年七十有七，而老学不衰，健谈靡倦，俾余得稍知东瓯故实者，独赖此人此编，则虽无书可借，不为忧矣……”[2]

（十）案：樊山，樊增祥号。增祥（1846–1931），原名樊嘉，又名樊增，字嘉父、云门，光绪三年进士。初署渭南知县，后累官陕西、江宁布政，护理两江总督。师事张之洞、李慈铭。工诗，以前后《彩云曲》用赛金花事最负盛名。又擅词及骈文。辛亥革命后寓居北京。曾任参政院参政，又兼清史馆事。有《樊山全集》。

诗钟，系一种文字游戏，即在一定时限内，焚香拈题，以撰作对联。其方法为取绝不相类之两字或词，各作一句，相互对偶。以凑合天然，不落俗套，且有寄托为上乘。

---

1. 第 294 页，中华书局，1984 年。
2. 第 260–261 页，中华书局，1997 年。

（十一）案：艺风，缪荃孙号。荃孙（1844–1919），字炎之，一字筱珊，江苏江阴申港缪家村人。同治六年应四川乡试中举，充总督吴棠、川东道姚彦侍幕僚，遍历川东北诸郡，搜拓石刻。张之洞任四川学政，曾执贽门下，为撰《书目问答》四卷。光绪二年中进士，以庶吉士用，授翰林院编修。暇时采访异本，钞校考订。后协助张之洞总纂《顺天府志》，历七年成。旋应国史馆总裁潘祖荫所请，编辑清史儒林、文苑、循吏、孝友、隐逸五传。先为分纂，后任总纂。因持论不合于继任总裁、大学士徐桐，藉继母病故，于十四年奉柩归里，应江苏学政王先谦聘，为南菁书院掌教。后又掌山东泺源书院。十九年受张之洞召，重修《湖北通志》。二十年张调任两江总督，被聘掌钟山书院，兼领常州龙城书院。讲学之外，一意刻书，日事校勘。二十七年庚子事变后新学兴起，张之洞设江楚编译书局，召主办其事。翌年七月，改钟山书院为江南高等学堂，任学堂监督（校长），兼领中、小学堂。十二月，赴日本考察学务。归后亲自厘定学程，编辑课本，中西之学兼重；访聘教员，讲求教授管理之法。第一届毕业生颇有明达通才。清廷特诏加四品卿衔。三十三年七月，辞学堂职务，应两江总督端方之聘，创办江南图书馆，任总办。悉购钱塘丁氏“八千卷楼”善本书，并于南京清凉山建“陶风楼”以贮其书。宣统二年年，奉调至京创办京师图书馆，任正监督。分类清理内阁大库珍本，纂成《善本书目》八卷、《各省志书目》四卷。时江苏议修通志，为延充总纂，定例为授协纂诸人，克期编辑。辛亥革命后，移居上海，倡结诗社，整理旧籍，购书刻书，积“艺风堂”藏书达十万卷。民国三年重开清史馆，为赵尔巽延充总纂，采定目例，独任儒林、文苑、孝友、隐逸及土司、明遗臣诸传。《江苏通志》重议开局，被请拟定碑铭大纲，自发家藏拓本一万八百余种，编录考订，一手成之。四年，《江阴县续志》、《江苏通志稿・金石卷》同时告成。同年十二月二十二日，于上海寓所溘然长逝。平生辑刻的巨编甚多，自著书达二百卷。于清季民初，学识最称浩博。

（十二）案：聚卿，刘世珩字。世珩（1875–1926），小名奎元，字聚卿，又字葱石，号一琴、季芝、枕雷道人等，别号楚园，祖籍安徽贵池。十三岁补贵池县诸生。光绪二十年（1894）中举人。1903 年任江楚编译官书局总办，是年奉派率团赴日考察大阪劝业博览会。又任江宁商会总理，同时兼理南洋官报局、裕宁官银局、江宁马路工程局、两江师范学堂、江宁实业学堂，治绩昭著。1906 年，为湖北造币厂总办，不久，又兼天津造币厂监督。1908 年任直隶财政监理。1911 年升为度支部左参议。辛亥革命后，迁居上海，筑楚园，藏书十余万卷，收购金石、古器物，其中以南唐乐器大、小忽雷最为著名。晚岁全力校刊古籍，先后刻有《聚学轩丛书》、《一印一砚庐金石五种》、《玉海堂景宋元本丛书》、《宜春堂影宋巾箱本丛书》、《贵池刘氏所刻书》、《赐书台汇刻曲谱》、《暖红室汇刻传奇》、《贵池先哲遗书》等丛书。其中以《聚学轩丛书》、《贵池先哲遗书》、《暖红室汇刻传奇》三种，聘请陶子麟等高手刻板，字大悦目，纸白如玉，精美绝伦。时人冯煦认为所刻丛书搜罗全备，校雠精审，刻印精美，超过毛晋、黄丕烈，“一字之疑，必翻群书以证之，又不肯轻改原书，少则载入跋语，多则另编札记，则校雠言尤慎也。”（缪荃孙语）为近代大出版家。著作有《吴应箕年谱》、《刘伯宗先生（城）年谱》、《贵池县沿革表》、《银价驳议》、《圆法刍议》、《聚学轩词集》、《南朝寺考》等。

李详致冒广生函第三通

鹤亭尊兄先生阁下：招商局发送到《永嘉丛书》六椷，昔以戏语撼公，不意竟掇已赠见赐，损惠过多，无以为报，奈何。伏惟起居胜常，侍祉曼福。详少有王充阅市之贫（一），兼苦班嗣见阻之厄（二）。壮岁以后接识通人，始以所肄，乞假未见。孝标《类苑》，同姓须求（三）；中郎坟籍，宾坐即赠（四），遂以“书匄”为号。弟其姓氏，自艺风而外，几及廿人，公之所赐亦其一也。永嘉四灵，自为一体（五），请访旧椠，校而刊之。梁茝林《浪迹续谈》称孙雨人学博著《永嘉闻见录》（六），寻诸大姓或有此副。雨人为颐谷之子，且系诂经高材生，纪录必确，如得其本，可为温人添一故实。方今觅仕之徒大半原伯鲁（七），以不学号召上下。得阁下数十辈，参错其间，可以小戢告讦之风，渐兴礼让之俗，名为迂阔，实足救亡。奈以高阁置之，墙壁庋之。草野瞀儒，但以著书他乡遣日，与公奉板舆，效孺子之养拙者（八），为政不异闲居，固同一概也。复谢余言，遂纵狂议，乞恕无状。勿示甲乙。此请冬安。

弟李详叩头叩头。

冬月朔。

（一）案：语出唐李翰《蒙求》。《后汉书》卷四九《王充传》："尝游洛阳书肆，阅所卖书，一见辄能诵忆，遂精通众流百家之言。"

（二）案：《艺文类聚》卷三六"人部"二十"隐逸上"："又曰：班嗣世在京师，家有赐书，内足于财，父党杨子云以下，莫不造门，桓君山从借《庄子》，嗣报曰：今吾子闻仁义之羁绊，系声名之缰锁，伏孔氏之轨躅，驰颜闵之极艺，何以大道为自眩也，昔有学步邯郸者，匍匐而归耳，其行己持论如此，遂终于家。"李详《颜氏家训补注》"忘寿陵之故步"条[1]，亦引班嗣《报桓谭书》。

（三）案：《艺文类聚》卷五四"杂文部"四"书"："梁刘之遴与刘孝标书曰：'间闻足下作《类苑》，括综百家，驰骋千载，弥纶天地，缠络万品，撮道略之英华，搜群言之隐赜，铅摘既毕，杀青已就，义以类聚，事以群分，述征之妙，杨班俦也，擅此博物，何快如之。虽复子野调声，寄知音于后世，文信构览，悬百金于当时，居然无以相尚，自非沈郁澹雅之思，安能闭志经年，勤成若此，吾尝闻为之者劳，观之者逸，足下已劳于精力，宜令吾见异书。"

1.《李审言文集》本，第 270 页。

（四）案：《三国志·魏书·王粲传》："献帝西迁，粲徙长安，左中郎将蔡邕见而奇之。时邕才学显著，贵重朝廷，常车骑填巷，宾客盈坐。闻粲在门，倒屣迎之。粲至，年既幼弱，容状短小，一坐尽惊。邕曰：'此王公孙也，有异才，吾不如也。吾家书籍文章，尽当与之。'"

（五）案："永嘉四灵"，所指为南宋徐照、徐玑、翁卷、赵师秀等四位诗人。徐照（？–1211），字道晖，一字灵晖，自号山民，永嘉人。有《芳兰轩集》，诗 259 首。徐玑（1162–1214），字文渊，又字致中，号灵渊，永嘉人。有《二薇亭集》，诗 164 首。翁卷，生卒年不详，字灵舒，一字续古，乐清人。有《苇碧轩集》，诗 138 首。赵师秀（1170–1219），字紫芝，又字灵秀，亦称灵芝，号天乐，永嘉人。有《清苑斋集》，诗 141 首。

四灵生活遭遇相似，创作主张一致，旨趣相投，诗风相近；表字中均含"灵"字，又皆永嘉（今温州市）人氏，故合称"永嘉四灵"。"四灵"继永嘉诗人潘柽而起，且集合永嘉诸诗人，共为唐体。而同时叶适为奖掖后进，编刊《四灵诗选》，亲为鼓吹。天下病江西风久，永嘉诗人提出反对江西诗风，因而得到较大回响。"至潘柽出，始倡为唐诗，而师秀与徐照、翁卷、徐玑绎寻遗绪，日锻月炼，一字不苟下，由是唐体盛行。"[1]"唐与江西相抵轧"，诗风蔚然一振影响所及，"江湖诗人多效其体"，下启江湖诗派。

四人为诗，宗贾岛、姚合，刻意苦吟，注重锻字炼句，诗风简约清逸。以"贵精不求多，得意不恋事"为依归，用以反对风行一时之晦涩拗奥的江西诗派诗风。"初，唐诗废久，君（徐玑）与其友徐照、翁卷、赵师秀议曰：'昔人以浮声切响、单字只句计巧拙，盖风骚之至精也。近世乃连篇累牍汗漫而无禁，岂能名家哉！'四人之语遂极其工，而唐诗由此复行矣。"[2]四灵诗以五律为主，多咏景物，然亦以此为囿，所病即在狭窄。纪昀曾评价曰："四灵名为晚唐，其所宗实止姚合一家，所谓武功（姚合授武功尉）体者是也。其法以新切为宗，而写景细琐，边幅太狭，遂为宋末江湖之滥觞。叶

---

1. 徐学聚：《两浙名贤录》。
2. 吴之振：《苇碧轩集钞序》。

适以乡曲之故，初力推之，久而亦觉其偏，始稍异论。”[1]所论可谓公允之至。

梁章钜《浪迹续谈》卷二“四灵诗派”条：“宋时有四灵，皆永嘉人。徐照字道晖，号灵晖，诗曰《山民集》。徐玑字文渊，一字致中，号灵渊，诗曰《泉山集》。翁卷字续古，号灵舒，诗曰《西岩集》。赵师秀字紫芝，号灵芝，诗曰《天乐堂集》。当时即其号而目之为四灵。四人中，惟赵士修尝登科出仕，诗亦最工。纪文达师尝云，师秀诗如‘楼钟晴听响，池水夜探深’、‘朝客偶知亲送药，野僧相保密持经’，徐照等能之，而如‘野水多于地，春山半是云’、‘辅嗣《易》行无汉学，元晖诗变有唐风’，则徐照等弗能道也。”[2]

（六）案：《永嘉闻见录》，清孙同元辑，光绪十四年刻本，二卷。《续修四库全书总目提要（稿本）》收夏仁虎所撰提要云：“仁和孙同元撰。同元字雨人，道光初任永嘉教谕。□□永嘉山水之美，自晋谢康乐守此郡，已发其蕴。学署在华盖山下，容成洞在焉，道书所谓第十八洞天者也。山有大观亭，亦名江山一览亭，即华盖楼旧址，故此书先叙学署，若其辨郭璞井之传疑，寻右军墨池之陈迹，并有见地。井阑旧刻，山石题名，搜罗亦备，不作随声附和之谈，皆可取也。上卷皆辨正古迹，叙述山川；下卷并及人文物产，土俗方言。盖孙以名士，任学官者十余年，苜蓿冷衔，从事于风土著录，□□兼呈，旁罗附益，久于其官，则致力也专，习于其地，则网□也异，信为可传之作云。”[3]

（七）案：《左传》昭公十八年：“往者见周原伯鲁焉，与之语，不说学。归以语闵子马。闵子马曰：‘周其乱乎？夫必多有是说，而后及其大人。大人患失而惑，又曰：‘可以无学，无学不害。’不害而不学，则苟而可。于

1.《四库全书总目提要》卷一六五“集部”十八“云泉诗一卷”条，第1410页，中华书局，2003年。

2.《浪迹续谈》，第283页。

3. 中国科学院图书馆整理，第9册，第711页。

是乎下陵上替，能无乱乎？夫学，殖也，不学将落，原氏其亡乎？”

（八）案:“孺子守拙”，所指为东汉徐穉屡辞征辟之事。事见《后汉书》卷五十三《周黄徐姜申屠列传》:“徐穉字孺子，豫章南昌人也。家贫，常自耕稼，非其力不食。恭俭义让，所居服其德。屡辟公府，不起。尝为太尉黄琼所辟，不就。及琼卒归葬，穉乃负粮徒步到江夏赴之，设鸡酒薄祭，哭毕而去，不告姓名。时会者四方名士郭林宗等数十人，闻之，疑其穉也，乃选能言语生茅容轻骑追之。及于涂，容为设饭，共言稼穑之事。临诀去，谓容曰：‘为我谢郭林宗，大树将颠，非一绳所维，何为栖栖不遑宁处？’”

冒广生致李详函（为前引第三通复函）

得书具谂。孙雨人学博《永嘉闻见录》，弟到瓯即访求之。其书较劳大与《瓯江逸志》为较详，梁茝林《浪迹丛谭》关于瓯掌故者，皆直钞孙书，毫无心得。执事劝弟重刻之用意甚善，惟弟自手建永嘉诗人祠堂后，欲为《祠堂丛刻》，置之祠中。此时已付梓者为《永嘉集》（藏本，唐僧元觉撰）、《霁山集》（知不足斋本，宋林景熙撰）、《五峰集》（旧抄本，元李孝先撰。林李两集弟均有增辑附卷后）、《柔克斋集》（弟新辑本，元高明撰）。以上四种，明春均可出书。此外《四灵》等集均拟付梓。一人财力实实不逮，瓯人悭吝，无一赞成其事者当亦滔滔皆是。弟来此两年仅交两人，然皆未谋面，仅仅通音问而已。其一为玉环戴女士礼，著有《皇朝列女传》，其书精博不在刘中垒之下；其一为头陀寺僧灵照，其人为绍兴人，以举人官安徽。国变后弃家携印绶，爱此间山水灵异，削发为僧，不交一人。弟三访之不见，仅以诗来，而瓯人亦无齿及之者。嗟乎！此弟近状，执事试冥目思之，何异投荒也。以此稍理旧业，近岁所成者，有《如皋诗事》二卷、《永嘉高僧碑传录》八卷、先世《潜徽录》二十册（未分卷），然皆钞袭而成，不过费目力腕力耳，以云著作，则颜汗也。十年以来颇留意掌故之学，官京师时搜罗近二百年人诗文专集，多至二千余家，颇思条理其遗闻逸事，为后世有郦道原、裴松之其人作清史注料，颜其书曰《草间记》，仅成四卷，头白有期，完书无日，奈何奈何。安得解人如执事者十数人，相与发箧陈书，理而董之耶？聚卿久不相闻，乞道拳注。

弟广生叩头叩头。

十一月六日。

（本文发表于《上海博物馆馆刊》第十期，上海书画出版社，2005年。）

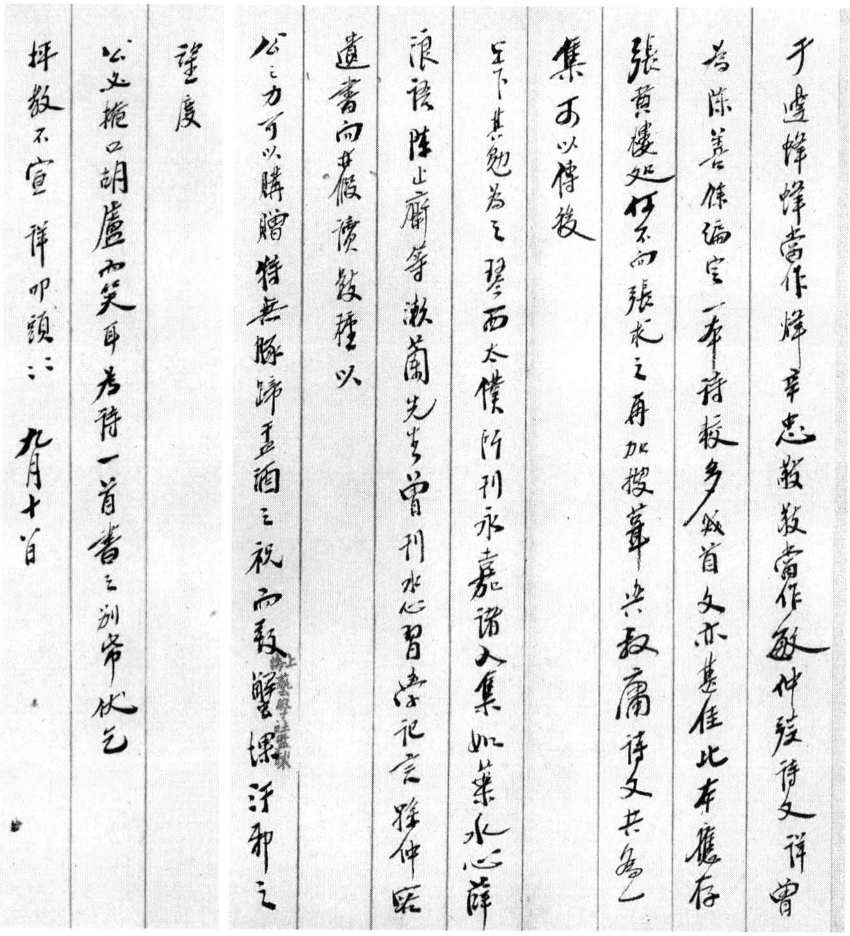
于遴蜂蜂當作烽辛忠敕敕當作敏仲筬詩文，詳曾
為陳善餘編定一本，詩較多，數首文亦甚佳，此本應存
張黄樓處，何不向張求之，再加搜葺，與敦庸詩文共為一
集，可以傳後。
足下其勉為之。琴西太僕所刊永嘉諸人集，如葉水心、薛
浪語、陳止齋等，漱蘭先生曾刊水心習學記言、孫仲容
遺書，向未獲讀，歉甚，以
公之力可以購贈，特無豚蹄盂酒之祝，而致甌窶汙邪之
望，度
公又掩口胡盧而笑耳。為詩一首，書之別帋，伏乞
拜教。不宣。詳叩頭叩頭。九月十日

李详致冒广生函第一通（左右对页）

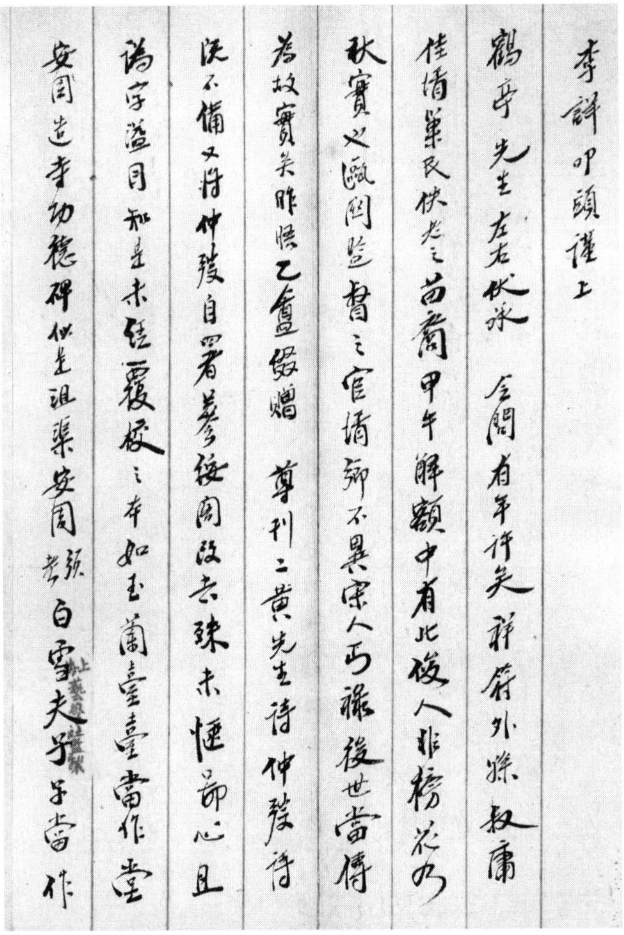
李詳叩頭謹上
鶴亭先生左右伏承 令聞有年許矣祥蔚外孫叔庸
佳婿巢民侯老之苗裔甲午解額中有北後人非榜花乃
秋實必顯問題書之官請卿不異宋人而祿後世當傳
為故實矣昨得乙盦叕贈 尊刊二黄先生詩仲殘詩
決不備又將仲殘自署春蔘疑問改去殊未愜鄙心且
謂字溢目知是未經覆校之本如玉蘭堂臺當作堂
安周造李功德碑似是沮渠安周老頭白雪夫子當作

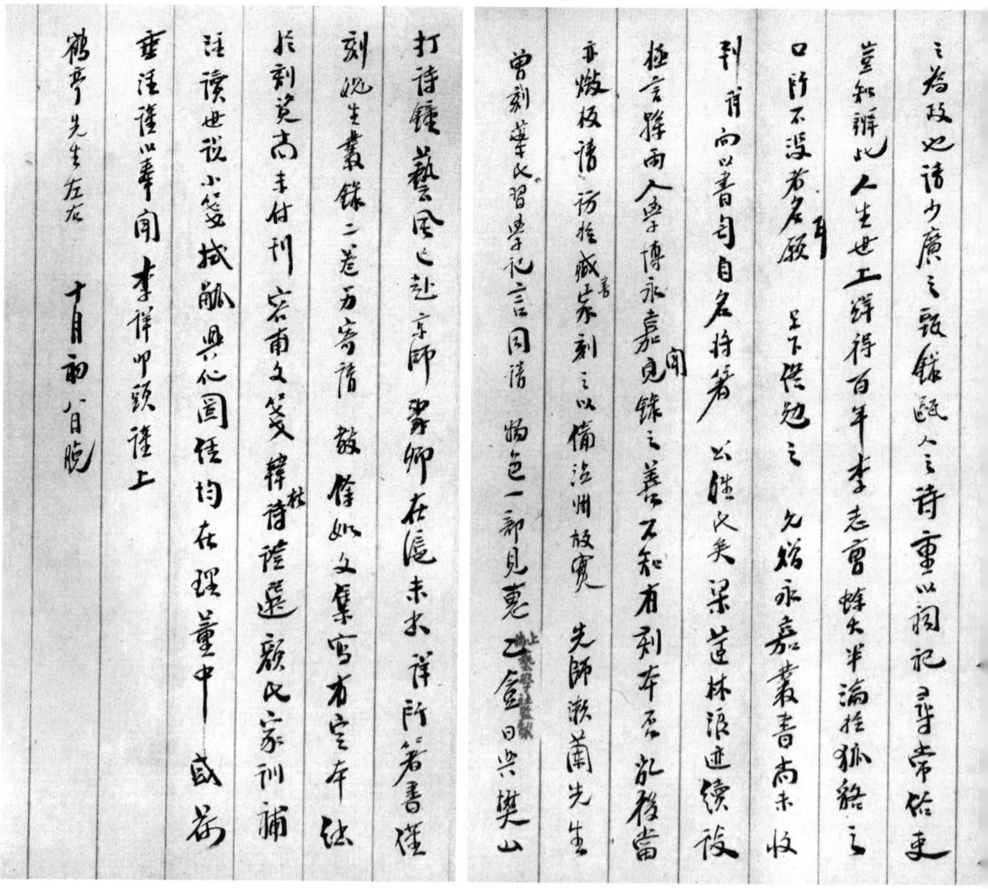

李详致冒广生函第二通（左右对页）

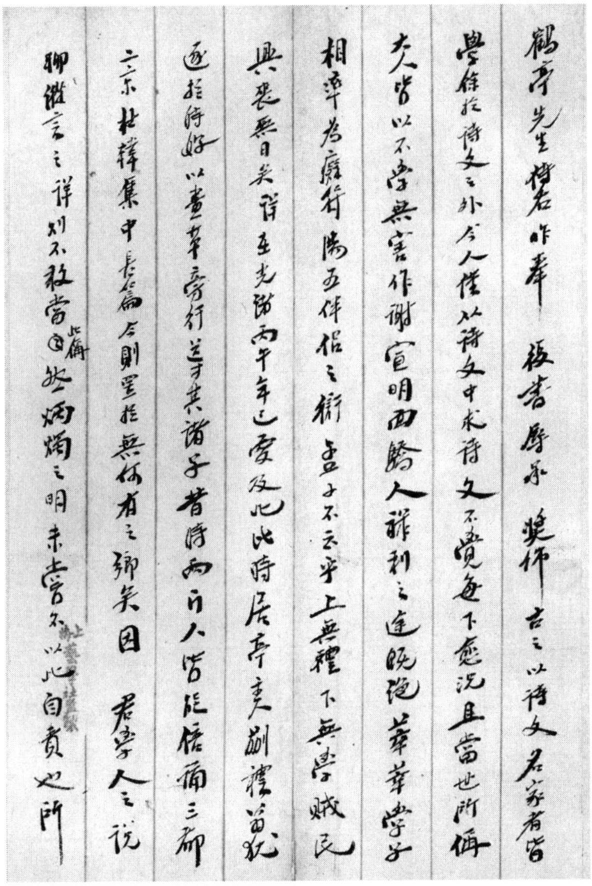
鶴亭先生著右 昨奉 復書 辱承 獎借 古之以詩文名家者皆
學俟於詩文之外 今人僅以詩文中求詩文 不覺每下愈況 且當世所稱
大人皆以不學無害 作謝宣明西鄙人 詐利之途既隆 莘莘學子
相率為靡 符陽五伴侶之術 孟子不云乎 上無禮 下無學 賊民
興喪無日矣 詩至光緒丙午年已處及此 此時居亭主人刪禮苗狄
逐於詩好 以畫韋齋行送于其諸子 昔詩而今人皆能誦三都
二京杜韓集中長篇 今則置於無何有之鄉矣 因 君學人之說
聊徵言之詳 則不敢當 然炳燭之明 未嘗不以此自責也 所

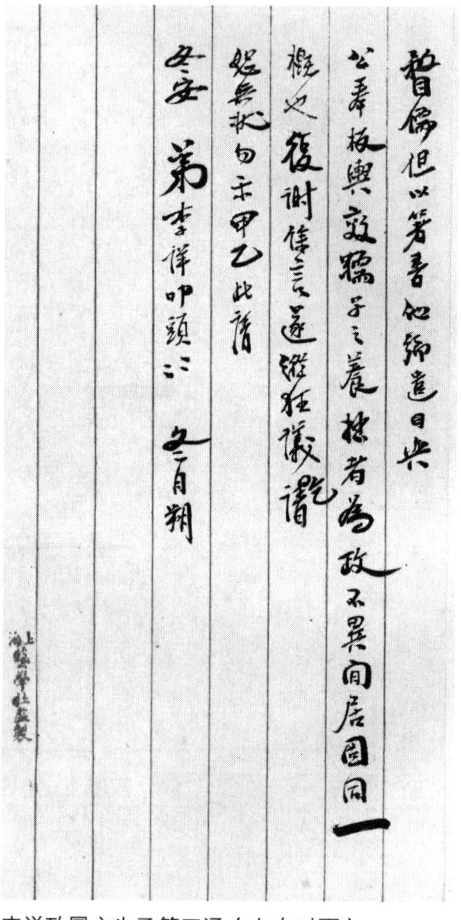

贊儒但以箸書如歸道日共
公奉板輿致孺子之養標者為政不異閒居固同一
概也復謝偉言遂徵狂瞽讀
恕無扰白示甲乙此請
冬安 弟李详叩头 冬月朔

李详致冒广生函第三通（左右对页）

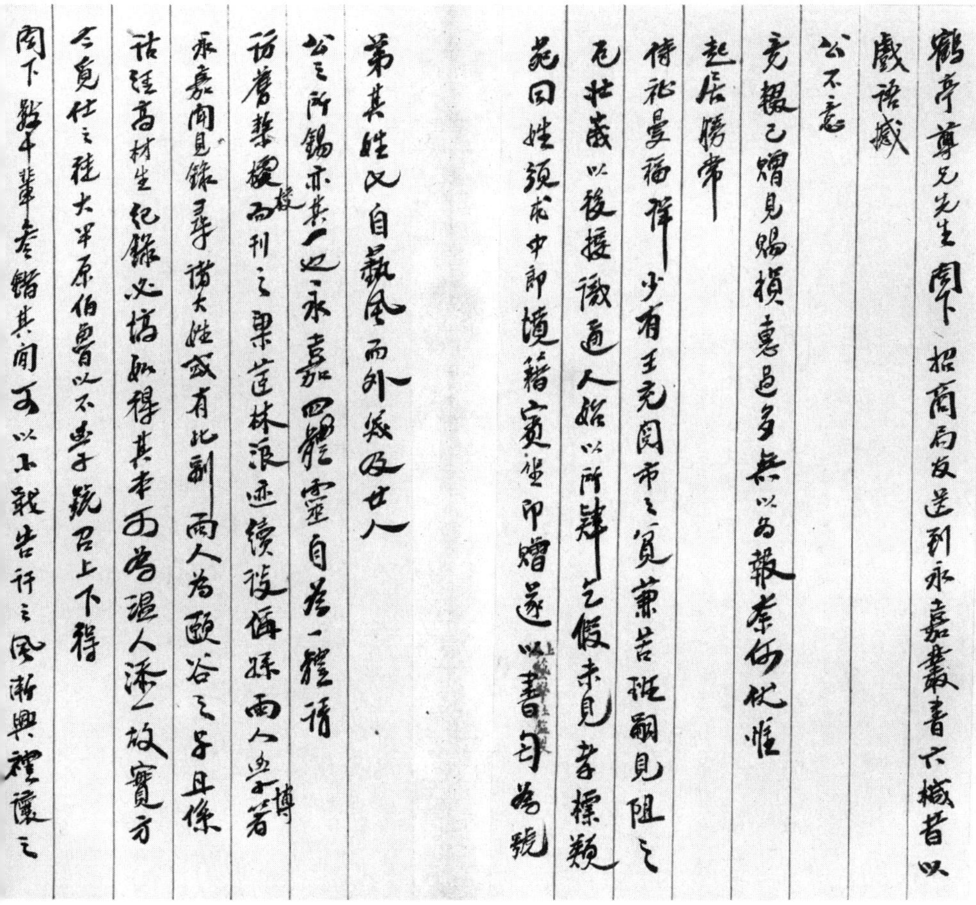
鶴亭尊兄先生閣下：招商局友送到永嘉叢書六械，昔以
戲語撼
公，不意
竟輟已贈見賜，損惠過多，無以為報，奈何。伏惟
起居勝常，
侍祉曼福。祥少有王充閱市之資，蕭苦斑嗣見阻之
五壯歲以後，援徽通人，始以所肆乞假，未見孝標類
苑同姓頌，求中郎遺籍，實其印贈遂以書歸為號
第其姓以自夸風，而外忘及世人。
公之所錫，亦其一也。永嘉四體，靈自若一體，得
訪舊集，樓而刊之，渠莊林浪迹，續後嗣孫，兩人無博著
永嘉開見錄，孟子諸大姓，盛有比刻，兩人為頭，谷之子且係
詁經高材生，紀錄必謹，始得其本，而為退人添之，故實方
今負仕之，往大半原伯魯，以不學號召上下，得
閣下數十輩參錯其間，可以下戰告，行之風漸興，禮讓之

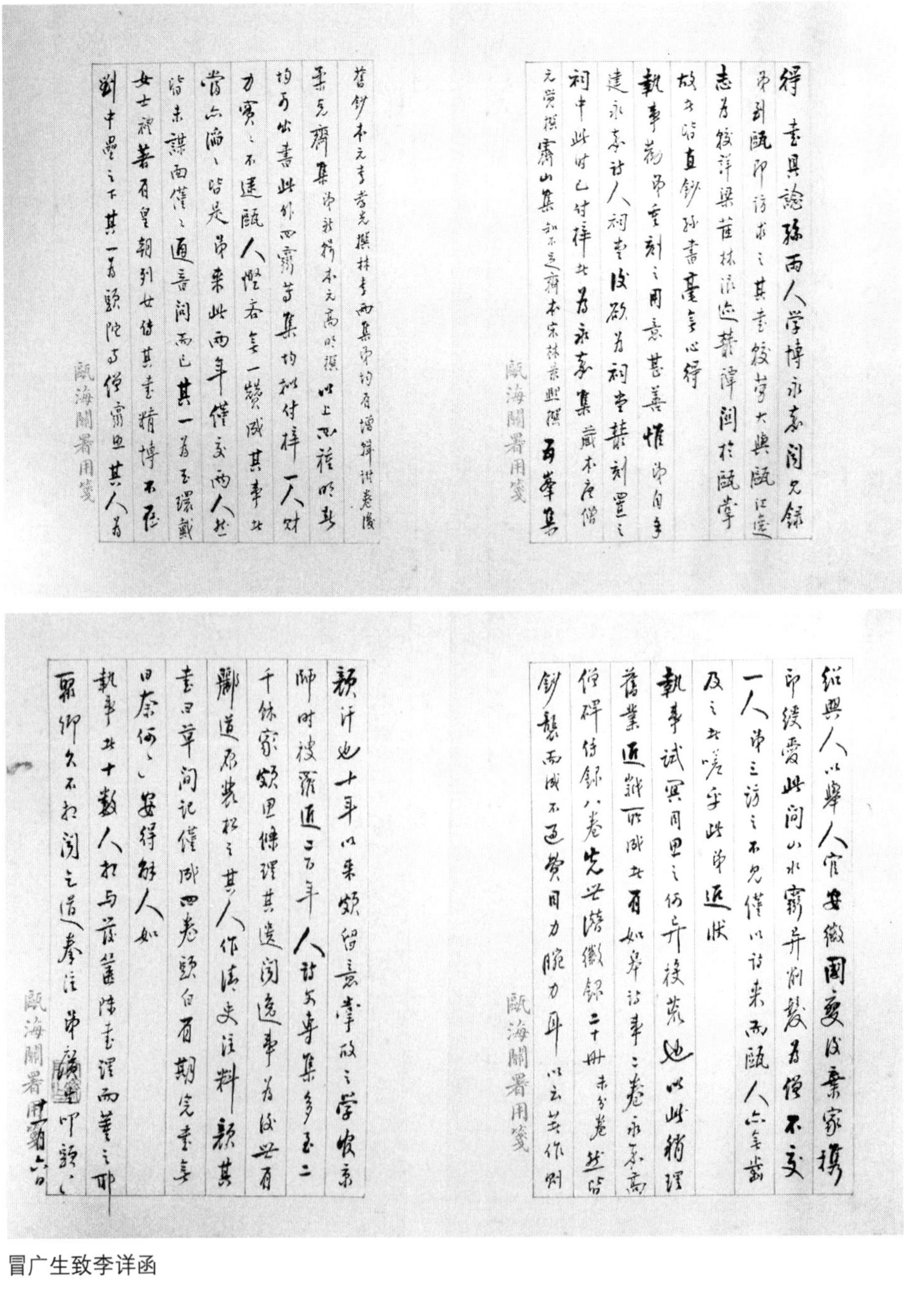

冒广生致李详函

吴县王大隆致闽侯郭则沄函一通笺释[1]

曩友人悯不佞有心治学而无缘申报相关课题，遂因教研之便，代为申请，以慰不佞百无聊赖之意。几经函商，乃定以整理桂文灿《经学博采录》。未几，幸入全国高校古委会之彀。继而冗务丛脞，然犹念兹在兹，终于客岁岁末告蒇而付梓行世。[2] 自忖经学为专家之业，不佞以荒伧之质，勉力操觚，其中讹谬自不在少，凡此尚待知者斧正。而卷首所拟《南海桂文灿及其〈经学博采录〉》[3]，述及吴县王大隆（欣夫）先生整理刊布此书之情形，时因文献阙如，或出臆见。拙文刊发未久，业师吴格先生即见示欣夫先生致闽侯郭则沄（蛰云）先生手札复印件一份，虽仅两纸，不惟揭明欣夫先生删削《经学博采录》之原委，又可见当日学人往还周旋，以风雅相尚之状，故不揣简陋，略加疏解，一则以自讼，一则以见前辈之雅致云。

王大隆致郭则沄函

蛰云先生有道：去年《辛巳丛编》印成，托修绠堂代为分发，尊处想早取到。晤君九先生，知《经学博采录》一种，古学院已据别本付梓。对校《丛编》本，溢出一卷，自是足本可贵。惟敝处所据为皓

1. 此文曾经同门复旦大学图书馆研究员眭骏博士润色，特此致谢。
2. 王晓骊、柳向春整理，华东师范大学出版社，2010年。
3. 此文初刊于台湾《“国家图书馆”馆刊》2010年第2期，署名柳向春、王晓骊。

亭先生哲嗣南屏先生所藏手稿，弟整理时见复出一卷，故径行删去，想即缺一卷而误重出者。香港之变，桂氏手稿均烬，幸弟先抄得数种，以《群经补证》为最精。《丛编》既告停顿，不知尊处仍可陆续付刻否？如须佳稿，此种可备采也。弟前读《管子》，踵高邮、德清之续，成《校释》八卷，曾取《形势篇》“抱蜀不言而庙堂既修”语，颜所居曰：“抱蜀庐”，亦犹苦县“抱一为天下式”之谊也。素治校雠之学，服膺惠定宇、钱竹汀、王石臞、顾涧薲四先生，既成《松崖读书记》、《思适斋遗书》，本师曹叔彦先生已序之矣。近倩友人为作《抱蜀庐校书图》以志微尚，谨具素笺，求赐题咏，以光卷帙，(敢)不胜大幸。《东塾杂俎》闻已刻成，拟备价商订一部。迩来纸张奇贵，不敢轻言索取也。公渚兄想常见，弟亦思求题《校书图》，欲通函而恐旧址或迁移，晤时乞先代致意为幸。

专此。即颂著祺，并候惠复。

年小弟王大隆顿首。

二月廿九日。

该函作者吴县王大隆，字欣夫，号补安，以字行。先后任职圣约翰大学及复旦大学，为一代文献大家。著述弘富，尤知名者，《文献学讲义》也。蛰云者，侯官郭则沄，字啸麓。光绪癸卯进士，简任浙江温处兵备道，署浙江提学使。生平撰作数十种，付梓者有《十朝诗乘》等。

《辛巳丛编》者，即王欣夫与昆山赵诒琛（学南）先生合力纂辑之“八年丛编”最末一辑。名以“辛巳”者，以其编纂于是年也。中收清人著述九种十七卷，为桂文灿《经学博采录》六卷 、阙名《吴三桂纪略》一卷、阙名《吴逆始末记》一卷、孙旭《平吴录》一卷、阙名《平滇始末》一卷、徐晟《存友札小引》一卷、谭宗浚《荔村随笔》一卷、徐柯《一老庵文钞》一卷 、徐柯《一老庵遗稿》四卷。傅增湘辛巳年十二月为此《丛编》序云：“然自甲子以后，国家多故，往日流风寖以销歇。未几，欣夫乃会集同志起而振之，树之风声，期以必世，近接艺风诸公之轨，远晞渌饮卅集之规。甫阅数年，干戈忽起，艰难支柱，以至于今……今大战勃发，时局全非，财力之耗竭，百物之腾昂，非意计所可料，即此戋戋数帙楮墨之费，十倍前时，使人无所措手。君能百计补苴，力肩此举。日者寓书见告，谓战局初开，市廛惊耸，兹编程工方半，遽遭禁锢，万金之籍，濒付东流，委曲陈词，幸蒙解网。传古之业，艰巨如斯，令人望渊如、渌饮诸公如在天上，后此赓续与否，殆不可知，要惟竭人力以成败听之天数耳。”[1] 又云：“顾其间谘访之辛勤，甄选之矜慎，校勘之详允与夫匄集刊资、程督梓匠、繁难琐细之事，惟君独任其劳，此则外人所不及知而余私心深致其忻佩者。”皆为表彰欣夫先生之语，亦见此编之成，欣夫先生为力甚巨也。

函云去年印成者，则此函当作于成书之次年，然夷考函中所言诸端，可知此函实作于民国三十三年甲申二月二十九日。即《辛巳丛编》之完全印成，已在民国三十二年之际。修绠堂为书肆名，据《琉璃厂书肆三记》：“修绠堂。孙锡龄，字寿芝，冀县人，于民国六年开设。至二十三年寿芝长子诚温、仲子诚俭继其业。二十七年弟兄分手。”[2] 又《贩书传薪记》云：“修绠堂。孙诚俭，字助廉，冀县人。”[3] 又黄裳《上海的旧书铺》云：“上海的旧书铺大体上可分南北两派。南派是土著，以苏州、淮扬两地为主；北派则是从北京移来的分店。修文堂孙实君、修绠堂孙助廉兄弟可为代表。他们都在北京隆福寺设肆，南来发展，修文堂肆名仍旧，修绠堂则别署温知……修绠堂在上海的分号是温知书店，在三马路转角的一角小楼上，也没有招牌。孙助廉北京上海两面跑，他一来，上海的书市就热闹了。助廉五短身材，微胖，跟老兄不一样，是极喜交际的。他收书的本领不下于乃兄，除古书外还兼营珂罗版金石画册、学报、学术书刊。当时脂砚斋评乾隆抄本《石头记》为燕京大学买得，尚无影印本，为一般学人渴欲一见的秘册。助廉就曾拿出一部照片本给我看。可见他眼界之宽广和手段之灵活。当然他的主攻方

1.《辛巳丛编》卷前。
2. 孙殿起：《琉璃厂小志》第三章《书肆变迁记》，第 121 页，北京出版社，1962 年。
3.《琉璃厂小志》第四章，第 194 页。

向还是古籍善本。”[1] 可知修绠堂之始末并见孙助廉能力之一斑。然此一书业好手，晚年则颇寥落，据黄裳《惊鸿集》之《黄荛圃跋抄本〈郑洞庵笔记〉》云：“近闻孙助廉已破产倾家，颇为之惜。此人为书估中最有识力者。每至一地，多得异书。余获善本于其肆最多。今乃不可问矣。壬辰春二月十八日重阅记。壬辰夏秋之际，余两至北京，曾数访助廉于东四修绠堂，已无书应市矣，其人意兴亦大劣。只得鲍校一种、吴枚庵校一种于其家耳。十月初一日，小雁记。”[2] 大略可知修绠堂之本末。而所以由修绠堂分发《丛编》者，以肆主孙助廉为此编赞助人之一，曾出资四股。[3]

君九先生者，欣夫先生同乡前辈王季烈也。君九先生举进士晚蛰云一科，行辈稍后。然二人交谊深厚，如蛰云所著《红楼真梦传奇》[4]，谱曲者即为君九。而据王函，欣夫先生知晓古学院重刊南海桂文灿《经学博采录》系闻诸王君九。今考郭刊此书入《敬跻堂丛书》为民国三十二年冬，即欣夫作函之际，此书当尚在梓行之中，或甫经面世，而君九则已知闻此间详情，则其与蛰云往来密切之状，可见一斑。

郭氏之《经学博采录》，系据抄本付梓者，其民国三十二年冬刊书序云：“道咸间士崇实学，始复有通汉、宋之邮者，番禺陈兰浦先生其著也。南海桂氏子白，为先生入室弟子，实踵承令绪，津导学海，著书满家。然北方学子获睹其书者殊罕，余窃憾焉。比与先生孙公穆共事古学院，承出其先著《东塾杂俎》手稿，既校订付梓，适吾友黄君君纬藏有桂氏遗著多种，皆未刊之稿，《经学博采录》在焉……借钞竟，亟举付剞劂，以饷后学。”其时《辛巳丛编》本已经面世，而蛰云以为：“会吴县王君欣夫主辑《辛巳丛编》，采及是书，先印成见寄。窃幸衰晚寂寥，乃有铜山洛钟之应。及取以互校，则兹编条举增于《丛编》本者凡二十有一[5]，其卷二自首至末皆彼本所无。余虽并见，而兹之所载，时复增详，疑此为最后写定者。其间讹

1. 见于黄裳《书之归去来》，第 168-174 页，中华书局，2008 年。
2. 东方出版中心，第 23 页，2008 年。
3. 参见《辛巳丛编》卷末所附捐助人姓名录。
4. 民国三十一年石印本。
5. 经逐条核查，兹编较《辛巳丛编》本羡出十八条。

脱互异则就两本衡较，择其善者从之，而复授手民刊正焉。自揣荒陋，又率臆去取，无所就正，深惧有专断之失。”此所云君纬者，即贵筑黄襄成，一作缃丞，号缃庵，黄彭年孙、国瑄子。抗战后，任中央银行天津分行副理。民国二十九年，曾入北京延秋词社，与蛰云为同人，其名又见蛰云《蛰园律集》前后编，皆可见二人交往之状。而欣夫先生民国三十年季秋所撰《经学博采录》之跋文云："今哲嗣南屏先生坫自香港寄示此稿，凡十二卷。原本纸敝墨渝，传抄又多脱讹，谨校除复重，条次先后，重定为六卷。”序中所云“校除复重”者，正即函中所言："惟敝处所据为皓亭先生哲嗣南屏先生所藏手稿。弟整理时见复出一卷，故径行删去，想即缺一卷而误重出者。”两相对勘，藉知当日欣夫先生刊行之《辛巳丛编》本《经学博采录》中，较诸原本缺少第二卷之缘由。而前揭拙文，则强作解人，以为欣夫先生所以删节第二卷者，以其斑驳不纯，不符桂氏著述宗旨。烛照此函，足见前说之无根。此当为轻于立说之诫！前文又疑现中国科学院图书馆网站言其所藏《经学博采录》稿本为十一卷者为一时偶误，然衡诸东莞伦哲如先生所言："且第十二卷多与前卷复出。岂是初成之稿，尚有待于整理者耶？”[1]与此王函所言，如合符节，即中科院藏本与桂氏家藏之本完全相合，皆缺一卷。而中科院网站所以言十一卷者，当系去除其复重而言者。

又欣夫先生所以获得《经学博采录》稿本者，全赖南屏之力。南屏者，桂氏次子坫也，光绪二十年甲午进士，翰林院检讨，补用道署浙江严州府，清国史馆总纂。后曾任职广雅书局，晚居香港。欣夫先生结识南屏之后，得其所助甚多，《辛巳丛编》封面题签，即为南屏手笔。而桂文灿之遗著，亦皆赖南屏以抄本畀诸欣夫先生，以广流布。函中所言之《群经补证》即为其一。

《群经补证》一书，亦为桂氏精心结撰之作，同治改元，桂文灿曾献所著《经学丛书》六十四卷，得旨留览，并谕："所呈各种，考证笺注均尚详明。《群经补证》一编，于近儒惠栋、戴震、段玉裁、王念孙诸经说多所

1. 见其所撰该书提要，《续修四库全书总目提要（稿本）》第15册，第25页，齐鲁书社，1996年。

纠正，荟萃众家，确有依据。具见潜心研究之功。”[1]但此书进呈时，当属初稿，后则续有补订。据桂氏诸子所撰之《先考皓庭府君事略》[2]，《群经补证》为六卷[3]，《中国丛书综录》著录为已刊，亦云六卷。然王欣夫先生则云此书系十八卷，且言：“余昔年属友传抄，后识其嗣南屏先生站，云家藏稿本惟此已阙，欲借抄。因余拟辑入《纪年丛编》而止。《丛编》系集资所印，选材不得不瞻徇众好，此书卷帙较巨，又属朴学，遂因循未果。”[4]则此书无论刊与未刊，流传之罕，殆为事实。复旦大学藏王氏学礼斋抄本《孝经集证》十卷，前有王欣夫手跋云：“皓庭遗著有数种，虽付刊而传本殊尠。其进呈各种写本今在故宫博物院，曾从传抄，《孝经》有两种，此及《集解》也。及识哲嗣南屏先生，又抄得文集，惜舛误甚多，尚待校理。先择《经学博采录》、《论语孟子》两种引入纪年丛编，他未遑及。其《群经补证》最佳，马君夷初向余借读，叹为必刊者，尚藏箧中，不知何日遇好事者为之传布耳。三十八年九月，欣夫。”《越缦堂读书记》（同治壬戌六月二十六日）亦云：“借得桂孝廉文灿《诗笺礼注异义考》，意在申明郑学，而寥寥数纸，词旨拙涩，远不及其《群经补证》。”[5]亦以《群经补证》为佳。昔东莞伦哲如撰“群经补证十八卷”提要云：“凡《易》十条，《书》十三条，《诗》二十八条，《周礼》十三条[6]，《仪礼》二条，《小戴记》二十四条，《春秋左传》一百四十条，《公羊传》一条，《论语》八条，《孟子》五条，《孝经》二条[7]，《尔雅》六条，《说文》十六条[8]。诸条引证不博，似是读经随意札记之作，而陈义多当。”又云：“此

1.《大清穆宗毅皇帝实录》卷五十三《同治元年十二月十七日甲午上谕》，第43-44页，伪满洲国国务院发行，东京大藏出版株式会社影印，1934-1936年。

2.桂坛等：《先考皓庭府君事略》，《禹贡川泽考》附，利华印务局，民国三十五年重印本。

3.按：《辛巳丛编》本《经学博采录》卷六亦云：“既编《经义记》为《群经补证》六卷……”则十八卷本者，或为子白晚年重编欤？

4.《蛾术轩箧存善本书录》“甲辰稿”卷一“群经补证十八卷”条，第1154-1155页。

5.由云龙辑，第42页，上海书店，2000年。

6.按：王欣夫云《周礼》十四条。见《蛾术轩箧存善本书录》“甲辰稿”卷一“群经补证十八卷”条，第1154-1155页。

7.按：王欣夫云《孝经》三条，同上注。

8.按：王欣夫云《说文解字》十三条，另有《广雅》三条，同上注。

本亦经进呈，故篇首列衔称臣，与《孝经集证》同。”[1] 王欣夫以为子白此书“每立一说，皆博综群书，通以音韵训诂。于《诗》、《礼》不泥郑，于《左氏传》必规杜，盖其学实事而求是，博涉而多通，其于兰甫先生犹郑门之有临孝存。”[2] 今王氏学礼斋旧藏《群经补证》已经公开拍卖，散入民间，难于踪迹，惟据所引欣夫民国三十八年九月之文可知，此函中所祈蛰云以《群经补证》付梓者，终未实现。[3]

欣夫先生之治《管子》，据其自言：“余校《管子》，读戴氏书，病其贻误后学，有校而不正之叹。因据各本覆校，令复原来面目，先将陈硕甫校蔡本、赵用贤刻初印本详校此本（清光绪中覆宋刻本）。”[4] 另据业师吴格先生《吴县王大隆先生传略》所揭[5]，欣夫先生尝撰有《管子校释》。惟该传未言卷帙如何，或未曾经眼，则此书之存殁尚在疑似之间。又函中所言之高邮，为石臞王念孙，有《读管子杂志》。德清，则为曲园俞樾，著有《管子平议》。

《松崖读书记》一书，为欣夫先生多年搜辑而成，全书计二十二卷又附《更定四声稿》四卷、《增辑松崖文钞》二卷，共十四册。其详为：“首吴县曹元弼、钱塘张尔田序。次凡例。次目录。卷一至卷二《京氏易传》、《李氏易传》、《周易义海撮要》，卷三至卷六《毛诗》、《韩诗外传》，卷七《周礼》，卷八《礼记》、《大戴礼记》，卷九《春秋公羊传》、《春秋穀梁传》，卷十《尔雅郑氏注》、《尔雅》、《经典释文》、《广韵》、《熊氏经说》，卷十一至卷十四《汉书》，卷十五《后汉书》，卷十六《逸周书》、《穆天子传》、《水经注》，卷十七《管子》、《孔子家语》，卷十八《荀子》，卷十九《吕氏春秋》，卷二十《韩非子》、《春秋繁露》，卷二十一《淮南子》、《论衡》、《蔡中郎集》，卷二十二《渔阳山人精华录笺注》。”[6] 唯此书经见者，仅为复旦大学图书馆所藏二册，其全分是否仍存，尚在疑

1. 见《续修四库全书总目提要（稿本）》第 15 册，第 115 页。
2. 见《蛾术轩箧存善本书录》“甲辰稿”卷一“群经补证十八卷”条，第 1154-1155 页。
3. 此或与蛰云于民国三十五年弃世有关。
4. 见《蛾术轩箧存善本书录》“甲辰稿”卷三“管子二十四卷”条，第 1288-1289 页。
5. 见《书目季刊》三十五卷第一期，第 43-49 页，2001 年。
6. 王欣夫：《蛾术轩箧存善本书录》甲辰稿卷三“松崖读书记二十二卷附更定四声稿四卷增辑松崖文钞二卷”条，第 1316 页，鲍正鹄、徐鹏标点整理，上海古籍出版社，2002 年。

似之间。《思适斋遗书》之名,当为统称,据李庆所撰《顾千里集》出版说明:“王欣夫先生早在上个世纪三十年代，就注意收集顾千里的题跋和佚文，曾编刊过《思适斋题跋》四卷、《思适斋集补遗》二卷,又都刻入他所编的《黄顾遗书》。后又进一步收罗资料,统编成《增订思适斋集》共二十卷。”[7] 又《顾千里集》卷末附录有余嘉锡所撰《黄顾遗书序》，中云：“(欣夫)又辑黄荛圃、顾千里两家经籍题跋及集外文都六种，颜曰‘黄顾遗书’。刻既成，索余为之序。”[8] 而《黄顾遗书》,则有民国二十二年秀水王氏学礼斋刊本,一函六册，收黄荛圃、顾千里所作五种十四卷,《思适斋遗书》者，当即《黄顾遗书》中顾氏部分。函中言“既成《松崖读书记》、《思适斋遗书》，本师曹叔彦先生已序之矣。”曹叔彦者，即吴县曹元弼，字谷孙，又字师郑，一字懿斋，晚号复礼老人，又号新罗仙吏。欣夫尝从问业有年。而叔彦曾序《松崖读书记》盖可无疑，惟序顾书一事，则恐不确，以今之《顾千里集》、《复礼堂文集》中皆无此文故。函所云云，仅系连笔而书。

函又言“颜所居曰‘抱蜀庐’，亦犹苦县‘抱一为天下式’之谊也。”所持为惠氏之解，正可于其下所言“服膺惠定宇、钱竹汀、王石臞、顾涧薲四先生”一语对读。然唐人尹知章解此则云：“抱，持也。蜀，祠器也。君人者但抱祠器以身率道，虽复静然不言，庙堂之政，既以修理矣。”所解与惠氏不同，然系无关宏旨之事。

关于《抱蜀庐校书图》，王先生于民国三十三年十月十三日致如皋冒广生(鹤亭)先生函中亦曾言及：“前年读《管子》，曾取《形势篇》‘抱蜀不言而庙堂既修’语，颜所居曰‘抱蜀庐’。定宇诂‘蜀’为一，即苦县‘抱一为天下式’之谊。遐庵先生为书额，而公雄兄为作校书图，拟求海内硕彦锡以题词。而左右夙从捧手受教,渊源所渐亦最深,不可无一言以增光宠。谨具素笺，拜恳藻饰，谅蒙垂许，不胜幸甚。”[9] 据王欣夫先生抄本《抱蜀庐

7.《顾千里集》卷前,《中国历史文集丛刊》本，第 2 页，中华书局，2007 年。
8.第 429 页。
9.参拙文:《王大隆致冒广生函》,见于《中国社会科学报》2010 年 8 月 19 日第 15 版“学人手札”专栏。

校书图题词》载，此图为吴县顾则扬（公雄）“癸未冬日似欣夫仁兄世姻先生雅正”者[1]，题词者除郭则沄之外，尚有曹元弼以下二十二人，而黄孝纾则未预其中。蛰云所题为《金缕曲》一阕，其文如下：

梦绕巴山雨，叹浮生，频年梗泛，似牵船住。手定松崖丛残卷，字字蛟龙潜护。更着意、模王挹顾。指点松鳞如人老。感岭婀，晚赋兰成树。身世恨，此中付。

蜀天无那啼鹃苦，睨神州，山残水剩，霸才谁主？收拾盈腔伤时泪，寄与丹铅朝暮。算本穴、犹余完土。莫问中原何日定，黯江关，怕听闲笳鼓。嘐嘈夜，起还舞。

欣夫仁兄同年大人属题《抱蜀庐校书图》，久未报命，深用惭疚。倚声奉寄，即希正拍。

蛰云弟郭则沄。

又该卷亦存桂南屏题云：“曹门一瓣有余香（谓叔彦先生），抱蜀庐中校勘堂。博洽精挈经史子，师承遥接惠钱王。未瞻丰采劳魂梦，能叙遗书感肺肠。愧我齿增兼学废，蓬蒿日日长南荒。”可见桂氏子孙于欣夫先生之观感。欣夫先生之《校书图》此外尚有一幅，即《抱蜀庐校书第二图》，为况维琦写图，民国三十五年三月马叙伦题额者，题词者则有夏承焘、任铭善、徐震堮、胡士莹、陆维钊、凌景埏等六人。

至于函中言及之《东塾杂俎》一书，欣夫先生终未获见，此可参其《蛾术轩箧存善本书录》中所言：“至《东塾杂俎》，十六年前亡友郭啸麓则沄为古学院付雕，迻书索之。而适啸麓病逝，未能与此（《东塾读书记》）为侣也。”[2]而据此云十六年前者，亦可考知此函所作之年，即民国三十三年。

（本文发表于《文献》，2012年第4期。）

---

1. 观此图所作年月，可知此函必作于甲申。

2. “庚辛稿”卷三“东塾读书记十三卷又三卷”条，第184-185页。

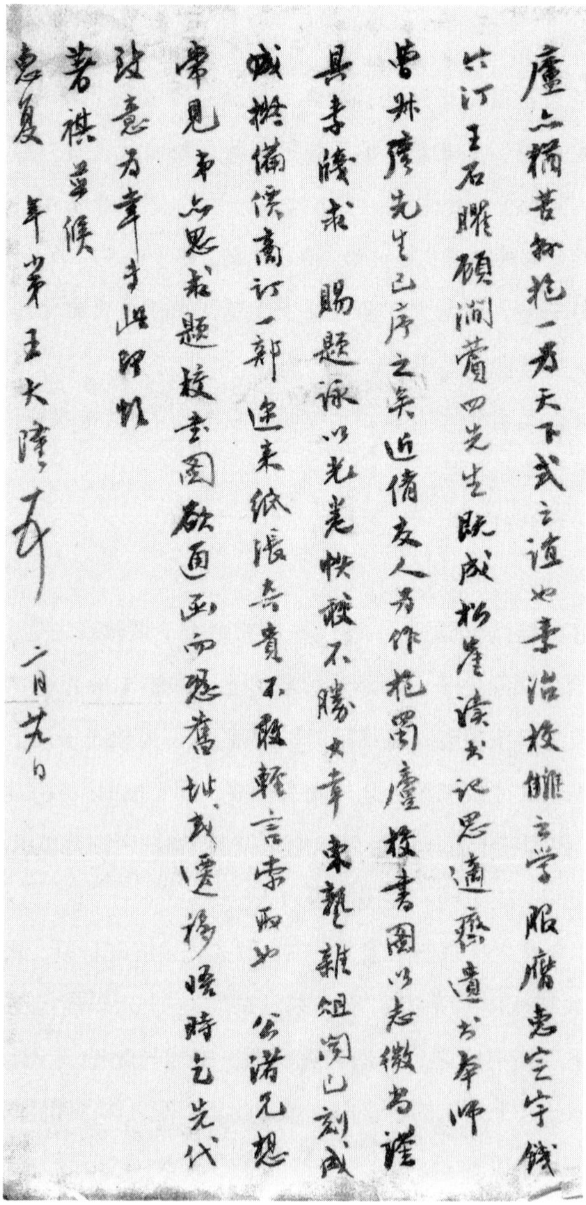
廬之稱昔取抱一為天下式之誼也專治校讎之學服膺惠定宇錢
竹汀王石臞顧澗薲四先生既成粉崖讀書記思適齋遺書本師
曾叔度先生已序之矣近倩友人為作抱蜀廬校書圖以志微尚謹
具專牋求 賜題詠以光崇帙敢不勝大幸東塾雜俎閱已刻成
城撝備價齋訂一部速來紙張奇貴不敢輕言索酬也 公諾允想
常見示。白思前題校書圖敬面函而懇舊址或遷移暇時乞先代
致意為幸手此即頌
著祺 單候
惠覆 年少弟王大隆頓首 二月廿九日

王大隆致郭则沄函（左右对页）

赵斐云先生致徐森玉先生函一通诠解

日昨偶见海宁赵斐云（万里）先生致吴兴徐森玉（鸿宝）先生函手迹二叶，虽系残帙，然颇多兴味，以其中所关者，非唯一书之故，乃拟疏通排比，钩索其中详情。函中所言之《经典释文》及程氏《易传》，原系内府“天禄继鉴”之余，而天禄旧藏之研究，以清华大学副研究员刘蔷博士最为专家，遂以此二书大概，通函请教，蒙其不弃，多所见示，颇开鸿蒙。乃不揣简陋，以刘博士所示线索，略事补充，悍然为之疏解，强作解人之讥，自所难逃，知者有见，一笑置之可耳。

赵斐云致徐森玉函（前缺）

……成寐，此次沈阳接受赏溥杰各书共九十二种（书目可向慰堂兄索阅）（十九系残帙），中有宋版《经典释文》，仅存三函十八册，较原目四函廿四册尚缺六册。近闻人言，估人赴东北者携归字画（闻有宋画数卷，已寄沪）（里亦有所调查，容后再告）、书籍，但秘不示人，百计追寻，始得见《经典释文》五册，系原书一至六卷，每册首尾，元崇文阁官书印、明文澜阁印、明万历三十三年朱记（孙能传编《内阁书目》时所钤，陈澄中藏《梦溪笔谈》外，仅此一见）及各御玺赫然具在，以意度之，当系绛云楼故物，叶林宗据以影抄者也。乃不动声色，与之理论。初索五百万，再后落至二百。但回顾平馆，不名一文。

王子访辈，又蠢然不知学问为何物。乃连夜求援于傅公孟真，渠亦称奇不置，由里手写借据，向北大借得现款，驰往交割，抱书归馆，为之大快！里所以作此紧急措置者，因恐平津有力者得知后，估人大索高价，吾辈更无法问津也（某君已先知有此书，追索甚急。迟一步恐连书也看不到）。里自今春竭尽心力为平馆收得海原阁书后，自谓此后决不再管闲事，今又故态复萌，再作冯妇，吾公闻之，得毋以为迂乎？此间亦有所谓古物保管会或文物调查会者，主其事者皆知名之士，既无常识，亦无毅力。王世襄年少好事，不知放走了多少古物（世襄近与里过从甚密），除字画尚能通晓名目外，其他古物、书籍亦非所素习。光复后，此中甘苦，可为知者道，难与俗人言也。此事请勿转告沪上平估如孙助廉之流，除谛兄及其他同好外，亦勿宣扬为幸。细思此事，与聊城兵燹后海原阁书散出一事相类，此后或当纷（?）之而来，里亦不愿再管闲事矣。吾公如有所见，乞不吝纸墨，惠示数行，无任感恳。拉杂书此，不恭之至，千乞鉴谅为祷。

肃上，敬请崇安。

末学万里再拜。

九月九日夜十二时

谛公均此致候。

此函未发，今日又有人秘密送阅程颐《易传》六卷（全书）(《天禄续目》经部宋本第一部)，六册，一锦套，宋刻宋印，白麻纸，白口，刊工与《圣宋文选》相似，盖婺州本也。有传是楼印及各御玺。索八百万，里匆匆记行款后还之。此书不足动我心，然就书论书，亦宋刻上驷也，吾公以为何如？

十日午刻又及。

此函阅后付丙为幸，里又叩。

初及见此，即以其所言者系天禄旧藏而询诸刘蔷博士，未几，刘博士即来函告知云："先是民国壬戌十一月傅增湘曾经眼。全本原装四函二十四册，第一函六册，1946 年北京琉璃厂蜚英阁书店主人裴子英自长春尚古斋古玩字画店赵姓处购得，随即交同业藻玉堂王子霖代售，其中五册售与北平图书馆；第七卷，一册，周叔弢先生以二两黄金价善价购得，先生所虑在'书之厚幸，非必享为己有'，于 1949 年捐赠故宫。其余三函十八册，抗战胜利后国民政府东北文物管理处所收集，先归沈阳博物馆，1948 年由国史馆馆长金静庵先生携归北京故宫。北平图书馆所藏五册，于 1948 年 9 月间由北平故宫接收，马衡院长为此特地致函北平图书馆，'……今交还本院，俾天禄琳琅旧藏复还故宫，本院受些鸿惠，至深感谢！'至此全书二十四册重新聚拢。1959 年包括此书在内的一批天禄琳琅珍本由故宫拨交北图。"

今按：此部《经典释文》之版本及大概情形，据原北京图书馆研究馆员丁瑜先生影印本《经典释文》跋云："每册的首页与末叶有蒙文篆字官印，纸背面有'国子监崇文阁官书借读者必须爱护损坏阙污典章者不许收受'木记……此外，还有'文渊阁印'、'万历三十三年查讫'木记，以及'天禄琳琅'、'古稀天子之宝'等印章……"[1] 又云："全书共八百六十页，每页十一行，每行十六七字不等，注文双行，行约二十三字，白口，左右双边，版心下记刻工姓名。字体方正严谨，犹是南宋初年风格。间有板框大小不一，字体较松软者，为后世补版。全书刻工约分三期：陈明仲……等为南宋初叶杭州地区良工，是为第一期；石昌……系南宋中叶杭州地区补版工人，为第二期；此外又有张富……等则为元代补版工人。由此可断定此书确是宋元两朝递修本。"今据《赏溥杰书画目》载，宣统十四年"八月二十四日赏溥杰宋板《通鉴纪事（本）末》，一部六套；宋板《经典释文》，一部四套。"[2] 而傅增湘《藏园群书经眼录》，记其壬戌十一月朔所见云："余在文德堂睹首册及《周礼音义》上卷，计二册。因就校于通志堂本上。"[3] 则此书出宫未

1. 上海古籍出版社，1985 年。
2. 见于《故宫已佚书籍书画目录四种》，国立北平故宫博物院编，1934 年第 3 版，第 3B 页。
3. 卷二"经部二"之"经典释文三十卷"条，第 105-106 页，中华书局，1983 年。

几，即曾入市待估，究其缘由，则当为其时溥仪大婚筹措经费之故。然或因经费有着，或因估价过低，终未成交，复还旧主。又傅氏所见之首册及《周礼音义》，衡诸此书原本装成四函廿四册，故首册当为卷一、卷二，《周礼音义》为第八卷，则或为第七册，即第二函之首册。[1] 又文德堂者，据《琉璃厂书肆三记》："文德堂。韩逢源，字左泉，于光绪二十□年开设，在文昌馆内。颇识版本。此人身长头大，人呼为韩大头。民国十□年徙琉璃厂路南文贵堂旧址。经营三十余年歇。"[2] 吉川幸次郎《琉璃厂后记》又云："通学斋的北邻是文德堂，是由天津藏书家李木斋为东家的书店，也是一家精品书店。"[3] 如吉川所言不误，则此书当时出售，经手人即为李盛铎。而所以为李氏者，当有二故：一则以其为当行里手，且为书店股东；再则以李氏曾于丁巳复辟之际，出任农工商部尚书，向有渊源。

此书自 1922 年暂出面世之后，复为人知，已为廿余年后。据刘博士函知，此书 1946 年为"蜚英阁书店主人裴子英自长春尚古斋古玩字画店赵姓处购得。"据《琉璃厂书肆三记》："蜚英阁。裴成武，字子英，枣强县人。于民国二十一年开设，在南新华街长春会馆内。"[4] 而尚古斋赵姓，则或即赵献臣，少时曾学徒于琉璃厂，后至长春独自经营古物[5]，此时则以地利之便，多得"东北货"，自属应有之义。又据刘函，此书后转藻玉堂经营，则斐云先生购得此书，当即自此。孙殿起《琉璃厂书肆三记》载："藻玉堂。王雨，原名连雨，字子霖，深县人。于民国□年开设，在翰茂斋刻碑铺之西隔壁小门内。至二十□年迁徙迤西路南保古斋旧址。于十□年，在天津劝业场二楼开设分号。"[6] 而斐云所购之地，当为琉璃厂总店。又王氏留存文籍，今已为其女孙汇集为《王子霖古籍版本学文集》付梓，惜其中虽有日记、经

1. 说详后。
2. 孙殿起：《琉璃厂小志》第三章《书肆变迁记》，第 107 页，北京出版社，1962 年。
3. 秋禾、少莉编：《旧时书坊》，第 30 页，三联书店，2005 年。
4. 孙殿起：《琉璃厂小志》第三章《书肆变迁记》，第 109 页，北京出版社，1962 年。
5. 参见杨仁恺：《国宝沉浮录》第六章《一九五二年前后发现的〈佚目〉书画以及故宫博物院绘画馆的开放》，第 231 页，上海古籍出版社，2007 年。
6. 孙殿起：《琉璃厂小志》第三章《书肆变迁记》，第 116-117 页，北京出版社，1962 年。

眼录等诸般名目，然并无文字述及此书。[1]

自 1945 年 8 月中旬伪满洲国皇帝溥仪出逃，其贮存于宫中小白楼之残留历代典籍、书画随即多有失散，然其遭劫者，多系书画，珍本典籍则多有存者。据《沈阳故宫博物院八十年》所述："这一年（1946 年）9 月，东北经济委员会主任张嘉璈私自接收长春伪宫的珍本书，分装 13 大木箱，空运来沈，存于伪中央银行内，准备转运南京。当时臧启丰、金毓黻、张作相等向张嘉璈提出此书应归图书馆接收。不久，张嘉璈移交了珍本书 92 种，1449 册，由沈阳图书馆、沈阳博物馆两馆人员逐册清点，总计 13 木箱，92 种，1400 余册。全书入库之际，版本专家韩英阶、博物馆专家罗福颐进行了版本勘察。"[2] 此处所言大半可信，唯系其事于 9 月则误，据《金毓黻学术年谱》，1946 年 8 月 17 日，"被邀至中央银行点收宋元明善本书十三箱，立即运送博物馆。"次日，"在博物馆开箱点书，皆为长春伪宫所藏，十九为命世之宝，共宋元明本书九十二种一千四百四十九册。均为张嘉璈自伪宫搜出运至沈阳。"20 日，"将所得善本书写一稿发表之。"[3] 知张氏接收此批古籍，必在该年 8 月中旬之前，而斐云函中所言"此次沈阳接受赏溥杰各书共九十二种"者，据《金毓黻学术年谱》，亦可明了。再据李国庆《弢翁藏书年谱》，1946 年 5 月："致赵万里书……谈访求《经典释文》及故宫散佚之书等事。"[4] 周函原文云："闻《经典释文》首函已有人向蒋馆长求售，此书万不可失，真人间瑰宝也。"[5] 又云："再者，故宫残佚之书，当局不知是何主张？暹意极罕秘者，无论或完或缺，皆应以重值收回。其他无足轻重者，听其流通可也。书估出关收买，尤宜鼓励之。"又 10 月致斐云书云："《经典释文》节前有人拟携求售，中途为王子霖取去，卒归北平馆，可贺之至！

1. 上海古籍出版社，2006 年。

2. 见该书"五、磨难后的重生：筹备国立沈阳博物院"，沈阳故宫博物院编著，第 84 页，万卷图书出版公司，2006 年。

3. 吉林省社会科学院编：《学术研究丛刊》增刊本，第 144 页，1987 年 5 月。

4. 李国庆编著、周景良校定：《弢翁藏书题跋、年谱》（增订本），第 241 页，紫禁城出版社，2007 年。

5. 第 243 页，注 6。

不知谐价若干？当时亦索一百四十万元也。”[1] 则当日赵函中所云“某君已先知有此书，追索甚急”之某君，已经呼之欲出，正系周叔弢先生。而周氏自1946年5月即知此书，则此函《经典释文》之逸出长春宫内，必在张嘉璈氏接收之前。[2] 周且云“有人向蒋馆长求售”，蒋馆长者，时任南京中央图书馆馆长蒋复璁氏。则估人或拟售此书于中央图书馆。而斐云得知此讯虽早，据其致徐函中所言，追踪则已在沈阳方面既收图书之后，即八月中旬之后。而此函作于九月九日，当系购得此书后未几所作，则此书之为斐云所收，固在八九月之交。又有可言者，据弢翁之函，则所谓“节前有人拟携求售”者，当即蜚英阁。而所以转交王子霖代售者，以前所欲不过百四十万，而转售于斐云，已溢价至于二百万矣。

又据《弢翁藏书年谱》1949年："六月，举珍藏的海内孤本宋版《经典释文》第七卷一册捐赠国家。此册与故宫藏品相配，遂成足帙。”[3] 参上揭弢翁1946年10月之函，知其购得此书，当在1946年10月之后。前文已及，此部《经典释文》共计四函廿四册，先已有三函十八册归藏沈阳博物院，又有首函之前五册入藏北平图书馆，则弢翁所藏者，必系首函之第六册。[4] 而此册之所以得单独定价且远较他本价格为高者，以其卷末镌存校勘官衔名达廿八行之多，为考镜此书之源流及版本判别大有裨益之故。

斐云函中又言该书钤有万历三十三年朱记，仅陈澄中藏《梦溪笔谈》中曾经一见。今考荀斋旧藏《古迂陈氏家藏梦溪笔谈》系元大德年间茶陵陈氏东山书院刻本。此书开卷有“东宫书府”及“文渊阁”两朱文方印，当是元代宫出。明太祖朱元璋灭元得之，以贻懿文太子朱标，后又归宫中

1.《弢翁藏书年谱》，第244页，注10。

2.今按：此函或自1922年流出求售之后，便未曾与他帙合璧，散失在外。

3.第251页。此事又可参《中华读书报》2009年1月14日何季民《开国时的献宝热潮》："1949年8月底，报上又传来了‘周叔弢、霍明治先生捐献珍藏图书文物，华北人民政府准予表扬’的消息：‘继北平贺孔才先生献出图书文物之后，近又有天津启新洋灰公司总经理周叔弢先生与霍明治先生献出珍藏之图书文物……周叔弢先生将他用二两黄金买来收藏的海内孤本宋版《经典释文》交由北大唐兰教授转送高教会，与故宫博物院收藏之二十三册合并即成为完整之一部。’”

4.此第七卷既系首函之第六册，则前云傅增湘所见之第八卷必为次函之第一册。

文渊阁。卷首有“杂部”朱文长方印，卷四及卷二十六后有“万历三十三年查讫”朱文大长方戳记，斐云所言即此。而此印之来由，群言皆以为当系万历三十三年孙能传、张萱整编《内阁藏书目录》、勘查群书时所钤。[1]明《内阁藏书目录》[2]卷八后有“万历三十三年岁在乙巳内阁敕房办事大理寺左寺副孙能传、中书舍人张萱、秦焜、郭安民、吴大山奉中堂谕校理并纂释”等题衔可证。而此《经典释文》中，则据李致忠云：“目录后钤‘万历三十三年查讫’条记,可证此本入明亦为中秘之物。”[3]两者正可对勘。惟所不解者，两书既为孙氏万历三十三年清点内阁图书时所亲见，并有此朱记及“经部”、“杂部”两朱记，何以皆未收入《内阁藏书目录》之中？此则尚待知者指示耳。

赵函又云“以意度之，当系绛云楼故物，叶林宗据以影抄者也。”今按前揭丁瑜《经典释文》跋中曾介绍云：“清钱牧斋获得明代文渊阁所藏宋椠一部，藏于绛云楼，时称海内孤本。清叶林宗曾募笔工谢行甫影写了一部。绛云一炬，宋刻被毁。”则以此书为明文渊阁所藏《经典释文》之复本，与钱氏所藏，并无关联。虽以仅存之宋刊《经典释文》，不须必为受之旧藏以为增重，然以情理揆之，斐云所疑，不为无因。

“王子访辈”者，即王访渔，字子舫，曾任北平图书馆总务部、阅览部主任等职。据1945年12月29日北平图书馆馆长袁同礼致教育部报告北平图书馆情况（文稿）：“查本馆北平部分经临各费，自太平洋战事发生后，即奉令停拨，旋由伪华北政务委员会派周作人主持馆务……曾密饬总务部主任王访渔及编纂顾子刚率同保管人员留守监护，相机应付。数载以来，该留守人员虽经敌伪再三压迫，仍忍辱负重，艰苦支持，存平图籍赖以无恙。”[4]当时平馆馆长袁同礼尚未返平，主持馆物者仍系王氏，故斐云有此一

1. 如赵斐云先生此函及李致忠所言。李说见《宋版书叙录》“《经典释文》三十卷”条，北京图书馆出版社，第243页，1997年。

2. 民国二年乌程张氏《适园丛书》第一集本。

3. 《宋版书叙录》“《经典释文》三十卷”条，第243页。

4. 见于北京图书馆业务研究委员会编:《北京图书馆馆史资料汇编》(1909-1949)，第812页，书目文献出版社，1992年。

说。而借款之所以求援于傅孟真者，据欧阳哲生《傅斯年先生年谱简编》，1946 年 8 月，傅氏“兼任北平图书史料管理处主任”[1] 并代理北大校长。

关于北平图书馆入藏海源阁旧藏之概况，近已有专文概述[2]，云主要集中于三期。而其中与此函所述相关者，则为第二期：“1946 年 1 月 22 日，北平图书馆派员携款赴天津，将书款 1500 万元交付张挺谔市长。1 月 28 日，与天津盐业银行点收该批图书，计 92 种 1207 册，分装 7 大箱。2 月 1 日，天津市派兵护送至北平图书馆。2 月 5 日，行政院驻平办事处、教育部平津区特派员办事处派员来馆查验，中文采访组即日起核对登记，完成入藏手续。北平图书馆为此特成立专室庋藏，以资纪念。”虽于始末皆较详尽，然于斐云之功，并无一言及之，今得此函，可补史实。

据王世襄《回忆抗战胜利后平津地区文物清理工作》一文[3]，1944 年，国民政府教育部在重庆成立“清理战时文物损失委员会”，以次长杭立武为主任委员，马衡、梁思成、李济等任副主任委员。次年，教育部派沈兼士任教育部特派员，兼任清损会平津区代表，唐兰、傅振伦为副代表，而王世襄则为平津区助理代表。11 月王世襄返平，借北海团城两间房为办公地。1946 年秋冬之际，沈兼士中风弃世，马衡兼管清损会平津区办公处。此即斐云函中言及王世襄之故。

函中又及修绠堂孙助廉，据《琉璃厂书肆三记》：“修绠堂。孙锡龄，字寿芝，冀县人，于民国六年开设。至二十三年寿芝长子诚温、仲子诚俭继其业。二十七年弟兄分手。”[4] 又《贩书传薪记》云：“修绠堂。孙诚俭，字助廉，冀县人。”[5] 又黄裳《上海的旧书铺》云：“上海的旧书铺大体上可分南北两派。南派是土著，以苏州、淮扬两地为主；北派则是从北京移来的分店。修文堂孙实君、修绠堂孙助廉兄弟可为代表。他们都在北京隆福寺设肆，南来发展，修文堂肆名仍旧，修绠堂则别署温知……修绠堂在上海

1.《傅斯年全集》第七册附，第 419 页，湖南教育出版社，2003 年。
2. 刘波：《海源阁旧藏珍本入藏国家图书馆经过》，见于《文史知识》2009 年第 7 期，第 78-83 页。
3. 见于《锦灰不成堆》附录一，第 61-77 页，三联书店，2007 年。
4. 孙殿起：《琉璃厂小志》第三章《书肆变迁记》，第 121 页，北京出版社，1962 年。
5.《琉璃厂小志》第四章，第 194 页。

的分号是温知书店，在三马路转角的一角小楼上，也没有招牌。孙助廉北京上海两面跑，他一来，上海的书市就热闹了。助廉五短身材，微胖，跟老兄不一样，是极喜交际的。他收书的本领不下于乃兄，除古书外还兼营珂罗版金石画册、学报、学术书刊。当时脂砚斋评乾隆抄本《石头记》为燕京大学买得，尚无影印本，为一般学人渴欲一见的秘册。助廉就曾拿出一中照片本给我看。可见他眼界之宽广和手段之灵活。当然他的主攻方向还是古籍善本。”[1]可知修绠堂之始末并见孙助廉能力之一斑，此亦斐云唯恐其知晓此事之故。然此一书业好手，晚年则颇寥落，据黄裳《惊鸿集》之《黄荛圃跋抄本〈郑洞庵笔记〉》云：“近闻孙助廉已破产倾家，颇为之惜。此人为书估中最有识力者。每至一地，多得异书。余获善本于其肆最多。今乃不可问矣。壬辰春二月十八日重阅记。壬辰夏秋之际，余两至北京，曾数访助廉于东四修绠堂，已无书应市矣，其人意兴亦大劣。只得鲍校一种、吴枚庵校一种于其家耳。十月初一日，小雁记。”[2]可为浩叹！

又“谛兄”者，斐云友人郑振铎，所以云“除谛兄及其他同好外，亦勿宣扬为幸”者，非仅以西谛同好之故，据《郑振铎年谱》，该年五月，“教育部成立‘上海区清点接收封存文物委员会’，以叶恭绰为会长，徐森玉负责主持，参加者有郑振铎、何炳松、顾毓琇、俞埔等人……”[3]则西谛当日亦为清损会之同人。

函末又言“此后或当纷（？）之而来”，据1945年12月28日袁同礼重庆致胡适函云：“战争结束以来，故家文物纷纷散出，除海源阁已收归国有外，正在接洽中者只有傅沅叔、伦哲如（在平）、潘明训、刘晦之、刘翰怡及潘氏滂喜斋（均在沪）。”[4]可见斐云于当日形势揣摩之熟。而所谓“里亦不愿再管闲事矣”一言，则纯属意气之词，此自谙习现今中国国家图书馆历史者所周知，不须辞费者。

---

1. 见于黄裳《书之归去来》，第168-174页，中华书局，2008年。
2.《惊鸿集》，第23页，东方出版中心，2008年。
3. 陈福康编著，第385页，书目文献出版社，1988年。
4.《北京图书馆馆史资料汇编》(1909-1949)，第1327页。

前已言及，此本《经典释文》原本四函廿四册。屡经播迁之余，分身三处，而最终于今则荟萃于中国国家图书馆中。[1] 其流转之详情，皆与天禄琳琅旧藏之大况相关，刘博士曾有专文论述[2]，可备参阅，兹不赘。惟足略述者，则据《金毓黻学术年谱》，1945 年 10 月 20 日，“教育部以（金毓黻）先生为清理战时文物损失委员会委员，并主持东北区办事处。”[3]1948 年春，辽沈战役爆发，国民政府有关人员乃拟以沈阳故宫所藏诸珍品运平保管。4 月 24 日，教育部长朱家骅电令以金毓黻为东北文物暂时迁运保管委员会主任委员，设法抢运现存东北之文献、古物。10 月 1 日“又将沈阳博物院藏珍贵图书及古物可供展览之用者亦约二吨一并运平。”[4] 从此,《经典释文》之三函十八册即与其他原沈阳博物院所存天府旧藏留存北京故宫。

北平图书馆于战时虽屡经波折，然其日常业务，并未荒废，如赵斐云先生实时常仆仆道路，以搜集保存文献为职志。1946 年 12 月《国立北平图书馆复员以来（1945）工作概况》（文稿）总结本年度所搜罗之文献云：“（购入）善本书一九八种（一九八五册）、六轴二五张一三二叶，内包括海源阁杨氏藏书及所购之罕见古籍。”[5] 正可见当日以赵先生为主之诸先贤于纷乱岁月仍孳孳矻矻、不废所业之努力。而本文所及之《经典释文》亦即包括于此一九八种之内。

又函中附及之程颐《易传》，刘博士另有函云：“你是说乾隆御题的《易传》吗？《天禄后目》之首部？这部书迄今尚无任何下落。”且评论斐云此函所述云：“虽不是明确线索，如此曾被前人论及，也是好的。《天禄后目》六百六十四部书中，六百零几部已知下落，余下的有三十几部是毫无线索，有二十几部至少流出清宫后曾被寓目或提及，如同这部《易传》，或可说明

---

1. 按：又据陈国庆《沈阳图书馆藏长春伪官残存宋元珍本目录考略》（王清原整理，见于《历史文献》第六辑，第 73-111 页，上海古籍出版社，2004 年）后三函之书，实有阙补，即卷十一第二十叶、卷二十九第十二叶、卷三十第二十八叶。
2.《清宫天禄琳琅书存世状况总述》，见于《故宫博物院院刊》，2010 年第 3 期，第 53-70 页。
3.《金毓黻学术年谱》，第 141 页。
4. 第 157 页。
5.《北京图书馆馆史资料汇编》（1909-1949），第 1267 页。

尚在人间，假以时日，终会一一现世，我坚信这点。”自系通达之论，深可钦佩。

补记：此文撰成未几，即蒙《中国典籍与文化》垂青，慨允惠刊。嗣读王菡女士大文《感受“于青灯黄卷中”——藏园群书校勘跋识之文献意义刍议》，中载藏园所撰宋本《经典释文》跋云：“昨于厂市文德堂见宋刊两卷，言是内府付出装订者，亟往一观。行款与通志堂本同而每行字数时参差，则自别为一本矣。卷首尾御玺数方，有‘天禄琳琅’、‘天禄继鉴’、‘文渊阁印’……字体方整，犹是南渡初风范。因爱不忍去手。商允假归一读，取此刻对勘，改正殆数百字，即宋版显然误者，亦毕录不遗。原本蚀损及刓敝不可辨者，加朱点于本字旁。屏除百事，耑力为之，一日夜而毕。闻全书今存涛贝勒邸中，异日当求窥全豹，俾此书得竟全功。或许印行世间，流布万本，亦艺林之一快也。壬戌十一月初一日，傅增湘记于藏园长春室。”[1] 又查民国十二年一月廿九日傅增湘致张元济函云:“《经典释文》是全书,不过只以两册付装,故所见只此耳。文德堂又有宋本《春秋经传白文》全部,亦是内府交装者,初印阔幅精善,见《天禄续目》。”[2] 则文中所言:“此书出宫未几,即曾入市待估,究其缘由,则当为其时溥仪大婚筹措经费之故。然或因经费有着，或因估价过低，终未成交，复还旧主。”皆同呓语，足令通人齿冷。又此跋中云，此书全帙时藏载涛府邸，而函中则云，皆系内府付装者，则其仅为代管而已，此则以该书后入长春伪宫可知。又据张元济同年二月三日复傅氏函云:“《经典释文》《春秋经传白文》森翁亦极言其美，不知有无方法可以借印？”[3] 则森老于斐云奉函之廿年前，即已知晓此内府所存《经典释文》矣。

（本文发表于《中国典籍与文化》，2011 年第 3 期。）

---

1. 见于沈乃文主编：《版本目录学研究》第二辑，第 88 页，国家图书馆出版社，2010 年。
2. 见于《张元济傅增湘论书尺牍》，第 105 页，商务印书馆，1983 年。
3. 第 106 页。

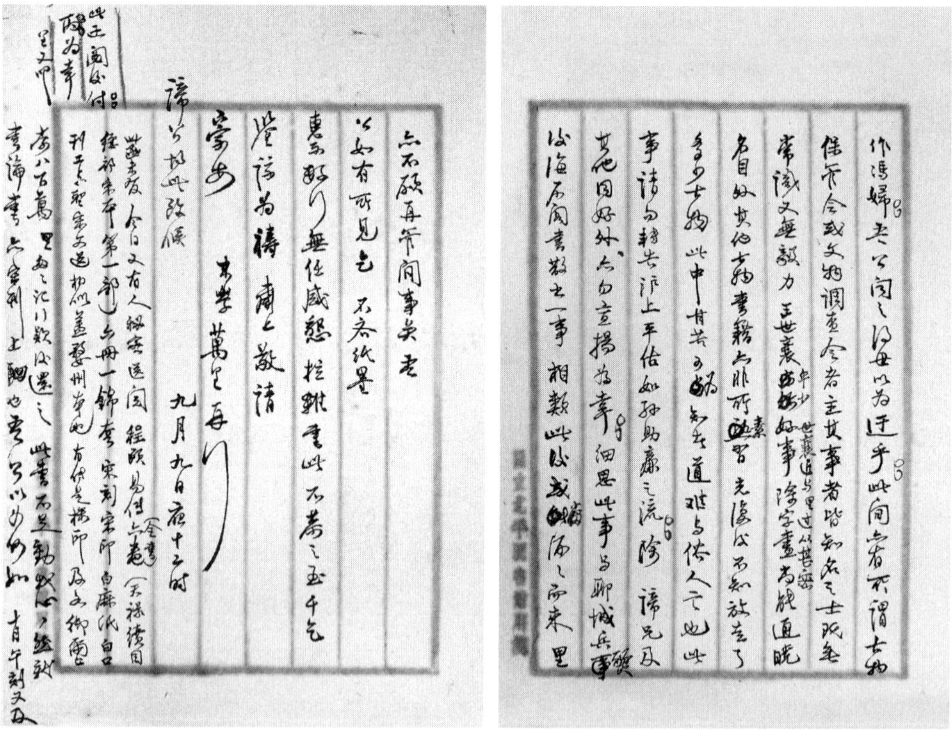

赵斐云先生致徐森玉先生函（左右对页，前缺）

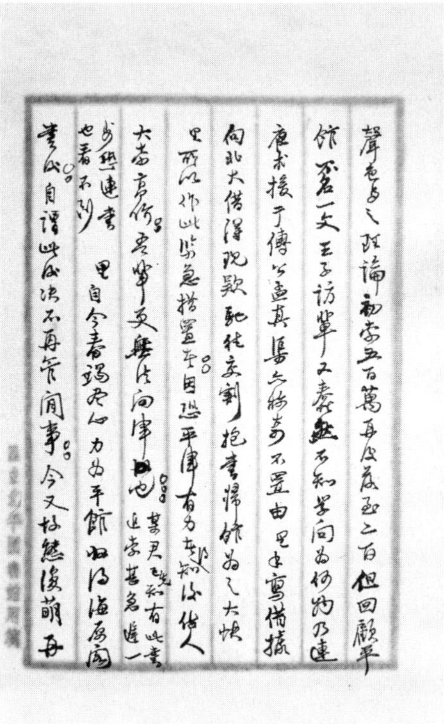

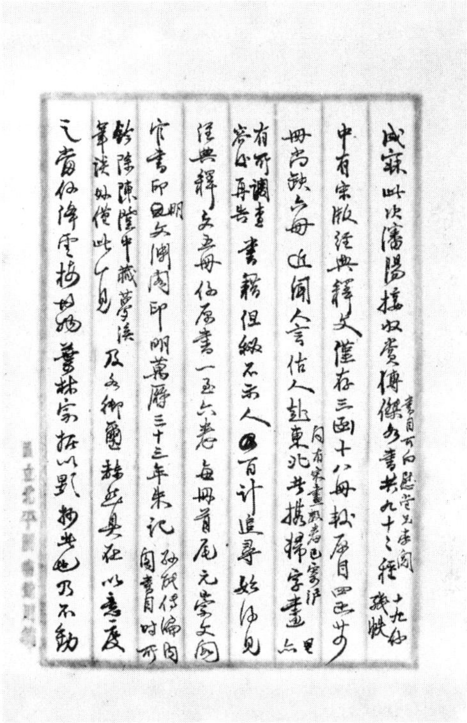

徐森玉致傅斯年函一通笺释

台湾“中央研究院”历史语言研究所所藏善本有所谓“镇馆三宝”之说，即北宋刊《史记集解》、南宋刊蜀本《南华真经》及南宋刊《文苑英华》三书。这三种书，实际上全是民国间寓居北京的著名藏书家傅增湘的藏园旧存，而之所以得以转让给史语所，则与当时担任故宫古物馆馆长的徐森玉先生有关。

《文苑英华》共计一千卷，宋刊本装为一百册，开雕于宋宁宗嘉泰元年（1201），完工于嘉泰四年。现在存世者仅十五册，计一百五十卷。中华书局曾以当时北京图书馆所藏的宋刊一百四十卷补配明隆庆元年（1567）胡维新刊本影印全书行世。[1] 所缺的一册，也就是傅增湘旧藏的那一册，如今仍旧保存在台北的史语所傅斯年图书馆中。史语所此本，据当时的史语所所长傅斯年手书题记，是“徐森玉先生为历史语言研究所购之上海，此本所收购宋刊本之始也”[2]。这一册是《文苑英华》的卷二七一至二八零，是史语所 1946 年底以三百万元购得者。但这次购书的详情究竟如何？现在尚无相关文献披露，所以还不是很清楚。[3] 而另外两宝入藏史语所的经过，却

---

1. 中华书局，1966 年。影印本中，所存宋刻计有卷二〇一至二一〇、卷二三一至二四〇、卷二五一至二六〇、卷二九一至三〇〇、卷六〇一之七〇〇。

2. 傅斯年手书题记，见于汤蔓媛《天禄琳琅外一章》，《傅斯年图书馆善本古籍题跋辑录》，第 16 页，台湾“中央研究院”历史语言研究所，2008 年。

3. 此书大概为 1946 年 12 月上旬购得。该年 12 月 18 日，史语所函致中研院总务处云：“敬启者：查本所顷托徐森玉先生购到宋刊宋装《文苑英华》一册，书款计国币叁百万元正。兹将徐先生住址开列后方，敬祈贵处惠将该款汇交徐先生是荷。此上，总务处。历史语言研究所。”

因徐森玉先生致傅斯年的亲笔信等第一手资料的留存，基本上还能帮助我们理清这一过程的脉络。这里所录徐森玉先生的信，显然是对傅斯年来信的回复。可惜，傅斯年的原信现在似乎已经无从寓目了。但通过徐先生的这封回信，傅斯年原信的大概内容，也基本上可以推知。徐先生函件[1]的全文如下：

> 孟真先生左右：昨晚奉赐电，今晨那简叔兄来，读惠书，敬悉沅叔所藏宋本《史记》、《庄子》已鬻于贵所，大致定局，甚盛甚盛！《史记》三十年前宝曾见过，今已模糊。先生所发诸疑均中肯綮，亟应一一解答，惜宝老而健忘，案头又无书参考，涓撮终无补于海岳，殊觉惶惭无措耳。然有二事可以奉告，一，此书沅翁于民国四五年间得之文奎堂，决非攘之大库。二，此书《老子列传》置于《伯夷》上（唐尊老子为玄元皇帝，开元二十三年，敕升于《史记》列传之首），尚未改唐卷子本之旧，可证此书雕版甚早。记忆所及，仅此而已。又刻书刀工可判断书版之早晚。张政烺、赵斐云两君均在北平，似宜请两君专访沅翁，将此书翻阅一过，诸问题大致可解决。鄙见如是，未识有当于尊意否？曹君直《笺经室遗集》中有此书跋，兹觅得一部奉赠，托简叔兄带呈。刘燕庭之百衲本似在天津周叔弢处，承询附及。宝气管炎旧疾大作，强写二笺，敬请撰安。
>
> 弟徐鸿宝再拜。
>
> 四月三十日。

此信写于 1947 年的 4 月 30 日，此时徐森玉先生寓居上海，以故宫博物院古物馆馆长之职出任教育部京沪区教育复员辅导委员及清理战时文物损失委员会京沪区（包括南京、上海、江苏、浙江、安徽、江西、福建）代表。而同为清理战时文物损失委员会委员的收信人中央研究院历史语言研究所

1. 台湾“中央研究院”历史语言研究所傅斯年图书馆藏原件复印件。

所长傅斯年，则身处当时的国民政府首都南京。信中所说的“沅叔所藏宋本《史记》、《庄子》”，就是前面所提到的傅斯年图书馆的另外二宝了。这两部书中,《庄子》一书没什么争议。这书在书贾王文进的《文禄堂访书记》曾经著录过，云：“晋郭象注。宋蜀刻大字本。半叶九行，行十五字，注双行三十字。白口。版心刊‘庄几’,下记刊工姓名。注后《音义》与陆氏《释文》不同，极简略。首郭序。卷末刊‘安仁赵谏议宅刊行一样□子’二行。宋讳避至‘慎’字。计三百十九叶。补钞卷三第三叶、卷九第十四至十七叶。有‘半哭半笑楼’印。”[1] 傅增湘《藏园群书经眼录》中,也曾著录过此书,并有按语云:“文禄堂送阅,辛巳岁暮收得。”[2] 再据徐乃昌《文禄堂访书记序》中说：“辛巳夏,（王文进于）申江访得宋蜀刊《南华真经》。按子部书籍世向认无蜀本，竟于无意中得之，如获奇珍，虽费巨金，毫不吝惜，惟期有所贡献于艺林者。其笃学好古一至于斯,若较诸钱听默,当复过之。”[3] 可见此书在文禄堂的时间甚短，夏天收到后，到了年底，就卖给了傅增湘。又雷梦水《版本学家王晋卿先生传略》中说：“此书售出后,（王文进）先生思念不忘,故自号梦庄居士。”[4] 可见此书之珍贵。而如此一部煌煌巨迹,森玉先生竟然说不如宋版《史记集解》(详见后),由此更是反衬出了这部《史记》的不同寻常。

史语所向傅增湘收购这两部书，是委托时任北京大学校长的胡适代为说项的，在胡适 1947 年 4 月 22 日致傅斯年函中，详细描绘了当时的情景:

孟真兄：今天沅叔先生叫他的大少爷（香）[晋]生兄来看我，说北宋本《史记》与宋本《庄子》都可让给中央研究院。价钱太大，本不敢全收,但因为近来家境实很窘,又因为沅叔先生想设立几处奖学金,特别在四川，所以他们决定接受你的好意，接收一亿三千万元的提议。

---

1. 柳向春整理：《中国历代书目题跋丛书》第二辑卷三“南华真经十卷”条，第 235 页，上海古籍出版社，2007 年。
2. 卷十“南华真经注十卷”条，第 900 页。
3. 见于《文禄堂访书记》卷前，第 1-2 页。
4. 见于雷梦水：《书林琐记》，第 16-18 页。人民日报出版社，1988 年。

> 他们只有一个附加条件，就是盼望你尽先把这部《庄子》影印出来。倘使在沅叔先生生前得见影印本出世，他定是很感激的。如何交书，如何付款，皆听你酌定。沅叔是中孚银行创办人之一，款汇上海或北平中孚银行转亦可。此事怎么弄到我身上来了呢？锡予来看我，把你给沅叔的原信给我看了，说孙子书与沅叔家中人曾有点不愉快的关系，特别是沅叔的姨太太对子书曾有恶感，所以锡予、让之主张此事由我出马去说。我说，孟真如此豪举，此事必可成功。我几日内就要去沅叔家吃饭，一定去办此事。廿日守和借傅宅请沅叔吃酒，我早去半点钟，把晋生拉到旁边（因为赵斐云比我更先到了），把信念给他听了（因为他认老兄的草字有点吃力），请他收在袋里，晚上客散后再与沅丈细商，从容给我一个回信。廿一日下午六点，晋生打电话来，说老人家和他细细商量了，决定照孟真先生意旨办，他明天六点来看我。今天他来了，谈话大意已见上……沅叔父子对此事似很高兴，我盼望你给他一信，许他影印《庄子》一事。[1]

从这封信来看，傅斯年原本是希望由孙子书出面向藏园提出购买请求的，但因孙、傅关系微妙，所以才由史语所驻北平办事处主任汤用彤决定改请胡适来居中作介。这个事情的交涉很是顺利，从 20 日提出，仅仅过了两天，便告成功。到 4 月 23 日，胡适致傅斯年电云："傅孟真兄：沅叔允售两书，详函已飞邮。适之卯梗（廿三日）。"[2] 急速将此佳音传给了傅斯年。不过因为这次交易所涉款项巨大，需要由教育部批拨，故实际交割还在十数日之后。

但问题的焦点是，这部宋本《史记集解》究竟是否北宋本？是北宋何时的本子？有多少修版补版？在 1947 年 5 月 3 日致胡适函中，傅斯年忧心忡忡地提到了这些问题：

---

1. 转引自胡颂平:《胡适先生年谱长编初稿》第六册，第 1966-1967 页，联经出版社，1990 年。
2. 转引自汤蔓媛:《天禄琳琅外一章》，第 17 页。

先生信到后，乃与同事言之，同事不说不可，而问我："何以知其为北宋刊？"这到把我问倒了。此事动机，由于森玉先生一言。先是，我对森玉说，想求沅老惠让《庄子》。森玉云："他的北宋本《史记》最好。"于是弃此间接洽《通鉴》之事而为此请。然森玉亦未言其详也。及同事有此问，我必证其说，适款在部延搁，遂尽数日力大翻其书，并电询苑峰……沅翁长者，且在病中，不容扰他。拟请先生约晋生兄一谈，代说斯年之窘状。先请许可苑峰一看，如全书大体如曹元忠君跋，如赵斐云文中所影印之叶，即与嘉佑本《史记》联系者，自然最好。如大体不如此，而有如百衲《史记》十行本，板心上记字数者，则恐印刷甚后，斯年无以喻同人。[1]

同日傅斯年又有致傅增湘长子傅忠谟函云：

北宋本《史记》诚为乙部冠冕，经沅丈及沈子培先生（沈文弟未见）、曹君直君之鉴定，更增辉采。弟见赵斐云君一文，附有影叶《殷本纪》一叶，酷似景祐《汉书》。曹君所跋六刻工名，见景祐《汉书》者，弟查一遍，四名在，钱真无，有钱珍，屠武无，有屠式，盖曹君笔误而赵君从之也。至曹君所云补版毛谏一名，并不见《汉书》，乃见绍兴二年越州《通鉴》（亦尊府所藏也），此与曹君政和改修之时代亦可合。惟《藏园善本目》云白口双阑，上记字数，下记人名。上记字数一事，与赵文影叶不合，曹跋亦未及。上记字数之式，以弟印象，似南宋中叶方有之，偶有此记字数者，则甚后之板也。未识此本大体上是否如赵影之叶？或印刷较迟，后来补版过多，有如百衲本中十行本之式者？此虽妄想，仍拟先求吾兄假同事张君政烺一观，无任厚幸。如大体上为赵印之叶，弟之痴心满矣（补配十四卷不计，其补版如不太多，自亦不计，故云大体上）。盖弟办此事初未与同事商，及向部拨款，同事

1. 王汎森等整理：《傅斯年遗札》1210，第1747页，台湾"中央研究院"历史语言研究所，2011年。

> 亦未持异议，然欲弟证其为《史记》最早印本。弟为众人办事，不得不如此，至祈兄之谅之也。[1]

这两封信中所说的晋生，就是藏园长子傅忠谟，当时藏园已经缠绵病榻，所以家中诸事，基本上都是要通过晋生来处理。信中说到史语所之所以要购买这部《史记集解》，是“由于森玉先生一言”，故在此事略有头绪之后，傅斯年便写信向森玉先生了解一些关于此书的关键性问题，以便向所内同人说明，而上引森玉先生之信，无疑便是对于傅氏疑虑的回复。森玉先生信中，主要澄清了两点，一是此书的来源问题，为购自文奎堂。而之所以言及于此，想来大概是傅斯年在来信中曾经特意问及此书的来源。而其远因，则当为鲁迅《谈所谓大内档案》[2]。鲁迅此文及后来的周作人《窃书的故事》[3]中，都曾影射傅增湘曾有窃书之举。知堂的文章虽然写在鲁迅记录之事发生的几十年之后，但恰可说明当时这种传闻有一定的市场。以傅斯年疾恶如仇的性格，如果此书果然是盗自内阁大库，那这桩交易无疑会断然取消的。正因为如此，故而徐先生在回信中要特意说明：“此书沅翁于民国四五年间得之文奎堂，决非攘之大库。”在傅增湘的《藏园群书经眼录》中，对此书有着比较详细的著录：

> 北宋刊递修本。半叶十行，每行十九字，注双行二十五六七字不等。白口，左右双栏。版心题“史本纪几”或“世家几”，下方记刊工姓名……首卷首行题“史记集解序”，次行低八格题“裴骃”二字，三行序文起。序后接连正文，题“五帝本纪第一”。次行题“史记一”。配南宋黄善夫刊本五卷，为列传四十一至四十五。半叶十行，每行十八字，注小字双行二十三字。细黑口，左右双栏。版心上记字数，左阑外记篇名。

1.《傅斯年遗札》1211，第 1750 页。
2. 见于《鲁迅全集》第三卷《而已集》，第 585-594 页，人民文学出版社，2004 年。
3. 见于锺叔河编订：《周作人散文全集》卷十二，第 768-769 页，广西师范大学出版社，2009 年。此文线索承华东师范大学陈子善教授及网友“Crazy fantasy world”提供，特此致谢。

每卷小题在上，大题在下。配元大德本九卷，为本纪五六、世家十八至二十、二十二至二十五。半叶十行，每行二十二字，注双行同。黑口，四周双栏。版心上方右记“饶学”，或“尧学”，或“路学”，或“尧泮”，或“锦江”，或“番学补刊”等字，一面记字数。下方记刊工姓名。每卷小题在上，大题在下。按：此海内孤本，数百年来不见著录。余丁巳岁得于文奎堂书坊。微闻书出山右故家……[1]

其中提到此书是丁巳年购自束鹿人王云鹿在隆福寺所设的书肆文奎堂中。丁巳即民国六年，时间上虽然与森玉先生所说不同，但大致可以断定此书来源正当。

回信中另外着意指出的一点是，“此书《老子列传》置于《伯夷》上”。据《史记考证》:“《正义》曰：《老子》、《庄子》，开元二十三年奉敕并为列传首，处《夷齐》上。”[2] 提到这点，是为了说明此书的版本问题。在赵万里1931年12月9日所撰《两宋诸史监本存佚考》中，他曾考证此书的版本云：

北宋监本，存。江安傅氏藏。每行大十九字，小注二十五六字不等。此景祐覆刊本，以常熟瞿氏、松江韩氏藏北宋景祐本前后《汉书》，乃翻刊淳化乾兴监本者例之，盖即出淳化本也。《汉书》版心下记刊工姓名，有张珪、胡恭、钱真、屠亨、陈忠、屠武、陈吉诸人，与此本同，知此本与瞿藏《汉书》为同时所刊。然刊《老子列传》居列传之首，则政和间又有补刊矣。吴曾《能改斋漫录》记事门云:“政和八年诏《史记·老子传》升于列传之首自为一帙。”而嘉靖震泽王氏本《史记》于《老子列传》亦云：“监本老子与伯夷同传。”均与此本合，此均政和补刊景祐监本之证。此本南渡后有覆刊本，历宋元明三朝尚存于明南雍。《南雍志》所称中字《史记》，即指覆刊本言之。至真北宋本，则除江

1. 卷三“史记集解一百三十卷”条，第159-160页，中华书局，1983年。
2. 文渊阁《四库全书》本。

安傅氏藏一残帙外，世殆无第二帙也。[1]

也就是说，赵万里是将《老子列传》置于《伯夷》上这点作为一个重要的版本判别依据来提出的。而森玉先生指出这一点，显然也是持了类似的观点。

但森玉先生来函，其实并没有提出什么确切的依据来消除傅斯年的疑虑。不过，森玉先生也提出了较为可行的处理方法："刻书刀工可判断书版之早晚。张政烺、赵斐云两君均在北平，似宜请两君专访沅翁，将此书翻阅一过，诸问题大致可解决。"正是由于森玉先生的建议，所以傅斯年才有上引 5 月 3 日两函。但傅斯年在致胡适和傅忠谟的信中，只是说让张政烺去再看，而没有提到赵万里的缘故，想来是因为赵已经在其《两宋诸史监本存佚考》一文中充分表达了自己的观点了。而胡适 5 月 11 日的回复中，也就傅斯年的疑虑提出了自己的看法，他说："晚上苑峰与赵斐云都在我这里谈论此书，苑峰初疑此书是宋南监版，印在元初或宋末，斐云嫌他过刻。斐云意思与我略同，认此书原刻是北宋版，修补在南宋初期，印亦在南宋初期。斐云说：'今日所见《史记》，当以此本为最古。'我赞成此说，苑峰似亦同意。我说，我们应该让孟真知道三点：一，全书原刻之百十余卷绝无版心上记字数之迹；二，此本原刻与景祐《汉书》同时；三，此本为今存《史记》之最古本。此三点他们都同意。我个人主张,你此次豪举并不错误。外行人的意见如此。"[2]

但即便是经过胡适、张政烺和赵万里三人的进一步仔细研究之后，傅斯年还是有些不太放心，在收到两书之后，他还是自己下工夫又做了一番深入的考察。在 1947 年 6 月致胡适函中，他得出最后结论：

《史记》到此后，连着费了三天工夫，大致看了一遍，又以三晚写

1. 见于《国立中央研究院庆祝蔡元培先生六十五岁论文集》,《历史语言研究所集刊外编》第一种，第 167-173 页，1933 年 1 月。此文承中国国家图书馆刘波先生传送，特此致谢。
2. 转引自汤蔓媛：《天禄琳琅外一章》，第 17 页。

一文。此可谓“南北宋邋遢本”，然原刊在北宋之末，绝无可疑。其刊地、存地当在江南，（决）[绝]不会是北宋监本。无论如何，此书当为现存《史记》之冠矣，一切皆先生玉成也。苑峰刻工姓名之说甚重要，正以其说可证其为北宋。因《史记》之补版刻工正为《通鉴》原板刻工同也。先生信谓北宋避讳不严，诚然如此（我文初尚不敢印，及得先生信，立即油印）。初看此书，大为惶惑，似乎此书到‘桓’字方才认真，而‘敬’、‘贞’同在一卷不避，焉得谓当时避讳有严格之例乎？情不自已，写成一文油印，另函上呈矣，想先生已见到。我初作此事，绝不自信，如有误谬，乞多赐指点也。两书皆好书，我还不认太贵（有人如此责备）。[1]

他写成的文章，就是这年6月12日所撰之《北宋刊南宋补刊十行本〈史记集解〉跋》，后来发表在1948年9月的《史语所集刊》第18本上。而在数十年之后，张玉春在其《史记版本研究》中，在经过更加详细的比对之后认为：“台湾“中央研究院”历史语言研究所所藏本，即仁寿二十五史本，是在对淳化本刊修的基础上，于宋仁宗景祐年间刊印，又于北宋末年补刊，在行格、文字上均存淳化本之旧，故应称之为景祐本，是现存最早的《史记集解》本。”[2]不仅如此，张氏还指出“景祐本多可正后世本之误。”也就是说，傅斯年当年以一亿元的巨款购置的这部大书，确实是刊于北宋无误。

森玉先生在回信的末尾，又特意提到了刘燕庭旧藏百衲本《史记》一书，其所指，应该就是傅斯年在致胡适等人信中所说的十行百衲本。在周叔弢的《戊寅新收书目》中，有“《史记》，宋百衲本，一匣”的记载[3]，其实就是信中所说的刘燕庭旧藏百衲本。该书后来捐给了现在的中国国家图书馆的前身北京图书馆，书影则可见于《自庄严堪善本书影》“史部”[4]。该

1.《傅斯年遗札》1217，第1760页。
2.见于氏著:《史记版本研究》第四章《史记北宋刻本研究》，第125页，商务印书馆，2001年。
3.见于《周叔弢古书经眼录》，第675页，国家图书馆出版社，2009年。
4.周一良主编，第182-186页，国家图书馆出版社，2011年。

书的流传，傅增湘也曾经有过详细的记录，他说："刘氏（燕庭）之书则光绪之初归于姚彦侍方伯。姚氏藏书，端匋斋督两江时，斥数万金举而储之清凉山下江南官库，而独取此书归之私箧。既而联姻于项城袁氏，此书乃为女公子奁中物，遂以贻圭庵公子。刘氏玉海堂从匋斋假出，影写付刊，遂得传播于世。"[1] 而原书后来则又经方地山之手，由袁克权处转入自庄严堪。[2] 该书系有四部宋刻本配成：一，乾道七年蔡梦弼东塾刻本。十二行二十二字，存卷十六至十八、二十二、三十四至三十八、六十一、八十一至八十九、一百十七至一百二十三，共二十六卷。二，宋刻本。十四行二十四五字，存卷一至六、十九至二十一、二十三至二十六、三十一至三十三、三十九至六十、七十一至八十、九十至一百十六，共七十五卷。三，淳熙三年张杅桐川郡斋刻八年耿秉重修本。十二行二十四五字，存卷七至九、一百二十四至一百三十，共十卷。四，宋刻本。十行十九字（间有二十三字），存卷十至十五、二十七至三十，六十二至七十，共十九卷。[3] 如傅增湘所说，这部百衲本，在匋斋手中时曾经刘世珩影刻行世[4]。但匋斋之后，此书之踪迹渺然，知者甚少，乃至直到现在，还有很多人以为此书原本早经亡佚了呢。而森玉先生寖淫典籍数十年，于各大藏家无不谙熟，故能周知此书的流转情形，即于函中告知傅斯年，此本当时藏于沽上周宅。而其中的十行本部分，与史语所所藏的这部景祐本，都是十行十九字本。考两宋时期的十行本《集解》，只有这部史语所所藏的景祐本和其他几种对于此景祐本的覆刻本[5]，所以，这个百衲本中的十行本一定就是这两种之一。可惜的是，张玉春的《史记版本研究》一书中，虽然很明确地指出了两种十行本的不同，却似乎并未留意到这个百衲本中的十行本部分[6]，所以并没有提及此部分究竟是何版

1.《藏园群书题记》"题百衲本史记"条，第 63 页，上海古籍出版社，1989 年。

2. 按：此书的流传过程，可参张兴吉：《影宋百衲本史记考》，见于《中国典籍与文化》2010 年第 2 期，第 86-90 页。

3. 参周叔弢：《自庄严堪善本书目》，第 23 页，天津古籍出版社，1985 年。

4. 传世又有 1909 年涵芬楼的影印本。

5. 据张玉春研究，存世的覆刻本有台湾"中央图书馆"藏的一二六卷本、中国国家图书馆藏的一百三十卷本、四十卷本和四十九卷本中的原刻部分。

6. 参张书第 125 页。

本。而张兴吉的《元刻史记彭寅翁本研究》中，虽然明确指出了此十行本是景祐监本，但却并未分别究竟是景祐原本，抑或是其覆刻本？[1] 且此景祐本绝非监本，傅斯年等人早有定论[2]，而此书中却仍旧说[3]，实在是千虑一失。因此，傅斯年当年的顾虑，从现在的研究来看，虽然没什么必要，因景祐本及其覆刻本都是北宋版，但其眼光之精到，却不得不令人佩服。而这个百衲本十行本部分到底是景祐本还是其覆刻本，则尚待有心人来仔细研究。

（本文为作者在2012年故宫学会议上的发言。）

---

1. 参其附录二《史记版本存世目录》第12、26条，《中国典籍与文化研究丛书》，第192-220页，凤凰出版社，2006年。又其第二章《前任对元刻〈史记〉彭寅翁本的著录与研究》中曾引用张玉春的研究结论，同意其存在景祐本与景祐覆刻本的区别（页26），但后文中却不知为何又对这两本未加区分？
2. 参傅斯年:《北宋刊南宋补刊十行本〈史记集解〉跋》，见于欧阳哲生主编《傅斯年全集》第三卷，第349-361页，湖南教育出版社，2000年。又可参前引1947年6月致胡适信。
3. 其《影宋百衲本史记考》中仍持此说。

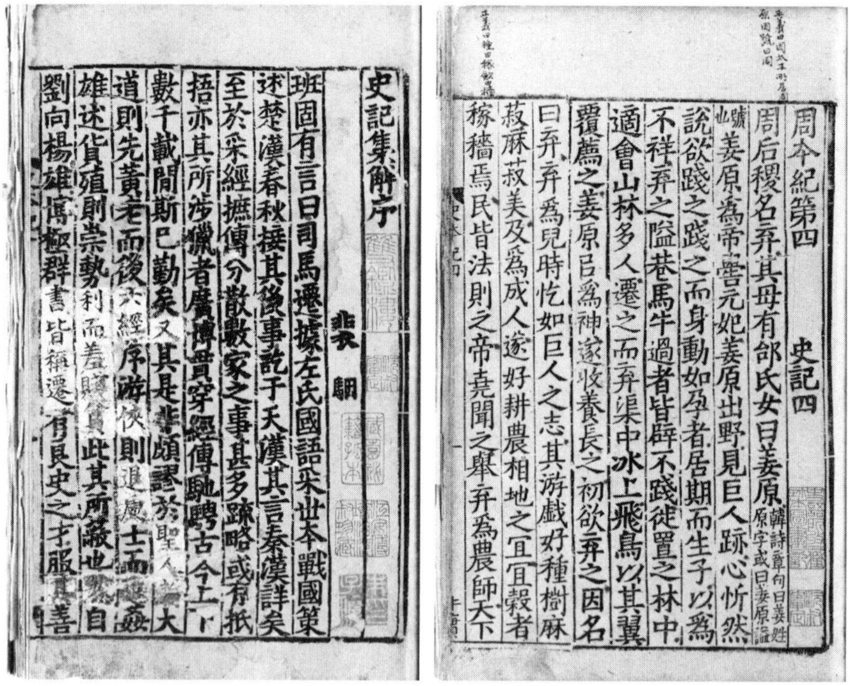
史記集解序
裴駰
班固有言曰司馬遷據左氏國語采世本戰國策
述楚漢春秋接其後事訖于天漢其言秦漢詳矣
至於采經摭傳分散數家之事甚多疏略或有抵
梧亦其所涉獵者廣博貫穿經傳馳騁古今上下
數千載間斯已勤矣又其是非頗繆於聖人論大
道則先黃老而後六經序游俠則退處士而進姦
雄述貨殖則崇勢利而羞賤貧此其所蔽也然自
劉向楊雄博極群書皆稱遷有良史之才服其善

周本紀第四 史記四
周后稷名弃其母有邰氏女曰姜原韓詩章句曰姜姓原字或曰姜原謚號也
姜原爲帝嚳元妃姜原出野見巨人跡心忻然
說欲踐之踐之而身動如孕者居期而生子以爲
不祥弃之隘巷馬牛過者皆辟不踐徙置之林中
適會山林多人遷之而弃渠中冰上飛鳥以其翼
覆薦之姜原以爲神遂收養長之初欲弃之因名
曰弃弃爲兒時屹如巨人之志其游戲好種樹麻
菽麻菽美及爲成人遂好耕農相地之宜宜穀者
稼穡焉民皆法則之帝堯聞之舉弃爲農師天下

北宋本《史记集解》书影

陈梦家先生致徐森玉先生函一通简释

今年[1]适逢上海博物馆老馆长徐森玉先生诞辰一百三十周年，辞世四十周年，谨选取所见上虞陈梦家先生致先生手札一通整理发表，并以所闻所见，略事解说，权以为追念。

徐森玉（1881–1971），原名盅，更名鸿宝，初字寂之，后字森玉，以字行，浙江吴兴（今湖州）人。尝问学于白鹿洞书院，后转入山西大学堂，攻化学，成绩斐然，尝偕学友同编《无机化学》、《定性分析》，有“奇才”之目。为山西学政长白宝熙所赏，多加眷顾，后之谙习文献、精研古物，即自是始。历任奉天测绘学校及实验学校监督、清廷学部图书局编译员等。民国肇建，为教育部佥事，先后兼任北京大学图书馆馆长、京师图书馆主任。1924 年 11 月，参与清室善后委员会工作，后任北平图书馆采访部主任兼善本、金石部主任，又改任故宫博物院古物馆馆长。1937 年“七七事变”前后，参加主持故宫文物南迁。抗日战争时期，蛰居沪渎，协助文献保存同志会诸贤搜购珍籍善本。建国后，任华东军政委员会文化部文物处处长兼上海市文物保管委员会主任、上海博物馆馆长、全国第二中心图书馆委员会主任委员、国务院古籍整理三人领导小组成员、中央文史研究馆副馆长，为第二、三届全国人大代表。森老一生为国家征集鉴定文物无算，有“国宝”之誉。“文革”中，以“反动学术权威”之名首当其冲，备受摧折，于 1971 年 5

1. 此文作于 2011 年。

月19日含冤辞世。

陈梦家（1911–1966），浙江上虞人。中央大学（今南京大学前身）法律系毕业，后入燕京大学师从容庚教授攻古文字学。先后任教于青岛大学、燕京大学、昆明西南联大等。早年以诗作知名，尝师事徐志摩、闻一多，为新月诗派中坚。1931年出版诗集《梦家诗集》。1944年赴美国芝加哥大学讲授古文字学。1947年归国任清华大学教授，兼文物陈列室主任。建国后，转任中科院考古所。1957年，被打为右派。1960年，因夏鼐力荐，得以重新从事学术研究，开始涉及“武威汉简”，并完成《武威汉简》、《汉简缀述》两书。“文革”伊始，即备受凌辱，于1966年8月24日服安眠药自杀未果，同年9月3日，自缢身亡。著作有《殷虚卜辞综述》、《老子今释》、《海外中国铜器图录考释第一集》、《尚书通论》、《美帝国主义劫掠的我国殷周铜器集录》等。

陈梦家致徐森玉函

森老先生赐鉴：前奉手教，敬悉一一。郭若愚君曾有信来解释“甲骨掇拾”因故未能出版，晚已再行函请其以已印散页见赐，尚未得复。尊处所得李峪铜器，与梅原书对，知所获均属佳品（壶对最重要），惟其中“猎豆”，不见梅原书中（《战国式铜器》）。又该批铜器中，有一铜兽，亦是要紧之物，倘能罗致到，最属理想矣。晚对李峪留在太原之一批铜器关心已久，今因先生大力，得以归公，实一大功德也。敦煌摹本展览筹备已经二月，将于本月十日前后正式开幕。日前曾往参观，材料甚为丰富，惜所借用之地点（午门正殿）过于狭小耳。近来文物处购物甚少，市上亦难见精品。

专此，并请（撰）安。

晚陈梦家敬上。

四月五日。

今按：这封信的写作时间，根据其中言及“敦煌摹本展览筹备已经二月，将于本月十日前后正式开幕”，可以断为1951年4月5日。这次展览是为了配合抗美援朝运动而开展的一次爱国主义教育活动，是政务院总理周恩来亲自提议举办的。由政务院文教委员会社会文化事业管理局局长郑振铎任筹备委员会组长，敦煌文物研究所所长常书鸿任副组长，展出敦煌文物研究所内历年完成的全部壁画临摹本约1200余件，取得了巨大成功。

又函中言及之郭若愚，字智龛，上海人。光华大学中国文学系毕业，获文学士学位。1940年师邓散木学金石书法，1942年师阮性山习画，1947年师郭沫若学古文字学及考古学，曾与金祖同、陈志良等组建上海美术考古学社，并出版有《模印砖画》。1950年供职于华东军政委员会文化部文物处，后调入上海历史与建设博物馆、上海市文物保管委员会考古部，曾任保管部主任。1979年退休。擅书画，兼长钱币学。出版专著、论著有《殷契拾掇》、《殷墟文字缀合》、《太平天国革命文物图录》续编补编、《笔墨纸砚图录》、《陈端友刻砚艺术》、《铁云藏货》、《古代吉祥钱图像赏析》、《红楼梦风物考》、《落英缤纷：师友忆念录》、《先秦铸币文字考释和辨伪》、《智龛金石书画论集》、《智龛品砚录》、《智龛品钱录》、《智龛品壶录》等。陈梦家这封信中所述者，则可与郭若愚本人所作的《陈梦家先生的甲骨文研究》一文对勘，据郭文，两人开始接触是在1950年，这年的11月23日，陈梦家给郭若愚写信道：“若愚先生：前在沪上，未获识荆，至以为怅。嗣经金祖同兄转告，大著甲骨集已印成待装，至祈早日见赐邮下。”可见两人相识，大概是郭氏主动通过金祖同转告其研究近状，引起陈梦家兴趣，来函致问。至于这封信中所说“晚已再行函请其以已印散页见赐”者，原信为1951年3月16日所写，中云：“欣闻先生于《甲》、《乙》两编已缀五六百片以上，闻之快慰！但愿早日出版，实大有功于契学也。至于‘甲骨掇拾’渴望已久，其中三四期卜辞，尤关重要。弟手下仅有明氏全份拓本及清华甲骨，所缺唯尊处一批，故恳请以已印散页先行寄下。”这封信说还未得到郭若愚的回音，但没过几天，陈梦家便收到了郭若愚寄赠的书籍，在4月15日的回信中，他说：“若愚先生：寄来《拾掇》及大札均已收到，谢谢！

其中尊藏一批，最为重要，有若干片可与清华缀合。”关于陈梦家向郭若愚索观其未刊著作之事，陈梦家自己也曾有所记述，1951 年 7 月末陈梦家《殷契拾掇序》中说：“1948 年夏天，我为清华大学文物馆到上海购买甲骨，听说《殷契拾掇》已经付印，很盼望它能早日出版。一直到今年四五月间，我由北京写信给徐森玉先生，请他向编者借用已印未订的印本，承编者邮寄给我，甚觉材料的可贵。七月间到了上海，始识编者于衡山路华东文物处，我首即表示此书应该早日问世……”都可以看出陈氏对于学术后辈的殷殷厚意。陈梦家对于郭若愚研究的关心不止于此，详情可参上述郭文及陈梦家致徐森玉先生的多通信件中，此不赘。

函中所说的李峪铜器，即举世闻名的山西浑源出土的春秋时期青铜器，其大概情形，可参贾文忠《浑源春秋彝器传奇》一文，其中对于这批青铜器的辗转流传经过叙述甚为详备。所谓“梅原书”，当即指下文言及的日本考古学家梅原末治（Umehara Sueji，1893–1983）的《战国式铜器的研究》一书，此书 1936 年由东方文化学院京都研究所出版。其中的李峪青铜器图版部分中，标为“在山西省太原府某所”的共有 18 器。上海博物馆曾收藏的李峪村青铜器共 12 件，其中的一件镶嵌鸟兽纹壶，后于 1959 年调拨给当时的中国历史博物馆，即如今的中国国家博物馆收藏。现在上博所存李峪青铜器共计 11 件，其中尤以牺尊为人所知。而这些器物的详细情形，可参马今洪《牺尊与上海博物馆收藏的李峪青铜器》、周亚《浑源彝器话今昔》两文，兹不赘述。陈梦家这封信中所说的关于梅原《战国式铜器的研究》一书中收录器物与其后转入上海文管委者的关系，则大致为：梅原书图三（二）怪兽饰盖蟠螭纹鼎，即马文图十二作蟠蛇纹鼎；图六（一）怪兽蟠螭纹牺形饰尊，双器之一，即马文图六鸟兽龙纹对壶；图六（二）兽首饰盖嵌珠错文鼎，即马文图二十五镶嵌龙纹鼎；图十六（二）结纽蟠螭纹罍，双器之一，即马文图十五、十六双龙络纹罍；图十九（一）有盖角系铜器，即马文图三十三环耳鼎；图十九（三）鸟首饰有盖敦，即马文图二十九镶嵌兽纹敦；图二十（一）怪兽纹牺尊，即马文图一牺尊。另外，1959 年被调拨的兽纹壶，可见于《考古》杂志 1983 年第八期卷末图版伍之四，即梅原书图十九（二）的双环有盖壶。也就是说，上海博物馆所藏及曾藏的12件李峪青铜器中，只有马文图二十、二十二的四虎蟠龙纹豆和镶嵌狩猎纹豆两器为梅原书所不收，这也就是陈函中所说的“惟其中‘猎豆’，不见梅原书中”。陈梦家以为最重要的“壶对”，无疑则指梅原书中图六（一）怪兽蟠螭纹牺形饰尊，双器。至于函中说的“有一铜兽，亦是要紧之物，倘能罗致到，最属理想矣”，可见此件器物未曾入公，则所言绝非现今的牺尊可知。查梅原书中图二十（二）为兽形铜制品，其形制与图二一所收京都藤井善助收藏的两件应该是一致的。想来，梦家函中所指就是这件。遗憾的是，这件铜器至今也不知其下落如何？

这十几件李峪铜器得幸免外流，保存于国内，过去都只提及原上海市博物馆众人的功绩。今据陈梦家此函，知徐森玉先生在这批铜器划拨归公这点上，出力尤多，当然，这在森老一生保护文物的历程中，不过是一件小小的插曲而已。

郭若愚曾在《怀念文物工作的先驱者徐森玉先生》一文中记述他与森老的关系云：“我在研究甲骨文字的过程中，森老将他自藏的台湾原版《小屯殷墟文字乙编》下辑给我剪接拼缀，又将他见到的甲骨原物，给我研究毡拓，使我的研究工作得以顺利进行。有一次他为中央文化部收购一枚‘宰丰骨’，从上海市文管会来电要我去鉴定。我在文管会看到原物，说东西不错。森老就凭我这句话花了一万元将此骨收买下来。1953年森老收购刘体智所藏甲骨一万片。他命我参加清点，对我完全信任。我有这样一位和蔼可亲的领导指导我工作，帮助我工作，心里觉得热乎乎的，有使不完的干劲。”显然，他对于森老当年对他的暗中的推毂和帮助还不是很清楚，否则，他的这篇回忆，想必会有更多的素材了。

（本文发表于《上海文博论丛》，2011年第4期。）

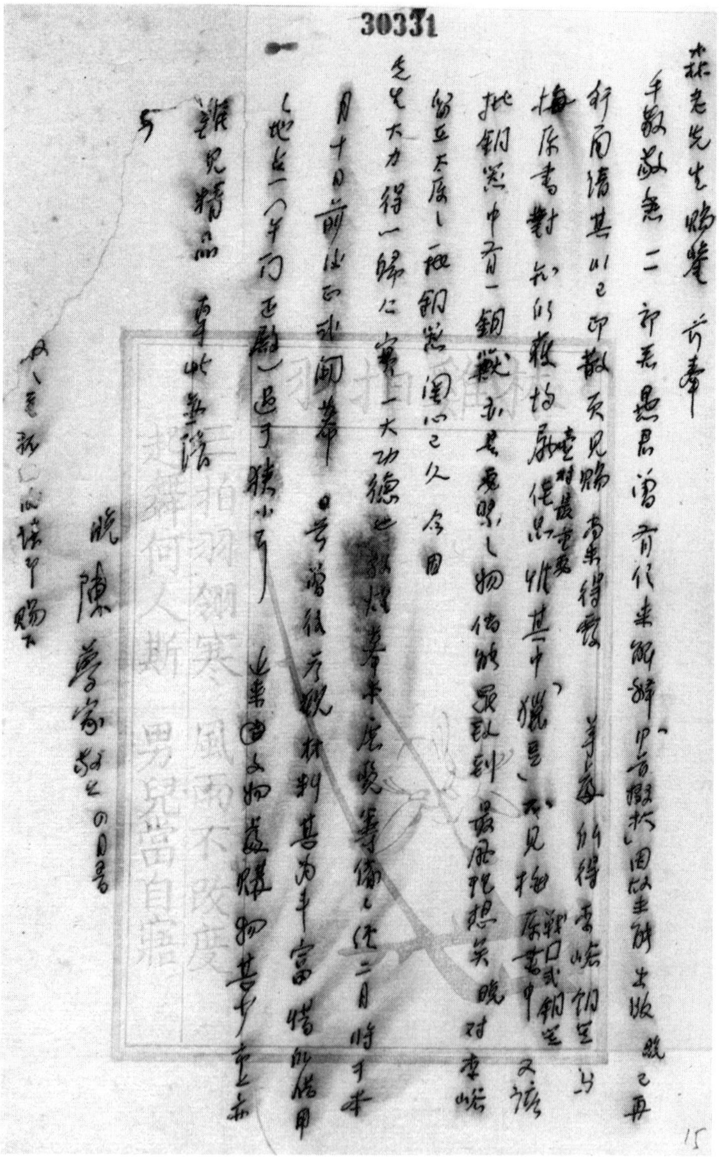

陈梦家致徐森玉函

罗福颐致徐森玉函三通诠解

2011 年为中国文博、图书馆界前辈吴兴徐森玉先生诞辰 130 周年，为了追念这位先贤，我们特意编辑整理了《徐森玉文集》一书[1]，以略表缅怀之情。并于书后附录《吴兴徐森玉先生年表》一份，以为知人论世之助。但因当时时间紧迫，有很多现成的数据都没来得及充分利用，如森玉先生生前所裒辑的友朋书札，就是其中荦荦大者。森老作为中国文博事业的开创者之一，不仅自己身体力行，为了国家的博物馆、图书馆事业呕心沥血。围绕在他身边的友人，也基本上都是这些行业的佼佼者或实践者。因此，整理并研究森老的友朋书札，不仅是为了表彰森老的功业，更是为了借以揭示中国文博、图书馆事业的从无到有，从萌芽到壮大的整个历程。这其中，有三通故宫已故学人罗福颐（子期）先生的来函，虽然无关学术，但对于了解罗先生在建国初期的生活状态和徐森老的为人非常有帮助，遂尔将其整理释文，并略加说明。

事实上，子期先生的先人雪堂与森玉先生是多年交游的旧友，现在虽然不能确定两人到底在哪一种具体场景中相识，但可以肯定的是，两人在宣统二年，应该就已结交了。这年的年初，森玉先生从奉天来到北京，暂时寓居宝熙家中，并于随后进入学部。而之前的光绪三十四年秋，雪堂已晋京，入学部为考试襄校官。也正是光绪三十四年的四月，宝熙由内阁学

1. 上海书画出版社，2011 年。

士迁学部侍郎，故而罗、徐两人的相识，极有可能是通过宝熙介绍的。但两人的交往在开始时可能并不是很密切，因资料缺乏，很难确证。现在所存数据显示，两人有明确接触证据的年份开始于 1919 年[1]，而此后尤其是在 1923 年洛阳新发现石经出土后的一段时间里，两人的交往尤其密切。不过，自雪堂 1928 年避地辽东之后，两人便渐行渐远，交往日少了。[2]在 1939 年森老致女文绮函中，曾经说到："余藏汉魏石经三百余（他物可易钱者尚多），可值万元（罗叔蕴曾给过此价，当以罗在'满洲国'，不愿与之商量）……"[3]从中可知两人之所以行迹疏远的原因。但无论如何，作为一位饱受传统文化熏陶的学者，徐森老虽然在大是大非面前立场坚定，但并非徒知苛责之辈，对于故人之子，他其实是非常顾念，尽力扶持和帮助的。

这三通罗函，从时间上说，都是作于上世纪五十年代；从内容上说，都是罗子期先生向徐森老的求援。但可惜的是，徐森老是不是有回函？回函现在是否还存世？都需要进一步调查。现在只能就一些相关资料，对这三封信做一些简单的诠释。

罗福颐致徐森玉函第一通[4]

森玉世丈大人座右：别来瞬易寒暑，近想杖履绥和，定如远颂。顾月前曾肃寸函，谅达座右否？兹有恳者，比以家母老病浸寻，家兄失业经年，均住颐处，而老母医药费尤不尠，因此岁暮负债累累，迫不得已，只有将家藏手泽仅存者出以易米。现有大云书库藏旧抄《明职方舆图》三册（三大册），前有先人手跋，跋文亦见《大云书库藏书题识》卷二第十一叶著录，跋文今另纸抄呈。此书想售三百万元（如嫌贵或乞给价），能否乞世丈介绍于南京图书馆或华东文委会否？此间

1. 参见《罗振玉王国维往来书信》，东方出版社，2000 年。
2. 参见罗振玉致徐森玉各函，徐文堪先生藏。
3. 上海博物馆藏原函。
4. 两纸，作于特制"松翁樵汉木简"八行笺纸上。

（文物局）以去年购物不少，今年买力顿缩，故敢乞世丈作九鼎之一言介绍，南方今年财力当胜于北也。惟屡屡渎求，无任惶愧。时届岁暮，实以无以卒岁，非迫不得已不敢妄渎长者。临颖神驰，无任感愧！能否务乞示复为幸！

恭肃，敬颂撰安。

世愚侄　罗福颐谨上。

一月廿四日夕。

信后抄录《皇明职方地图》三卷罗振玉跋文[1]：

《皇明职方地图》三卷

此书明延陵陈组绶撰，凡三卷。上卷为两京十三省，中卷边镇，下卷川海。《明史艺文志》著录，诸家书目仅《孝慈堂》有之。每图附以表说极详密。前有陈自序，称创稿于乙亥（崇祯八年）正月，八月而编次，迄丙子初夏而剞劂竣，凡十有六月。是此图为明代最后之地图，刊行未久即遭国变，故流传至少。是乃国初写本，每卷端有独漉子印，乃陈元孝旧藏，光绪甲辰得之南海孔氏岳雪楼。戊申正月，上虞罗振玉题记。

这封信的写作时间不详。不过，根据信中所言欲售图书价格使用第一套人民币的单位来看，应该是不会晚于 1955 年。因这年的 3 月，开始正式发行第二套人民币，币制单位有了很大的不同。再结合《马衡日记》1951 年 1 月 30 日："罗以其父所藏古物嘱介绍于文物局，并言其母来京即病，医药之资所费甚巨，今将以之偿债云。"[2] 1 月 31 日："访西谛，为罗子期作说客。西谛言其状甚窘，当为之设法……傍晚葱玉来言子期之事。局方意欲照顾，但以本局本处之人，恐遭物议，莫如由院购之。余告以院中

1. 一纸，作于特制"松翁樵汉木简"八行笺纸上。

2.《马衡日记》第 177 页，紫禁城出版社，2006 年。

预算无收购文物之款，无能为力。”[1]则这封信很有可能是作于1951年的1月24日，这个时候，子期先生刚刚自湖南常德土改返京，进入文物局任文物处业务秘书。而其兄罗福葆，也从天津来京投奔。家中食指甚繁，都倚仗子期先生一人过活，所以生计非常艰难。信中提及的《明职方舆图》，据《舆图要录：北京图书馆藏6827种中外文古旧地图目录》[2]著录：《皇明职方地图》三卷，明陈祖绶编。明崇祯九年刻印本，三册。“本图系陈祖绶任兵部职方司主事期间，根据《广舆图》和其他明代重要地图而编绘的以国防为主的大型综合地图集。分上中下三卷。上卷为政区图，内有皇明大一统总地图1幅和两京十三省图15幅。中卷为边镇地图，内有新旧九边图和七镇图等。下卷为川海图及域外地图，仅有万里海防图、日本岛夷入冠之图、太仆牧马总辖地图，以及朝鲜、安南、西域、朔漠、岛夷图等，尚缺江山图、河岳图、弱水图、黑水图、漕黄治迹图、海运图、江防图。各图均采用计里画方绘制，并附有简要文字说明，内容较《广舆图》更加丰富……”此书刻本现在国内流传不少，但雪堂旧藏的这部抄本，却下落不明。因此当年是否真正售出？售给何人何处？现在都还不太清楚。一般来说，如果存世有刻本在的话，那么由此而出的抄本价值就要大打折扣了。不过这部《皇明职方图》却仍然有着非常重要的意义存在，即它曾经为明遗民陈恭尹（1631–1700）所藏。陈氏字符孝，初号半峰，晚号独漉子，又号罗浮布衣，广东顺德县龙山乡人。其父邦彦为明末岭南抗清主力，与陈子壮、张家玉一起，被尊为“岭南三忠”。陈恭尹擅长写七律，著有《独漉堂集》，与屈大均、梁佩兰齐名，史称“岭南三大家”。作为一位遗老的代表，大云书库收藏这部书，或多或少地可以反映出雪堂的某种心迹来。这部书在王国维编的《大云书库藏书目》下卷“抄本部”中也有著录，云：“明职方地图三卷。明抄本。明陈祖绶撰。每册首有‘独漉子’印。”[3]较诸雪堂所述的“国初抄本”，

1.《马衡日记》，第177页。
2.北京图书馆善本特藏部舆图组编，第37页，北京图书馆出版社，1997年。
3.萧文立编校：《新万有文库》，《雪堂类稿》戊“长物簿录（二）”，第1054页，辽宁教育出版社，2003年。

恐怕是未达一间。而这些细节上，都可以体现出雪堂深厚的学术素养来。

罗福颐致徐森玉函第二通[1]

森玉世丈大人座右：自别后想杖履绥和为祝。兹有恳者，家藏旧有《雁塔唐贤题名》二卷，系宝华庵故物，有翁覃溪题字千言，过去四十年前曾在北京江西会馆展览过。过去定价为三千元，有当时目录为证。此双卷日前送文物局乞售，尚得张处长认为此物可收购，而对于价格方面必须请行家估值方能收买。现在北方实无其人，说不日拟由局函丈请估价。此物在当时固有定价，在今日墨拓无人认识时期，自需落价，不识对折何如？或再加缩压至三之一，更至一数，亦希冀易米。固年来生活日迫，月收入百一十元，是已不少，而十口之家分配即有所不足，旧有文物已全售罄，还不免有宿债。加以家兄近来失业，有劳改二年的判处，老母已病，残年亦冀有所准备。平日无分文之蓄，一旦借贷无门，殊是危险，因此不得不希望此双卷的出脱，此事想不日将由张处长函丈乞估值，请丈酌复为感。屡屡烦渎，不安之至。

恭肃，敬劬杖安。

世小侄　罗福颐谨上。

十一月十七日。

关于这部《雁塔唐贤题名》，实际上子期先生自己曾经有过专文来介绍。其中一节就是"《雁塔题名帖》的流传"："唐人《雁塔题名》经宋代勒之上石，实为帖的流亚，可以叫做《慈恩寺雁塔题名帖》……此卷上最早的题跋就是明嘉靖四十四年钱穀题字一行：'乙丑五月七日，施堂装卅七叶。'（下有钱穀朱文小印）此外只有清翁方纲为鲍氏题的长跋。鉴藏印章可见的有'中吴钱氏考藏印'、'叔宝'，均是钱穀（罄室）的印章，又有'休宁朱之赤珍

1. 两纸，作于红格笺纸上。附圆珠笔写签条，云："借公济私。罗福颐即罗振玉之子。"

藏图书'及'卧庵所藏'二印,所以翁氏跋称此卷曾经钱罄室、朱卧庵收藏。这时可能仍在明代(朱卧庵卒于康熙年间)。到了清代,这卷又归歙县鲍氏,今卷中有'歙鲍固叔审定印'及'鲍氏秘藏'印,更有翁方纲嘉庆二年题跋称他为固叔中翰可证。大约以后又归李嘉福,李氏浙江崇德人,字笙渔(光绪卅年卒),卷中有'嘉福珍藏'及'笙渔秘玩'二印。至清末归上虞罗氏雪堂。现藏中国科学院考古研究所。"[1] 与此信中所述相较,文中并没有提及这个残拓本是端方的宝华庵旧藏,不知何因?子期先人雪堂先生与端匋斋交谊甚深,大云书库长物中,多有得自匋斋所赠者。不过,这个《雁塔唐贤题名》是不是确实曾经端方收藏,也是很难说,因雪堂自己在《石交录》中,也曾提及此帖,说是:"石门李笙渔太守嘉福……后客吴门,太守女踵门求见,以要离墓碣乞售……乃为介要离碣于端忠敏公,时忠敏方抚吴也。太守收藏至富,予所藏宋拓《雁塔题名》二卷,亦其故物。"[2] 只是说到这两卷残拓本曾经李嘉福收藏,却完全没有提及此帖与匋斋的关系,所以,此信中说这是宝华庵旧藏,恐怕是一时误读乃翁旧文。关于这个《题名》本身,罗子期先生在他的专文中认为,是"海内仅存的孤本",翁方纲题跋中则说:"此其后二卷残拓本也。后人装潢者,以墨涂去其卷前第几字,欲冒为全刻耳。然是宣和旧拓,北宋纸墨,古香袭人,诚可宝也。"[3] 反正不论如何,这两卷残拓确实是弥足珍贵,否则,是很难入子期先生当时的顶头上司、眼界极高的文物处处长张珩的法眼的。

至于此信的写作时间,根据其中提到的"加以家兄近来失业,有劳改二年的判处"云云,可以断定为 1955 年。关于这一点,可参照陈晓维先生的说法:

> 作为罗振玉唯一一个正式出任过伪职的儿子(伪满宫内府内务

---

1. 罗福颐:《雁塔题名帖介绍》,《文物》,1961 年第 8 期,第 23-25 页。
2. 《石交录》卷二,见于《雪堂类稿》甲"笔记汇刊",《新万有文库》,第 215 页,辽宁教育出版社,2003 年。
3. 见于沈津辑:《翁方纲题跋手札集录》,第 158 页,广西师范大学出版社,2002 年。

处长、宫内府掌礼处长等），抗战结束后，罗福葆的日子一直不好过。他一跑回旅顺就发现，自家的住房已经被苏联海军军官占用了。一九四六年六月，他理所当然地被关进了旅顺改造所改造。四八年底获释后，他转赴天津，投靠女婿刘厚祜，为女婿开的新联公司记账，并出资入了股。两年后，新联公司欠债破产，女婿以诈骗钱财罪被政府逮捕。罗福葆作为股东之一，其家产全部被查封拍卖用以清偿债务。他在天津无处容身，遂于五一年春迁至北京，住西城武定侯胡同二十七号。陈梦家买《殷墟书契考释》手稿，就在此时。卖父亲的手稿，债务缠身的罗福葆实在是没办法了。而陈梦家买手稿，从资金上确实帮了罗福葆一把。他又为罗振玉洗清了不白之冤，现在看来，更是罗家意外之喜。罗福葆在北京生活无着，只能干点杂活。先是在街道宣传队写黑板报、读社论，后经查阜西介绍，到中央音乐学院帮着缮写琴谱。五三年又由陈梦家介绍，进中科院考古所作临时工，职责是制作甲骨、铜器、陶瓦的拓本。罗福葆家学渊源，于金石文字一道功力深湛，这份工作算是用上了他的一点专长，他自己也说“我很感觉兴趣，很虚心的研究技术的向上……每天拓够预定的额量时，就得到很大的安慰。”可惜好景不长，不到两年，他因为擅自私留二百多张拓片，被同事检举，不仅差事被裁撤，个人也构成盗窃国家资料罪，被判处有期徒刑两年。出狱后，他仍然到中国音乐研究所抄琴谱，靠所里发的数据费度日。这份工作一干数年，直到“文革”。[1]

罗福颐致徐森玉函第三通[2]

森玉世丈大人座右：日前从者返申，未克恭送为歉。近想杖履绥和，当如远祝。此次颐事得承提携，方克于成，此后衣食诸出世丈之赐，

1.《陈梦家的书》，见于《好书之徒》，第59-60页，中华书局，2012年。又据陈先生见告，这里所述罗福葆先生的状况，见诸其后人所藏的由其本人在1966年8月30日所写的简历。

2.两纸，作于特制“松翁樵汉木简”八行笺纸上。

中心感觋，曷可言宣！唐公返申，谅亦好否？面时乞代致候。此间一切如恒，局中得承郑公以下时加照拂，有时出外调查鉴定，尚能用颐所学，一切当努力为人民服务，冀毋负世丈之吹嘘也。上次在此谈科学院出《小屯》第二、三册，其特价单不知在申能罗致否？颐前年曾买到《小屯》第一册（洋装的），现想补购新出者，此间请求特价单则手续繁多，要种种证明而后可，上海不知如何？或乞世丈办，能手续简单些否？若可，乞示下。或必须在申购，则将款汇呈不误。属渎长者，不安之至。

专肃，敬谢，并请杖安。

世侄　罗福颐再拜。

十月廿九日。

这封信的写作时间，根据其中提到的科学院出版《小屯》第二、三册的事情，可以断定为应该是作于此书出版后的不久。而所谓的第二、三册，应该是指第二本《殷墟文字乙编》的中、下辑。事实上，《殷墟文字乙编》的中辑，并未重印，重印的是《殷墟文字乙编》的下辑。下辑初版是在 1953 年 12 月，是由台湾“中央研究院”历史语言研究所在海峡对岸出版的。到 1955 年 8 月，森玉先生借赴京之机，将自己所藏的一部《乙编》下辑转赠给科学院考古研究所，并建议将其重印行世。这一情况，可由科学出版社版的《重印后记》得以说明:“一九五五年八月间,徐森玉先生北来，带来了他所访得的一部《乙编》下辑印本，慨然捐赠于考古研究所，他并建议重印以利学者。我们据此重为制版印行。”[1] 到了次年的 3 月,此书正式印成行世。故而，子期先生此函，应该就是作于这一年的 10 月 29 日。但有一点需要说明的是，考古所所藏《殷墟文字乙编》的下辑，并非只有森老所捐的一部，据 1955 年 9 月 23 日陈梦家致先生函：“森老：拙作书名‘殷墟卜辞综述’题签，请大笔一挥寄下。《小屯乙编》下辑，商锡永已将

1.《中国科学院考古研究所特刊》第四号，科学出版社，1953 年第 1 版，1956 年 3 月第 2 次印刷本。

其一部转让我所。”[1]可见，当时考古所对于资料的搜集实在是不遗余力，而且成效显著。信中提及在写信之前的不久，森老曾经有北京之行。这一点，也有当时的记录可以佐证。1956 年 7 月 31 日，陈梦家曾致森玉先生函云："森老赐鉴：故宫铜器会定八月十日开会，有旅馆可住。先生谅已收到通知，乞转告张明善陪同先生一同来，以便途中照料。”[2]该年 8 月，故宫博物院召开铜器鉴定会议，由院长吴仲超主持，森玉先生及南阳郭宝钧（子衡）、容庚、唐兰、海城于省吾（思泊）、番禺商承祚（锡永）、日照王献唐、上虞陈梦家与会。会议持续了十余日，鉴定铜器两千余件。在《夏鼐日记》8 月 10 日中，也有对森老这次来京的记述："在陈梦家同志处晤及徐森老，昨日来京参加故宫铜器委员会，稍谈编辑《石刻集成》事。”[3]

信中又说到："此次颐事得承提携，方克于成，此后衣食诸出世丈之赐，中心感觋，曷可言宣！”从字面理解，应该指的是徐森老在这一时期，曾帮助子期先生解决了就业问题。据《马衡日记》1949 年 8 月 8 日："罗子期送履历来。”[4] 8 月 13 日："谈至罗子期时，冶秋谓其在北大时于广众中谩骂其党，思想顽固，恐难改造。电询立庵，亦谓曾闻此语。”[5] 8 月 30 日："下午与冶秋谈院务。罗福颐拟聘为副研究员。”[6] 10 月 22 日："罗子期始终不得谅解，已由高教会取得华大同意，令其学习，将来是否分在本会，尚不能必，请立庵告之。”[7]也就是说，在建国初期，子期先生的工作问题，其实是很成问题的。本来，子期先生应该是有希望进入故宫工作的，但因之前的立场问题，被命先入华北革命大学学习。但学成之后，是否能够进入故宫或者北京文物整理工作委员会，也在两说之中。不过，据子期先生《偻翁七十自述》云："（1947 年）得唐立庵之介绍，入北大文科研究所，名义是讲

1. 原函藏上海博物馆。
2. 原函藏上海博物馆。
3.《夏鼐日记》卷五，第 244 页。
4.《马衡日记》第 78 页。
5. 第 77 页。按：结合当时政治形势及罗氏为人，可知此说本系捕风捉影。而唐兰之所以云云者，也是因其正值自身难保之时，不得不然耳。
6. 第 79 页。
7. 第 92 页。

师，整理明清档案。在所二年，北京解放时我被北大解聘，乃由文化部介绍，入人民大学政治研究所。不半年又改入革大政治研究院。逾年，经文化部文物处调处试用。至 1950 年，下放湖南常德时利乡，实习土改。时我年四十六岁。逾年返京后，任文物处业务秘书，给副研究员五级。文物处事务就是助理收购文物，审定真伪。时有天津王氏以所藏古铜印五千多方求售文物处，当时我为选择，去其伪品约五之一，其余由处收购。在这同时，文物处又收购得吴氏《双虞壶斋》、陈氏《澄秋馆》、陈氏《伏庐》、桐乡徐氏几大批古铜印，全经我鉴定收购。”[1] 事实上，学习归来之后，子期果然还是没能如愿进入故宫或者是文整会中，而是进入了文化部文物处工作。直至 1957 年，才终于得遂心愿，成为故宫的一员。而其工作之所以调动成功，从这封信来看，应该是与徐森老的帮助是分不开的。

（本文为作者 2013 年在故宫学会议上的发言。）

1. 见于江苏省淮安市政协文史资料委员会编：《淮安文史》第十二辑，第 34 页，1994 年。此帙系学友淮安市政府综合处曾业桃先生远道惠赠，具见高谊，特此致谢。

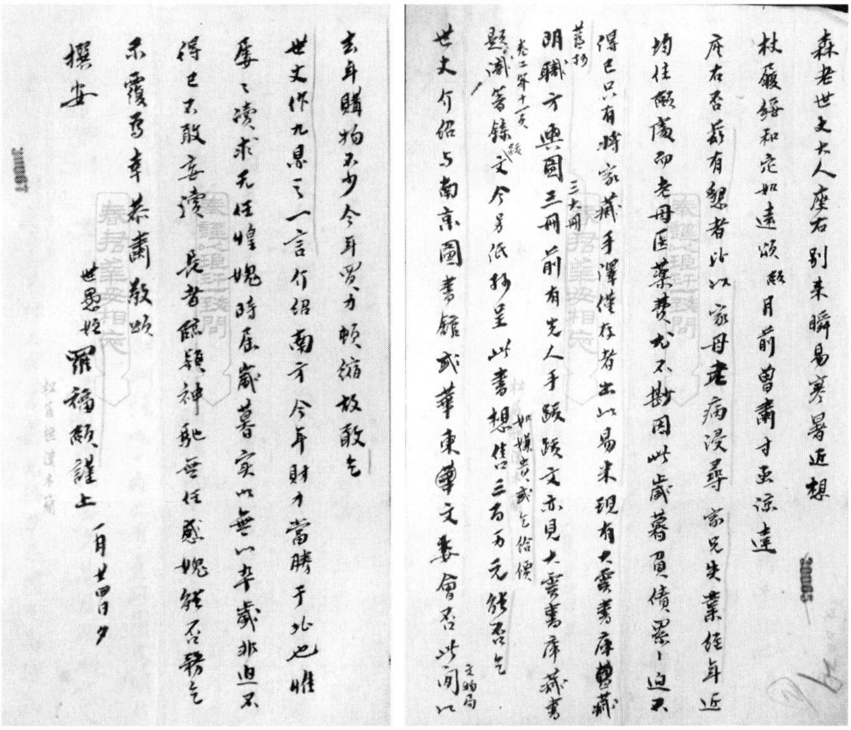
森老世丈大人座右別來瞬易寒暑近想
杖履綏和定如遠頌數月前曾肅寸函諒達
座右吾蜀有恕者比以家母老病浸尋家兄失業經年近
均住敝處即老母醫藥費尤不貲因此歲暮負債累累迫不
得已只有將家藏手澤僅存者出以易米現有大雲書庫舊藏
舊抄
明職方輿圖三冊（三大冊）前有先人手跋跋文亦見大雲書庫藏書
題識（卷二第十頁）著錄（跋）文今另紙抄呈此書想售三百元（如嫌貴或乞酌便）能否乞
世丈介紹與南京圖書館或華東華文委會否此間以（文物局）
去年購物不少今年買力頓縮故敢乞
世丈作九鼎之一言介紹南方今年財力當勝于北也唯
屢屢瀆求無任惶愧時屆歲暮實以無以卒歲非迫不
得已不敢妄瀆長者臨穎神馳無任感愧能否賜乞
示覆為幸恭肅敬頌
撰安
世愚姪羅福頤謹上 一月廿四日夕

罗福颐致徐森玉函第一通

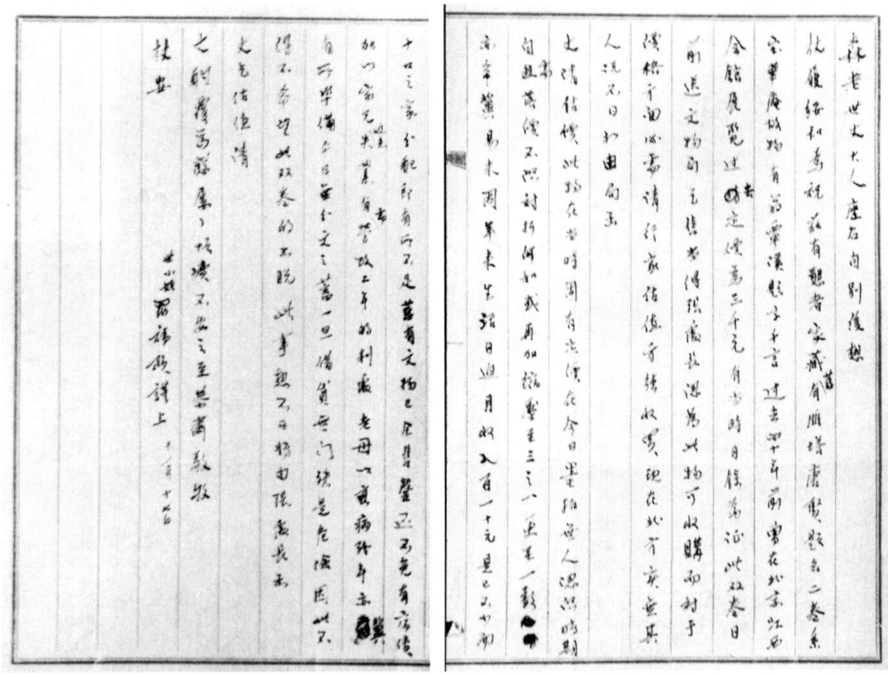

罗福颐致徐森玉函第二通

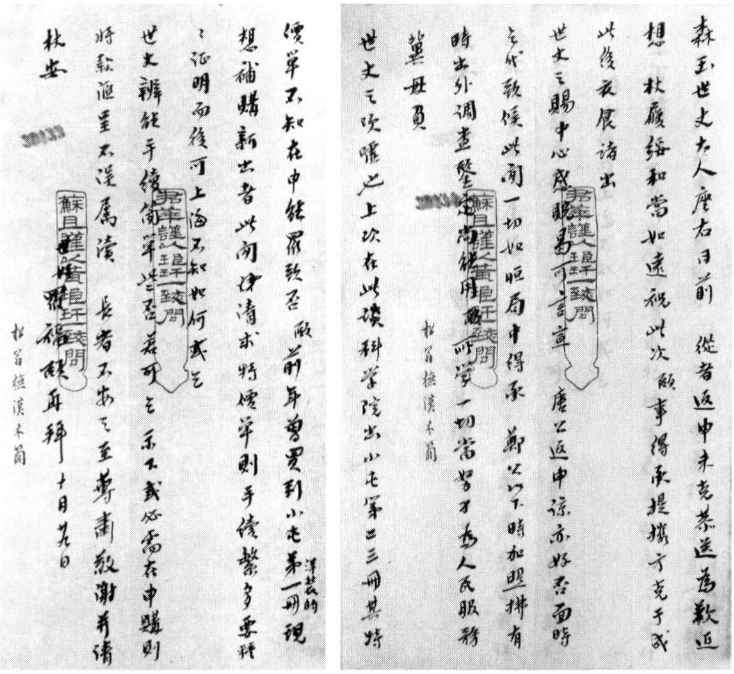

森玉世丈大人麾右：日前　從者返申，未克恭送為歉。近想　杖履綏和，當如遠祝。此次頤事得承提攜，方克于成，此後衣食諸出
世丈之賜，中心感銘，曷可言喻。　唐公返申，諒亦好否？面時乞代致候。此間一切如恒，局中得承　鄭公以下時加照拂，有時出外調查鑒定，尚能用所學，一切當努力為人民服務，冀毋負
世丈之吹嘘也。上次在此讀科學院出小屯第二三冊，其特價單不知在申能買致否？敝前年曾買到小屯第一冊（洋裝的），現想補購新出者，此間須請求特價單則手續繁多，要務之證明而後可，上海不知如何？或之
世丈能手續簡單些否？若可之，示下，或必需在申購則將款匯呈，不渠屬瀆。長者不安之至，尊處教謝，并請
秋安
世侄羅福頤再拜　十月廿九日

罗福颐致徐森玉函第三通

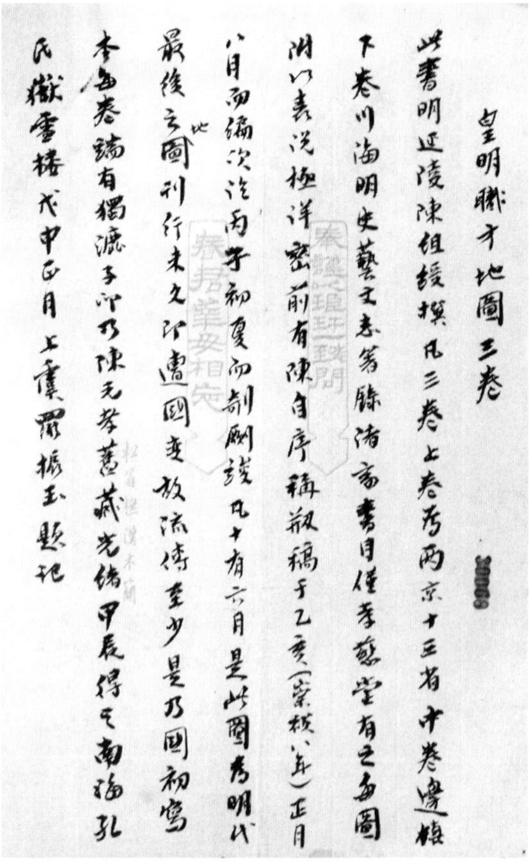
皇明職方地圖 三卷
此書明廷陵陳組綬撰 凡三卷 上卷爲兩京十三省 中卷邊垣
下卷川海 明史藝文志著錄 諸家書目僅李慈銘有之 每圖
附以表說 極詳密 前有陳自序 稱叙稿于乙亥(崇禎八年)正月
八月而編次訖 丙子初夏而剞劂竣 凡十有六月 是此圖爲明代
最後之地圖 刊行未久 以遭國變 故流傳甚少 是乃國初寫
本 每卷端有獨漉子印 乃陳元孝舊藏 光緒甲辰得之南海孔
氏嶽雪樓 戊申正月 上虞羅振玉題記

《皇明职方地图》三卷罗振玉跋文

汪喜孙及其《海外墨缘》册子[1]

汪喜孙[2]（1786–1848），字孟慈，号荀叔，清扬州府甘泉县（今江苏省扬州市邗江县）人，后以避九世祖汪太孙之讳，更名喜荀。是乾嘉时期名儒汪中（1744–1794）的儿子。但汪中在喜孙九岁时就在杭州葛岭园因病去世，所以，喜孙受到他父亲教诲的时间并不太长。嘉庆十二年，喜孙中式举人。嘉庆十九年喜孙在第三次试礼部不第后，入赀为内阁中书。后历官户部山东司兼河南司行走、山东司兼河南司主稿、贵州司主稿、山东司员外郎、储济仓监督、井田科主稿、湖广司员外郎等职。再后保送河工，发东河河工学习。道光二十一年以候补知府防守黄河北岸，整修防护河堤、赈济灾民，多所尽心。道光二十五年实补河南怀庆府（今河南省沁阳县）知府。二十七年怀庆地区苦旱，喜孙于是步行入山求雨，感暑湿，于八月

---

1. 本文为复旦大学“985 工程”哲学社会科学创新基地文史研究院项目成果。

2. 汪喜孙生平资料，散见于喜孙所著各文及《汪荀叔自撰年谱》（下简称《自撰年谱》）、其子保和等撰《孟慈府君行述》（下简称《行述》，见于杨晋龙主编：《汪喜孙著作集》，第 1267–1297 页，台湾“中央研究院”中国文哲研究所，2003 年），又见王翼凤：《河南怀庆府知府汪公墓表》、刘文淇：《道衔怀庆府知府汪君墓表》（缪荃孙《续碑传集》，卷四十三，《清碑传合集》，第 2491–2495 页，上海书店出版社，1988 年）；陈奂：《师友渊源记》“汪喜孙”条（上海图书馆藏汪氏郎亭清稿本）；清国史馆编、王钟翰点校:《清史列传》卷六十八《儒林下一·汪中传附喜孙传》（第 5539 页，中华书局，1987 年）；英杰修、晏端书等纂：《续纂扬州府志》卷九《人物志一·汪喜孙》（同治十三年刊本）；桂文灿：《经学博采录》卷九《汪喜孙传》（《敬跻堂丛书》之二，第 5–6 页，成古书院刊本，1942 年）；徐世昌等编纂：《清儒学案小传》卷一〇二《容甫学案·汪喜荀传》（1938 年刊本）；支伟成：《清代朴学大师列传》卷四《汪中传附汪喜孙传》（岳麓书社影印上海泰东图书局 1928 年版，第 58–59 页，1986 年）。

初三日以劳瘁辞世，终年六十二岁。喜孙虽然是名父之子，但他自己却并非以学名世，当时和后来人称道他时，一般都贯之以“循吏”、“孝子”等美名。不过，喜孙的著作很是丰富，有《国朝名臣言行录》、《经师言行录》、《尚友记》、《从政录》、《孤儿编》、《大戴礼记补注》、《且住庵文稿》、《且住庵诗稿》等，约三十种之多，真是洋洋大观[1]，而这些著作从现在看来，虽然或者系统性、整体性不强，但其中所蕴含的学术见解，也是十分可观的。

喜孙对后世文化方面最大的贡献，就在于他将自己父亲汪中的遗作一一搜罗整理刊行，并将汪中生前一直没有机会亲身实践的经世言论，具体落实到现实社会之中。喜孙的友人姚莹（1785–1853）曾经说过：“容甫汪先生以经学、古文词为世名儒，有子孟慈，能世其业，经史、小学、文章，具有条理。乃悉发其家藏先生著作已未竟之书，疏通证明，而刻行之，天下然后得以尽知先生之学。世或盛传先生，而失其贯者，更援引证据，以纠其谬，于是先生之学益明。”[2]也就是说，汪中的声名之所以如此之显赫，学术地位之所以为众人所瞩目，是跟喜孙不遗余力的鼓吹是分不开的。喜孙曾作过《汪容甫年谱》、《汪中年表》、《孤儿编》、《汪氏学行记》、《寿母小记》等书，都是考求先人的学行事迹、表扬先人品德、辨正诬及先人行为风范的著作，而包括汪中在内的喜孙先人，也因此名声大振，故而喜孙有“庶有以见先人于地下”的说法。[3]也正因为喜孙生前一直在致力于发扬自己先辈的高德，所以难免对他自己学术的发展有所影响，这一点，喜孙自己也认识地非常透彻，道光二十年十月，喜孙在《且住庵文稿自序》中说道：

喜孙三十以内，校写楹书，略涉书史。迨后总甄钱谷，困顿簿书，

---

1. 现存喜孙著作计十三种，其目为：《汪容甫年谱》一卷、《汪容甫年表》一卷、《汪氏学行记》六卷、《孤儿编》三卷、《寿母小记》、《自撰年谱》一卷、《尚友记》残本、《从政录》四卷、《丧服答问纪实》一卷、《抱璞斋诗集稿本》五卷、《抱璞斋时文》一卷、《汪孟慈文集》不分卷、《且住庵文集》不分卷等。
2. 姚莹：《寿母小记跋》，《汪喜孙著作集》，第1051–1053页。
3. 《从政录》卷一《文稿自序》，见于《汪喜孙著作集》，第429页。

二十年来，废寝忘食。惟于经世之学，发先人之蕴，自谓向所肆力。至经史、词章，自分不能绍述先人，颛门之业，卒以无成。

虽然在言语之际，不免有些自谦，但喜孙不长于学术，从未跻身乾嘉一流学者之列，却也是公认的。故而，台湾学者杨晋龙先生在评价喜孙时，就是仅仅就其事功而言的："汪喜孙可以说是清代学者中，在经世致用的实际表现上，颇具典型的代表。" [1]

虽然如此，喜孙身为名儒之子，学有根柢，所交接往来的又多是当世学者大家，因此他在学术方面的素养也是高出一般水平的："王石臞（念孙）谓其论古有识，段懋堂（玉裁）、刘端临（台拱）、程易畴（瑶田）谓其能读父书。" [2] 他的同辈学人如伊秉绶曾对他有"朴学遵记注，清诗缘性情"之称 [3]；杨炳春则赞扬他道："阐发先志，表彰遗书……恪守家学，言明且清，典型未坠，又见斯文。昌黎云'根之茂者其实遂'……君怀文抱质，对扬前人，清芬弥永，独立何惧？" [4] 刘文淇（1789–1854）也说他："博览群籍，于文字、声音、训诂，多所究心。""于政治沿革得失，留心讲求，下笔为文，皆有关世用，不作无益之语。" [5] 这些议论，也大致能代表一时的舆情。

喜孙的为人为学，不仅被他的同辈人所称许，后世之人对他也是多有颂扬之辞。如桂文灿（1823–1884）说他"能世其学"，"守怀庆，有惠政……至今妇孺亦称道之" [6]；陶湘（1871–1940）则引《国朝先正事略》，称其"能

1.《汪喜孙著作集》卷前附《汪喜孙著作述略》。
2. 刘启瑞：《续修四库全书总目稿本·且住庵文稿六卷提要》，第 28 册，第 312 页，中科院图书馆编，齐鲁书社，1996 年。
3. 汪保和撰：《行述》。刘启瑞《续修四库全书总目稿本·且住庵文稿六卷提要》认为这一论断"皆属纪实，非虚誉也。"此外如《汪氏学行记》中所录李兆洛、翁方纲、顾莼、胡培翚、朱凌云、张履、何兰汀、王筠、张岳崧、王鎏、陈善、刘逢禄、姚学塽、戚人镜、刘嗣绾、吴鼒、管同、彭兆荪等文；《寿母小记》中郭尚先、姚莹、宋翔凤、黄盛修等文；《孤儿编》朱为弼跋；《从政录》内宋其沅、姚祖同、林则徐、牛鉴、徐璈等跋，都表达了对喜孙类似的推崇，并可参阅。
4. 杨炳春：《抱璞斋诗集跋》，见《抱璞斋诗集》卷末，见于《汪喜孙著作集》，第 370 页。
5. 刘文淇：《道衔怀庆府知府汪君墓表》，见于《汪喜孙著作集》，第 1304–1311 页。其后《续纂扬州府志》即引此说以论喜孙。
6. 桂文灿：《经学博采录》卷九《汪喜孙传》。

读父书，长于考据”[1]；《清史列传》说他“博学好古，于文字、声音、训诂，多所究心，能绍家学”[2]；徐世昌（1855–1939）等则说他于“治狱、治河、治赈，皆有名绩”[3]；支伟成论他的学问说：“所学由声音以通训诂，由训诂以通名物，由名物以通周、秦大义，周、孔古书，而要以经明行修，通经致用为归。观其上张石洲一书，尤能融会汉、宋，力除门户之见，与独抱遗经，硁硁自守者异矣。”[4]李详（1858–1931）则说他“为容甫肖子，力传父书。”“父为名儒，子为循吏，吾扬之善继、善述者，孟慈殆其选也”[5]；刘启瑞（1878–？）称颂他的考据之文“皆精审详明，证据确凿”[6]；杨钟羲（1865–1940）说他“喜孙世其家学，所请业皆父执、一时名德，为书翔实可信。”[7]叶启勋也说：“喜孙学有根柢，文章尔雅，不愧作者之林，中可谓有子。程序伯诗云‘自古才人如弃妇，从来名士少佳儿。’观此，可以为之解嘲，且可为学人下一转语矣。钱谦益昌于身，而不昌于子；中则昌于子，而不昌于身。”[8]又说：“喜孙为中令子，承名父之后，能尽通其家学，博览群籍，于文字、声音、训诂，尤所究心。是书多经世之言，且有裨于掌故，书中说经之文，亦非章句之儒所能比其精洁。《述学》一书，百余年来，为学者称颂，喜孙秉承家学，别出机轴，自成一家言。固云‘善继，实足济美矣。’近世文章家，前推汪容甫中；后推龚定庵自珍，两君者，皆有文士之子，以世其家者也。然自珍文行务于恢奇，其子橙效孔，乃益之以诡诞。中文行近于孤峭，喜孙乃得之为峻洁，弓冶箕裘，择术可不慎耶？”[9]

不过，喜孙的文章学术，虽得到很多人的称颂，但我们也要实事求是地看待这个问题，即这类称颂多是泛泛而论，其实并不能完全当做事实看

1. 陶湘：《昭代名人尺牍续集小传》卷七《汪喜孙传》。
2.《清史列传》卷六十八《儒林下·汪中传》附《汪喜孙传》，第 5539 页。
3.《清儒学案小传》卷一〇二《汪喜荀传》。
4.《清代朴学大师列传》卷四《汪喜孙传》，第 58–59 页。
5. 李详：《江都汪氏丛书序》，《李审言文集·学制斋文钞》卷一，第 889–891 页，江苏古籍出版社，1989 年。
6.《且住庵文稿六卷提要》，《续修四库全书总目稿本·集部·别集类》，第 28 册，第 312 页。
7.《续修四库全书总目稿本·经部·汪氏学行记六卷提要》，第 3 册，第 758 页。
8.《续修四库全书总目稿本·史部·杂传类·孤儿编三卷提要》，第 4 册，第 508 页。
9.《续修四库全书总目稿本·集部·从政录不分卷提要》，第 4 册，第 516 页。

待。而赵之谦（1829–1884）对喜孙的评论则相对来说更为客观，更能反映当时学界的一般看法："汪（喜孙）本前《记》附名容父先生后，其学虽无专门著述，其人则可敬，必当记之。"[1] 事实上，喜孙本人的确在学术方面所下工夫较小，也从未作过专书来表彰经史。喜孙在当日对于大多数人而言，不过是一个爱好学术、一心阐扬先人风尚的循吏而已。也正是由于这个原因，我们现在对于汪喜孙的研究并没有深入展开。据调查，目前关于喜孙的研究成果，当代主要有台湾"中央研究院"文哲所的杨晋龙先生所主编的《汪喜孙著作集》、此书卷前杨先生所作的《汪喜孙著作述略》[2] 和杨先生的《考证与经世——汪喜孙研究初探》[3]，除此之外，另有拙文《陈奂与汪喜孙交游述略》[4] 一篇而已。但是，上述这些对于汪喜孙的研究，固然筚路蓝缕、功不可没，对于表彰喜孙的生平、学行，意义极大，可很遗憾的是，并不全面。而在上世纪初，日本学者藤冢邻曾发表过一系列相关文章乃至专著[5]，对于我们更全面地认识喜孙非常有帮助，通过这些研究，使我们对于喜孙的学术可以有一个更加准确地评价，也可以了解喜孙与朝鲜李朝学者的交游与双方的互动，而这其中的部分内容，即可以通过喜孙所裒辑的朝鲜友人来函——《海外墨缘》来反映。

关于《海外墨缘》册子的作者，喜孙的乡后辈刘毓崧曾经作过一篇跋文，他说道："甘泉汪孟慈先生以所得朝鲜权彝斋敦仁之札装潢成册，题曰"海外墨缘"……"[6] 另一位乡人李祖望则曾作《汪孟慈先生海外墨缘册子答问十六则》[7]，于这一函册中涉及的问题多有诠释，其自序中曾说道：

---

1. 上海崇源艺术品拍卖有限公司：《论学丛札》第二册第一通，第 42 页，2002 年。
2. 第 1–45 页。
3. 台湾"中央研究院"文哲研究所主办"清代扬州学派学术研讨会"会议论文，2001 年 5 月 3 日。
4. 见于《传统中国研究集刊》第三辑，第 597–622 页，上海古籍出版社，2007 年。
5. 藤塚邻撰，藤塚明直编：《清朝文化東傳の研究——嘉慶・道光學壇と李朝の金阮堂》，日本国书刊行会，1975 年。《汪孟慈と金阮堂—清朝文化東漸の一斷面》，见于《汉学会杂志》第四卷第三号，1936 年 7 月。《汪孟慈の所謂海外墨緣の草本と金阮堂》，见于《汉学会杂志》第三卷第二号，1935 年 10 月。《汪孟慈寄金阮堂手札の檢討》，见于《大东文化学报》第四辑，1941 年 11 月。
6. 见于刘著：《通义堂文集》，转引自《汪喜孙著作集》，第 1201 页。
7.《锲不舍斋文集》卷三，1924 年李氏半亩园刊本。又见于《汪孟慈著作集》，第 1233–1264 页。

叙曰：东国权敦仁者，字彝斋，其人温文尔雅，有儒者风。来朝京师，与汪孟慈先生接。后以书来，先生汇装成册，为题“海外墨缘”四字。顾所职不可得详，据来书称，四月膺岭南巡察之命，五月来接藩维，去京都为七百里。闻东国衣冠爵秩多沿唐制，巡察于唐代职当居三品，藩维则方伯矣，故册末叶有“承流宣化”印，相传后总尚书事。而僻在东土，得读中朝通儒朔彦说经考古之书，知识见闻，当不在山井鼎、物观诸人之下。惟于小学、史传、金石数事略而弗道。所推戴皆当时文献，本之诗书，稽之典籍。诚以我国家声教覃敷、不遗遐迩，如彝斋者，故亦得涵濡至此，其同文盖可知也。道光乙巳夏五月展观，或有震其博闻强识，指册所言以问者，爰条对而应之。

但藤冢邻先生认为，《海外墨缘》的作者并非权敦仁[1]，是李祖望把作者问题给搞错了[2]，《海外墨缘》中那些看起来是权氏口吻的话，实际上是阮堂假借彝斋之口而作的客观叙述而已[3]。他的立论依据就是在昭和九年(1935)所收到的这批书札的草稿——在藤冢邻先生看来，这都是金正喜亲笔所作，而之所以被人误作权敦仁来函，是因为每次阮堂给喜孙的信函，都是托彝斋借奉使朝贺的机会转交的。[4]阮堂是李朝学者中当之无愧的大家，所以这批书札的发现对于金正喜研究的进一步深入展开，深具价值。[5]

不过，藤冢邻先生的大作虽然胜义纷呈、精见迭出，但在《海外墨缘》作者的这个问题上，却恐怕有些偏差。首先说，这个册子中很多显然并非金氏口吻的措辞，如果非要按照藤冢邻的解释，未免有些牵强。其次，李祖望是在道光二十五年看到《海外墨缘》的，此时汪喜孙本人尚在世，则李氏所见此册应该是在汪氏家人手中，或者就是在喜孙本人手中看到的。

---

1. 参《清朝文化東傳の研究——嘉慶·道光學壇と李朝の金阮堂》第十六章《汪孟慈と阮堂》，第 421 页。
2. 第 429 页。
3. 第 428-429 页。
4. 第 424 页。
5. 第 425 页。

因此，作者问题应该不会发生什么疑义。再次，来函中所言的仕宦履历及函末所钤“承流宣化”印等，显然都与金正喜无关，而完全符合权敦仁本人的经历。所以，如果没什么特别的证据，《海外墨缘》的作者应该是权敦仁的作品。至于藤冢邻所见的抄本，现在已经不幸损毁于二战兵燹，无法对其进行深入研究，但或者因为册子中所讨论的也正是金正喜所关心的问题，所以他抄录一份也未可知。[1]

《海外墨缘》中探讨的问题共计十六则，涉及面极广，其内容都是彝斋就有关的中国学术所提的各类问题：

一，就当时中国音韵学研究之情况，对段玉裁与王念孙、江有诰等人的分别提出疑问。

二，欣羡中国天文、历法、数学研究盛极一时，超越西法，更有如罗士琳、徐有壬、沈钦裴等人，造诣深厚，希望能得其书而读之。

三，《尚书》真伪之辨，虽然已有《尚书后案》、《古文尚书疏证》、《尚书撰异》等书论定，但对于《尚书》的古今文却并未深切分别，希望能得如魏源、柳荣宗等治今文学者之书，来考究对此是否有所发明。

四，魏源所治三家诗受到东人钦服，认为魏源所治西京今文之学可以直接七十子遗绪，是实事求是的一种治学方法。

五，对喜孙“十四博士家法，因郑学而尽亡”的说法，认为立论太峻，应该出言谨慎。并对张惠言、刘逢禄、柳兴恩、陈奂、刘宝楠、胡承珙、胡培翚、朱彬、李兆洛等学者均表兴趣，希望能有进一步了解。

六，认为邓石如的书法，可以超绝一时。而张惠言兄弟等人可以继承他的遗法，也值得欣慰。

七，认为阮元所编《皇清经解》在取舍方面，虽然有许多当录未录，但也可见用心良苦。

1. 抄本与流传的《海外墨缘》文字上有些异同，具体情况可以参照藤塚邻《清朝文化東傳の研究——嘉慶・道光學壇と李朝の金阮堂》第十六章《汪孟慈と阮堂》，第 425-428 页。又可参《汉学会杂志》第三卷第二号《汪孟慈の所謂海外墨緣の草本と金阮堂》。但抄本至第十五则中段“《尚友记》补成日以望之”为止，第十六则全无。

八，认为罗士琳《春秋朔闰表》等书没有辑入《皇清经解》是很大的遗憾，建议以后补遗，而之前可以先举目例以贻来学，沾溉四方。

九，认为顾栋高《春秋大事朔闰表》、姚文田《经传朔闰表》等书没有辑入《皇清经解》都大有深意。而天文算学方面的研究者应该慎言阙疑，不可仅仅凿凿于推步之学。

十，《御制历象考成前编》、《后编》立论不同，《前编》以地心说，《后编》以太阳中心说，希望能解开其间疑惑。

十一，认为凌廷堪与翁方纲虽论文不同。翁不主骈俪，凌则以《文选》为文章正宗，但凌说与阮元之说相合，都是堂堂卓见正论。

十二，认为目前从事校雠学者如钱大昕、王鸣盛等才能如郑樵开辟新境，卢文弨、高邮王氏之书与阮元《十三经注疏校勘记》都是研究经学的必要著作。又陈寿祺以《十三经校勘记》与段玉裁《周礼汉读考》中问题与翁方纲反复商论辩难，有失忠厚。

十三，就阮元《南北书派论》、《北碑南帖论》等书中所论发起议论，认为书法分为南北两派确定无疑，但南北互有交汇，并不能一律。认为阮元所论王羲之《兰亭序帖》无篆、隶笔势不确，并举《禊帖》中"永"、"趣"字都有篆、隶笔势作证。

十四，认为张际亮论诗精妙，且所作诗大有本原。但其为人凛凛不与时合，应该劝说他稍微含蓄，以藏器待时。并打听张氏的《娄光堂诗稿》是否有增补？

十五，得知扬州藏书世家石研斋藏书毁于火，痛惜不已，所幸石研斋多以所珍藏的宋元旧刻善本影翻刊行，流传不至于断绝。又感谢喜孙荐其名为阮元所识，引以为荣，并询问喜孙《尚友记》何时补成？盼望早日拜读。

十六，认为治印应该师古为上，不可自我作古。询问喜孙所用诸印记，是否治印名家董询、陈鸿寿所刻，有无汇成印谱？又汪启淑藏印有无钤成印谱？是否喜孙族人？又询及伊小沂、张彦闻等人治印之事。

十六则中，只有最后一则末书时间，为戊戌八月二十日，时当道光十八年，喜孙正在京师任户部井田科主稿。综合上述情况，则所谓的《海外墨缘》册子，可能只是权敦仁给喜孙信件中的一通而已，并非两人交往的全部记录。

据《大清太宗文皇帝实录》卷三十三[1]，崇德二年正月戊辰："敕谕朝鲜国王李倧曰……从此一应文移，奉大清国之正朔，其万寿节及中宫千秋、皇子千秋，冬至元旦及庆吊等事，俱行贡献之礼，并遣大臣及内官奉表。其所进往来之表及朕降诏敕，或有事遣使传谕，尔与使臣相见之礼，及尔陪臣谒见并迎送馈使之礼，勿违明朝旧例。"而"至顺治乙酉因敕谕道路遥远，元朝、冬至、圣节三节表仪俱准于元朝并贡云。乃并三节及岁币为一行，而必备使、副使、书状官三员，名之曰'冬至使'，岁一遣之。"[2]于是，一年一度的朝鲜朝觐中国的使华行动就成为中朝两国交往的最佳途径，中朝两国间的文化交流，很多情况下就是通过这样的使团人员来进行的。汪喜孙与朝鲜友人的书函往来，正是这一现象的实证。

事实上，汪喜孙的"海外墨缘"也远不止此，如藤塚邻在他的大文《汪孟慈と金阮堂—清朝文化東漸の一斷面》中，就曾记录了他自昭和二年到昭和十一年三月间所收到的喜孙致朝鲜学人的信函三十二通的简况[3]，涉及包括阮堂在内的六人，可惜的是，我们已经无法得知其内容的详细状况了。

书中所列《家藏汪喜孙寄札表》的细目如下：

致金正喜六通：

"喜孙奉书秋史尊兄函席"云云（十七日已刻作书）。一通（钞册）。

"正月十七日晨起"云云（十七日已刻再书）。一通（钞册）。

"六月十一日使至奉诒缄"云云。"再启者,《先传》别撰一本并以奉政"云云。一通（原迹）。

"秋史先生阁下:苏斋说士"云云(道光七年正月廿六日附)。一通(原迹)。

---

1. 伪满洲国国务院发行:《大清历朝实录》第二函第二册，第30页，日本大藏出版株式会印行，1936年。

2.《通文馆志》卷三《事大·赴京使行》，第33页，韩国明昌文化社，1997年。转引自左江:《清代朝鲜燕行使团食宿考》，见于《域外汉籍研究集刊》第三辑，第3-4页，中华书局，2007年。

3. 第29-31页。

“秋史侍郎门下：昨属申［在植］使者”云云（道光十七年正月廿四日附）。一通（原迹）。

“喜孙奉书秋史侍郎执事”云云(道光十九年正月十日附)。一通(原迹)。

致金命喜八通：

“道光七年正月廿五日附”。一通（原迹）。

“道光七年正月廿七日附”。一通（原迹）。

“山泉先生门下：上年附受朔者”云云。一通（钞册）。

“山泉先生足下：上年奉到诒械”云云。一通（原迹）。

“九月初旬由月汀递到诒械”云云。一通（原迹）。

“道光十年正月十日附”。一通（原迹）。

“道光十年正月十七日附”。一通（原迹）。

“道光十七年正月附”。一通（原迹）。

致金清山两通：

“正月十六日，甘泉汪喜孙再拜清山先生侍右”云云。一通（钞册）。

“清山先生足下：前书未达”云云。一通（原迹）。

致洪三斯三通：

“道光七年正月廿七日附”。一通（钞册）。

“三斯先生足下：昨奉上《复礼》三篇”云云。一通（钞册）。

“道光十六年十二月廿二日附。”一通（原迹照片）。

致李尚迪七通：

“道光十七年正月十四日附。”一通（原迹）。

“六月望后奉手告并大著一册”云云。一通（原迹）。

“道光十七年正月十八日附。”一通（钞册）。

“道光十七年正月廿四日附。”一通（原迹）。

“道光十七年六月十六日附”。一通（原迹）。

“道光十八年十一月二日附。”一通（原迹）。

“道光十九年正月三日附”。一通（钞册）。

致金游观六通：

“初八日诗会”云云。一通（原迹）。

“昨诗草稿呈政”云云。一通（原迹）。

“使至奉手告，欢喜无量”云云。一通（原迹）。

“昨宴于张公子处”云云。一通（原迹）。

“投桃让枣”云云。一通（原迹）。

“张、吕两公子再约听琴”云云。一通（原迹）。

这批汪喜孙致朝鲜友人的信函，大多都是与学术有关的内容，内容丰富，弥足珍贵，可惜，目前只能在藤冢邻的书和大文中才有一鳞半爪可寻了。

喜孙与朝鲜友人的交往，当然应该远不止于此，但是文献难征，目前所能征求到的有关资料有限，除《海外墨缘》册子之外，仅有喜孙致金正喜函一通完整留存[1]，其中内容如下：

秋史侍郎门下：昨属申使者寄书，意有未尽。兹以阮相公有书命以六朝释典采用先秦古训、援儒入释，为害几及千年，摘录一编，可以明道，有功世道人心不少。仆之讲宝晋书院，适北顾山房有内典，本拟编孨，痁作经时，旋即谢去，匆匆未果，谨以阮相公札奉寄，以志阮堂千里墨缘，有志未逮，执事幸宝藏之。又《尚友记》四卷，一朝文献，详与权使者书，执事可索观之。先儒林《年谱》亦足传世不朽。仆近卖书易米，不能付梓，奉之左右，子孙永宝。山泉问《公羊春秋》，有习之者。广州《经解》有孔龔轩、刘申甫二家。执事幸录付

1. 原迹影件见《汪孟慈寄金阮堂手札の檢討》篇前，又见于《清朝文化東傳の研究——嘉慶·道光學壇と李朝の金阮堂》卷前。

山泉，使知千年绝学。又问三家诗，近以魏默深《诗古微》为贯穿条理。默深不在京师，它友未肯割爱，俟晤默深，或寓书索寄，何如？又问江艮庭《尚书元本》，此书大纲，详《尚友记》，乞阁下录付之。大约《儒林》、《文苑》两传，阮、潘所已详，及杭、钱所传记，不著于录，执事察之。附去鹤田、月汀及黄竹云所撰先慈诗篇，留之诗友，传诸文人，幸表章之，不胜感企。惟侍奉万福，不宣。

丁酉正月喜孙状。

其内容与权敦仁来函所问者，有很多相似之处。而《海外墨缘》册子第十六条末署的日期是道光十八年八月二十日，此信的写作日期是道光十七年正月。所以，就从这两个日期上来判断，喜孙所收藏的《海外墨缘》册子的作者也不可能是金正喜，因为他绝不会把喜孙在上年来函中已经讲清楚的问题再次千里迢迢地通过使者传信给喜孙问询。

喜孙与朝鲜学人交往的事实虽然文献难征，不能一一详述，但我们根据藤冢邻先生的大作中记述的许多原始文献的片断仍然可以发现很多之前我们尚未关注或者关注不够的事实，这些都需要我们进一步探讨和研究。而这一对于汪喜孙和东国朝鲜往来事实的研究，正是中外交通史研究的一个极好的实例，而其中牵涉到的朝鲜学人对于清代学坛诸事的认知和评论，更是从周边看中国的一个极佳的个案。

（本文发表于《中国典籍与文化》，2008 年第 3 期。）

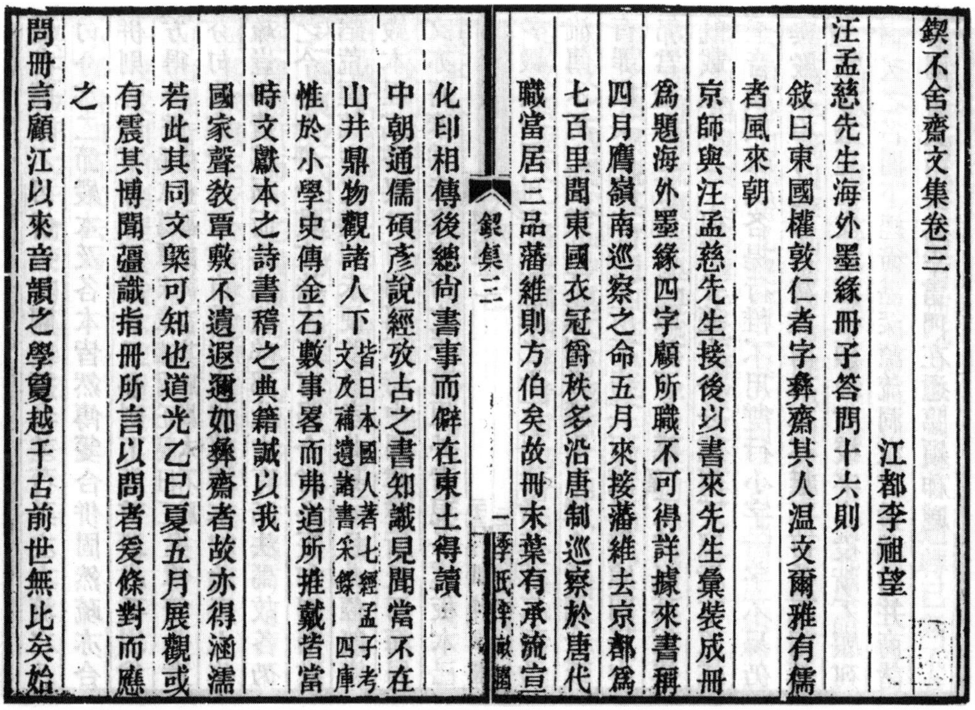
鍥不舍齋文集卷三

汪孟慈先生海外墨緣冊子答問十六則　江都李祖望

敘曰東國權敦仁者字彝齋其人温文爾雅有儒者風來朝
京師與汪孟慈先生接後以書來先生彙裝成冊爲題海外墨緣四字顧所職不可得詳據來書稱四月膺嶺南巡察之命五月來接藩維去京都爲七百里聞東國衣冠爵秩多沿唐制巡察於唐代職當居三品藩維則方伯矣故冊末葉有承流宣

鍥集三　一　李氏半畝園

化印相傳後總尙書事而僻在東土得讀
中朝通儒碩彥說經攷古之書知識見聞當不在山井鼎物觀諸人下（皆日本國人著七經孟子考文及補遺諸書采錄四庫）惟於小學史傳金石數事畧而弗道所推戴皆當時文獻本之詩書稽之典籍誠以我
國家聲教覃敷不遺遐邇如彝齋者故亦得涵濡若此其同文槼可知也道光乙巳夏五月展觀或有震其博聞彊識指冊所言以問者爰條對而應之

問冊言顧江以來音韻之學夐越千古前世無比矣始

《锲不舍斋文集》书影

也谈《大报帖》

中日两国同文同种，一衣带水，都是书法大国。对于两国书法发展影响尤大者，莫过于“书圣”王羲之了。所以，自从一月份媒体报道了《大报帖》的发现以来，中日书法界便掀起了一股新的“王旋风”来，引起了两国各类媒体的争相报导。而在此时推出的日本东京国立博物馆“书圣·王羲之”特展，尤其值得瞩目。在这个特展中，新发现的《大报帖》，显然就是其中的焦点了。

关于这件作品，曾亲赴东京观展的顾村言先生介绍到：“摹本并不大，写在长 25.7 厘米、宽 10.1 厘米画有竖线的纵帘纸上，和摹本一起的还有日本幕府末期至明治时期的古代书法鉴定大家古笔了仲写有‘小野道风朝臣’的鉴定书。”内容其实也很简单，只是寥寥三行二十四字而已。但如果这件作品，真是如日本方面所说，是王羲之手迹的唐代摹本，则无论对于书法史研究还是对于王羲之研究，无疑都是一件重要实物。不过，王羲之作品真迹，早就湮没无传，我们现在所能见到的这些摹本、拓本，与其原作的距离到底有多少？是谁也无从去判断的。早在唐时，柳公权就已经对于右军的法书辨别不清，而为后来的米元章所笑了。而王著精选的《淳化阁帖》，也每每为后人所讥，以为精赝杂糅。可见判别书迹之不易言。那么在时隔千年之后，我们又怎么能轻易去认定或者否认某一帖是否某人所书呢？这个工作，还是需要多多沉潜，多多研习之后，才有可能做出较为客观的判断吧。

对于这件作品是真是伪、是早是晚？我完全不具备判断力。但通过关注媒体的报导，我个人觉得从相关文献考证方面存在以下几个问题：

一　关于“纵帘纸”

宋赵希鹄《洞天清录集》中说：“北纸用横帘造纸，纹必横……南纸用竖帘，纹必竖。”后世很多人都以这个说法作为其区别横纵帘纹和造纸地区的理论依据。但实际上，无论南方还是北方造纸，只有帘粗细之分，绝不会存在横纵之分。因抄纸的关系，每张纸上，横纵纹应该都同时存在，但可能因工艺等关系，尤其是编织抄纸用的竹帘（或其他帘）的丝线纹，在有的纸上较为明显，有的则相对没那么清晰。而对于竹帘纹（或其他帘纹）来说，所谓的横纵只是一个伪命题而已，因为这个横纵显然是取决于写字或观看时的方位而已。因此，这次关于《大报帖》的报道中，被炒得沸沸扬扬的“纵帘纸”，实在是一个错误的提法。而那种唐代才有“纵帘纸”，宋及宋以后就没有“纵帘纸”的看法，更是错得离谱。

二　关于“勒成行道”

不过，后来东京国立博物馆陈列品管理课长、中国书法史专家、这次东京国立博物馆“书圣・王羲之”特展的策展人富田淳先生又根据新的认识，否认了“纵帘纸”的提法，认为包括新发现的《大报帖》在内的，如《丧乱帖》、《妹至帖》、《孔侍中帖》等，纸上所遗留的竖纹，应该都是中田勇次郎所认为的“勒成行道”的做法。我们知道，“勒成行道”是宋代米芾最早说的，他在《书史》中说：“古人勒成行道，使字在筒瓦中，乃所以惜字。今俗人见古厚纸，必揭令薄方背。若古纸去其半，损字精神，一如摹书。又以绢帖，勒成行道。一时平直，良久舒展为坚，所隐字上却破。”我们仔细来阅读这段文字，可以知道两点，第一，“勒成行道”是在厚纸的基础上形成的。第二，“勒成行道”也可以通过背裱绢来实现。而其目的，则无疑是为了保护正面的字迹减少因来回卷舒而产生的磨痕。从字面上理解，中田先生提出的看法应该是符合米芾当时的描述的。但问题在于即便是米芾自己，似乎也不采用这种方法来保存法书。同样在《书史》中，米芾提到了自己的保护方法："余每得古书，辄以好纸二张，一置书上，一置书下。自傍滤细皂角汁和水霈然，浇水入纸底。于盖纸上用活手软按拂，垢腻皆随水出，内外如是。续以清水，浇五七遍，纸墨不动，尘垢皆去。复去盖纸，以干好纸渗之三张，背纸已脱，乃合于半润好纸上揭去背纸，加糊背焉。不用绢压四边，只用纸，免折背重砌，损古纸。勿倒衬，古纸随隐便破。只用薄纸与帖齐头相挂，见其古损断尤佳，不用贴补。"他只是说重新裱褙，却并未说要"勒成行道"。再者，如果是采用这样的保存方法，那这些勒出的行道，应该是根据书迹的宽度而随时调整，至少应该最大限度地避免在字迹上勒道才对。但我们观察这些所谓存有这样"行道"的实物，却发现事实并非如此，而是很多字迹都会被行道穿过，有些地方墨迹已经因此而变淡甚至脱落。也就是说，似乎没有完全达成初衷。更为奇怪的是，这种保护方法，早期似乎除了米芾，再也无人提及。而后来，也不过是李日华在其《六砚斋笔记》卷二中在记述王羲之《干呕帖》的时候，说其上保存的元代乔仲山题跋云："于书行空间，直界成路，盖谓久而卷舒，恐致褙绢丝纹磨损字面，故置之书筒而秘之。"但仲山的这个说法，却遭到了明代文彭的反驳，他认为："其直界成路，乔仲山以为置书筒中者非也。故人宝爱名帖，常以自随，如王世将得索靖《廿四日帖》，置之衣带中，至宣和中，折痕犹在，即此类也。"可见，"勒成行道"这个做法并不能得到文彭认可。再考察我们国内现在留存的唐代墨迹，似乎存在这一做法的实物也是极为罕见。不过根据富田淳先生介绍："现存日本的日本古法书中，留有折痕的遗例不少。以光明皇后（701–760）的《乐毅论》为首，同样传为光明皇后的《杜家立成杂书要录》、空海（774–835）的《聋瞽指归》、《崔子玉座右铭》，传为嵯峨天皇（786–842）笔的《李峤杂咏》、《光定戒牒》等的表面，也可认出明显的折痕。这些折痕，也许是反映作为古法书的保存方法之一，'勒成行道'传到日本，在日本被实践的例子。"但这些留存，究竟是折痕，还是如同智永《真草千字文》般的界行，抑或是保护措施？值得进一步深入探索。

三　关于用纸

这次《大报帖》的用纸，格于私家藏品，且传世至罕，暂时无法进行科学检测，因而不知其详。但既然认定其为唐代双钩摹本，那对于用纸的鉴定，无疑是帮助这一立论成立的一个极为重要的手段。学者王明《隋唐时代的造纸》一文中，针对当时的用纸情况，在统计的基础上，做出了一个判断，云："唐代书法家写字多用麻纸和楮纸，拓书则用粉蜡纸。"王明又说："我们知道唐代君主贵族官僚的各种文书用纸是有严格区别……从此可以明了一个基本的情况：麻纸、藤纸主要为当时皇帝的文书用纸，金花绫纸为给将相及外藩作文书用。"而宋代时人因见过实物较多，对于唐代的用纸情况也多有记载，如苏轼《东坡题跋》卷四"辨法帖"中说："余尝于秘阁观墨迹，皆唐人硬黄上临本。"宋董逌《广川书跋》卷六"硬黄"条："硬黄，唐人本用以摹书。"卷十"为张潜夫书官法帖"中也说："其后得秘阁墨书，校其字画，皆硬黄摹书。"宋赵希鹄《洞天清录集》中也说："硬黄纸，唐人用以书经。染以黄蘗，取其避蠹。今世所有二王真迹，皆唐人仿书，非真迹。"可见，宋时对于唐代临摹前人墨迹所用纸张一事，都有充分的认识。但这里有一个问题，就是董逌所说的用硬黄纸摹书，似乎不太行得通，因为据宋黄伯思《东观余论》卷上"论临摹二法"："临，谓以纸在古帖旁，观其形势而学之。""摹，谓以薄纸覆古帖上，随其细大而拓之。"故而，董逌所说的"摹"，实际上应该指的是"临"才对。但董逌所谓的"摹书"，可能指的应该就是后来所说的拓，这一点，看他在同书卷八"摹画赞"中所说就可明了。虽然，他在此认为这种做法是"观景而论形神"，只会使得谬种流传而已。那硬黄纸上怎么可能摹书呢？我个人认为，要达成这一目的，还需要一个中间环节，正如米芾《书史》中记载的："又有唐摹右军帖，双钩，蜡纸摹。"先用蜡纸向拓，然后将其转写于硬黄纸上。

唐代的这种做法，十分普遍，唐张彦远《历代名画记》卷二："论画体工用拓写"中记载道："古时好拓画，十得七八不失神彩笔纵。亦有御府拓本，谓之官拓。国朝内库、翰林集贤、秘阁拓写不辍。承平之时，此道甚行;艰难之后，斯道渐废。故有非常好本，拓得之者所宜宝。既可希其真踪，又得留为证验。”虽然他没有提及所用纸张的情况，但根据目前留存的唐代写本实物情况来看，所用为硬黄纸的可能性极大。而现在中国国家图书馆藏开元六年（718）道教写经《无上秘要》卷五十二（楮纸）、龙朔三年（663）皇甫智岌写《春秋穀梁传桓公》第三（皮纸）、初唐写本《妙法莲华经·妙音菩萨品第廿四》、辽宁博物馆藏传世王羲之《万岁通天帖》唐摹本等都是流传至今的唐代硬黄纸实物。所以,如果条件允许的情况下,尽快对《大报帖》的纸张进行研究，实在是一件非常重要的帮助判别此帖是否唐摹本的方法，而不是仅仅依靠现在的主观判断而已。

（本文发表于2013年3月11日《东方早报》。）

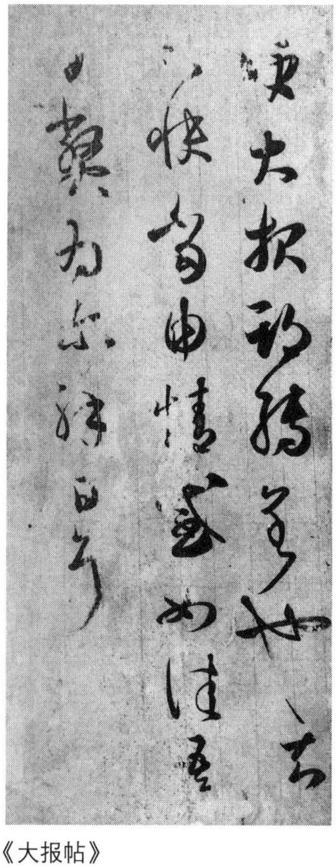

《大报帖》

也说《功甫帖》

这一段时间，大家就《功甫帖》的真伪问题展开了很多的讨论。这些讨论，对于我们更深入地了解有关古代书法、碑拓、复制、题跋、钤印等各种艺术类型的方方面面，无疑产生了十分积极的作用。但美中不足的是，大家的目光实在是过于集中在艺术评断这个层面了，尤其是围绕着此帖是否苏轼手迹这个问题，大家产生了很多不同的看法，发生了很多争论。这个问题当然非常重要，但对于很多像我这样的非专业民众而言，究竟是真是假，孰是孰非，实在是难以辨别。那么，对于我们这些艺术修养较差的民众，我们又可以从这一文化事件中学习到些什么东西呢？其实，我们不妨换一种思路来考察一下此帖，来探讨一下另外一些有意味的东西。

首先，对于真伪，我们可以借助文献学的说法，将存世文献简单区分为三类。第一类，产生和内容都符合实际情况，都是真的。比方说殷墟甲骨，就是在殷商时期产生的记录当时情形的可靠文献；第二类，产生的时代有问题，但是内容是符合实际情况的。比方说《老子》，虽然不是成书于老聃之手，但其中反映的无疑就是以他为代表的这一道家学派的思想；第三类，产生时代与内容都有问题，完全不符合实际情况。比方说《古文尚书》，既不是秦火以前以古文写定的，也不能够真实反映两汉之前的《尚书》的内容与思想。第一种情况最简单，可以不必多说。而符合第二种、第三种情况的文献，只要能够实事求是，去伪存真，从符合其实际情况的角度来讨论其具体情况，仍然具备一定的文献价值。比方说，《老子》的内容真切可靠，是我们探索道家思想的最基本来源。再比方说，《古文尚书》虽伪，但我们以之来研究两汉至南北朝时期的儒家思想，无疑也是第一手的权威资料。也就是说，从文献角度来说，各种存世典籍的真伪问题虽然存在，但并不是特别重要。对于特定的文献来说，其价值主要取决于你如何来利用它。基于这样的前提，我们可以再回来讨论一下《功甫帖》的相关问题，来看看帖中记录的这九个字究竟能够告诉我们些什么？

一　功甫是谁

《功甫帖》内容非常简单，仅仅两行九字而已："苏轼谨奉别功甫奉议"。墨迹见于著录，大概始于清初安仪周的《墨缘汇观》。之后，又被好事者刻入丛帖，如我们现在都知道，它曾在清代后期被刻入《安素轩帖》、《景苏园帖》等之中。但无论是安氏以及后来的各种著录、现在流传的墨迹，还是丛帖中，这九个字都不存在异文（翁方纲录文中的问题，后有说），即对于这个文本，各家都没有异议。那么，我们就要首先考察一下，帖中提及的功甫，究竟是谁？事实上，这个问题在存世墨迹后附的翁方纲跋文中已经解决了：功甫为郭氏，也就是郭祥正。《宋史》卷四百四十四有传："祥正字功父，太平州当涂人。母梦李白而生。少有诗声，梅尧臣方擅名一时，见而叹曰：'天才如此，真太白后身也。'举进士。熙宁中知武冈县，签书保信军节度判官。时王安石用事，祥正奏乞天下大计专听安石处画，有异议者虽大臣亦当屏黜。神宗览而异之。一日问安石曰：'卿识郭祥正乎？其才似可用。'出其章以示安石。安石耻为小臣所荐，因极口陈其无行。时祥正从章惇察访辟，闻之遂以殿中丞致仕。后复出通判汀州，知端州，又弃去。隐于县青山卒。"不过，人虽然是确认了，但翁氏判断此帖作于熙宁五六年间（1072–1073），却有问题。问题的焦点就在于"奉议"这个称呼上。事实上，奉议郎这个衔名，一直要到元丰三年（1080）改制以后才出现，而事实上，根据《宋史神宗纪》，直至元丰五年（1082）五月辛巳朔，才正式颁行新官制，也就是说，这个帖不可能作于之前。而翁方纲之所以认为是在熙宁年间，是因此时郭祥正与东坡显然曾经在杭州晤面，这一点，从现存东坡于杭倅时期给功甫的五封信中，可以得到证实。虞云国先生在《关于从宋史与文献角度考察〈功甫帖〉的回复》中认为:“因据《临汀志》,功甫在熙宁间挂冠，其复出‘强仕’应在旧党执政的元祐更化后。”也就是说，虞先生以为，这个帖应该是在此期间创作的。虞先生的判断，无疑是极为正确的。根据《永乐大典》卷七八九二引胡太初《临汀志》中郭传中说:“熙宁间,仕至殿中丞，签书保信军节度判官。即挂冠，号醉吟先生。李伯时为之写生，东坡作赞。”殿中丞，其实就是官制更新之后的奉议郎。

再据《续资治通鉴长编》卷二百四十四，熙宁六年四月“权邵州防御判官郭祥正为太子中舍与江东路家便差遣，章惇言祥正均给梅山田及根括增税有劳也。”卷三百四十四，元丰七年（1084）三月“前汀州通判奉议郎郭祥正勒停，坐权漳州补僧道亨住持不当受金悔过还王及违法差送接人经赦也。”也就是说，大概从熙宁六年四月到元丰七年三月郭祥正再次罢官，功甫都属于二十四阶的奉议郎一级。罢官之后，大概是在元丰七年初，功甫回到家乡当涂。而就在此时，东坡也由黄州移至汝州，途径当涂。曾一访老友于其宅邸，不仅在其府中的墙上绘制竹石且题诗，即《东坡全集》卷十四的《郭祥正家醉画竹石壁上郭作诗为谢且遗古铜剑二》，又曾为功甫作《醉吟先生画赞》。陆游《入蜀记》卷一也记载到：“李太白集有《姑熟十咏》，予族伯父彦远尝言，东坡自黄州还，过当涂，读之抚手大笑曰:‘赝物败矣，岂有李白作此语者？’郭功父争以为不然。东坡又笑曰：‘但恐是太白后身所作耳。’功父甚愠，盖功父少时诗句俊逸，前辈或许之以为太白后身，功父亦遂以自负，故东坡因是戏之。”陆游叙述的这个故事，不仅生动地记录了此时东坡曾经与功甫会晤的事实，还如实地反映出了两人亲密无间的交谊。而东坡集中,有《题温庭筠湖阴曲后》云,本年六月二十三日，舟过芜湖。芜湖距离当涂六十五里，故东坡过境当涂，应该是在六月下旬的时候。而该月底，东坡已经到达了金陵。所以说，东坡路过当涂，顶多也就是停留了三四天时间。

在多次翻阅《东坡全集》和《青山集》之后,终于确定了这篇《功甫帖》

的创作时间，但同时也很遗憾地发现，自己并非孤明先发，已故的孔凡礼先生其实早就在其著作中说到过此事。略感扫兴的同时，却又有些吾道不孤的兴奋，因为这样的考证，对于文史学者而言，其实是一个基本功。对于古代文史研究，如果缺少了这样的考证，无论多么耀眼的结论，都是值得怀疑的。

二　所谓的《功甫帖》究竟是什么东西

《功甫帖》到底是个什么东西？其实很令人遐想。以传统观点而言，这个帖无疑是个小柬。但正如很多人已经指出的那样，作为一幅一般意义上的便条，其内容实在太简单了。再者，尤其引人疑虑的是，传世的东坡函札乃至宋人函札，无论是手迹还是文献的记录中，在函中的自称大都是称名不称姓的，很少有如《功甫帖》这样，开首即自称“苏轼”的。那么，这个东西究竟是什么？是不是符合古代的传统礼仪呢？

据唐末孙光宪所撰《北梦琐言》卷九记载：“古之制字卷纸题名姓，号曰‘名纸’。大中年薛保逊为举场头角，人皆体效方作门状，洎后仍以所怀列于启事，随启诣公相门，号为门状。门启虽繁于名纸，各便于时也。书云：‘谨祗候起居，郎某官。’即是起居在前，某官在后，至今颠倒，无人改更矣。有朝廷改之，亦美事也。”可见在唐末的时候，门状或名纸已经改变格式，变为书状人姓名在前，问候语在后了。宋代的书仪基本上是延续了唐代的格式。据陆游《老学庵笔记》卷三：“士大夫交谒，祖宗时用门状……元丰后又盛行手刺，前不具衔，上云：‘某谨上谒某官，某月日，结衔姓名。刺或云状，亦或不结衔，止书郡名，然皆手书。苏、黄、晁、张诸公皆然，今犹有藏之者。后又止行门状，或不能一一作门状，则但留语阍人云，某官来见。而苦于阍人匿而不告。绍兴初乃用牓子，直书衔及姓名，至今不废。”这条记录，则不仅说到了名刺的演变，更是直接地揭明了陆游曾经亲眼目睹过东坡手书门状的事实。至于东坡既然已在当涂，且与功甫多次见面，为什么还要送这个门状这个问题？《曲洧旧闻》卷三记载了一件欧阳修的故事，说：“欧公下士，近世无比。作河北转运使过滑州，访刘羲叟于陋巷中。羲叟时为布衣，未有知者。公任翰林学士，常有空头门状数十纸随身，或见贤士大夫称道人物，必问其所居，书填门状，先往见之。果如所言，则便延誉，未尝以外貌骄人也。”这里值得一提的就是，每次去拜会士大夫，都要先递门状。再根据《癸辛杂志》中所述：“节序交贺之礼，不亲至者每以束刺佥名于上，使一仆遍投之。司马公自在台阁时，不送门状（即名刺），曰‘不诚之事不可为之’。”也就是说，当时士大夫之间的会面，相对来说都比较郑重，拜会对方之前，要先递门状或名刺。而逢年过节或者有事，但又不能亲自登门拜访时，也要让仆役代送门状给对方。

门状的大小其实也有一定之规的。《癸辛杂识·前集》：“今时风俗转薄之甚，昔日投门状有大状、小状，大状则全纸，小状则半纸。今时之刺大不盈掌，足见礼之薄矣。”但事实上，大状用得比较少，至于小状，据司马光《书仪》“名纸”条：“取纸半幅，左卷令紧实，以线近上横系之，题其阳面，云乡贡进士姓名。”自注：“凡名纸，吉仪左卷，题于左掩之端，为阳面。凶仪右卷，题于右掩之端，为阴面。”《新编事文类要启札青钱·前集》卷九也记录了门状的样式：“凡门状，用大白纸一幅，前空二寸，真楷小书字，疏密相对。”又说：“凡名刺，用纸三四寸阔，左卷如箸大，用红线束腰，须真楷细书。或仓促无纸线，则剪红纸一小条，就于名上束定亦得。”所谓“大白纸一幅”，说的应该是大状。所谓“用纸三四寸阔”，说的应该就是小状。

我们再接下来考察一下《功甫帖》的尺幅，据网上报道，大概是 27.9 厘米 ×9.5 厘米，与前述小状的尺寸大概差不多。也就是说，《功甫帖》在我看来，其实就是个门状或者名纸，所以它的内容会这么简单，所以才会有连名带姓一起书写的方式。

总结一下，大概在元丰七年六月下旬，苏轼因自黄州赴汝州，途径老友郭祥正的家乡当涂，逗留数日。在离别之前，东坡先写了个门状给郭祥正，说明要登门拜访告别。而这个《功甫帖》的原物，就是这次告别前门状的实物留存。

三　翁方纲跋文的问题

翁方纲是位很有文献意识的学者，他撰写的很多文字的手稿，都经他本人仔细收存而流传至今。其荦荦大者如上百万字的《四库提要稿》，在历经劫火之后，现在安藏于澳门图书馆中。而尤其值得庆幸的是，这篇《功甫帖》跋文的手稿，也同样留存到了现在，现存于台湾的“国家图书馆”中。且早在二十世纪七十年代时，就被影印行世，化身百千，非常便于大家利用。而包括这篇《功甫帖》跋文在内的原本未曾入集的翁氏佚文，在上世纪经沈津先生辑录结集后，更是广为大家周知，为翁方纲和相关的研究提供了不少的便利。这次有关《功甫帖》的讨论中，有一部分的争论，就是围绕着这篇跋文展开的。其中最使大家感到困惑的，就是为什么沈津所辑跋文，竟然与帖后所附文字存在差异？会不会是沈先生在过录时有所误植？还是这篇跋文本身在内容上存在什么问题？事实上，我们将沈本文字与翁方纲手稿对勘后可以发现，沈本文字除个别手民所误之外，并不存在什么大的问题。那么，是不是因为帖后跋文中存在的这些与原稿的差异，我们就可以认为跋文是伪作呢？当然不可以！事实上，以最令大家生疑的落款时间来说，原稿作“乾隆庚戌秋八月秋史侍御持以见示”，而跋文则作“乾隆五十五年秋九月十有二日，北平翁方纲书于宝苏室”，时间上竟然差了有一个月之久。但其实我们只要稍微认真读一下，就会发现两篇文字之所以会存在这样的差异，实在是再正常不过的事情了。如果文字相同，才应该引起我们的怀疑才对。这里说的八月，是指江德量刚把《功甫帖》送来翁府的时间，而九月十二日，则是翁方纲将应邀所撰的这篇文字誊录于帖后的时间。两者不同，完全合情合理。而原稿与跋文的其他不同之处，也不过是翁氏本人在誊录时，在原稿基础上的顺手改动而已，原本没有什么其他因素，不需深求的。但值得一提的是，翁方纲对于《功甫帖》的释文，与其他记录存在不同之处，即将帖首的“苏轼”写作“苏某”。这是不是意味着翁方纲所见之物，是作“苏某”呢？其实，这个问题也不能这么理解。在我们的传统文化中，敬语、避讳无处不见，翁方纲对于苏轼极其膜拜，他的书斋又名宝苏室，就可说明这一点。而他之所以将“苏轼”改写为“苏某”的原因，就在于不愿意直书东坡之名。在古代，直呼别人的名，是件很不尊重对方的事情。明了于此，则翁方纲录文中与原帖存在的异文问题，也就迎刃而解了。

综上所述，我们可以得出如下结论，即虽然从艺术角度来说，这次面世的《功甫帖》及后附的翁方纲手跋，可能存在这样那样的问题，但即便都是摹作，从文献学角度来说，这两篇文字的内容却都有所本源，应该都是可信的。

（本文发表于2014年1月20日《东方早报》。）

《功甫帖》

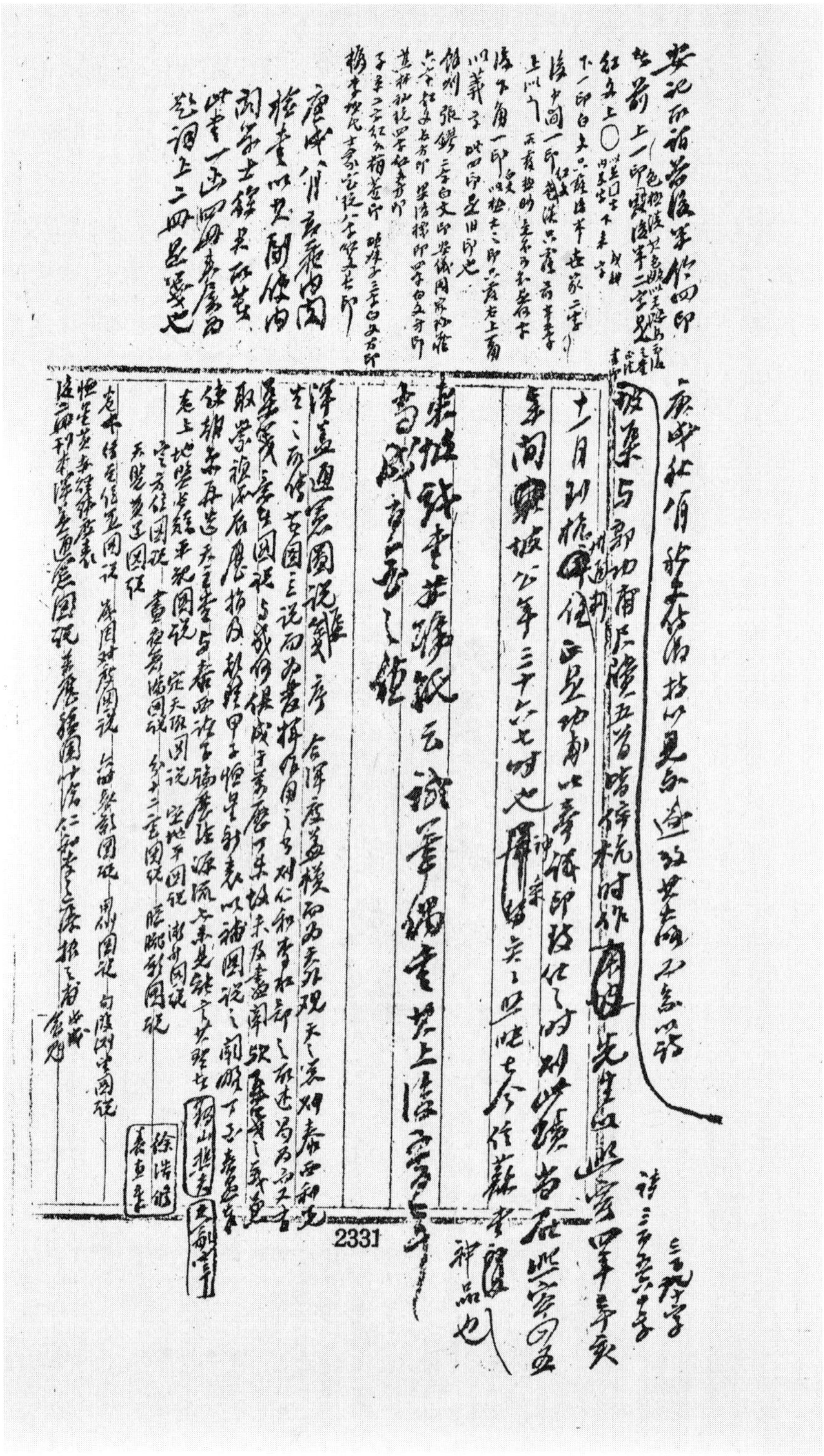

翁方纲《功甫帖》跋文（左右对页）

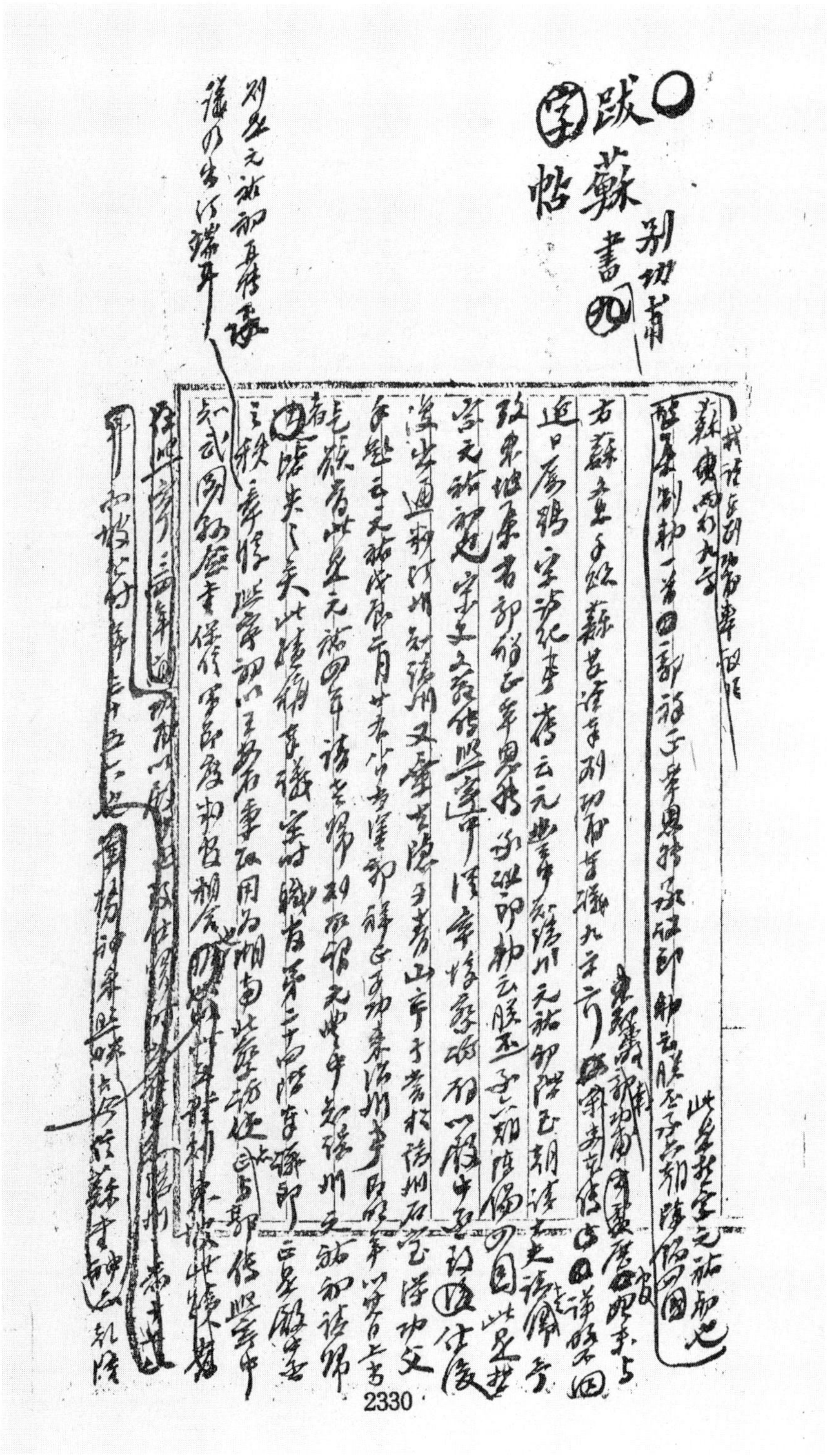

后 记

很多偶然的发生，最后都会必然地影响到一个人的前进方向。正如我之所以开始关注手札，也是因为在求学期间，本师致之先生偶然想到的一个题目所致。而接着这次偶然，我又有幸地在进入上海博物馆工作之后，接受了整理《冒广生友朋书札》的任务。从此之后，我便由偶然地利用手札，变成了日常与手札为伍，也渐渐开始以解读手札为乐了。在《冒广生友朋书札》的首发式上，我曾总结手札整理中面临的两个困难之处：首先是字迹难以辨别；其次是发函人和受函人究竟是谁，经常会需要考索而定。而在这两个困难解决之后，我们面对的，就是对于这些手札的解读了。作为一种日益受到重视的一次性文献，手札的重要性，在某种程度上超过了日记。因日记中多有故意作伪，以遮掩真相的现象。而手札，因收受双方均系当时当事之人，言语之间，记录之事，相对更为可信。但因熟知言语背景，故而通信双方在信中往往语焉不详，致使后人读之而不明其意。也正是因为这些因素，所以手札的研究和利用虽然已为有识之士所重视，但真正能将其间蕴藏的丰富信息运用于自己研究中的学者，仍然只是凤毛麟角。坊间流行的所谓手札解读之作，绝大部分无非只是网络上检索一些收受双方的生平轶事而已，对于函札本身有所发明的，甚为罕见。职此之故，在整理冒氏书札完成之后，我便有意识地开始从事这方面的研究和探索。因为我的兴趣所在只是传统学术，加之能力所限，故而我关注的对象只不过是限于清代中期以后的学人手札而已。所谓学人者，所包甚广，凡以学问为职志，汲汲以弘扬学术为使命者，都可以称作学人。不过近代以降，道术为天下裂，尤以辛亥而还，学科日密，网罗并举，涵括甚广，其间学人辈出，远迈畴昔。因此，这里所言之学人，仅取研习传统中国学术，所研所习，自囿于四库之内者。

如前所言，我开始特别留意这些学人手札是在 2008 年之后，但这本小书中所收文章，却并非发端于此。所收文章中，《陈庆镛致陈奂书笺释》、《高邮王氏父子与陈奂往来函件编次》两篇，其实都是在我求学期间，为了完成学业而成的副产品。《陈奂致冯桂芬书笺释》一篇，虽然完成最晚，但事实上仍系与学业相关的衍生品。另外，《德清戴望致归安杨岘函八通考实》一篇中的两位主者戴望、杨岘都是陈奂的弟子。《汪喜孙及其〈海外墨缘〉册子》中的汪喜孙是陈奂的友人，故而虽然是作为复旦大学文史研究院高级访问学者的课题成果，但实际上与上一篇一样，也是学业的继续。真正算得上是新的研究方向的，应该就是关于冒广生、李详和徐森玉三位先生的几篇了，前者是因我与同事合作整理其友朋书札而进一步延伸的结果；后两者，则都是我发兴要编订两位先生的年谱长编而产生的前期成果。剩下来的几篇，则是平时读书中，看到一些有意思的文献，将其记录并加以解读的文字，虽然都是卑之无甚高论，但对于事实、时事的解读，都算是有一己之得。

这些文字的写作时间大概跨越十年，写作目的也各不相同。因此之故，每篇不仅丰俭悬异，甚至连文体都有很大差别，或文或白，绝未一律。而这次结集，未尝费力将这两方面稍作统一，一则是因为我赋性疏懒，好逸恶劳；再则因为我一贯喜新厌旧，重新去拾掇旧文，内心本能抵触。至于所谓要保持文章发表时原貌，以留鸿爪之类的理由，倒是再其次了。另外还需要说明的一点是，这些文章在发表的时候，因为种种原因，曾有部分是与他人联合署名的。但正如之前一部小书后记中所言，截至目前为止，我所有曾与他人共同署名的文章，都出自我一人之手，因此完全不会存在版权纠纷。

这本小书的结集，是出于友人万君超先生的提议。他曾好意向某出版社推荐我的这些文字，虽然以晦涩无文，最终未被接纳，但其间传达的友谊，却使得我甚为感动。而此次终得面世，除了要感谢故宫出版社不弃瓦缶之外，更要感谢好友汪亓兄的大力推毂，且不辞劳苦，居间玉成，并俯允赐予墨宝，为之题签，以为友谊之见证。责编王志伟先生的细致、耐心及精益求精的专业态度，使得我对于编辑这一职业，有了更深入的认识与了解。感谢他不辞劳苦，费心为我编辑这本很小众的集子，让我有了开拓新研究的直接动力。

多年之前，在侍本师座侧之际，我曾斗胆狂言，希望以后先生能为我的小书作序，以为光宠，未承想此次竟然终于梦想成真。但说实话，心里感觉颇为忐忑，生怕先生的清名会因我浅陋的文字而受到玷污。不过，即便如此，以先生一贯对我包容的态度，想来也只会付之一笑罢了。

最后还要一如既往地感谢友人严晓星兄，是他又一次费心为我建议了这个书名：笺边漫语。

柳向春

2016年6月于沪上不医室

图书在版编目（CIP）数据

笺边漫语：近现代学人手札研究 / 柳向春著. — 北京：故宫出版社，2016.8

ISBN 978-7-5134-0822-6

Ⅰ. ① 笺… Ⅱ. ① 柳… Ⅲ. ① 书信－文化研究－中国－近代 Ⅳ. ① I207.6

中国版本图书馆 CIP 数据核字（2016）第 095216 号

笺边漫语——近现代学人手札研究

著　　者：柳向春
出 版 人：王亚民
封扉题签：汪　亓
责任编辑：王志伟　伍容萱
装帧设计：王　梓
地址：北京市东城区景山前街4号　邮编：100009
电话：010-85007808　010-85007816　传真：010-65129479
网址：www.culturefc.cn
邮箱：ggcb@culturefc.cn
制版印刷：保定市中画美凯印刷有限公司
开　　本：787 毫米 ×1092 毫米　1/16
印　　张：24
版　　次：2016 年 8 月第 1 版
　　　　　2016 年 8 月第 1 次印刷
印　　数：1-2000 册
书　　号：ISBN 978-7-5134-0822-6
定　　价：76.00 元